报告文学集

谨以此书庆祝
新中国成立70周年

走向新时代

齐 志◎著

黑龙江人民出版社

图书在版编目（CIP）数据

走向新时代/齐志 著. –哈尔滨：黑龙江人民出版社，2019.6

ISBN978 – 7 – 207 – 11882 – 0

I. ①走…Ⅱ. ① 齐…Ⅲ. ①报告文学–中国–当代Ⅳ. ①I25

中国版本图书馆 CIP 数据核字（2019）第126333号

责任编辑：刘恺汐
封面设计：褚田伟

走向新时代

齐 志 著

出版发行　黑龙江人民出版社
　　　　　　地址　哈尔滨市南岗区宣庆小区 1 号楼（150008）
　　　　　　网址　www. longpress. com

印　　刷　永清县晔盛亚胶印有限公司
开　　本　787 毫米×1092 毫米　1/16
印　　张　25
字　　数　400千字
版次印次　2019 年10月第 1 版　2021 年 6月第 2 次印刷
书　　号　ISBN978 – 7 – 207 – 11882 – 0
定　　价　58.00 元

　　本书作者齐志（左）与中国作家协会副主席，中国作家协会党组成员、书记处书记，中国作家出版集团党委书记、管委会主任，中华全国文学基金会理事长、中国报告文学学会会长、茅盾文学院院长、新时期最重要的报告文学作家之一、著名作家何建明（右）参加全国报告文学创作会合影

　　本书作者齐志（左）与中国报告文学学会常务副会长、中国作家协会报告文学专委会副主任、全国报告文学理论研究会会长、《中国报告文学》主编、著名文学评论家李炳银（右）参加全国报告文学创作会合影

本书作者齐志（右）与中国报告文学学会常务副会长、中国作家协会全国委员会委员、著名作家黄传会（左）合影

本书作者齐志（右）与中国报告文学学会副会长、我国当代著名报告文学家、著名作家、学者王宏甲（左）合影

　　本书作者齐志（左）与中国报告文学学会副会长、山西省作家协会副主席、我国当代著名作家、当代纪实文学代表作家之一赵瑜（右）合影

　　本书作者齐志（右）与中国报告文学学会副会长、火箭军政治部文艺创作室主任、著名军旅作家徐剑（左）合影

为伟大的新时代倾情吟唱

——读齐志报告文学集《走向新时代》

李炳银

齐志的报告文学作品,是张喜推荐给我看的。

黑龙江的报告文学,早年有贾宏图、蒋巍、程树榛、张雅文为代表的一批作家,曾经在改革开放初期的年月中产生很大影响,像《她在丛中笑》《励精图治》《大时代的弯弓上》《人生环形道》《解冻》《走过伤心地》等不少作品,都被人们深刻记忆。前些年,贾宏图还写了《我们的故事——一百个北大荒老知青的人生形态》等作品。后来程树榛、蒋巍进京,张雅文也离开了,但一直还在勤奋写作,并收获丰硕。报告文学作家队伍不成形了,黑龙江的报告文学创作就显得有些平缓。近些年,张喜、赵英斌、还有这个齐志等,也在积极努力地写,但似乎还没有在全国范围内弄出大动静。看来,还需要加紧努力爬高啊!

正当这个时候,我看到齐志的作品。由不是很熟悉他,到知道并有所了解,并乐意就他的作品说些相关的话,我想这不光因为齐志,还因为黑龙江的报告文学。齐志的报告文学,有多篇题材是很有个性特点的,像《短道速滑之父》(这个题目还可以再琢磨,能不能叫之父、要不要用中国限定),描绘孟庆余立足七台河,坚持几十年,为国家培养出张杰、杨扬、王濛、范可新、王伟、孙琳琳等世界级速滑运动员的真实艰辛故事;像《草原深处的赞歌》中海拉尔铁路分局满洲里换装所(中俄货运边界检查换装)的很多真实经历;像《生命的歌者》里,刘丰富不幸遭遇火车碾压,臀部以下截肢后,却意志坚强,从印背心、修拉链、修锁、照相干起,竟然成了当地很有作为的企业家的生动故事；像《追求人生的风采》中自小失去父母，后参军又转业到地方，在当地邮电事业建设中干得风生水起的李刚的曲折故事等。这些题材，有个性，有历史人生深度内容，也很接地气，都具有很强的历史记载书写价值（像中国的冰上运动速滑史、满洲里中俄互贸关系史等）。因此，齐志在报告文学题材选择上显示出独到的眼光，对文学写作表达的方向价值也有清晰的追求。现在，有不少年轻人，对文学本身的意义价值和目标还没有搞清楚，就匆忙地走进文学写作领域，以为靠胡编乱造的虚构和炫技弄怪的手段就可以成功，这是很悲哀的现象！

报告文学是以真实的事实人物表达为作家抒发目标的。所以，需要深入的采访，需要很多能够表现人物精神性格的事实内容。齐志在这个方面是用心的。他描绘孟庆余自己从小钟情滑冰运动，在成为教练员后像父母般地关心运动员，给他们做饭、缝衣、磨冰刀、浇冰场、自制滑冰器材等；书写孟庆余在七台河投入多年心血、总结经验，取得了辉煌的成绩，吉林、大庆方面希望他去，并答应给出很优厚的条件，但他却不为所动，坚持在这里继续追求理想的情形等。在《生命的歌者》里，描绘刘丰富很多不屈服命运局限的坚定努力，逐步开创出自己人生和事业阔大新局面的很多实际情形，都不光是在物质收获上给人以吸引，重要的是在精神情感意志等方面给人很多启发。这是文学的目标所在，也是文学在社会生活基础上出发并超越的特性所在。即使是报告文学这种基于真实人物的表达，作品渴望达到的目的也不仅仅是让读者了解某件事、某个人，而是对象人物中那种可以激励、启发和影响人们服务社会，成全积极进取人生事业的精神力量。齐志的作品，在这个追求上是意识清晰的，是难能可贵的，但有时表现得还不够充分。另外，齐志还有粗放性地处理题材的遗憾。例如，满洲里换装所的长久历史中，该有多少个性鲜明，而又带有两个国家色彩的人物故事啊！将这些内容深入挖掘掌握，再真实表达，那可是一部难得的大书啊！可是这篇作品却写得缺少故事和人物等，历史的丰富蕴含被忽略了。齐志的笔墨，或许受真实性的原则约束，比较拘谨，因此，作品的新闻性时有突出，直白简洁，缺乏深刻的细节故事传递记忆。

齐志多年创作了不少报告文学。这些作品涉及的人物故事很多,相关的社会生活内容也十分丰富。《情满青山绿水间》中于维安这个桃山水库园林场场长,对他当年所追求的金山银山的绿色事业有了强烈的环保意识,看到了作家为时代讴歌的痕迹、为普通人立传的责任感和使命感,用开阔视野进行创作,用心、用情表现在对秀丽山水的热爱和描述中,呵护好、建设好美丽家园,情感表达真挚细腻,写出本色人生,预示着这个年轻煤城灿烂美好的未来。

齐志是一个善于在生活中观察、思考和发现的作家。这在他的很多作品中都能体现出来,特别是表现煤矿和体育题材的一些作品尤为突出,字里行间显现出培养世界冠军城市、风土人情、地域特色等,得到多视角体现,用笔都很深刻。他感觉敏锐,因此,他的作品富有生活气息和与现实的沟通性。《冬奥冠军的摇篮》表现的是七台河这个煤炭城市成为全国体育后备人才基地的一些历程,教练员和运动员有痛苦和欢笑,有无奈和执着,有失意和激情,这些情感交织在一起,祖国利益高于一切、为荣誉而战的画面凝重生动地跃然纸上。他的作品已经发表到国家级刊物上,还获得一些奖励,这就是一种社会和读者的承认。在生活的土壤上生长的文学,比那些只是作者书写自己的细微人生感受的作品,更多公共的关注性,容易引起读者的注意。或许,这正是齐志选择报告文学进行创作活动的原因吧。我期待,齐志能够在这个业已开启的文学事业中不断获取新的成果!

报告文学是如今这个信息沟通便利但又纷扰的时代,很有个性力量的一种文体。报告文学接近真实表达的特点,正好符合了人们渴望抵达和了解事实真相的强烈愿望,正符合人们希望在真实的人物身上汲取有益内容的要求。像刘丰富这样身残却不放弃追求理想和创造幸福者,给予人们的震撼、感受和启发,就不是一个虚构的人物所能够比拟的。现实生活中存在着非常独特丰富的故事人物,只有作家用心观察,才能捕捉到富有全局性意义的题材对象。这为报告文学的写作提供了很好的机会,希望大家珍惜这样的机会!报告文学如农民耕种土地一样,付出艰辛的劳动之后,收获来自基层社会沃土的文学土壤,饱含激情的人物书写,才是最有生命力的。在这一点上，齐志做得很出色。

黑龙江的报告文学，如今有齐志等报告文学作家的坚守和努力追求，就是一种很好的存在基础和发展局面，需要珍惜、培育和支持。报告文学写作，不同于小说、诗歌等文学题材的写作，不完全是作家个人的力量所能实现的，在采访过程中，需要相关部门、个人的支持、配合、理解和协作。从这个角度上看，黑龙江报告文学创作的开拓与发展，既需要像齐志等这样富有热情和自信的作家们的努力，也需要当地相关部门的重视和支持。

祝贺齐志新作出版，期待他百尺竿头，更上层楼！

2019 年 6 月 28 日于北京

作者简介：李炳银，著名文学评估家，1950 年农历六月二十五日生于陕西省临潼县铁炉乡厨李村。青少年时在家乡求学，并参加艰辛农业劳动。1969 年 2 月入空军服役，1970 年 5 月加入中国共产党。1972 年 5 月入上海复旦大学中文系文学评论专业学习，1975 年 7 月入国家出版事业管理局从事出版管理行政工作。1979 年 1 月调入《文艺报》从事记者、评论、编辑工作，1983 年 1 月调入中国作家协会创作研究部，从事文学研究工作至今。著有《文学感知集》《生活·文学与思考》《当代中国报告文学流变论》《中国报告文学的世纪景观》《小说艺术论》《中国报告文学的凝思》《国学宗师——胡适》等近百部。多次获得中国当代文学研究会优秀研究成果奖等奖项。《中国报告文学的凝思》获得"首届全国报告文学理论奖"。数十次担任全国优秀报告文学奖、鲁迅文学奖、徐迟报告文学奖和很多国家部委、解放军与各地各种文学评奖的评委。1984 年加入中国作家协会，1998 年被评为研究员。现为中国作家协会研究员、中国报告文学学会常务副会长（主持学会日常工作）、中国作家协会报告文学专委会副主任、全国报告文学理论研究会会长、《中国报告文学》主编。

Mulu 目录

走向
新时代
ZOUXIANGXINSHIDAI

生命的歌者

　　——世间有无真美?
　　人曰:去问神。
　　——世间有无永恒?
　　神曰:去问人。
　　　　　　　　——题记

　　刘丰富这人不简单,拥有敏锐的市场经济头脑,和一般的人确实不一样,有特别超前的意识和经济思路。1970 年因工伤双腿截掉致残后,没有灰心丧气,更没有颓废下去。从点滴起步,开始学印背心、修表、修锁、照相,靠他的双手和坚强毅力,发展到目前已拥有一处高档次的大酒店、一个夜总会、两处煤矿井、一个焦化厂、一座型煤厂、一家货场等,成为残疾人致富的活生生的典范。

　　总之一句话就是,凭着自己顽强的毅力和超凡的能力,在这个舞台上,实现着自己的人生价值,实在不简单。

　　人们说的机遇,在阳光下均等地展现在每个人的面前,只是有些人浑然不觉,成为太阳下匆匆的过客时,而他却机警地扑了上去,这对于平常人来说也许算不了什么,但他所付出的代价却是巨大的。的确,生命,从苦难走过,苦难砥砺着生命。

　　刘丰富具有聪明人的智慧,温文尔雅,只是走路的样子有些蹒跚。给人的直觉是穿着随便,有一种豪爽豁达的气质,没有老板的傲气。他侃侃而谈,对自己苦难曲折的人生历程,他说得很平淡。仔细品味,才懂得其中的道理。已经过去的事,又一幕幕重新演绎出来。

少年的他被一场大水冲到完达山麓的这块黑土地上,漂泊的种子也结出了甜蜜的果实,奋进向上的动力给他以自慰,他要干一番事业。

1939 年的秋天,刘丰富出生在辽宁省海城一个偏远的小村里,落叶的季节是五彩缤纷的,然而,他的童年却是在苦水中长大的。

他的哥哥姐姐都因为家里穷而念不起书,稚嫩的肩膀上承受着巨大的精神压力。在村里,他家是雇农,一无所有,晚上睡觉哥三个扯着一条破被子。父母只会种地,力气没少出,换来的是穷得叮当响的苦日子。

父亲为人老实厚道,虽然目不识丁,却异常聪慧。母亲是一个典型的良家妇女,善良贤惠,大家都认为她是一个大好人,乡亲有个大事小情,东邻西舍谁家有什么为难事,不用请,母亲找上门去倾力相助。母亲没钱,就用自己的热心和那双巧手帮助人家,人缘非常好。

童年的小丰富,从父母身上学到了做人的良好品质——正直和善良。

丰富居住的村庄地势低洼,处在辽河三岔口,当时就传着这样的话:九河下梢,十年九涝。这里的人们总是跟涝灾搏斗,最后失败的仍然是乡亲们。叫人难忘的是 1953 年发生了一场大水灾,惨象令人毛骨悚然,党和政府对恢复农民家园工作很重视,就在这一年,刘丰富的家搬到了北大荒这块黑土地。

在勃利县恒太乡约有 2 000 多口人的村子里,他念完了小学,无论语文还是算术在班组里总是 100 分,老师也非常喜爱这个穷人家有志向的孩子。他是班里的大队长,衣服上连个扣子都买不起,母亲只好用布条打结钉在衣服上,买不起袜子,光着脚穿着一双哥哥不能再穿的猪皮乌拉。

1962 年刘丰富以优异成绩考入了东北农学院,前身佳木斯农校,一所很好的学校。这是一条平坦又不失前景的道路,他觉得,人生在世,要唱出自己最响亮的歌。

童年的苦难成了他成长的基石。

他要在广阔的天地里飞翔,创造属于自己为之奋斗的领地。

凭着热血青年的冲动,投身于史无前例的运动之中,走向了一个欲坠的巅峰,当跌入低谷时,他用原始人的生活方式探求进取着,来实现自身价值。

大学生活总是梦幻斑斓,富于色彩的。

刘丰富来到大学的校园里,心里充满着希望,充满着温馨,他在用自己的智慧与心血编织着五彩缤纷的梦幻。

争强好胜的他,怎么会避开席卷中国大地的那场史无前例的运动呢,一夜之间,刘丰富由学院学生会的一个小干部,一举成为全院的核心人物,一步登天的感觉,让自己飘飘然。

美国前总统卡特说过:"我们不可能人人都像牛顿、法拉第或爱迪生那样有伟大的发现,也不可能像米开朗琪罗或拉斐尔那样有传世之作,但我们可以抓住平凡的机会并使之不平凡,进而使我们的人生变得更加壮丽。"

这位素以"特别能吃苦"的硬汉,早有属于他的心理底线了,心想:无非是个苦啊累呀,面子上受不了啊,那没有什么了不起的。

在那个动荡的年代,当这个席卷全国的大地震过后,他又觉得像个无家可归的孩子,自己也不能过流浪的生活啊,只好不情愿地回到了老家勃利县农村,成了恒太矿井下的一个盲流。

山村的夏夜幽深而静美,清凉的夜风从遥远的山岭吹来,风里已有了淡淡的瓜果香。漫步在乡村小路上,他想,既是挑战,就得有个挑战的样子。不就是一个苦嘛、累嘛,这些对于他已不是问题了,在学校的时候,他早就领教过了。

梦魇般的岁月,似曾遥远又很贴近,似曾陌生又很熟悉。

特别的年代,特殊的经历,让自己赶上了那班车。有什么办法啊?正如任何事情都具两面性一样,那个年月也给刘丰富支付了属于理性层面的人生资本和精神资源。

静下心来好好反思,自己就是随风飘摆的小草,没有扎下根基。自己还很浮躁,虚荣心经常占领神经深处。是该痛改前非的时候了。

对,就用劳动改造自己吧,只有投入劳动才是自己今后唯一的出路,路,就在脚下,道路要自己去走。

那里的条件很艰苦,井下照明仅是每隔一段距离一盏柴油灯,煤是从井下用人工一点点背上来的,矿工除了牙齿是白的以外,全身都是黑黑的,被人们称为"煤黑子"。

第一天下井他挣了五元四角钱,这个数目几乎是天文数字,他自己清楚,这是用汗水和生命换来的,不易啊。

肩上背一袋煤，人拼命地在昏暗的煤道里爬行，腰间与地面坡度保持平行，哪有歇息的工夫，人一个跟着一个，大家都不能落后，七麻袋正好是一吨煤。

刚开始不会打镐，装锹清闲但挣得少，自己只好咬着牙背煤，这可是个苦力的活，差一点力气也不行。为了省钱，年纪轻轻的一顿饭两个馒头，连汤都舍不得喝更谈不上菜了。上下班没有自行车，每天还得来回走40里路，中午得回家吃饭。苦，确实艰苦，但是自己感到很充实，也有劲头，更有盼头。

吃苦没问题，危险有时难以避免。在井下是两块石头夹着肉，吃的是阳间饭，干的是阴间活。自己必须时刻保持清醒的头脑。

有一次，正在干活的当口上，机灵的刘丰富听到一种异样的声响，向上一看，他急忙大声喊："不好，快躲开。"自己一个箭步冲上去，推开工友，结果一块巨石落下来，太危险了。那次，大家只是受了一点轻伤，不然就都到阎王爷那报到去了。

为了生存，在矿里他隐瞒了自己赫赫的造反战功生涯，自己也感到不是啥光彩的事。

人生在世，干什么工作有时是由不得自己选择的，当职业选择了人时，尽心尽力去干是难能可贵的。对于刘丰富来说，就是应该用力气作为自己前途的赌注，来换取生存的美好空间。

一次路遇，当时的勃利县委书记王栋见他说："大刘，你现在在干什么呢？"

"背煤，劳动改造呗！"领导的关注使他心里热乎乎的。

"能否背袋子？"书记问。

"能，没问题。出苦大力的命就得干。"刘丰富说。

"好，那就去粮库干吧！"书记了解这个有尊严能出力的大汉。

自此，他来到了勃利粮库上班。第一天，领导关照他，叫他拉口（撑袋子）打戳，背过煤的人对这种劳动强度不屑一顾，不到一个时辰就掌握了技巧。四戳正好一袋，上秤不多不少。

后来开始背袋，扛袋叫行，这活儿一点也没有压住他。出色的工作，为人诚实，还有号召力，他成了工友里的头儿。

他有力气又肯干，人缘还好，被选为学习毛主席著作积极分子，全粮库就他一个人，在倭肯公社还交流经验做典型发言。

不久，领导把刘丰富叫到一边问他:"你怎么不要求进步?"言外之意让他关心政治，不能光拉车不看路。

大刘点了点头，对此表示感谢。

他自己积极向组织靠近，努力干好本职工作，多为领导想事，不让领导操心。

功夫不负有心人，当了调度的刘丰富，回家住的时候很少，单位成了自己的家。20世纪70年代初国际国内形势趋紧，黑龙江省是边境地区，勃利又是前线。粮食又统一调拨，出口大豆给朝鲜、越南等兄弟国家。

粮库有时没有丝毫准备，上级突然来了调拨命令，大家只好进行突击会战，不分白天黑夜连轴转，一个月出口2 000吨大豆在刘丰富这个调度手下一点差错都没有。领导一看他是块好料，1970年党的生日这天，刘丰富入了党。

那天，天气特别的蓝，艳阳高照，和风微煦，感觉啥都是新鲜的，就连空气也是香甜的。心情也特别的好，自己以后就是党的人了。身为共产党员的他，越干越能干，越干越会干，越干越想干。

好钢用在刀刃上了。

当一个人的青春和生命与祖国和人民的利益紧紧地连在一起的时候，他就会迸发出勃勃的生机和旺盛的活力。清苦的日子使他过早地感受到了生活的艰辛。人是应该去追求的;人是应该去奋斗的;人是应该去创造的。假如人生如一首歌，那么以青春作音符，用追求去谱写，让心灵来吟唱，这首歌就会犹如天籁，那么动听，那么醉人。

经过农村广阔天地的战斗洗礼，历经大学如火如荼生活的加钢淬火，我们完全有理由相信，在未来的岁月里，刘丰富一定会抓住平凡的机会并使之不平凡，进而使他的人生变得美丽壮观。

无情的现实使他一夜之间成了残疾人，面对这突如其来的打击，他坚强勇敢地忍受着，人坚决不能倒下，他心里又升腾起新的目标，要用仅存的半个躯体去奋争。

1970年7月12日清晨，刘丰富清楚地记得:对于他来说是一个黑色的日子。

那天,他一大早从缸窑沟住所跑到七台河车间,仅用了半个小时。原来,已经上了半宿班的他第二天应该休息,而同事家孩子有病需要照看才让大刘顶班,结果意外的事故出现了,担心迟到,双腿从臀部往下被火车轮子碾断,天大的不幸降临在他的头上。

天塌下来了,好好的人,年纪轻轻的人一夜之间变成了残废。怎么去接受这个现实?

他也庆幸,他自己能够活下来,勃利粮库同事有45人来为他献血,七台河粮库也来了10人,对上血型的每人200CC,血肉之躯的刘丰富怎能不感激这些领导和朝夕相处的弟兄?

在手术室里两条腿同时进行手术,结果保住了生命,但要进行特级护理。天生刚强的他,为了减轻家人和单位等护理人员的精神负担,与大家一起打扑克;为了节省单位开支,住了一个月零五天,还没有痊愈,他便毅然决定出院。

单位领导与同事的关照已经令这个残疾人感激一辈子,现在,所有的苦水只好往肚子里咽。

在家里,他整天倒在土炕上,一点也不能动弹,人生中最可怕的寂寞向他袭来,这样一天一天的可实在是难熬。寂寞像魔鬼一样吞噬着这个年轻的生命,人生活着的意义在哪里?

自己要活下去,没有钱怎么生存啊。眼下,这样的身体也养活不了一家人啊,顶天立地的男人不能靠妻子养活啊。

没有过不去的坎。

妻子王志云在东风矿医院工作整天很忙,孩子小还需要人照料,顾这头顾不了那头。就这样,王志云顶着心灵的重创不懈地在工作中煎熬着,回到家还要照看残疾的男人和幼小的孩子。

更令人难心的还不是这些。

整天躺在炕上见不到阳光,他的心灰灰的,心情糟糟的。人,离不开阳光。刘丰富决心到外面去,去吸一吸新鲜空气,他要到绿荫下面去体会一下大自然的景色。

好不容易到了外面,不知费了多少努力,他是一点一点往前爬行的,比三岁的婴儿爬得还慢。他仰头看了看天,天仍然是那么蓝,没有一点云彩,像是被水洗过一般,远处田野,仍旧是那般绿,与以往不同的是绿得似乎流出液体来,又细瞅了瞅,他感到从没有过的亲切,再吸一下空气,如醉在美酒之中一样。

正当他陶醉在自然美景中时,周围的人们像欣赏一只猿猴一样,投来一种惊讶的眼神,仿佛他不是地球上的人类而是个外星人。

当王志云下班回来时,有人就说:"那个没腿的又爬出来了,快背回去吧,别人总歧视他。"

妻子二话没说,将脏得不成样子的刘丰富背回屋里,她的眼里的泪花,像断线的珠子一般落在地上。

漫漫岁月,茫茫人海,生活道路上过早地使本来幸福的家庭出现了意外,对于刘丰富来说,是一种挫折,谁都不想遭遇这种挫折,不愿意看到这个不幸,但漫漫人生有时又是难以避免的。

刘丰富陷入了深深的思索之中,他十分清楚地记得:许多仁人志士在与挫折斗争中所做出的不平凡业绩,是对自己很好的启示。汉代史学家司马迁在遭受宫刑之后发愤著书,写出千古绝唱《史记》;"盖文王拘而演《周易》;仲尼厄而作《春秋》;屈原放逐,乃赋《离骚》;左丘失明,厥有《国语》;孙子膑脚,兵法修列;不韦迁蜀,世传《吕览》;韩非囚秦,《说难》《孤愤》;《诗》三百篇,大抵圣贤发愤之所为作也。"音乐家贝多芬,一生遭遇的挫折是难以形容的,他17岁失母,32岁耳聋,接着又是失恋,对一个音乐家来说,这打击是多么巨大,可贝多芬不消沉不气馁,战胜厄运成为世界不朽的音乐家。这些事例都令刘丰富为之振奋,一种顽强的意志使他坚强起来,他要活下去,而且要坚强地活下去。

人,必须活出个样来。

"放弃和抱怨都没用,靠自己养活自己,改变不了现实,那就改变自己。"这句话始终在自己脑海里出现,不时地敲打自己。

自己想开了,不抱怨,不难过,不在乎。所有委屈、挫折、痛苦都埋在心里,不想说。

自己开始从一点一滴做起,从绘画开始,学点本领,找点乐趣,坚持下去。

他第一个行动就是花了七角八分钱买水彩,弄来了纸笔,开始练习起来,他画的第一幅画就是革命圣地延安的宝塔山,自己没有去过延安,可那里是自己十分向往的地方。

他把自己的苦楚深深地埋在心里,不想让别人知道。

那时,农村比较贫困,家家户户过年都要在墙上贴画,有要的他就给一张。有要《毛主席去安源》的,也有要《我爱北京天安门》的,他都尽量去满足乡亲。他把画叫人拿给母亲看,一向勤劳勇敢善良的母亲,见到儿子的画老泪纵横:"家都要散了,还有心思画这玩意。"这位母亲向贴在炕头上的画祈祷了数遍,望着这张画出神,有时还不停地摇头。

其实,刘丰富的画已经有了相当的进展,字也练得差不多了,但这些东西不顶饭吃,也不当水喝,眼下家里急需的是生活必需品。

1970 年的一个普通日子,他有了一个平常而又良好的开端,自己一点一点地琢磨,开始修理锁头配钥匙,别人给多少算多少,从来不讨价。在缸窑沟一个小小的街面上,挂起牌子干了起来。在这之后,又自己写字,开始印背心,这两样活自己研究得很透,风生水起,远近闻名。

也就是从这一刻起,七台河市诞生了第一家个体户,刘丰富的名字从此便与它联结在了一起。这就是发展民营经济的雏形。

说来也巧,勃利县钟表修理部到这里义务服务,在刘丰富低矮的草房隔壁住下,钟表的嘀嗒声使他产生了浓厚的兴趣。于是他就爬着去了,把师傅们吓了一跳,刘丰富诚恳地央求,想学他们的手艺,于是他成了这支服务队里特殊的成员,偷偷从师傅那里学到了许多技艺,修起钟表来也精道了。

这样刘丰富家里的生活便有了好转,不愁吃和穿了。不久,还达到了小康的水平。七台河还没有时兴照相,刘丰富便闯上来,自己因陋就简,一个破碗,一双筷子,买来显影粉便干起来。出了名以后,别人照相用爬犁将他接去。人们还别小瞧这个残疾人,修理锁头配钥匙、印背心修钟表,还能鼓捣照相,真有两下子,聪慧的刘丰富什么都能干,什么都会干。

他要站起来活出个人样,懂得为何而活着,要用生命作赌注,用尊严作支柱,选择坚强做支撑点,换取整个一生的前途和快乐。

挫折虽然给人带来了痛苦,但它往往可以磨炼人的意志,激发人的斗志;可以使人学会思考,调整自身行为,以更佳的方式去实现自己的目标,成就自己辉煌的事业。

一位文学家曾说过,挫折就像一块石头,对于弱者来说就是绊脚石,让你却步不前,而对强者来说,却是垫脚石,使你站得更高。

冬天,瑞雪飘落在三江平原,转年佳木斯市的早春平添了几分清韵。这次之行,他是来安假肢的。

在假肢厂,人们的情绪都很低落,唯有刘丰富,言谈举止无不充满着一种乐观精神。

"我就是想站起来。"刘丰富和假肢厂工作人员说。

"你放心,保证你能走路,但必须有毅力。"

"那没问题,而且走得还要潇洒。"

"那太好了。"

一席话逗乐了屋里所有的人。

一个月后,刘丰富来穿假肢,在技术员的精心组装下,一个完整的人出现在人们面前,也出现在刘丰富的心里。

他的情况特殊,属于高位断肢,需要坚强毅力才能够站起来。

刘丰富很高兴,尝试着站起来又摔倒了,他极力使自己镇静下来,心里叨念着:一定要站起来,只有这样,才能对得起妻子、家人和朋友。

卢梭说,磨难,对于弱者是走向死亡的坟墓,而对于强者则是生发壮志的泥土。刘丰富一次次用事实证明,自己永远不会被生活打趴下。

1971 年元旦,刘丰富坐着火车回到七台河。

回到家,院子四周是板障子,他白天黑夜不停地扶着板障子练习,一练就是一身汗,自己却全然不顾。

一段时间里,妻子王志云情绪不好,丈夫心里清楚,这是有人在中间挑拨。最了解妻子的刘丰富将妻子叫到眼前,激动地说:"天灾人祸是抗拒不了的,我失掉了双腿,你要觉得委屈或有难言之隐,那好,你走你的阳关道,我走我的独木桥。"

他是这样说的,心里却没这样想。

"你放心,我不能那样做,你活着,就是咱们的幸福。"妻子王志云是断断续续说这番话的,眼泪从白皙的面颊上流过。

这也许是幸福的泪水,也许是委屈的泪水,也许是发自心底的泪水,爱,有时是不能解释的。

女人啊,男人用真心爱你,你会感到生命的全部快乐、全部价值和全部意义。

男人要建功立业,离不开爱情的润泽,对一个残疾人来说,付出的艰辛会更大,更需要女人的温存、体贴与爱护,前提,这必须是相互的。

从此,刘丰富把自己的夙愿、追求、梦想点点滴滴化进爱的血液里。而女人所付出的代价是令刘丰富感激一生的。

"我一定要活出个样儿,站起来走路,去为大家服务。"

听说刘丰富的腿没了,乡亲们也为之惋惜。再说,离开家乡这么久,家里还有年迈的母亲需要尽孝。不是衣锦还乡的还乡,但刘丰富没有哀愁,心里充满着一种难以名状的热望,使他满足的是自己还活着,而且用不着社会去关照。他希望能够为社会做贡献,不被人们所遗弃。

村屯里的乡亲迎上他。

阳春三月,日丽风轻,塞北平原,冰消雪化。伴随着料峭的春风,家家户户门前的杨柳抽枝吐绿,鲜嫩的芽苞浸润着晶莹的露珠。真个乡村好风日,河畔春来早。

过去曾在一起玩耍的好朋友握着他的手不放。

大队书记王福祥特意杀了头猪,请了全村很多人,刘丰富成了上宾,开始人们有说有笑,酒喝得很顺畅也很开心。后来,大家借着酒劲就扯到伤心的腿上了,好好的活蹦乱跳的人少了双腿,变成了残疾大家觉得可惜。乡亲们都喝多了,喝哭了,你拉我,我拽你的,乡亲们的感情最真挚,如同他们脚下的那片黑土地一样,他们也是最纯朴善良的,就像村外流淌的那条小河。

当天夜里,母亲一再叮咛他不要到姐姐家去他偏要去,路上,狗看到这个怪人成帮结队向他袭来,打这个来那个,他有些招架不住了,狗也欺负弱者,必须活下去,必须活出个样子。

在姐姐家里,被狗咬伤的刘丰富想了很多,受过高等教育的他,要建立一个值得追求的目标,不但要赚钱谋生,还要保持健康的体魄,充实地生活。

人生即使是一场梦,也要有滋有味地做这个梦,不能变成一片荒寂的沙漠,要幻化成一种尝试、一线希冀、一种追求。

他要实现自己的美好梦想。

苦难这块试金石,使强者在苦难中走向成熟。世上的成功者都是积极地投入自己所追求的为之奋斗的目标中,在那片陌生的一片未开垦的土地上,蕴藏着神秘的希望,还有那串坚实的特殊脚印。

岁月长河的奔流,潮起潮落,斗转星移,1984年8月,刘丰富在北京有幸见到了中国残联原主席邓朴方。

邓朴方赞扬他的豁达乐观精神,身残志坚,自食其力,不给社会增加负担。

邓朴方鼓励他干好自己的那番事业。

邓朴方说,有抱负,只要你干,就会有人支持你。

邓朴方还说,有健全人存在的一天,就有咱们残疾人存在的一天。

刘丰富懂得了这些话的含义,更明白了今后的路该怎样走,增强信心加油干吧。

刘丰富尝到了甘泉的清甜,心里如拨亮的灯盏一样开阔,今后的路还很长,仿佛是浩瀚的海洋深不可测,自己有一种全新的感受。

回来后经过一段时间的考察、论证,深思熟虑后,矿区议价粮油店开张营业。

刘丰富在琢磨,煤城有那么多废品弃在街上、路沟边,挺可惜的,干脆来个废物利用吧。就这样,废品收购站建立起来了。

他又看到木材加工这个行当不错,电闸一合火锯便叫起来,服务乡里,大把大把的票子也随之而来。

五金建材商店也宏业开张。

他的内心也特别高兴。

此时买卖多起来,自己的美术服务、家电修理也没扔下,开始组织一些残疾人紧锣密鼓地干起来。

在他看来,小打小闹是不行了,还得走集体道路。由刘丰富发起的集体股份制企业就这样诞生了,在七台河这个百里新兴煤城,别人还没敢想呢,他已风风火火地干起来股份制了。

产业雪球在一点点地滚大,随着时间的匆匆而过,他在不断地壮大自己的财力,也在考验自己的能力。

一个关于成立残疾人诚信有限公司的报告送到七台河市委、市政府领导手里,里边有这样一段话令决策者们吃惊:

"当前,国家的繁荣、科技的腾飞,改革的深入,真是催人奋进。残疾人不甘坐享其成,决心改变为世人怜恤的地位,洗刷自惭形秽的心理病态,愿自食其力,愿为中华之崛起而尽力,公司将逐步发展经济实体企业和福利事业的四部、二院、一社……"

这里的一社,他想开信用社,这里不谈可行与否,国家银行与企业捆在一起同生存,集体、民营企业有何不可,这种设想谁说不超前。

市委、市政府的决策者们为刘丰富开了绿灯。全市第一家私人股份制企业诞生了,而事实上,他没有辜负领导们当初的期望与鼓励,已经交上了一份令七台河人民满意的答卷,也令完达山麓的山山水水、草草木木为之动容,为之兴奋,为之骄傲!

1989 年刘丰富在上海考察,见到了上海大世界。那里是一整套建筑,经营品种多而全,回来后,他一眼看中了七彩城的开发。

七彩城,几乎成了七台河的象征,这个集购物、旅游于一体的建筑,为七台河经济腾飞插上了有形翅膀。

是的,一个学者会尽力开拓新的研究领域,进入一个全新的世界,而对于刘丰富来说,他开拓的领域是有些学者也研究不到甚至想不到的,因为这是在实践中获得的。

刘丰富选择了成功,成功也钟爱于他。

其实,人的"社会大学学历"才更见功力。一位哈佛大学校长曾说过:"我们之所以在全世界有如此大的影响力,不在于培养了 6 位美国总统、35 位诺贝尔奖获得者,而在于从哈佛大学走出的每一位学生都有一种挑战生活、挑战自我、永不服输的精神。"

刘丰富又何尝不是这样的人。

一个人来到这个世界上,一切都是身外之物,既带不走也拿不去。事实上,人与人的智力差异很小,但人与人之间的行为差异、成果差异却很大。

世界处于不断变化之中,商界也是如此,要生存必须创新走适合自己的路,勇于探险尝试者成功,智勇双全者才能胜利。

刘丰富的生命是个过程,追求卓越奋斗不息就是生命的强者。"天行健,君子以自强不息;地势坤,君子以厚德载物。"在人生的舞台上,他是追求卓越的开拓者,更是人们的偶像。

事业发展壮大了,社会影响也增强了。曾经有一些要好的朋友劝刘丰富:"你现在事业的规模也不小了,该有的有了,见好就收吧,适可而止吧。

干多大事业操多大心,何况你的腿还有毛病,就是有胳膊有腿的人也照你逊色许多。"

刘丰富未置可否,他谢谢朋友的一片好心。但他自己清楚,自从落下残疾的身体后,就一刻也没有停歇过,连喘气的机会都不给自己留,怎么能停滞不前呢,别说没有太大的困难,就是遇上风暴雨雪也要去闯,那才是一个男人,一个特殊的没有双腿的男子汉!

他在解决了生存的问题后,带领和鼓励大家一起致富,他还有很多想法,要去努力实现。

从古到今,放眼中外国家,无论在任何时候和任何地方,人们每一次思想解放和观念更新,都会在不同程度上提升生产力水平,发展经济的灯塔就会照耀下去。

人类最伟大的力量是思想,法国哲学家安托·法勃尔·多里维说:人类是一种使思想开花结果的植物,犹如玫瑰树上绽放玫瑰,苹果树上结满苹果。是人类独有的精神瑰宝,闪着历史和智慧的光辉。

思路决定出路,创新思路决定创新发展,思想是思路的源头。任何时候,任何情况下,要想发展,拆除守旧的藩篱,换来东风浩荡,定会吹来满园春色。

刘丰富,七台河第一个个体户,在因伤致残,失去双腿的情况下,就是想赚钱养家糊口、想让自己和家人过上好日子,就是不想让别人瞧不起自己。

思想一活,想法就多起来。修锁、印背心、修过钟表、开过照相馆,小日子虽说不上富裕,但也算过得下去。照常理说,他完全可以得过且过,可是在他的思想深处,总有一种冲动,或者说是一种灵动,自己总有一种向往,总是闲不住自己,总是向往着更大的发展和更美好的未来,自己非常有信心和勇气。

大干一场的理念总是萦绕在自己的脑海中。

有一次,在去哈尔滨的火车上,他认识了一个香港的工程师,当他打听到这位工程师是亚洲地区有名的煤化工专家时,他的眉头一皱,头脑中的计划就来了。刘丰富及时把煤矸石样品寄给了这位工程师做化验,看看煤矸石中有没有什么宝贝。

刘丰富的先见之明比七台河的现代人早了40多年,这一思想上的大胆破冰,为他带来的是煤矿、矸石空心砖厂等企业的相继试水。

从此,大把大把的钞票雪球般地滚进自己的腰包,思想的超前,成了他改变人生命运和贫穷生活的一把金钥匙。

他坦然地说,如果向命运低头,守着残缺的身体,抱着陈旧的思想,那他这一生也只能活到老穷到老,家人也会跟着他受穷一辈子。

穷则思变,变则通,通则久。变者,古今之公理,他对这话坚信不疑。

七台河和温州是友好城市,美丽的桃山湖与澎湃的瓯江,虽说远隔万水千山,仍然日夜奔流,遥相呼应。早在1993年,七台河就从温州那里嗅到了市场经济的芳香,远到温州学习取经,借回温州发展民营经济的火种,时任七台河市委书记的罗树清开创性地提出了"实施9388工程,建设北方温州"构想。忽如一夜春风来,千树万树梨花开。经商办企业成为时尚而被人们几近疯狂地追求。

义乌是一个"无中生有"的传奇,从"鸡毛换糖"起步,创造出全球最大的小商品市场;义乌是一座"无奇不有"的"世界超市",180多万种小商品销往200多个国家和地区。在义乌小商品背后,有大市场、大改革、大开放、大诚信。义乌的发展被评价为"无中生有、点石成金"。

经过多年的发展,一个集贸易、运输、服务于一体的全球最大小商品批发市场已矗立在义乌这片热土上。新光集团、华鼎锦纶、浪莎袜业等义乌知名企业如今都成了国内同行业中的领头羊。

得益于"义乌制造"与"义乌市场"齐头并进,义乌小商品市场多年来持续繁荣,年成交额连续20多年居全国专业市场榜首,2017年小商品成交额为1 226亿元。目前,常驻义乌的外商有1.3万多人,100多个国家和地区在此设立进口商品馆,经营8万余种进口商品,"买全球货,卖全球货"的国际化格局初步形成。

那时候有的七台河人,铁饭碗自个儿摔碎了,自己断了自己的后路,办起了针织厂;有的向银行贷款,搞起了长途运输;有的开起了大饭店;有的偷偷去了南方的工厂去"卧底",回来后开起了床垫厂;有的干脆把买卖干到了俄罗斯。七彩城开业的时候,2 000多个摊位全都爆满,外地客商达到了460多家。

以温州人和义乌人为主体的客商加入民营经济之中,当年就搅热煤城的经济发展。一年总户数达到10 235户,从业人员达到19 093人,产值达到2.1亿元,上缴利税1 286万元。

市领导大会小会提建设北方温州,刘丰富抓住这个机遇,大胆地干大胆地闯,有很多构想远远地超过七彩城当时的做法。

他要使这里有欢乐,有一番美景,让煤城人民去"观光"。

在九井站点路旁,他用 10 万元买地号,投资 60 万元盖起一幢小二楼,建筑面积 800 平方米,装潢又花了 60 多万元,全市可数的高档次集餐饮、娱乐于一身的中梅大酒店于 1993 年春开业,就业人员达 50 多人。

投资 20 多万元的夜总会开始接待客人。

后又相继开了两个煤矿,实行承包制,每年上交承包费几十万元,年产原煤 1.5 万吨。

1995 年 5 月,又搞起了煤炭加工,焦化厂宣告成立,投资 40 万元,年产值达万吨,形成一条龙体系,已走上产业集团化格局之路。

固定资产已达 300 万元,为社会捐款 10 余万元,为社会福利事业赞助而不留名。

——七台河市万宝儿童公园捐款,也留下了这个身残志坚人的身影,被市公安局领导特邀发言。

——出钱支援部队国防建设,有高尚的自我牺牲精神,哪怕不被亲人所理解。

——救助失学儿童、边远山区水灾、亚冬会举办等,他都会献出一片爱心……

——1998 年的特大洪灾,他带头捐款……

有的人,拥有了金钱以后,便为所欲为,以为拿到了通行证,什么都干,成了人格扭曲、腐败,甚至死亡的通行证。

金钱不是没有边界、没有限制、至高无上的神。刘丰富认为金钱必须取之有道,用之有道,有其不能逾越的边界。

常人无法做到的事,刘丰富做到了。凭什么? 他凭的就是一股永不服输的韧劲和坚强的意志。

在人们看来,通常情况下,残疾人往往被视为弱势群体,应该得到社会关爱。而身有残疾的刘丰富,不但没给社会增加负担,还凭着一股韧劲为自己闯出了一片天地,成为全市著名民营企业家。用刘丰富自己的话说,就是要活出个样来,让人刮目相看。

走到今天,刘丰富回想起自己的经历,原来上天给自己关上一扇门,却开了一扇窗,苦难是上天安排的最好礼物。的确,世界是一面镜子照到内心,内心啥样,世界就是啥样。人生,选择抱怨,世界就会充满痛苦、黑暗和绝望;选择感恩,世界就会充满阳光、希望和真爱。

刘丰富知道:创新是企业家的永恒主题,能从小事干起,从屈辱中长大,从苦干中创业,这是一种敬业的宝贵品格。

2001年,刘丰富不畏艰辛,经常来往于七台河市和佳木斯市之间,用诚心感动投资者,最终从佳木斯市引资100万元后,建成了一座拥有厂区15公顷、厂房1 200平方米的型煤厂,生产工业、民用型煤,并被农业部认定为优质产品,不但占领了本地市场,还远销省内外。

刘丰富虽然身患残疾,但他志向远大,只要他认准的事,再难也要干到底。他为实现建一个现代化的煤矸石空心砖厂,把煤矸石变成宝,净化环境,虽然建厂需要引进4 000万元资金,这在常人看来是个天文数字,但刘丰富将决心变成了现实。

他风餐露宿,八去双鸭山到东方公司考察,论证空心砖项目;他马不停蹄三下哈尔滨,带着半袋子资料和一盘录像带去招商引资,还把投资方请到双鸭山考察空心砖厂生产流水线和经营效益。虽然这个客商终因资金不足而告吹,但他并没有灰心,又四去北京,往返于深圳与哈尔滨之间,在别人引见下,同恒达国际投资公司进行谈判,又请投资方来七台河和双鸭山实地考察、论证。刘丰富的创业精神感动了"上帝",这个公司决定投资2 000万元同他参股共建矸石空心砖厂。

2002年的春天,是一个令人难忘的美好春天。矸石空心砖厂破土动工,10月全部竣工,保证了2002年年底生产出产品。

曾经有人问:"老刘,你能干出这番事业,有什么高招吗?"老刘爽快地回答说:"高招谈不上,经验有点儿。能有今天的成就,首先要归功于党的改革开放富民政策;其次要真诚地感谢上天。上天在30多年前曾'恩赐'我一场特大的不幸,正是这场不幸教会了我在社会这所大学校里,真真切切地做人,实实在在地生活。正是这场不幸坚定了我对美好生活的追求,磨炼了我的意志,支撑我重新站了起来。也是这场不幸使我在市场经济大潮中,学习掌握了经商办企业的本领。人无论在什么情况下都要有信念和意志,要有

走向新时代
ZOUXIANGXINSHIDAI

一种自信心,要有战胜困难的勇气;人要做一个自食其力、对社会有价值的人,要练就各种生存本领;在今天的市场经济条件下,特别是入世以后,必须有开拓创新的意识,要跟上时代的步伐,艰难、曲折、不幸、挑战都会转化为机遇和发展的动力,都将会获得一次次成功。"

这就是残疾人刘丰富;

这就是七台河市诚信公司总经理刘丰富;

这就是一个名望很高的民营企业家!

他多次受到有关部门奖励,1995 年被七台河市委、市政府授予模范个体劳动者光荣称号。

他的事迹曾在《文汇报》《黑龙江日报》上宣传报道。

他的名字也从此轰动煤城,走出龙江大地,直至全国。

七台河市的民营企业家刘丰富,就像千千万万个中国优秀企业家一样,正用自己的一片丹心热血,铸造着明天的灿烂辉煌,他所成长的历程就是一部成功的杰作,就是一座丰碑……

希望之光

土地是诚实的，你种瓜，它就结瓜；你种豆，它就长豆。你在土地上付出多少劳动，土地就给你多少收获。树木是诚实的，它们生在那里，就一直站在那里。风来了、雨来了、霜来了、雪来了，它们不会转移到别的地方去。春来开花，秋来落叶，并不是因为它们趋附，而是生命节律所致，它们遵循的是自然的法则。让我们师法自然，也诚实起来。刘子全就是这样一位诚实的教育专家，让人敬仰。

——题记

七台河，这个新兴的东北煤炭工业城市，年轻而有魅力。它的兴旺发达皆与那耀眼的黑宝石相连着，七台河人用自己的智慧和汗水使这颗明珠更加耀眼、绚丽、多姿，光芒四射。

岁月悠悠，历经沧桑。

21世纪初的桃山水库南侧，在仙洞山旁又诞生了一座顶天立地的浅绿色五层大楼，"希望高中"四个遒劲有力的烫金大字十分耀眼，令人肃然起敬。稳健而干练的校长刘子全，在人生的旅途上已走过了70多年的路程，这所民办私立高级中学，浸透了他多少心血。献出了多少爱，对他，七台河人有一种深深的仰慕之情。

一个好校长就是一所好学校，教育的铁律从来都是这般独特。好校长无疑是可遇而不可求的人才、精英。人们为之而吟诵的"师英"者，历史不会忘记他，自当为他沉思和歌唱！

刘子全也因其人格的魅力、高尚的情操、宽阔的胸襟、浩然的正气、超凡的领导能力和创新的文化理念，赢得煤城人们的尊崇与爱戴。刘子全，用一颗昌盛中国的赤诚之心,为中华民族的教育事业谱写了一曲曲动人的乐章。

让我们用笔来书写、描画,用心来聆听、探寻这位在平凡而神圣的民办高中校长的岗位上,默默地创造的令人难忘的业绩吧。

一、没有惊人的壮举,脚踏实地的工作,凭着50多年的教育教学生涯,锻造了上进求索的意志,一个个带有感情种子的故事,实现着人生价值。

就像从完达山上移来的一棵挺拔的红松,憨厚而不失精明、随和而不失原则、自信但不骄狂、谦和而不卑怯,刘子全给人的感觉是斯斯文文,如和风细雨,乐观大度。

1946年的冬天,东北刚刚解放,正是隆冬的时节,白雪皑皑,北风阵阵,冰天雪地。这是入冬以来最大的一场雪,广袤的原野上,雪花飞舞,纷纷扬扬,雪花飘落在人们的脸上,冷飕飕的。

山城勃利被迷离的雪雾包裹着,苍茫的千里雪原纵情舞动。

感动大地的人,大地永远铭记;感动历史的人,历史不会沉默。

这一年里,刘子全当上了一名教员,学校是他一手创办的,在他的家乡,他成了远近闻名的圣人,一天从早到晚忙得不可开交。白天,他领着一些穷人家的孩子,念着课本上的"一个人,一个口,一个人,两只手……"夜晚,大家围在他身边,成了农民夜校教员,一教就是小半宿,周而复始。

善于观察的刘子全在教学过程中发现:有的学生能记住,有的记不住,什么情况下能记住,这里挺有趣,学问大着呢!别看是"哄"小孩子。1949年全勃利县统一出题会考,他夺得了全县会考成绩第一名,上头还奖给他一面红旗,看到这面伴随着共和国脚步的红旗,他立下了决心:终生从事这项事业,像蜡烛那样燃烧自己,一定要燃得光明灿烂。

爱上这项事业后,他把平凡的事情当成科研来对待。刘子全想:当你把你的工作对象提高到科研高度时,所产生的兴趣更浓,产生的爱更深,效果也会更好。

这浓浓的乡情、深深的爱意,使他有充分的信心把自己创办的第一所学校办好,把阳光和雨露带给那些曾受过苦的孩子,培养他们成才。不久,他便被提到乡里任教导主任、农村中学校长。1953年又调入勃利县第一完小当校长,勃利县第一完小是一所很有名气的小学,刘子全想:要想把学校办好,自己必须进行系统学习,取得一些成绩是眼前的,必须从长远角度居高临下想问题才行,用广博的理论知识去领导学校、领导教师、教导学生。

在全国上下反右派,"大炼钢铁"后期的 5 年里,刘子全又苦读了 5 年书。在省城教育学院学习期间,自己觉得知识面宽了,各种思考问题的路子也广了,有些想法也开阔起来。当时,四个班在大厅里进行大课讨论,学院院长坐在头排列席。第一个发言很平常,第二个发言也如此,发言的人已经提前有了准备。

刘子全有些耐不住了,他跃跃欲试,举止大方地站起来,不慌不忙地举起了右手。他的举动让院领导们吃了一惊,人家讨论明明没有安排你讲话,这是何苦呢? 主持讨论的教授投来疑惑的目光,学院的院长欠了欠身子,只见他与身边的领导耳语了几句后,便微微地点了一下头。等第三个讲完后,第四个便临时安排刘子全发言,他从容自若地讲了起来。他讲得很深刻,真是滔滔不绝。对问题的焦点,旁征博引,谈古论今,从国外到国内,数字、事例以至于出处都交代得清清楚楚,在别人都讲 20 分钟的情况下,他讲了整整40 分钟。

"你是哪个大学的?"老师问。

"自学的。"他答。

人们哪里知道,他在系统学习过程中,看过 6 个国家的教育理论方面的书,光笔记就记了厚厚一大摞。等毕业后自然被留校工作,勃利县委领导就是不放,并说:"这样的人才我们还重用呢,不能给你们。"

"文革"期间的刘子全,被下放农村,1970 年调回县城。在教育还没有走上正轨的情况下,他自己偷偷地搞起了教学工作,向学生讲起了毛泽东诗词。由于他善于团结身边的同志,学校的小气候环境好,使他的思想以及行为有了生存的土壤。

党的十一届三中全会以后,刘子全的精神头就更大了,这时他任县四中校长。他天生有一种不服输的精神,当时县四中的实际情况是学生是二类苗,要想追上或者超过学生是一类苗的县一中,这在教学设施和师资队伍方面都是很有差距的,但他的目标是超过一中。人们觉得不可能,但事实的回答是超过了一中,这里所付出的代价是可想而知的。

县委有决心在勃利县城办一所重点高中。这时的刘子全面临两种选择:从政还是从教,从政当教育科长,从教就去五中组建中学,一切都要从头开始,而且起点必须要高。

要想实现自己的理想,发挥工作特长,就去五中! 决心已定,经过几天深思熟虑后,他写出了 5 000 多字的建校纲领。

好个刘子全,好好的仕途之路多么诱人,对于有些人苦苦追求,甚至一生都得不到的,你能轻易得到却视若无睹,你的心里流淌的是民族教育的血,甘愿为教育事业奉献一颗拳拳之心。他深知:知识分子最珍惜的是学问和才能,为自己创造条件,使知识充分展露,经世致用,变成果实,才是最有价值的。

的确,对于一名知识分子来说,工作是生命最重要的内容,如果放弃教学工作而"休息",那就等于教学生命的完结!

这是个实现自己夙愿的机会。在建校纲领中,从办校宗旨,到办学方向、原则、要求,一直到实施细则、奋斗目标,在当天的建校大会上,刘子全很动情地讲了出来,当时的目标:用三年时间,建成省级重点校!

经历辛勤耕耘,勃利县五中终于结出喜人的果实:1984 年 197 名考生,考上本科 126 人,专科 15 人,共计 141 人,升学率为 71.6%,其中考入清华大学 1 人、北京大学 3 人。这一成果轰动了勃利县,轰动了七台河,震动了省城哈尔滨。

"勃利高中在哪里,是重点校吗?"

"校长刘子全是谁,什么样子?"

一连串的问题来自省城,来自东北三省。

当年,省教育厅胡厅长、朱处长从省城私访来到勃利县城,他们在校园里走了个遍,又多方了解后才找校长刘子全,在这里考察了三天,回省城后,推广了这里的先进经验。

1985 年 5 月 10 日,是个令人难忘的日子,刘子全所领导的五中光荣地成为省级重点高中。他们的做法突出,成绩优异,出了大名,刘子全的名声从此大震。

1986 年七台河市成立五中,市委、市政府最初找不到合适的人选,最后确定为刘子全,市委领导在研究人选时一致认为:刘子全是最佳人选! 为什么这么慎重呢? 这可是 80 多万煤城人民的重点中学,牵动成千上万人的心啊!

刘子全没有辜负七台河市委、市政府领导的期望,煤城人民的重托,这些压力变成了他工作的动力;组建学校、建校舍;培养师资队伍,选拔人才,狠抓教学。样样抓、样样管,身体力行。

凭着对教育事业的赤诚,凭着几十年的奋斗,凭着执着的追求,凭着智慧、胆识、才能,七台河市五中又捷报频传:第一年送走 74 人,第二年 84 人,第三年升到 102 人,而且在这一年里出了全省文科状元。

教学楼经刘子全一手建起来了,教学质量也上去了,60 岁的他也该离休了,此时,他又延期服役了 5 年,直到 65 岁才离休。

人们认为:刘子全是个神人。

是的,人生几多风雨,几易寒暑,他始终以一种强烈的幸福感、责任感、使命感把自己的一切奉献给党、奉献给祖国、奉献给他所钟爱的事业。

骨子里生出的自强不息的坚忍性格、知难而上的拼搏精神,时时地激励着他。

1992 年除夕,人们沉浸在节日氛围之中。

大年三十是中国人的传统节日,家家户户都团聚在一起,欢声笑语,共享天伦之乐。正当刘子全一家边包饺子边欣赏电视播放的春节联欢晚会的时候,时任七台河市委书记的罗树清敲开了他的家门。

领导来拜年看望德高望重的刘校长,送来了一块精美的匾,上面有罗树清书记亲笔隶书。

罗书记微笑着同他握手后,说:"我来给校长拜年来了,你终生从事教育事业有功,你对七台河教育有功,我代表全市党政军民向你拜年,向你道功。"

"没什么,我只是做了一个普通人应该做的工作,很平凡、很平常。"刘子全解释说。谦逊的话语中透出一种真诚,他的感觉不只是荣誉感、自豪感,而是有一种深深的责任感、使命感。其实,两天前市委、市政府已经来人拜年了,这次罗书记专程到来,着实叫老校长感激不已。

然后又谈了一些其他方面的事情,临走时罗书记说:"你已经为教育事业操劳一生,多多保重,你是国家的宝贵财富。"

一个普通的老校长为何受到市委书记这般尊重? 早在罗书记任佳木斯市副市长时就听说过刘子全是全省有名的校长,教学权威。罗书记任七台河市市长后,听五中汇报时曾与刘子全达成过君子协议:"你是一个教育权威,全省有名的教育专家,条件不好我给你创造,能否达到 50% 的升学率?"

"一定达到。"刘子全爽快地回答,这简短的回答是轻松的,然而,刘子全与教职员工付出多大代价才完成这项任务,是可想而知的。

刘子全为这项协议圆满地画上了一个句号。

一个人的志向再高,如果不努力,志向终将成为空中楼阁。即使一个人暂时没有远大目标,但因为努力,终将会找到奋斗的方向。所以,做一个努力的人,可以说是人生最切合实际的目标,是人生的大境界、大格局。刘子全做到了。

二、他是穷人家的孩子,放过猪,念过私塾,养过蜂,懂园艺。眼里没有任何困难的他,立志报效国家,他在苦苦地追求之中,用的是身和心去面对。

多年的人生之路,风风雨雨,坎坎坷坷,说实话,刘子全已近风烛残年,然而,他像一名优秀的运动员,不知满足地寻找更高的前进目标,从来不知道啥是疲倦。

1928 年,刘子全出生在勃利县双河镇永安村的农民家里;这里是被松花江的一条支流倭肯河冲积而成的平原,这里是块宝地,无论啥年景,外面不是旱就是涝,这个地方从不受灾,旱涝保收的绿色平原,人活得自在滋润。

他的童年是在黑土地上滚爬过来的。8 岁开始给自家放猪,整整干了 5 年,到 13 岁才开始读书,祖父主持一家人的生活,家人形成每人只念两年书的习惯,就是识几个庄稼字,不当睁眼瞎就行了。

他从小就养成与命运抗争的坚强性格,读书非常勤奋,在一年级里他个儿最高,坐在最后边,也最懂事,一年学了两年课程,两年就把四年的课程学完了。这时他已经 15 岁,该是下地当半拉子十活的帮手了,四年级得到双河镇去考,他想,自己去考考,看自己的学习成绩怎么样,屯子里 16 人考上 5 人,刘子全考了个第一名,这下可轰动了全屯,念四年书的没考上,念两年的却考上了,邻居们说:"念下去吧,会有出息的。"

一天,爷爷抚摸着孙子的头说:"孩子,你念书爷爷高兴,但 500 元外债,再雇一个长工 300 多元咱家负担不起。"爷爷叹口气。

刘子全低下了头,他咬着牙硬是没让泪水流下来,自己没觉得委屈,但是出于一种本能,自己想继续读书。

可是家里的条件不允许,就在进退两难之际,爷爷终于打破常规,叫孙子去双河读书,小小的刘子全身上的压力很大,这个机会必须珍惜。上学期是中等生,等到期末考试全班第一。他的劲头更足,拼劲更大了。早晨与婶子们一道起来,边烧火边借光亮看书,柴火烧到手,竟然不觉得。高小毕业了,自己不满足,求知心切,自己清楚一个理儿:多掌握知识,多明白事理。

他把这个想法与哥哥说了,于是背着全家人去依兰县城参加考试。思想无负担,考起来顺手,回来后,参加了生产劳动。有一天,校长、班任来祝贺,又考上了伪国高。当时的刘子全掉下泪来,自己的努力终于有了回报,就是不念也对得起自己了,爷爷和爸爸在那里沉默不语。

刘子全能有机会继续学习,多亏屯中姓曹的一位故交,这个人名叫曹玉新。曹玉新找来屯里有头面的人给刘家开家庭会议,又故意问有没有能出卖的东西,自己买下,有台大车爷爷要200元,他一算上学需要210元便给了240元,用来支持刘子全继续上学。其实曹家根本不缺这件东西,这是令刘子全终生感激的事情。一个纯朴善良的并不富裕的农民,他的心胸如此宽广善良,真令人钦佩。

在古城依兰读书3年,1946年冬天回乡当上了一名教员,这一干就是整整一辈子。

1970年,知识青年上山下乡到农村大有作为的浪潮还很高的时候,刘子全插队落户来到勃利县小五站公社的庆云大队。

为官千日好,不如为农半日闲,这也许就是命运吧,农村也是个广阔的天地,在农村干吧,省心费力,过着日出而作日落而息的田园式生活。自己想:在农村要想有滋有味地生活下去,靠干体力劳动不行,那时候就是武松下地,也过不上富裕日子,必须得有一技之长,只有这样才能过好光景。

从苦难中走来,他对于个人生活和生命意义的解读,别有一番发人深省的内涵。他自己坦言,心镜映照天地,坦然、真诚无愧煤城人民。他活出了真正的自我,活出了纯粹的人生。

他要在广阔的天地里大干一场,他有雄心壮志。当时大队有37箱蜂要卖,他便主动谈了自己养蜂的想法,大队书记一听有些吃惊,感觉他不是这块料,转念一想,眼下没有行家里手。"对,这些知识分子说不定就是能人呢,行,你干吧!"

5月,正是北国暮春时,完达山上的杜鹃花红灿一片,香气诱人,常青松油碧的枝叶舒展着淡定的从容,小河翻动着清冽的浪花,欢快地向着倭肯河流去。

刘子全做好准备,选择一个风和日丽的好天便开进了骆驼砬子,开进了大森林里。这里山高林密,基本上是原始森林。

大自然的神韵就在这里:这个完达山腹地的大森林如一蓬蓬绿色火焰,跌宕起伏,绿得粗犷,绿得强悍,仿佛有一股无尽的热情,向着大地燃烧。

大自然的美景没有使刘子全陶醉,他要抓紧时间在林子里盖房子,抢在雨季前必须完工。7月至8月是大流蜜期,春有柳,夏有椴,秋有苕条,割蜜期将到,他下山叫书记准备蜜桶,书记似乎忘记了这件事,认为用那么多蜂桶不可能,搞了几年也没有个结果,如今真的出蜜了? 结果是出了700多斤蜜,书记乐了,群众乐了,刘子全也乐了。

刘子全建议全村每户一斤,这在当时农村集体干活记工分,吃粮靠返销,出门开介绍信的年代,简直就是奇迹了。

在那段日子里,面对绿花粉,刘子全陷入了深思。他拿起柴刀,背上书包,踏着早晨晶莹的露珠,由蜜蜂引路奔向西南方向,走了十多里,在一片笔挺的树下停了下来。树间的阳光丝丝缕缕,成片的黄芪一丛一丛,盛开着一朵朵淡黄色的花,他发现,哪朵花开得越好,哪朵花招来的蜂子就越多,蜜蜂穿飞在花与叶之间,这些可爱的小生灵正在酿造甜美的生活。

这绿色的花粉原来就是黄芪! 一种胜利者的微笑笼罩在他的脸庞,累和饥饿不知跑到哪里去了,刘子全坐在那里仔细观察、记录着,精神进入最佳状态,远处的小鸟在啁啾,近处的小溪在鸣唱,这些,刘子全浑然不觉。

他如同一只不知疲倦的蜜蜂,开始酿造着美好的明天。

领着大家种植人参、平贝,嫁接果树,又进行养蚕,他成了一个大忙人,在他身上真正地体现了:人活着就应该像一团火,富有朝气,焕发活力,适应各种环境,对人类有所贡献。

揭开尘封的岁月,脚步从大森林里、黑土地上走过。

在这块沃土上,他又生根发了芽,他觉得,这样的人生是幸福的,也是最有意义的。

在这段甜蜜美好的日子里,大山和他做伴,鸟、鲜花、小溪、绿树都是美景,还有很多可爱的小动物,这里是他生命中工作难度大,工作强度也大,工作着并快乐着的一段美好时光。他甚至忘了睡觉香甜而美妙的韵味;饿了,他会不假思索地选择最便捷、最简单的方式,就是在自己开垦的土地上采摘绿色蔬菜,感到收获带给自己的喜悦,慰藉一下日夜未息的辛勤劳作的自己。

把蓝图化为现实,自己只能选择挑战。挑战是多元的,首要的一条是向自己挑战,即向自己的意志、毅力、耐力、生理、智能等极限挑战。用心血、汗水、智慧、精诚继续抒写着激情人生的诗句。

三、作为教育专家创建民办高中,白手起家边教学边建校,一切从零起步,把自己的一切,系于民族教育事业上,这便是他的最高追求和最大的乐趣。

刘子全几乎用毕生的精力创办希望高中,让自己终生所追求的事业闪现出了光彩,他的目的就是让孩子有一个读书的地方。1995 年 8 月 1 日,希望高中全体师生欢欣鼓舞,这是他们乔迁教学楼的日子。这座占地 2 万多平方米的五层楼,每一块砖、每一片瓦、每一件教学设施都会引出刘校长的一段段勤劳辛苦的往事。

1993 年流火的七月,煤城一派葱茏,满目生机。刘子全开始筹建希望高中,从此,走上了一条艰辛曲折的民间办学之路。在有关部门的支持下,通过一个多月艰苦工作,希望高中按时开学。

刘子全创办希望高中是出于这样的考虑,七台河市区每年都有初中毕业生 5 000 名左右,能升入上一级学校的只有 1 000 人,余下的 4 000 多名十几岁的孩子正处于身心发育期,不到就业年龄,回家待业对社会、家庭以及自身都不利,况且他们中还有部分学习基础好、求学愿望强、有培养价值的学生。一些有识之士提出创办高中的主张,1993 年 7 月刘子全开始筹建希望高中,从此,走上了一条艰辛曲折的民间办学之路。

他与王云鹏、那述宇一起,每天四处奔波、游说、办手续、租教室、买备品、聘教师、招学生,没有一件轻松的事儿。没有车,全凭两条腿走。在有关部门的支持下,经历了一个多月艰苦工作,希望高中按时开学。

这是个让人终生难忘的日子,这个日子非同一般。

这时,社会上的反响四起:一种意见是鼓励支持,认为希望高中符合发展方向,定能大有作为;另一种意见是怀疑,尽是些没考上重点高中的三类苗能行吗? 还有一种意见是不理解,认为民办教育不正统,弄不好就是搬起石头砸自己的脚。

面对这一切,刘子全没有丝毫动摇,当时还有人劝他:"又不多挣钱,干这干啥?弄不好砸了你一世名誉。"他只是淡淡一笑,是的,自己在教育战线上已辛勤耕耘了半个多世纪,业绩突出,硕果累累,确实是桃李满天下,他的事迹和名字已被收入《黑龙江当代教育家词典》。

与平常人一样,普通人都会珍视自己的名誉,因为它是做人的第二生命。对于一个有着光明人生追求的刘子全来说,往往把第二生命看得高于第一生命。他没有追求虚荣,也没有追求金钱。办教育是个苦差事,是实实在在的奉献,没有半点索取。

"咱们创办学校不是为了个人留名,不以营利为目的。主要是让孩子有上学的地方。"这是刘子全很简单明了的想法。

几次会上,刘子全都反复强调其办学宗旨:育人为本,教学为主,质量第一,信誉至上。寻找差距,分析原因。希望高中与省市级重点高中在教学条件及学苗上的差距是特别明显的;学习成绩人家最差的也强于希望高中最好的,还有实验设备不足等问题。希望高中优势在于教学水平和管理水平高,当时应聘教师中有高教 36 人、特教 4 人、中教 8 人,全都是教学经验丰富具有高考辅导能力的精英,他们事业心强,甘愿奉献。

实行 50 分钟授课制,周日上课,双周休两天半,每双周召开一次教研会,解决教学中出现的问题;对学生进行辅导跟踪问效服务,形成一条龙体系,重点辅导,区别对待。

教职员工及学生全部住宿,全封闭严管理,排除一切干扰,把学生引到学习上来,这就是刘子全发明的"牵羊上路法"。教师因材施教,分工包干,向学生主动靠近,并提出口号:向教学要质量,向管理要质量,让三类苗结出一类果。

要想结出一类果实真是很难。

设立名次进步奖、特殊名次进步奖、单科优秀奖和学习优秀奖,鼓励学生奋发读书,每学期有 50% 左右学生得奖。

与重点高中联考,互通信息,已有 10 名学生进入联考百人大榜,优异者已进入前十名。

几分耕耘,几分收获。

人们不会忘记,1994 年高一学年参加全省会考,一次过关率达 95% ,在

27

全省 485 所高中里,列 286 名,说明三类苗子结出一类果实。

1996 年参加高考 72 人,录取 42 人,升学率为 58.3%;1997 年 64 人报考,中专以上录取 49 人,进段率达 76%。这明确可以看出,教学质量越来越高,真是希望高中大有希望。

1999 年报考 52 人,升学 28 人,升学率为 53.84%,令人们叹服。

2000 年报考 142 人,重点院校录取 10 人,升学 82 人,升学率为 57.7%。五年来,希望高中的升学率都在 55% 以上,真可谓三类苗结出一类果。

2001 年报考学生 207 人,全国重点院校录取 14 人,本科录取 41 人,占报考人数 74%,其中文科考生占全市进段人数的 20.2%,理科考生占全市进段人数的 11.1%,升学率在 60% 以上。

2003 年报考 215 人,重点院校录取 7 人,普通本科院校录取 36 人,专科院校录取 142 人,升学率 87%,升学率居全市第一名,比全市升学率高 7 个百分点。

当教师办教育,干的是良心活,种地是一年的收成,教育一个学生是一辈子的事情。学生的家长选中了我们这所民办高中,选中了我们的老师,我们就要以高质量的教育手段使学生成才,成为对社会有用的人,让家长和学生满意,让政府和人民满意,也让过了若干年后的人们满意。

不为彼岸只为海,虽不想收获什么,却愿心怀一种博爱,为了这份责任和良知,他将心怀梦想继续努力前行,助力孩子达成目标、实现梦想。

1994 年 6 月,希望高中教学大楼破土动工,这需要投资几百万元才能建起来,刘子全自筹 60 万元,贷款 70 万元,其他部分想方设法解决。原市委书记罗树清在构建校舍报告上批示:"希望高中是全市荫及子孙的大好事,各方面应予支持,请你们认真研究,尽量满足要求。"原市长王贵忠在报告上批示:"在建设收费上,能免则免,可减则减。"刘子全受到了极大鼓舞和感动,他立志把希望高中办好,作为最好的报答。

在建教学楼的日子里,刘子全表现出藐视困难的乐观主义态度。学校需要大水壶,他与王校长从党校借来设备,没有雇车,硬是用手推车亲自推到学校。1995 年 6 月,他去工商银行办事,回来时正赶上下小雨全身淋透了。总务科长说:"大街上的港田那么多,花上两元钱怎么会浇成这个样子呢?"刘子全只是笑笑,教职工知道:他是节省每一个铜板用在工地建设上,用在对下一代的前途培养上。

教职工也特别清楚,在某些各级各类学校提高收费标准时,刘子全仍然不以营利为目的,坚持低收费,每生每年只收1 000多元学费,对确有困难的学生予以免缓。他用自己的行动,托起了明天的太阳,在人们心里树起了无形的丰碑。他的心里始终回荡着一个响亮的口号:那就是只有教育才是强国之本。

事在人为,这话有分量。一代伟人毛泽东说:"世间最可宝贵的是人,只要有了人,什么人间奇迹,都可以创造出来。"

刘子全无疑就是创造人间奇迹的人。这样的老人确实不易,他是人才,而不是庸才;这样的人就是英雄,而不是孬种;这样的人就是大将风度,而不是小家子气;这样的人就是大智慧,而不是小聪明。

"智者不惑,仁者不忧,勇者不惧"出自《论语》。智者不惑,是因为有智慧的人明于事理,洞察因果,知晓天下事;仁者不忧,励人以乐观豁达的态度看待名利,用智慧人生去品味舍得;勇者不惧,是说勇毅者心底无私天地宽,奋勇当先,一往无前。在几十年的人生经历中,他在勉励警示自己的同时,也亮化了自己美好的心灵。

四、在倭肯河畔,一位默默无闻的老教育工作者,他用一生的不懈追求,孜孜不倦地实现着自己的人生价值。他用一种博大的情怀,抒写了一曲振兴民族教育事业的赞歌,成为民族教育的使者。

金秋九月,是北方丰收的季节。

2003年9月4日上午,初秋的原野满目青碧,爽人的清风抚摸着繁华而又喧闹的校园,只见希望高中的操场上彩旗飘舞,锣鼓喧天,声声礼炮响彻天空,希望高中的全体师生和来自社会各界的嘉宾共同庆祝学校十年华诞。

刘子全有多年重点高中的工作经验,这无疑是他的宝贵财富。他以"追求而超脱,严格而宽容"为座右铭。他把"发展希望事业,发展希望人"作为自己的人生追求。希望高中的老教师评价说:刘校长虽说年纪大了,但思维缜密,理性聪慧,肯吃苦,爱钻研,凡事三思而后行,是一位有胆有识、开拓创新的好校长。

在重大问题决策前,他总是深入实际工作中调查研究、反复论证,然后征求大家的意见,在班子中进行综合评定评估,最后再达成集体共识。

他已经形成这样一种生活和工作的习惯,时时处处注重发挥自身的表率作用。自从走进校门那天起,节假日从来不休息,晚上也不回家,学校就是自己的家,吃住在校园。担任校长几十年间,他除到北京参加过一次教育局领导点名让他参加的新课程改革研讨会外,没到外地开过一次会。他坦然真诚地说:"现在获取信息的渠道很多,外出参观考察既浪费时间,又浪费金钱,不划算。"近几年,学校的办学条件改善了,他的年龄也逐渐大了。有人劝他说:"学校应该买辆小汽车了。"他果断地说:"多走走对身体有益处,现在还不是享受的时候。"

刘子全将自己的教育思想渗透到每一个班子成员的头脑中,然后再推而广之。他认为,教育有自然性,又有社会性;他总是强调,教育事业来源于社会,又服务于社会。按照社会需求逐渐完善了"文科、理科、艺术相融合"的办学模式,严守"厚德健志、哲思理为"的校训。

大力主张用严格的制度和考核评价来规范教职工的工作,提出了"以法制约、以理引领、以情感悟"的"法理情和谐管理"的管理模式。这些举措看起来很严厉甚至苛刻,但是也有宽松因素在里面,能充分调动起大家的工作热情。

在教学管理上,秉承"理性引领、文化启迪"的理念,努力建设学习型校园,形成在探索中创新、在反思中完善、在和谐中发展的学习工作氛围。积极探索教育教学规律,不断反思完善,创新教育教学模式,使常规教学、反思性教学、探索性教学有机融合,有效地促进了师生健康发展。他博览群书,精研孔子的分层次教学论、布罗姆的目标教学论、赞可夫的发展教学论和陶行知的行为教学论,并融会贯通,运用到实际工作中。

在实际工作中,他经常深入到各学年组、学科备课组、班级教师组,随时检查教师的工作。他常常挤时间到班级听课,发现问题,及时与教师沟通,直到问题解决为止。

食堂也是他经常去的地方,没有特殊的事情,自己一直在食堂用餐,这也是检查工作的好地方。

"严点儿好,只要是为了工作,只要是出于公心,只要方法得当,大家都能理解并接受。"他也是个宽厚的人。他直来直去,不搞"弯弯绕"。与他共事的教师说:"跟他在一起工作,他可以把许多复杂的问题简单化,有举重若轻与举轻若重的双重性格。"而这一切,又源于他的宽广胸怀。他还是个谦

走向新时代
ZOUXIANGXINSHIDAI

虚的人,他就像东北大地冬天里的白桦树一样朴实、纯洁,从不张扬自己。

榜样的力量是无穷的。有面旗帜在飘动,于是清风拂过校园,于是师生簇拥其前,于是故事感人心田,老校长就是学校的旗帜。

"民不畏我严,而畏我公。"对事对人公开公正,这是凝聚人心最有效的方法之一。据老校长分析,教师主要有三种心理:荣誉心理,这种心理在年轻教师身上比较突出。有荣誉心理,容易激发出工作热情;但这种心理过重,就会出问题。还有就是利益心理,这种心理在年龄大的教师中比较多见。利益心理有激励作用,它能督促人去努力做事;但如果调适不好,很容易挫伤人的积极性。再有就是平衡心理,这种心理在中年教师中表现明显。如果处理不好,在这种心理的作用下就容易引发矛盾,矛盾一旦出现就得马上解决。

刘子全深有感触地说:"咱们的教师都是知识分子,知识分子大多是通情达理的;只要领导者大公无私,凡事处以公心,以身作则,不搞小圈子,一切矛盾都会化解的。"

讲理性、重感情。他说:"工作是基础,感情是升华。"在他办公桌对面的墙上有三个大字"缘恩为"。他从人生、社会和哲学的角度对这三个字做了全新的阐释。面对当今社会,他认为,人与人相处要互相体谅与照应,互相关爱和信任。大家能工作在一起,这是缘,交往过程中,处得好,便有了"恩";处得不好,就可能产生"怨",但"恩"与"怨"皆由"缘"来,如果没有缘,其他的也就不存在了。正是基于这样的认识,在管理上"严而不死"。教师们高兴地评价说:"刘校长这人,心眼儿好,人特善良,没有私心。"

人们不难想象在当今的社会里,有的去挣钱,有的去捞金,有的去享受,有的去闯荡,有的去拼搏,有的去奋争。

曾经荒无人烟的百里矿区,因为一位歌者的高尚人格而美丽;曾经的圣园净土,因为一位好校长的感人事迹而成为传奇。

10年前,德高望重的刘子全校长退而不休,发挥余热,以其50多年教育工作的丰富经验,以其奋勇当先、敢立潮头的勇气和魄力,开创了全市民办教育的先河,创建了全市第一所民办学校——希望高中。

10年的时光,在浩瀚的历史长河中,犹如白驹过隙只是转眼一瞬间,但短暂的10年,却记载着希望高中从一个婴儿呱呱坠地到逐渐迈出坚实脚步的成长历程。

10 年前,希望高中从市青少年宫租借了几间办公室,用 300 元钱买来办公用品开始,坚定地迈出了诞生后可贵的第一步。以后几年间,他们跑来了贷款,盖起了大楼,自我生存能力得到不断增强,办学条件和育人环境日趋改善。现在学校总占地面积为 23 000 平方米,总建筑面积达 4 000 平方米,拥有固定资产近 400 万元。希望高中这 11 年是勇于拼搏、自强不息的 11 年。希望高中没有辜负全市人民寄予的殷切希望和重托,始终坚持一切为了学生的办学理念,认真落实慢中求快、快中求实、实中求活、活中求新的工作思路,果断采取封闭式管理、强化式教学的教育方式,一贯运用先成人、后成才的育人策略,全力培养学生达到"四有""五心""六会""七种能力"。

　　10 年来,全校师生发奋图强,在立志成才的校训鞭策鼓舞下,刻苦学习,孜孜不倦、攻坚克难、勇攀高峰,取得了一个又一个教育教学领域的可喜成果。11 年间,共培养教育学生 2 043 人,为国家院校输送新生 811 人,其中升入国家重点本科院校 82 人。2004 年 268 名学生参加了高考,录取 241 人,其中重本录取 7 人、普本录取 68 人,升学率达 90%。

　　10 年间,教师队伍不断壮大,教育科研成果喜人。全校现拥有 3 名国家特级教师、16 名高级老师、13 名优秀教师。有 2 名教师论文分别被收入《全国优秀教育论文集》《中小学教学法方略》,有 1 名教师论文在全国教科文优秀论文评选中荣获一等奖。

　　希望高中是有希望的高中,希望将永远陪伴着希望高中走向充满希望的未来。

　　一位年龄近 80 岁的老人,本来是颐养天年的时候,可他却用无私的追求、生命的余晖来实现着自身价值。

　　凭着这份责任和良知,他将心怀为孩子们服务的梦想继续努力前行,助力孩子达成目标、实现梦想。

　　"路漫漫其修远兮,吾将上下而求索。"追求永无止境,逐梦路上立足实际、用心探索,倾情奉献中初心不改,继续挥洒自己无悔的长者情怀。

　　五、离休不离岗,投入关心下一代工作,在教育战线发热发光。他的事迹传到了省城、北京,老校长刘子全凭热心和投入换来丰硕果实,实现着自己的梦想。

时光老人用他那双无形的巨手,把时间指向1992年,这一年已经离休的他,开始考虑怎样度过离休生活。不甘寂寞的老人可以选择:干了一辈子教育工作,安心养老,该安逸地享受天伦之乐了;市场经济浪潮的驱动,利用过去的老关系经商做买卖,去赚大把的钞票,留给后辈一笔财富。

对于刘子全来说,两种选择都很合适。选择经商可以去发财,而且有很多朋友、学生答应帮助其办公司;选择养老,天经地义,子女已成家立业,在各自的岗位上干得特别出色,无后顾之忧。

然而,刘子全却选择了第三条路,当上了关心下一代工作委员会副主任,主抓教育系统工作,离休的他开始当"官"了,他不甘于碌碌无为地度过时光,他还要干一番事业。

经历了近半个世纪的教育生涯,他又深深地爱上了这份工作,深感意犹未尽,强烈的责任感和使命感在召唤着他,干适合自己而且喜欢的工作,人不能光为自己活着,还要为社会奉献。

下基层去,跑各城乡学校,了解具体工作,宣传改革;回来后,关在屋子里,分析研究具体工作,针对关工委的工作特点制定措施。走这条路没有成功经验,只能是摸着石头过河。只有全身心地投入才能成就事业,刘子全想。半年匆匆而过,这时他又加了一份工作,担任市教委会考办副主任,具体负责全市高中生会考工作。两摊子工作,对于一个已近七旬,工作又特别要强的老人来说,绝不是那么轻松的事。

1992年在苦苦求索中匆匆度过,不知不觉中已经到了年末岁尾。全省关心下一代工作先进集体、先进个人表彰大会在省城召开,他的事迹报告《我愿夕阳更美好》受到与会者关注。刘子全是一个了不起的人物,在他身上,有一种使人敬畏的神圣价值,让人看到了一种强大的敬业精神。

天高云淡,秋高气爽。煤城大地,丰收在即,举目四望,一片黄熟。草木繁盛,花团锦簇,秋风丹桂,硕果满园。

这是一个收获的季节。

他的事迹传到了首都北京,1997年10月在北京举行的全国关心下一代会议上,他还传授其经验,受到表彰,他赢得了人民的赞扬。

从此以后,刘子全如鱼得水地做着关心下一代的工作,受到人们的敬仰和爱戴。人们十分清楚,他干啥工作,都能干出业绩来,都能像金子一样闪闪发光。

六、经过潜心研究,写出《家庭教育学》这部填补国家空白的书,这部论著成为家长、学校进行家庭教育的通用教材,自己为教育事业的发展贡献了力量。

人,只要活着,就要有理想,有自己的追求。他是一个既有追求又有想法的人。

凭着几十年的工作经验,凭着对学生深深的爱,凭着对下一代的关心,他有一种冲动。

著书立说,传及后人,培养后代,即使肉体死了,精神犹存。还有未竟的事业,推动社会发展,不图名利,只为奉献。

当时,全国公开出版物中,根本没有系统的家庭教育方面的专著或教材。他开始绷紧每一根神经,狠下心来:定叫空白处不是空白,他要为家庭教育学做点事。

关心下一代,强化青少年的各种教育是社会上一项巨大的系统工作,以家庭教育为基础,以学校教育为阵地,以社会教育为依托,使家庭、学校、社会三方面教育紧密有机结合起来,出发点和落脚点清晰以后,刘子全便着手写作了。

家庭是人生的第一课堂,父母是子女的第一任教师,这种教育是使人成才的必要基础。从目前的国情和实际情况看,独生子女日益增多,教育不甚得法,双差生、几差生不断出现;青少年犯罪率有逐年上升趋势,又趋于低龄化,人们为此焦虑担忧,紧迫感和使命感促使他投入紧张的写作中去。

他的理论基础和写作基础是很厚的。1981 年,通过多年教学实践写出了《学校管理学》共 6 章 34 节,计 16 万字,在全省教育学会上引起反响。省教育科研所所长看了,省里几家大学校长也看了,著名教授、教育专家也看了,一致认为:得把刘子全调来,说这本书相当不错,有极大的价值。

省里也想出一本学校管理学,请他参加,刘子全考虑再三,答应了,他拿出了"中学总务管理、教育立法"两章略做修改上交了,这是当时最难编写的两章,而且写得很成功。为了写好这两章,他针对学生课桌椅长宽度发明了"三个直角"理论,两肘一顶作为学生课桌的长度,椅子的高度是让学生坐在那里,腿与下足成直角,下足与脚面成直角,身体与腿成直角,这样的高度最适宜。就教室照明度进行实际观察操作,针对高看不清,矮又挡光,反复试验,得出距桌面 1.5 米～1.7 米为最佳距离。刘子全的治学是这样严谨,有自己独到的理论,既通俗又易懂,深入浅出。

夜深人静,煤城熟睡了,同仁小区的一扇窗户还亮着灯,台灯下,刘子全在奋笔疾书。

最难,是拟写提纲,要使这本书具有实效性、系统性、知识性谈何容易,工欲善其事,必先利其器。

"你休息一下吧。"老伴醒来揉着惺忪的睡眼呆呆地望着他。

"抓紧把它搞出来。"

"可是,还要保重你的身体呢。"

"是,是。"他点着头,略微思索道:"不过,这个是最重要的。"

老伴望着他的背影,无奈只好自己睡去。

刘子全需要的是一种坚强的毅力。

要赢得时间,集腋成裘,条分缕析,深究细琢。有时苦苦思索,坐在那里发呆,想不出半句话来;有时有一种表达意境的欲望,使得他火烧火燎,焦躁不安,难以成眠;有时做梦也梦到写书的事,甚至在梦中产生一些新想法,自己突然醒来,随之记录下来,真是日有所思,夜有所梦。

1992 年盛夏,对他来说,是个苦夏。太阳懒懒地爬上了公园旁的山头,鸟儿在绿枝上飞来飞去,不时亮起歌喉,晨练的人们纷纷走出家门。他日夜思考,拿起笔不时地写着,历时 4 个月,20 万字的初稿终于完成,刘子全觉得自己从未有过的轻松,那双睿智聪慧的眸子里,扑闪着喜悦的光彩。对于一个老年人来说,那得付出多大的努力啊,他坚信认准要干好这件事,全部精神就会苏醒,那时的力量是无限的,精力也是最充沛的。

他几乎达到了痴迷的程度。

自己年纪大了,也全然不觉得,思考问题写起东西来倒感觉自己又年轻了许多。

1993 年 7 月,《家庭教育学》问世,发行全国,产生了轰动效应。不到半年已有 18 个省、直辖市、自治区争相订购。近水楼台先得月,刘子全在当地电视台又搞起了"家庭教育系列讲座",安排在周日黄金时段播出。电视台没给分文报酬,自己买录像带却花了千余元,播出后产生的效果是深远的,早恋的学生开始学习了,厌学孩子重新对学习产生了兴趣,爱打架的孩子纷纷打来电话,学生、家长、老师也都互相交流。各种信件从全国各地雪片一样飞来……

人们不知道,作为中国学校管理学会会员的刘子全,早在1983年全国教育工作交流会后,被指名特意去陕西西安介绍了"开学前谈计划",后编入中国人民大学资料汇编的《中小学管理》一书。外出讲学、做报告是经常的事,真是闪光的脚印一个连着一个,人生的路越走越宽阔,人们觉得:刘子全老人在做一项伟大的工程。

这是七台河的骄傲,也是黑龙江省的荣耀,更是全国人民的福分。

回想这些成绩的取得,校长刘子全百感交集,这是他智慧的结晶,也是他辛勤劳动的成果,更是自己一生办学成功的真实写照。春风化雨,桃李芬芳,他已经成为七台河一张高品位的名片,成为七台河一道亮丽的风景。

正是他的辛勤耕耘,才有了今天的辉煌。走过几十年的人生旅途,他深深感到人生就像一弯溪水,它的流动就说明它的不平静,在流动的过程中,可能有暗礁的阻隔,而溪水只是大声地欢笑、大声地歌唱,飞溅出美丽的浪花,流向远方,流入江河,汇入大海。

艰苦的生活锻造磨砺了他,人生历程的沟沟坎坎,让他更加坚强,更加执着。他对生命也有了深刻的认识,他深知生命仅仅是一个过程,一个转瞬即逝的过程,短暂得如划过天穹的一颗流星。人来到这个世界上,应该在身后留下些什么。

茫茫人海,芸芸众生,我们每个人都是沧海一粟,只是平凡普通的一粒沙石。虽然我们平凡,但我们不能平庸,不可以碌碌无为。在平凡的时光里,应该让思想、情怀、品格,如鲜花一朵,盛开在如诗如画的原野,在人生旅途中,跋涉出一条充实、成功的道路。他坚信:艰难困苦,玉汝于成。

教书育人的工程确实伟大,干的是爱心工程。

七、人生最大乐趣就是奉献,他用自己的心血去浇灌祖国未来的花朵,造福子孙后代,他认为这样做实在是比干啥都值得。人老志不老,他要实现人生价值的最大化,等自己不能工作了,将学校无偿交给国家、交给政府。

阳春四月,春姑娘正舞动着婀娜的腰肢,迈着姗姗的步子,款款地来到龙江大地,用她那双丹青妙手给煤城的河山染上了新绿,使这片古老而神奇的土地又焕发了生机与活力。

办这么一所高中，通过这个基地，让学校发展壮大起来，多培养一些人才，对社会有用对国家有利。自己报效教育事业的壮志才会实现，自己的才能才会更大限度地发挥出来。这是刘子全办希望高中的原动力。

现在学校已经超过了 12 个教学班，目前的硬件设施还不足，还要建 5 000 平方米的教学楼，才能适应将来发展的需要。要建试验室、微机室、语音室、阅览室，还要将校园美化、绿化、香化，总之，要干的事还特别多，工作也很繁重，但前景是特别美好的。老校长刘子全用温和平静的语气诉说道：这么大个产业自己拥有，当然是一笔财富，对于别人，可能是很重要的，对于我本人来说，并不至关重要，甚至可以说没用。自己的子女工作都很好，生活得也很舒心，用不着老人留下什么，况且他们已经有了生存的本领。

所有这些产业，估算价值超过几千万元甚至上亿，我要无偿献给国家，交给后代，为后代造福。这已经是刘子全想得很成熟的事情了，建校当初就是这么想的，只有交给国家才能发挥其应有的巨大作用，才能培养一代又一代的有用之人。

这是老校长的心声，这是老校长的初衷，这也是老校长的一种夙愿，他就是振兴教育事业的先锋！

人对于金钱，生不带来，死不带去。

刘子全很坦率地说，他在实现先人陈嘉庚的想法，他在以陈嘉庚为榜样，全国著名大学厦门大学，就是陈嘉庚亲手创办的。陈嘉庚不仅是伟大的爱国者、著名的实业家，而且是一位毕生热诚为国兴学育才的教育家。陈嘉庚曾说：民智不开，民心不齐，启迪民智，有助于革命，有助于救国，其理甚明。教育是千秋万代的事业，是提高国民文化水平的根本措施，不管什么时候都需要。

邵逸夫多年来为内地、香港两地建设教育、医疗设施等捐助超过数以 10 亿计款项。尤其是对教育事业和科技事业，邵逸夫捐赠的教育资金遍布神州大地，邵逸夫和他赞助创办的逸夫中学也深深地启发了刘子全。

田家炳在中国范围内已累计捐助了 93 所大学、166 所中学、41 所小学、20 所专业学校及幼儿园，捐建乡村学校图书室 1 800 余间，田家炳先生倾注心力支持国家教育发展，诚为我辈永远之楷模，虽逝而精神不朽，田老先生大爱善举永垂青史。

刘子全从他们家那里得到两点启示：全心全意为祖国教育事业振兴繁荣贡献自己一生；关心教育，培养合格人才，让人格永垂不朽。

刘子全坦诚地说，自己和这些人相比就是沧海一粟了。

1999 年 3 月，他来到省城哈尔滨，刘子全心里美滋滋的，对于一般人来说，取得了"全国老有所为奉献奖"算不了什么，可对于他来说，简直有说不完的话，这次由中央六部委联合举办评选活动，浸透了老校长多少心血。

其实，希望高中这所学校离不开刘子全校长。刘子全校长也离不开希望高中，还有那些天真活泼可爱的莘莘学子。

下一步，他要建主教学楼，扩大生源；他要建教师公寓，让所有教师居者有其屋；建其他附属设施，美化校园环境……

人们知道：刘子全为中华民族的教育事业留下一片绿荫，留下一笔可贵的精神财富。刘子全这位受人尊敬和爱戴的老人——志存高远，他是生命的歌者。

刘子全的人生的确如同蜡烛一样，从顶燃到底，一直都是光明的。他创办小学、私立高中，又在两处重点中学担任领导职务，半个多世纪以来，无论处在什么条件下，他都能够百折不回，在涓涓细流中构建自己的风格，他都能够与党和人民同呼吸共命运，把自己的魅力与细腻、坚强与柔和有机结合起来，总是融合在事业之中，然后去达到一种美的升华。其实，这才是他的追求，也是他的一种崇高境界。他是一位生命的强者。

八、面对这些农民和矿工子女，刘子全以博大的胸怀在接纳他们，刘子全全身心地让他们成才，为国家去做事，自己就是最快乐的人。

让孩子都能有学上，能上起学，受到良好的高中教育，刘子全很早就这样想的。

农民和矿工子女在希望高中占有 80% 以上比例，面对这样一个群体，刘子全校长总是以一颗善良的心、宽厚的态度去接纳这个群体。他总觉得：有钱无钱都得读书，有钱交上一些，无钱先欠着，实在无钱的话干脆就免了。这所学校成了慈善机构，刘子全笑着说："这些孩子有书读将来才会有作为，不然的话走向社会就不好办了。"希望高中还有一些特殊群体学生，这些学生的精神是一笔宝贵的社会财富。

郭晶,可以说是一个品学兼优的学生,家住茄子河区的农村矿区里,2001 年秋季入学,读高二上学期,父亲在井下因小腿受伤骨折,一家四口人仅靠母亲开绞车每月 360 元工资维持生活。郭晶只好辍学等挣了一定数量的钱再返校园。

那是 2003 年的春夏之际,郭晶去干农活,栽水稻、铲地、拿大草,每天早晨 3 点起来,到北兴农场干活,一天 25 元去掉路费也剩不了几个钱。后来郭晶又去了吉林等地,在他身无分文走投无路的情况下,在一家迪吧找到了工作,他珍惜这份工作,在这里他总算挣到了钱,干了三个月挣了 4 000 多元,他特别开心,这回可以贴补家里,自己也能读完高中了。

在这段时间里,郭晶虽然没有在校园里那样系统地读书,但他凭借自己的坚强毅力始终没有放弃学习。

带着高兴与痛苦、带着快乐与忧伤,郭晶又返回了校园读书。自己立下了誓言:一定好好读书,改变自己的命运。

还有一位高三的学生,今年 32 岁已娶妻生子了,自己学过电器,又在广东、深圳打过工,回来后自己干起了事业,挣了一些钱。但他在做生意扩大产业的时候总发现自己的知识不够用,有一天他悄悄告诉妻子自己要去高中读书然后上大学,妻子明白丈夫的意思也就支持了他。这个同学外表冷峻比较成熟,他特别有毅力,一学期也不回家一次,在校园里苦读,他和上了四年学的孩子居然在电话里互相报告考试成绩。他不是去寻找自己儿时读书的梦境,也不是在追逐自己高中时的幻想,通过学习他感到视野开阔了,他的学习成绩最初插班时居倒数位次,现在已经居于上中等了。他的目标就是:靠自己以前的积累,考上理想大学完成学业后再拼搏奋斗,为社会做些贡献。

当得知希望高中这些感人至深、发人深省的故事时,我们为之动容,为之感动,这些求知的人令人敬佩,而以老校长刘子全为首的园丁更令人敬仰,他们就是这样日复一日默默无闻地奉献着、追求着。

这就是七台河市希望高中的校长,为教育振兴,为民族振兴,奋斗了整整一生的刘子全。

他精神矍铄,步履有力,中等身材,结实、稳重,给人的第一印象是可亲、善良、可爱。他那圆形脸庞上,白皙之中透出自信,充满着从容和冷静;特别是他那紧抿着的嘴角,始终是和善的样子,举手投足表现出学者风度,更显示着果敢、坚定和刚毅。

在人们的视野中，他似乎从来没有疲倦过，他那充沛的精力和独具特质的目光与神情，让人们自然地想起诗人对生命的诠释——生命就是一种熊熊的燃烧。正是这种燃烧，照亮了别人，也照亮了他的生命之旅。

2007年，刘子全将学校交给了政府。在清产核资的时候发现，希望高中的账面上有存款120万元，市长也感到十分惊讶，老校长太了不起了。

2008年8月3日，老人安详地告别人生，告别自己钟爱的事业，也让自己的人生画上一个完美的句号。

他的身完全属于教育事业，他的心系于教育事业，他的根深深地扎在教育事业上，在这片沃土上，他与祖国的教育事业真是结下了不解之缘，干了一辈子教育事业退休后，自己独立创办希望高中，不以营利为目的，就是想让上不起学的孩子能受到教育，看起来很简单的事，可是刘子全手中一分钱都没有，从借钱到找熟人租房子办教育，得到各界支持后建校园，实在是不容易。

什么是人生？其实人生就是个简单而又复杂的过程。

纵观刘子全的人生，简单说就是不断学习，不断进取，不断挑战自我、战胜自我的过程。他的人格、品质、情怀，纯洁而又崇高，甚至足以让人们肃然起敬，人格精神与人格魅力就是他的真实写照。

两千多年前的教育家、思想家孔子，第一个在中国创办私学，产生深远影响；现代杰出的革命家、教育家徐特立，出于爱国主义断指血书，他们的用意在哪里？

古希腊哲学家柏拉图在西方教育史上，首次提出完整的教育体系，用哲学思想观点糅合教育实践经验；英国哲学家、教育家洛克的《教育漫话》产生了轰动效应，影响过几代人，他们的用意又在哪里呢？

刘子全这位德高望重的教育家用毕生精力做了一个很好的回答，他知道：

我们命定的目标和道路，
不是享乐，也不是受苦，
而是行动，在每个明天，
都要比今天前进一步。

矿山脊梁

2006年4月，这一年的春天来得特别早。阳春四月，春姑娘正舞动着婀娜的腰肢，迈动着姗姗的步子，款款地来到龙江大地，用她那双丹青妙手给七台河的河山染上了新绿，使这片古老而神奇的土地又焕发了生机与活力。

绿树发芽，春暖花开，真是一个令人难忘的日子，王佳喜从七煤集团公司新立矿调到龙湖矿，从此，开始了他创造辉煌的又一个美好开端。

岁月留痕

王佳喜四方大脸，鼻阔口方，浓眉，眼梢上挑，颧骨突出。长得结结实实，站起来像一座山，卧下去是一道岭，典型的北方大汉，满腹经纶，一脸福相。岁月留下的痕迹让人永难忘怀。

1964年12月24日，王佳喜出生于黑龙江省呼兰县杨林乡佟井村一个农民家庭。

7岁时，唱着儿歌上了本村小学，那时候正是困难时期，自己学习十分刻苦。在老师谆谆教导下，渐渐地懂得今天的幸福生活是无数个革命先烈用生命和鲜血换来的，只有好好学习，天天向上，才不辜负党和人民的教育和培养。他的父母虽是农民，但他们既忧国忧民又忍辱负重，既不辞辛劳又舍身为家，既不图私利又不占便宜。诸如此类优良品质，潜移默化地感染了他和他的兄弟姐妹。成为他们人生的宝贵财富。

"妈妈总提醒我们和小朋友玩，别拿人家的东西，长大工作了，别拿公家的东西，哪怕是一瓶墨水、一根曲别针也不要拿。"启蒙教育为王佳喜在其后的人生道路上形成堂堂正正做人、认认真真办事的信条，打下了坚实的基础。

不久，他就光荣地加入了中国少年先锋队。在他的幼小心灵里萌发了热爱党热爱社会主义祖国的思想感情。1976年遇到百年不遇的干旱，农村的田地全部歉收，有的甚至绝产。这一年他小学毕业，考入了呼兰县二八中学。

随着知识的积累和年龄的增长，思想上渐渐懂得了青年人要成长必须靠近团组织，他积极主动地接受组织的教育和培养，通过组织上的帮助和自己的努力，于1982年加入了中国共产主义青年团。1983年高中毕业，以优异的成绩考入黑龙江矿业学院采矿工程系采煤专业，在校期间，王佳喜如饥似渴地学习各种知识，以惊人的毅力在知识的海洋遨游。

他赞赏"书山有路勤为径，学海无涯苦作舟"。他牢记马克思的名言：在科学的道路上，没有平坦的大道，只有不畏劳苦沿着陡峭山路攀登的人，才有希望到达辉煌的顶点。

1987年7月26日，是个流火的季节，王佳喜从黑龙江矿业学院毕业后，分配到七台河矿务局新立煤矿工作。

到矿里以后，被分配到生产一线实习，先后在掘进、采煤、机电、运输、通风5个系统学习。在实习期间，与工人同上同下同劳动，和各系统职工建立了深厚感情，也向职工们学到了在书本上学不到的东西。

经过一年实习，圆满地完成了实习任务，被分配到一个采煤队任技术员。在新工作岗位上，认真了解生产过程中存在的各种隐患和可能发生的问题。工作中虚心向老工人、老领导请教，积累了大量的实践经验，业务能力、独立工作能力得到了很大提高，对作业规程的编写极为认真，多次得到上级领导的好评，在1991年矿务局组织的作业规程评比中获得了第二名。

在采煤队担任技术员期间，他除了做好技术工作外，还积极协助队领导做一些行政管理工作，受到了领导和职工的好评。

王佳喜是个厚道人，熟知他的人这样称赞他，矿工们更是对他特别尊敬。

1992年3月，矿里决定，让王佳喜带领4名技术员搞矿里的通风系统改造井巷部分的设计，经过13天的紧张工作，他们圆满地完成了矿里交给的这一重要任务。

1992年6月，王佳喜被调到矿生产科工作，先后担任过主管技术员、副科长、科长,1996年1月被提拔为主管采煤、掘进的副总工程师,1993年10月完成了论文《浅谈煤矿萎缩时期的稳产措施》,这为萎缩矿井的生产管理提供了科学的理论依据。

1996年1月,在王佳喜主持下,编制了《新立煤矿十年长远规划和五年规划》,为新立矿的长远发展和矿井接续提供了依据。

1996年7月,王佳喜受矿务局委托编制了《一个重点煤矿二水平的设计》(工程部分)。

2003年4月29日,是一个不同寻常的日子,也是令王佳喜终生难忘的日子,他被任命为新立矿矿长。这一天,新立矿的会议室里人头攒动,副科级以上的干部济济一堂,正召开全矿干部大会。

窗外,冰消雪融,含苞的柳枝舒展着,呼唤着姗姗来迟的春姑娘。

室内,庄严隆重,每位与会者都十分认真地听着,全神贯注地注视着主席台。主席台上,一位看上去非常年轻的人正侃侃而谈;台下,不时爆发出热烈的掌声。

"我本人在接受党和人民选择的庄严时刻,心情异常复杂而不平静。公司领导对我提拔和重用,新立矿广大干部员工对我真挚的厚爱和期望,使我从内心感到不安和激动,从精神上感到沉重和忧虑。

在新立煤矿工作18年,对这块土地有着很深的情感,自1987年毕业后就分到了这里,与全矿的员工一起工作、生活,新立的每一步发展、每一个进步,都激励着我。许多干部职工的先进事迹在时时教育着我。目前矿里的资源萎缩,瓦斯增大,开采不断延伸,给我矿的安全、生产等各方面工作带来了很大的压力。我愿与全矿员工齐心协力,风雨同舟,以最大的决心和意志去克服困难,共创新立矿的美好明天。"

他继续说:"我的权力是集团公司领导和全矿员工给的,我一定把这项工作做好,如果因为本人工作不廉洁,或工作失职而给全矿造成不应有的损失,那么我将主动离开矿长的岗位。这就是我要向全矿干部员工进行的最忠实的表白。"

王佳喜的语言诚恳、音调激昂,魁梧健壮的身躯坐在那里沉稳如山,给人的感觉是一种山的风姿、山的胸怀、山的庄严,他的话像一股暖流,流入每一位与会者的心窝,引起反响和震撼,使人们听到了春天脚步的隆隆鸣响,嗅到了春天的浓浓气息。

王佳喜是一个言必信、行必果的人，他的话犹如珍珠落盘，字字有声。他的就职演说拉开了新立矿走向新的辉煌的序幕，是新立矿史无前例的新战役的宣言。从此新立煤矿走在全集团公司的最前列。

新立煤矿 1980 年建矿，设计能力为 21 万吨/年，后来，几经改造大大提高了生产能力，2002 年原煤产量首次突破 100 万吨，2003 年和 2004 年原煤产量也超过了 100 万吨。新立煤矿生产的原煤是 1/3 焦煤，经过洗选加工后的产品有十级冶炼精煤和沫煤。

新立煤矿现有职工 4 197 人，实行两级管理，全矿下设 35 个科级单位，共产党员 475 人，矿党委下设 23 个党支部，矿里有 4 个采煤队、1 个高档普采队、3 个炮采队、11 个掘进队。

新立煤矿的单产、单进一直在全公司居第一位；质量标准化在全公司居排头，曾连续 8 年被评为公司示范矿、明星矿。矿长，就是一个煤矿的"老大"，可他却甘当表率，一身正气，身先士卒，冲锋在前，全矿上下都很佩服这个矿长。

王佳喜矿长让全矿干部职工折服之处不仅在于他的管理才能和改革思路，大家更佩服他身体力行的实干精神，崇敬他两袖清风、廉洁自律的高尚品德，更敬仰他对人生目标的永无休止的追求和探索。

作为行政矿长的王佳喜每天都早来晚走，比别人多工作两三个小时，每月入井都在 20 次以上，并且每次入井都要走几个工作面，遇有采面搬家等特殊情况，每次都战斗在工作面最前沿，时常几天工作服不离身。面对满面煤尘的王佳喜，谁也无法想象他还是一个儒雅的学者，一个懂经营、懂管理的一矿之长。多少次紧要关头他一连几天吃住在矿，多少次他带病坚持入井，谁也无法劝阻他，谁也阻止不了他对事业的追求。

在他看来，矿山更需要他，他属于矿山，这次只是给了他一个舞台，让他在这个社会人生的舞台上展示一个奋进的形象。

成败在安全

进入 2005 年以来，煤炭行业的安全形势十分严峻，党中央、国务院对煤炭安全生产高度重视，国家局召开会议下达了"立即开展检查、集中整治瓦斯"的严令。省政府召开了安全生产紧急电视电话会议，全面落实安全整治工作。龙煤集团也要求各局要保持清醒头脑，认真吸取孙家湾煤矿"2·14"事故教训，全面开展安全大检查、大排查活动，全力以赴抓好当前安全生产工作。

王佳喜常说："安全生产是煤矿的头等大事，没有安全就没有企业的稳定，没有安全，就没有职工的根本利益，安全生产是干部的最大责任，是职工的最大福利。"在实际工作中，要始终不渝地把安全工作摆在重中之重的位置。认真执行《安全生产法》，组织人员制定《关于加强安全生产的决定》《关于实行安全奖励的规定》等一系列安全管理的制度，有效规范了职工安全行为。认真抓好职工安全培训工作，广泛开展"安康杯"竞赛和岗位技术比武、专业技术培训、现身说法、安全知识竞赛等活动，提升了职工队伍安全素质。

三年来，新立矿领导干部深入一线靠前指挥生产已在百里矿区传为佳话。矿长王佳喜要求班子成员做到的他自己首先做好，王佳喜坚信的人生信条："一身正气做人，一片诚心为民，一颗实心干事。"每天早上调度会散会，他都习惯地换上工作服，到条件艰苦的重点工作面指挥生产，在井下解决实际问题。

每当生产与安全发生矛盾时，王佳喜总是选择后者。去年7月，44006采煤队瓦斯严重超限，风量不够，停产了一个月，王佳喜把职工的安全摆在了第一位。44006停产的一个月，30多万元打了水漂。王佳喜开始研究如何加大井下风量。他多次和矿总工程师郭成和探讨风量问题，要使瓦斯不超限，井下实现安全生产必须增大风量更换主扇。在安全生产上，王佳喜矿长与党委书记贾世贤密切配合，率领党政班子成员想出许多好办法来确保安全生产。

情景之一：从班长入手抓安全。

新立煤矿始终把安全工作重点放在最基层班长身上，对他们进行安全知识和业务培训，使得安全管理工作在一线得以加强。

王佳喜为班长上第一节安全课。培训内容包括煤矿班子的职责、班长在安全生产中的重要位置及应起到的作用。同时强调班子在安全生产中的指挥能力和应变能力。还请来专门技术人员为班长们讲解瓦斯、煤尘、顶板、放炮管理，采、掘、机、运、通等各大系统知识。有力地提高了班长的安全意识和业务知识，增强了他们抓安全的责任感和使命感。

矿山脊梁

矿里规定，生产一线的科级干部要从班长、大中专毕业生中提拔。同时制定了奖惩措施，落实了责任制。安全有奖，发生轻伤以上事故根据情节进行处罚，出现重伤以上事故一律免职并给予经济处罚。

王佳喜说："只有全矿128名处于兵头将尾地位的班长，这些站在生产最前沿的安全生产管理者的素质真正提高了，才能实现新立矿的本质安全。这也是我们此次对班组长进行集中办班培训的意义所在。"

情景之二：十五名安检员受表彰。

新立矿在"安康杯""保安全、保接续、夺高产、创优质"生产劳动竞赛中表彰了15名安检员、瓦检员。

进入2005年以来，新立矿针对严峻的安全形势，特别重视安检员及瓦检员队伍建设，每月都要对安检员、瓦检员进行培训考试。培养了一支素质高、责任心强的安检瓦检员队伍。同时，每月都要表彰一批在工作中坚持原则、严把安全关、业务素质好、群众威信高、无违章违纪行为的安检瓦检员，切实发挥了安检瓦检员"安全卫兵"的作用，进一步促进了安全生产。

情景之三：一个不寻常的班前会。

7月22日早8点，新立矿44001采煤队的班前大课堂上座无虚席，职工们认真地开了一个不寻常的班前会。

那天的主讲人是8年前在井下作业时不注意安全，手臂受伤的老工人武俊海。他道出了积压在心里许久的真心话，同时也为在座的所有职工们上了一堂生动的安全大课。原来8年前，武俊海在井下工作时因疏于安全，手臂受了伤，至今干不了吃硬的活。武俊海由衷地说："身体受伤了，给家人带来了不安和痛苦，也给我的家庭收入带来无法弥补的损失，更给矿里、队里带来本不该增添的麻烦，出了事故以后，我真正体会到了那句话：一时疏忽，后悔一生。"

44001采煤队在全公司算得上是一个产量高、效益好的采煤队，靠上级的好政策，现在每人、每月平均能开2 500多元，看到弟兄们为公司的发展多出煤、为自己的小家多挣钱，日子越过越红火，武俊海真是又高兴又着急。他说："我受伤以后，井下活儿干不了了，队里照顾我让我在队里当更夫，五口之家一个月靠600多元的工资生活，年年还接受矿里的补助。就因我的一时疏忽，给单位带来了这么大负担，我这心里真过意不去。今天，我和大家说这些就是要劝大家一定要以我为戒，时刻注意安全。安全就是快乐，安全就是福啊。"

听到这儿，在场的工友们都不由自主地鼓起了掌。

情景之四：抓培训"奖罚分明"。

新立矿强化安全理念，端正安全思想，规范安全行为，坚持安全培训，对安全培训奖罚分明。

新立矿按照年初下发的全年培训规划、全员安全教育和技术培训实施办法等文件，对采、掘、机、运、通五大系统人员100%进行教育培训。各单位利用班前时间自己组织学习，个别专业工种根据本区队实际，利用其他时间对全体员工进行培训，每周培训时为员工讲解两道题。由区队书记组织技术员有针对性地为员工进行详细讲解，让员工对所学的知识入脑入心。各专业领导在值夜班时，到他所管辖的范围检查班前培训情况，对工种多、流动性大、薄弱工种单独办班。每月21日至23日，由各单位自己组织对员工学过的安全培训知识进行一次考试，卷子装订成册，考试成绩与经济利益挂钩，各单位有不同奖罚办法，并于每月25日将本月的培训考试情况上报矿职教科。职教科每月对员工笔记本、干部考核本、试卷以及平时工作进行检查评比。五大系统18个区队每个月都评选出五个先进单位，在安全办公会上对先进的技术员奖励100元，后三名罚款50元。到9月末为止，已为放炮员、瓦检员、压风工、司炉工以及班段长举办36期培训班，培训人数达到1 300多人次。共有29名技术员受到奖励，18人受到处罚。

生产在准备

王佳喜说："现在全矿有4组采煤、11组掘进，单产单进同比条件下处于全公司领先水平，我们主要做法是强化、细化生产组织，超前周密安排生产接续。"

新立矿的四组采煤中只有44001是机采面，它所使用的是老式的150型采煤机，通过多次改进和精心管理，使它发挥了最大的机械效能，平时月产3.6万吨，最高时可达5万余吨。通过提高模式化连续使用率，不仅提高了单产，还大大降低了职工的劳动强度，降低了材料消耗，更好地保证了安全生产。

科学合理地组织生产是提高单产水平的必要条件，只有科学合理的生产组织,才能使生产中的各个环节衔接紧密,才能使生产组织发挥最大的潜能。按照集团公司"生产在准备"的具体要求,新立矿在组织生产时,首先重点抓采面接续。他们在工作面搬家前的两个月召开搬家会战会议,周密安排工作面搬家的一些具体事情,至少提前一周,新面就已经安装完毕,用最短的时间旧面回撤新面兑位,保证了搬家不减产。

在抓生产环节时坚持精细化管理,他们在抓炮采面放炮前给溜子打好戗柱,采用五节槽打一组的新方法,有效地防止了放炮时崩坏溜子和崩倒顶子。通过推广新技术、新工艺,从而提高生产效率、实现高产高效。由于新立矿二水平开拓布置时井筒石门与煤层走向成60度交角,以往回采到下巷采止线便无法继续回采,而现在他们采取新的回采工艺,就是工作面溜子搭接法——把"三角煤"全部采净,既提高了资源回收,又缓解了接续紧张,而且对工作面回撤极为有利。

建设"双高"矿井,实现高产量、高效率、低成本的集中化生产是王佳喜矿长又一重要思想。新立煤矿属薄煤层矿井,高产高效工作较为困难,面对不利条件,王矿长果断采取了四项措施。一是对二井进行运输连续化改造,施工一条联络巷与大井贯通,把二井的矿车新嘴串车提升改皮带集中连续化运输,改善了二井受提升能力制约的局面,使二井由年产10万吨一下提高到20万吨。二是合理加大工作面长度和走向长度,减少开拓和降低掘进率。改革布置前,工作面平均长度在150米左右;改革布置后,工作面长度平均达220米,掘进率比原布置降低30%,减少了投入,同时也加大了工作面生产能力。三是发展机械化,在薄煤层推广使用200机组,提高了工作效率。四是狠抓接续,保证采掘关系协调,立足长远发展,不搞短期行为,保证生产后劲。2003年以来生产连创新高,2002年102万吨,2003年108万吨,2004年113.5万吨,2005年预计达到118万吨,采面单产将达2万吨,处于全国同类煤层前列。

为保证矿井的可持续发展,解决四千名职工的吃饭问题,王佳喜顶着风险,2004年果断决定向集团公司申请开发建设三水平。

集团公司经反复论证批准新立矿延深三水平。由于接续时间异常紧张,他亲自担任总指挥,展开了一场轰轰烈烈的三水平会战,王矿长为三水平会战制定了一系列的倾斜政策,从人、财、物等各方面给予最大限度的支持。由于时间紧,设计院没有拿出成形的设计,王佳喜领导有关技术人员,边设计边施工,经常几天不回家,不分昼夜随时入井解决可能出现的瓦斯涌出等问题。由于布置合理,组织到位,目前,三水平建设已粗具规模,可保证2007年以前实现稳定高产目标。

抓生产有很多方面,一切从基础工作做起,在生产准备上,必须给工人创造一个生产和安全环境,这是领导的职责。现在全通过机械、电气化把煤拉出来,机械事故率占影响生产的50%~70%,这个比例非常大。管生产时,从不讲出煤,而是从四个关键问题抓起。第一从机电抓起,从基础抓起。第二讲究稳产,从设备使用寿命到实际生产能力,不要过力,过负荷就不行了。稳产设计300天,一个月30天,百分之百地进行生产,这是提高单产的主要原因。第三抓工程质量,工程质量的低劣在于工作面的质量,把机电、通风、运输全拿过来,互相推诿不行,以质量保设备完好。第四抓好职工工资透明度,当时记分,现在计资。记分时队长往工人身上加分,分多了,分值就变了,工人分不到钱。而计资是一天能挣多少钱,当天就知道,跟职工的切身利益挂钩了。条件创造好了以后,自然而然地就出煤了。

王佳喜搞均衡生产,不搞突击生产,从基层抓起,从机电起步,可见他高屋建瓴、远见卓识的大将风采。提高单产单进,产量逐年稳步递增。

2005年,新立矿又赢了。赢在哪里? 他们用数字说话:

——原煤生产持续攀升。提前45天完成全年生产任务,产量达到118万吨,超计划13万吨,同比增产4.5万吨。

——掘进延米稳步提高。提前118天,掘进总进尺突破19 200米,超计划2 000米,同比超掘4 604米。

——安全生产态势良好,消灭了重伤以上事故。

——质量标准化建设工作得到了巩固和提高,在集团公司的每月达标检查中均取得优异成绩,受到龙煤集团的好评。

——三量合理,企业发展后劲充足。分别体现在开拓煤量180万吨,可采期达2.1年。准备煤量104.5万吨,可采期达14个月。回采量达91万吨,可采期达12个月。

——职工工资不断提高。全矿人均工资每月达到1 130元,其中采掘工人每月达到2 375元,井下辅助工达到987元,同比增长了13.5%。

——生产成本不断下降。实际吨煤成本达到144.68元,比计划降低2.12元,实现减亏318万元,同比减亏23万元。

与其他矿一样,新立矿早 7 点的调度会必不可少。矿领导和相关科室的干部们通过调度会明确当天的工作任务。而不一样的是,大家可以畅所欲言,把专业之间、系统之间所发现的问题提出来,不管是什么人,只要是为了全矿的整体工作,都可以直言不讳。彼此之间不存成见,原则是闻者足戒,有则改之,无则加勉。

新立矿形成了这样一种氛围,领导干部们下井一个顶几个人用。比如管生产的发现安全工作有不足,就可以随时"捎带"帮助解决了。再比如管机电的发现通风系统有缺陷,也及时地帮助处理。这样的工作方式形成了一个分工不分家的好局面。

晚上的调度会,领导干部必须把当天工作情况做说明,把发现的问题及时沟通。如果是说不清道不明,那么,这趟井就等于白下。矿领导每月入井平均在 25 次以上,专业领导达到 28 次。而他们下井前都要由自己登记去向,回来后说明那里的情况。这样促使领导更进一步地实实在在地下井,认认真真地解决问题。党委副书记王凤勤负责矿领导干部入井的考核工作。他说:"全矿领导干部深入一线已蔚然成风。有的领导干部白天有事没能下井,常常用晚上的时间补上。每当月末在公布入井次数时,下井次数谁少个一次两次,脸上就挂不住了,非得在下个月补上不可"。矿领导在前面走,给基层打出了个"样儿",基层领导干部们个个不示弱,依样而行。

煤矿生产,采、掘、机、运、通缺一不可。

王佳喜常说:"我们新立矿能否操持单产单进在全公司的龙头位置,我们的采掘生产能否顺利进行,机电运输是关键。"因此,矿里把机电区、运输区、皮带队的作用充分调动起来。这些以质量标准化建设为起点的辅助单位,着眼于服从一线,千方百计地减少和降低事故率,杜绝影响安全生产的事故发生,确保了全矿生产的流畅运行,为全矿上半年创水平、夺高产,铺出一条快车道。

调整科是一支"别动队",哪里有困难就出现在哪里,专拣"硬骨头"啃,成为全矿安全生产的生力军。租赁站、更生厂强化服务意识,井下需要用啥,他们就在第一时间解决,深受一线干部职工好评。

效益在严管

管理煤矿,王佳喜如鱼得水。

——矿长会打算盘。

哪个当家的不会理财,哪个矿长不会算账?王佳喜算账的方式与众不同,他是多算大账少算小账。

矿里有个94#层,煤灰分超标。在当前,小井停产整顿的情况下,如果此层煤生产,势必影响全公司的整体效益,因为新立矿煤供应铁选和桃选,产品需要新立矿的优质煤。94#层的煤质满足不了要求。

大局面前,王佳喜忍痛割爱,果断决定停下这层煤的生产,开辟新的工作面。94#层的产量占全矿的1/4,一旦停下来,在保证产量上是有风险的。然而,王佳喜认为,顾大家舍小家是新立矿应该做的。他说:"就全矿而言,这层生产了,可以保证产量,可是就全公司而言,这层煤到了洗煤厂会直接影响全公司的经济效益。这事儿我们不能干。"

这全矿1/4的产量只好从别处来完成。

煤矿安全抓住了,下一步就是怎么才能使企业效益最大化,王佳喜说,只有抓住管理这一企业永恒的主题,积极借鉴先进的管理模式,通过内部挖潜,才能提质增效。新立矿专门挑选5名责任心强的技术工人成立了全公司第一家矿级质量检查办公室,对矿里购进的材料数量、价格、质量进行全程跟踪。在系统内部实行承包,形成了从矿领导到工人,人人头上有指标,肩上指标有人挑的大好局面。通过承包,一些模糊指标得到了量化、细化。全矿在抓好安全工作的同时,形成人人抓效益,人人追求效益最大化的浓厚氛围。

——唱好"重头戏"。

在吨煤成本中,光电耗一项就达30元左右。因此,狠抓供电管理、减少电力消耗是煤矿企业降成提效的"重头戏"。

新立矿今年上半年吨煤电力成本达到12.64元,比去年同期每吨下降了2.38元,半年节电383万度,比去年同期节电36万度,充分体现了该矿在电力管理上的超前意识和"铁手腕"。

新立矿经营管理的担子并不轻松,特别是用电管理。

随着二水平的不断延伸,电力消耗也随之增加,"水涨船高"电力成本也相应提高,怎样把电力从高成本中降下来?年初,新立矿成立了以矿长为组长的节电领导小组。每月领导小组汇报电力运行情况,并在每月的经济活动会上定性、定量地解剖分析电力费节、超的原因和措施,形成了主要领导亲自抓、系统领导具体抓、落实责任层层抓的齐抓共管局面。

领导重视的结果不光是领导亲自抓电力,更重要的是在领导的大力督促下,新立矿制定实施了多层次全方位的用电管理方案。

合理安排用电时间,努力降低成本。新立矿为各采、掘工作面选择配备了高耗、低额设备,各工作面负荷变更要有书面报告,他们还给井下的低压水泵、上山皮带、乳化液泵、局部风机等长时负荷安装了终端补偿器,减少了无功损耗。

加大制约和监督机制,杜绝违章用电行为和浪费现象。新立矿在井下设施比较完善的基础上狠抓用电管理,他们制定了《新立矿电力承包实施细则》,把管电的责任层层分解,努力降低电力成本。充分利用好峰谷电价的巨大差额,调整用电计划。他们制定了切合生产实际的躲峰时间表,按表严格实施躲峰计划,合理调整生产班次,减少电力费支出。在生产和固定设备躲峰的情况下,更生厂、炼钢炉、干燥室均由白班改在零点低谷时段生产。

改善局部线路长、线径细、损耗大的供电线路,降低线变损。今年开始,他们对 11901 和 12402 线路更换线径,从原来的 120 平方毫米增加到 180 平方毫米。井下六片中央变电所到二水平三片中央变电所的变压电缆由 50 平方毫米更换到 95 平方毫米,大大提高了供电质量、供电能力和自身抗灾能力。

减少地面绞车运行时间,由入井缆车运送人员。上半年减少电费支出 6 万余元。新立矿虽说是个高沼气矿井,但他们在用风上也根据掘进所需风量配备风机容量,刚开门时采用 5.5 千瓦风机,随着掘进不断延伸,随之更换所需风机容量,尽可能减少电力费支出。缜密的管理、强有力的手腕,使新立矿的电力费用一年比一年降低。

质量为本

新立煤矿属高沼气、涌水大、地质条件复杂矿井,瓦斯绝对涌出量 45.6 立方米/分钟,主采煤层 93、94 和 90 层赋存条件不好,均为复合顶板,顶板管理难度大;同时,由于新立矿是土法上马的片盘小井,所以改造后的运输环节多,这些不利因素始终威胁着矿井的安全。

为此,王佳喜矿长上任后,在日常性安全工作的基础上,以质量标准化建设为主线,重点突出瓦斯煤尘、机电运输和顶板三个专项治理。一是积极增加安全质量投入,三年来每年增加安全投入300多万元,坚持宁可少开支、不开支也要保证安全投入的原则。二是严格进行安全培训,强化职工的岗位技能和自我保安意识,没有安全资格证的坚决不许入井。三是持之以恒常抓不懈地加强质量标准化建设,杜绝形式主义,坚持动态生产过程的达标。自1999年起,新立矿的质量标准化已达到迎检不迎检一个样,生产不生产一个样,白天黑天一个样。

在工作思路上,王佳喜提出了新立煤矿质量标准化工作要在六个方面狠下功夫:一、要在采掘工作面的工程质量上狠下功夫;二、要在巷道造型工程上狠下功夫;三、要在设备质量管理上狠下功夫;四、要在通风管理上狠下功夫;五、要在小班验收上狠下功夫;六、要在员工培训上狠下功夫。

王佳喜对质量标准化提出的六个方面狠下功夫,是在自己多年来抓质量标准化工作中提炼出来的思想结晶,是煤矿战线不可多得的经验总结,有了这六个方面狠下功夫,质量标准化就会不断登上新台阶,安全质量就会无往而不胜。

我们可以从新立煤矿抓质量标准化的不同侧面,反馈出王佳喜质量为本放射出的灿烂思想光辉。

侧面一:矿长谈质量标准化。

"生产条件虽然艰苦,但是全矿的质量标准化建设却在稳步向前发展。我矿除了每月一次的拉练检查和复查活动之外,每月都要召开一次质量标准化建设现场会,通过以点带面促进全矿质量标准化不断地向纵深发展。"王佳喜说。

对于职工队伍稳定工作,王佳喜说:"我们坚持发展就是硬道理的方针,在抓好安全管理工作的同时,把握好政策,向脏、累、苦、险的一线工人倾斜,使他们真正得到实惠。在每周一到周五的信访接待日里,矿长、书记和主抓后勤的主要领导分别接待上访职工,及时解决职工提出的问题,使职工在工作中没有后顾之忧、安心工作。现在全矿上下信心足、干劲高,一定要夺得季季满堂红,为我矿四上百万打下坚实基础。"从王佳喜铿锵有力的言语中我们感觉到,新立人今天辛勤的工作,一定会铸就明天的辉煌。

侧面二:质量标准化从关键环节抓起。

在"安全生产月"活动期间,新立矿以人为本抓安全的同时,加大了治理瓦斯高突关键环节的投入,并对生产工作面标准化施工,促进了安全生产有序进行。

新立矿生产矿井开采已经进入二水平,生产条件变得越发艰难起来,工作面瓦斯大,机电设备需要更新换代,软环境和硬环境不同程度地制约着安全生产。面对这种情况,他们想方设法改变工作面上的生产条件,质量标准化从关键环节抓起。

重视机电设备质量管理。坚持矿长、井区长、班组长3长抓机电。在实践过程中,推行了设备包机制、二四八检修制、弹性检修制、机械事故追查制和机电设备交接班制,加强机电设备的管理和维护。为防止设备超负荷运转,保证设备不完好不交接,创造了良好的生产条件。

他们规定机电事故影响生产两个小时井区长亲临现场,四小时以上系统领导必须亲临现场,六小时以上行政矿长必须亲临现场,很好地控制了机电事故的发生。

他们以质量标准化全面提高、整体推进为原则,使质量标准化建设连连升级。全面开展采、掘工作面质量达标活动。采煤工作面支柱间排距上尺上线,数量合格,排水通畅,物品整齐;掘进工作面光爆符合标准,锚杆不穿皮,工作面上尺上线,采、掘工作面质量标准合格率100%。

侧面三:数字就是标准。

新立矿每月都对质量标准化进行一次大排查,对4组采煤、11组掘进工作面的五大系统逐一排查,完全用数字说话,数字就是质量的高标准,数字就是精品。

6月22日,新立矿质量标准化大排查活动结束后,他们根据几天来排查评比的结果,评选出44006掘进队和44002采煤队两个标准化精品工作面,奖励2 000元。

一连6天,新立矿安检科、通风区、机运科和保卫科4个安全职管部门成了质量排查的"主角",他们全面排查了采煤工作面支柱、顶板、浮煤、电缆吊挂和掘进工作面的光爆造型、锚杆、规格尺寸、临时轨、水沟、文明生产五大系统的质量标准化。排查结果显示,所有工作面质量都达到了国家标准,部分工作面超过了国家标准。

生产科科长白云鹏到44002采煤工作面用卡尺量支柱之间的距离,排距1.2米,柱距0.7米,保持着质量的高标准;44006掘进工作面通风正常,回风水幕消尘效果好,临时轨道上面各种备件齐全,没发现扣件短缺,光爆质量完好,眼距300毫米,质量标准完全用数字说话。

在每月排查过程中,矿领导亲临现场排查,对排查情况认真把关,与段队班子成员面对面坐在一起评比,谈问题、抓落实。矿党政领导每天上午下井回来后,就坐到段队的小会议室里听安检科、通风科、机运科及生产科汇报排查结果,为评比标准化优胜单位做准备。同时,对存在的问题及时解决、限时整改、责任到人。通过井下排、井上比,各队组之间看到了质量标准的好与差,他们表示对"兜"出来的问题整改到位,向质量标准化、数字化迈进。

数字标准化来自大排查,新立矿每月一次的质量标准化大排查活动,推动了全矿质量标准化达标的进程。

侧面四:将"标准化"进行到底。

"支柱真齐啊,就像列队的士兵;浮煤真净,底板就像大理石地面;煤壁真直,就像刀切的一样……"这是新立矿112名干部在44006采煤工作面参观时发出的赞叹。

2月21日,新立矿在44006采煤工作面和40302掘进工作面召开安全质量标准化建设现场会,此次现场会的成功召开,掀开了新立矿2005年质量标准化建设新的篇章。

新立矿始终坚持质量标准化建设工作不放松,虚心学习先进经验,狠抓生产过程中的质量达标工作,不摆花架子,不空喊口号,使质量标准化建设工作真正成为安全生产的基础,并不断向实用性、实效性发展。

44006采煤队2004年曾因瓦斯量涌出过大而停产一个月,待恢复生产后,全队坚持抓住生产关键环节的质量工作,每一次搬家跳面、场子回收、巷道贯通、开工验收、瓦斯排放……段队领导都亲自在现场指挥,把质量标准化建设向更高、更精、更细的深层次迈进,多次迎接集团公司检查和兄弟单位的参观。

许多人都认为搞质量标准化建设费时、费力,而且影响生产。但40302掘进队却通过提高质量标准化建设水平来保证安全,从而促进生产。加强设备检修保养,实行弹性检修制,降低机械事故率,最大限度地发挥机械效能。2005年,安全无事故,施工质量达到一级品。如果说:"检查不检查一个样,白班夜班一个样,生产不生产一个样"是新立矿质量标准化建设成果的真实写照,那么2005年原煤生产118万吨,掘进延尺19 200米,就是新立矿质量标准化建设工作所带来的效果。

走科技创新之路

王佳喜深知科学技术是第一生产力的道理。为此,无论是任副总、副矿长还是矿长期间,始终坚持科技兴矿,重视科技人才的选拔作用。同时,自己也不断探索学习先进技术,并应用到实践中。

镜头一:17年间,直接参与六项技术革新与发明,并指导引进推广十项技术。

1992年10月编写了《利用地面抽放对新立矿左六片90层瓦斯的管理》,从而为新立矿取得近200万元的经济效益。

1993年10月独立完成了《浅谈新立煤矿萎缩时期的稳产措施》,为新立矿的生产提供了科学的理论依据。

1996年1月在王佳喜主持和倡导下编制了《新立煤矿十年长远规划和五年规划》,对矿井的接续提供了依据。

1996年7月受矿务局委托编制了《新建煤矿二水平的设计工程部分》。

1997年1月主持推广了《炮采工作面毫秒爆破技术》,取得近百万元的经济效益。

1997年4月与总工程师合作对原有巷道布置进行改革,将原有单层布置改为多层联合布置、对拉工作面,提高了工作面的单产。此外,还指导了防炮风筒、皮带空载自动停车装置的研制,引进推广了无煤柱开采、煤矸渣炉巷、毫秒爆破、利用瓦斯抽入钻孔注水等十项新技术。曾两次荣获东煤公司科技成果一等奖和一次科技进步奖。四次荣获本局科技成果奖,直接为企业创利达500万元,并促进了生产的发展。

镜头二:直接参与并组织了两次矿井提升改造,一次集中运输改造。

在三次改造中,王佳喜亲自设计,并现场组织施工,通过改造使矿井的生产能力由设计的21万吨/年递增到80万吨/年,2002年还组织技术人员进行一次通风系统改造,简化了通风系统,增加了矿井风量,提高了矿井的抗灾能力,为矿井提高生产能力提供了保证。

镜头三:对技术精益求精,勇于探索,改革开拓布置,成效显著。

新立矿原设计均为双巷开拓布置,万吨掘进率高达300米。他经反复研究,1996年起,变原双巷为单巷开拓,万吨掘进率降至230米,节约了大量资金。

1999年,新立矿二水平设计出台后,王佳喜反复研究对其中两项设计加以完善,取得了良好效果。一是原设计一、二水平重新施工一条断面15平方米、700米长的联络大巷,他把此项设计改为利用原93层废巷,开帮拉底,缩短了工期,并节省资金150多万元。二是原设计对500米旧巷道扩断面完成通风降阻,他经反复研究,改为施工一条暗立眼,全长70米,施工后降阻效果很好,风阻比原设计多降600mm水柱,仅此一项每年可节约电费5万元。

2005年以来,新立矿加强了对工程技术人员的定向培养,对既有专业技术水平,又有较强组织管理能力的,大胆选拔到领导岗位锻炼;对在专业技术上有发展前途的,重点向企业高级技术人才方向培养,做到用其所长。

在新立矿,安全工程技术人员有"特权"、有实权。主管技术员按副科级计薪,并在生产过程中行使相应的指挥权和决策权,如果采区不按规程作业,其有权令其停产,工人安全培训的时间和内容可以独自拍板。

对安全工程技术人员有激励政策。主管技术员被纳入区(科)班子成员,享受副科级待遇。

保技术人才不"断链",新立矿以老带新,通过整体素质的提高,增强了人才对企业的忠诚度,为实现人才与企业之间不可分离的目标起到了催生作用。

据了解,新立矿副总以上领导干部的平均年龄是41岁,其中技术员出身的占一半以上。从全集团公司看,技术人才升迁体系的流程与依据,一是年轻,二必须是大中专院校毕业生,两者成为技术人才升迁的直通车。

今年41岁的郭成和在1996年被集团公司团委授予十大青年管理明星光荣称号。2003年6月,他被调到新立矿任总工程师。

由于新立矿是高瓦斯矿井,随着2002年年产量首次突破100万吨之后,郭成和发现矿井通风系统存在瓦斯高、风量低(每分钟7 700立方米)、水柱高的问题;矿井提矸系统存在掘进车皮周转不过来的问题。职工每天从福利楼到人车要走100多米,在雨季和冬季十分不方便,而且职工超过人车运行时间(每班只给2小时运行时间)。

郭成和看在眼里,急在心上,他带领专业技术人员现场调查研究,开技术研讨会，最后设计出了入风井反上 100 米、"猴车"峒室 20 米、入风立井 25 米、人行井 100 米、安装"猴车"900 米的施工方案，并得到矿、集团公司的认可。

该工程于 2004 年 3 月开始动工，当年 8 月 18 日竣工时，矿井总风量每分钟增加了 500 立方米，通风阻力下降了 35 毫米水柱，大绞车不提人车，增加了提矸能力，同时人员升入井均不出屋，24 小时工作的"猴车"让工人随上随下，可谓是"一石三鸟"。

随后，郭成和又针对新立矿使用的离心式主扇存在启动电流大、耗电量大、风量低和不能反风等缺点，开始着手将其改为最先进的轴流式主扇。然而，新立矿工业广场狭小，新主扇的安设位置与老系统的连接方式等一系列问题都成为换主扇成败的关键。

经过对现场和老系统的详细勘察，郭成和决定将影响安装主扇的坑木场迁移到新立二矿货场、改造老系统中的人行道为主扇通道等方法，解决主扇安装场和通风阻力大的问题；同时，在矿水暖科院内建一热风房，安装了一台每小时 360 万大卡的热风炉，解决增风后井下供热能力不足的问题。

煤尘直接危害矿工的身体健康，且严重威胁矿井的安全。刘玉泉带领有关技术人员，制定了一套符合新立矿矿井特点的综合防尘措施，该成果获省科研成果二等奖。他还提出了煤矿安全管理全息动态监控方法，使安全管理纳入网络化、信息化，准确无误地分析、处理安全问题。

载人"猴车"、人行井、立风井的改造，于年初列入新立矿的科技攻关项目。千米载人"猴车"由新立煤矿自行研究、自行设计、自行安装，"猴车"道由老皮带井改造而成，是沿煤层施工的半煤岩下山，坡度起伏不定，而且在下山中部有一个弯角，安装困难较大。施工人员几次试验改进，研制出压轮和防偏轮运行轨迹，一举获得成功。矿地测科克服了地面建筑物挡住测点，无法接点的困难，在井下从主井往上导点，确保了测量精度。

载人"猴车"、人行井、立风井的运行使用，极大地缓解了掘进运输紧张局面。矿井总风量大幅增加，通风阻力明显减小，提高了矿井生产能力。同时，还极大地减轻了员工的劳动强度，一举多得。

心系广大矿工

王佳喜为矿工办实事、办好事，解决一些实实在在的问题，可以说是不计其数。

纪实一:心灵菜单。

4 100名新立矿职工共有一个记忆,这个记忆,和"忧民所忧,乐民所乐,踏实做事,老实做人"的真挚情怀有关。一个时刻想着职工,并能为其办实事的煤矿干部,在职工的心灵上,会留下深深的印记。

决不辜负养育、培养我的新立矿父老乡亲……为大伙实实在在地做一些事情……让大伙多挣一些工资……王佳喜就职新立矿矿长的这个承诺,很多人都没咋记在心上——这样的承诺,大家听惯了,也看惯了。

然而,有一个人却把这个承诺看得很重,每个季度都要看看承诺的事情做没做到。这个人,就是王佳喜。

乐的不仅仅是这一点。过去换完衣服在室外等人车,在新立矿工作了20多年的庞茂福,被冻坏耳朵的经历好像就发生在昨天。而危险还不仅如此,庞茂福说:"那时,坐人车得抢,严重时,把人都挤倒了。后来,矿里还特意派了保卫科的人来维持秩序。腿懒点,就忍不住要蹭车、坐皮带。有时,为了赶人车,活儿没干完,撂下就走。"

从这年4月开始,新立矿利用3个月的时间将原入风井上延100米,并在入风井内安装了乘人缆车,在缆车头又与职工浴池之间建了一个兼入风用的行人井,在缆车处建了一个深25米的入风主井,这样,不但解决了职工乘车难的问题,还解决了降阻通风问题。风阻下降,每分钟增风500立方米,使风量不再制约生产能力。"猴车"运人,人车腾出来,"专心致志"拉岩石,这样,一水平主运提升能力大大提高,掘进的单进水平跟着提高。

纪实二:扶危济难献真情。

楚宏利是新立矿水暖科的一名司炉工,今年50岁。春节刚过,觉得身体有些不适的他来到市医院,经过医生拍片检查、会诊,认定为食道癌,这一突如其来的打击如同一声闷雷,使全家陷入了绝望之中。

楚宏利一家五口人,三个孩子都上学,爱人侯丽华在本矿更生修配厂上班,两人的收入每月也就700多元,勉强维持生活。现在,这一天塌的事砸在自己身上,使这一原本就不富裕的五口之家哭作一团,到哪里去筹措那么多的住院押金和手术费啊!爱人带着一线希望来到了矿里,矿领导知道情况后,经过研究,决定号召全矿副科级干部每人捐款50元,矿领导每人捐款100元,不到两天时间,全矿干部为其捐款10 990元。当工会的同志将这饱含全矿干部员工关怀的捐款送到楚宏利手里时,全家人发自肺腑地说:"感谢共产党,感谢矿领导啊!"当晚,楚宏利和他的家人就踏上了去哈尔滨治病的列车。

纪实三:成立助学基金会。

王佳喜矿长与党委书记贾世贤积极支持特困职工子女入学,他们说,再苦不能苦孩子,再穷也要让孩子上学。

为了使每一名考取大中专院校的职工子女圆求学梦,该矿工会组织成立了助学基金会,矿领导每月拿出 10 元钱,科级干部每月拿出 5 元钱,工人每月拿出 1 元钱作储备资金,共积累基金 6.2 万元,累计为 178 户矿工子女助学贷款,流动资金达 28.3 万元。工伤职工许修明家中两个大学生,其中一个已考上了研究生,在交不起学费的情况下矿工会及时为他送去助学贷款 4 000元,让他的子女圆了读研的梦想。助学基金会的成立,让矿工真正体会到了党的温暖,体现了企业对困难职工的关怀。

纪实四:与伤残职工结帮扶对子。

曹连义是新立矿的工伤职工,在生活的道路上他遇到的最大的波折就是失去了双脚,他遇到的最大的幸福就是与新立矿矿长王佳喜结成一帮一扶贫对子,他由此找到了生存的方式,开起了夏利车,经过两年的努力,旧车换了新车,供儿子上了高中,生活一天比一天好。在新立矿还有 138 人与他一样与该矿副科级以上领导结成了帮扶对子。后勤矿长刘辉每月从自己的工资中拿出 200 元钱帮助 2 户有上大学子女的工伤职工,安全副总刘玉泉每月拿出 100 元资助贫困职工李贵正的儿子上大学。两年来新立矿副科级以上领导为帮扶对子送钱 1.7 万元,送大米、面粉 380 袋,送衣物 1 861件……正是这一点一滴的实际行动,换来了千家万户的笑声,密切了党群干群的关系。

纪实五:建立扶贫基金会。

许多贫困职工由于苦于资金短缺而失去许多机会。对此,该矿建立了扶贫基金会,制定下发了扶贫规划,严格做到专款专用,在资金紧张的情况下,多年来累计贷款流动资金总额 21.6 万元,利用这些资金帮 167 户贫困户脱贫,脱贫率达到了 85% 以上。工伤退休职工王炳发利用 1 万元贷款发展养猪业,5 年间,经过夫妻俩的共同努力,不仅还清了贷款和外债,还买了新房、彩电,生活有了彻底的转变。工伤职工张金显利用4 000元贷款扣了大棚,种起了蘑菇,使昔日的贫困户成了今日的蘑菇王。

纪实六:为矿工建浴池。

走进新立矿职工浴池,更衣室里一排排乳白色的更衣箱整齐排列。烘干室能使工人们每天下井穿上干爽的衣服。职工浴池一尘不染,大浴池里温度适宜的热水清澈透明,二十多个淋浴喷头给矿工们升井后冲掉了满身煤尘。工人三班倒,大浴池的水班班换。靠工作实力竞聘上岗主管浴池的生活科副科长杨成国工作细致认真,全矿6个浴池每天他都要检查一遍才放心。对浴池的管理高标准、严要求,两年来他摸索出一整套的管理办法,他不定期抽查零点班浴池管理人员是否脱岗,水温是否适宜,卫生是否合格等。他不仅仅是对自己手下员工要求严,他还身先士卒,用后勤副矿长刘辉的话说:"我矿的采煤工作面质量标准化在全公司是一流的,那么,我们的后勤服务工作也必须是一流的,两个建设必须同步发展。"

雄关如铁任飞越,煤海扬波好弄潮。王佳喜正以创业者豪迈的步伐率领全矿职工昂首阔步前进,开创新立煤矿更加美好的明天。

面向新未来

龙湖矿是七煤集团公司最年轻的一所矿井,始建于1990年,经过15年的艰苦创业,如今已实现了由小到大、由弱到强的发展,建起了比较完善的企业管理体制和工作运行机制,企业整体素质不断提升。2003年以来,原煤产量连续3年突破160万吨,成为七煤集团公司重要的原煤生产基地。

2006年4月,王佳喜带着领导的信任、矿工的期盼,调到这个矿任矿长。

——资源丰厚,人杰地灵。

龙湖矿有得天独厚的自然资源。煤田含煤105层,其中可采和局部可采煤层41层,可采煤层总厚40.93米,煤层平均厚度为0.98米,煤种以焦煤、肥煤、1/3焦煤为主。在这块充满活力,令人神往的土地上,孕育了聪明智慧的龙湖人。龙湖人不断创出惊人的业绩。1998年移交试生产后,2001年荣获黑龙江省"在建矿井明星矿";2002年荣获省级明星矿称号,五大系统均达到部级标准;2003年荣获黑龙江省"六个好"建设企业先进党组织称号,并跻身于市级文明单位标兵行列。去年,原煤产量完成163.4万吨,比计划超产25.68万吨,掘进延米大井总进尺完成38 828米,超计划7 328米,矿井质量标准化建设在巩固中得到提高,盈亏指标实现减亏70.7万元,全矿职工人均月收入1 151元,增幅18%,为集团公司的发展做出了重要贡献。

王佳喜到任以来,龙湖矿紧紧围绕原煤产量160万吨、矿井质量标准化建设争创全国一流、职工人均收入同比上涨10%、安全实现最佳年的奋斗目标,坚持以安全为重点,以发展为第一要务,以提高经济效益为中心,按照科学发展观的要求,整体推进各项工作,全面构建和谐稳定繁荣的小康矿区。5月份,英雄的龙湖人大力推进科技兴矿步伐,积极推广和使用新技术、新装备;以保持长远发展后劲为基础,强化生产准备和生产系统配套改造;以提高单产单进为目标,狠抓重点队建设,全矿以三个文明协调发展的态势,实现了安全生产,再次创出了新佳绩,原煤产量完成14.56万吨,超计划1.76万吨,掘进延米完成3 861米,超计划1 166米。

——百业俱兴,安全领先。

在矿长王佳喜的带领下,龙湖矿以实现安全生产为目标,全力打造安全生产平台,开创安全生产工作新局面。他们坚持"管理、装备、培训"三并重原则,不断夯实安全质量标准化基础。抓职工安全培训。认真贯彻《安全生产法》《国务院关于预防煤矿生产安全事故的特别规定》等法律法规精神,充分发挥四级、五级安全培训基地作用,严格落实安全教育、培训的领导责任制,合理安排时间,努力提高培训质量,使安全教育培训面达到100%。严格执行《龙湖煤矿党委关于进一步加强职工教育培训工作的实施方案》,扎扎实实开展职工培训工作。抓安全思想教育。认真学习"阳煤安全宣传教育12法",创新安全教育载体,通过开展班前安全大课、"安康杯"竞赛、安全知识问答、每日一题等教育活动,增强广大职工的安全理念和安全防范意识。完善安检、宣传、工会、团委和基层党组织在安全思想教育中的工作职责。定期检查,严格奖惩,并作为考核班子和干部的重要内容。坚持全党抓安全,深入开展"学三程、反三违、群防群治保安全"活动,构筑党政工青及街道家属齐抓共管主体防线。全员齐参战,全党抓安全。党员、岗员、网员、纪检员、安检员、家属协管员、保卫稽查员全员总动员,强化干部带班纪律,开展安全检查排查,消除煤矿安全隐患,确保实现安全生产。龙湖矿每月召开一次安全例会,听取安全思想教育、反"三违"和事故处理等情况汇报,总结分析存在问题,研究部署整改措施。

——以人为本,追求卓越。

龙湖矿牢固树立以人为本的思想,积极落实科学发展观。他们坚持人本管理这一经营理念,最大限度地调动人的积极性。

他们还通过大上采掘机械化,走内涵式增产提效之路,来提高单产、单进,解放生产力,体现以人为本发展思想。今年以来,通过精心谋划,积极运筹,2月15日,薄煤层铲挡新工艺在47042安家,月单产由0.7万吨,提高到1.5万吨。3月20日,全矿第一台薄煤层机组在47041工作面调试成功,结束了龙湖矿没有机械化采煤的历史。这个矿还推广了采煤毫秒微差爆破,锚锁木柱密集代替煤矸渣石墙等新技术,提高了工效节约了资金。前不久,在主压风机房增设了70立方米、100立方米两台压风机,实现24小时供给动力用风,结束了建矿十几年动力用风定时供给的历史。

为适应市场经济发展的需要,王佳喜提出了全矿开展创建学习型企业活动,构筑了"培训、考核、使用、待遇"的激励机制和培训体系,正全面建设一支敢打、能拼的高素质职工队伍。

展翅舞翩跹

"人懒事事难,人勤事事易",王佳喜就认这个理,他的异常勤奋为他创出了不同凡响的业绩。

龙湖矿上半年原煤生产计划72.5万吨,截至6月19日实现原煤生产75.6万吨,提前11天胜利实现"已过半";开拓进尺完成2 100米,掘进延米完成20 000米,分别提前25天和37天完成上半年计划,在振兴的道路上又迈出了坚实的一步。

龙湖矿热闹起来了,听着机器的轰鸣声,看着龙湖矿一天天的变化,喜悦写在了龙湖人的脸上。

——创新为本,乌金滚滚。

创新是企业发展的基石。作为一个煤矿企业,如何走出一条高产高效之路,如何在市场经济的搏击中站稳脚跟。龙湖矿矿长王佳喜有其独到的认识:要想走出一条可持续发展的高效发展之路,就必须走减人减面之路,保证采掘平衡;上机械化,提高单产水平;筑牢安全之基,以人为本抓安全。

龙湖矿过去有17组采煤队,为了配合生产要组建50多支掘进队,即使这样,采煤还是"撵着"掘进走。

"一定要把采煤队组减下来。"王佳喜多次在调度会上强调。

思路要付诸行动。上半年龙湖煤矿共减掉 5 支采煤队,目前 12 支采煤队中有三组为机械化采煤工作面,一组铲挡工作面。

采煤队虽然降下来了,但生产规模不变,月产量稳中有升。

上机械化是实现高产高效的必由之路。龙湖矿从建矿开始一直沿用的是炮采工艺,"块段小、煤层薄、断层多,上机组也出不了多少煤"。这是大部分习惯了炮采的龙湖人长期以来的想法。

"一定要打破人们脑中龙湖不能上机组的旧思维。"龙湖矿领导班子达成共识。

龙湖矿紧紧围绕集团公司提出的建设"双高",实现"双增"的总体目标,先后于 3 月份和 5 月份在 47042 和 47033 采煤工作面安装了采煤机组,月产量连续突破 2 万吨,这不仅坚定了龙湖人走机械化之路的信心,也为龙湖矿实现"双过半"打下了坚实的基础。47021 采煤队队长张明江有"炮采王"之称,看着机采队哗哗地出煤、工人工资噌噌地涨,他多次找到矿领导:给我们队也安台机组吧!我们一定比他们多出煤。

龙湖矿党委书记吕文昌说,一线段队长想干事,说明他们的观念在转变,工作作风在转变,我们一定要保护好工人的积极性。

6 月 26 日,龙湖矿第三台机组在 47041 采煤工作面安装完毕,这不仅折射出龙湖矿全面落实科学发展观的思想,也必将把龙湖的发展引向一个新的境界。

——平安落地,富裕生根。

对于煤矿企业来说,安全就是效益,安全就是生命,安全就是家庭幸福,安全就是矿工最大的福利。

为确保上半年生产任务的完成,龙湖矿强化责任,狠抓落实,努力创建本质安全型企业。

龙湖矿矿长王佳喜说:"我们要动脑筋抓安全,依靠科技抓安全,以人为本抓安全,带着感情抓安全,全员、全方位、全过程、全时段地抓安全。"龙湖矿根据工作面的数量配齐了专职的瓦检员,在生点岗位、机电运输岗位配备了安监员,要求瓦检员和安监员严格对照标准在现场实施监督。龙湖矿建立了矿、区、段三级领导安全包保责任体系,各级领导亲自抓安全,一级抓一级,一级对一级负责,真正把安全生产责任落实到每个环节、每个岗位、每个员工,使安全生产工作实现经常化、规范化和标准化。

让矿工过上城里人的日子,是龙湖矿的发展方向。那些设计精美的文化灯箱、装饰一新的办公大楼、花团锦簇的工业广场、现代化的采煤设备、意气风发的员工队伍,已为我们展示了龙湖矿的魅力,这一切,无不告诉我们:龙湖人确实感受到了实惠。

大风起兮云飞扬,放眼未来著华章。年轻的龙湖矿,正在用其独特的精神与文化描绘着企业发展的宏图。

2006 年 9 月 12 日,是令王佳喜矿长最难忘的日子,由于出色的工作和卓越的业绩,王佳喜被龙煤集团委以重任,被任命为七煤集团公司副总经理,主管煤矿安全工作,并兼任安监局局长。对于王佳喜来说,凝聚着矿工信任的这副担子,自己也体会到了责任的重大啊。

一个人或者集体,只有积极寻求自己的责任心和使命感,才能感受到工作的快乐和生活的幸福,才能增强战胜困难的决心和力量。

这就是责任心和使命感所产生的伟大力量。那些被高尚的责任心和使命感所驱使的人,必然会成就事业上的辉煌。

有了这种责任心和使命感,他就会在党和人民需要的时候,不计个人得失,挺身而出,义无反顾地向前冲;有了这种责任心和使命感,他就会抓住机遇,创造条件,在矿区实现一个又一个奇迹。

古人说天下无难事,在乎人为之。不为易亦难,为之难亦易。

经过几年的历练,王佳喜被调到龙煤集团公司担当重任,没过几年,工作正得心应手的时候,组织安排他到鸡西矿业公司任董事长,这副担子的确很重,是拥有几十万职工的煤矿公司的当家人。

我们深信,王佳喜凭着对党的无限忠诚,对矿区人民的真挚情感,在今后的工作中,他一定会在这个岗位上创造出新的辉煌。

阔步迈上新征程

　　2019年,勃利县抢前抓早,运筹帷幄,面对这一年的目标,已经踏上新征程,团结带领全县人民,进一步继承和发扬"勇于抗争、甘于奉献、艰苦创业、敢为人先"的勃利精神,锐意进取,埋头苦干,为实现勃利转型发展、全面达到全方位振兴目标而努力奋斗。

——题记

推进产业集群化发展

　　三月春风暖,擂鼓催征程。

　　近日,就如何贯彻落实全市招商引资工作会议精神专访了勃利县委副书记、县长王峰。

　　王峰县长说,这是发展县域经济的关键所在,勃利县紧紧围绕市委、市政府"五大振兴工程"部署,持续优化产业布局,科学定位产业发展方向,大力实施"6621"工程,即发展煤化工、石墨等新材料新能源,现代农业,寒地北药,机械制造,现代服务等六大产业,建设好"六大园区",建好两个交易中心和一个综合大市场,加快推进产业集群化发展,为实现"精美富强"现代化新勃力而不懈奋斗。

　　大力发展煤化工产业。依托亿达信、鲁龙等支柱企业,以勃盛"1830"、兴勃碳基复合肥项目为重点,建设现代煤化工产业园。加快延伸煤化工产业链条,整合焦炉煤气、煤焦油、粗苯等焦化副产品资源,重点推进亿达LNG、粉煤灰综合利用、三聚氰胺等项目,有效利用煤炭副产品,着力打造新型精细煤化工生产基地。

大力发展石墨等新材料新能源产业。扶持海坤石墨发展球形石墨、锂电池等新能源新材料产业,支持兴盛石墨与郑州大学合作开发石墨烯润滑油、金刚石等产品,建设新材料加工园区;引进投资者新建食品加工园区生物质热电联产项目,推进北京洁源风力发电项目建设,力争3~5年全县新能源装机容量达到25万千瓦。

大力发展现代农业产业。依托润池食用菌产业园,建设285公顷黑木耳产业示范区;引进沪市上市公司星光农机,实施"10101"工程,在全县10个乡镇建设101个农业废弃物资源化循环利用基地;建设以宏伟林场和曙光村为中心区域的150公顷畜牧业养殖示范区,未来3~5年,全县畜牧养殖加工业实现产值50亿元,进入全省畜牧强县行列。

大力发展寒地北药、坚果浆果产业。依托9.6万公顷林地和利民药业、海林中草药合作社,科学定位"三大框架、九大体系",以北药种植、育苗基地建设为重点,建设850公顷省级现代寒地北药产业示范区,逐步打造产值逾50亿元的立县支柱产业;持续扩大红松子、蓝靛果、大榛子、白瓜子等坚果浆果种植面积,打造具有国际竞争力的"蓝靛果之乡"和"红松子之乡"。

大力发展机械制造产业。整合周边市县农机企业,推动农机产业集群发展;加强与哈工大、东北农大等高等院校、科研院所合作,促进勃农公司与星光农机、广东科利亚公司合作研发农业机械新产品,开发大型农机耕作、大型拖拉机配套等现代农机装备,打造全国一流的农机装备生产基地。

大力发展现代服务业。整合县内物流企业,吸引域内外寒地北药、坚果浆果交易资源,逐步向勃利集聚,打造现代服务业集散交易中心;打造"九龙湖—卧龙峰—吉兴湖"幸福文化黄金旅游环线,重点建设黑水靺鞨首府文化小镇、九龙湖生态体验基地、青山奋斗音乐葡萄庄园、禹森薰衣草庄园、高铁小镇、美好生活休闲城、陶艺文化创意园、欢乐田园综合体、"绿野丛林"军事主题公园、渔情小镇、户外营地部落等旅游项目;加强旅游业与文化、康养产业融合,建设中国儿童文学创作基地和中药康养服务中心,开发黑陶、根雕等特色旅游纪念品,打造"幸福勃利"品牌文化。

经济发展稳中向好,全县地区生产总值实现56.5亿元,增长6.5%;全社会固定资产投资完成15亿元,增长70%;规模以上工业增加值实现9.3亿元,增长18%;全口径财政收入实现6.57亿元,增长15.4%;公共财政收入实现3.1亿元,增长11.7%;全部税收实现5.9亿元,增长19.2%;对上争取各类专项资金13.9亿元、政府债券6.1亿元,全年财政总收入完成29.8亿元。

王峰县长说,勃利县其他各项社会事业全面进步:项目建设势头良好,农业经济全面发展,改革攻坚步伐加快,脱贫攻坚扎实开展,城乡面貌焕然一新,建县百年隆重热烈,民生福祉持续提升,社会事业有序推进,党的建设全面加强。

王峰县长表示,做到"六个坚持"。即坚持发展为上,实现产业发展高层次;坚持特色为主,实现乡村振兴高标准;坚持改革为要,实现营商环境高质量;坚持标准为本,实现城乡建设高品质;坚持绿色为先,实现生态文明高水平;坚持共享为本,实现民生幸福高指数。同时要提高党的建设质量,推进全面从严治党向纵深发展:突出政治建设,锻造信念忠诚的党性之魂;突出思想建设,开创守正创新的大宣传格局;突出干部队伍建设,创造敢闯敢拼的一流队伍;突出基层党组织建设,打造坚强的战斗堡垒;突出纪律建设,巩固反腐败斗争成果;突出作风建设,营造干事创业的良好氛围。

转型发展全面振兴

2018年,勃利县在走过百年发展历程,取得经济社会全面进步的欣慰中,擂响战鼓,再踏新征程。

勃利县将重点抓好7个方面工作:围绕推进产业升级实体经济壮大,着力提升高质量发展供给能力。巩固煤焦化电产业,大力发展食品工业和北药产业,做强石墨产业,加快发展制造业,强化园区功能和产业示范作用,全力推进招商引资。

围绕产业融合精准推动脱贫攻坚,高标准实施乡村振兴发展战略。巩固提升脱贫攻坚质量,构建现代农业生产体系,培育树立农业品牌,积极发展畜牧业,深入开展农村人居环境整治。

围绕改革创新优化环境强化弱项,不断激发新生动能聚焦发展。深化重点领域改革,全力优化营商环境,激发民营经济活力,加快释放"双创"动能,推进区域联动和对口合作。

围绕生态宜居建管并重发展目标,持续增强城乡发展承载能力。继续完善城乡规划体系,加大基础设施建设力度,扎实推进棚户区改造工程,不断提高城市管理水平,加强交通路网建设,加强生态治理和环境保护。

围绕聚合力挖潜力保增收保运转,切实增强财政金融保障能力。夯实财源基础,强化税收征管,加强财政管理,全力以赴对上争取,提升金融服务发展水平。

围绕各项事业统筹协调加快发展,全面提升群众幸福感安全感。扎实做好就业创业工作,完善社会保障和救助体系,办好人民满意教育,推动卫生、旅游等事业发展,加强和创新社会治理,全力抓好10件民生实事。坚持以人民为中心的发展理念,下大力气补齐民生短板,坚决做好重大民生诉求攻坚。确保南岳山城一期A区棚改项目竣工安置,完成第一水厂升级改造,开工建设铁西农机具集中存放服务中心,完成城镇老垃圾场存量垃圾治理,加快"雨污分离"排水管线建设,推进南山公园、东方公园等市政设施提档升级,抓好新增出租车上线运营,启动鑫世纪幼儿园,实现城镇义务教育阶段学校操场硬化全覆盖,限时对群众开放,完成失能智障综合养老服务中心建设,推进农业废弃物资源化利用项目,建设农业废弃物资源化利用站10处。

围绕解放思想聚焦行政服务质量提升,着力打造法治效能廉洁政府。坚持解放思想提升创新力,坚持依法行政提升公信力,坚持优化环境提升服务能力,坚持廉洁从政提升拒腐防变能力。

硬措施改善软环境

新年新气象,清风扑面来。

连日来,在勃利县,从政务服务中心到街道社区,从职能部门到乡镇村屯,都在致力深化作风整顿优化营商环境,让前去办事的企业和群众如沐春风,体会到暖心贴心的服务。

各部门站在全局的战略高度,统一思想,迅速行动,对作风之弊、行为之垢再次进行大排查、大检修、大扫除,以作风整顿破题开路,以"开局就是决战、起步就是冲刺"的劲头,扎扎实实抓作风、抓环境、抓落实,确保高质量完成今年各项目标任务。

勃利县政务服务中心迅速开启节后工作模式,做到审批工作再次提速。该中心全力推进政务服务事项流程再造、窗口突出问题集中整治、创新服务方式、提升窗口服务效能等工作,政务服务事项办理时限整体压缩70%,办事环节精简 20%，窗口服务事项一次办结率提升 30%，梳理并整改了政务服务窗口存在的问题 10 项，建立健全政务服务监督管理机制，出台各类《意见》《通知》20 余件次，政务服务效能和群众满意度实现了双提升。勃利县市场监督管理局为所有市场主体提供企业全程电子化登记服务，登记业务实现了"最多跑一次"承诺，还可实现"不见面"审批，大大压缩了办事时限，窗口大力推进证照分离和简易注销制度改革，让更多市场主体持照就能经营，解决了"准入不准营"和"进门容易出门难"的问题。

在青山乡，党政干部从上班开始，就在各自岗位上忙得不亦乐乎。他们来到庆成水稻种植专业合作社，帮助合作社谋划新项目，争取建设两栋节能温室，在育苗过后利用温室实现二次增收。在小五站镇，全镇召开深化作风整顿优化营商环境大会，部署新年各项工作任务。该镇还聚焦重点难点，服务高铁施工建设，为中铁十一局项目施工单位提供更多便利服务。

城西街道党委带领各基层党组织以积极心态投入日常工作，以一流的服务让百姓满意。元明街道节后狠抓作风整顿，通过学习激发全体干部乐于奉献、服务为民的宗旨意识，积极为群众排忧解难。针对居民周末也要休闲运动的需求，元明街道在周末开设娱乐活动室，让居民实现"休闲运动无假日"的梦想，提升了群众的满意度。铁西街道党委紧紧围绕各项中心工作，带领全体干部职工齐心协力，全力以赴为今年各项工作布好局、开好头、起好步，努力营造团结和谐、干事创业的浓厚氛围。

在勃利县公安局户政大厅，针对返乡群众及放假学生办证多等特点，户政大厅开展延时、错时服务，加班加点为群众办证，让办事群众高兴而来满意而归。县交警大队车管所着力在简化手续、方便群众、提高效率、转变态度上狠下功夫，努力做到一窗式受理、一站式办公、一条龙服务，特别是机动车驾驶员在办理机动车牌照落户业务时，半小时左右即可一次完成扫描、信息核验、制牌、发牌和安装等工作，方便快捷的服务提升了群众满意度。

招商力求新突破

县长王峰深有感触地说，年初以来，勃利县坚持把招商引资、产业项目建设作为"一号工程"来抓，润池生物食用菌产业园、天兆百万头生猪等一批招商项目落地建设，12 个产业项目实现开复工，完成投资 6.2 亿元。下一步,勃利县将集中精力开展招商引资,全力以赴推进产业项目建设,坚决完成市委、市政府下达的招商引资任务。

王峰说,勃利县将重点在五个方面力求实现新突破。

着力在创新招商举措上实现新突破。以"六大产业"为目标,围绕石墨、农畜产品、旅游等资源,做好项目可研等前期工作。压实责任、精准招商,进一步落实各战线、各部门、各乡镇招商责任,成立招商专班,做好各类展会宣传推介,加强信息收集,提高招商针对性。开展"乡情招商、以商招商",积极宣传全市招商政策和比较优势,借助勃利籍在域外有影响力的知名人士,落实专人对接,开展乡情招商。

着力在项目载体建设上实现新突破。加快编制《勃利县2018—2025年产业振兴规划》,科学规划石墨精深加工、畜禽屠宰加工、"双创"基地等园区,为新建项目提供支撑。完善园区基础设施,做好园区道路、供水供热、污水管网等基础设施建设,提升项目承载能力,形成"筑巢引凤"磁场效应。破解土地、资金等要素制约,继续推进土地利用总体规划调整,扩充园区建设用地规模;充分利用木糖醇厂、老味精厂等停产企业土地、厂房等资源,落实一企一策,科学谋划项目,抓好投资企业引进,避免出现二次闲置。

着力在搭建合作平台上实现新突破。建立以政府为引领的企业合作平台,力争在项目对接、产业互补和承接产业转移等方面取得实质性进展。推动乐宝公司与东北农大共同研发红小豆提取花色素、纤维素等高附加值产品,促进兴盛公司与郑州大学合作建设石墨烯润滑脂、3 000吨高纯石墨项目。深化院地合作,推动创新驱动发展,加强同省农科院等科研院所对接合作,重点在秸秆综合利用、科研基地、产业扶贫、乡村振兴等方面实现优势互补、互利共赢,推进科技成果转化应用,促进"产学研用"融合发展。

着力在产业项目建设上实现新突破。严格落实"四帮四保"责任,推进天兆百万头生猪、兴勃生物质碳基复合肥、禹森智慧农业等项目加快建设,确保勃盛"18·30"、宏泰松仁系列产品等项目年内投产。推进落地项目开工建设,加快山东圣海集团蓝靛果基地建设,确保润池生物食用菌产业园区项目9月末开工。实现谋划项目早日落地,支持乐宝公司与王老吉药业集团合作开发红小豆系列饮品,促进勃农公司与广东科利亚公司合作研发农业机械新产品,确保勃盛三聚氰胺、亿达信甲醇深加工、三丰兆合生态板材、洁源风力发电等谋划项目取得实质性进展。

着力在优化营商环境上实现新突破。优化政务环境，按照"最多跑一次"目标，推进流程再造，简化审批程序，办结时限总体再压缩30%。优化政策环境，严格兑现招商引资政策，鼓励动员社会各界参与招商，营造亲商、爱商、敬商、富商的良好局面；落实全市加快民营经济发展大会要求，促进民营经济发展"黄金10条"在勃利县全面实施。优化服务环境，深入开展窗口突出问题集中整治，提升服务效能和质量；严格落实全程代办、限时办结等制度，完善"微县长"服务平台，为企业提供"店小二式"服务，全力打造优良发展环境。

攻坚脱贫结硕果

作为全市精准扶贫"主战场"，勃利县把脱贫攻坚作为最大的政治、最大的民生和最重要的工作，聚焦省级贫困县脱贫摘帽目标，举全县之力抓重点、补短板、惠民生，在精准扶贫、精准脱贫上强弓劲弩，靶向施策，打赢了这场没有硝烟的战斗。

两年来，各路扶贫大军深入全县40个贫困村和建档立卡贫困户家中，找准贫困"症结"开良方，竭尽所能促摘帽。该县5 760名机关企事业单位干部为贫困村和贫困户投入帮扶物资和资金1 000余万元；省市县三级驻村工作队40支、121人，实现了对贫困村的"全覆盖"，共落实专项资金1 550万元。各驻村工作队两年来共修建、翻新村级办公场所3 433平方米，修田间路58条、8.9万延米，硬化村内路面62条、4.7万延米，修整路边沟4.1万延米，修建广场15个、2.9万平方米，修涵管桥127处，改造自来水管网13.4万延米，安装栅栏6 789延米、路灯608基；确定发展产业项目49个。

政策惠民动真章，医疗扶贫、教育帮困、低保兜底、危房改造、饮水安全一个都不能少，群众生活有保障。共投入943.6万元为贫困人口缴纳新农合、商业补充险和小额意外伤害保险，建立了"基本医保＋医疗救助＋商业保险＋意外伤害保险"四重保障线。截至目前，全县贫困人口医保报销6 474人、2 020.3万元，医疗救助7 159人、593.8万元。

给予贫困学生相应资助，为1386人次贫困学生减免学费57.5万元，为3 492人次贫困家庭学生发放助学金325.3万元，对142名新入学的贫困家庭大学生资助了8.8万元。通过希望工程活动和泛海集团等社会群体资助贫困学生 995 名、258.6 万元。把符合低保政策的贫困人口全部纳入低保，全县建档立卡贫困户中低保户 4 534 户、8 189 人，五保对象 403 户、418 人。实施了临时救助"救急难"机制，截至目前共救助 6 354 人次，发放救助金 138 万元。

推进农村危房改造工作，2017 年以来，全县共改造贫困户危房 1 711 户。其中 C 级房屋 183 户、D 级房屋 1 477 户、无合理稳定居所 51 户。积极争取上级专项资金，扎实做好饮水安全工作，两年来共投入 7 068 万元，新建水源井 31 处、净水厂 19 处、管网 863 千米，解决了 97 个村屯、10.7 万农村人口的安全饮水问题，惠及 9 285 名贫困人口。

做实平台补短板，特色产业、经营主体、金融扶持、农村电商、光伏项目纷纷与贫困户"联姻"。做实"特色产业 + 贫困户"平台，该县先后出台《勃利县产业扶贫三年规划》《关于进一步做好产业扶贫工作的实施意见》《农村庭院经济三年发展规划》，鼓励贫困户大力发展"半亩园""千袋菌"等庭院经济。通过发展庭院经济等举措，该县年增收 1 000 元以上的贫困户达到 1 666 户。

做实"经营主体 + 贫困户"平台，制定了《产业扶贫项目分配机制指导意见》《发展"一村一品"带动增收脱贫指导意见》《培育新型农业经济主体增强带动能力指导意见》，为产业扶贫提供政策支撑。全县有 2 435 户贫困户通过参与农业龙头企业、专业合作社经营分红、出劳务等形式实现增收。做实"金融扶持 + 贫困户"平台，创新金融扶贫工作思路，坚持"政府 + 农信社 + 市场主体 + 贫困户"四位一体运作，精准抓好"体制机制、政策扶持、服务平台、产业融合、金融普惠"五重对接，取得了较好成效。

两年来，共出资 2 000 万元设立扶贫小额贷款风险补偿金，通过农信社和保险公司放大资金规模到 2 亿元。截至目前，累计发放扶贫贷款 2.63 亿元，其中扶贫小额贷款 2 401 户、1.17 亿元，具有带动作用的新型经营主体 20 户、1.46 亿元，带动贫困户 2 215 户。做实"农村电商 + 贫困户"平台，依托国家电子商务进农村示范县的政策机遇，创新"线下服务、线上拓展"农村电商新模式，开展了电商扶贫百日攻坚战，在贫困村建立农村淘宝服务站 27 个，覆盖率达到 67.5%。此外，该县还做实"光伏项目 + 贫困户"平台，全县共建设光伏电站 21 个，总容量为 10.5 兆瓦，已全部并网发电，带动 2 100 户贫困户增收。

经济发展稳中行

2019 年,勃利县以习近平新时代中国特色社会主义思想为引领,全面贯彻落实党的十九大和习近平总书记两次龙江视察重要指示精神,对标对表县委十六届三次全会部署,带领全县人民奋力前行,经济社会发展向高质量方向逐步迈进。

王峰县长表示,以全面振兴为引领,致力释放优势动能,经济发展活力不断迸发。各项指标在企稳中又有新提升,预计地区生产总值实现 56.5 亿元,城镇和农村常住居民人均可支配收入分别实现 21 100 元、12 100 元;对上争取各类补助资金 26.82 亿元,财政总收入完成 30.3 亿元;固定资产投资完成 15 亿元,同比增长 70%,高于全省平均增幅 50 个百分点以上。

产业项目在加速推进中不断优化,14 个开复工项目完成投资 9.5 亿元;勃盛"18·30"成功试车,2.3 万吨 LNG 建成,亿达信纳税 2.4 亿元,一批重点煤化工项目纳入省"煤头化尾"发展规划;兴盛 60 万吨石墨试生产,海坤球型石墨、膨化石墨新材料深加工项目获批;首个超 20 亿元天兆百万头生猪项目落户勃利县,全年招商引资到位资金 14.99 亿元。

以转方式调结构为重点,补齐生态特色短板,现代农业发展步伐加快。粮食总产量实现 15.6 亿斤,投资 1.38 亿元实施千亿斤粮食产能、节水增粮、中小河流治理、土地整治等农田水利项目 8 个,建成"互联网＋农业"高标准示范基地 5 个,绿特色产业发展能力增强,宏泰松果进入国家级林业产业化龙头行列,利健等 10 家企业晋升为省级农业产业化龙头企业,"三品一标"农产品进入 29 个省市和 13 个国家,被评为全国百个农村创业创新典型县。

始终坚定扶贫信心,紧扣精准务实成效,顺利实现脱贫摘帽目标。全力主攻产业扶贫,实施企业联户脱贫,四大产业扶贫项目快速推进,天兆百万头生猪"繁殖、育肥、养殖"基地完成投资 1.59 亿元,40 个驻村工作队实施产业帮扶项目 49 个。

投入 468 万元为全部贫困人口缴纳医疗保险和意外伤害险,投入 810 万元改造贫困家庭危房 201 户,通过一系列措施,全县未脱贫的 11 个贫困村整村出列,先后接受国家省际交叉互检、省级贫困县退出评估检查和省委脱贫攻坚专项巡视,实现脱贫摘帽目标。

着力优化城市布局,努力改善人居环境,城乡品位面貌显著改观。基础设施建设取得新进展,投入7 600万元实施市政工程 9 类、35 项,"三供两治"工程加快推进,实施居民小区热网改造 32 个,新增水源井 11 眼。棚户区改造破题,抢抓国家棚改最后政策机遇,争取 9 亿多元全力推动棚户区改造工程,集中连片改造面积是过去 5 年来的 3 倍,范围之大、惠及群众之多前所未有。城市管理效能明显提升,投入2 000多万元改造温州花园等老旧楼 19栋,拆除违法建设 24 处。

　　始终坚持以人为本,更加注重民生保障,平安建设能力不断加强。全年民生领域支出 25.4 亿元,占公共预算支出 88.7%。强力推进民生实事,新建换热站 1 座,完成城镇二水厂建设。

　　新建南岳山城一期棚改安置房3 004套,10 个城区水冲式厕所开工,文化中心维修改造工程竣工,高级中学食堂建设进入装修招投标阶段;"南外环"竣工通车,市县城际公交开通,购置新能源客车 30 台,县内 65 周岁以上老年人免费乘坐公交车。

　　社会保障和救助体系不断完善,发放养老等社会保险金 7.3 亿元,落实各类救助资金8 000多万元。建县百年纪念系列活动炫亮多彩,实施异地就医直接报销,有序推进"七五"普法和"法治建设年"活动,勃利县荣获第四批全国法治县创建活动先进单位,连续 5 年获平安畅通县称号,东岗村被评为第七批全国民主法治示范村。

　　闯出勃利振兴新路子,坚持新发展理念,统筹推进"五位一体"总体布局,协调推进"四个全面"战略布局,紧紧围绕加快转型发展和高质量发展要求,努力实现产业发展高层次、乡村振兴高标准、营商环境高质量、城乡建设高品质、生态文明高水平、民生幸福高指数,为加快勃利转型发展、全面振兴全方位振兴奠定坚实基础。

追求人生的风采

李刚始终坚持把企业的利益放在首位,忠实履行党和人民赋予的神圣使命,以真诚为企、真心干事的行动实践着自己的人生价值。创造了无愧于党、无愧于企业、无愧于历史的骄人业绩,彰显了一名企业领导者的卓越才能,也昭示了他的人格魅力、高尚的道德操守和社会价值。

——题记

引子,生命奇彩润煤城

2011 年 4 月中旬,春天悄然在完达山麓倭肯河流域慢慢升腾孕育,充满着一片生机,就在这个时候,七台河市邮政局的当家人李刚被荣转到绥化市邮政局任局长。

人们的心里有一种说不出来的感觉,和自己的老局长相处这么多年的感情,的确有些舍不得。大家都知道,局长是个好人,是个正直的干事业的能人,更是一个品德高尚、作风正派、有情有义、敢作敢当的人。

可以说,李刚的生命如夏花一样璀璨,如夏草一样葱郁,如秋景一样金黄,如冬梅一样傲雪凌霜。在他工作和生活的心路历程里,点燃了自强不息、勇于开拓的生命征程。他清澈得如一泓池水,他恬静得如无边的原野。在岁月的记忆中,一路走来,我们为之欣喜和自豪,勤劳执着的他,凭着自强赢得了人们的尊敬,凭着拼搏得到了人们的赞许,凭着开拓务实创建了一番恢宏的事业。

卓越,是一种心态;卓越,是一种境界;卓越,是一种素质;卓越是一种精神;卓越是以智慧和胆识居于天下,用拼搏的汗水焕发生命多姿的风采,折射出生命之光的绚丽和璀璨。春风大雅，秋月留丹，云水气度，松柏傲雪，这是大自然的卓越；高瞻远瞩而不鼠目寸光，远见卓识而不俯仰随人，智慧博大、胸襟坦荡、精神富有、品德高尚，这是人类的卓越。

追求卓越，是将"人"字写正写大的过程，是高扬生命的雄风，是弘扬人的本质，是升华人的价值。

李刚，是追求卓越的强者，体现着王者风范，具有让人时时感动的一种品格。

不幸，是人生最好的老师

就是这样一个以牺牲自我为代价的创业者，怆然书写着人生几度沉浮的壮丽画卷，演绎着生命博击的深邃哲理。我们对李刚传奇色彩的人生颇感兴趣。

沿着他那七彩人生的长廊，我们寻找，寻找那峥嵘岁月的文化底片；我们寄托，寄托着对那个创业年代的美好憧憬……

正是国家面临困难时期的 1963 年，李刚出生在桦南县县城，在 8 个孩子当中他是家中的小宝贝疙瘩。

童年时代，他学习很刻苦，学习也很好，从来不让父母和老师为他操心。相对来说，他的组织才能显得很有个性，班主任曾逗趣地说："李刚将来当个外交官是不成问题的。"同学们也都特别认可，班主任有什么工作任务，只需向他说一声，保准被李刚摆弄得有声有色有成绩；同学之间遇到什么问题，大家都愿意向他求教，甚至个人有点苦恼也向这位同学"首领"诉说，班级里简直就是以他这个圆点为中心了，少壮时期的他表现出了独特的向心力和凝聚力，组织才能得到充分的显现。

李刚在县城的一所普通学校里学习，在学习期间，老师总是教导学生：要懂得人生第一个问题就是一个人必须树立远大的理想，有崇高的志向。从小就应该立志把自己的一生献给祖国和人民。努力学习知识，坚持锻炼身体，德智体美劳全面发展。他能够刻苦自励，勤勉耐劳，从学习和生活的点点滴滴入手，努力把自己造就成为一个对国家和人民有用的人。

李氏家族因祖上赶赴塞外实边固防，故从山东牟平老家关内迁徙至此。沿途风餐露宿，披星戴月，跋山涉水，遭兵遇匪，死里逃生，经历了难以想象的磨难与凄苦。进而，锻造了他们与命运抗争，艰苦创业的不屈性格。李家子孙世代品饮宝泉圣水，人也长得高大挺拔，且聪颖智慧精明干练，颇有东北大汉的狮虎之气和塞外边民的倔强之风。

父亲李佩玉十几岁跟随家人来到桦南县，在县城落了脚，自己在铺子里当学徒学财会工作，从小就打算盘算账等，是个在县城非常有名的会计。在当年，会计很少，他就成了大忙人，哪个单位都找他给整账，一向做事认真的父亲到了春节前后就更忙了，单位都要年终结账，他就成了香饽饽，多少天都不着家，凭着老父亲的为人，得到了各个单位的尊重。

后来成为孟家岗铁矿职工，是财务科的会计，老人家一辈子靠技术吃饭，就是脾气有些倔强，性格还有些急，爱喝点酒。但他堂堂正正做人，踏踏实实做事，清清白白当工人，对自己的要求也很严格。

李刚从小受父母的影响，正直、乐观、积极向上、乐于助人、不张扬、不服输、内敛自谦、随和大气。他时刻记住父亲的教诲，天不言自高，地不言自厚，人不言自大。从小自己便养成了勤劳质朴热爱生活的良好品格，学父亲正直的为人，淡泊明志，宁静致远。

母亲也无时不在影响着他，母亲王传英是个家庭主妇，整天操持家务，家里的事情拿得起放得下，一生勤劳肯干，为人善良，从不跟别人计较得失。自己抚养8个孩子，为了让8个孩子成人，老人花费了好多心血，教育孩子不在话下，每个孩子的衣服、鞋都是自己亲手缝制，保证孩子冻不着饿不着，而且每个孩子的穿戴都很干净利落。

母亲朴实乐于助人，为人善良豪爽，生活的磨难使母亲具有勤奋耐劳、俭朴坚强的深厚底蕴，从不向困难低头，时时努力，事事要强。在本来不宽裕的情况下，经常帮助左邻右舍、乡里乡亲的，如果谁家有个大事小情的，母亲肯定会到场，该干活干活，该出力出力，从不吝惜。邻里乡亲都说母亲是个大好人，善良的人，是个受人尊敬的好母亲。

童年的记忆是那么鲜明、深刻、久远、刻骨铭心。

夜幕初合，苍茫一片。晚风吹拂，微显湿凉。

"李刚年少时就是很俊朗、很聪明、很知礼、很懂事。"那时他就显现了组织与协调能力的某些端倪。他一走，后边总是"一小帮"前呼后拥的小伙伴们，真是轰不散打不乱。孩子们都知道他"和气、义气、有骨气"，以他为中心干啥都不会吃亏。他很仗义，也很侠气，还很有心计，很有胆量，小伙伴们都乐意听他的调遣。

他找小伙伴玩时，免不了伙伴们东家串西家看，遇到自己家有可口的东西，爸爸妈妈们总要给他们一点儿，或几个黏糊糊的豆包，或几个热乎乎的土豆，或几个白白嫩嫩的水饺，或几捧谷香浓烈的爆米花，或几把油香腻人的葵花子……

爸妈们把他们当成自家孩子看待，没有时下都市邻里那种隔膜、生分、戒心和设防。那便是血浓于水的悠悠乡情，是刻骨铭心的情感力量，那是一种精神人文化的力量在朴实善良的人的心里流淌。

李刚的身上明显地从父母那里继承下来中华民族的优秀品质，这其中就包括做人正直、严谨、无私奉献、勤奋努力。

他从小就富有同情心，这尤其表现在对普通百姓特别是穷人的同情，对不公道事情的憎恶。一种朴素的平等观念在他的心中萌生：人人生而平等，社会的每一个成员都应平等相处，这个世界就会美好。

然而，就是这样一个和睦的家庭，却遭受了一连串的不幸，李刚12岁的时候父亲过早地离开了人世。

真是生得安分，走得安详。尽管家里出现这样一些变故，李刚并没有放弃自己，更没有气馁，人活的是一口气啊，无论生活怎么样都要正常面对，仍然追求进步。他是一个善于思考而又活泼的人，爱动脑筋的他总是把书本里学到的东西同现实加以比较，让自己在不断地思考中立志为改造社会而去努力甚至献身，这就是自己的一种理想和抱负。

祸不单行，5年后母亲也不情愿地离开人世。当时，李刚感到天几乎塌下来了，命运怎么会是这样啊。在他看来，上天对自己太不公平了，几年之间让自己失去了双亲，失去了世界上自己最爱的亲人。眼下，属于自己的家一夜之间就没了，自己的一切也都没有了。路，在哪里？路，在何方？自己感到眼前的一切都是黑暗的了，世界给自己的没有光明，而是无尽的哀思和惆怅。

李刚满怀着不可名状的无奈与失落，沿着父母曾经走过的路前行，自己已经长大了，是个男人了。擦干眼泪，还得坚强地活下去，这时的小李刚就在哥哥家姐姐家吃住生活，自己暗下决心要像父母那样做人、那样做事。

桦南小县城的8月，傍晚是清凉的。每当夜幕降临即将吞噬小城时，他的心里像被刀扎一样的难受，自己想父母啊，想自己的亲人啊！他听到了父亲在打算盘时得意的笑声,他听到了母亲让自己试新衣服时的美好叮咛;他看到了父亲的倔强和坦诚,他看到了母亲的坚忍和随和,这就是一种财富,一笔非常宝贵的精神财富,自己要将它传承下去。

父母给了自己克服困难的勇气,还给了自己善于思考的习惯。艰苦的生存环境,磨炼了李刚永不服输的性格。

曾经的苦难、曾经的屈辱、曾经的悲悯,铸成了苦命孩子的坚强的意志、顽强的毅力、抗争的性格。从坎坷的经历,他悟出了"你不倒下,别人也推不倒你,就不会从你的身上迈过去"的人生哲理。只要你坚定信念往前走,肯定能达到目标。

挺起腰板,就不会趴下。

从这个时候起他就明白了一个道理。无论多么困难,无论多么艰苦,命运都是掌握在自己的手里的。他确信安格尔的话:所有坚忍不拔的努力迟早会取得报酬的。凭着勤劳和努力,可以改变生活,还可以改变人生。

时光荏苒,日月如梭。自己的苦难岁月在历史长河中流逝,迎接他的将是美好的未来。

东方泛白,小县城又迎来了一个新的黎明。看到太阳冉冉升起,自己感到人间有了光彩。大自然给人的壮丽自己记住了,大自然给人的宽厚自己也记住了,他要牢记在心里。

从此,李刚学会了坚强,学会了忍耐,学会了刚直。

苦难真是个好老师,他激励自己走好人生的每一步路。没有人知道他所经历的煎熬苦闷、忧虑感伤。

大山可以做证,撒在沃土里的种子,必将化作耀眼的郁郁葱葱的绿洲。

从军,壮丽多彩的人生之路

李刚看到过很多反映战斗故事的电影,被许多战斗英雄的故事所感染,特别是军人威武不屈的英雄形象,敢于战斗、不怕牺牲、英勇无畏的精神总是在感召着自己,总是在自己的脑海里萦绕。自己的理想就是当个军人,他梦想当个战士,参军入伍,保卫祖国,光荣而神圣。

那是美好的花季年龄,其实他应该在洒满阳光的课堂里捧着书本,或者奔跑在操场上拥抱着欢乐。但是,他不能,穷人的孩子早当家,自己要在失去父母后担起家庭的重担。尽管他真的很留恋学校,尽管他的肩膀很单薄很幼嫩,可是,命运就是这样无情,将他美好的梦想打得粉碎。他就这样过早地告别了童年的欢乐,带着一种苦涩开始品味艰难的人生,他走进了属于自己的广阔天地。

1979 年的严冬显得特别寒冷,这一年的雪下得特别大,多少年都没有下这样大的雪了,特别令人难忘。16 岁的李刚在这年的冬天里成了一名军人,属于正规的野战部队。野战部队异常艰苦,就是在三九天里,部队训练也不许战士戴手套,每天早晨 10 公里越野,然后是高强度的专业训练。当回到驻地时,战士们都成了冰雕一样的雪人,吃的是高粱米饭,菜就是白菜、土豆、大萝卜之类,生活条件异常艰苦,困难时期大家都能理解,就在这艰苦的环境下,锻炼了他上进的勇气和锐气。

部队的生活虽然艰苦,李刚却享受到了另一种欢乐,那就是以苦为乐,这是一种境界,这是最好的人生财富啊。愿意此时擦额头的汗,唯恐日后一个人去抹眼泪,今天你熬得住多少苦累,未来才担得起多少赞美。

在部队里,他光荣地加入中国共产党,这是他多年的伟大理想,今天终于在部队这个绿色军营里实现了。为此,他高兴了好长时间,还提醒自己,一定成为一名合格的好战士。

在部队不长时间,他就当上班长,后来代理排长,第二年到师教导队,专门训练班长以上干部。在那次开学典礼上,当时的师长刘精松亲自参加典礼活动。刘精松历任沈阳军区司令员、兰州军区司令员,我军高级将领,上将军衔。李刚代表学员讲话,做表态发言。台下 400 多人都投来羡慕的眼光,官兵对他的印象也很深刻。刘精松师长看到这个英俊帅气、活泼可爱的战士十分高兴。面对首长,李刚的精神头十足。首长看到他这个样子,也点头微笑着,认为这个士兵很有前途,是块好料,将来会成为一个有作为的人。

在以后的军事比武,或者是大型比赛中,无论单项还是多项李刚都取得了好成绩,获得个人三等功一次、集体三等功一次,后调到团作训股当指挥员。

军队生活的摔打使他成熟了,增长了许多生存本领,形成了一种与困难做斗争、以苦为乐的思想,有了一个很高的境界,更重要的是懂得了怎样为人,怎样做人,在思想上、生活态度上,有了一个永恒的定式。

李刚特别感谢这段军旅生活,在部队的这座大熔炉里,经过锤打锻造的李刚,终于百炼成钢。

一个人要想取得成功,既要仰望星空,更要脚踏实地。做一个努力的人,就是要趁着青春年少的美好时光,刻苦学习,奋发有为。

李刚特别怀念这段人生中不可或缺的乃至影响自己一生的军旅生涯,这个经历成为他的一种无形的资产,也成为自己生命的原动力。

工作,在创造中熠熠生辉

那种越挫越勇的性格,在他的思想、学习、训练、劳动、处事、待人等方面都有出色不俗的表现。父母过早离世,不一样的家庭文化培育了不一样的孩子,昭示着不一样的灿烂前景,他注定要在历史的轨迹上,标定家族傲人的风采,彰显现代社会人性的伟大光辉!

1985 年,李刚从部队回到地方,被分配到煤城七台河市邮电局工作,领导们一看李刚的档案,就觉得他是个佼佼者。

老局长刘相云找他谈:"你的素质很好,接机密文件需要你这样的人,就在这里锻炼一下吧。"

"组织上怎么安排,我就怎么干。"李刚说。

后来,李刚又从机要去转运,当时是为了加强力量,才有了这么一个决定,徐书记还一再说:"小李这人精明强干、谈吐斯文,有培养价值。"

老局长刘相云在一边点了点头,点上一支烟后微笑着。

在一次食堂的餐桌上,市邮电局办公室主任发现了李刚,言谈举止给这位主任留下深刻印象,当下直接去找老局长刘相云,说党办眼下缺人,能否将他调去,一向赏贤使能的局长高兴地接受了这个合理建议,并责成主任去扶植他、关爱他,要帮助他成长。

对于李刚来说,他的确应该感激这些领导们,对自己的工作给予认可,对自己的为人也十分的赞赏。应该说十步之内真有芳草,但千里马常有伯乐不常有啊,李刚想:这些机遇一定要把握好,努力工作,吃苦在前,对得住领导,不辜负刘局长和大家的殷切希望,时刻记住自己是个兵,脱了军装也是兵,那才真叫当过兵的人。

只要把工作干好,没有过不去的火焰山。他深知梁启超的那句话:男儿志兮天下事,但有进兮不有止,言志已酬便无志!

到党办以后,他便开始认真学习起来,理论水平要提高,没有本领怎么去适应工作,再说自己年纪又轻,正是努力学习知识的时候。当时,他学习达到了忘我的程度。

领导们认为他很成熟,为人谦和,工作认真,一丝不苟,上进心强。组织综合、独立工作能力也显露端倪,是个好苗子,有培养价值。

职工们对李刚的评价也很高,跟他在一起有种亲切感,为人正直善良,义气但不失原则,人们说:"他是个好人,有正事。"

就这样,李刚以自己的人品踏踏实实地走进了邮电局同志们的心里,不愧为党和军队培养的人。

他对人热情,性格爽快,加上特有的热心肠,很容易也善于交朋友,他像三江平原上一株红高粱那般朴实,像煤城里一块熠熠发光的宝石一样执着而热烈,他朋友多,交际面很广,这已经成为一种共识。

李刚自己深知,一定要把自己的工作干好,才能对得起领导的栽培,才能对得起同事的信任。他凭着一身正气、一腔热情、一股干劲,加上一种无私的精神,受到了广大干部职工,特别是领导的认可。

由于工作需要。李刚来到了一个重要工作岗位,负责全局人事工作,这个担子可不轻,自己觉得有些压力,从没有涉足的领域,政策性还很强。

被提到人事科后,李刚哪里知道,提他的时候,有一部分人有点不太理解,认为提得稍快一点儿,年纪小还需要锻炼几年才是,资格比他老的人多得是。

刘相云局长对此风趣地说:"年轻应该说是一种优势,能够开拓进取,不瞻前顾后,在这样的岗位上锻炼不是更好吗?"

事实是最好的回答:李刚从点滴做起,自己随时都感到责任重大。

自己不争名利,求真务实,坚持原则,敢与不正之风做斗争,自己也真正地经历了几次考验。威信,就是在这样的环境下不知不觉中建立起来了。

几年的人事工作中,他出点子、想办法,一心一意扑在自己所钟爱的事业上。

在一个难忘的日子里,市邮电局领导语重心长地说:"根据领导班子的意见,准备把你纳入班子成员。"

李刚有些不解地说:"我能行吗?实际工作经验又少。"

"这是大家讨论后决定的,这既是信任又是考验。"

李刚成为市邮电局党委成员,他是最年轻的,这又为他虚心向老前辈学习创造了一次机会,他怎么能不珍惜呢?

其实,李刚从念小学、中学,以至参军入伍,在邮电部门又干了几年基础工作,对邮电工作产生了深厚的情感,即便他当上了一科之长、党委委员,依然把自己看成是一个小学生。

当一个人把思想与追求升华为强烈的责任感与使命感时,就会迸发出无穷的创造力,从而为自己奋斗的事业续写多彩壮丽的乐章。

当了7年七台河市邮电局人事科长的李刚,被提拔任命为鸿运经济贸易公司经理,原因很简单,让这位年轻有为的人干一番事业,搏击商场,商场就是战场。

无疑,这是一个锻炼的好机会。

时任七台河市邮电局局长的刘相云出国考察之前还一再嘱咐几位副手,让他们进行综合考察一下,进行民主测评,决定派一位出色的人选去那里工作,以便从根本上改变其面貌,立足煤城地缘优势,去开拓一块新的领域,为邮电事业第三产业的发展奠定坚实的基础。

当刘局长从国外回来后,党委大部分成员的意见居然与刘相云局长想的一致,不谋而合。

在局长办公室里,刘局长对李刚说:"你群众基础好,去学经商是个锻炼,在邮电企业有自己的产品,而后看准行情,滚雪球式发展。"

李刚点点头,自己清楚,在市场经济的风浪里也是可以大有作为的。

就这样,李刚愉快地接过这个任务,走马上任,成为邮电企业的带头人。从此,他便与企业的职工们在短短的一年里收到了许多成果,同事们高兴,市邮电局领导们欣慰,人们一致认为:这个带头人选得准、选得好,是个干事业的手儿。

李刚,他没有愧对这里的父老乡亲,向领导和职工交上了一份合格的答卷。堂堂正正,心底无私,干起工作来真是得心应手。

现在的发展势头如汹涌浪潮,一往无前地向着预定的目标推进。

从1979年到1985年,从部队到企业,从1985年到1995年,在这将近20年的美好时光里,从一个小青年到革命战士,从战士到企业的管理者,走上了领导岗位,他经受了历练锻打,从幼嫩到成熟,他积淀了人生的宝贵经验,这是他青春年华的20年,他把最美好的时光交给了自己所钟爱的事业。在回想起这段人生经历的时候,李刚十分感慨,他感谢全局同事、领导的质朴和正直,这里是自己工作的一片沃土,自己在潜移默化中受到濡染,他的生命在这片热土中拔节、抽穗,他的敬业精神从这里升华。

其实,每个人都有属于自己的那份生命的轨迹,一个人无论是行走在阳光地带,抑或是跋涉于泥泞沼泽之中,都应该深信,脚下总有一方属于自己的土地,头上总有一片属于自己的天空,前面总会绽放七彩阳光。李刚深信,没有比人更高的山峰,没有比脚更长的路,人生注定要面对无数次挑战,没有耕耘,哪会有收获;不洒下汗水,哪会绽放花蕾;不经历风雨,怎么能见彩虹。石本无华,相击乃成火花,水本无华,相击乃成涟漪。艰难困苦,玉汝于成。

在平凡的时光里,应该让思想、情怀、品格,如鲜花一朵,盛开在如诗如画的原野,在漫漫的人生旅途中,人生只要带着信念上路,努力执着追求,就一路欢歌、一路花香、一路风景,从而迎来鲜花和掌声。

有了生命厚度的李刚,认识到生命就应该是有价值有意义的,就应该是充实美丽的。自己更加清楚:找到属于自己生命的纹路,找到自己生命的坐标,才能找到自己的位置,发挥自身的价值。

经商,扬帆催征弄潮人

地火在运行,熔岩在奔突,积埋了十几年的巨大能量,像火山喷发,气浪翻滚,直冲青天。

发展是人类社会永恒的主题,寄托着生存和希望。但愿苍生俱饱暖,不辞辛苦出山林。

1995 年 2 月,煤城七台河人民正沉浸在春节的欢乐之中,这时李刚已经到总公司上任。目前摊子这么大,怎么去理顺,工作怎么去抓才能有成效?几百号人,有一部分是从主业精减下来的,这部分人很难领导,再有就是邮电职工家属,这些人的程度参差不齐。用什么方法能使这么多人,特别是现有的十多名中层干部去献身工作呢?

从完达山吹来的清风,裹挟着树草泥土和残冰的复合香,吹进了茫茫的百里煤城。大地复苏,冰河翻滚着雪浪,像万千白鹤排空而下。

起步难。机制问题必须解决。不然这些人怎么任用,光有好管理者是不够的,让职工们有一种向上的凝聚力,大家都想着工作、想着事业,这样,第一步才算成功。

在一次会议上,李刚跟大家交了底,职工们明白了新领导的意图:"局里选我来,其他人选由我定,这是一种放权,如果我聘用你们后合作不好,没有进取心就会被辞掉,这将意味着什么,大家是清楚的。在主业里有些人没有发挥一技之长,甚至遭到冷眼,这无关紧要,市场经济的商界,就是选能人,扬长避短,把工作干好,我们干工作不是自己发财,而是让公司发财,只有公司经济雄厚,才有我们生存的土壤。"

一个各尽其职的工作局面打开了,摆在眼前工作的羁绊就是清理欠账,这项工作的难度真是比登天还难。欠账问题,是个历史遗留问题,要想打开工作局面,全公司方方面面都要围绕这个中心进行工作,说起来轻松,做起来可就难了。社会上流传着"欠账者是大爷,要账的人是孙子",这话不假,你去催账,人家不是回避就是推脱,这里边的苦衷只有李刚与他的同伴们知道。

这场硬仗不知道是怎么啃下来的,外界人有些吃惊。

在市邮电局内部,听说李刚任职后,有人打电话,有人亲自找到李刚。

"我想到你那里去!"

人们是觉得:李刚为人好,在他手下干工作踏实。

在对待用人问题上,李刚有自己的见解,搞市场经济,就是用能人战略,能人显得尤为重要。在家单干停职留薪的职工被他请回公司,以发挥其特有专长,创造一个良好的舞台。放权,优化组合,贤才就这样用在了刀刃上。

对一些有争议的人物,他看主流,用其所长。

他没有被一些困境所影响,反而变成了一种动力,对原有的下属企业进行摸底,完善了内部经营管理,使职工发挥了主观能动性,心情舒畅地投入工作。

这时的李刚,又把眼光转到另外的领域,他想得很远,不能仅停留在通讯事业上,还要加大步子向更深层迈进。在国家政策允许的情况下,他想跳出原来的圈子,改变经营方向,发展实体。

当时的七台河市邮电局给了一些倾斜政策,不能总让局里扶着,要扔下拐棍自己闯市场,开发新项目,由副经理张杰亲自抓这项工作,要搞适合七台河市场需要的产品进行考察。

1995 年,时任省委书记岳岐峰同志谈的大豆深加工的思路使他们产生了兴趣,就全省而言,这个课题新,项目也新,只是投资很大。派人去外地考察论证,提出可行性报告,向局党委反映情况。

　　预测市场行情,现在的消费者对大豆深加工出来的产品远没有对奶粉的感情深厚,其主要产品豆奶他们不怎么认,投资又很大,为了稳重起见,暂时先放一放,搞一些适合自己发展的中小型项目,投资在几十万元范围内去考察,这样,他们又看准了卫生巾生产市场,在全省仅佳木斯一个厂家,其产品都是省外打进来的,这个项目被李刚看准了,决定重点考察。

　　副经理张杰跑秦皇岛等生产厂家,了解第一手资料。

　　完成可行性报告,决定上这个项目,投资 16 万元,引进了生产设备,一阵紧锣密鼓之后,7 月份建厂房进行设备安装,8 月末投产,速度惊人。百里煤城,有了自己生产的如同"安尔乐"体贴又周到一样的产品,怎么不叫人欣慰,投放市场后效益可观,目前,这种产品正在向周边市县辐射。机遇和挑战并存,希望和困难同在。可是庆幸的是"他是一个没有挑战,就活得没有滋味的人",他喜欢有挑战的生活。这也从另一方面,激发了自己内在的潜力。

　　第一步棋走活了,人们的脸上露出了笑容,经过辛勤劳作的人看到自己的果实,如同农民看到丰收年景一样欢欣。

　　继续操练,路还长,人,必须选择坚强,真诚面对。

　　在邮电局部门,每年都要印刷大量的表册,这笔费用也很惊人,还可以满足社会需求,面对这个问题,李刚在想,上个印刷厂是否能行,这样一个印刷厂便应运而生。

　　这一步走得很稳很准,收效也不错,印刷厂开机后,解决了系列化服务体系,活儿源也越来越多,凭着信誉,凭着质量,哪有收不来效益的道理。

　　不久,又一个大型的基地建设项目放到局领导面前。

　　"这个项目怎么样?"刘局长问。

　　"从为职工服务的角度看,建副业基地还可以逐渐扩展,前景肯定可观。"李刚说。

　　"偏僻的地方是很艰苦的。"局长似乎在自言自语。

　　"这没关系,我们有吃苦的干劲。"

　　"那就上马干!"

于是,说干就干。几个月之间,一个企业诞生了。

在副业场建设期间,得说是一场不小的攻坚战。那里远离市区,在农村的山坳里,除了自然条件优越之外,其他的条件叫人头痛,没有条件创造条件,用自己的双手,建设好这个邮电职工第三产业的家园。养猪、养鱼搞得红红火火,刚刚起步就养猪 160 头,投放越冬鱼苗 3 000 公斤。职工们终于吃到了自己饲养的猪肉、鲜鱼、鸡蛋。为了扩大再生产,全局的线路工程 968 信息中心划归总公司,壮大其实力。设计中心、装潢公司、生活服务公司、装饰材料商店等相继开业。

楼房的暗线工程,过去没有统一管理,活儿叫个人去干,质量保证不了,李刚得知后与建设部门协商,纳入配套工程,对新建楼房进行一户一线,防止出现以后改造问题,暗线工程也由公司承接过来,全市通信路线、有线电视线路架设等,也都有条不紊地进行着。

大哥大、BB 机进入煤城七台河后,又成立了通信维修中心,仅仅两个月就盈利 10 万元。

走上工作岗位后,他以拓荒牛的品性,埋头苦干,扎实工作,不求名利,不事张扬,建立了辉煌业绩,党和人民没有忘记他,给他以较高的名誉,他又以骏马精神疾驰狂奔,跑得更快更稳更好……

其实,上帝在赐给人类透明清晰的理性时,又赋予了人类智慧的结晶,在李刚这里显得更加光亮晶莹。也就是在这一年里,李刚被评为省劳动就业服务企业优秀经理。

没有坚强的毅力,是决不能成就伟业的;一个人要做到他想做的一切,需要的只是坚忍不拔的毅力和持久不懈的努力。

是的,他具有一种精神——锲而不舍;他具有一种力量——无往不胜;他具有一种信念——豪气冲天;他具有一种结果——胜券在握。

绿叶,甘愿奉献光和热

许多浮躁的人也曾经有过梦想,但都没有实现,最后只剩下牢骚和抱怨,他们把这些归于缺少机会。而机会,常常把自己打扮成挑战或挫折,只有那些在平凡工作中用心并敢于接受挑战的人,才能发现并抓住机会。

是的,机会总是偏爱有准备的人、懂得立即行动的人,而李刚就是这种有准备和懂得立即行动的人。

时隔不久喜讯传来,李刚的思路和做法成功了!人们为他叫好。

是的,有追求才能激发进取的动力,有进取的动力才能实现追求,在赛场上如此,在战场上和商场上也同样如此。有人曾对他说:"……李刚,你要是留在局里,恐怕和今天的情况就不同了……"李刚只是笑笑:"其实干什么工作都一样,凭自己的本事去努力、去奋斗,会有点收获的,再说,若别人干这项工作也会有成果,我只不过是个头雁而已。"李刚说的有些谦虚,群雁高飞头雁去领,飞吧,天空无比辽阔,前景无比可观。

由于业绩突出,李刚被委以重任,调到七台河市邮政局任副局长,人们知道:李刚是一个挑大梁的主儿,是一个大有作为的复合型局长。

李刚在自己的内心十分认定泰戈尔所说的话:"果子的事业是尊重的,花的事业是甜美的,但是让我做叶的事业罢,叶是谦逊地专心地垂着绿荫的。"他作为一个年轻的领导者,为什么能在全公司这方土地上形成如此大的凝聚力,用一句简单的话回答就是:来自职工的心里。人都是有感情的,每个人都有感恩的心。

十年的风风雨雨、坎坎坷坷,李刚这位企业领导者,始终如一地像一名运动员,永不满足地寻找着更高的目标;像一只不知疲倦的小蜜蜂,永无止境地酿造着邮电事业的甜美生活。他是在为了邮电事业的需要,默默地奉献着人生最壮美的年华!李刚在副局长的岗位上整整工作了10年,在这10年间,他以到位不越位,帮忙不添乱和不争利、不争名、不争权的风范,提出许多建设性意见,积极配合两任行政领导大胆抓改革、抓管理,团结带领广大职工发奋图强、真抓实干,各方面工作都发生了很大的变化,领导和干部都说李刚绝对是个大好人、好领导、好哥们,他得到了人们广泛的认可和赞许。

无论把自己放在什么位置上,他都能始终保持积极、乐观、昂扬向上的精神风貌,努力做好自己的工作,去实现人生的价值。

沉稳、睿智、诚恳、率直、干练,这是他留给别人的印象。

重任在肩,铸就事业新辉煌

夏日的蓝天,飘浮着朵朵白云。温热的清风,吹拂着广袤的田野。在蓝天与远山相接的空间，凸显着一抹淡淡的幽蓝，那是大自然凝成的纯真的原色。

真是功夫不负有心人。2007 年 6 月 12 日，李刚被委以重任，任七台河市邮政局党委书记、局长。这是迟来的爱，这是收获者的最好回报，他可以带领广大职工再展宏图了，有机会向煤城人们交上一份满意的答卷了。

责任，从本质上说是一种与生俱来的使命，它伴随着每一个生命的始终。事实上，只有那些勇于承担责任的人，才可能被赋予更多的使命，才有资格获得更大的荣誉。

改革会触及个人的利益，但是企业不改革就是死路一条。走改革之路，这是李刚的先见之明。

大力推进三项制度改革。对市、县局内设机构、职能和编制进行调整，然后进行公开竞聘，把有能力的人员选拔到领导岗位。组织全员学习《劳动合同法》，对企业用工行为进行了规范，还实施了相关的细则。

在分配制度改革上，出台了《职工营销积分奖励办法》《2007 年工效挂钩考核办法》《专职营销员管理办法》等一系列制度，用制度约束人。完成基本工作任务就能获得基本工资收入，奖金按照个人的贡献大小发放，还统一调整了岗位工资，实现了市、县局薪酬的统一发放。

这些看起来简单的事情，可是做起来是很难的，每件事都涉及大家的利益所在。在李刚看来，只要改革得对，就得坚持走下去。

接着，李刚还全力地推进企业的基础工作。深化全面预算管理，制定《全面预算管理实施方案》，从资金、资产、收入、成本费用等多方面入手，强化企业的内部控制。

对预算进行科学合理的论证，然后进行科学编制。还把预算编制单位细化到最小的责任部门，预算项目细化到具体的明细科目。同时，对预算进行严格的控制。不仅如此，还制定了《成本费用支出管理办法》，将业务代办费、车辆费用支出、劳务性支出作为成本费用控制的重点，实行定额管理，按月进行考核。

在李刚看来，构建和谐社会的大背景下，当今企业的和谐也是一个重要工作职能，必须确立企业自己的思想和灵魂。

于是，他们便紧紧围绕"转变发展方式，加快结构调整"的总体指导思想，有效破解了企业发展难题，企业经营、管理、服务、改革等各项工作均取得了可喜的成绩,为七台河邮政又好又快发展奠定了坚实基础。

其身正,令行禁止;干部同心,其利断金。工作雷厉风行的李刚局长深知事靠人为、业凭人创的道理。上任以来,一直把加强领导班子能力建设、干部职工队伍作风建设作为开拓邮政事业的出发点和落脚点,采取了一系列措施,收到了特别明显的效果。

2007年,全市邮政业务总收入实现4 852.27万元,同比增长12.01%,完成省计划的112.7%;全年邮务类完成收入601.5万元,实现增幅6.14%,占总收入的14.23%;速递物流类业务全年实现收入436.45万元,同比增长22.33%,占总收入比重的10.33%;金融类全年完成收入3 080万元,同比增长8.21%,占总收入的比重为72.9%,邮储余额达到13.89亿元。

全年邮务类业务实现较快发展。其中,商信业务以通信运营商、家纺、化妆品等行业为重点,加大对台历、挂历、对联等业务的宣传力度,通过复制兄弟局成功经验,成功开发了"城市名片、安全台历、新交通法宣传卡、土地纪念日"等项目,克服了重重困难,顺利完成既定目标。

电子商务业务出台《邮政短信实施方案》,通过开展"邮储短信用户加办率战役"活动,制定《邮政代放号业务实施方案》,加大与联通、移动、电信运营商的合作力度,并与国电局签订合作协议,开办代收国电业务,以及开展全省航空机票旺季营销竞赛活动,借助世博会召开契机,重点对集团客户进行深度开发,共开发航空机票大客户16户,大客户出票85张,销售世博会门票63张。

加大畅销报刊市场开发力度,在持续扩大自费订阅市场规模的基础上,积极对报刊零售业务进行调整,通过对县局《现代教育报》的揽收,以及开展图书展销活动,拉动了零售业务的增长。

集邮业务制定《生肖贺岁礼品营销活动方案》,在全区范围内以主攻生肖金砖为发展方向,并出台《畅游世博主题营销活动方案》,成立世博营销小组,建立世博邮品征订包销制,成功销售世博金砖及世博祝福金砖,进度列全省第一位,提前五个月完成全年收入计划;抓住亚运会召开契机,销售亚运会金砖及亚运会其他邮品,并将企业形象年册开发作为一项重点工作来抓,开发了建设银行、中国移动、人民银行、龙江银行企业形象年册业务,同时,制定了《库存盘活实施方案》,将集邮品成本控制在省公司规定范围内。

代理金融类业务,积极适应金融政策变化和资本市场波动带来的影响,坚持"增储额、创收入"原则,开展邮政绿卡通营销活动,在扩大储蓄业务发展规模的同时,加大保险业务发展力度。年初,开展"虎啸风生、跨越巅峰"营销竞赛活动,全省进度排名第一;在省公司组织的"增保额,上规模"营销活动中,增幅列全省第1位;12月30日,及时召开全市邮政金融类业务"大干一百天誓师"启动大会,为明年一季度促进储额、保额增量前移奠定了坚实基础。

事业上要激流勇进,工作中要克己奉公,生活里要乐观豁达;要始终履行全心全意为人民服务的根本宗旨,把这摊事业干好干出业绩。

人生就像在大海里行船,只有把好自己的舵,才能驶向理想的彼岸。李刚正在凝聚全身的精力,驾驭人生之舟,闯过人生大海中的一个又一个惊涛骇浪,驶向他人生成功的彼岸。

为创新培训方式,通过制定"星级"考核制度,对全区营业员进行"星级"考核,参加考核人员达132人,取得三星级以上标准成绩的营业员比例达81%;组织部分岗位的公开竞聘和调整工作,有3名人员提拔到科级岗位,4名科级干部充实到一般管理岗位、技术岗位和营销岗位,为提高中层管理水平提供了有力支撑;重新制定并完善《2010年科级干部考核办法》,进一步提高科级干部整体素质和发展业务的积极性;加强工时精细化管理,积极推行"梯形排班法"和"累计工时法",有效提高了工时利用率;完善营销体系建设工作,严格按照省公司文件要求,完成营销体系组织机构调整及人员配备工作;认真开展"双定"工作,坚持与流程优化相结合。同时,以开展"双定"工作和机构调整为契机,加强定岗定编工作,将"双定"工作中个别岗位富余人员进行转岗培训,使他们尽快适应新岗位工作,人力资源盘活效果明显。

对业务相关的直接成本,包括代办费、工资及劳务费实行全区集中管控,不断降低水电费及车辆维修费用,百元收入业务费和百元收入代办费均低于全省平均水平,支出控制取得了预期效果;开展财务自查工作,通过清查凭证、账簿、报表等会计资料,自查企业2009年财务收支、资产管理、资金管理等活动的合规性、真实性、准确性,并指导各职能部门和专业局进行自查;制定《七台河市邮政局用户欠费管理办法》,定期督促商函、报刊、物流等专业及时清缴欠费,将欠费比例控制在总收入比例的2%以下;下发《七台河市邮政局营业款资金管理办法》,严格要求各专业、各营业网点将所收取的全部营业款及时准确上缴到财务部门,保证了企业资金的安全。

基础管理工作中工程项目审计和经济责任审计有序开展,提高工程审计质量,降低工程审计风险,节约工程建设资金。以"关注民生、服务发展"群众满意单位评议活动为契机,努力提高全局整体服务水平,企业的综合服务满意度为88分;完善基层联系制度,成立了领导班子包保小组,对解决基层实际问题起到了关键作用。同时,按照省公司"十条禁令"要求,避免了挪用业务资金、虚列收入等行为的发生。

在全市范围内开展了"创先争优"和"创建学习型企业、学习型班组"等一系列竞赛活动,不断引导员工树立正确的价值观;重新细化和制定《局务公开实施方案》,全面推行职代会制度、平等协商和集体合同制度,促进各部门工作质量和效率的提高;建立和谐稳定的劳动关系,按照《劳动法》等相关规定,依法与每位职工签订劳动合同;开展登山比赛、羽毛球比赛、大合唱比赛等活动,丰富了职工的业余生活;开展党员干部1+1认穷亲活动,对13户特困家庭进行帮扶,送去慰问金0.39万元;坚持经常性地走访困难职工、生病职工和离退休职工,对32人次的特困职工及患病职工离退休人员进行慰问,送去慰问金1.2万元;在新农村建设中对大四站镇开发村进行帮扶,送去慰问金2万元。同时,在12个农村邮政支局建立了职工小家,为企业发展创造了良好的发展环境。

清风用她那柔滑的指掌,轻轻地抚摸着煤城的每一个角落,湛蓝的天空显得那么富有诗意,看着这几年来事业发展壮大,李刚不由得心里感到自豪。

创新,超越梦想的飞跃

创新是事业发展的灵魂和不竭动力。李刚历来反对"看摊守业、按部就班"的僵化思想和作风,大力倡导"无功就是过、无为就是错"的工作理念,引导广大干部职工转变思想观念,以创新推动邮政事业发展。针对新时期工作的新形势、新特点,他超前提出要将邮政工作的触角向外延伸,他深知,改革才会有出路。

企业管理创新也是李刚这些年所追求的一个大目标。

——成功开发七煤集团在职职工工资代发权。凭着自己的协调,与其他商业银行一起竞标,靠着多方优势,成功取得3.1万户在职职工工资的代发权,每月增加代发额3 757万元。为了让用户满意,投入12万元资金增加9套微机终端设备和相关设施,开放2个代发工资专厅,增设9个营业台席,保证服务能力。

——与移动公司建立合作关系。达成代办客户入网、话费收取、业务咨询、新业务发展等,打造成集联通、铁通、移动三位一体的缴费一站通。投入7万元购置15套营业用微机,提高了创收能力。

——开展二代身份证寄递业务、"思乡月"专项营销活动。同时,加强速递揽投网建设,共设立新兴、桃山、茄子河3处揽投站,于12月15日正式营业。物流业务以中邮快货业务为核心,不断强化专业营销能力,新开发固定客户3户,同时,加强一体化物流客户深度开发,提高服务配送满意率。物流分销业务受经济环境、市场因素和气候变化影响,化肥和叶面肥主要项目呈现低迷状态,开展叶面肥、日用品、酒水促销活动,调动员工发展业务的积极性,并对库存进行清理,为明年分销业务持续发展奠定了基础。

——按照规范化服务标准,对4处网点进行了改造和装修,网点服务能力明显提升;下发《关于加强邮政投递网建设的实施方案》,投递网建设达标效果显著;加强信报箱管理,及时对信报箱档案进行补录、整理,目前全市共安装信报箱4 412格口;投递系统上线网点使用率达到100%,基础地址规范率达到100%,投递信息系统基础资料完整和准确率达到99%;建立"按量计酬"的薪酬核算机制,激发了投递人员的积极性。同时,提高投递服务质量,对缺报少刊用户及时补退,投递效率得到大幅度提升。

——通过购进远程车间无纸化办公设备,完成邮区中心局与市局之间普通给据邮件封发无纸化办公,减轻了劳动强度;对市内邮路及驾押人员进行调整,邮运作业时间不断改进,为保障邮件时限起到了一定的作用;细化转运班经济责任制考核办法,加强市内邮路管理,并定期检查邮路运行情况,实行派车单制度,确保了时限。

——完成3个电子化支局的上线工作,全区自办营业网点全部实现电子化;电子商务信息平台系统正式运行,增加航空售票和移动代收费功能,为电子商务的快速发展提供了技术支持;金融系统业务功能进一步丰富,网络终端比例达到了100%;顺利完成邮政综合办公信息处理平台上线工作,为降本增效提供了支撑;安装高清视频会议系统,确保各项会议和培训工作的顺利开展。

——紧紧围绕省公司服务工作指导意见,结合《违规行为积分管理办法》《创建标准化示范网点活动》等方案,开展"双创"活动,创建3处标准化示范网点,服务水平明显提升,被集团公司评为"全国用户满意企业"光荣称号;视察人员坚持每月对各窗口单位服务环境、质量、通信以及支局所管理方面进行全面检查,加大存在问题的整改力度,全年共整改问题55处。同时,在世博会、亚运会、残奥会期间,结合"四查、四纠、四规范"内容,加大安全检查力度,企业资金安全得到保障。

　　——以邮件和资金安全为重点,采取现场抽查、跟踪暗查、档案抽查等形式,加强全局生产经营各环节的检查;加强网点、金库安全防范能力建设,强化安全制度执行,开展邮政金融资金、中间业务大检查活动,全年共组织开展大规模检查10次,排查安全隐患182处,隐患已得到基本整改;加大车辆安全检查力度,尤其是重大节假日期间的车辆安全检查,确保邮政通信生产安全畅通;开展各类防抢、防盗演练和安全防火工作,全面排查火灾隐患,将防火工作落到实处,全员安全意识进一步增强。

　　——为推进创建学习型企业活动的组织落实,先后开办安全法培训班、第二轮支局长远程培训班、营业员业务培训班,并组织安排全省开展的邮政营业员、投递员等14个工种的职业鉴定工作,全区参加考试人员137人,合格率达72.99%。同时,开展"讲党性、重品行、做表率"活动,切实加强作风建设,提高了党员干部的综合素质和实际工作能力。

　　十年之路,铸造辉煌。

　　万里关山从头越,乘风破浪正当时。从1998年10月28日七台河独立运营以来,是在以李刚这样的局长带领下,把握机遇,迎接挑战,励精图治,加快发展。经历风雨,岁月如歌,迎来了事业发展的艳阳天,从三年亏损,到五年良性循环,再到三年跨越式发展,走出了一条成功之路。业务收入由原来的1 327万元发展到现在的7 000多万元,固定资产投资累计达到6 438万元,邮政储蓄余额达到15.7亿元,

　　这些数字表明,邮政业务的收入保持稳定健康发展,年均增幅始终位于全省同行业前列。在企业效益显著增长的同时,社会效益也显著增长,省级文明单位标兵、全省五一劳动奖状、全国用户满意企业、全国模范职工之家、全国女职工建功立业标兵等,各种荣誉接踵而来。

　　暮春时节,桃山湖畔岸柳成行,绿树成荫,远看是千顷一碧,烟波浩渺。

水鸟翻飞,幽幽嘶鸣,蓝天白云,这使李刚思绪万千。来到七台河这些年来,自己没有放弃的就是眼前的事业和自己追求的目标……

尾声,一路欢歌向未来

高尚的情操、正直的人品就像一部浓墨重彩的大书,每章每节每页每行都精彩纷呈;就像巍巍的高山,令人仰视。李刚活得正直坦然,利益面前自己从不伸手,荣誉面前从不张口,他的胸襟就像三江平原上广袤的蓝天,光洁透明;就像深邃的海洋,深沉而豁达。

到绥化邮政局工作,让李刚的人生又一次地扬起事业的风帆,是人生的又一次起航,我们深信,他背负着绥化人民的厚望,承载着3 000多邮政广大职工的期待,承担着服务社会的美好责任,一定会乘势而上,抓住机遇,相信会昭示着一个新的美好未来的诞生。

几年后,李刚又到牡丹江工作,更是让他如鱼得水,成绩显而易见,各方面工作都得到领导的赞许和社会各界的认可,他就是一直干事业的人。

在李刚的骨子里。有一种淡泊厚道的美,有一种处世超脱的境界,人们说他为人处世干练厚重,做人干事讲究豁达。这里凝聚了无数的辛劳和汗水,倾注了不竭的智慧和真诚,华章秋实,风雨邮情,高歌前行,勇往直前。

李刚,独具慧眼,具有辩证思维的能力,更具有管理才能、优秀品格且又儒雅脱俗的企业家,颇有大将风度,以其坚强果敢的气度,以其无私无畏的品格,以其气贯长虹的魄力,显现出勃勃的生机与旺盛的活力。

地不厚,承载不了山川河流,人心不厚,成就不了一番大业。李刚特别欣赏做人厚道,与人为善,不斤斤计较,人给我尊严,我还他高尚;人给我快乐,我还他幸福;人给我宽容,我还他真诚;人给我安慰,我还他热心;人给我希望,我还他成功。这是一种高尚的品格,是一种崇高的精神。

他的生命在奉献中升华,不愧为追求卓越的真正强者。

桃李芬芳誉满园

给贫穷赋予了财富,给愚昧赋予了文明;

给懦弱赋予了力量,给腐朽赋予了神奇;

给朴素赋予了美丽,给平凡赋予了伟大。

——题记

这里是知识的沃土,这里是成长的摇篮,这里有你的良师益友,这里有你成长的阶梯。多年的风雨摇曳,多年的文化积淀,多年无数煤城的后代从这里起步,汲取知识的营养,学习做人的道理,体验着最初成功的喜悦。这就是七台河市第一中学。它像一朵傲雪盛开的冰凌花,深深地植根于完达山这片神奇的黑土地上。

东北煤城大地,生机盎然,教育事业发展的大潮一浪高过一浪。教育事业是太阳底下最神圣的事业。受到良好的教育是人一生的本钱,要受到良好的教育,名师、名校是摇篮,是个人生大舞台。

时至2013年9月,一株幼嫩而饱含希望的新苗在山水园林城这片沃土上破土而出,七台河市第一中学成立了。从此,一所择英才而育,为英才而育的高起点、高标准、高质量、高效益的现代化公立优质高中迎着时代的呼唤悄然而至,开始谱写培英育才的诗篇。

英明决策为学子

煤城人民都十分清楚,办教育这个百年大计市里是舍得投入的,就是几个亿的教育投入也是应该的,更是值得的。在市委、市政府的高度重视和广大教职员工的共同努力下,市高中教育不断发展,办学规模不断扩大,办学条件不断改善,办学质量不断提高,高考重本入段率和普本入段率逐年攀升。

然而由于全市人口少,两所重点高中并立,优质教育资源分散,无法形成合力,因而削弱了高考竞争力,致使在考入名校上很难突破。造成了每年部分优秀初中毕业生外流到佳木斯、大庆、哈尔滨等地。高中教育质量不优成为煤城无法回避的现实。高中教育的现状,引起市委、市人大、市政府、市政协的高度重视。在煤城,大家基本达成一个共识,成为学生幸福人生支撑点的是责任,办好教育事业的真正动力是奉献,实现学校的跨越发展战略是目标。

市教育局经过集体研究提出,唯有集中优势力量,做大做强高中教育,才能突破高中教育质量不优的瓶颈,才能培养新世纪优秀人才。在广泛征求社会各界意见和科学论证的基础上,市教育局形成了择址新建一所优质高中,集中优势力量办学,并使用七台河市第一中学称号的意见汇报给了市委、市政府领导。

市委、市政府领导高瞻远瞩,坚持以人为本、关注民生的理念,把解决七台河市高中教育质量不优的问题摆上了重要议事日程。并将建设新市一中写入市委八届二次会议工作报告。

原市委书记、市人大常委会主任张宪军对此事高度重视,他指出择址新建七台河市第一中学是提高高考竞争力和建设幸福之城的迫切需要,此举势在必行,而且迫在眉睫。要选用最好的地段,高标准规划设计建设市一中。市委副书记、代市长韩立华心系教育发展,上任不久便对市第一中学建设项目进行调研。

市一中建设项目得到了市委、市人大、市政府、市政协领导的高度关注、关心和关怀。市长办公会议多次研究市一中建设项目,并成立了由副市长郑君桥为组长,市发改委、财政局、教育局等单位为成员的领导小组,统筹协调项目建设。

金沙新区是七台河市城市规划建设新区,新校区远离闹市区,空气质量高、水源无污染、用地安静宜人、社会干扰少,学校地处其中有利于创造高效、和谐和有益于学生身心健康成长的学习环境。

借鉴省内外先进地区建校经验并结合七台河市高中教育发展需要,决定在金沙新区新建七台河市第一中学,拟建的市一中占地 15.4 万平方米,为寄宿制省级示范性高中,共有 60 个教学班,在校生为 3 000 人、教师 260 人。计划 2013 年秋季搬入新校区。

有福气的煤城人民有了自己现代化的示范高中,硬件、软件在全省乃至全国领先,这里的莘莘学子可以在这个优美舒适的环境下专心苦读、立志成才、报效国家了。

梦想从这里起航

如果七台河的教育史是一部恢宏的长篇巨著,那最吸引眼球的章节一定是 2017 年高考的"最牛同桌"——姜阳和马中骏,他俩分别以 682 分和 678 分的高分双双被清华大学录取。除了他们自己的不懈努力外,在他们光鲜成绩的背后,还有那些鲜为人知的学校领导、老师的辛勤付出。正是这些默默无闻的无名英雄,为学子们插上了理想的翅膀,让他们在成功的路上自由翱翔。

在这谷穗金黄、鲜花盛开的金秋九月,再次来到美丽的应龙山脚下,走进了风光旖旎的第一中学校园,那个带给无数学子光荣和梦想的地方。这里,是培养孩子们树立正确人生目标振翅飞翔的训练场,是培育孩子们滑向人生最高殿堂的滑冰场,是培训孩子们实现人生价值和梦想的试验场。当清脆的上课铃声响起,耳畔响起朗朗的读书声,梦想又在这里起航……

师生共同发展才是最重要的。

十年育树,百年育人。教育是关乎国计民生的大事。"着眼师生全体的可持续发展,立足师生个体的超越发展,关注学生主体的主动发展是一中的教学指导思想。"说起教育教学,市一中校长梁世保侃侃而谈,"着眼师生全体的可持续发展,就是要把目光放远,本着不放弃一个学生,不抛弃一个学科,不受暂时高考成绩好坏的影响,培养品学兼优的学生,将德育工作放在首位,培养学生将来更好地适应社会、服务社会的能力。一个学生即使考出再高的分数,如果思想存在问题,也极难成为社会的栋梁。只有培养学生德智体美劳全面发展,才能真正成为对国家和社会有用的人才。'德不孤,必有邻。'孔子说的就是这个道理"。

由于第一中学所处的特殊位置和承担的神圣使命,决定学校的师生必须立足于个体超越发展,学校致力于把老师培养成为专家型的好老师,有了名师教学,才能更好地引导学生实现更大的突破,不拘一格培养人才,才能产生真正的尖子生,才能打造名校、名师。关注学生主体的主动发展,无论是出发点还是落脚点都是学生,学生是学习的主体,要向"以学定教"上发展,要教会学生自己动脑、自己动手、主动学习、独立生活、正常交往。转变教师教学行为,转变学生学习习惯。教师和学生都要有明确角色意识,教师要由课堂主演角色转变为课堂主导角色,充分重视学生的学习主体地位,不能喧宾夺主、越俎代庖;学生要由课堂上的被动接受者转变为主动思考者,不能总是充当被提问的角色,而要成为提问质疑的角色,主动提出问题并寻求解决方法。

科学精细化管理如家般温暖。

第一中学的校训是"求真求实,立善立美"。梁世保校长认为,教育的出发点是善,结果是收获美,整个过程是求真求实。第一中学在学校管理上实行"三三二二"体系。"三三二二"即三餐三操、两觉两习。生活上半军事化管理,学生生活井然有序,层次分明,养成良好习惯。

"三餐"加强管理,让孩子们必须吃饱吃好,吃饱吃好了学生才能更好地把精力投入到学习中去。"三操"是眼保健操和早、晚跑操,这三项都必须按要求做好,对学生的身体健康非常有利,只有好的身体保障才能更好地学习。"两觉"是指午觉和晚觉。不仅晚上要睡好,午觉睡好对下午的学习至关重要,只有充足的睡眠,学习才能有保证。"两习"是早、晚自习。早、晚自习是学生自主学习中最重要的一环,要提高学生主动学习的能力。早自习要提前做好预习,上课时听课效果才会更好,才能提出问题、拓展延伸。晚自习要做好一天学习内容的复习,查缺补漏,及时消化吸收,才能融会贯通。

在德育管理上,第一中学采取"四导四养四增强"的办法。做好思想上的引导,培养学生明确具体的理想、目标,增强学生学习的内趋力。做好学生行为上的训导,培养学生规律、科学、严谨的学习和生活习惯,增强学生学习的持久力。做好学生学习方法上的指导,培养学生多元、发散的思维,增强学生学习的思维力。做好学生心理上的疏导,培养学生大气、负责、善良的良好心态,增强学生学习的抗挫力。

课堂教改是迈向成功的关键。

课堂教学改革是为了使学生思维更活跃,课堂更有趣,课堂效果更好。孔子曰:"有教无类,因材施教。"课堂改革就是实行分层教学,因材施教。据梁世保校长讲,第一中学从不放弃任何一个学生,无论是在校生还是借读生,均做到一视同仁。区别就是教学进度上有所不同,底子好的学生教学的进度快一点,底子差的学生教学的进度慢一点,最后到总复习时都是一样的。

课堂改革要课堂精细,课堂要做到"四精"。课前精心预设,要抓住重点、难点、考点、易错点、易漏点和易混点这六点讲清楚,课堂就会更精致有效。要求老师课前要精心备课、点拨、调动学生的主观积极性。

第一中学是学生腾飞的摇篮,教师成长的沃野。教师们凭着开放的思想、精湛的技艺、领先的科研、良好的素质、进取的态度、奉献的精神和踏实的作风培养了一批又一批优秀的学生,走在教育改革的前沿,以一流的教育质量树立了自身的品牌形象,赢得了社会的赞誉,成为七台河百姓心目中最好的学校。

聚一流师资队伍

名师出高徒。优秀的教师队伍是为学生提供优质教育服务的前提和保障,建校之初,市教育局把打造一流的师资队伍作为头等大事来抓。市教育局领导班子明确指出,选拔教师不看情面,严格把关,一定要把作风过硬痴心教坛的优秀教师选拔到市一中。教师的选拔务必公开、公平、公正。于是从教师的资历、工作业绩到师德师风;从最基层的民主推荐到明察暗访,再到领导审查,每一个关口都层层把关,严格筛选。最终在教育局网站公示,接受全市的监督。

经过近乎苛刻的选拔,一支年龄结构、学历结构、学科结构、职称结构合理、优化、协调的教师队伍呈现出来。市教育局除了在师德上对教师进行培养和引导外,在教师业务提高上自有其一套独特的方法。

在许多老师的日历中,没有周末,没有节假日。从早上6点到晚上9点,教师基本都陪在学生身边。不是自己值周,也要回学校看看,是许多老师的习惯。"忘我奉献"这词用在任何一位一中老师身上都不为过。早上6点,各班门口已站着语文、英语等科任老师;夜晚11点多,静谧的校园依然有班主任老师在巡查宿舍。没有人强迫，没有人监督，有的只是一颗师者的心。为了帮助学生克服迟到的毛病，养成守时的良好习惯，班主任老师会在早上6点前天还没亮赶到学校，静静地先于学生站到教室门口，默默的身影给学生树了一面榜样的旗帜。

只要需要，他们会放弃一切，把更多的精力放在学生身上，时刻关注学生的成长和变化。一直以来，一中的老师们已把这当成了一种习惯。因为他们痴心于这种与鲜嫩生命相伴的职业。它纯粹、洁净，没有那么多尔虞我诈、追名逐利的污秽；他们喜欢那些努力求知的明亮眼睛，他们珍惜那求善求真的心灵。对自己的工作，他们一刻也不敢懈怠。因为他们深知，他们肩负的是全市人民的希望，面对的是众多家长期盼的目光，擎起的是真的种子、爱的信使、美的旗帜。

特色教育育英才

为了培养新世纪优秀人才，全面实施素质教育，教育局领导班子鲜明地提出了市一中"与时俱进，勇争第一"的办学理念，并高声疾呼：重点中学的学生就要有敢为人先的气魄，有争当国家栋梁和领军人物的志向。在这种精神的教育和鼓舞下，"争先创优"不仅悄悄在学生心田扎根发芽，更激发了老师们的教学激情。

为了让每一堂课都上得精彩、高效，课前，老师精心备课准备课件，他们发挥集体备课的优势，明确教学的重点和难点，然后再根据学生的特点因材施教。全市最先进的多媒体教学摒弃了古老的教学模式，课堂上，老师不讲形式而要质量。既传授给学生丰富的知识，又注重学习方法和技巧的指导，更注重综合素质的培养，让学生学会终生学习的理念。

在一中，老师不仅关心成绩，更注重德育教育。尽管300名来自全市的尖子生个个学习优秀，但无形中他们也承受着巨大的心理压力，为了减轻学生心理负担，学校为每一个学生建立了档案，随时记录学生的心理状态。对需要特别关爱的学生老师都亲自找谈话，帮助学生消除顾虑。学校还举办辅导大课堂和心理咨询等活动及时调整学生的心态，缓解学生的心理压力。

为了能让学生在校安心学习，市教育局注重为学生减压的同时，还注重减轻家长的负担。他们努力争取普通高中国家助学金、特困生助学金以及中央专项彩票公益金,用于资助品学兼优且家庭困难的学生。今年学校有三分之二的学生获得了助学金,助学金比例列全市各校之首。

为了提高学生的综合素质,避免高分低能。学校以培养学生基本道德素质为基础,以高中生日常行为规范教育为中心,以丰富的活动为载体,抓礼仪、讲信念、树理想、强意志、健体魄。

入学之初,学校通过畅想我的理想、高中三年怎样度过,以及入学宣誓等形式强化学生意志,引导学生志存高远。学校还通过跑操、拔河、跳绳等系列文体活动增强学生的身体素质,通过教师节感恩教育、征文活动以及课前演讲等形式教育学生学会感恩,懂得做人。

爱校、尊师、勤奋、守纪的优良传统就在师生砥砺前行中渐渐形成。虽然仅开学两个多月,但是老师的管理方向却发生了极大的转变,由管纪律向培养学生集体意识和竞争意识转变。

治学态度放异彩

构建"1235"课堂模式,提高课堂效率。一个核心:以学习目标为核心;两个转变:教师的教学行为,学生的学习方式;三个体现:目标引领,任务驱动,效果评价;五个环节:导(复习巩固、引入新课、呈现目标)、读(阅读感知、体验感受、思考感悟)、研(明确问题、分析研讨、解难释疑)、评(反馈训练、巩固提高、目标评价)、拓(方法归纳、规律总结、应用提升),构建科学高效的备考模式,提高升学率。一轮复习,夯实基础扫盲点;二轮复习,专题拓延宽思路;三轮复习,模拟训练提速度;四轮复习,回归教材调心态。

求真务实的学校文化。

办学理念:立足学生的全面发展,着眼师生的个性发展,关注师生的主动发展。办学目标:塑造优雅教师,培养责任学生。办学原则:以德弘校、以法治校、以研兴校、以质誉校、文化润校、特色强校。

办学规划:十年三步走。前三年:规范发展;中三年:优质发展;后四年:特色发展。校训:求真、求实、立善、立美。校风:文明、向上、求实、创新。教风:爱生合作、求实创新。学风:勤学、深思、善问、活用。办学精神:不忘初心、追求卓越。培养目标:培养具有国际视野、中国意识、深厚人文底蕴、严谨的科学精神,善于钻研、勇于创新、大胆实践、身心健康的精英人才。

他们面临的最大的挑战、机遇是高中新课改和新高考改革,应对好了就会快速走进特色发展阶段,否则就会落伍于新时代。高中新课标改革重点强调的是培养学生学科的核心素养,提高学生的学业成绩。新高考改革是指不分文理科,多科自选,一年多考,多元录取,综合评价。因此,学校必须进行改革,逐步构建"套餐式课程,个性化学程,模块化实施,走班制运作,综合素质评价和学分制管理"新高考体系,面临挑战是不言而喻的。教育理念的转变是首要的,加强学校队伍建设已是迫在眉睫。

从长远角度出发,依靠教育局,改革中招模式,实施自主招生。提前一学期自招既解决了优秀生外流,又解决了学科竞赛辅导的难题,一定能提升生源的基础素质。

"以域外机构或名校+"为突破口,开展学科竞赛和科技创新工作,为自主招生工作奠定基础。发现特长生,开发重点生,培养尖子生。

做好对上争取工作,以"假期+"为突破口,开展自主招生辅导,开辟清华北大领军、博雅计划通道。

采取引入人才和到省外名校循环挂职办法,加强把关骨干教师的队伍建设;采取请进来讲学与校本研培相结合的办法,加强青年教师队伍的建设。

从近期目标出发,宏观上:调整备考节奏,实施"三年备考策略",高一高二夯实基础,强化训练;高三精细复习。做到一轮夯实必备知识做到建网,重点是扫"盲点";二轮专题拓延关键能力做到建构,重点是宽"思路";三轮综合训练学科素养做到建档,重点是提"速度";四轮回归教材核心价值做到建德,重点是调"心态"。

微观上:实施团队作战,采取"三个轮子和谐转"(即以班任为龙头的班级轮子、以学科组长为龙头的学科轮子、以文理综合组长为龙头的综合轮子),抓精、抓细、抓实高三的日常备考工作;实施"抓两头带中间"策略,狠抓学困生集中辅导,提档升级。巧抓优秀生辅导,实施导师跟踪强化,生生联合提升;要坚持"广泛收集、深度研究、精选针对"原则,做好信息管理工作;要倡导海量阅读,开办国学讲座,增加作文辅导量,逐步提升学生的语文素养。

采取目标引领、任务驱动、效果评价等办法;采取请名人励志演讲和系列精品活动相结合的办法,适时地开展毕业生的励志活动,充分调动其学习的积极性和主动性。280天动员大会(暨成人礼)、150天励志演讲、100天誓

走向新时代
ZOUXIANGXINSHIDAI

师大会、50 天冲刺检阅。2018 年高考，一中虽取得一些成绩，但是与黑龙江名校还有不小的差距，成为龙东地区名校是一中当前的目标。他们深知提高教育教学质量是办好人民满意教育的唯一选择，只有团结一心、励精图治、砥砺前行，高质量地完成 2019 年的高考任务，才能向市委、市政府及全市人民交上一份满意的答卷。

校长梁世保说："这些成绩的取得来之不易，我们只有自我加压，在稳固成绩的同时，我们还要再向前跨越，让学校的优秀学子考入北大、清华等国家重点高校，从而打破这些年无国家重点高校学生的现实。"

辉煌成就写忠诚

众所周知，第一中学的前身是高级中学，是全市 4 所重点中学建校最晚的学校，但它却迅速崛起，成为七台河市教育系统的一面旗帜。

在 30 多年的时间里，先后有 20 多名学生考入清华、北大。20 多年的发展历程中，学校先后获得国家级学校艺术教育工作先进单位、国家级心理科研基地、省德育工作先进集体、省艺体教育基点校、省级课改单位等荣誉称号。

走进校长梁世保的办公室，他正在部署工作。他睿智的目光深深地感染着大家，而在他的工作轨迹上，记者更是找到了他奋进的坐标。

梁世保先后在东风矿中学、第八中学、逸夫中学任过校长，可以说，他的每次任命都给学校带去了辉煌。去年，他在众多竞聘者中脱颖而出，成为市高级中学的校长。

"市第一中学的发展历程是辉煌的，每一步都走得扎扎实实。我们不能忘记过去那些前辈们所付出的努力，我们不仅要守住辉煌，更要再创辉煌。"梁校长如是说。翻开市高级中学的发展画卷，每一处都让人心潮澎湃。

2017 年高考一批次网上录取工作刚刚结束，第一中学捷报频传，姜阳、马中骏两名同学分别被清华大学录取，标志着高中教育教学水平向更高目标迈出坚实的一步。第一中学高考再创佳绩，高三 771 名学子参加高考，其中理科生 607 人，重点本科入段人数为 476 人，入段率为 78.42%；文科生 154 人，重点本科入段人数为 119 人，入段率为 77.27%。再次刷新七台河高考史上纪录。

2018 年的金秋 8 月，随着北京大学、香港中文大学、中国科学技术大学、人民大学、浙江大学等名校的通知书如雪片般飞来，全市上下一片沸腾，满载着沉甸甸的收获，欣喜地迎来了第一中学高考学子金榜题名的好日子。十二年的寒窗苦读啊，孩子们终于用汗水和行动实现了自己的人生梦想。凝眸回望，十分欣慰，展望未来，信心满怀。重点本科入段率为 85.8%，高于上年七个百分点，考入双一流大学 102 人，比去年多 19 人，考入一流学科 273 人，比去年多 39 人。再次刷新了七台河市高考纪录。就这七个百分点，是多少老师和同学们辛苦付出得来的，它是汗水和智慧的结晶。

2019 年的金秋时节，七台河市第一中学沉甸甸的高考成绩单，正荡漾灼灼华光，释放灿灿辉煌。继续保持普本入段率、重本入段率的"高原态势"；2 名考生"高段位"冲入清华、北大；理论上 C9 入段人数达 36 人，同比增加 14 人；重本入段人数达 601 人，同比增加 27 人；600 分以上达 111 人，创历史新高，其中文科 600 分以上多达 19 人，是前四届的总和。

第一中学校长梁世保说："今年的成绩虽然来之不易，老师和同学们都付出了不懈努力，但我们更要看到差距，清华北大数量不多，学生还有上升空间。我们总结经验教训，向名校学习，向周边学、向全省学、向全国学，继续秉持'立足学生的全面发展，着眼师生的个性发展，关注师生的主动发展'的办学理念，坚持'求真求实立善立美'的校训，打造名师团队，开辟学科竞赛和自主招生战场，不辜负市委、市政府的重托和全市人民的殷切期盼，我们会以更加扎实的教育、更加有效的方法、更加充足的干劲、更加科学的管理，将第一中学打造成全省的知名学校，用优异的成绩向所有支持、关心、关注一中成长的领导和 同志们交上一份满意的答卷。"

"传承中华文明，弘扬民族精神""为学生终生发展奠基，为中华崛起而读书"。

梁世保，是七台河全市范围内公开选拔的五中校长，被煤城公认的优秀校长。他是一位既有能力，又有责任心和使命感的人，他的为人、为教、为德在人们的心目中矗立起一座足以仰视的大山。2013 年五中的高考取得了前所未有的好成绩，正当梁世保把整个身心都投入到学校的教育教学管理上去的时候，2013 年新学期开学，他便众望所归地被委以重任，选派到新的一中当第一任校长。

岁月如痕，他把他的青春与汗水都倾洒给祖国的教育事业；人生如炬，他把他的赤心与精诚都奉献给党和人民。梁世保的生命是一团火,生活是一首诗,事业是一支歌。

梁世保深知自己肩上担子的重量,市委、市政府以及市教育局领导的重托,90 多万煤城人民的希望,还有那几千名莘莘学子的深深期待。自己一刻也不敢懈怠,背负着巨大的压力,背负着百姓的重托,带着万千学子的期盼,梁世保走上了这个充满挑战的工作岗位。他深知:必须迎难而上,必须全力以赴,而今迈步从头越,曙光就在眼前。

事业在拼搏中生辉,生命在奉献中升华,这成了梁世保人生生存发展的主题。诚实、勤奋、谦虚、向上,这是他人生的座右铭。他深情地说:"诚实是为人之本,勤奋是工作的动力,谦虚是生存的土壤,向上是一种进取精神。"

他在工作日志中写道:"人生最重要的事情,必须有一个伟大的目标,以及达到这个目标的决心。"

为了祖国神圣的教育事业,他的身属于教育,他的心系于教育,他的根扎在教育,他与教育事业真是结下了不解之缘。

立足现在,信心倍增;展望将来,任重道远。

大智慧诱发大思路,大气魄成就大事业,大手笔谱写大乐章。承载着煤城人才强市的教育梦想,秉承着优先发展教育的强劲东风,七台河市第一中学人必不负众望,创佳绩铸辉煌。

今天,学校将在市委、市政府和教育局的正确领导下,不辱使命,放飞理想,在阳光下灿烂微笑,在风雨中奋力翱翔。一中人定会在七台河市教育的春天里,绽放属于自己独特的璀璨光芒。

风正举,鲲鹏展翅扶摇直上九万里,奋进中的市一中将以更加饱满的热情,以雄鹰搏击长空的矫健英姿,朝着创建国家级名校的宏伟目标迈进。

情满青山绿水间

引　子

　　走出七台河市区,沿着七桦公路顺着桃山水库大堤北侧向东而行,一条崎岖蜿蜒的水泥山路,向无边的森林延伸。

　　连绵起伏的群山,被大片的森林包裹着,静静地沉浸在绿色的世界里。鸟儿啁啾,山涧溪水在鸣唱,整个山梁的南侧便是烟波浩渺的倭肯河水面。水域辽阔温情脉脉,如一位多愁善感的少女,守护着这片蓊郁幽深的城市大森林。

　　山路旁盛开着一簇簇五颜六色的各种野花,白色的、蓝色的、粉色的、红色的、橘黄色的,蜜蜂不停地在花丛中忙碌着,穿梭于花间、山水、群山怀抱之中。

　　山腰间一片片整齐的果木、一个个硕大的果子压弯了枝头,散发出一股诱人的清香。放眼望去,这里是整片果园的世界,这个季节也正是飘香欲滴的美好时节。

　　山洼处是一畦畦碧绿的菜地,看到的是一片片茂密丰实的玉米地、大豆地,还有各种经济作物。

　　汽车在山间盘旋,在这个绿色世界遨游,听到了许多有关这绿意播种者的动人故事,在这绿色世界里,蕴含着水库林业工人艰苦卓绝的创造和无私无畏的奉献。

　　放眼望去,远处有高远的蓝天、纯洁的白云。棉絮一样的云朵变幻成各种形状,悬浮于九天之上,馨香浓郁的果林,与这里的一泓碧水交相辉映。

人,仿佛置身于人间天堂,这里有迷人的风景,自然的、人文的、不加任何雕饰的景观。

这绿色是希望的绿色。谁能回答,这里的绿色,这里的金山银山是怎样创造出来的?

终于有一天,一个从农村来的小伙子,带着自己娴熟的技艺,带着探寻的目光来到这片领地,并且把一颗年轻火热的心留在了这里,播种绿色,播种希望。他就是现在的桃山水库园林场场长于维安。

我在这里度过了一天又一天。

我听见了山的思索,我看见了草的赞叹,我感受到了绿水青山永续利用的美好故事。

上篇：绿色情结

在生活与工作中,他掌握了一套绝伦的技艺,来到工地,干起了自己所钟爱的事业。这,便是桃山水库未来岁月最坚韧的生命之柱。

——作者题记

神奇土地在召唤

黑龙江省桃山水库,应该说是 1958 年"大跃进"的产物,当时由合江地区行署牵头,按照毛主席的指示:水利是农业的命脉,决定要在三江平原的较大河流倭肯河中游建一座水库。那时的规模较小,随着新兴煤城的飞速发展,七台河市饮用水问题日益突出,一些有识之士提出扩建这个大型水库。水是制约七台河经济发展,制约城市居民生产生活的重大问题,必须解决。1980 年,这项恢宏的工程开始动工了。

一些专家、学者注意到水库两岸光秃秃的山梁,这些山梁必须植树。这可是个头等大事:可以保护植被,防止水土流失,净化水质,涵养水源,调节气候,美化环境。人们大声疾呼:要搞好生态环境,不能光注重经济效益。

也就是在这一年里,桃山水库的决策者们要在建好水库的同时,在库区四周大造人工经济林,叫谁去挑头呢?这可叫指挥部的领导大伤脑筋,人选必须具备有领导才能、肯于吃苦、耐得住寂寞的人,还要懂得植树这项看起来简单实际艰难的内行人,还得具有实干精神的人。

有人推举:"于维安行。"

"哪个于维安?"

"就是在吉兴河水库任劳任怨、业务很强那个肯干的年轻人。"

"这个人行吗?"

"行啊!交给他一摊工作,保准不走样儿。"

"你了解他吗?"

"当然,他为人随和正直,话语不多,工作责任心强,还能吃苦。"

"那就把他调来。"一句话决定了于维安这一生的命运:与大山、土地、树木打交道。事实有力地证明了领导的选择没有错。

于维安来到水库建设工地后,水库领导领着他挨个山梁打转转,大山留下了他们的足迹。

说干就干,于维安要扎根这群山之中,自己要描绘一张蓝图然后一点点实现。

夜里,住在工棚子里的于维安怎么也睡不着,整个库区一侧全是荒山,时而夹杂着各种荒林丛。这里水土流失严重,离市区又很近,在这里植树开发经济林的难度是可想而知的。眼下,即将到植树季节,人手还一个也没有,好在人的来源上由自己挑选。但是,目前懂这方面技术的人寥寥无几。当务之急是解决树苗,选择山地,第一年没有时间来不及打出树带,只好选择肥沃一点的地块了,至于人嘛,还得立即去林区雇,组织一支强悍的队伍,这样才能保证育树数量和质量。

他望着明晃晃的圆月,想了许多许多,自己十分清楚:这副担子可不轻啊。但是不管怎样,自己是一名党员,在这个关键时刻一定要挺住,目标就在眼前,第一年一定要打个大胜仗。

地块选好了,树苗到位了,人员落实了。

这一年的春天刚迈出脚步,树叶还没放绿,于维安就开始与他的植树大军挺进荒山了。

于维安深知:质量是生命,必须保证小苗存活。

谁也不会忘记那些日日夜夜,天不亮就上山,天黑了才下山,夜晚住在潮湿的工棚子里,有人受了风,自己得了风湿病,这些都全然不顾。

那段日子里,大家带着干粮在山上,渴了就喝山涧里的水,实在累了,倒在地上就睡,醒来继续没日没夜地干。

这里正在圆一个绿色的梦。

住在那里的仙洞山有福了,是这些勇于进取的人们,在为大山披上一件绿色的新装;这里的人民有福了,有这样一位肯干实干的带头人,在这千古荒山上描绘着一幅美丽的图画。

山川就是历史,绿色丰碑就这样有了带路人,有了一个奠基石。

这些,都来自人的行为。留下的一切只有行动是最好的回答,一切都在无言之中。700亩荒山终于显露出绿色的生机,这一年植树成活率达98%。他们所付出的汗水便是:用镐头在每棵树穴边扩两次土,大热的天儿,还要用镰刀割两次草,给部分树苗浇水自不必说,老天爷就是要考验他们,春旱久不下雨,这么多棵树必须全部浇上一至三遍。于是,人们肩背手抬浇水,硬是叫这些树吐出绿叶来。人们知道,他们是用勤劳的汗水把树浇活的。

紧接着又为明年植树做准备:割树带,每隔一米一趟树带,然后疏松土壤挖树穴。就是这样,于维安与工人们连滚带爬,凭的是愚公精神,锲而不舍地与那里的大山滚在一起,与日月星辰相伴,目标只有一个:咬定青山不放松,让绿树成荫,造福子孙后代。

时光在这里似乎流动得特别缓慢,它是让人们慢慢地细细地咀嚼这里生活的苦涩、劳动的艰辛。

但看见了这浓浓的绿色,一定会觉得一切都有希望。

这是给人类的一份爱。

这也是给地球的一份爱。

欲致鱼者先通水,欲致鸟者先树林。水积而鱼聚,木茂而鸟集。

于维安深知:不涸泽而渔,不焚林而猎。

林区生活,一本难读的书

在大山里,天长日久,于维安仿佛看见了一双双焦渴清澈明亮的眼睛,总是在盯着自己,使自己一点儿也不能怠慢,必须全身心地投入,否则心里就有一种东西在抓挠,痛痒得很。桃山湖的水孕育出来的灵气,让他有一点点时间就去啃书本,从那上面掌握了一些更加深奥的技能。

这样的工作虽说清苦了些,但令他愉悦。

刚栽上的果树,抵抗病虫害的能力不强,跟书上的说法怎么也对不上号,这让他冥思苦想了好多天。他拿着书本,站在果树旁,进行一一对照。搞了多年的园艺工作,凭经验、凭观察、凭判断、凭着多年来的智慧,他在苦苦地摸索、实践。后来,他采用高接换头的栽培方法,在小树刚露嫩芽时便做记录,当长出三个芽时,进行换头处理,实验证明,果树成长后对病虫害的抵抗能力大大增强,防冻效果也很好。看到自己研究的成果转化为生产力,创造出来了一笔笔财富,于维安心里乐开了花。回到家里,叫孩子买点儿酒,让妻子做上几个菜,他要与家人美美地喝上一顿,他要回报自己的妻子、孩子,感激他们对自己工作的理解与支持。全家的担子都落在妻子的肩上,这胜利的果实怎么能一个人享受呢?

妻子最能理解与支持自己的丈夫了,看到他在科研上有了成果,那种兴奋之情是溢于言表的。

后来,于维安对这种嫁接方式进行实验,发明创造了多枝头长枝高接法,用山丁子树、山梨树都行,使主侧枝头形成后进行高接,当年形成树冠,第二年见果,第三年形成产量,比一般嫁接的果木提前一年结果,而且抵抗病虫害能力特别强。

这是他的又一个发明创造。

于维安说:"刚来这里时,看到这里山不像山,水不像水,简直是太难了,就有一种压抑感,有一种深深的负疚感,每一分钟每一时刻都很难过,只有在栽树的时候,心里才能好受些。"

他说:"与树林在一起,使我的生活得到充实、得到满足,我自小就热爱林木,现在实现了。我这几年的感觉特别好,充分利用每年的春季,到植树的季节,全部精力都投入进去,心里在想:小树苗呀,你快点长大吧,长大好为城市建设事业出力。就这样一天天带着疲倦的身躯回到家,那种满足感在其他任何职业中是难以找到的。"他对树是那般柔情,他对山是那样眷恋,他对脚下的路是那般熟悉。其实,这里的山,这里的地形地貌,这里的小草、小树,这里的花朵,以至于这里的每一条羊肠小道,他都能如数家珍。在交谈之中,不能不让人感到:他爱这里的林子,爱这里的绿色。

人们不难想象:于维安凭着坚强的毅力,硬是在这里干了整整15年。这15年中植树造林7 000多亩,共计250万株,栽培各种果木800亩,4万多株。现在绿树成荫,郁郁葱葱,果木飘香,沁人心脾,怎能不叫人叹为观止,若没有点实干精神的人能坚持得了吗？没有对事业追求的决心恐怕早就寻找自己安逸的生活去了。

这里成了他的乐土，成了他奋斗的土壤。

一个刚刚起步的生态效益工程，在经济发展与环境建设上，究竟应该怎么摆布，怎样倾斜？几千年的历史告诉我们，生态效益及其潜在的福荫子孙后代的生态环境的改善，它真正的价值是什么？谁能够回答清楚，也只有于维安能体会得到。

在桃山水库这里，于维安用自己十几年的痴情给了一个圆满的回答，这个梦被他圆了。他说："种一亩林子，要投入资金 50 多元，可我们却投入不到 20 元，这样需要我们相对付出更大的代价。"

有时候回家，孩子说自己的爸爸是一个满身泥土的农民，还哪像一个领导干部。在孩子的心里，住在城里的干部是一身漂亮的穿戴，走路说话都要有个样子，可自己的父亲呢？是天生的与这些无缘吗？孩子在想：不能啊！孩子带着一种伤感，而他的父亲却带着一种博大的责任感和沉重的使命感，在干属于自己的事业。

人只有立足现实，才是选择真正属于自己的未来。

在人们看来，那片片绿意，就是于维安人生奋斗的真实写照。

硕果簇拥的日子

他是那么朴实，又是那么自然，如同这里的山和水一样。

可以想象出他在这里是怎样度过那些艰难、漫长岁月的，长年累月生活在这里，与山为伴、与林为伍、与鸟为邻、与水为亲。

半年后，他们先是开拓出一条小路来，后来渐渐变宽，经过修整越来越平坦了。在修路的那段日子里，他与伙伴们简直像被扒了一层皮。炎热的夏日里，火辣辣的太阳炙烤得人们喘不过气来，为了开出一条路来，他们费尽了苦心，清障、打带、挖树根、垫砂石、凿山。山路弯弯，崎岖不平，有时为了几米路，他们风餐露宿干半个多月。现在看来，这条平坦的路硬是啃出来了，吃的苦受的罪难以想象。

汽车在疾行。

那是当年于维安亲手修筑的路，一条充满活力的山路。

这里到处是一片葱绿,空气特别新鲜,抬头望天,天蓝得令人吃惊,没有一点浮云,清澈的溪水向库区流去,穿过松林,越过一片开阔地,小鱼在水中欢快地游动,自由自在的。这里没有一点污染,一切的一切都成了天然的,没有一点刀砍斧削的痕迹。

水库党委书记、处长李向春对我说:"于维安能够在这里扎根,立志干一辈子这项工作,是他对这里有一片深情,是他与这里的林子同呼吸、共命运。"

车停在果林里,笔者与一位果农攀谈起来。

主人是一位40多岁的园艺老工人,原籍山东,如今已经承包果园整整7年,每年的收入极为可观,吃的苦也很多,付出的和得到的成正比。

他谈到今年春天果树开花时的一件往事,以往的经验告诉他:正常开花,正常授粉。今年不知怎的,有的树出了一种毛病,如不及时诊治,就会影响今年产量。研究果树大半辈子的他看着那片树林傻眼了,是于维安这名出色的"医生",手到病除,而且彻底治了这种病。

于维安又来到其他果园,也发现了类似问题,在他的监督下,病树都得到了治理。

"多亏于场长啦,是他帮了个大忙。"

"我们从心里感激这位园艺专家。"

趁着上午的时光,我们又拜访一户果农家,整洁的平房后面是一栋新建的二楼,在绿树掩映下颇有一些西方乡村别墅的滋味,这是一个极美丽的避暑胜地。

在用葡萄架支起的长廊里,阳光从青翠欲滴的枝叶里透进来,四周都是水灵灵的葡萄,还挂着一层薄薄的粉;透过满眼的葡萄丛望去,跟前是一片香飘四溢的果园,各种果树组成了片片青翠,被熟透的果实一衬,越发有一种醉人的感觉;那些颜色异彩纷呈的果实,在阳光下红得发亮,有的散发着金黄色光芒,如同一只只可爱的小眼睛,向着主人微笑;稍远处,是一片郁郁葱葱的绿色森林,似乎热浪滚滚,灼人心弦;再极目远望,就是水天一色,倭肯河水在阳光下波光粼粼,水平如练,有几只游船在水中荡漾;再极目远眺,一座现代化的城市七台河清晰可见,高楼林立,星罗棋布。

这里是全省唯一一处果园示范区,是北方园艺研究所的示范基地。每年,全省有名望的专家、教授都要来这里,研究高寒地区果木生长的一些课题,还要接待全省各地的参观人员,有来取经的,有来这里学习的,给大家留下的总体印象是,这里如同花果山,这里如同蟠桃园。这里的山美水美城市美,而且人们不会忘记:这里有一个人叫于维安,一个平凡的人,一个平凡得不能再平凡的热爱大森林的人。他是最美丽的劳动者、美景的参与者和实践者。

远山在呼唤。

下篇:绿色丰碑

他是一个男子汉,但有些与众不同。他以一颗平常心对待生活,有着自己独特的追求。他像这里的山水一样,让人有一种亲切的感觉。

——作者题记

路在脚下

我们绝不能这样坐以待毙了,绝不能守着资源唱赞歌了,绝不能守着金饭碗要饭吃了。

我们眼下有地缘优势,还有资源优势,怎么能旧守田园呢? 他的这个想法与李向春不谋而合。

"你下一步打算怎么个打法?"

"除保证每年的植树任务以外,发展多元经济,开辟第二战场,不能搞单一的经营方式,要多管齐下。"

"对,就应该这样。"李书记和大伙儿赞赏道。

"具体怎么个干法?"李书记关切地问。

"主要是利用咱们的资源优势,下大力气发展第三产业,也就是大上养殖业,养牛马羊猪之类,供应市场,为经济建设服务。在条件成熟后,办一个特种动、植物养殖、种植场。"

两位领导就养殖、种植业的有关问题,如资金、场地、技术、人员等进行了充分论证,又进行实地考察,然后交党委扩大会议讨论。

水库党委对园林场进行断奶后,让于维安他们自负盈亏,减少机关的包袱,他们便走上了自我生存之路。

这个会议的议题就是研究振兴水利经济,研究本部门的市场经济。

这个会开的热烈而有实效,最后大家达成一致意见:以林业为主体,利用地缘优势,扩大经营项目,大上第三产业,走出一条富有特色的水利经济之路。

树长得这般高了,就守着它过吧,这有多安稳,否则弄不好就会搬起石头砸自己的脚。

一时议论纷纷,说什么的都有,说长道短的人不少。

树的确长起来了,现在有的已经成材,人们的力气总算没有白费,为水库建起了取之不尽用之不竭的绿色银行,就是一座座金山,成为水库不可替代的重要产业。

"按一株10元计算,可达8 000多万元,这些树的效益每年都在递增之中。8万株经济林不算。"于维安自豪地诉说,"每年可以为水库上缴利润50万元。"

"养殖业的收入呢?"

"现在还无法计算,我们正在这条路上努力呢!"

"种植业呢?"

"可达100多万元,这是不费任何力气,仅靠土地出租就能获得的。"

"经济林呢?"

"现在有各种果木30多个品种,每种收入近200万元。"

"还有其他收入吗?"

"根据发展的情况看,可以搞综合开发,还可以大力发展这里的旅游业,这可是其他产业不能代替的。"

于维安侃侃而谈,眉飞色舞的眼神里不时流露出一种自豪感。但那双深沉的目光中,有几分忧郁,看得出是一种危机感在闪耀着强烈的火花。

这就是于维安的居安思危,这就是于维安的绿色经济。在一些急功近利的大潮面前,他是以长远的利益为出发点的,在一些利益的驱动下,有些人对生态建设放松了,认为是可有可无的事,认为造林跟自己无关。于维安却告诫自己:要把自己的爱全身心地投入到自己所钟爱的绿色事业之中,无论什么情况下。

他要让大自然充满真正的哲思,充满诱人的诗意。

他想让绿色永续利用,造福人民。

绿色，希望之歌

1992年这个金灿灿的季节，是个丰收的好时节，人们不会忘记。

黑龙江省水利厅王厅长来到桃山水库，听完汇报后，对于维安带领大家苦心经营十几年的绿色林子特别感兴趣，不顾一路劳累要立即去看看。

幽蓝的天空飘散着乳白色的云朵，温润的偏南风吹拂着垂柳，各种树木夹杂在一起散发着馨香。这是北方美好的季节，原野一片绿意，生机勃勃。远山也是绿树浓郁，百花盛开，各种鸟儿叫个不停，溪流潺潺。

他们陪同上级领导，在这片苍绿的森林中前行，在绿色的大山中指点江山。

老厅长早就听说过这里有一个造林英雄，有一个绿色的缔造者，今天看来果然名不虚传，他紧紧地握着于维安的手说："你干得真不错，你的工作真令人敬佩。"

"领导过奖了，还是我们管理处领导有方，我只是其中的一员。"

"你还挺机灵呢，不要谦虚嘛。"

王厅长说完哈哈地笑起来，拍着于维安说着一些植树造林创造经济价值、保护环境、造福子孙鼓励的话。大多来这里的人都清楚：这里有一片青山，这里有一潭碧水，这里有很多美景，但不一定清楚这里还有一个造林英雄于维安。

这些年来，桃山水库管理处的领导，无论换了哪一届，都非常重视植树造林这项工作，安排专项资金予以扶持，就是在资金特别吃紧的情况下，李向春书记却用战略眼光来对待这个问题，要拿出钱来搞这项工作，其他工作可以暂时停下，有几年甚至停发职工的工资，植树造林一刻也没有停，不受任何干扰。他心里明白，十年树木，百年树人，这项工作不抓紧落实好，是不可以的。这就是决策者的先见之明：宜未雨而绸缪，毋临渴而掘井。

有一天，于维安带着疲惫的身躯走进家里，孩子一看爸爸回来了，赶忙喊："农民爸爸回来了。"孩子亲昵地走到爸爸身边，就是不敢挨爸爸身上，于维安抱起孩子，心里有说不出的滋味。

"瞧你这个科级干部，又弄了一身泥，脸上怎么也有？"妻子从厨房里出来嗔怪道。

"你可真会开玩笑。"于维安乐呵呵地对妻子说。儿子看爸爸脸上果然有泥,便用小手给拿了下来。

"爸爸的脸好热呀!"孩子说。

"那是累的。"妻子对孩子解释道。

当天夜里,妻子在梦中听到丈夫的呻吟声,醒来一看,是于维安在说梦话,头在不停地摇着。

她用手一摸丈夫,"好热啊,是发烧了吧?"妻子有些惊慌。

于维安病了,当夜被送到了医院。同事们清楚:他是累病的。一个人怎能经得住这连轴转地忘我工作,好铁能捻几个钉?

领导、同事来看望他,叫他好好休息几天。

于维安必定是于维安,他怎么能躺在这里呢? 山上还有几十号人,什么都要他去张罗,各种质量验收、检查离不开他,工人们的生产生活,样样都需要他。

就在这天下午,他背着医生,背着妻子,背着处里领导,偷偷地来到自己挚爱的山林。一到这里,他的病仿佛好了,与工人们投入到紧张繁忙的劳动之中,感觉自己是世界上最幸福的人。

当晚,妻子怒气冲冲找上门来,他又是认错又是做解释工作,结果把妻子逗乐了。

为官一任,造林一方。为人一世,奉献一生。成功之花,是辛勤汗水浇灌出来的。

人生的价值

于维安出生于一个农民家庭,父亲是一位忠实厚道的庄稼人,整天日出而作,日落而归,勤勤恳恳,本本分分,从来没有任何奢望,同时,父亲又是一个懂事理的人。

1963 年父亲到吉河水库当一名技术工人,他们家也搬到了这个风景秀丽的风景区。他承接了父亲的血脉,干什么工作都有个钻劲,有个韧劲,有种知难而上的拼劲。在父亲思想和为人的熏陶下,他明确了自己要当平平凡凡的人,做平平凡凡的事,这成了他做人的准则。他朴实得如三江平原上的一株红高粱,纯朴得像完达山中的一棵小草。

1965 年他当上了家属工,文化水平不高在果园里当学徒,主要是从事园艺工作,边干边学习,分配的工作任务他都能尽力完成,果树剪枝、喷药、除草,他样样都干。在实践中,他虚心向别人请教,认真向书本学习,终于掌握了园艺技术,后来变成了远近闻名的技术能手,这是重视实践、勇于实践的结果。

1975 年,受组织安排调到倭肯灌区,学习驾驶技术,在当时是令许多年轻人羡慕的好工作,要是能够开上车那可是个了不起的工作,可以说是件风光无限的事。

于维安没有沾沾自喜,他自己清楚:要珍视这次机会,努力干工作,一心用在工作上,年轻人多出点力气不算什么,坚决去除轻浮的意识,头脑必须清楚自己的本分是啥。

由于车少,一天往返勃利县城两次,没有装卸工,他就自己一个人干,干得实在累了,就歇一会儿,继续干。从此人们知道了这个青年人最大的优点是:肯吃苦,从来没有怨言,不管在什么条件下,就是一个劲儿地默默干工作。他得到了领导的重视,认为他是一棵好苗子,干事业的主儿。

也就是在 1979 年晚秋时节,于维安光荣地加入了中国共产党。这时的于维安,对自己的要求更高,他时刻用党员的标准来衡量自己。他明确了一个理儿:是党的人就要听党的话,听党的召唤,对党忠贞不渝。他把工作落实在行动上,还时时告诫自己:本职工作必须干好,用本领去赢得人们的信任,用顽强的意志去开启智慧之门。

于维安曾说:"一个人在年轻时吃些苦,受些磨难,实际是终身受益。"

人,只有乐于奉献,生命才会有真正的价值。

到桃山水库后,他就踏上了改造河山的征程。

同事们这样评价他:"他来到这里坚持这么多年很难,其间苦苦探索,忘我工作更难。他成了我们的一面镜子,每当遇到困难时,一想到他,就有了勇气,就有了力量。"

桃山水库党委书记李向春特意告诉我:"他这个人如愚公那样,以坚忍不拔的意志和挖山不止的精神,为我们树起了一座真正绿色的丰碑。"

人们有目共睹,山里很苦,对于于维安来说,这种生活像是刚刚摘下的橄榄,吃起来苦涩难耐,当你细细地品味后,看到或想到那片林子时才知道有一股淡淡的清香,沁人心脾,回味无穷。

人活着就是要有所追求，这是生命力旺盛的源泉。

人生的价值取向，取决于自己。什么样的人生最有价值？每个人都在思索，寻找自己的位置，寻找自己的答案。实现自身价值是以实践来检验，以社会效益来衡量，奉献得越多，他的人生价值才能被社会所承认，被人们所接受，这样的人生最有价值，这样的人生才有意义。

在这创造生命辉煌的土地上，这种绿色的意象，或许更能表达人们对生命的讴歌和赞美，这是一种对大地和绿色生命的情怀，那充满着希望的绿色、满载豪情的希冀和创造，必将为一代一代的人所追求，因为，这是一切生命的原动力。

走向 新时代
ZOUXIANGXINSHIDAI

托起煤城旭日的彩霞

黑龙江省委十二届五次全会召开后,七台河市新兴区迅速掀起了学习全会精神的热潮,在区委书记周建民、区长宫玉和的率领下,全区各级党员干部学文件、做笔记,学精神、谈体会,深刻把握全会精神实质,结合区情实际,制定有效措施,促进区域转型发展全面振兴全方位振兴,开创整体工作新局面。

促进区域经济高质量发展

贯彻落实省委十二届五次全会精神,推动高质量发展全面振兴全方位振兴,区委、区政府当前需抓好三个方面工作。

抓好产业转型。进一步解放思想,以供给侧结构性改革八字方针为主线,巩固增强提升畅通,全力抓好产业项目建设和招商引资工作,以新兴区现有的煤化工产业园为依托,全力提升产业链水平,不断培育新兴产业业态,构建多元产业体系,为高质量发展提供不竭动力。

抓好环境创建工作。一方面要落实好城乡文明三年行动计划,以改善农村人居环境为突破口,全力扎实推进城市铁路道口平改立工程、农村通村公路维修改造工程等基础设施建设,打造好宜居宜业的硬环境;另一方面要以改革创新为牵动,向改革要活力,进一步转变作风,全力营造市场主体平等参与的市场环境、公平公正的法治环境和务实高效的政务环境,激发市场主体活力,鼓励创新创业精神,为高质量发展提供良好的环境保障。

抓好民生实事。推动高质量发展必须树牢以人民为中心的发展理念,把高质量发展的成果体现在增进民生福祉上,要按照市委今年全会的工作部署抓好当前重点工作,在民生保障、社会保障、群众就业等方面集中发力,尤其要进一步坚定信心和决心,坚决打赢脱贫攻坚战,让人民群众共享高质量发展改革成果。

紧紧围绕服务群众、企业办事创业这条主线,下大力气优化营商环境,积极打造透明高效的政务环境、诚实守信的人文环境、公平正义的法治环境,实打实地为企业和群众提供文明、诚实、热情、积极的优质服务,有力促进区域经济高质量发展。

严格监督,全力打造优质服务平台。新兴区加大对制约营商环境等重点领域、关键岗位的监督力度,有效发挥好企业投诉受理作用,切实保障好企业的合法权益。实行简化程序、优化流程、信息公开和一条龙一站式服务的办公新模式,坚持把"运行顺畅、管理规范、服务提质"作为重点工作,不断推进线上线下两个平台建设,提高窗口服务质量和工作水平。大力推进"诚信新兴"建设,持续开展政府部门"清赖行动"专项整治工作,到目前为止掌握政府失信的情况数量为零。严格落实"企业宁静日"制度,着力构建"亲""清"政商关系。认真贯彻执行"黄金十条"系列政策。加大对窗口单位、关键岗位的监督力度,严肃整治不作为、慢作为、乱作为的现象。增强现场巡查、明察暗访的实效性,推动服务效能不断提升。

深化改革,窗口服务功能明显提升。积极推进"一网一门一次"改革,彻底解决影响群众、企业办事创业的"堵点、痛点、难点"问题,着力打造前置材料少、审批效率高、办事创业优的政务服务新格局。深入开展"放管服"以及互联网+监管、政务服务一体化等工作,畅通渠道,依托外力提高办事效率。公布投诉举报电话,进一步畅通了办事群众的监督渠道。加大纪律监督制约力度,增加监督强制性,发挥监控监督优势,利用电子监控设备,实时监察窗口人员的行政行为和纪律情况,推动政务中心阳光运行。截至6月底,已梳理出六类依申请行政权力事项64项、公共服务事项50项、认领监管事项目录清单174项、录入检查实施清单170条。市直单位新进驻1个市场监督管理局,其他应进驻单位也将陆续进驻大厅。

强化服务,政务工作成效明显。落实"三集中、三到位"工作要求,推行"一窗受理,集成服务",打造"前台综合受理、后台分类审批、综合窗口出件"工作模式。"四零服务"创建工作已达标。坚持法定职责必须为、法无授权不可为的原则,全面推行"马上办、网上办、就近办、一次办、我帮办"工作机

走向新时代
ZOUXIANGXINSHIDAI

制,努力打造依法行政、勤政高效、服务优质的政务服务软环境,取得了依法行政、改进作风、密切联系群众、优化营商环境的崭新成果。上半年,新兴区协调处理各类投诉案件共3起,组织宣传《黑龙江省优化营商环境条例》活动4次;政务中心接待办事群众近8 000人次,受理咨询类业务470多件,具体业务0.7万件,办结率达到98%以上,保持零投诉,全力实现"最多跑一次"目标。

非煤产业增活力

位于新兴区的日久玻璃制品有限公司,厂房内机器轰鸣,工人繁忙,公司玻璃纤维棉项目进展顺利。

在玻璃纤维棉项目生产车间,每一道生产工序均严密精细,全部使用纤维代铂坩埚拉丝生产玻璃微纤维,单丝直径在0.2~2.6微米,经过半个小时,就有成品出炉。七台河日久玻璃制品有限公司成立于2018年8月,占地面积2.2万平方米,企业自主研发新型集棉工艺,并申报了国家专利。公司经理刘成介绍:"企业全部采取订单式生产,年生产能力达2 000吨,产品远销欧、美、日、韩等地,解决了百余人就业,实现产值1.3亿元。"

据了解,该项目符合国家"节能减排"要求,为使企业长期持续发展,产品不但应用到铅酸电池领域,还获得了为国内大飞机外层保温、隔音的试验许可项目。同时,还在高效过滤空气PM2.5的滤袋、汽车启停电池、深冷保温项目上做研发实验,这些研发产品也将形成产业化。

在新兴区,像这样的非煤产业还有很多。海外民爆化工有限公司是经工信部批准的民爆器材定点生产企业,主导产品为各种型号和用途的工业用乳化、膨化炸药。2001年年末,海外集团对原七台河三利化工厂进行改制重组,更名为黑龙江海外民爆化工有限公司,并在木兰、依兰、巴彦和宾县设有分公司,2015年与葛洲坝易普力股份有限公司合作重组黑龙江海外民爆化工有限公司。公司占地面积12万平方米,现有员工127人,其中高级以上职称人员4人、国家级专家1人。主营业务为研制、生产民用爆破器材,年生产各类工业炸药27 000吨。近年来,集团不断加大对企业的技改投入,已拥有3条民爆器材生产线,规模位居同行业前列。公司还在七台河、木兰新建两座高标准的炸药储备库,使企业产能和本质安全水平得到明显提高。

在长兴乡,占地19万平方米的黑龙江东之星果蔬有限责任公司已经成为东北地区家喻户晓的企业。公司现有固定资产总值5 000余万元,经营项目包括五个大项十余个品种,具有自主品牌产品5个,绿色种植基地面积5 000亩,加工种植面积20 000亩。经过多年发展,公司拥有"互联网+农业"可追溯体系、完善的销售网络,以及线上、线下的营销团队,所生产的产品销往全国各地,年利润达1 000余万元,直接带动专业村10余个,拉动农业及产业劳动力1 000余户。公司先后荣获"黑龙江省龙头企业""全国农民专业合作示范社""百强农民专业合作社""十大特色产业专业合作社""七台河重合同守信用单位"等多项荣誉。2018年,公司新投产6 000平方仓储保鲜加工车间,创新实施400万袋植物钙黑木耳栽植工程,对农业种植业的产业拉动和带动能力显著增强。

凝心聚力抓招商

栽得梧桐树,不愁凤凰来。

新兴区招商引资工作再传捷报:亿丰焦化有限公司与吉港众赢清洁能源有限公司正式落地签约合作,双方合作的LNG(CNG)焦炉气综合利用项目,计划总投资1.2亿元,落户于新兴煤化工循环经济产业园区,此举标志着新兴区招商引资工作实现首季"开门红"。

围绕全市六大重点产业,明确重点产业招商方向和区域,充分利用本地优势资源和最新出台的系列招商引资优惠政策,进一步抓好重点产业、重大项目招商引资工作,做大域内产业规模,做强域内支柱企业,加快产业结构转型,努力实现招商引资工作的新跨越和转型发展的新突破。

创新招商方式,栽好政治生态环境树。制定《2019年新兴区招商引资工作实施方案》,要求全区每位处级领导都要联系户域外企业。战线领导带领分管部门有组织、有计划、有针对性地赴域外开展招商活动,切实做到"走出去、请进来",广泛接触企业、对接项目,力争储备一些好项目。开展产业招商、专业招商、以商引商,组织参加国家、省、市安排的招商活动,充分利用各地商会资源,提高招商项目的"对接率"和"成功率"。实现从全民招商转变为专业招商、从粗放招商转变为精准招商、从政策招商转变为环境招商。研究国家经济政策走向,用好、用活最新出台的系列优惠政策,竭力促使项目落地。

拓展招商渠道,栽好自然生态环境树。发挥专业招商组作用,坚持"招大引强""招新引优"的原则,充分发挥专业招商组"前线"作用。在北京、浙江、广东等地,针对新材料新能源、现代服务、绿色食品等产业开展精准招商工作,引进一批符合区情的产业项目,确保专业招商工作规范化、专业化、常态化;充分挖掘和发挥宝泰隆、隆鹏、双叶等企业的发展潜能,借助企业信息渠道和人脉资源等优势,积极开展以商招商。借鉴美华、乾丰、日久的成功经验,对"僵尸企业"和停产、半停产企业,协助做好市场对接,引进投资重组盘活,焕发的生机。利用煤化工园区、新材料产业园、木制品产业集聚区的产业优势和基础优势,切实开展定向、定位、定点招商,提高项目落地成功率;加大产业园区建设力度,完善基础设施建设,做好土地收储,确保项目建设用地需求,真正做到"招得来、落得下";全力引进一批高科技、高附加值项目,促进新材料产业集聚发展,打造新的经济增长极。

建立服务体系,栽好经济发展环境树。利用有效渠道收集整理重点投资企业发展方向、投资需求和重点行业发展趋势,分别建立资源信息库和招商信息库,构建招商网络信息平台,为全区提供实时的招商信息服务。梳理汇总系列优惠政策,制作优惠政策宣传册,为域外企业提供详细的政策解读。相关经济部门配合,围绕六大重点产业,结合区域优势资源和产业布局,做好产业项目谋划工作,对全区招商项目进行收集、整理,筛选一批有说服力、吸引力的优质项目,建立区级招商项目库。加强与全国各大知名高校的合作交流,促成高校与企业合作,为企业的产业项目和产品研发提供技术保障。

天朗气清,惠风和畅。春日的新兴大地,一派生机勃勃,力量在积聚,信心在升腾。

在新材料产业园万锂泰电材有限公司,4号厂房的钢架结构已完成建设,4万吨/年锂电负极材料包覆碳化项目和5万吨/年锂电负极材料石墨化项目现场一片忙碌的景象。公司副总经理郝立伟介绍说:"目前,锂电负极集群项目已开工建设,完成投资7 300万元。一期工程主要包括2万吨/年锂电负极材料人造石墨前驱体项目、4万吨/年锂电负极材料包覆碳化项目(一期规模1万吨)、5万吨/年锂电负极材料石墨化项目(一期规模1万吨)。全部投产后将生产出五大系列三十多项产品,在动力汽车和新能源蓄能电池方面有很大的突破和优势。"

万锂泰电材有限公司是锂离子电池用新能源负极材料专业化生产厂家,公司集基础研究、产品开发、生产销售于一体。

负极材料是对锂电池性能起决定性作用的关键材料。万锂泰电材有限公司始终专注于锂离子电池用石墨类负极材料的研究与开发,在新能源材料领域持续创新、不断超越。在能源发展新时代,公司将以"材料推动能源变革"为使命,加快推动技术创新、产业创新,把能源技术及其关联产业培育成带动产业升级的新增长点。

新兴区采取多项举措强力推进新材料产业园项目建设,为企业解决发展的后顾之忧。经过一年多的努力,园区一期基础设施建设基本完成,修建道路 5 公里,铺设排水供热管线 10.6 公里,安装路灯 160 基,绿化草坪2 000平方米,新建孵化器厂房 8.43 万平方米,已实现"七通一平"的建设标准。产业园依托宝泰隆公司的自备电厂、污水处理厂等配套设施,已经具备了承载新材料项目的必备条件。

新兴区坚持"一切围着企业转"的"店小二"式服务理念,致力于创建"让企业满意、让群众满意"的服务环境,深入落实"黄金 10 条"系列优惠政策,成立工作专班,主动服务园区企业,全力协调解决重点项目存在的问题。安排熟悉业务的人员,协助企业"跑"手续、"跟"项目,做到企业落户园区、项目落地建设、项目建成投产全程跟踪服务,为实现转型发展、全面振兴全方位振兴提供有力保障。

脱贫攻坚再出发

贫困之冰,非一日之寒;破冰之功,非一春之暖。

2019 年是新中国成立 70 周年,是打赢脱贫攻坚战的关键一年。肩负着不落一村、一户、一人的"全胜"重任,新兴区坚持目标、精准施策,把提高脱贫质量和防止返贫问题摆在更加重要的位置,进一步聚焦特殊贫困群体和影响"两不愁三保障"的突出问题,强化责任落实、政策落实、工作落实,持续巩固减贫成效,用脱贫攻坚优异成绩庆祝新中国成立 70 周年。

选优配强扶贫干部队伍,激发脱贫攻坚活力。打造一支懂扶贫、会帮扶、作风硬的队伍,深入学习习近平总书记关于扶贫工作的重要论述和指示批示精神,认真做好《习近平扶贫论述摘编》学习增订工作,领会习近平总书记精准扶贫精准脱贫思想,并应用于实践中。抓好干部教育培训,扎实做好结对帮扶,紧紧围绕贫困人口稳定实现"两不愁三保障"目标,确保攻坚之弦不松、激情干劲不泄。动员全区各部门及社会各界爱心人士在社会扶贫网上注册,推进社会帮扶力量和贫困户需求精准对接。

巩固提升脱贫成效,大力推动乡村振兴。坚持现有"两不愁三保障"目标不动摇,牢牢把握正确方向,坚决反对急躁蛮干、消极拖延,坚决反对数字脱贫、虚假脱贫,着力解决"两不愁三保障"突出问题。提高脱贫质量防止返贫,坚持脱贫标准,严把退出关,建立稳定脱贫长效机制,强化后续支撑,适时组织开展返贫监测,扎实做好脱贫巩固提升,巩固脱贫成果,切实做到摘帽不摘责任、摘帽不摘政策、摘帽不摘帮扶、摘帽不摘监管。

抓好资金项目监管,让扶贫资金在阳光下运行。完善脱贫攻坚项目库建设,结合实际进一步加强扶贫项目论证和储备,完善贫困户利益联结机制和项目建后监管机制。全面落实扶贫资金项目公告公示制度,通过印发宣传单、张贴大红榜、村村通广播、设立公告牌等方式,开展好村级公告公示工作,提高群众知晓率。严格执行扶贫资金使用管理各项规定,切实做好扶贫项目立项、限期备案、实施、建成后管理等各项工作,加快扶贫项目实施与资金支出进度。谋划好行业扶贫项目,及时对上争取、科学谋划,确保营利运行,确保贫困户利益联结正常稳定。

坚决防范化解风险,为打赢脱贫攻坚战护航。压实各级脱贫攻坚责任,进一步强化产业、就业、教育、健康、金融、综合保障性扶贫举措落地,加大对基层产业发展指导力度,发挥资源和生态优势,因地制宜加强脱贫攻坚项目库建设,采取展期、续贷、上门催缴、法律手段等措施,坚决防控呆坏账发生,始终坚持现行扶贫标准,畅通扶贫领域信访渠道,加强舆情监测,做到及时有效处置。

扶贫扶志厚植民风,增添脱贫攻坚新动力。加强教育引导,针对贫困人口开展实用技术技能培训,帮助贫困群众学得一技之长、一技之能、一技之专,增强自我发展能力,拓宽脱贫致富路径。多帮助贫困村贫困户研究谋划脱贫路径,避免一给了之。强化典型示范,深入挖掘宣传贫困群众身边典型,大张旗鼓宣传全国脱贫攻坚先进典型,切实体现榜样的力量。发挥村规民约作用,推动移风易俗,树立文明乡风,有的放矢地解决好老人分户、因婚

127

举债等争当贫困户问题。

真抓实干兴"三农"

"大道至简,实干为要。"新兴区深入贯彻落实习近平总书记关于做好"三农"工作重要论述和省市对农业农村工作的部署,坚持农业农村优先发展,大力实施乡村振兴战略,全面深化农村各项改革,坚决打赢脱贫攻坚战,强力推动农村人居环境整治,使农业成为富民的产业,农民成为受尊敬的职业,农村成为宜居的家园,不断开创全区"三农"工作新局面。

"三变"改革,推动乡村振兴。"一变"推进农业改革。加快完成农村土地承包权登记颁证收尾和"回头看"工作,稳步推进农村集体产权制度改革,预计年底全面完成农村集体产权制度改革工作。"二变"支持各类新型农业经营主体发展壮大。加快"农户+基地+企业""互联网+农业"高标准示范基地建设,大力发展订单农业,扶持、规范长兴蔬菜、昊鑫玉米、金谷水稻等农民专业合作社,着力推进东之星高钙大米、兴发谷物水稻、长兴聚仁水稻等绿色食品标准化基地建设,大力推进"三品一标"认证,打造更多绿特色品牌。"三变"进一步优化农业种植结构。按照稳水稻、降玉米、增大豆、扩经济杂粮作物的原则,积极引导农民调整优化种植结构,稳定35 000亩水稻种植面积,调减普通玉米种植面积,适当扩大高淀粉玉米、鲜食玉米、高油高蛋白大豆、高钙富硒水稻等特色作物种植面积。

精准发力,提升脱贫攻坚成效。以巩固脱贫成果为优先任务,进一步夯实区乡村三级包保责任,避免反贫现象发生。从注重减贫进度向更加注重脱贫质量转变,始终把扶贫产业收益作为贫困群众脱贫的长效机制,充分发挥产业扶贫项目作用,完善投入收益链条,保障扶贫收益精准到户、精准到人。继续加强政策兜底和社会扶贫,不让一个贫困家庭、一名贫困群众掉队。引导民营企业、社会组织和各界人士广泛参与扶贫开发工作,构建起"三位一体"的大扶贫格局,为确保如期打赢脱贫攻坚战、全面建成小康社会形成强大合力。

优化环境,刷新"美丽乡村"颜值。新兴区积极推进"四大革命",完善农村基础设施建设。完成479户农村室内厕所改造和9座农村公共厕所建设任务,探索"村收镇运集中处理"模式,逐步建立健全农村生活垃圾收运处理

走向新时代
ZOUXIANGXINSHIDAI

体系建设，推广应用太阳能微动力技术、常规交流电微动力处理模式或者其他先进的处理模式的农村户用污水处理设备，支持企业和社会主体从事秸秆压块生产，加快发展秸秆固化成型燃料站建设，积极开发秸秆燃料化利用新途径。全面开展"三拆四清两提升一绿化"工程。拆除村内的私搭乱建、残墙断壁和坍塌破房、危房，清除房前屋后垃圾、杂物、畜禽粪便，清理规范院内物品堆放，清理乱堆乱放的柴草杂物，清理村街道路边沟，确保村容院落整洁、边沟排水通畅。加强乡镇综合文化站、村综合文化活动室、农家书屋等文化活动场馆建设，加快农村危房改造步伐，完成"四类对象"农村危房改造22户，实施红胜村观光园路、七桦路至东新村路改造工程。按照"一村一规划，一路一品种"的总体布局，开展村屯绿化工作，种植各类树木、花草，大幅度增加绿地面积，形成"村边树林茂密，村内花果飘香"的乡村美景。

美丽宜居新农村

推进农村"厕所革命"、加快农村垃圾治理、提升美丽乡村建设……为顺应广大农民群众对美好生活的新期待，全面改善农村人居环境，进一步提高农民生活质量，建设生态宜居美丽乡村。

推进"四大革命"，扮靓美丽乡村。新兴区瞄准农村人居环境治理设施不足、管理落后等突出问题，聚集厕所革命、垃圾治理、污水处理、资源利用等重点工作，强力推进"四大革命"，重拳出击彻底整治农村"脏乱差"问题。

2019年完成户内厕所改造479户，推进建设行政村办公区厕所和个别行政村村民广场、集市等活动场所公共厕所9座，计划完成农村室外卫生户厕改造70座，基本建立与全面建成小康社会相适应的农村卫生厕所、粪污治理体系和管护机制。到2020年，完成全区24个行政村生活垃圾治理工作，并逐渐向自然村(屯)延伸，推进全域生态垃圾无害化处理。采取"户分类、村收集、乡镇转运、区补贴、市处理"模式分级收集、分片转运，按照生活源头减量化、利用资源化、处理无害化的要求，建立垃圾分类制度，分类处理。每个乡镇建1个垃圾转运站，配备1台垃圾转运车，每个村配备至少1名保洁员和1台以上小型电瓶垃圾收运车，确保垃圾及时转运和乡村环境干净整洁。采取单户处理、村庄集中处理、利用城镇污水处理设施处理、综合治理4种方式，补齐农村生活污水处理设施建设短板，实现"治理一片、水清一片"。

做大区域生态循环农业,大力推广秸秆肥料化、饲料化、能源化、原料化、基料化等综合技术。推进禽粪污处理和资源化利用。坚持能源化利用和肥料化利用相结合,以肥料化利用为基础、能源化利用为补充,推进畜禽养殖废弃物资源化利用。

"三拆四清两提升一绿化",留住美丽乡村。为实现村庄环境整洁有序目标,村民环境卫生意识普遍增强。近期,新兴区将全面开展农村"三拆四清两提升一绿化"工作,留住村容村貌美景。

遵循乡镇村空间布局、土地总体利用规划和村庄建设规划,集中拆违建、拆危房、拆残墙和破旧栅栏。为解决生活垃圾乱堆乱放等污染问题,治理村内公共空间,逐步消除农村黑臭水体,重点开展清垃圾、清庭院、清柴草垛、清边沟四清行动。提升基础设施向农村延伸,提升公共服务向农村覆盖,现代文明向农村辐射,加快建设农民幸福生活美好家园。以村屯周边、村内街道、住宅庭院、休憩场所、废弃和闲置地绿化为重点,合理确定绿化模式和绿化标准,确保全面完成全区行政村绿化任务,形成"村边树林茂密,村内花果飘香"的乡村美景。

粪污变废为宝,呵护美丽乡村。重点推广"种养结合,就地消纳"的生态环保养殖模式,每个村选择一处场地,采用集中堆贮的方法,将各户所养畜禽产生的粪便进行收集,统一堆贮,通过添加生物菌剂进行生物发酵处理,使畜禽粪便彻底脱臭,腐熟、杀虫、灭菌处理后的粪便作为有机肥,用于农业生产,实现农业资源的循环利用,达到畜禽污染处理无害化、资源化要求。

一步一个脚印描绘美丽新兴,推进全区环境综合治理,全区环境得到了极大改善。

新兴区继续加强对农村"四清"工作收尾阶段的监督,定期对乡村"四清"工作取得的成果进行检查,并纳入绩效考核内容;加强城区管理,协调相关部门,及时完成市委、市政府交办的城乡人居环境整治各项工作,向党和人民交上一份满意的答卷。

华彩新兴铸丰碑

2019 年,七矿公司新兴矿紧紧围绕建设新时代现代化新龙煤发展目标和集团公司工作会议决策和公司两会部署,全面落实新发展理念,坚持稳中求进、战略调整的总基调,全面推进深化改革振兴发展;深入开展解放思想推动高质量发展大讨论,全力破除安全生产、经营管理和企业改革等领域内一切思想藩篱,奋力走出改革脱困振兴发展新路子。

2019 年,面对前所未有的良好机遇和严峻挑战,树立过紧日子思想为发展主基调,以治灾害、强管理、严纪律为保障,沉着应对、合力攻坚,坚定不移地走内涵式提效发展之路,各项工作扎实有序推进,全矿呈现出喜人的良好发展态势。

回首全矿的奋斗历程,在矿长解贵仁带领下,新兴人之所以能够在形势这么紧、任务这么重、困难这么多的不利局面下人心不散、士气不降、干劲充足、同心同德、积极作为、合力攻坚、硕果累累,这凝聚着全矿职工的辛勤汗水和无私奉献。

勇挑重担踏浪行

2019 年 4 月 9 日,刚刚升任七台河矿业公司党委书记、董事长的张长山,公司总经理刘金奇便深入新兴矿井下检查安全生产工作,为新兴矿井下"心连新"党员服务工作室成立揭牌,要求新兴矿解放思想、转变观念,务实工作作风,潜心研究工作,加强现场管理,抓好安全生产等工作,推动企业持续健康发展。

公司纪委书记王力军,七台河矿业公司副总经理、总工程师王戈,七台河矿业公司副总经理魏传忠,七台河矿业公司副总工程师张文胜,七台河矿业公司代副总工程师王琳、李晓雨陪同检查。

行进在长 195 米的综采工作面,张长山、刘金奇认真检查工作面现场管理、安全生产标准化建设和采后备管理等工作,听取了综采队当班瓦检员任常信关于工作面瓦斯情况汇报,不时地停下脚步仔细查看综采设备,详细了解了安全措施落实和单产等情况。

张长山强调:抓好安全是当前工作的重中之重,要加强安全管理,狠抓现场管理,做好安全教育培训工作,提高全员安全意识,确保安全生产。他要求新兴矿深入贯彻落实公司两会精神,扎实开展解放思想推动高质量发展大讨论,进一步解放思想、更新观念,尤其是各级干部要务实工作作风,潜心研究工作,认真研究灾害治理措施,狠抓现场管理,全面提高现场管理水平;加强采后备管理,认真学习好经验好做法,严格按照标准施工,提高采后备支护强度,筑牢安全基础;抓好安全教育培训工作,提高全员安全意识,规范职工作业行为,促进职工兑规作业,确保安全生产。

刘金奇要求新兴矿各级干部切实转变观念,在提高单产单进上下功夫,认真研究提高单产单进的措施和办法,找准制约生产的难题,从技术上突破,改进生产工艺,减少采煤工序,提高工时利用率,为职工创造良好的作业环境;发挥机械化生产优势,加强综采设备设施管理,落实好安全防护措施,确保综采设备安全可靠运行;建立激励机制,实行多劳多得工资分配政策,调动职工的工作积极性,促进企业增效、职工增收,加快企业改革脱困振兴发展进程。

在新兴矿井下"心连新"党员服务工作室,张长山、刘金奇等领导详细了解服务宗旨及工作开展情况。

创新工作理念,改变工作做法。今年,新兴矿按照"最多跑一次"服务改革要求,在井下生产调度中心旁边建设了一个 15 平方米的"心连新"党员服务工作室,室内设有读书角、急救箱、广播站、休憩间、保障点、活动室、亲情网等,目的是发挥党员作用,服务生产一线,搭建干群"连心桥"。

张长山、刘金奇等领导为新兴矿井下"心连新"党员服务工作室成立揭牌,并通过网络与地面职工家属进行视频对话,对新兴矿创新党建工作载体、充分发挥党员服务一线作用等给予好评,并要求新兴矿发挥好"心连新"党员服务工作室的阵地作用,全心全意为职工服务、为一线生产服务,增强

走向新时代
ZOUXIANGXINSHIDAI

企业凝聚力,调动职工的积极性,加快企业改革脱困振兴发展。

对于这个煤矿的矿长解贵仁来说,领导对工作的认可就是自己工作的方向,对于全矿来说,这就是推动落实发展的机遇。

5月3日国际劳动节刚过,总经理刘金奇深入新兴矿井下检查安全生产工作,要求各级干部要学习新兴矿转变作风、沉下身子、担起责任,狠抓现场管理和灾害治理。认真研究生产工作,不断创新和改进生产工艺,优化生产布局,紧密衔接工序,简化生产环节,提升管理水平,努力为职工创造良好的作业条件,提高单产单进水平。七台河矿业公司副总工程师张文胜参加新兴矿检查。

刘金奇检查了新兴矿41056采煤工作面、综采工作面和10506掘进工作面的现场管理、生产接续、灾害治理等工作,详细了解新兴矿综采设备管理、采煤生产循环进度、安全措施落实、采后备管理、掘进生产等情况。

在41056采煤工作面、综采工作面,刘金奇与新兴矿干部职工现场探讨交流问题产生的原因和解决问题的措施,要求新兴矿严格落实安全生产风险管控措施,制定安全风险隐患清单,按照清单逐条整改;各级干部职工继续加大转变作风力度,结合地质条件,狠抓现场管理和灾害治理,不断创新和改进生产工艺,组织技术人员开展技术攻关、节约创效活动,认真研究挡煤板、护帮板、采后备石墙等管理措施,深挖管理和生产潜力;按照机械化换人、自动化减人思路,能上截煤机的工作面全部上齐截煤机,在保证安全的前提下充分发挥机械化生产优势,全面释放产能。

在新兴矿10506掘进工作面,刘金奇详细了解现场管理、设备管理等情况,向当班班长仔细询问班组人员出勤、工资收入等情况,要求当班瓦检员当场检测工作面瓦斯,认真核实工作面的瓦斯浓度。

刘金奇指出,掘进工作面的安全与瓦检员的工作责任心有直接关系,要发挥好瓦检员的安全把关作用,施工过程中要做好超前治灾工作,全面提高瓦斯超前探眼施工质量,准确掌握前方未知区域的地质构造、瓦斯、煤层压力等情况,发挥好瓦斯超前探眼的作用,把未知变成已知;加大安全生产标准化建设和技术、小运输、火工品管理力度,保证安全生产。

新兴矿各级干部转变作风、沉下身子、担起责任,加强队伍建设,优化生产布局,紧密衔接工序,简化生产环节,提升管理水平,努力为职工创造良好的作业条件,调动一线职工的工作积极性,稳定一线队伍;要突出重点,抓住安全生产中的主要矛盾,摆正安全与生产的关系,强化现场管理,加大灾害治理力度,向管理要产量、向治灾要产量、向生产准备要产量,为企业改革脱困振兴发展做贡献。

推进标准化建设

新兴矿全力推进安全生产标准化建设,进一步夯实安全基础,努力提高生产效率。召开采煤系统现场会,矿副总以上领导、各采区区长、副区长、矿机关职能科室负责人参加现场会。与会人员深入综采工作面参观安全生产标准化建设工作,综采工作面上巷焕然一新,超前支护标准高、可靠性强,管线吊挂整齐划一,设置了双回风水幕,工作面干净整洁、无浮货,机组喷雾消尘效果好。

综采工作面下巷,刮板运输机挡煤板齐全有效,运输采用自移皮带,两个多小时就能完成缩皮带,大大提高了工作效率和开机率。综采队还创新落实"110工法",自购顶板观测仪,每天观测采后备顶板移动的数值变化情况,数值精确到0.04毫米并在记录牌上做记录,每隔七到十天形成纸质记录表存档。综采队开采的67号煤层工作面2018年11月份开始生产,他们克服了731型机组故障多、上巷质量差、战线长等困难,经过一个多月的努力,提高了安全生产标准化水平。

综采工作面的安全生产标准化建设工作受到了与会人员的好评。与会人员表示,要清醒地认识自身存在的差距,反思现场管理中存在的问题,学习综采队推进安全生产标准化建设经验、创新管理思维和高标准的执行力、团结向上的精神,推进安全生产标准化建设,为推动企业迈向高质量发展提供安全保证。

这是矿长解贵仁沉下身子抓安全的一个做法。只有身子沉下去了,安全才能真正有保障,生产现场才会出现甩开膀子大干的场面。营造这种场面确实不容易,因为公司地质条件比较特殊,不但点多面广、灾害重、管理难度大,而且斜井人车运输、供电管理等也都存在安全风险。有信心就不难,只要每个人矢志不渝地盯紧安全、每个部门坚定不移地严抓安全、每个系统毫不动摇地攻克安全难关,就能确保安全万无一失。

沉下身子抓才能甩开膀子干。这是同一件事情的两个方面,相辅相成、互相促进、缺一不可。当前,公司的发展形势依然很严峻,需要攻克的工作难关很多,深层次的矛盾也很多,但只要扭住安全这个"牛鼻子",抓住这个决定企业发展命运的关键,不断研究并取得成效,其他问题就会迎刃而解。

万丈高楼平地起。只要沉下身子一步一个脚印地按照公司既定的发展目标把安全抓好,安全生产标准化整体水平就会提高,采掘现场管理就会加强,生产就会发展。

"产量不是拼出来、抢出来的,是在安全的前提下干出来的。"2019年4月24日,这句话振聋发聩、令人警醒、醍醐灌顶。这是近日公司总经理办公会讨论和研究当前的安全生产形势后做出的精准论断,着实让人感到:公司新领导层面透过表面现象抓住了本质,并在纷繁复杂的形势面前敏锐地洞察到了安全生产的客观发展规律。

近期公司的安全、生产确实呈现出良好的发展势头,但如何分析和估量当前的形势,如何能有效保持当前的良好势头,确实是个"技术活儿"。如果看不到这些好兆头是在保证安全的前提下产生的,就会很容易陷入盲目乐观的旋涡;如果意识不到"保证不了安全,一切都将归零"的严峻性,其后果可能更为严重。所以,从上到下明确当前好形势的本质要求非常重要,要继续保持清醒的头脑,一刻也不能放松地看住安全、管住安全,狠下功夫发现和治理隐患,为今后多出煤、增效益和实现健康、可持续发展奠定坚实的思想基础。

安全不是等来的,是抓出来的、管出来的,必须沉下身子去抓。要在"真抓"上下功夫,把安全管理制度和措施落实到位;要在"真管"上动真情,转变作风,把心思往深入井下发现问题、解决问题上聚焦;要在"见实效"上展作为,针对不同的工作面、系统、设备和人员队伍等实际情况,用科学严谨的态度制定切实可行的安全措施和管理办法。

突出现场管理重点。新兴矿坚持上下联动、齐抓共管的安全管理模式,广泛开展"全员岗位担当,人人营造安全环境,个个保证安全""对照岗位学业务、对照岗位查隐患、对照岗位保安全""安全思想隐患大排查"和"管理干部安全大反思座谈会"系列主题实践活动,员工岗位责任意识和自我保安意识明显增强。强化安瓦检员跟班作业、兑规生产、工作面搬家回撤、综采安装和揭煤、预透、贯通等关键时段、重点环节的现场管理,严格执行领导干部入井带班、入井写实、井下交接班和安全包保各项制度,干部科学指挥、职工兑规作业能力明显提高。认真落实"百日安全生产会战"和"安全包保"活动要求,持续开展日常安全排查、隐患专项治理、井区自查自改和群团组织夜查等安全大检查、大整改活动,全年查改隐患 387 条,井下安全掌控力明显增强。

在解矿长的带领下,新兴矿强化责任落实,全力抓好安全工作,全面夯实安全基础,确保安全形势稳定。

提高政治站位,全矿上下统一思想、提高认识,不断增强政治自觉和责任担当意识,深刻吸取各类煤矿事故教训,狠抓安全生产责任落实。从矿副总以上领导到采区领导班子、段队长层层传导压力,牢固树立安全第一的思想,严格现场安全管理,不分岗位、不分职责、不分工种抓安全,人人都做安全员。紧盯安全生产关键部位和薄弱环节,把各项防范措施落到实处;开展防灾治灾、瓦斯管理、冲击地压、机电运输、安全生产大排查活动,全面彻底排查各类风险和隐患问题,做到检查无盲区、无盲点、全覆盖,堵塞各类安全漏洞;矿机关值班科长跟夜班入井,并在矿早晚会上通报整改落实情况,形成全员抓安全的良好氛围;严肃工作纪律和战地纪律,严格落实责任追究制度,对违反战地纪律的进行严肃追责,从严、从重、从速处理,确保安全生产。

强化全员安全意识,持续夯实安全基础,确保实现元月开门红。认真落实集团公司工作会议和公司两会精神,全面落实"六大任务",开展防风险安全大排查活动,认真排查每个采区采掘工作面,重点加强新开工对位、石门揭煤、巷道贯通点等场所安全管理,保证各项措施严格落实到位和工程质量;深入开展"三违"专项排查,树立"防范优于救灾"的思想,常态化开展班前课安全思想教育,重点抓好春节期间的职工安全思想教育工作,开展地面防火防盗安全专项排查,堵塞漏洞,消除隐患。

针对工作中存在的现场管理薄弱、现场灾害治理滞后、工程标准意识低、干部队伍业务素质有待进一步提高等问题,持续开展井区自查、系统排查的隐患整改行动,狠抓现场管理,扎实有效推进安全生产工作;抓好各系统工作,形成系统盯住、全矿关注的工作氛围;加大部门监察力度,发现问题严查、严管、严问责;认真做好春节停开工和春节期间保勤工作,严格落实责任,保证采掘职工出勤率,确保春节期间各项工作有序推进。

加强现场安全管理,筑牢安全生产基础,确保矿井实现安全生产。各级领导干部、各职能部门严格履行岗位职责,带着问题入井,强化现场技术监督,严格执行入井带班制度,紧盯关键环节,解决问题再升井,提高现场发现问题、解决问题的能力和本系统、本区域、本岗位安全管理水平,确保安全生产。

各系统加大安全检查力度,采取分区域、分块段的排查方式,认真排查井下生产区域的瓦斯抽放、灾害治理、大小运输、冲击地压、采掘生产、排放水、区域通风、机电设备等场所、系统和设施,坚持上午排查、晚收班会通报和夜间排查、早调度会通报的制度,确保闭合整改隐患。对不严格落实隐患闭合整改的单位进行从严从重处罚,以对隐患零容忍的高压态势加强现场安全管理;重点排查不放心地点、不安全场所、不稳定环节,特别要加强外委队组现场管理,严格落实属地管理责任,做到一视同仁、严格管理、严厉追责、严肃处理。

明确综合防尘责任区并落实责任,全面加强井下防尘管理,全力做好防尘工作。

采掘工作面没有形成防尘供水系统或缺少管路的一律严禁生产,有防尘管路但不能保证正常供水的必须停产整改;采掘新面对位前未形成防尘供水系统、防尘设施未经验收擅自开工,发现巷道有煤尘堆积、防尘供水系统损坏不及时维修、入回风净化水幕没有常开、采煤工作面割煤机运行期间没有使用内外喷雾、炮前炮后没有进行洒水消尘的,对责任单位和个人进行严厉处罚。矿安监部门负责全面检查全矿防尘系统、设施、煤尘堆积及日常管理制度落实工作,发现问题现场落实整改要求并进行相应处罚,完善矿井防尘系统,确保矿井防尘制度、消防尘工作落实到位,为职工营造良好的工作环境。

全方位排查治理隐患。严抓生产过程中的现场安全和薄弱环节管理,认真排查整治隐患,及时消除各类隐患和违章现象,确保安全生产。

由矿党政主要领导任组长、分管领导任副组长的隐患排查治理工作小组,明确具体分工和工作方法、步骤,召开专题会议安排部署排查治理隐患工作,重点排查六个方面隐患,即严查职工不安全思想,严防因事务多而放松安全管理的现象;严查干部工作作风,严防因工作作风漂浮而导致现场管理弱化的现象;严查制度执行情况,严防因生产条件复杂而产生措施执行不到位的现象;严查隐患治理工作,严防因生产任务紧而忽视隐患整改的现象;严查职工不安全行为,严防"三违"而产生违章的现象;严查教育培训工

华彩新兴铸丰碑

作,严防职工不培训上岗的现象。

解贵仁矿长亲自排查治理隐患工作,按照全方位、全覆盖、拉网式原则,开展隐患大检查活动,对检查出的隐患做到落实整改人、整改时间、整改措施,确保及时发现隐患、彻底整治隐患。全矿各采区开展隐患自查自纠活动,对于查出的隐患落实整改人、整改措施。全矿各专业由分管领导牵头,开展系统隐患排查和安全生产标准化升级会战,矿安监处成立夜查小组,加强生产薄弱环节、地点夜查,对查出的问题严格按照"谁排查、谁签字、谁治理、谁验收"的原则进行整改,确保隐患得到及时治理,为安全生产奠定坚实的基础。

众志成城绘蓝图

强力抓好质量标准化建设,继续推进基础达标,开展"十项提升"工程,夯实安全基础,为员工提供安全、可靠、清新的生产作业环境。

继续以质量达标为立矿之本不动摇,以"软件带硬件,基础抓掘进,打牢采后备,全面抓兑规,精品加艺术,整体上水平"为工作切入点,以三水平五采区左二片67号煤层综采工作面为质量标准化建设标杆,持续开展质量达标"十项提升"工程,努力打造龙煤一流质量标准化矿井。

坚持由主管安全的副矿长牵头,矿生产科、机运科、地测科、安全监察处、政工部门参加,常态化开展质量达标拉练评比活动,规范评级程序,兑现奖罚政策,确保工作效果。围绕员工思想达标、行为达标,严格执行"班长抓安全结构工资"制度,突出抓好生产过程中的动态管理和员工岗位兑规作业,充分发挥班长抓安全的主动性和积极性,不断提高小班安全质量,带动全矿质量标准化建设水平不断提档升级。

强力抓好采掘新工艺研究,全面优化生产要素,以发展综采综掘为方向,坚持"生产五抓原则",提高单产单进水平。要以发展薄煤层机采、中厚煤层综采、综掘机应用为方向,围绕提高生产科技含量,重点在发展采掘机械化和开展新工艺研究上下功夫,推动先进技术装备升级,不断提高采掘机械化程度。

以落实"生产五抓"原则为抓手,加强生产准备、环节协调和现场管理,提高设备开机率和工时利用率,保证生产正规循环。加快安全高效队伍建设,健全完善超产超掘奖励政策,大力推行满负荷工作法,严格小班交接和制度考核,确保在不增加人员的基础上,努力提高采掘单产单进水平。

强力抓好矿井灾害治理,建立防突防冲瓦斯治理评估机制,提高瓦斯抽采和利用率,真正做到灾害治理和综合利用相结合。

认真落实瓦斯治理刚性规定和专家会诊意见,积极推进瓦斯抽采评估、地质数据库建设和先进抽采工艺应用,抓实双"四位一体"防突、超前探放、保护层开采、综合防尘等措施落实,强化"3330"目标管理,全面提高矿井瓦斯、煤尘、冲击地压等灾害治理水平。

突出抓好八采区49号煤层、西六区63号煤层、五采区67号煤层以及五采左一片68号煤层和六采右三片58号煤层备用面的瓦斯治理工作;落实好石门揭煤措施,加大49、63、67号煤层保护层开采力度,进一步完善防突预警预报系统,科学释放安全产能,推动生产组织健康发展。

强力抓好生产布局调整,科学摆布生产接续,合理规划开采程序,确保生产组织科学有序发展。加快推进三水平立井井底、东西主运巷、主井井底和桃七三区新区施工建设,尽快形成地面翻矸系统和600米井底出车线,确保2号立井按计划工期投入使用;合理调整接续,重点抓好桃七三区左二片49号煤层、五采区三水平右二片67号煤层、五采区二水平右一片68号煤层、五采区右一片65号煤层及五采区左二片65号煤层5个重点接续面准备工作,全面优化矿井生产布局,完成回采准备煤量工作目标,彻底扭转接续紧张局面。

强力抓好矿井技改工程,完善配套服务体系,增强矿井发展后劲和实力,为提能增效创造有利条件。以实现"提能增效"为目标,着力推进矿井技改工程和安装准备工程,重点抓好桃七三区回风立井设计、运输地面矸石山改造、1号副立井地面高压系统改造、一水平钢带机"A"形架改造、直属五井一水平回风道开帮降阻、皮带井工业广场采暖系统改造、三水平钢带机基础施工、三水平主排水系统安装、三水平中央变电所安装、三水平2号立井井底变电所安装、三水平主运巷主压风管路安装及直属五井二段绞车安装、直属三、六井联通巷施工等技改项目和安装准备工程,在人力、物力、财力上大力倾斜,确保各项工作按工期、高质量完成任务,进一步增强企业发展后劲和综合实力,为企业长远健康发展打下坚实基础。

强力抓好经营管理工作,实行全过程预算闭合倒逼机制,为企业经济平稳发展提供坚强保证。严格执行"成本倒逼机制",按照从严、从紧、从细、从实的要求,针对人员控制和挖潜创效两个重点,探索建立机制倒逼、管理倒推、指标倒算、措施倒管工作模式。

全面加强企业各项管理工作,深入挖掘材料设备供管、修旧利废、更生制造、节电节水节油等方面的降成潜力,严格控制车辆费、办公费、招待费等非生产性费用支出,实行考核指标、经营效果与收入分配联动机制,切实增强制度执行的严肃性,真正实现全过程预算闭合管理,坚定不移完成盈利3 700万元奋斗目标。

强力抓好模拟市场化运营,扩大生产规模,提升自制加工能力,为企业效益增长提供有力支撑。以实施模拟市场化运营为契机,加大"内稳外拓"和"走出去发展"力度,大力整合 W 钢带、铁轨枕、U 形卡子、尾轴、阻车器、地轮、铁顶帽、大小托辊、滑轮、滚筒等制新加工项目和机组维修、扒斗维修、开关维修等设备维修项目,积极争取政策引进先进适用设备。

进一步扩大生产规模,降低生产成本;全面实行计件工资制度,充分调动员工生产积极性,提高制新加工生产能力;鼓励科技创新,不断研发科技含量高、产品附加值高、市场需要的新产品,增强产品市场核心竞争力;在满足矿内需求的基础上,将产品推向市场,树立起新兴矿制造加工的过硬品牌,为企业培育新的效益增长点。

打好振兴攻坚战

"公司两会已胜利闭幕,确立了'三年两步走,两年增产扭亏保运营,三年提质脱困奔小康'的战略规划,为企业实现高质量发展增添了强大动力,特别是'换思想、防风险、抓调整、重开源、谋长远、保民生'的工作思路为新兴矿迈向高质量发展指明了方向。"新兴矿矿长解贵仁说。

解贵仁矿长指出,在新形势下责任重大,既要抓生产,又要保证安全;既要谨小慎微,又要善谋善断;既要着眼现在,又要放眼未来,更要抓住改革机遇,推进安全发展,抢占市场份额,提高核心竞争力,让企业长盛不衰、蓬勃发展,让职工共享红利、幸福安康。

围绕公司提出的"三年两步走,两年增产扭亏保运营,三年提质脱困奔小康"战略规划,新兴矿坚持以"稳中求进"为工作总基调,实施"五个一"工程,进一步夯实安全基础,加快布局调整,稳定生产规模;进一步加大科技治灾投入,完善治灾措施,提升防灾治灾能力;进一步深挖节支降成潜力,培育新的效益增长点,确保经营指标高质量兑现;进一步强化目标管理,狠抓制度执行,加速推进管理水平全面升级;广谋福祉、造福职工,不断提升全员幸福指数。

解贵仁说指出,要大力实施"五个一"工程,打好五大攻坚战,即突出一个中心,打好安全发展攻坚战;强化一个重点,打好科技治灾攻坚战;突破一个瓶颈,打好开拓掘进攻坚战;严整一个秩序,打好经营管理攻坚战;推进一个建设,打好幸福家园攻坚战。煤矿安全就是底线,事故就是红线。企业发展成在安全,败在事故。新兴矿要在取得安全效果最好的基础上,进一步提高安全思想认识,统一"不是企业消灭事故,就是事故消灭企业"的思想认识;深刻吸取事故教训,坚持"强治灾、重治灾、大治灾"的治灾理念,坚定"树信心、定决心、立恒心"的必胜信心,坚持"管理、装备、素质、系统"并重的原则,加强瓦斯、冲击、水害等灾害治理,把灾害治理作为"天字号"工程,一切以治灾为先,一切为治灾让路,达到防止灾变、控制和预防事故的目的。

煤炭市场虽然走过了寒冬,但从当前经营形势来看,仍有一些不确定的因素。解贵仁指出,新兴矿虽然在经营管理、扭亏为盈上万分艰难,安全、稳定、廉政等岗位风险越来越大,但新兴矿要着力塑造一个有顽强拼搏的精神、百折不挠的毅力和勇于干事、敢于担当、主动作为及具有超强的承压能力、不改初心的情怀的领导班子,做到丝毫不放松,咬紧牙关,砥砺前行,锤炼出一支"忠诚、实干、创新、有为、干净"刘金奇精神的干部群体,打造出一支"招之即来、来之能战、战之必胜"的职工队伍,团结带领全矿干部职工坚定必胜的信念,全力破解瓶颈难题,推动高质量发展。

特别是在引领发展和经营管理上,要向管理要效益,靠创新增效益,努力走出一条转型发展、科学发展、创新发展的新路子。同时,在全矿干部职工中树立正确的政绩观和价值观,践行"前人栽树后人乘凉的胸怀和功成不必在我"的境界,坚持一张蓝图绘到底,以锲而不舍、驰而不息的毅力和踏石留印、抓铁有痕的精神抓好企业改革建设。

在全矿区掀起向英雄人物学习的浪潮中,全矿上下齐心协力,结合实际,学英雄见行动。学习践行"刘金奇精神",是集团公司破除改革发展难题、建设新时代现代化新龙煤的重要举措,是贯彻公司两会精神和推动企业改革脱困振兴发展的精神动力,我们必须认真学习,找差距、知不足,抓好各项工作,为企业发展提供坚强动力。

参加集团公司"学习践行刘金奇精神,做刘金奇式好干部"视频专题报告会和到双鸭山矿业公司东荣二矿与刘金奇同志面对面接触,解矿长感触颇深。

通过近距离地接触刘金奇,发现了刘金奇身上的闪光点和可贵之处。

对照东荣二矿,结合新兴矿实际,感到在生产组织、经营管理、发展后劲、队伍建设等方面还有许多不足。对照刘金奇,2019 年我们要重点抓好三项工作。

一是推进高质量安全生产。2019 年,公司下达的煤炭生产计划是 125 万吨,我们要坚决完成煤炭生产计划,同时在安全管理上要有新提高,个人要向刘金奇看齐,脚踏实地带领新兴矿干部职工打一个翻身仗。

二是深化改革,推进高质量发展。由于新兴矿矿老、井深、灾害重、人员多,导致机构不合理、井区比较多、效率比较低。下一步,我们要从结构、人员和改革改制上向东荣二矿学习,下功夫抓管理,真正地面对矛盾、不回避矛盾,把问题解决好,提高企业效益。

三是推进高质量民生保障发展。听了刘金奇的经验介绍,我很受感动,对照东荣二矿在洗浴、班中餐、工作服等关系民生工程上,特别是关注一线职工收入上我们做得还不够,也不到位。我们要进一步关爱职工,多为职工谋福利,切实将民生工程作为保稳定、保发展、保后劲的基础工作抓实抓出成效。

解矿长娓娓道来,说得真诚具体,大家有了工作的方向,也有了工作的目标和动力。

近日,由于工作需要,解贵仁到新组建的科技发展部主持工作,他一定会勇于担当,不辱使命。以身作则,立行立改,带头弘扬"忠诚、实干、创新、有力、干净"的刘金奇精神,学习他胸怀大局、情系矿工、踏实肯干的工作作风,团结带领全矿干部职工抓好各项工作,推动企业改革脱困振兴发展。

冬奥冠军的摇篮

生命的价值不在于索取，而是无私的奉献，体育教练们正是如此践行着这个梦想。以博大的爱为体育事业浇灌、滋润运动员们的心田；以广博的学识在知识的田园中播种，让鲜花怒放、春色满园。

用新的道德观塑造孩子们的灵魂，让幼小的心灵里埋下自强、自立、向上，塑造充满生机和活力有理想追求的栋梁。以忘我的精神为体育事业工作着、奉献着，取得了令世人瞩目的成绩。

——题记

新兴煤城大放光彩

2002 年 2 月，在第十九届冬奥会上，名不见经传的七台河和中国冬奥会首金获得者、短道速滑 500 米冠军杨扬的名字一起，在美国盐湖城叫响；2006 年 2 月，在第二十届冬奥会上，七台河又与王濛、杨扬一起，在意大利都灵声名鹊起；2010 年 2 月，在第二十一届冬奥会上，七台河与短道速滑三冠王王濛、新秀孙琳琳一道，在加拿大温哥华被广泛传扬；2011 年 3 月，七台河再一次与世锦赛短道速滑新星范可新一同在英国谢菲尔德闪耀；2012—2013、2013—2014 赛季世锦赛、世界杯各站比赛中，王濛、范可新等依然霸气十足……

七台河，令短道速滑界人士称奇；七台河，让无数的冰迷好奇；七台河，令国内外媒体惊奇。

如今，"短道速滑"已成为七台河金灿灿的城市名片，"世界冠军摇篮""冬奥冠军之乡"，更是七台河人民发自心底的骄傲。

143

这是一份浓缩的成绩单，一份还不完全的成绩单，一份有待继续填写的成绩单。

30 多年来，七台河市培养输送了杨扬、王濛、孙琳琳等冬奥会冠军和张杰、王伟、孟晓雪、范可新等世界冠军。据统计，七台河市培养输送的队员参加国内外重大比赛，荣获金牌 500 多枚，打破国家、亚洲、世界纪录 20 多次。我国在历届冬奥会上所获的 12 枚金牌中，由七台河市输送的运动员摘取了其中的 6 枚，占据半壁江山。

从 1985 年成立短道速滑训练队至今，七台河市共为省和国家培养输送短道速滑优秀人才 100 多名，其中有 8 人获女子短道速滑世界冠军；七台河培养输送的短道速滑运动员共获得世界级金牌 100 多枚。

1998 年至今，黑龙江省体育局一直将七台河市作为全省"短道速滑后备人才基地"。2005 年、2009 年，七台河市先后两次被国家体育总局授予"国家高水平体育后备人才基地"（2005—2008；2009—2012）。七台河市多次获得国家和黑龙江省"竞技体育突出贡献奖"，被国家体育总局授予"奥运人才输送奖""国家冬季项目后备人才贡献单位""全国体育系统先进集体"。

在国家女子短道队中共有七台河籍运动员 4 人，国家青年队中有七台河籍运动员 5 人。

2014 年索契冬奥会，中国军团的短道速滑女队因王濛意外受伤缺赛，实力折半。但第一次参加冬奥会的小将范可新作为主力参战，获得一枚可贵的银牌。

2014 年 6 月 27 日，时任国家体育总局冬运中心主任赵英刚在时任副市长郑君桥陪同下，检查七台河市后备人才培养工作。

2014 年 6 月 17 日，副省长孙东生在时任市委书记张宪军、市长韩立华等陪同下调研体育工作。

2015 年 12 月 3 日，时任黑龙江省委常委、宣传部部长张效廉，时任省政府副省长于莎燕到体育中心检查指导工作。

2016 年 9 月 8 日，全国政协副主席王正伟到七台河市体育中心调研体育工作。

2017 年 11 月 13 日，省体育局局长杨涛在市政府副市长刘丽、市体育局局长陈岩的陪同下参观七台河体育中心综合比赛馆。2017 年 11 月 13 日，省体育局、各地市体育局主要领导在七台河体育中心观看短道速滑宣传片。

同日,省体育局、各地市体育局主要领导观看市第十五小学特色校陆地训练。

这一年,还在这里召开了黑龙江省体育后备人才培养培训班。

一个个响当当的名字,令世界瞩目;一串串亮晶晶的数字,让七台河人倍感自豪!

人们称呼七台河市是手握秒表的城市,七台河市银色的世界在延续。

体育后备人才基地

2005—2016 年七台河市连续三轮被国家体育总局命名为"国家高水平体育后备人才基地"。在 2013—2016 年基地建设新周期的四年内,七台河市创新工作思路、加大资金投入,全力推进了第三轮基地建设,短道速滑后备人才的数量和质量大幅提升,2017 年 2 月正式升格为"国家重点高水平体育后备人才基地"。

竞技成绩优异。2013—2016 年基地建设新周期内,共获世界级金牌 16 枚,国家级金牌 22 枚,省级金牌 48 枚,1 人 1 次破全国纪录,1 人 1 次破世界纪录。尤其是在全国第十三届冬运会上,以 4 金 3 银 2 铜的优异成绩与哈尔滨市、长春市并列全国短道速滑项目金牌榜第一名,位列全国 52 个代表团综合排名第六名。同时,本周期内新产生李红爽、于威两位世界冠军,于威实现了七台河市男子世界级金牌零的突破。

后备人才储备充裕。目前,在训短道速滑队伍 11 支,在训运动员 300 余人。2016—2017 年总局冬运中心公布的全国短道速滑项目注册运动员 1 257 人,七台河市注册 257 人,占全国注册总数的 20.4%,占黑龙江省注册总数的 41.1%,占省队和省体校注册总数的 31.1%,是全国、全省短道速滑后备人才储备最多、最充裕的城市。

硬件设施全面改善。投资 1 200 余万元,完善了体育中心综合体育馆设施,具备了承接大型赛事的条件,达到了冰上、陆地和体能训练一体化,结束了七台河市 40 年无室内冰场的历史。承办国家级、省级短道速滑项目大型赛事 3 次,还承接国家、省、佳木斯短道速滑队的集训和全国短道速滑裁委会工作会议,是七台河市有史以来第一次承办国家级、省级短道速滑大型赛事、会议和集训活动。2014 年被省体育局命名为"黑龙江省短道速滑训练基地"。

2017年,对于素有"冬奥冠军之乡、世界冠军摇篮"之称的七台河来说,是极不平凡的一年,七台河市短道速滑事业进行得如火如荼,顺利成为"双基地",成功承办"三赛一会",使七台河市成为名副其实的冰雪体育运动强市。3月14日,七台河市成功升格为"国家重点高水平体育后备人才基地",成为全省唯一一家单项重点高水平基地。

2018年,市体育局继续坚持群众体育、竞技体育、体育产业协调发展的大政方针,积极争取承办国家、省短道速滑队到七台河市集训,集聚七台河城市人气;采取承办、联办、自办相结合的模式,打造短道速滑青少年品牌赛事活动,使冰雪体育赛事逐步走向市场化、社会化和产业化,助推七台河市经济转型发展;积极配合做好跳台滑雪、冰球国家队与省队的选材组建工作,开展好"赏冰乐雪"活动,推动冰雪运动的发展。

训练管理改革实现新突破。2013—2016年基地建设新周期内,制定了《七台河市体育局教练员管理制度》和《七台河市少儿短道速滑业余体校哈尔滨重点班经费管理办法》,彻底改革了驻哈尔滨重点班经费管理制度,全部减免了驻哈运动员伙食费,年减免35万元。实施运动员注册否决制,实现了驻哈重点班全部注册,业训班和特色校基本注册的目标,解决了被省局确定为顽疾的老大难问题,杜绝了运动员流失的问题。坚持抓训练与抓学习、抓品德并重,培养优秀体育后备人才与培养社会有用人才并重的"两并重"原则,实行体教结合,促进了运动员的全面发展。

2013年,建设了七台河市短道速滑展馆和短道速滑发展历程展,通过图片、文字、声像和实物展示,全景再现了七台河市短道速滑项目四十年发轫发展的历史,填补了短道速滑存史的空白。接待了全国政协、国家工信委、总局青少司、总局冬运中心、省政协、淄博市、丹东市、齐齐哈尔市及中央十大主流媒体等视察和来访活动,极大地宣传了七台河市"冬奥冠军之乡、世界冠军摇篮、短道速滑圣地"的城市名片。

为响应"三亿人上冰雪"的号召,助力2022年北京冬奥会,弘扬七台河"敢为人先,勇于奉献"的冠军精神,扩大七台河市对外交流影响力,2018年12月27日至30日,"工商银行杯"2018年中国·七台河中俄青少年短道速滑国际邀请赛暨黑龙江省短道速滑联赛在七台河体育中心举行。本次赛事活动由黑龙江省体育局、七台河市人民政府主办,黑龙江省冬季运动项目管理中心、黑龙江省社会体育指导与对外交流中心、黑龙江省滑冰协会、七台河市体育局承办。邀请到俄罗斯滨海边疆区符拉迪沃斯托克市、乌苏里斯克市、卡瓦列罗沃市、俄罗斯滑冰协会的 80 名运动员和解放军八一队、哈尔滨、齐齐哈尔、牡丹江、佳木斯、大庆等地市共 21 支代表队 300 余名运动员参加比赛。比赛设有 A、B、C、D、E 五个组别，运动员在男女 3 圈、7 圈、500 米、1 000 米、1 500 米、3 000 米接力等多项比赛中展开激烈角逐。

七台河在五个组别中包揽了 C 组男子、女子 500 米、1 000 米、1 500 米全部项目的冠军，其中少儿短道速滑业余体校的刘福霖一人勇夺 C 组男子 500 米、1 000 米、1 500 米三枚金牌。此次比赛，加强了中俄两国青少年友好交流，携手并肩、互学互鉴、共同成长，为加深两国青少年的友谊注入新能量、增添新动力，共同开创中俄关系美好的明天。

国家体育总局冬季运动管理中心原副主任、冬季运动专家朱承翼表示，这次速度滑冰项目的跨项选材是特殊时期实行的超常规手段，它表明了国家体育总局期望速滑项目在 2022 年冬奥会上取得突破的决心。国家体育总局"奥运直通计划"速度滑冰国家集训队，备战 2022 年北京冬奥会。王濛成为"奥运直通计划"速度滑冰国家集训队的主教练。王濛曾经在 2006 年都灵冬奥会夺得短道速滑女子 500 米金牌，在 2010 年温哥华冬奥会夺得女子 500 米、1 000 米和 3 000 米接力三枚金牌，共夺得四枚奥运会金牌，成为迄今为止中国冬奥会历史上夺得金牌最多的人。在索契冬奥会之前，王濛因为意外受伤未能参赛，在之后她虽没有正式宣布退役，但淡出了赛场。

金牌背后的痛苦与欢乐

七台河，一座 20 年前还很少有人知晓的小城市，为何能培养输送这么多短道速滑世界冠军？很多人在问，诸多媒体在问。

教练员赵小兵曾毫不犹豫地说："教练。"

七台河人不会忘记一个名字——孟庆余，七台河市短道速滑项目的拓荒人。

30 多年前，一个视滑冰如生命、在合江地区冰上运动会连夺三冠的小伙子，20 多岁就被调到市体校当女队速滑教练。就是他——孟庆余，培养了七台河市第一个全国冠军、第一个世界冠军、第一个奥运冠军，培养了一批又一批优秀短道速滑运动员和基层教练员;就是他,于 1987 年提出七台河市应该专攻短道速滑这个新项目;就是他,把老黄牛一样的品格在一代又一代教练和队员中传承。2006 年,孟庆余在赶往哈尔滨上训练课的途中不幸遭遇车祸,离开了他钟爱一生的滑冰事业,但他的精神却永远留在了七台河市体工队,永远留在人们的心里。

"选材是基础,更是关键,没有队员,我们教谁,没有好苗子,何谈培养输送世界冠军。"为了选拔好苗子,已故教练孟庆余有过常人难以想象的奔波,有一套特殊的训练方法,培养了一大批冰上之花,他和他的弟子们为国人留下了难忘的记录与辉煌。

现任教练马庆忠、赵小兵、姜海、张长红等都有说不尽的辛苦。"选材就是荒漠里刨金子,因为身体形态、身体素质、接受模仿能力、头脑反应、意志品质一样都不能少。"作为市体工队队长的马庆忠一直这样要求。

这些年来,独生子女越来越多,生活水平不断提高,希望孩子在艰苦中锻炼成长的家长越来越少,这给选材增加了难度。但是为了所钟爱的短道速滑事业,为了坚守"世界冠军摇篮",他们苦苦寻觅的脚步从没停歇过。

作为奥运冠军孙琳琳、世界冠军王伟的启蒙教练,赵小兵在选拔队员上可没少费脑筋。"25 年了,七台河市所有小学校我都去过多次,尤其是老区、厂矿和农村学校,去的频率更高,因为那里的孩子能跑善跳,吃苦耐劳。记得有一次只身去偏远农村,还没找到学校,就被突然从农家院里窜出来的大狗咬伤。"这么远不能白来,她忍痛走到学校,当两个身材匀称、健步如飞的孩子出现在眼前时,她高兴得早把疼痛丢到脑后去了。

回忆起自己东奔西走选拔队员的一幕一幕,赵小兵感慨良多:"不仅被狗咬过,还被歹徒劫过,但最令我伤心的是,有些孩子很有发展前途,可家长却死活不同意。"拿起赵小兵厚厚的"选材日记",看着上面密密麻麻的名字,听着她娓娓道来的故事,我们着实惊呆了:一次海选 100 来人,挨个和家长电话"游说",重点的还要三番五次恳谈或去家访,尽管这样有时还是会落空。

作为世界冠军刘秋宏的启蒙教练,从业 25 年的姜海选材时碰的钉子更多。有时乘公共汽车,看到身材好的七八岁小女孩,就赶紧凑上去和家长搭讪,人家到站了还紧跟在后面。看着他圆圆的光头和彪悍的长相,家长往往很警惕,他也因此常常白费口舌。

"选队员时我们这些教练脸皮可厚了,家长态度不好我们心平气和,人家说声谢谢我们简直就心花怒放了。"谈到选材难,当了16年教练的张长红也有同样的感受。

"为了给从偏远地区选来的小队员创造一个良好的学习环境,同时也为了便于统一管理,我们负责给他们办理转学。这些年,我往市六小转的孩子少说也有100多个,教育部门和学校给了我们不少支持和帮助。"作为基础班教练,赵小兵心存感激地说。

刚选来的都是八九岁的孩子,生活难自理,细心的小兵和长红就像妈妈一样给他们从里洗到外。小队员生病了,她们赶紧买来药品喂孩子服下。8岁的徐寅彬过马路被车剐伤了,赵小兵连忙把他带到医院拍片检查。这些费用,工资并不高的她们多数都默默承担了。

生活上的关怀无微不至,可训练上的要求却不能有一丝松懈。每年几次外地学习归来,赵小兵都会反复琢磨,致力把学来的技术用在队员训练上:每次高强度的单项体能训练后,都加上放松跑,这样既增强了腿部力量,还保持了美观腿形;原来高难度动作要等队员大些再接触,现在刚一入门就高起点……

"短道速滑技术迅速发展,我们必须与世界接轨。"原来七台河市没有室内冰场,冬天在校园的操场上,伴着呼啸的北风,赵小兵一遍遍地喊着,纠正队员的滑冰动作,一会儿工夫嗓子就喊哑了。"金嗓子喉片"成了她的必备品。二十几个寒冬,她得了严重的关节炎。没有人查问,也无须督促,每天清晨5点、下午4点,他们都会准时来到训练场,风雨无阻,成了铁律。

基础班教练如此,作为驻扎在哈尔滨的重点班教练,马庆忠更不敢有丝毫懈怠。他和队员早晨4点起床,不论冬夏;每天六小时训练,雷打不动。"全省、全国各队都没有我们起得早,每天多训练40分钟,一周多出280分钟,那一年的时间就很可观了。没有时间作保证,想出成绩谈何容易。"他始终这样坚信。

训练时,马庆忠总是头戴鸭舌帽,身穿蓝色旧羽绒服、旧运动裤,手里拿着一个冰刀套,在冰场不停地走着、呼喊着,一会儿蹲下,一会儿站起,不时地挥动着手臂。队员们按要求滑行完一种动作后,马教练都要深思一会儿,集中总结一下,再进行下一个动作的训练。"一直以来,我都是根据每名队员的情况因材施教,加大技术训练密度,苦练加巧练。"

"有了一个新的训练计划,觉都睡不好,就盼天亮。""看到队员进步,再辛苦也不觉得累。多年来,我们每年都给省一线队、二线队输送数量可观的队员。在国家队的主力阵容中,七台河籍运动员一直占有重要位置。"说这话时,老马满脸幸福。

作为七台河市的短道速滑教练,为了给黑龙江省和国家选拔培养输送更多优秀人才,他们就这样坚守着,10 年、20 年……

站在新时代起跑线上

七台河市委、市政府已经把短道速滑项目纳入全市总体发展规划,致力于打造"国家短道速滑人才基地"的城市定位。又是一季充满希望的春天,人们在翘首期盼着。

2013 年 12 月,市体育会展中心综合馆投入使用,设有短道速滑训练和比赛两块场地。去年,市里在财政非常紧张的情况下,拿出 220 多万元,对驻哈重点班的硬件设施进行了全面改造升级,让孩子们从阴暗潮湿的半地下室彻底搬出来,住进装修一新的一楼宿舍,短道速滑驻哈重点班的学习、生活条件大大改善。

全市共有 5 个省级短道速滑传统学校,结合黑龙江省开展的"百万青少年上冰雪"活动,每年参加上冰训练的人数在 5 000 人以上,至今已举办了 13 届,为基础训练选拔人才奠定了坚实基础。

坚守世界冠军摇篮是一个长期的系统工程,需要方方面面做出不懈努力。不可否认,目前七台河市短道速滑后备人才培养还存在一些不容忽视的问题。

"由于运动员编制等诸多因素的制约,七台河市队员培养到一定程度就不得不向外交流,哈尔滨、大庆、牡丹江等省内城市和南京、八一、吉林等省外速滑队都有我们培养的队员。"教练们对此都有同感,说起这个话题,姜海对交流到牡丹江队的爱徒刘秋宏还是惋惜至极。

"教练员年龄偏大,现任教练员中,姜海近 50 岁,赵小兵 46 岁,马庆忠 43 岁,张长红算是年轻的了,也已 39 岁,年龄梯次结构不合理,因此亟待补充新鲜血液,从优秀的退役队员中选拔精英,充实到教练员队伍中。"谈到制约发展瓶颈,现任市体育局局长陈岩心里十分清楚:"队员输送渠道也亟待拓展,现在主要是向省里垂直输送,由于名额限制,出口有些窄,下一步争取兼顾平行输送队员。"

省体育局冬季项目管理中心主任胡武曾这样说："七台河市千万别放弃短道速滑,否则黑龙江省这个项目就完了。"

"有困难就不干了吗？'小米加步枪'的年代我们都能取得成绩,现在还有什么克服不了的困难,我们要有勇气战胜困难。"谈及未来,马庆忠掷地有声："为荣誉而战!"

"孟庆余老师走了,我们一定得守住'世界冠军摇篮'这个光荣称号,再难也得挺过去,决不能让孟老师树起的大旗倒在我们这代教练脚下!"这是几位基础班教练发自肺腑的心声。

孟庆余精神还在。市里建立了以孟庆余为主题的庆余公园,人们幸福地在公园里散步、学习；建立冠军馆,弘扬冠军的这种拼搏精神,向世人展示多姿多彩的冠军梦。

在基点校第十五小学、基础班和重点班采访时,分别问了多个小队员同样的问题,答案是一样一样的——"你喜欢短道速滑吗？""喜欢!""训练苦不苦？""苦!""你想当世界冠军吗？""想!"声音不是很响亮,但都很干脆。

"每个人都有理想和追求,都有自己的梦想。"

当世界冠军是运动员的梦想,培养出更多更好的优秀运动员是教练员的梦想,坚守世界冠军摇篮,让七台河市在全省、全国、全世界更具影响力,是七台河人一个伟大的共同梦想。

煤城,创造奇迹的人们

2017年9月,黑龙江省委书记张庆伟在七台河调研时,专程来到七台河体育中心冰上运动基地,看望正在训练的教练员和运动员。他说,作为短道速滑冠军的摇篮,七台河要积极响应习近平总书记"三亿人上冰雪"的号召,在发展冰雪竞技体育和群众体育上发挥示范引领作用,他勉励教练员和运动员,自强不息、奋发图强、刻苦训练,为黑龙江争光、为祖国争光。

七台河共走出十位短道速滑世界冠军,获得167枚世界级金牌。作为国家唯一的短道速滑体育训练基地,小城的四代教练员不忘初心,用坚守和拼搏接力,创造了奇迹,他们是推动中国短道速滑事业发展的中坚力量,是他们让七台河成为"三亿人上冰雪"的先驱和领跑者。

孟庆余:中国短道速滑事业的先驱者之一,牺牲在训练路上。1969年,18岁的知识青年孟庆余,上山下乡来到七台河矿务局新建煤矿,当上了一名采煤工人。五年的采煤生涯,让孟庆余把对速滑的爱好升华为所钟爱的事业。在任教练、体工队队长的22年间,孟庆余发明了世界独一无二的训练器具,创新了训练方法,作为"总教头"培养出了奥运冠军杨扬、王濛、孙琳琳,世界冠军张杰、王伟。他的弟子董延海、马庆忠、赵小兵等也培养出了刘秋宏、范可新等世界冠军和一大批短道速滑优秀运动员和教练员。由孟庆余带出的队员共获得各级别金牌300多枚,10余次打破世界纪录。

当年,有人建议老孟在体工队推行市场化运作创收营利。他说:不能拿孩子当商品,"市场化运作会坑了孩子啊!"有的地市对他开出了年薪50万、别墅和高级轿车的优越条件。孟庆余不为所动,他说:"离开这些矿工的后代,再优厚的条件我也培养不出世界冠军。"

董延海和张杰:夫妻牵手,共铸七台河残健体育辉煌。董延海——孟庆余的弟子,第二代教练员。1984年任教练,现任七台河短道速滑特色校总教练,他也是中国冬奥会金牌零的突破者杨扬的启蒙教练。1999年,董延海和爱人张杰旅居日本,学习深造,内心念念不忘孟庆余为国争光的教诲,2010年,毅然归国担当短道速滑基础训练重任。董延海任总教练的速滑特色学校,目前在训运动员316名,使七台河成为我国少儿短道速滑后备人才较充裕的城市。

董延海所启蒙、培训的少年优秀运动员,三年累计向上级队伍输送62人,多人在省、全国比赛中争金夺银。张杰——孟庆余的女弟子,中国特奥速滑教练、七台河特奥速滑队公益教练、2016年感动龙江人物获得者。

2014年9月,张杰与爱人董延海共同创建七台河市特奥短道速滑队,作为公益教练员,她一直为智障孩子坚持系统康复训练,被队员亲切地称为"教练妈妈"。2017年3月,在奥地利格拉茨举行的第十一届世界冬季特殊奥林匹克运动会速滑比赛中,她的三名队员夺得4块金牌、2块银牌,实现了七台河短道速滑"残健共荣"。

马庆忠和赵小兵:继承恩师事业,续写短道速滑华章。马庆忠和赵小兵是孟庆余的弟子,第三代教练员,七台河"十佳公仆",省、市劳模获得者。马庆忠是七台河市体工队队长、七台河市少儿体校校长、七台河市短道速滑队驻哈尔滨市重点班教练员。无论是强壮的体魄、敬业的精神,孟庆余的形象在他身上得到了充分体现。

他先后向上级运动队输送了冬奥会冠军王濛、世界冠军范可新等30余名优秀短道速滑运动员。他用对事业执着的爱托起了祖国的希望,用无私奉献创造了辉煌。

当年,他为了让王濛入队,先后三顾王濛家,做她爸爸的思想工作。他积累的训练资料已达50万字。在训练技术指导上,他付出的辛劳是常人难以想象的。他性格中有豪放也有细腻。为孩子们巡夜盖被子,挑脚上的泡、上药,磨冰刀,修冰鞋,他样样在行,样样上心。为了留住孩子们,马庆忠的工资几乎每月都有亏空,他常常拣孩子们碗里剩下来的汤和饭对付一顿。

孟庆余、董延海、马庆忠、赵小兵、张利增是七台河短道速滑四代教练员群体中的代表,还有张长红、姜海、韩梅等10余名默默奉献的教练员,他们常年活跃在七台河近百所中小学校、社区、农村中,更有近二十几人奋斗在北京、上海等全国十几个城市的冰场上,为"北冰南展"和群众性冰雪运动的普及做出自己的贡献。

这是七台河人的贡献,更是黑龙江人为中国冰雪体育贡献的缩影,他们用自己的行动诠释了龙江精神——爱国奉献、奋斗拼搏。不忘初心,四代人接力。

从1986年开始,七台河市教练员群体,培养输送的短道速滑运动员获得世界级金牌167枚、国家级金牌425枚、特奥金牌4枚,15次打破世界纪录。

全国短道速滑项目注册运动员中的五分之一是七台河籍,七台河已成为全国短道速滑后备人才储备较多的城市,目前在训运动员300多人。七台河市也被国家体育总局命名为国家重点高水平体育后备人才基地、国家短道速滑七台河体育训练基地。先后荣获"国家冬季项目后备人才贡献单位""奥运人才输送奖""建国六十年体育事业突出贡献奖"等荣誉称号。

"2022年北京冬奥会上必将闪现更多的黑龙江、七台河健将的身影。"第二代教练董延海道出了教练员们的心声:"我们将不负省委书记张庆伟的希望,自强不息、奋发图强、刻苦训练,为黑龙江争光、为祖国争光。"小城永远会创造奇迹!地处东北边陲的七台河,用杰出的奉献精神和拼搏精神,诠释着矿区人那种跪着挖煤,站着做人的品行,光芒四射地昂首登上世界短道速滑的历史巅峰,让银色跑道无限延伸,继续创造属于自己的一个个奇迹。

共谱转型发展新篇章

岁月不居，时节如流。

七台河市委、市政府创造性地提出了民营富市、工业强市、生态立市、创新兴市"四市战略"，这是对全市转型发展做出的新定位，是管全局、管根本、管长远的战略决策。

茄子河区委书记赵子君表示："茄子河区将坚定不移贯彻市委、市政府工作部署，把'四市战略'与实际结合起来，沿着新路子，培育新动能，焕发新活力，奋力开创转型发展、全面振兴全方位振兴新局面。"

赵子君表示，贯彻"民营富市"战略，加快高质量发展。坚持把民营企业作为转型发展的根基所在，全面落实"黄金10条"系列政策，当好企业"四员"，推动个转企、小升规，培育具有区域特色的企业集群。

实现发展新跨越

深化作风整顿，优化营商环境，建立重点企业和产业项目包保服务制度，加快推进龙洋焦电二期、紫顶光合汽油、天鑫再生铅、华夏一统复合肥、辰能生物质发电、中航石墨烯等重大项目建设，保障海生新零售小镇、龙谷科技园二期投产达效。抓好江河融合绿色智能产业园区建设，围绕园区开展定向招商，积极引进战略投资者，加快培育战略性新兴产业。

贯彻"工业强市"战略，全力振兴实体经济。继续放大煤炭产业比较优势，加快推进保留矿井提能改造和标准化建设，争取用最快的速度建成一批高产高效矿井，解决好煤炭供给短缺问题。突出抓好以煤矿为重点的安全监管，完善落实"6+1"监管措施，继续开展"打非治违"专项行动，确保煤炭产业发展环境稳定。

立足于增强非煤工业对经济发展的拉动作用,大力推进绿色食品、木制品、新型建材、机械制造等传统产业改造升级,保障吉伟焦化、德利能源等支柱企业生产平稳。

贯彻"生态立市"战略,提升百姓幸福指数。坚决打好原生态、蓝天、碧水、净土、农村人居环境"五场攻坚战",加强城乡路网、老旧管网等基础设施建设,实施农村垃圾、改厕、污水处理等生态环保项目,补齐生态设施短板。持续开展城乡文明建设三年行动,推进"街长制"向周边区域延伸,解决小区"脏乱差"和物业管理缺失问题。着力增进民生福祉,全力巩固脱贫攻坚成果,持续推进保障性安居工程,优化教育、医疗等公共服务供给,提升社会保障能力,着力开展扫黑除恶和打击黄赌毒活动,着力维护社会和谐稳定。

贯彻"创新兴市"战略,加快新旧动能转换。坚持把改革创新贯穿于转型振兴全过程,深化农业供给侧结构性改革,继续扶持发展设施农业、大果榛子栽培,支持龙谷科技园、三胜合作社等农业产业创新基地建设,推动农业转型、农民增收。积极参与七台河市"未来科技城"建设,依靠科技城创新平台,对接高等院校科技优势,围绕重点产业等开展科技研发和成果转化,力争在乡村振兴、设施农业、井下全机械化采煤、垃圾无害化处理等方面实现新突破。

风正扬帆快发展

2019年,茄子河区将着力在实体经济上下功夫,乡村振兴上求突破,城乡建设上出实招,改善民生上见成效,奋力谱写茄子河区转型振兴发展新篇章。

筑强实体经济新引擎。为打好项目建设攻坚战,今冬全面启动"招商之春"活动,结合园区建设和产业发展基础,全力推进项目建设,重点推进龙洋焦电补链强链项目、紫顶光合汽油、中航集团石墨烯等项目。为打好园区建设攻坚战,成立"江河融合绿色智能产业园区"建设专班,打造七台河与江门合作共建平台。为打好民企升级攻坚战,全面完成煤矿实质性整合重组,加快推进30万吨煤矿扩能改造,着力推动实体经济发展,积极推进德利能源热电联产项目、鹿山公司上市等项目,推动普能焦化等停产企业盘活生产。

迈出乡村振兴新步伐。加快调优农业结构,发展特色高效种植,推动农业从增产向提质转变,预计将推广大榛子1万亩,新建蔬菜棚室99栋;加快产业融合发展,扩大荣盛达、三胜杂粮等重点企业基地面积,引进开发以大榛子为原料的保健休闲食品,以四新果蔬、龙谷科技等企业为节点,打造观光采摘精品走廊,推动农业产业创新基地建设。加快推动乡村振兴,以试点村带动全区新农村建设,鼓励村集体兴办各类新型经营主体,吸引企业家投资乡村产业项目,壮大村集体经济。加快从农民向职业农民的转化,把农村土地变成经济园、产业园。

营造转型振兴新环境。深化重点改革任务,加快行政审批流程再造,推进"最多跑一次",进一步压缩办事时限;创新培育新兴业态,推进农企与高校合作项目,加快催生一批电商产业"双创"群体,推动红色旅游与乡村旅游融合发展,在旅游康养、园区项目等多领域与江门对口合作实现共建共荣。持续优化营商环境,建立企业包保工作机制,当好服务企业发展的"四大员",大力推进"放管服"改革,全力营造安商、扶商、富商的良好环境。

打造现代宜居新城区。全面推动城区开发建设,将新改扩建城乡公路19条,修建桥梁7座,改造老旧排水管网,筹建茄子河公园,小区物业管理要实现全覆盖。提升城乡文明水平,全力推进"街长制"延伸发展,深化农村人居环境整治,打造垃圾治理、"厕所革命"示范样板村,带动全区美丽乡村建设。强化生态环境保护治理,推进建成区燃煤小锅炉"清零",坚决取缔私开私建的小货场,完成茄子河和挠力河综合整治,秸秆综合利用率达到60%,抓好矿山环境修复、棚改土地治理,高水平规划管理利用采沉区腾空土地。

创造幸福美好新生活。全力巩固脱贫攻坚成果,提升社会保障能力,推动城镇棚户区改造扩大延伸,完成东胜、新兴等村屯搬迁安置;确保就业形势稳定,保障城乡困难群众基本生活,争取新建区福利院养老护理楼。完成湖东家园等公办幼儿园改造项目,规范民办幼儿园办园行为。加快双鹤教学楼、中心河学校食宿楼建设,建成岚峰教学楼配套工程,深化公立医院改革,办人民满意教育、群众满意医疗。

开创和谐稳定新局面。深入贯彻中央和省委煤炭化解过剩产能巡视意见,完善煤矿四级联保、平台监控等监管制度,严厉"打非治违",全面推进煤矿安全质量标准化,加强非煤矿山、危险化学品等安全监管;着力"以诚解访、以情化访、以法治访、以严息访",促进信访责任制落实到位。深入推进

走向 新时代
ZOUXIANGXINSHIDAI

扫黑除恶专项斗争,深化禁毒示范创建;加强社会信用体系建设,营造"守信光荣、失信可耻"的良好社会氛围。

冲在招商最前沿

"全市招商引资工作会议吹响了新一轮产业大发展的冲锋号,市级江河融合智能产业园区落户茄子河,更加激励我们冲向招商的最前沿。"茄子河区委书记赵子君在会后部署新一年招商引资任务时表示。

"全区将迅速行动,以打破常规、换道超车、强行起飞的精神,全面推进招商引资工作取得新突破。"赵子君说:"为贯彻落实好全市招商引资工作会议精神,全区上下将按照市委、市政府总体部署,牢牢把握高质量发展主线,全方位推进领导招商、以商招商、园区招商,当好项目服务的'四员',一切围着企业转,一切围着项目干,坚持一个原则,突出三个重点,抓好三个转变,做到四个突破,用好七个要素,力争超额完成全年目标任务,为全区全面振兴、全方位振兴奠定基础。"

赵子君表示,外引项目进驻添活力,内助民企升级增动力,茄子河区始终保持战略定力,让招商引资工作取得显著成效。茄子河区要紧紧抓住发达地区产业转移的机会,大力推进项目招引工作,先后赴北上广深等地开展项目洽谈活动,设立了深圳市招商代办处,成功招引了华夏一统复合肥、天鑫再生铅、辰能生物质发电、紫顶光合汽油以及龙洋焦电等一批延伸产业链项目。市级江河融合智能产业园区落户茄子河后,规划建设 A、B 两个产业园,目前已有华夏一统复合肥、天鑫再生铅、辰能生物质发电以及龙洋焦电等一批超亿元项目准备进驻,填补了茄子河区产业园区空白的历史。同时,大力推进民营企业发展,为海生新零售小镇建设了道路、管线等配套设施,扶持北兴新型建材装备更新、华璞木业生产升级、荣盛达公司举办鲁吉黑调味品产业联盟年会,进一步加大对现有企业的帮扶力度,为后进企业树立标杆,增强企业在茄子河区投资兴业的信心。

"茄子河区招商引资工作可谓占尽天时地利人和,相信全面振兴、全方位振兴的春天已不远。"赵子君说。城市中心区东移为茄子河区招商引资创造了"天时",江河融合智能产业园区落户茄子河又提供了"地利",实现全区转型发展的共同愿望更凝聚了"人和"。下一步,茄子河区将结合解放思想大讨论活动,持续优化营商环境,建立企业包保工作机制,针对招商引资企业落实领办代办、跟踪服务等措施,当好服务企业发展的"四员"。大力推进"放管服"改革,推行"马上办、网上办、就近办、一次办",开辟企业办事"绿色通道",全力营造安商、扶商、富商的良好环境,筑巢引凤,以公平公正、高效便捷、诚信文明、开放包容的营商环境,推动茄子河区转型发展、全面振兴全方位振兴。

作风整顿结硕果

为巩固扩大深化作风整顿优化营商环境工作成效,按照省、市委统一部署,2019 年,茄子河区在全区持续推进深化作风整顿优化营商环境攻坚战。

打好专项整治攻坚战。全面开展形式主义、官僚主义和营商环境专项整治。集中学习宣传贯彻《黑龙江省优化营商环境条例》,进一步健全优化环境制度体系。大力开展法治环境专项整治,推进规范公正文明执法;大力整治企业周边治安秩序,积极排查化解涉企矛盾纠纷;提高审判和执行效率,加强企业产权保护,加大涉企冤错案件纠正力度,营造公平公正的法治环境。

打好民营经济发展攻坚战。全面推进政务服务建设,依托市民中心建立的多级互联数据共享平台,打破信息壁垒,实现政务信息共享和协同应用,优化政务服务大厅"一站式"功能。实施"百千万"提升工程,推动规模上企业转型升级、中小微企业提质增效、个体户发展壮大。坚持非禁即入,拓宽民营经济发展空间。扎实落实企业扶持措施,在全面落实"黄金 10 条"系列扶持政策的基础上,落实项目建设包保责任制,进一步创新产业项目推进、保障和服务机制。认真落实"企业宁静日"制度,建立入企检查报备制度,解决企业"检查多""接待多"等影响企业正常生产行为。严厉打击涉企犯罪行为,保障企业合法经营。

打好政务环境攻坚战。建立营商环境考核评价机制,开展营商环境年度目标责任制考核,将市场主体和社会公众满意度作为考核的重要内容。健全政企沟通机制,实行领导干部日常联系企业制度,构建"亲""清"政商关系,打造尊商、重商、亲商、安商的社会氛围。固化"四零"承诺服务创建成果,总结"四零"服务经验,不断提升政务大厅和窗口服务水平,加大涉企政务信息公开力度。

打赢煤矿安全攻坚战

"茄子河区将不断提高政治站位,强化责任担当,切实增强安全生产的责任感紧迫感,研究制定'五坚持、五强化'的方案,确保打好打赢安全生产百日攻坚战。"茄子河区区长赵子君表示。

赵子君指出,"五坚持、五强化"就是坚持明确目标,强化任务抓落实;坚持广泛宣传,强化教育抓引导;坚持问题导向,强化监管抓治理;坚持组织引领,强化站位抓担当;坚持高压态势,强化震慑抓安全。

在百日攻坚大排查中,从矿井自检自改、各项制度落实、依法依规组织生产、生产布局和生产系统、重大灾害治理、设备设施、风险管控和隐患排查治理、应急管理、职业健康、建设矿井情况入手,细化排查内容。

目标就是万无一失保证安全。现已完成从关矿转变为管矿的任务转型,全力实现安全生产。各相关部门必须做到相互配合、协调联动;保证已开工煤矿天天有监管人员进矿,进矿监管人员任务不能重复,每天都要有重点,明确看什么、查什么,做好工作日记,要多走多查发现盲点,经常思考可能忽略的地方,还要请专家进行排查。充分利用各种媒介,加大对百日攻坚战的宣传力度,营造浓厚的舆论氛围。大力宣传开展百日攻坚战的重要性,创新教育方式,切实提高安全防范意识。

按照区政府与各相关部门负责人签订的《安全生产目标管理责任书》,对各项指标任务进行细化分解,将安全监管责任向基层延伸。强化各级包保干部的"红线"意识,做好岁末年初煤矿安全生产工作。

成立了茄子河区煤矿安全生产百日攻坚战专项行动领导小组,定期听取工作汇报,决策重大事项。为加强组织领导,确保工作取得实效,成立了茄子河区煤矿安全生产百日攻坚战专项行动领导小组,主要负责对工作统一领导,定期听取工作汇报,了解掌握工作进展情况,研究解决工作中的重大问题,决策重大事项。

坚持集中检查和突击检查相结合,对辖区煤矿实施不间断、不停顿的严格检查,严厉打击各类非法违法行为。持续开展自检自查,对问题隐患全程跟踪整改。进一步加强百日攻坚战的统筹指导、协调配合,完善工作机制,

159

强化职能作用,各相关部门相互配合、协调联动,确保监管体系平稳有序运行,切实形成强大的攻坚合力。

煤管局负责专项行动的组织指导、统筹协调、综合汇总、通报宣传等工作;专项行动组分为联合检查组、打非治违组和追责问责组。联合检查组负责检查生产矿井和建设矿井的 10 项内容;打非治违组负责检查停工停产矿井的 6 项内容和关闭矿井的 3 项内容;追责问责组负责对检查不认真、隐患整治不彻底、安全责任不落实、行动组织不得力、执法处罚不严格的相关责任人,实施逐级约谈警示。

把煤矿安全监管工作与"扫黑除恶"专项斗争紧密结合,主动摸排发现行业领域涉黑、涉恶线索,严厉打击黑恶势力和违法犯罪,规范行业生产经营秩序,维护安全稳定环境,对履职不力、滥用职权、玩忽职守、说情、打招呼、为煤矿违规生产提供"保护伞"、收受企业贿赂、权钱交易和发生事故的,按照"四不放过"原则严肃追责问责;负责受理其他工作组移交的问题线索。

重拳打击"人背井"等非法盗采行为,始终保持高压态势、凌厉攻势和强力震慑。利用多种手段,完善技防体系,严厉打击破坏技防设备的违法行为。区纪委牵头成立追责问责巡视组,使煤矿安全生产工作形成有人做事、有人监督、有人检查的局面。

赵子君表示,茄子河区要持续保持煤矿安全监管高压态势,严格落实"四个一律"执法措施,确保打赢打好煤矿安全生产攻坚战。

特色产业融合发展

"没有农业深加工项目,一切特色产业融合都无从谈起。去岚峰村豆之源看看吧,那才是产业链融合发展的标本。新业态、新产品、新就业,说到底就需要坚持增收途径向农业产业链、价值链转变,争创农业品牌,拓展农产品市场,深挖产品附加值。"

走进豆之源食品加工有限公司车间,从浸泡、打浆到煮浆、手工捞皮,从烘干到切段、包装,车间主任王美玉尤其看重的是手工捞皮车间:"这 14 道槽子,由刚培训成熟的 14 名女工每人负责一道。整个工序运行下来 12 个小时,等再培训好下一批捞皮女工后,我们才能再加一班,目前公司还处于开工不足状态。"

从齐齐哈尔高薪聘请的技师郭海民介绍,目前的捞皮女工日工资80元、包装工70元、烘干工100元、锅炉工120元。农信谷物种植合作社会计、豆之源食品加工有限公司厂长董明军介绍:充足开工后,每天可消耗30 000斤大豆,日产腐竹10 000斤,副产品30 000斤豆渣和全部尾料水都能卖给养牛户。计划20天后还要开工建设二期工程,全部开工后需要人工120人,几乎吸纳岚峰村一半的富余女劳动力。以目前规划的生产能力,一年能消耗大豆10 000吨,相当于全镇14万亩普通大豆一半的产量,而周边20万吨的产量则为扩大再生产提供了充足的原料支撑。在原料收购上,公司出价比市场高5分钱,省去了中介费和仓储费不说,在延期结算下每月每斤大豆还提价1分钱。

江苏省淮安市赶来的客商肖引说,他是以勒食品公司专职负责南京市场的供货商,25吨车就停在厂里坐等装货。原本在南方淘汰的落后产能项目在这里赶上良好的营商环境,农信合作社投资建厂过程中第一天申请注册,第二天就打出了证照,企业产品已走进成都糖酒展会和长沙豆制品展会,正处于市场空白期的产品根本不愁销路。

负责销售辅料的许德成对记者说:"每天从下午五点开始忙到晚九点以后,每吨300元的豆渣能供应3 000头牛,而每桶15元的尾料水也能供应2 000头牛。因为供不应求,目前只能沿着308国道从中心河乡到宝清县给主道边的养牛户送料。"

与此同时,岚棒山村的豆油厂正在安装设备即将投产,全村紧紧依托合作社打造大榛子、木耳、蒲公英茶等"岚棒山"系列品牌,逐步实现从产品到礼品的华丽转身。三合村发展起来的三胜田园综合体已作为成熟模式输出到铁山乡,并成功落地推广。由北兴新型建材有限公司投资的黑龙江岚棒天成寒地榛子科研基地已成功摸索出榛子套种花卉、中草药、瓜果蔬菜的模式,榛子油、榛仁露等下游科研产品开发的未来前景,引来了"三只松鼠""呱呱公子"等企业的合作意向。产业规划中,连榛子壳也可以变废为宝,榛子壳粉碎后掺进制砖原料,经高温处理后就能制成高标准的透水砖。

"宏伟镇已形成以食用非转基因大豆为主体机头,杂粮杂豆、大榛子、北药等多翼齐飞的特色种植结构,由此开创特色产业发展新局面。"在市委农村工作会议上,茄子河区宏伟镇主管农业的副镇长张艳军说。

"调优结构就是稳水稻、降玉米、增大豆、扩经济杂粮作物,今年在宏伟

161

镇各村都不是事。"峻山村的汤德柱、三合村的黄胜君、岚棒山村的李开利等村干部,面对记者春分当日提出的调结构问题时信心十足。

小炕桌一放,小板凳一坐,小茶壶一摆,小算盘一打,调结构的关键账立马就能算精算透。首先是种一垧玉米的成本:种子850元、人工500元、旋地400元、起垄150元、播种300元、底肥1 100元、农药200元、追肥500元,合计耕作投入成本是4 000元/垧。再算收入,以垧产玉米8~12吨、每斤0.65元算,平均销售额13 000元/垧,直补25元/亩等于375元/垧,减去农机收割费900元/垧,承包耕地费用平均5 500元/垧,每垧玉米的平均纯利润是2 975元。去年,一垧大豆的种地成本比玉米能省出种子钱395元、蹚地追肥钱400元和300元的收割费,多出叶面肥除草剂300元,每垧按产量5 000~6 000斤,每斤售价1.6元,平均销售收入8 800元/垧,加上直补320元/亩,合4 800元/垧,减去承包耕地费用平均5 500元/垧,最后得出每垧大豆的平均纯利润是4 995元。这还不算玉米秸秆的综合利用难度和成本远远高于大豆秸秆,而且年前本地芽豆价格1.85元,高蛋白大豆1.75元,普通大豆1.65~1.68元。加之宏伟镇的豆类合作社和大豆市场成规模,福业兴、亿丰等六家合作社种植面积都在上万亩,全镇19万亩豆类作物面积有11.8万亩属于订单回收性质,豆类多数都在年前出手,省了损耗和仓储费。因此,全镇今年的三大作物调整已成定局,水稻稳定在30 300亩,大豆将扩大到22万~24万亩,玉米面积将适度削减。

全镇食用芽豆、高蛋白大豆、绿大豆、黑豆等特色大豆面积超过了11万亩,占全镇豆类作物的一半以上;以三胜农副产品产销专业合作社为龙头的杂粮杂豆产业销售网络遍布全国各地;以岚棒山村为代表的大果榛子产业今年将扩展到2万亩;全镇的白鲜皮、玉竹、苍术、五味子等中药材产业1 600亩,今年能扩大到3 000亩,仅去年新栽的7 500亩榛林就套种1 200亩苍术。今年潜力很大,鹿山村的尹继福和京石泉村的李振运等村干部已到林口县考察苍术栽植技术。峻山村在重点食用菌产业发展挂袋木耳的基础上,正引进猴头等特色菌类产品,已建成占地50亩的食用菌示范基地,全镇力争在两年内将500万袋黑木耳发展至1 000万袋;在育肥牛、生猪和绵羊等规模养殖上,继续发挥农户群体效应,实现"粮头食尾"和"过腹增值",继而大力发展笨猪、笨鸡鹅等特绿色养殖。

在政府引导、争取项目、完善服务等措施的支持下,宏伟镇必将以特色产业发展为主攻方向,加快打造特色农业产业带,真正把特色农业做特、做精、做强,带领农民走上生活富裕之路。

全民扮靓绿家园

"我们力争通过三年绿化工作,完成造林绿化4 000亩,用'绿色发展'理念贯穿经济社会发展全过程。"茄子河区委书记赵子君就"植树造林、全民绿化"三年行动工作近日接受记者采访时表示。

万物勃发春光好,植树添绿正当时。近日,茄子河区抓住气温回升、墒情变好的有利时机,围绕市委、市政府"植树造林、全民绿化"三年行动部署,加大造林绿化力度,结合实际打好村屯绿化和全民义务植树组合拳,迅速掀起了春季绿化高潮,使绿化美化成为人们对自己居住环境美的共同追求。

2019 年,茄子河区按照"绿水青山就是金山银山"的生态发展理念,充分发挥区位交通、生态环境和产业基础优势,着力推进工程造林、村屯绿化、园林绿化、棚户区腾空地绿化等活动,在增绿上保增长、在彩化上做文章、在精细上下功夫,不断提升园林绿化的内涵品质。为保证绿化苗木成活率95%以上的目标,在造林中注重选择云杉、龙秋等耐旱抗逆性强的植物,安排4 支绿化队伍,对杨扬大街、通达路等路段进行高标准绿化,打造"一街一景""一路一品"的新格局,提升绿化档次。规划动工铁山乡至中心河花海景观带,以大景观带提升生态环境,拓展乡镇的绿化覆盖范围。突出抓好农村主干道路、大街小巷、四旁、五荒、空闲地绿化美化,实施"穿裙子、扎带子、装瓢子、吃果子、见缝插绿"行动,每个村栽植护村林两行以上,增加农村绿量。

赵子君书记表示,今年全区将规划造林3 000亩以上,推进 27 个村屯的绿化,打造四新、铁山、更生等 8 个精品绿化试点村。截至 5 月 9 日,全区已经完成造林2 576亩、种植苗木 25 万余株。通过深入推进新一轮绿化大行动,动员全社会力量参与造林绿化、保护生态环境以及城区、乡村绿化美化工程,推进全区林业生态建设再上新台阶。

事业在奉献中生辉

人类创造的任何成果，都是文明的积聚、沉淀，又将是人类文明创造的起点。他是一头耕耘文明的牛，吃进的是草和水，挤出的是奶和血，虽满身伤疤，仍俯首忘我地向前拉着纤。

——题记

引子　披光挂彩

一架巨型波音 737 客机，发出震耳欲聋的轰鸣，滑出跑道、直插云天，渐渐隐入一片灰蒙蒙的天际。田野、山岭、城镇、乡村都成为机翼下匆忙的过客，好一派北国风光！

这是 1993 年 11 月 7 日，立冬，从哈尔滨阎家岗机场起飞去福建的一架飞机。

七台河市政协主席闫木森与市文明办主任姜达川应邀前往福建省三明市，参加全国文明办主任座谈会。六年前的 1987 年，也是隆冬时节，由市委副书记石殿忠带队，七台河市一行七人，作为黑龙江省唯一被特邀的城市代表，参加全国文明城市建设经验交流会。七台河这个名不见经传的省辖市，居然在那次的全国会议上，继三明市、北京市之后第三个做大会发言，令与会者刮目相看。

那次会议的会场座席上，坐着一位身材魁梧、目光深邃、沉默寡言的中年男子，脸上透出朴实、干练的气度和刚毅的神色，他就是七台河市精神文明建设办公室主任姜达川。

现在回想起来，他对三明市印象还是那么深刻：山城山水毓秀、处处溢绿飘香。三明把森林引进城市,把花园引进庭院,是一座美丽的南方城市。三明的山美、水美、人更美。三明三明,领导开明、干部精明、市民文明。

那次会议,七台河市与三明市结成精神文明友好城市,与北京宣武区结成精神文明友好城区,以后往来不断。七台河市三次组团前往三明市取经,三明市领导亦率团回访。当你漫步在市儿童公园时,不禁为这座北国边陲小城公园的园林风格所吸引,内情人知道,其设计乃北京宣武区设计师的匠心。

也就是从那次会议起,人们方知黑龙江有个"年轻之城"——七台河市,而且在精神文明建设上崭露头角。

学习三明等市的经验,经姜主任提议,市委认可,在全市深入开展了以"创、建、做、优、树"为内容的"文明在七市"系列创建活动,旨在让社会主义精神文明之花在七市处处开放。

时间追溯到 1979 年,叶剑英元帅在庆祝新中国成立 30 周年大会上讲话中首次提出建设社会主义精神文明的概念和任务,由中宣部等部门倡导的"五讲四美三热爱"活动席卷全国,各地"五四三"办公室应运而生。黑龙江省于 1984 年在各地市建立机构,姜达川就任七台河市这个办公室主要负责人至今。在这个岗位上,在粗犷而肥沃的华夏大地的一个角落,他像一头牛,为了建设煤城精神文明,凭忠诚、凭智慧,他默默耕耘了 13 年,用几多汗水、心血和鬓染的白丝换来几多收获:

1985 年,七台河市获全省文明城市建设初评第二名,翌年获总评第一名。这是全省首次开展的精神文明建设活动竞赛评比。七台河市这座煤城一改其黑、脏、乱、差之昔容和历次省内评比位次"小老弟"形象,而小有名气于省内外。

1987 年至 1995 年,黑龙江省精神文明建设第二轮竞赛评比活动在省辖市各区、县之间进行,七台河市辖三区一县,从实际出发,认真开展了各具特色的精神文明创建活动,该市桃山区与勃利县首批进入全省先进行列。1988 年,地处煤炭采空塌陷地带的新兴区,以其不气馁的气概和创三优的佳绩荣列省先。1993 年,半城半乡的茄子河区,也入全省文明村建设先进区之伍,至此,七台河市成为全省唯一的市辖区县进入省先进行列满堂红的城市。

大地与蓝天、历史与未来、鲜花与露珠、艰难与辉煌,煤城人都在注视着、参与着、分享着。

让历史告诉未来:是他们——姜达川及其同事们在市委、市政府的带领下,像牛一般耕耘着文明,用奶和血浇灌着这方土地的文明之花,这鲜花装点着煤城的厂矿、田野,使煤城焕发着独特光彩,这光彩折射到劳作者的身上,也使姜达川变成披光挂彩、无私奉献的红牛。

上篇　初学耕耘

1944 年盛夏,姜达川出生在宾县边远的一个小山村里。贫困与苦难的童年,使他承袭了母亲的善良与勤劳、父亲的刚毅与倔强。读小学时每天往返走 8 公里的乡间小路,荒僻处时有野狼出没,他没说过一个"怕"字。放学后每天必到柳树林里砍一大捆柴火,爹妈知他"恨活儿",嘱咐他少背一点,怕累坏他。可他心里想的是长子责任,累得吐血却不让爹妈看见。让父母心田里充满阳光的是:这个儿子学习特别用功,每次考试都第一,读书从不叫父母操心。别看他平时少言寡语、敬师如父,但在课堂上常给老师提问题,弄得老师有时答不上,有些难堪,可老师还是从心眼里喜欢这个求知认真的学生。他勤奋好学,上进心强,尤其喜欢语文与图画,每篇作文都认真写,有的还被老师拿去给高年级学生当范文。他画的画也被展览过。因为他品学兼优,在小学一直臂佩三道杠。

小学毕业了,校长和班主任研究,这个学生将来念中学,考大学,一定能成为国家有用之才,展现在他面前的是一条光彩的路。但是,在征求他意见时,他摇头了。他深知经济拮据的家境阻塞了他走这条光彩之路。根据他的要求,学校只好保送他到宾县师范学校读书,因为念师范每月有八元的伙食补助费。孩子的这个抉择没有征询家长意见,还挨了父亲的骂。他顶了父亲一句:"我念完中学,将来念大学你有钱供吗?"父亲语塞了,眼睛湿润了,父亲明白:孩子说的是实话,儿子长大了懂事了。他在师范学校读书期间,每周六晚必步行从 12 公里外的县城赶回家,一是周日可帮家里干一天活儿,二是可节省一天的钱。每学期父亲给他五元、十元买肥皂、牙膏的钱,他节省下来买书,洗脸用的是从家里拿来的"猪胰子",刷牙用盐水。他买的书,主要是中外文学书籍,尤其是诗歌、小说。每年春节前,他要坐马车与父母到 30 公里外的外祖父家做几天客,这位"小客人"感兴趣的就是找书翻书看书。他从外祖父家翻到线装的《四书》和被老鼠咬得残缺不全的《康熙字典》，如获至宝、欣喜若狂，捧回家后小心地放在自制的书箱里，一直精心地保存，直到"文化大革命"，这些书籍被红卫兵当"四旧"扫出来一把火烧了。

从念小学到上师范，是姜达川由幼稚少年变为热血青年的转折期。师范教育不仅打开他吸储知识的仓库，也打开了他思想波澜的闸门。他写一首《创造者誓言》小诗：我要做一个创造者/用天工的智慧头脸/用神匠的奇巧双手/去创建一个"美"的宇宙……

读书成癖，进一步丰富了他的知识和情感，尤其激发起他报国效民的志向。1963年端午节，他写了一首律诗《屈原奠辞》，内有"正辞敢对暴君吐/赤心诚为庶民怜……激水逆行傲骨香/《离骚》传唱千古音"的诗句。当年7月9日，他光荣地加入共青团，他记下了入团仪式：团旗下/绷紧几张发光的脸举起几只紧攥的拳/几张喉咙同时吼出/奋斗/为了共产主义明天。

五十年代的风是炽热的。

五十年代的旗是鲜红的。

五十年代青年的心如风一样炽热，如旗一样鲜红。

斗转星移。结束了五年师范生活，姜达川在《别了·母校》中写道："同学们/放下别离的情绪/迈出激昂的步伐/让我们青春的光热/发散在教育的园圃"，他走上教师岗位的1963年，正值全国人民勒紧裤带还债的三年困难时期。他把爱党爱民之情都倾注在教育工作中。他在宾县经建乡中心校任教，一日三餐代食品，工作却如一盆火。他耐心辅导学生，节衣缩食帮助困难生。他任班主任的班级成绩优秀，与学生结下深厚友谊。时隔三十多年，当时他的学生早已做了孩子的家长，但仍关心他们当年老师姜达川的去向荣辱。这头初学耕作的牛犊啊，在教育的园圃辛勤耕作二年，却留下深深的蹄印！

那个时代的人很少考虑个人的"得"与"失"，也是时代造就了这个青年"吃草挤奶汁"的默默奉献的本性，他给自己规定的戒律是：索取要少，付出要多，勤恳工作，报答生养的土地和人民。

正在教育岗位上默默耕耘的时候，有两个石子投进他生活旅途的小河溅起涟漪。当时中央提出培养接班人，乡里要选年轻有知识的青年干部进领导班子。乡党委书记到学校宿舍找到他，告诉他要推荐他当副乡长，还说了一堆他是一个又红又专好苗子的赞誉之词。当乡干部、做副乡长，是个诱人的差事,年轻的他不能不为之心动。相继的第二个石子又投向他,乡里的大墙上醒目地写着:"反修防修、参军入伍"的大字标语。负责征兵的团长到乡里,特别欢迎有文化的青年入伍,姜达川无疑是一个重点培养对象。

他当年20岁,已经学会使用价值的天平,他是国家正式教师,当教师,虽清贫但安逸。

副乡长,步"仕途"也许会前程似锦。

当兵,保卫祖国,蕴含着吃苦和牺牲。

在他面前,这些都是神圣的,在安定与危险,当官与当兵,月薪36元与月补贴8元之间,他选择了后者。爹妈生气,同事茫然,学生不舍,乡党委书记又支持又惋惜。唉,你们岂知达川的血管里流淌着的是太多太热太鲜的血呀!接兵部队首长高兴,在全县欢送千名新兵的大会上,特意安排他与新婚爱人代表应征青年及家属在大会上做典型发言。

在入伍临行前夜,他趴在桌上写下:

投笔欣从戎,

慷慨意气生。

肝胆因民裂,

身心为党红……

1965年3月,姜达川在吉林省山清水秀的图们市接受了新兵入伍的训练。这支新组建的建筑工程兵部队,主要任务是开山挖洞修筑战备坑道。官兵们整日在山里钻、打眼放炮,搬石装车、拌和捣固,与岩石钢筋水泥打交道。紧张而艰苦的生活使这位出身贫苦农民家庭的中师毕业知识青年经受了严峻考验。头两天施工,他的双手打满了紫红的血泡,他咬牙挺住,从不当战友的面皱眉头。半年后,他的双手磨出一层又厚又硬的老茧。部队的思想政治工作也是坚强的,日班会、排检查、连点名,姜达川被当作刻苦学习毛主席著作、努力改造世界观的知识青年先进典型而屡受表扬。连长、排长佩服这个知识青年思想过硬能吃苦,战友们从心里服他的实干和韧劲,他用自己的实际行动报国效民。

1965年6月,也就是入伍三个月,他被任命为班长,当年11月11日,他光荣地加入中国共产党。他着军装到照相馆照了一张相寄给家乡亲友,并自题小诗:边关来从戎/为国为民众/生甘做勇卒/死亦展雄风/首肯身许党/壮哉为革命/何叹路漫漫/挥臂斩荆棘!

入伍刚一年，他所在部队由东北图们市乘军列行五天五夜来到祖国大西北甘肃省武威地区。所在连队驻扎在一个有山无树、有村无水的山村，老乡吃雨后蓄起来的雨水，部队用水要用汽车到百里外去拉，斤水超过斤油价格。这里是一望无际的沙漠和有土无草的秃山，空气燥热灼人，东北籍战士初到这里都鼻孔流血。连队在这里打了半年坑道，又转到百里外的一座高山上驻扎。

这里是童话般的云雾之山，整天袅袅升腾的云雾缠绕着官兵住宿的帐篷，十天有八天见不到太阳。每天施工回到驻地，筋疲力尽的战士要盖着潮湿如洗的被褥入睡，周日休息，战士要抱着衣被跑到山下找有阳光处晾晒，达川及战友们就在这样的条件下生活、施工。他们以苦为乐，以苦为荣，为了防止"苏修"入侵，他们夜以继日地修筑着屯兵藏炮、能开进坦克、飞机的战备坑道。

生活环境是恶劣的，修筑坑道劳动是艰苦的。每班八小时施工，每个战士都汗流浃背，干活时只能穿住裤头，背心都要甩掉。苦累已难克服，死亡还在时时威胁。修筑坑道的最大危险是坑道塌方。在东北多为石山，钻眼放炮，塌方较易察觉。转到西北甘肃，施工地方多是土山，在土山里打坑道，全靠镐锹挖掘，塌方也难以掌握。各级首长强调安全，但施工死亡的通报不时传来。

1966 年 9 月 29 日，姜达川施工的班中坑道发生塌方，同排的四川籍战友刘广尚光荣牺牲。对于形影不离、苦累与共的战友的离去，达川及战友们悲痛欲绝。在追悼会上，他声泪俱下地读了他写的《痛悼刘广尚》一诗："战友失/揪肝肺/泪如雨/心如碎……"情真意切的悼词使全连 150 名官兵哭声如雷。这是一次情真意切的战友追悼会。据悉，姜达川所在团在西北的两年施工期间，共埋下一排年轻战士的忠骨。他饱含激情地为舍己救人的汽车连战友石焕文写了一篇《把生的希望让给别人，把死亡的威胁留给自己》的长篇通讯，发表在沈阳军区机关报《前进报》上。30 年前还没有"精神文明建设"一词，用今天的话说，姜达川像牛一般在用自己的行动实践社会主义精神文明，也不自觉地饱含浓烈情感弘扬着社会主义精神文明。

中篇　拓荒不馁

1966 年下半年，神州大地刮起"史无前例"的政治风暴。姜达川当时是全团学习毛著积极分子,被内定为提拔的军官。1968年3月,他被派到地方一个区负责毛泽东思想宣传队工作。他接触的一位被地方造反派打倒的原该区委张书记,竟是一个勤恳工作三十年、兢兢业业为人民服务的"走资派"。他经过认真的调查,把这位年近五十的老干部是"革命领导干部"的情况直言不讳地向团首长和县军管组做了汇报。在该县组织"三结合"领导班子时,这位老干部在全县第一个被正确对待并担任了革委会主任。张书记通过实践考察看中了这位公道正派且敢于直言的年轻军人,强烈要求部队派他进区领导班子。甘肃省也与兰州军区商定,要从达川所在团挑选一批官兵复员、转业到当地县区三结合政权中去。达川愿意留队或留在西北报效国家。这时,家里的一封信,改变了他留队留西北的初衷。

原来,东北农村的老家也搞"文化大革命",曾当兵打过四平的老党员,现任生产队队长的父亲,被当作"走资派"揪斗。母亲因此精神受到强烈刺激,本已病弱的身体怎能承受得了这种打击?六口之家的生活谁来支撑啊?谁不属于自己的父母,那么他就不属于人类,达川不得不含泪找到团长、政委,坚决要求复员回乡。一个爱党爱国如命的人,党和祖国也会尊重他的。首长们对这位通情达理的年轻人,难于说服也就表示同意了,还特意交代送复员兵的团首长,送他复员到宾县时,以极其负责的态度把他在部队的表现向县委领导做了详细汇报。

姜达川于1969年3月复员,被安排到县革委会当干事。收到他要复员的信,母亲的病就好了一半,当看到儿子活生生地站在自己面前时,母亲从炕上跳到地下,能给儿子做饭了。父亲不久也没事了。回地方3个月,达川调任经建乡武装部部长兼党委副书记、革委会副主任。

在乡工作一年,他干净、利落地完成一批征兵任务,受到县人武部的通报表扬。他在本乡土地最贫瘠的永利大队包点一年,粮食获得丰收,在全乡第一个,也是永利大队"文革"五年来第一次完成征购粮任务。被"文革"破坏的各级组织陆续恢复,县里准备召开团代会,姜达川被确定为团县委书记的候选人。团代会召开前,他被抽调任民兵团副团长兼政治处主任,带领两千名民兵去大庆修筑地下石油管道,胜利地完成了任务。凯旋回到宾县后,又让他代理县电信局局长。县团代会召开,他以满票通过被选为团县委书记,县党的核心组确定他为县委接班人。

他的前途又一次充满阳光、雨露和鲜花。

是贫苦农家出身锻造了他的勤奋与倔强？是时代与知识造就了他的忠诚和正直？还是人民军队的传统作风和艰苦生涯成就了他的直率与坦言？总之，特定经历造就了他的这些特定性格，使他终生做人率直、顶天立地。

姜达川曾被送到"五七"干校过了一年"吃小米爬大山，改造世界观"的生活，坦荡实在的姜达川，在他看来，眼睛里的一切都是光明的。他还写了《五七干校第一课》的诗，把上"五七"干校当作第三次入校上学："像孩提时入学那样高兴/像初穿军装时那样激动/党叫我第三次上学——五七干校/心跳得如擂打着鼓声/第一次入学第一课/老师教我为什么念书当学生/第二次入学第一课/指导员教我为啥扛枪当兵/这次入学第一课的内容更深形式更新颖/拉练——百里小长征。"姜达川在"五七"干校认真接受锻炼、改造，干校的生活"艰苦"，较之他经历过的当兵艰苦，显然是逊色的。由于他爱诗，学校的黑板报每期都有他的作品。他还在阿城搞社会调查期间，与校友一起解救了一个被骗来东北婚嫁的关里姑娘。

工作要强认真负责，命运却十分别扭，每到一处，他恰似一头拓荒牛，开垦一片片新土地。他任团县委书记六年，宾县团委年年是全省先进团县委。他被抽调筹备黑龙江省第五次团代会。两个月后回宾县，团省委领导认为他适合去团省委宣传部工作，调令发到宾县压下半年后，领导签上"县委已定的接班干部，工作需要不同意调出"字样而退回省委组织部。

县气象站要扩建成气象科，县里以组建新机构要得力干部挑头为由派姜达川去当科长。他不负"得力"之名，迅速打开气象为工农业生产服务的局面，还创办了生产黑色炸药等人工防雹器材的"八四"厂。宾县以人工控制局部天气，人工防雹与人工降雨卓有成效而被评为黑龙江省农业学大寨红旗县之一。松花江地委要调他去地区气象局任职，被县里以同样理由回绝。也是同样的因由，姜达川在到县气象科不到二年又被调到一个新单位，在县原计量核定所的基础上组建标准计量科。姜达川在县标准计量科工作三年，以扩展计量检定项目和新开标准化业务成绩显著被省局定为试点县科，还拨款30万为宾县标准计量科改善工作场所条件、添置仪器、补助职工建住房。省标准计量局张局长到宾县又看中了姜达川这位不到四十岁的基层干部，当欲调他去省的意向一露头，县里又以同样"不同意"而断了他去省城的路。经历一多，自己开始思考。姜达川终于明白，西去省城的路全部堵死，也明白了堵死这条路的是自己搬起的那块坚硬石头。

自参加工作二十年从未请过病事假的他,这次请了假去七台河看弟弟,返程顺路拜访正担任合江地委书记的老领导。老领导当年主持宾县工作时了解他,建议他动一动。

1983年5月,他被调入七台河市委宣传部,从此与精神文明建设结下了不解之缘。

下篇　勤恳奉献

80万七台河市人民不会忘记,自1958年起,用他们双手开发出来优质煤田的这座煤城发展起来了,1983年12月被国务院批准为省辖市。

党的十一届三中全会端正了中国强国富民的方向,随着改革开放给神州大地带来翻天覆地的变化,建设中国特色社会主义理论正在形成与发展。中国特色社会主义的总设计师邓小平把建设社会主义精神文明的问题,也纳入"特色理论"的重要组成部分。为医治"十年动乱"给这个国家和人民造成的巨大精神创伤,自20世纪80年代初始,全国各地相继开展了"五讲""四美""三热爱"活动,省内外各地也相继成立"五四三"办公室,七台河市委安排姜达川担任这个办公室负责人时,爱思考问题的他认为开展"五四三"活动的根本目的在于建设社会主义精神文明,建立办事机构以"精神文明建设"冠名更为贴切。市委采纳了他的建议,四五年后,各地各级的"五四三"办公室先后改为精神文明建设办公室。

七台河市这座缘煤而生、因煤而兴的年轻城市,豆蔻之年时,国家已无钱进行补贴,市中心区又"两迁三建",虽叫省辖市却城不像城,乡不像乡,到处是一片脏、乱、差、黑的状况,街巷堆满垃圾山,不穿水靴不能出门,职工上班担心家门被撬,是当时这座城市的真实写照。

1984年起,这座城市的"五四三"活动即从治理脏、乱、差抓起,全市开展了创文明单位、建文明城市、做文明市民的群众性市矿共建、政企共建、军民共建活动。市委书记、市长亲临群众会战第一线参战指挥,数百台车辆与数万名市民参加清运垃圾、修路植树等整治城市环境义务劳动。经过三四年真抓实干,显著地改变了全市环境和人们的精神面貌,在全省1985年至1986年的文明城市建设首轮评比中,七台河市这个"小老弟"首次名列诸煤城之前。姜达川负责的市文明办作为"参谋部",精心为市委、市政府的指挥

走向新时代
ZOUXIANGXINSHIDAI

部设计了这场群众性改头换面的活动。

　　"精神文明"一词现在都熟知了,可在十年前对多数人还是陌生的。为什么要建设它? 怎样建设它? 当时就是直接从事这项工作的同志甚至也知之甚少,姜达川向市领导提出召开一次精神文明理论研讨会的设想,并在省"五四三"办公室召开的会议上提出此建议。1986 年初夏,七台河市(也是全省第一个)精神文明建设理论研讨会召开了,市委等五大班子一把手都亲自撰文参会。此举不仅惊动全省各地市,吉林、辽宁省的同行们也兴致勃勃地来到了这座僻城小市。这次理论研讨会开得热烈、生动、深入,东北三省的同行们畅所欲言、各抒己见。这次研讨会一改过去宣读论文的旧俗,采用限时宣讲的形式交流观点,辩论问题,对精神文明建设的战略地位、战略任务、战略措施等重大问题深入研讨,许多研讨观点之重大与正确,被三个月后党的十二届六中全会《决议》所证实。

　　时光荏苒,岁月匆匆。一年后,全省文明县镇建设经验交流会在勃利县召开。全省各地市专员、市长和各县长等 180 多人参会,省委各主管领导到会讲话。7 月 18 日,天下着瓢泼大雨。在勃利县开会的全体人员坐车到市区参观。七台河市以往给人的印象是:百里矿区,杂乱一片,10 万盲流,无法无天。这样底色的基础精神文明能搞出啥名堂? 令省委领导、市长、县长们出乎意料的是,车辆经过地处塌陷的新兴区,街道虽窄,平房虽多,但街道繁华而有序,市民忙碌而有礼。车行至桃山区,与会者为一座座拔地而起新建楼房的错落有致所吸引。更让他们感动的是,大街上交警们在瓢泼大雨中执勤,宛如一座雕像屹立在那里,见到参观车辆经过逐一行举手礼以示欢迎,雨水流淌在交警们的手上,激动不已的泪水含在参观者的眼里。七台河的交警对领导检查和外来参观者敬礼以示欢迎和尊重的举动,不胫而走地成为全省各地交警迎客的礼仪。

　　七台河市这个无名的边陲小城,开始在省内外小有名气了,提起它,人们开始和精神文明联系起来,已经形成这样的记忆定式:七台河市——精神文明,精神文明——七台河市……

　　七台河市在崛起、经济在发展,精神文明更在深入。市中心区开展了"美我桃山"金杯竞赛活动,使这个城边有湖、湖旁有山、山中有城的天然风景城区,更加妖娆美丽。新兴区是老城区,地处塌陷区却不气馁,立志建设文明区,连续几年开展"满意在新兴区"夺杯赛,如今街道整洁,秩序井然,而谁又知道他们付出的汗水和心血有多少。茄子河区原为市郊区，主体是农村，他们持续几年搞文明村建设金杯赛，在全市率先开展评"十星级文明户"活动均大见成效。连姑娘找对象都要看男方家门挂几颗星，看该村是哪级文明村。勃利县有争先创优的光荣传统，建设精神文明活动的深入开展，使这座小县城宛如一颗明珠。目前，县有卫生、教育等 10 项工作获国家先进奖励。

在市辖区县开展的各具特色的创建活动中，有那里的领导者和文明办的同事们精心谋划、调遣发动的结果，也凝结着姜达川精心指导、参谋的心血。

他深悟邓小平特色理论"解放思想"的要旨和"实事求是"之精髓。他思考问题、指导工作不肯循规蹈矩、生搬硬套，总是从实际出发，寻找最佳答案。

1984 年，七台河市在全省率先提出"学习三明市、建设文明城"的口号。三明市开展"满意在三明"活动，他认为"满意"虽好，但用以要求服务工作更贴切，要求农村建设精神文明，怎么算满意？于是他向市委提出全市开展"文明在七市"更准确合适，让"社会主义精神文明之花在七市处处开放"之意，市委采纳了他的建议，这项活动自 1987 年提出至今，活动内容不断丰富，形式不断完善，感召力和实效性也日益显著。

1994 年全省文明村建设现场会后，在过去文明村建设的"六抓""六治""六变"基础上，发展为"讲精神文明""比科技致富""建文明新村"活动，姜达川认为现阶段农村两个文明建设的奋斗目标是奔小康，把这一目标与文明村建设活动缔结起来，更使文明村建设有了鲜明的目标。就在全市提出开展"讲、比、建、奔"活动要求以后，又根据茄子河区开展"十星级文明户"评比经验和省里要求，把"评"星活动加入其中，并把"讲"精神文明具体化为讲"四好"，"比"科技致富具体化为比"四高"，"评"星户具体化为"四坚持"，使农村开展的文明村创建活动，"讲、比、评"内容更具体了，"建、奔"目标更明确了。

1993 年全市提出建设北方温州，发展个体民营经济的兴市发展思路。指导精神文明建设活动要向个体民营经济领域发展，经过引导、考核，七台河市在全省第一个命名了两家个体民营企业为市级文明单位。如今，这两家民营企业在全市成为发展经济和精神文明的样板标杆企业，受到省委书记等领导的充分肯定。姜达川谋划着七台河市的精神文明,带动并指导着各区县从实际出发,开展各具特色、丰富多彩的创建活动。

全市精神文明建设搞得风风火火,桃山区有天然自然条件,应在建设精神文明中美起来,从而使"美我桃山"口号叫响了。新兴区硬件差一些,要软件变硬,"洁在新兴、满意在新兴"活动搞起来。茄子河区半城半乡,要做好城乡两篇文章。

同行对姜达川半开玩笑地说:"你们文明办五六个人,却把七台河翻了个个儿,你用了什么招法?"姜达川认真地说:"一靠领导重视,二靠你们的支持,三靠我们的牛劲,九牛爬坡,个个努力。"是啊,文明办活儿多人少、无钱无权,如不能量体裁衣、扬长避短,怎么让九牛爬坡使劲。如果说文明办的同志是一群牛,首先要看领头的牛是怎样耕耘的。

他是个争强要脸,宁让皮肉受苦,不让脸上受热的"牛"。市里每年要开几次会,大到以市委、市政府名义开动员、总结表彰会,小到以市文明委(办)名义开协调会、座谈会、经验交流会等,每开一次会都等于扒他一层皮。领导讲话他亲自动手写,各种方案他要逐一修改或重写,这些文字又只能在班后或公休日去完成,所以他兜里总放着半成品的材料稿,抽空就写两行,班上要做协调工作,或参加基层创建活动。

为了不出差错,办里下发每个文字材料,包括编写每期简报,他都认真修改或自己动笔,再忙也要亲自动手,事必躬亲。对办内同志信不过?非也。认真,要脸之谓也。他就这样在这个岗位上从 39 岁干到整整 52 岁,像牛一样耕耘着,消耗了人生三分之一的黄金劳作时日,坦荡无私地献给了煤城的精神文明建设。

他不苟言笑,对同志却像对工作那样心肠是热的。

他常用一位伟人的话自勉:"在生活的路上,将血一滴一滴地流过去以饲别人,虽自觉渐渐瘦弱也以为快活。""让别人过得舒服,比自己过得舒服更舒服。"从他到任起,精神文明建设活动搞得很红火,省内挂号、省外有名,市文明办也曾被评为省先进文明办、市目标管理先进单位,但主持工作的他,始终是处于待命状态,原地不动也没个说法。朋友看他工作卖力,住无公房,坐无公车,暗地劝他找领导谈谈要求,调动一下工作。他对朋友说:"面包已经有了,一切都会有的。"心里却想:自己是一头牛,吃草挤奶,天经地义。

尾声　光明在前

　　市委会议室里正在开会,决策者们边学习十四届六中全会《决议》,边讨论着市文明办为市委五届五次全会起草的精神文明建设"九五"规划和领导工作责任制两个文件。市委决定从 1997 年起实施二次开发、建三强市的发展战略,必须坚持两手抓的方针,把精神文明建设摆到更加突出的地位,才能实现翻三番的目标,把一个富强、民主、文明的七台河市带入 21 世纪。

　　领导者们在讨论市文明办提出的要像解放全中国时那样,打好创建文明城市的"三大战役""六项专项治理";讨论着如何把桃山区建成省内外精神文明首善区;讨论着如何把勃利县建成张家港式县……讨论着如何装满全市百姓的"口袋",丰富全市百姓的"脑袋";讨论着如何抓住提高 80 万城乡人民的综合素质这一关键问题,把七台河建成一个现代化的新型城市,让这颗在祖国北部边陲的璀璨宝石,更加熠熠生辉!

　　更广泛更深入更加波澜壮阔的群众性精神文明建设活动,即将在这个广阔的背景下展开……

　　在粗犷而肥沃的黑土地上耕耘文明,需要一群甘愿吃草挤奶、俯首勤耕的老黄牛……

　　牛是人类的朋友,对人类贡献也是最大的,很早的时候就被人类尊崇。牛的勤勉和奉献精神,只争朝夕的奋斗精神,一生无怨无悔、忠心耿耿,为人类做着沉重的工作,不要一点回报。这种精神激励着一代又一代仁人志士。

　　南宋名相李纲曾写道:"耕犁千亩实千箱,力尽筋疲谁复伤? 但得众生皆得饱,不辞羸病卧残阳。"

走向新时代
ZOUXIANGXINSHIDAI

幸福城市的守护者

　　山清水秀、人杰地灵的新兴煤炭城市黑龙江省七台河市，像一颗璀璨的明珠，镶嵌在美丽富饶的完达山西麓。时光荏苒、日月如梭，当历史的脚步跨入一个崭新的循环经济发展时期，人们面前展现出一幅既饱含古朴气质，又极富现代化气息的秀丽幸福城市画卷。岁月如痕、人生如炬，煤城有柳万喜这个优秀的儿女，把他的青春与汗水都倾洒给交管事业，将他的赤心与精诚都奉献给党和人民。他的生命是一团火，他的生活是一首诗，他的事业是一支歌。

　　2013 年 5 月，对于柳万喜来说，是一个值得高兴的日子，自己光荣地成为全国五一劳动奖章获得者。面对荣誉和鲜花，他十分清楚，荣誉是大家的，这只是自己人生的一个转折点，自己要时刻牢记 93 万煤城人民的重托和期盼，更要牢记市委、市政府领导的嘱托和期望，做一名幸福之城的守护者。

一、在煤城，幸福之城的建设者

　　随着七台河市经济社会快速发展，行车难和停车难成为困扰全市交通畅通的闹心事和难心事。柳万喜看在眼里急在心上。柳万喜认为：预防交通事故重于处理事故，只有警务跟着警情走，工作才能有的放矢。背负着巨大的工作压力，肩负着煤城百姓的重托，带着全体交警的期盼，柳万喜走上了这个充满挑战的工作岗位。

　　2011 年柳万喜主持交警工作时，正逢全市启动"幸福之城""十项整治"、创"三优"文明城市的有利契机，提出建就建最好的交通环境，事不宜迟，凡事都要抢在前面，咬住一个"快"字不松口。从规范着装、语言、手势、笑容开始,内强队伍素质、外树交警形象。对外找出路,他带队走访市民和驾驶员、公交和出租车公司,到规划、市政部门查阅相关资料,按国际标准要求,快马加鞭,昼夜奋战。

为解决震荡线施画难题,他为请来的专家提前订购机票,专家刚下飞机就被连夜送往七台河,直赴工地。一路奔波劳顿的专家抱怨时,负责接待的小刘告诉他:"柳支队说过,交通环境整治就是'幸福之城'的开路先锋,不快咋行? 外出勘验设备时,柳支队为每辆车都配两班司机,歇人不歇车,3 天里竟走了 6 个省、市,而他本人每天只睡 3 小时。人家都怀疑他是踩着风火轮来的,感动地称他是'走在风里的煤城硬汉'。"

他组织交警开展春运交通安全会战、涉牌涉证及酒后驾驶专项整治行动、客运车辆专项整治、大型货车专项整治、备春耕交通安全"护农行动"、整治"三超一疲劳"等专项行动。深入开展百万市民共同参与的"文明过马路、礼让斑马线"活动,提升市民文明交通素质,净化城市"窗口"形象。对上寻求支持,向上争取资金 900 万元,节资降耗 400 万元,大手笔全方位开展道路交通基础设施专项整治。

那真是五加二、白加黑地足足抢出来一年的时间,从穿短裤忙到穿起大棉袄,连端午节那天柳支队都把家里煮好的鸡蛋端到工地上,与大家摸爬滚打在一起,没歇过一天。到天黑得看不清图纸、拧不上螺丝时,他们居然打开现场勘查车的探照灯接着干。柳万喜永远忘不了完工的 11 月 30 日那夜,没有欢庆,没有酒宴,只有雪花簌簌落满肩头。黝黑消瘦的他面对站在风雪中的民警们,调整了半天情绪,才哽咽地说:"终于完工了,大家辛苦了!"

盘点走过的近 200 个艰难日夜,七台河新增交通设施如雨后春笋。大同街、东进街、学府街、山湖路、同仁路等市区重点街路更新了交通标志,施画了交通标线;55 处公共停车场;6 处触摸式人行横道灯;15 条主干道路的交通标志、标线;6 800 延米最新震荡式双黄实线;43 处渠化中心区重点路口;565 处人行横道斑马线;3 875 个施画停车泊位;对 5 处路段实行单向交通,挪移和改造影响交通的公交站点 19 处,渠化 52 处路口,解决了部分路段拥堵问题。更辅以 15 处 LED 交通诱导电子显示屏、31 处重点信号灯岗配置 18 处闯红灯和 10 处压黄线电子抓拍系统,共同织成保障优良交通秩序的安全网。

这些按国际标准施画建设的交通设施,不仅让路顺了,心也顺了,更成

走向新时代 ZOUXIANGXINSHIDAI

为人们眼中亮丽的风景线。就是依靠这样不懈的努力,"人行斑马线,车在泊位停"已成为全市一道道靓丽的风景。2012年,新增投资1 600余万元建设的交通指挥中心成为全省的典范。

当年,支队作为全省唯一公安交警部门,代表七台河市在全省"三优"文明城市创建推进会上进行了经验介绍,市委领导专程赶到交警支队看望慰问了支队全体民警。全支队的同志们都说:"我们支队长真是想干事,会干事,更能干成事,跟着这样的头儿干,再累也值!"

2012年,全市各级交管部门相继建成了机动车检测中心、车管大厅、大个岭中队办公用房和交通指挥办公大厅,有力提升了交管工作水平;市交警支队敢为人先,敢争一流,交通智能交通系统实现了跨越式发展;以抓基层、打基础为重点,各基层中队在软硬件建设上更加完备,增强了中队整体工作实力;队伍心齐、气顺、风正,民警工作热情空前高涨,激活了队伍整体实力,干警的能量得到空前的释放。

这一切都验证了柳万喜常说的那句话:创新才有生机,创新才有活力,创新才能发展,创新才能主动。经过岗位上的一回回打磨、一次次历练,粗糙的砺石已光滑照人,新的使命正在召唤着他,更重的担子正等待着他去担当。

二、在路上,甘当斑马线上守护兵

有人说,柳万喜担任支队长至今就差把家安在路上、工作放在车里了。柳万喜认为:交警的岗位就在路上,好队伍都是在路上带出来的,只有接地气,工作才能有灵气。哪里最困难,哪里就有他的身影。

任务繁重、警力不足,柳万喜身先士卒、亲力亲为,在第一时间喊出了向我看齐的口号,率领机关警力下沉到一线参与交通执勤。每天6点钟,他就辗转于市区各重要交通区域,查看市区各条道路的交通情况,和民警一道顶烈日站马路、冒风雪巡岗点。

没有特殊情况,他给自己定的下班时间是每天22点以后。每逢恶劣天气,既当指挥员又当战斗员,深入到全市复杂路段,现场处理各类难题,经常累了就在车里靠一会儿,有时连饭也顾不上吃,哪里有警情,哪里就会出现他的身影和声音。驾驶员把他经常参与执勤的桃山公园十字路口称为"万喜哨"。

这是入冬以来矿区下的最大一场雪,广袤的三江平原上雪花飞舞,铜钱大的雪花飘落在人们干涩的脸上,凉丝丝的。美轮美奂的新兴城市七台河被迷离的雪雾包裹着,在辽阔的千里雪原纵情舞动,姿势是那样的优雅娇美,身影是那样的诗意神奇。

2012年3月6日,东北雪大路滑,七台河市西入城口滞留车辆增多,交通管理压力骤增,个别驾驶员弃车返城,城市入口严重堵塞。柳万喜闻讯后立即带队赶赴现场,组织进行路口管制,开展分流疏导工作。他亲自做滞留司乘人员的思想工作,派出警力寻找弃车返城驾驶员,经过8个多小时的连续工作,道路完全疏通,确保了4条主干公路无一起交通事故发生、无一车一人冻伤。

2011年8月23日,勃利县恒泰煤矿发生透水事故,26名工人被困井下。柳万喜闻讯立即组织交警火速赶赴矿难现场,为了保证救护车、运送救援物资车辆、抢险车辆在第一时间到达事故现场,他在做好沿线及现场布警的同时,带头工作在最前沿。为疏导交通,他大声喊话,喊哑了嗓子。

连续高强度工作,他腰椎病复发,但仍工作在保证绿色通道畅通的第一线,为被困矿工赢得更多的宝贵时间。在矿难现场奋战的7天7夜,柳万喜用实际行动展现了新时期公安交警的光辉形象。市委书记张宪军点名表扬柳万喜和他率领的团队,认为交警支队作风过硬,引领七台河精神,号召全市各行各业向公安交警学习,而柳万喜却因劳累过度晕倒在矿难现场……

当他听到学校门前交通秩序很乱的呼声后,带头狠抓学校门前交警执勤。专门聘请世界冠军王濛、孙琳琳、范可新担任七台河文明交通形象大使,不遗余力地宣传"文明过马路、礼让斑马线"活动,提升了市民文明交通意识和城市文明形象。

狠抓长途客运和校车户籍化管理,校车、客运车辆、大型货车、"三超一疲劳"等专项整治包括备春耕交通安全"护农行动"等战役,对全市270台长途客运车辆和231台校车实行户籍化责任管理,对校车交通安全管理实行"六统一"的做法在全省开了先河,赢得社会各界的充分肯定和媒体的广泛关注。《黑龙江日报》专门派出记者团来支队采访,并在《黑龙江日报》一版报道了支队校车管理的务实做法,一些地市县政府还组成考察团来支队学习。

全市交通秩序大改观,市民出行露笑颜。中央、省级主流媒体在短短一年内先后多次对七台河交警工作进行了深入报道,起到一个典型示范的作用。干就干好,这是柳万喜工作的一贯作风。责任心让他勇挑重担,使命感令他埋头实干。

三、在岗位,做忠诚于人民的好卫士

社会上并不缺少有能力的人,但我们的事业真正需要的是既有能力又有责任心、使命感的人才。是的,责任胜于能力,没有做不好的工作,只有不负责任的人,责任承载着能力,一个充满责任心和使命感的人,才有机会充分展现自己的能力。

全市驾驶员都知道:柳万喜是个铁面儿、较真儿的主,除非你不违章,否则不管你是谁,一样都会被依法处罚。正因为他站在浪尖潮头上,交警支队每名民警执法硬气、干工作有底气。在七台河市,柳万喜还有自己一群特殊的"粉丝",缘于他执法不开面、处事不偏颇、做人不耍滑、帮人不谋人的正直品格。

柳万喜常讲,警察的执法行为是衡量公平的一把尺子,稍有不慎,就会造成很大的负面影响,特别是对违法的事要坚决依法处理,否则口子就会越开越大,直到无法收场。

开展酒驾专项治理行动之后,个别民警在查处酒后驾车、整治涉牌车辆工作中有畏难情绪。他主动带队,在一个月之内连续抓获 5 名醉驾人员,并顶住说情风,依法追究了醉驾者的刑事责任,在全市产生极大震动,酒驾现象得到了有效遏制。现如今,交警执勤中遇到顶不住的人情压力,一句"实在不行,您找我们支队长吧",说情者便知难而退了。

因为崇仰阳光,因为热于公开,他没有私利;因为透明,因为公正,他没有烦恼;因为真诚,因为率直,他活得快乐。一勤天下无难事,一公局里无烦事。现代社会是信息时代,啥事你也瞒不住人,你觉得你高明,那是自欺欺人。对于柳万喜来说,凡事都问问自己的良心,能不能对得起天地,能不能对得起父母妻儿,能不能对得起党和人民,能不能对得起咱屁股下的那把座椅。

柳万喜因执法严格出名,更因助人帮人赢得群众赞誉。2012 年 6 月,12

名谋业困难、生活窘迫的残疾人在得知国家关于放宽残疾人学习考取驾驶证的有关政策后,便想报考,但学习考试费用承担不起。

柳万喜得知情况后,专门为他们学习驾驶技术开辟了绿色通道,根据他们的身体条件,对学习 C5 驾驶证的教练车进行了改造,为他们提供专门的训练场地,免除了他们的考试费用。12 名残疾驾驶员通过刻苦训练,以优异的成绩通过考试。事后,这些残疾人通过一技之长自谋了生路,这件事在百姓中口口相传,成为美谈。

在抓好网格化巡逻的同时,相继组织开展整治"三超一疲劳""酒驾""涉牌涉证"、行人交通违法、交通秩序示范路创建等 10 个专项整治行动。

有针对性地坚持不懈地组织开展夜间统一行动,保持了对严重交通违法的高压严管态势。一年中共查处饮酒驾驶 55 例、醉驾 25 例、涉牌涉证 2 826例,行政拘留 129 人,分别同比增加38.9%、60%、21% 和71%。

从前年 5 月至今,市交警支队已经先后纠正和查处各类交通违法行为 6 690余例,处理各类违法违章问题2 145起,全市交通事故率下降39%,连续三年杜绝了三人以上交通事故,确保了全市道路交通的安全稳定。市民都说:"交警支队真让柳万喜给带出来了,个个都是'万喜范儿'。"市委、市政府对支队开展系列交通秩序整治行动予以称赞,中央电视台、黑龙江电视台等 11 家省级以上媒体对七台河打击涉牌涉证和酒驾行动进行了系列报道。

一个人的前途和命运,有时就像苍天白云,舒卷无痕,收放无迹;有时还像美丽花环,用辛勤的汗水和精诚织就,他是一个以行动诠释幸福之城的建设者和实践者。

四、在内心,做一个平凡执着的追求者

在七台河市交警支队,柳万喜是个善于沟通的老大哥、好领导,是个善良的人,一个具有责任心的人,也是大伙帮贫济弱的风向标。

2007 年 2 月,在市医院看病时,柳万善发现走廊里有 2 个冻得浑身发抖的小男孩。原来他们是家住红兴隆农场的两兄弟,十几天前被佳木斯的一个男孩领到七台河找活干,到七台河后,佳木斯的男孩不见了,他们身无分文,只好住在医院的走廊里,靠病人家属给些剩饭剩菜充饥。柳万喜心疼万分,拉着孩子的手,为他们买来了食品、毛裤、帽子,并亲自买票将他们送上

了回家的汽车。

2008 年的走访中,柳万喜得知家住新兴区的一名高中学生因家境贫寒面临辍学的危险,便与她结成了帮扶对子,连续三年为她资助学杂费4 000余元。当这个学生收到了东北林业大学的通知书后,柳万喜又从工资中拿出5 500元钱,资助她顺利走入了大学的校园。

在品学兼优的前提下,常年资助市三中读书的 4 名贫困学生,从来不要回报。在柳万喜的办公桌里,有一沓厚厚的汇款回执,每一张都记载着一名人民警察对社会的爱心、对下一代的关心。

汶川地震,他在支队第一个交纳了2 000元特殊党费。回家看着电视直播,怎么想都觉得不够,又和妻子商量再次匿名为灾区群众捐款 1 万元。

他体恤下属,每到节假日都到退休退养民警家里慰问,看望生病民警和贫困协管员,他总是不忘拿出自己那份"慰问金"。

他爱心助残,2005 年捐资4 600余元为市聋哑学校送去体育用品,以活跃聋哑学生的课余生活。聋哑学校操场坑洼积水,他联系警企共建单位,组织铲车和自卸车平整操场7 700多平方米,解决了学生因校园泥泞不能上课间操的难题。

帮助弱势群体,救助困难学生,在他看来,这都是很平常的事情,都是他应该做的事情,哪怕一件事做不好,他都会诚惶诚恐。桩桩件件的小事,没有什么轰轰烈烈的惊人之举,但正是从这些小事中,分明看见了一名共产党员、一位交警支队队长的济民之志、公仆之心。

多少年来,家务和照顾老人的重担只能交给妻子,时间长了,家人都习惯了,很少向他抱怨什么,但深深的愧疚却始终让他骨鲠在喉。柳万喜的母亲因患癌症长期卧床。春节前夕,正在路面开展春运安保工作的柳万喜接到母亲病危的电话后,急忙赶到家中把老人送到市医院抢救,随即又接到一项重要警卫任务,他顾不上照看老人,马上又投入工作之中,连老人最后一面都没有看到。

这年 5 月,他父亲又被诊断出肺癌,可是正在紧张开展十项整治的柳万喜真是抽不出时间陪父亲去北京手术治疗,当儿子的心里也是很难过,没办法,单位事多离不开,尽孝的担子又全部落在了家人的肩上。

2013 年年初,黑龙江省交警总队总队长何健民来七台河检查工作,对七台河的交管事业给予了很高的评价,亲自参加年终总结表彰会议,认为基层基础更加夯实,执勤执法更加规范,管理服务更加到位,人民群众更加满意。

这一年,道路交通安全管理工作取得了骄人成绩:全市未发生三人以上道路交通事故,大中型客货运车辆检验率第四季度在全国排名第一,在全省交警系统目标考评工作中排名第二,在第二序列四煤城评比中排名第一。如今在柳万喜的带领下,广大干警有使不完的劲儿,工作热情前所未有。广大市民对交警队伍的认知感和满意度也达到了前所未有的崭新高度。

用辛勤耕耘精彩,靠奉献装点辉煌,辛勤的耕耘收获了累累硕果,默默的奉献换来了春色满园。从警 26 年来,柳万喜先后荣立个人三等功多次,荣获省级以上表彰奖励 29 次,获得全市优秀共产党员和市级劳动模范、全省政法系统优秀领导干部、全省十佳人民警察称号。

全市交警都记得,在柳万喜调到市交通运输局公示的最后一天,自己还在交通一线指挥工作,还在开大会时批评自己的属下,而且大家心服口服。大家十分清楚,他干的是党的事业,他是对事不是对人,啥事都给你摆到前做到前,处处让你服气让你感觉心里热乎乎的。一位多年工作在一线的民警曾含着热泪说:"柳万喜是个好人、好警察、好公仆啊。"

七台河交通人有福了,市委、市政府派来了一位干将能人,来了一个好领导、好兄弟、好带头人,他们是幸福的,更是快乐的。

人们为他的品行叫绝,让人折服,使人佩服,更让人心悦诚服。

他的人格精神与人格魅力,在亲人、朋友、同事、同学中形成了一个品牌。这品牌像伸手可触的和煦春风,徐徐地沁入人们的心田;像触目可及的满园春色,悠悠地落入人们的情怀。

这种人格的感召力、创造力和品德的感染力、凝聚力,无疑是他终生取之不尽用之不竭的无形资产。这成功的源头活水,正是他乐观向上的人生理念、奋斗不止的拼搏精神、百折不挠的坚忍性格的真实写照。而他丰富的人生阅历、博大的胸襟气度、良好的道德修养、优秀的品格特征,又为他的成功奠定了坚实的基础。

银星,在这里闪烁

当有一种力量驱使他飞翔的时候,他决不爬行,他愿意在蓝天上高飞。哪怕是遇上暴风雨,也决不低空飞行,哪怕是飞断了翅膀,也要向终点冲刺。

——题记

在完达山西麓那片平缓的山冈上,有一座年轻的煤城七台河市,被新世纪的慧风拂煦着,愈加显得她那独特的风采:魔幻般的矿山、公园、广场,错落有致的城乡交叉网;热闹非凡的七彩城、娱乐城,古色古香的兴隆城;国有企业、集体企业、私有企业,一个个民营实体如雨后春笋般地崛起……

这使人们联想到一个举足轻重的领域,七台河市桃南城市信用社。是它用汩汩的金融之水浇灌着这座多姿多彩的煤城,这个太阳石的故乡正在焕发新资,风韵超然。人们又哪里会想到,领导这家信用社的人刘世和,今年才三十岁,他领导的城市信用社,如初升的太阳,正蓬蓬勃勃,光芒四射。

人们说:桃南城市信用社是一部书,以它特有的深厚感情记载着岁月的变迁,记载着今天的辉煌,昭示着明天的梦想。

成功与汗水、艰难与辉煌,煤城的土地是知道的,煤城的人民是清楚的。

记得马克思说过:凡是我作为人所不能做到的,亦即我个人的一切本质力量所不能做到的,我借助于货币都能做到。

一

宝石就在脚下,不低头的人白白踏着了它,金苹果就挂在枝头,不抬头的人依旧两手空空。

1991 年 11 月 29 日，这是初冬少有的一个风和日丽的好天气。

市人民银行领导把刘世和派到了桃南城市信用社，职工们一看这个文质彬彬的文弱书生，中等身材，一张轮廓分明的面孔总带着笑容，眼睛里不时透着睿智的光芒。

有许多人投来怀疑的目光：一个初出茅庐的年轻人，能挑起这个大梁吗？是他有什么特殊的本领？还是有什么来头？

对刘世和自己来说，他心里也没有底，当时的现实是这样一种情况：这家信用社组建于 1988 年，由于历史原因，像一个先天不足的缺奶婴儿，它现在所需要的不仅是"缺奶"的问题了。

"世和，你去吧，担子的确很重。"

"可是我太年轻，又没有管理经验。"刘世和摊开双手，面露难色地说。

"学嘛，年轻人的优势多着呢，领导信任你、支持你，你就大胆地去干吧！"

"行长，让我再想想。"他试探地说道。

"不行，明天你就去信用社上班。"简直是在命令。

刘世和上班两天，暗暗地吃惊：担子挑在肩上才知道分量有多重，他甚至有些失望。

业务性极强的金融部门，没有走上正轨，一切得从头开始，从零起步。此时，正赶上信用社工作中最难的大事——收 1991 年贷款本息工作。

回到家里，躺在床上，翻来覆去，怎么也睡不着。隔窗望去，夜空苍茫，星光幽幽，天边的星星在眨着眼睛，忽然，一颗流星倏然向天边陨去。

开弓没有回头箭。

干！

大家都用眼睛盯着自己，眼巴巴地期盼改变面貌、想出办法，像别的银行那样，有气势，发展壮大起来。

分兵各路，各包一片，一场收贷战役开始了。隆冬时节，天气寒冷，滴水成冰，道路难行。汽车坏在半路上，刘世和冒着寒风，领着大伙顺着公路向茄子河行进。这一天，他们马不停蹄地走了很多家，返回时已经是深夜 11 点多了。就这样，他们连轴转了整整 15 天，凭着热情、凭着毅力、凭着那股拼劲儿，元旦前夕终于完成全年的收贷工作，还提前了两天。

桃南城市信用社的职工在欢欢喜喜地庆祝元旦，迎接 1992 年这个良好开端的到来。

这个春节他们过得很开心、很充实。

新官上任三把火,他们的主任一把火也没烧,就是实打实地干工作。职工们看明白了,刘世和是个干事业的,肯吃苦、有心计、思维敏捷、身体力行、任劳任怨。

人,就是这样一种奇妙的机器,只要有目标就可以去实现。

二

苦涩的种子未必不能结出甜蜜的果实,悲凉的少年时期锻造了他一颗奋进的心。

1966 年深秋,林口县一个边远而又偏僻的小山村,这里有肥沃的土地。刘世和就出生在这个小山村一个世代耕种的农民家里。

父亲是一个典型地道的农民,1947 年入党后,在村里当过团支书、治保主任、大队长、大队书记,党叫干啥就干啥,一心跟着共产党,一心扑在工作上,做人正直、无私。这对于幼小的刘世和来说,潜移默化地产生了很大的影响,使他的心灵始终沐浴在阳光中。

苦难能使人早熟。

一望无际的黑土地,黑得油亮,黑得湿润松软,黑得都能攥出油来,不管怎么干就是变不出钱来。朴实善良的农民有些困惑了。

刘世和产生了强烈的改变家乡这种状况的欲望。

在全班同学中,他是数一数二的学习尖子,同学都愿意和他在一起,他说话有号召力,一呼百应。放学后,写完作业就帮妈妈干活。看到社会上的一些歪门邪道,自己又暗下决心,长大当警察,专制那些不三不四的家伙,给乡亲们出气。因为自己上进心特别强,他没有让父母操过心,在与贫穷搏斗过程中,刘世和长大了。

到公社念初中,每天都老早上路。第一学期便加入了共青团,还当上了团支书,组织班里搞各种活动。班主任看到他搞得生动活泼、富有生气,心里美滋滋的。就这样全校师生都知道这个刘世和,连年是校"三好学生"。正当可喜的事一件接一件的时候,因为学校没开英语课,进县城读书成为泡影。对此,刘世和的心里难过了一阵子,父母着急也使不上劲儿。就这样,刘世和来到了新城镇读高中。这是个铁路沿线上的小镇，离家 50 多公里，往返必须坐火车，家里经济条件不好，学习又紧张，一两个月才能回家一次。每次回家，他都从家里带些干粮、咸菜之类，返校后吃上几天，吃没了才去吃食堂，这样可以节省一些钱和粮票，自己是非常清楚家里生活条件的：人口多挣工分少。

一回家，可苦了母亲，临返校前，母亲走东家串西家，这家借几角，那家借几元，凑成了厚厚一沓，一数才 22 元。上路了，母亲站在那棵老榆树下，直到看不清人影，还不肯回去。是自己的母亲把浓浓的爱意化作绵绵的春雨，润泽着儿子那心田中的绿草地，母亲拭去眼角的泪滴还是那句话："睡觉别凉着，冷天多穿点衣服，好好念书别惦记家。"

走了一段路，回头一看，母亲还是站在村头向自己招手，不肯离去。

夜晚，微风徐徐，校园一片寂静，火车的长鸣声从远处传来，别的同学都已经进入梦乡，刘世和却躺在床上凝视窗外的那棵白杨树。对，要有白杨树的性格、挺拔向上。茅盾《白杨礼赞》中的特写镜头出现在他的面前。把书念好，对得起老师同学、对得起父母姐妹、对得起父老乡亲。

皎月当空，像只擦拭过的明晃晃、亮晶晶的银盘，透过窗玻璃，洒下一片清辉。

几度风雨，几度春秋。时间过得好快，三年苦读，刘世和以优异的成绩考上了黑龙江省银行学校，1987 年毕业被分配到七台河市人民银行做金融管理工作，在这里他整整干了四年。

他还清楚记得，临行前老父亲嘱咐的那句话："一定好好干工作，自己年轻缺点多，多向别人请教学习，常在河边站，千万别湿鞋呀。"

母亲从柜里拿出一件件衣服使劲地往本来满满的包里塞，里边还有滚热的鸡蛋。

母亲还是站在村头的榆树下，任凭风吹乱了头发，仍然在那里一动不动，用昏花的眼睛注视着远行的儿子……刚下火车，刘世和背着行李打听人民银行的位置，待找到办公楼后，天色已晚，一位看屋老人接待了他。就这样，刘世和来到了七台河，来到了年轻的煤城，来到了举目无亲的异地他乡，这一天是 1987 年 8 月 13 日。

他走出了生养他的故乡，黑黑的土地，广袤的原野。生活补偿给他的是一条平坦充满美好的道路，他觉得，人生在世，应该唱出自己最响亮的歌。

三

卓越的人有一大优点,就是在不利与艰苦中,百折不挠、坚忍不拔、奋斗不息。

星河飞转。

信用社收贷工作结束,已经是 1992 年元旦了。

刘世和理出了一个思路:从思想建设入手,建立规章制度,提高职工素质,一步一步地走,像蛇吃鸡蛋似的一节节疏导。

各种规章制度制定得很完善。把奖金发放与业务考核、工作成绩、劳动纪律捆在一起,用钱这根线穿起来,每月——兑现,初步建立起约束机制。

档次拉开了,有人领到了 2 300 多元奖金,有人领到了 100 元,还有的被扣发了奖金。这时,一潭死水被激起了浪花。

找的、闹的、求情的、说风凉话的,还有的在背地里搞起了小动作,一时风波四起。

一次会上,刘世和分析了目前的金融形势。在激烈的市场竞争中,这些最基本决策不落实,怎能达到制胜的目的? 他耐心地说道:"罚款是一种手段,目的是要形成一种工作作风,形成钻研业务的良好习惯,从而提高我们这个集体的战斗力。如果大家都不进取,我们的信用社将会垮下去,这对谁都没有好处。"

质朴的话语中蕴含着深刻的道理,职工们认为在理,也就理解了他的良苦用心。

成功的企业离不开高素质的员工,银行更是如此。

这期间,进行摸底,对没有受过专业训练、业务水平低的职工,进行全面补习辅导。

刘世和自己亲自备课,下班后给大家补课,像教师一样,每日一题,写作业,考试测验。

定期举办文化补习班,系统学习专业知识。

刘世和亲自买书籍,收集各种资料,聘请教授讲解《信用合作社会计学》《金融学》等。

利用多种形式灵活多样进行潜移默化的教育。举办"职工道德教育"讲演、爱岗奉献比赛、知识竞赛、朗诵会、演唱会……

一晃儿半年过去了，职工们的理想信念、道德情操、文化修养得到了很大提高。职工凝聚力增强了，逐步形成独特的企业形象，文明优质高效得到弘扬。

刘世和感到从未有过的轻松，沉重的包袱总算卸掉了一大半。他豁然开朗，一个企业的根基在于培养和建设一支过硬的职工队伍，培养一群受价值观念与道德观念支配的文化人。只有这种人才能与信用社血肉相连，才能在关心个人收益的同时，对社会具有责任感、道德感、使命感。

俗话说，群雁高飞头雁先飞，万马奔腾头马先奔。刘世和利用业余时间刻苦学习，考入吉林财贸学院函授班，毕业后又就读于全国闻名的哈尔滨工业大学会计系。他自己总有一种危机感，特别是当今的信息时代，知识在不断更新，对知识的渴求，成了他一生中的追求之一；他更清楚，一个企业的进步，首先是人的进步，重要是带头人的进步，也就是一个企业的不断进取创新，取决于企业带头人观念和知识的不断更新。

文植，这个朝鲜族小伙子，个头不高，业务很精，一段时间，账目出现了问题，被安排在市行里打扫卫生，每月发给 100 元的生活费。刘世和是了解他的，争取市行领导同意后，把他调到办公室，说："你是怎么摔倒的自己清楚，别没出息，小小年纪再爬起来才是好汉。"刘世和是有目的这样做的。

先来个投石问路，把文植安排在一个合适的位置，经过一段时间观察，觉得文植在思想上、工作上成熟了。刘世和又到基层了解情况，民意测验，文植得了满分，又对他分管的业务进行抽查，也无差错。

"文植是好样的，有骨气。"根据领导的意见，职工们的认同，决定任命他分管储蓄工作。文植流泪了，是感激，是负疚！他的劲头更足了，带动了一批人，成为一面镜子。

奥古斯丁证明：一次罪错沉沦亦可造成一次人格的升华和精神的解放。

文植的改变，带动了全信用社一大批人，在职工中产生了很大反响。

中国有句老话：众人拾柴火焰高，孤掌难鸣，他的几个好助手，一个顶一个，一个赛一个，拉得出，叫得响。

张静波，这个稳重而又谦逊的年轻人，负责信用社的内勤常务工作，任劳任怨，凭着丰富的工作经验默默无闻地耕耘着，是个挑大梁的角色。

王义，综合股股长，官儿不大，管的事不少，业务挺繁重，哪级领导检查都叫好,是个百里挑一的难得的好干部。

拾金不昧的好储蓄员迟锋、忠于职守的好保卫赵国祥、立足岗位甘愿奉献的吴香兰……

经济师、会计师。他们都充满了对金融事业的无比热爱和深情。

一个团结奉献的整体,一个拼搏进取的整体,一个为煤城建设甘做老黄牛的整体,是他们释放着最大的能量,刘世和带着这些时代的弄潮儿,在银海中遨游。

四

强者最显著的特点,就是不但善哉,还在于不肯满足,成功时不断进取。

一分耕耘,一分收获,几经辉煌,劳动者的光辉在这里得到凝聚、升华。

这时的刘世和,已经站在了一条新的起跑线上,他知道,眼睛要看得远一点,谁不希望收获? 谁不盼望繁荣兴旺? 而严峻的现实告诉人们前面的路还很长,而且十分艰巨。

存款吸储是立行之本,没有存款就没有信贷,没有信贷就没有效益,这是连锁反应。

夏季的一天,下班后同事们正在所里擦玻璃,进行义务劳动。这时,风风火火地进来一位储户,说今天坐夜车去哈市上货,急需2 000元钱。现金已经入库,怎么办? 储蓄员核对了存折后,大家七凑八凑才凑上1 213.6元,其中一名同志又急忙往家里打电话,不一会儿,这位同志的父亲送来了1 000元现金,当把2 000元钱递给储户时,他感动得不知说什么好了。

一次,外面正下雨,储蓄所进来两个人,急匆匆地办完存款后便消失在风雨中。不知是谁发现了柜台上有一个黑包,打开一看,里面有现金、合同书等物品,失主一定会着急,于是他们兵分两路到七彩城去寻找,当找到失主把包交给本人后,怕失主不熟悉这里的环境,又将他们送到山湖宾馆……

凭服务、靠信誉,他们赢得了储户。

考察、论证、分析,选择黄金地段建立网点。

1993年5月,正是绿树成荫、群鸟啁啾的时节,七彩城储蓄所剪彩了,听着噼噼啪啪的鞭炮声,望着熙熙攘攘的人流,刘世和想:解决问题,要向深层次发展。他在考虑,千方百计吸储,调动职工积极性,对职工规定的吸储指标是短期行为,必须从长远角度去看,进行全程服务,为储蓄创造宽松环境。

这一招真灵,当月仅一个储蓄所就吸储57万元。

1997年新春过后,是一个值得纪念的日子,桃南城市信用社又迁新址,搬到七彩城东正门对过。这可是个宝地,七彩城占地5万平方米,2 000多名从业人员,12 000个品种的商品,日成交额达40多万元。这么好的市场载体被刘世和主任选中了,接着,他提出了为大市场建设当好参谋,大力为用户提供方便服务。在结账上,不计时间早晚,及时结账,打破了一些条条框框,全部采用现金结算办法;对急需用款的个体营业者,认真考察其项目,提供信息服务,进行资金上的支持,当月新增用户50多户,结算业务平均每日增加30多笔,资金达420万元。

利用各种方式,全方位进行吸储,当年各项存款纯增1 880万元,发放贷款1 300万元。

1994年,霞光、桃源两个储蓄所相继开业。

储蓄队伍壮大起来了,深入街头巷尾居民点、企业、学校商店,走街串户宣传、动员,他们的口号是:服务上门、服务到家、服务到人,一改"银老大"形象,视顾客为"上帝"。钱,一分一分地攒,一点一点地凑。

这是个充满喜悦、富有诗意的收获季节,一个月,储户增加了600多户,储蓄金额增加了300多万元。

1994年储蓄纯增5 000万元,这是面对种种困难情况下取得的。职工们还记得,刘世和在一次会上的讲话:广泛吸收社会闲散资金,为市场经济建设提供充足资金是我们面临的长期而艰巨的任务,从某种意义上说,市场经济就是契约经济……他的话讲得那样质朴,他的为人像三江平原的泥土一样厚实,他的纯朴也像泥土一样光亮,他赢得了掌声,赢得了人们的心。

路,虽然有些艰难,只要登上山峰就能看到绚丽多姿的风光,展现在眼前的是蓝天、白云,再回过头来看登山留下的脚印,觉得是那么平淡无奇、风轻云淡。

人心无尽,骑上毛驴思骏马,摘了星星想月亮,对刘世和来说,有干不完的事。

五

地球上一切美好的东西都来源于太阳,而生活中一切美好的东西都来源于人。

大潮涌起,一串春雷在煤城滚动。

桃南城市信用社在银海里自如遨游的时候,刘世和听到了这样一些话:"过几天安稳日子吧,见好就收呗!别再折腾了,干多少事遭多少罪,还难保全毛金翅地落下来,自找苦吃可太傻了。"

金融部门不像其他行业,有其特殊的经济杠杆作用,还是看一看慎重一点好……

刘世和清楚:感情是必要的,但未必永恒,机制调动的干劲才能持久,这是在工作中得到的启示。风险怕什么? 站着躺下一般高。在艰难的情况下,创下辉煌的业绩,就是凭着良好的机制,才使自己的羽翼丰满。

经营机制以市场为导向,追求效益化,呆账死账的包袱被甩掉了。对基层各储蓄所,进行分灶吃饭、量化管理,使职工的潜能大大地释放出来,使之处于最佳状态。

内在的动力形成了,银行的生命力旺盛了,这正是顺风而呼、因时而行的结果。

1992 年初春,煤城朔风阵阵,白雪皑皑。

会计室里,大家讨论信贷资金如何投入,面对信贷资金的效益性、安全性、流动性等令人费解和焦虑的问题,开办风险抵押贷款,受到个体户、私营企业的欢迎,解决了他们急需的资金问题。长期困扰企业效益不好而影响银行自身经营的难题,在这里得到最大限度解决。

他们支持了多少企业? 这些企业为国家创造了多少利税? 这些利税又支援了国家的哪些建设? 他们,以刘世和为代表的金融业者,是播种者,是为人家做嫁衣的美丽可爱的天使。

为了给企业投资,要进行全方位的考核:企业现状、生产资源、市场预测,然后采用贷前检查、贷时审查、贷后抽查,才能决定发放贷款。仅 1994 年刘世和自己深入企业检查达 160 多次,从而确保了信用社资金安全系数。几年来支持的企业 95% 以上是成功的,也有个别企业没有效益,对此,采取办法尽力帮助企业恢复生机,帮助他们寻找新出路,提供信息建议。市铸造焦厂是七台河的中型企业,这个很有前途的企业外债很大,一度生产陷入困境,为其贷款 700 万元,注入活力,企业现出生机。当有人提出风险过大时,刘世和说:"效益好的咱们支持,效益暂时不好的也是我们扶持的对象,这叫与企业唇齿相依。"

他曾有一个大胆的构思,银行与有前途的企业捆在一起,共担风险,互相依存,追求自身效益的最大化,使其风险最小化,使信用社真正成为邓小平同志所说的:银行应起到杠杆作用,不光坐在那里算账、打算盘,也要广开门路会做经济工作,会做生意。

1992年,茄子河煤炭公司由于受三角债困扰,生产难以进行,处于半停产状态。领导们四处奔走,就是用三分利抬也抬不着资金,生产用品购不进来,轻轨、绞车、坑木买不进来。刘世和知道后,经过调查、了解,给他们贷款35万元,企业立即恢复生产,注入新的血液后,当年就实现产量17万吨,出现了兴旺发达的景象。

为市矸石热电厂发行债券100万元……

对于个体私营经济的支持更是不胜枚举,特别是七台河市大力发展民营经济,富裕一方百姓的"温州模式"提出后,他的思路更清晰了:仅1994年投入非国有(民营)资金就达960万元,共支持民营企业58家,为民营经济的发展创造了良好的发展环境。

市铝合金加工厂由于他行联行汇划尚未到户,急于到哈市购原料,若晚到一天原材料涨价是小事,购不到原料可就麻烦了。刘世和及时给予结算货款支持,购原料后,节省了资金,没影响生产,厂长感动地说:"刘世和处处为民营企业着想分忧,让我们终生感激。"

市房地产综合开发公司在开发万米住宅楼时,资金紧张,急需门窗,刘世和与洪兴家具销售商店联系,在加工业不景气的前提下,一并解决了两个企业的难题,仅此一项,市房地产综合开发公司没延误工期而少损失超期费120万元,洪兴商店还获利3万多元。

为华星电脑开发公司这个高科技企业贷款,解决实际问题;通过信息为深圳五金商店节省资金若干……

目前,这家信用社各项存款余额达到3 934万元,储蓄存款余额3 200万元,发放贷款余额5 000多万元……

失败与成功只有一线之隔。

是刘世和志大才厚,凭着一个金融企业家特有的胆识和才能,领导着信用社沿着市场经济这条轨道,不懈地前进着、追求着。

改革开放的大潮,汹涌澎湃,波澜壮阔,焕发出诱人的魅力。

六

太阳的能量最强,在于本身质子凝聚力,他不满足做过的一切,总是向着新的目标前进。

沉淀了一夜的城市噪声在晨光中浮起,街道两旁五花八门的商店、饭店、旅店、发廊都从睡意中睁开眼睛,开始精神抖擞地盯着街上的行人,等待生意。市场经济使人们渴望获得一种物质上的最大满足。

一段时间,有关刘世和的传闻四起:"信用社搞得好了,他得了很多奖金……""刘世和批贷款捞好处……"

于是乎,满城风雨,消息像长了翅膀,传到了市行。

呈现在人们面前的是令人惊讶的事实!

有一次,他的奖金比加盟人的多,实际上是应该多的,但他没有要。

有好几次,上级发下来的兑现奖金,还有按目标考核分得的那份,他从来没领过。

职工们是重实际的,心里都有一杆秤。

由于工作原因,有的单位或个人出于感激,有送礼的,他立即退回去;有的退不回去,就干脆交公,作为改善食堂伙食用;遇到"特殊"情况,他便"买"下来,东西收下,按市场价格把钱交公,逢年过节得有那么几回。

全信用社职工每人都能讲出刘世和几件动人的故事:

解决职工住房问题,根据生活情况、工作表现,仅 1993 年就给结婚职工解决住房 9 户,职工们没有闹矛盾,用公平的办法分房职工各个心情舒畅。

刚到信用社时,看到职工中午吃饭有困难,带来饭盒冷一口热一口的,这个主任于心不忍,立即成立职工食堂。

职工家婚丧嫁娶他不请自到,没有架子跑前跑后、张张罗罗。职工有病他亲自探视,谁有什么困难他总是想方设法予以帮助解决。

每逢年节,米面油、各种鱼肉水果、饮料啤酒,用车给职工送到家。

职工们都串班休息,刘世和从来没有过休息日,他把信用社当作自己的家,整整坚持了四年,日复一日,年复一年……人心似海,职工都是人,人需要被尊重、被理解、被信任,需要物质基础,精神依托。职工们说:"刘世和越把我们当人,我们越把自己当牛。"这火热的春风吹来,在职工心里怎么能不

195

起波澜？几年来,他还是住着自己那套住房。有人劝他,把结婚时那台黄河电视换一下吧,他微笑着总是摇摇头。

妻子刘金英在单位患病不能动弹,给他打电话,终因工作忙,没有及时赶到医院;去外地手术治疗时,他只是在遥远的信用社向她表示歉意。

女儿刘炎霈感冒高烧,妻子的学校又临近考试脱不开身,他把女儿领到单位后,工作一忙,针又没有打成,以致延误了女儿的病。

父亲过生日,同事们拿点东西,他也婉言谢绝了……

一个人的价值,既不靠命运的赐予,也不靠钻营取巧,靠踏踏实实、脚踏实地的辛苦劳动,才能创造人生的辉煌。

烟雨蒙蒙,如线如丝,远处的仙洞山像罩上了一层薄薄的轻纱,雨水把树木清洗得干干净净,春雨过后,天湛蓝,树吐绿。

刘世和这个勇于开拓进取的年轻人,和他领导的桃南城市信用社职工,在进入金融经济改革时代的今天,正大刀阔斧地向前闯。

对于刘世和来说,三年半如瞬间一般,但却记录着如下辉煌:

短短的三年半,桃南城市信用社由亏损局面,到 1992 年盈利 32 万元,目前固定资产几百万元,营业机构功能齐全,分布整个市区。

短短的三年半,桃南城市信用社存款额逐年上升,发放贷款逐年增加,支持国有企业、集体企业及私营企业达 300 多个,扶持了生产,推动了地方经济的发展。

短短三年半,桃南城市信用社取得了较好的经济效益和社会效益。1992 年被评为桃山区区级文明单位标兵,1994 年成为市级文明单位标兵,仅金融系统的荣誉就多达 20 多项。

刘世和成功了,他没有让家乡人民失望,没有让煤城人民失望。

真正的强者是永远不会满足的,刘世和继续精心策划、精心安排、运筹帷幄。由于工作需要,他被调到市人民银行任办公室主任,又开始了他新的征程。刘世和心中十分喜悦,他知道明天将拥有更加勃勃的生机,将以更大的步伐朝前闯。

展现在他面前的是五彩缤纷的世界,他牢牢地记住:人生并不是在追求荣誉和金钱,而是在追求真实,只要每天都认真快乐生活,脚踏实地工作,人生就有意义。

他是一颗银星,他在闪烁着耀眼的光辉!

走向新时代
ZOUXIANGXINSHIDAI

短道速滑之父

人活着,就意味着一次又一次诞生;活着,就意味着一次又一次拼搏、进击。

——题记

七台河市是国家冰上运动基地,培养短道速滑精英的摇篮,这在全国也是被业内人士公认的七台河现象。人们也都知道在七台河市体委有个教练孟庆余,一位看起来少言寡语的普通教练。

煤城人民知道他的名字,中国知道他的闪光业绩,世界各地的人也知晓他的名字。

他,担任七台河市体委体工队队长、高级速滑教练。

他憨厚质朴不善言谈,对于取得的点滴成绩,他最大的感受是在为之奋斗的时候,是幸福的;在为之劳作付出的时候,是充实的;在为之打拼的时候,他的内心充满快乐。

一

新中国成立之初的 1951 年,孟庆余出生于哈尔滨一个工人家庭,由于家里孩子多,生活难以为继。"收入少与子女多"所形成的极大反差和尖锐矛盾,几乎涵盖着家庭物质与精神生活的各个方面。

在学校体育课上,跟老师学会滑冰以后,那两条强健有力的腿使他的成绩一下跃升到学校前列,这也令他深深爱上了滑冰运动。

在小学读书的时候,他就酷爱冰上运动,木板刀不知玩坏了多少副。每年北方的隆冬时节，其他小同学都在户外堆雪人、打雪仗嬉戏，而孟庆余却在冰场上玩起来没个够，在平滑的冰面上，他一年摔了无数次跤，每一次他都顽强地爬起来，去正视摔倒失利的原因，爱琢磨问题的他从中吸取教训。无论处于怎样的环境，孟庆余一刻也离不开自己挚爱追求的冰上事业。

"我的理想就是一生不离开冰场，做个冰上健将，或培养出健将、当全国的冠军，以至于世界冠军，为我们祖国增光添彩。"

在孟庆余看来，使人痴迷神往的那个洁白晶莹剔透的银色世界，如迷宫一般在吸引着这位风华正茂的有为少年；冰山、冰景、冰花，一片冰的晶莹剔透的美好世界。

他一生中最开心的事就是从事冰上的运动，对于孟庆余来说，这种生活便是唯一的寄托，他在哈市读中学期间就崭露头角，曾多次拿到了速滑冠军、亚军奖牌。在自己看来，这都说明不了什么问题，他的目标是要冲出黑龙江，冲出中国，走向世界。

他的美好的梦想搁浅了，1969 年，在遍及全国的知青上山下乡热潮中，响应号召，18 岁的孟庆余和 400 多名知青被分配到七台河下井当煤矿工人，成为一个名副其实的挖煤工。当时的目标是在建设矿山报效祖国的同时，除了工作以外，还要专心致志地滑冰，去向自己的事业挑战。

在新建矿南采 429 采煤队当上了一名国有矿山的采煤工，当时煤矿条件特别艰苦，机械化水平相当低，撬锹、翻打，样样工种都熟练，在薄煤层里开采原煤很是辛苦，最高的煤层才 0.7 米，最低的煤层 0.4 米，人只能在井下跪着干活，到了晚上才感觉腰酸背痛。

初来乍到的孟庆余爱学肯问、不怕吃苦，干起活儿来浑身有使不完的劲儿。面对恶劣的生产环境、艰苦的重体力劳动，双手伤痕累累、回家累得倒头就睡的孟庆余没有放弃自己所钟爱的事业。近五年的矿工生涯，磨炼了孟庆余的坚强意志，煤矿工人特别能吃苦、特别能战斗的精神深入他的骨髓，煤矿工人那种跪着挖煤、站着做人的品格时刻激励着他做人、干事。

冬季，利用工作之余，不分星期天还是节假日，倭肯河这个天然的滑冰场，也就成了他进行演练的大舞台，从此，他的速滑技术大有长进。

当一个人的青春、生命和祖国、人民的利益紧紧地联系在一起的时候，就会迸发出勃勃的生机与旺盛的精力。

1972 年 1 月 24 日，佳木斯举办冰上运动会，孟庆余报名参加了。爆出了冷门,他在1 500米轻松地获得冠军,3 000米也是冠军,5 000米还是冠军,而且5 000米打破了合江地区纪录。

这是在赛场上自己摔伤的前提下取得的,这个血气方刚、有血有肉、敢打敢拼的运动员叫人刮目相看。

孟庆余调入市体委做教练。

1991年,张杰同队友获得了3 000米接力赛金牌。她已经从煤城冲向世界,教练孟庆余也成了人们关注的新闻人物。1996年3月,在荷兰首都阿姆斯特丹举行的世界速滑锦标赛上,七台河市女运动员杨扬代表中国队获得了3 000米接力赛冠军的好成绩。

2002年美国盐湖城戴尔塔滑冰馆,在第19届冬季奥运会女子500米、1 000米短道速滑决赛中,中国女子短道的一代领军人物杨扬获得金牌。

4年之后,2006意大利都灵帕拉维拉滑冰馆,在第20届冬季奥运会女子短道速滑500米决赛上,新一代领军人物王濛俯身在红色起跑线上,王濛为都灵冬季奥运会的中国军团赢得了第一金!

荣誉的背后有多少心血,王濛14岁那年,因为补习文化课而一度中断训练,体重在短时间内由不到55公斤长到70公斤。孟庆余教练采取了激将法:你的体重再这样长下去,干脆回家别练了。平日争强好胜的王濛自尊心受到极大打击,在孟教练的指导和母亲的陪伴下,开始了疯狂的减肥计划。当时是七八月份的炎热夏季,每天当其他队员训练结束后休息时,王濛穿上厚厚的秋衣秋裤围着运动场一圈一圈地跑,每次汗水都浸透了衣裤。

孟庆余被人们誉为“金牌教练”。

孟庆余教练是一位高层次的劳动者,他无时无刻不在追求自身价值的实现,他创造了被誉为全国著名的“七台河现象”,孟庆余和他领导的冠军队伍被称之为“孟家军”。

二

改革的年代,多元的社会,昭示人们比以往任何时候都更加努力奋发,参与到伟大的中华复兴的建设中。

如何提高这些小队员的本领?基本要领怎样掌握?孟庆余除了积累大量的实践经验外,他还认真地查阅各种资料,针对少儿特点,运用较为科学的训练方法。

对待这些小队员严格是理所当然的,他要身体力行进行一次次示范表演,每次训练下来,他满身都是汗水。冰上的一些活计他也都包了下来,浇冰场看来是普通的事,但是要使冰场坚实耐用并非易事。

他把自己的全部身心都交给了冰上训练,交给了孩子们。

只有经历艰难困苦的磨难,才有到达理想彼岸的路径。

俗话说,冬练三九夏练三伏,越是寒冷的天气,孟教练就会越练越精神,人们称之为"钉子"精神。

万丈高楼起于垒土,浩瀚大海源于小溪。

短道速滑队建立初期,场地少。教练员、运动员居住在露天灯光球场看台下面破旧不堪的小屋内,夜晚队员们躺在冰凉的板铺上蒙着头睡觉,一觉醒来,洗脸盆里的水都结成了冰,尽管这样他们也不叫一声苦。为了扩大场地,孟庆余等教练员带领运动员自己浇冰场。

隆冬腊月,教练员与运动员一道在露天冰场里训练,一练就是几个小时。有的队员脸冻紫了,脚冻麻了,手冻伤了,可孟庆余教练没有一丝一毫地放松训练。没有像样的训练器材,孟庆余就自制滑冰器具。他常对队员们讲起自己井下工作时的情景,激励队员们不畏艰难,奋发向上。

人们都注重人生价值。人生价值从自尊自强自立开始,实现于社会责任,也就是在社会价值中去体现。

孟庆余认为,面对比赛场上高手如林、竞争激烈的实际,运动员首先要有天不怕地不怕的大无畏精神,上场不能怯阵,两腿不能哆嗦。

为了练运动员的胆,孟庆余想出各种奇招,比如带孩子走漆黑夜路,带孩子们去跳桥。

为了增强肺活量,他要孩子们把脑袋扎水里练憋气,憋的时间不够长的,他一手拿秒表,一手按住脑袋不让起来,孩子有时被水呛得直咳嗽,甚至掉下眼泪。

对所有队员的纪律要求极为严格,不许吃零食,不许听歌带,不许睡懒觉,有的女孩的零食被他扔出窗外,歌带被他扔进炉子里,有一次大夏天太热,王濛偷跑出去喝了一杯冰水,被孟庆余罚练习。

锻炼耐力,孟庆余带孩子们长途拉练,带上一些自行车配件和修理工具,骑车从七台河出发,行程开始是鸡西、佳木斯市,数百公里当天来回,后来是七台河—牡丹江—哈尔滨—依兰—七台河,路途长达数千公里,行程要数天。其间不少是崎岖狭窄、不断攀升、坑坑洼洼的山路,非常危险。孟庆余和孩子们毫不畏惧,坚持锻炼多年。饿了吃带去的干粮,渴了就喝山沟里的水。

1987年长途拉练,大家骑车前行,赵小兵发现孟教练没影了,孩子们赶紧回头去找,结果在路边深沟里发现了晕倒在那里的孟教练。原来他因过度疲劳,不小心连人带车摔了下去,手臂摔出一尺多长的大口子,骨头都露出来了。孩子们看教练摔成这样,急得直哭,孟庆余缠上绷带后照样在队伍前面领骑,一点也不耽误行程计划。

孟庆余深爱自己的妻子和儿子,有队无"家",他把亲情、爱情都融入短道速滑的事业中去了。多年的训练使孟庆余患上了肾功能衰退、风湿病,但他仍然忍痛坚持带队训练,从没有耽误一次训练。

早就洞察世界短道速滑趋势的孟庆余,终于用汗水与心血浇出了希望之花。张杰是七台河市有史以来第一个世界冠军,她的成功更加坚定了孟庆余以及所有教练员培养运动员的信心和决心,也激励了广大运动员更加刻苦训练,早日实现冠军的美好梦想。

短道速滑已成为七台河最响亮的城市名片。

从20世纪至今,七台河共走出十位短道速滑世界冠军,荣获163枚世界级金牌,15次打破世界纪录,这是几代速滑人艰辛努力的成果,饱含着多少汗水和泪水,倾注了多少心血和精力,一次次的跌倒和爬起,"编织"出了世界冠军的摇篮。

在孟庆余从事短道速滑运动近30年的时间里,先后为国家培养输送了张杰、杨扬、王濛、孙琳琳等世界冠军,张长红、杨美贞、韩梅、王伟、康展佳、赵敏等数十名优秀速滑运动员。国家短道速滑队有多名运动员是他培养的。

运动员们赢得冠军时接受着鲜花、掌声,在那光辉灿烂的一刻,很少有人看到背后教练员付出的艰苦努力,教练员只能为他们高兴、庆祝,默默地做着奉献。而更加了不起的是像孟庆余这样的基层教练,永远是在做基石,光辉灿烂与他没关系,运动员被培养得稍微成熟一点儿就被上级体育部门挑走了,他没有想自己会不会沾什么光,就这样年复一年、日复一日。

运动员去到孟庆余教练家时,用"家徒四壁"这四个字来形容他的家最贴切不过了,坐的还是几把20世纪70年代的折叠椅,一台训练用过的破旧自行车,几块大小不一的秒表,表带接了一次又一次。

南方城市高薪聘请他却请不去,北方发达城市给他优厚待遇他不走。孟庆余就是一顶旧滑冰帽子,一身陈旧的运动服,皮鞋是几元钱从旧货摊上买的,袜子是补丁的,最最值钱的是一枚"全国五一劳动奖章"和戴在胳膊上的上海牌手表。

对事业的热爱不是一个境界高尚就可以形容得了的,那是矿工精神的浓缩,更是大爱无疆的体现。

大家还记得,孟庆余结婚不久,就把别人赠送的一块大镜子拿到运动员宿舍,让运动员在训练前照一照自己的形象,整整衣冠。

三

"冰刀是滑冰运动的灵魂。"对于速滑人,冰刀就如战士手中的枪,那是他们的全部。

驻足在冰刀前,张杰看了又看,久久没有离去。

冰刀上的锈迹还在,而且锈痕还很深,冰鞋皮磨坏了,鞋帮儿塌倒了,有的鞋窠里还有孩子们磨破脚残留的血迹……

8岁那年,张杰离开父母和孟庆余学习滑冰,17年的学习生活让她成为在孟教练身边时间最长的学生。

至今,张杰仍清楚地记得,为了不让寒冷影响训练发挥,孟庆余每次都会把她的冰刀放在怀里焐热后给她穿。"对我来说,孟庆余不只是老师,他更像是父亲。"张杰说。

穿着带有孟庆余体温的冰刀,张杰不负期望,驰骋在赛场上一路披荆斩棘,为祖国赢得了一个又一个荣誉。她说,这都是孟教练的功劳。

2014年,出于对家乡和短道速滑事业的热爱,张杰从国外回乡创建了特奥短道速滑队并兼任公益教练员。

她把孟教练留下的精神和关爱继续献给了这些特殊的孩子。孩子们在张杰的带领下,刻苦训练,这个训练可是和正常运动员不一样,必须用特殊的教学方法,因为这是一些残障人。功夫不负有心人,小运动员不负众望,在2017年第11届世界冬季特殊奥林匹克运动会上为祖国摘得四金两银。

孩子们亲切地叫张杰妈妈,这个"妈妈"真是倾注了大量的心血。每当孩子们喊她妈妈的时候,张杰有时不禁掉下幸福的泪花。

"这既是给国家和家乡的礼物,更是献给孟教练的礼物。"张杰自豪地说。说起未来,张杰的话语温柔中带着坚定:"我要给予这些孩子更多的爱,让他们像健全的孩子一样幸福。就算是拼了命,我也要让孟教练的精神传承下去,让家乡短道速滑的旗帜永远屹立飘扬在世界的领奖台上,知道七台河,知道中国。"

在比赛场上人们看到了运动员的顽强拼搏,都是用辛苦换来的荣誉。每年的早期上冰训练没有训练场地,队员都要拉到哈尔滨冰上基地集训几个月时间。

为了节省经费不足的问题,他们要在赛场附近租用民房,哪家最便宜租哪家,居住条件可想而知。

孟庆余的主业是教练,还得当采购员、炊事员、卫生员。训练亲自带队,领着"小天使"们在平如镜面的冰上飞奔往来,练就了熟练的技巧,掌握了娴熟的本领。

到了就餐时间,他还要自己办伙食,有限的资金还得保证孩子们吃好吃饱,都是长身体的阶段,还要调剂好大家的饮食结构。这时,教练成了美食家,在厨房里,他亲自主灶,运动员们打下手,大家像一家人一样各有分工,都身不由己地自动地投入劳动之中,劳动是美好的,劳动者是幸福的,他们都感到充实和快乐。

菜上来了,大家围坐在桌边,谈笑风生地品尝着老师的手艺,更重要的,他们从老师身上学到了一种品质,一种朴质无华、进取向上的中华传统美德,这些,已经深深地镌刻在学生们的幼小心灵中。有的队员病了,他又到医院去求医求药,如父母照看自己的孩子一样;有的孩子闹点小矛盾,他就是调解员。

冬天的夜晚显得比较漫长,月光从外面照进来,显得柔和寂静。夜已经很深了,队员们由于一天紧张而繁重的训练,早都进入了梦乡。窗外,不知什么时候下起了雪,雪花纷纷扬扬地落在城市里的建筑物上,给建筑物披上了一层白白的暖色。

雪停了,静静冬夜,天上的星星在眨着疲倦的眼睛。孟庆余还没有休息,他正专心地为队员们修着冰鞋,冰鞋修好了,用手摸摸哪个刀不快,发现问题便毫不犹豫地磨起来。

磨冰刀是个体力活儿,不用力气刀是磨不锋利的,如果用力不匀或用力过猛,不仅误时间还磨不快。磨的时间一长两只胳膊酸疼酸疼,等第二天竟连举手都费力了。

在昏暗的灯光下,孟教练认真仔细地磨冰刀。他已经练就了磨冰刀的真本领,一磨就是十几副。

在哈尔滨冰上基地集训,孟教练每次都要累倒,但他想到这摊事业,想到运动员们那种干劲自己也就无所谓了。

集训的时间是很长的,半年多时间,人回到七台河,大家都显得瘦了许多。

人懒事事难,人勤事事易。

他没时间去欣赏已经取得的非凡业绩,顾不上品尝已经获得的丰硕成果。当春风轻拂着煤城七台河山川河谷之时,孟庆余率领运动员以高昂的斗志、饱满的热情,全身心地投入到新一轮的训练工作之中。

四

孟庆余成了家中的客人,一年 365 天,他在家的时间不超过三分之一。他把整个心思都用在了工作上,整天想的就是那个冰上的事业。家里的事他什么也不管不问。

别人说:"老孟,你是四十多岁的人了,你冲着自己的这把年纪,得多少照顾照顾家了。"

他只是叹了一口气,自己何尝不想照顾经营好自己温暖的家,自己十分清楚,自己照顾了这头照顾不好孩子们啊。

他设身处地为家不止想过一次,怎么办,孩子训练要紧,自己也离不开孩子,等退休再回报妻子、孩子和家里吧。

孟庆余对学生们的要求一向十分严格,有时也会引起小学员们的叛逆和不满。儿子孟凡东 5 岁的时候,曾被孟庆余的学生们打了一顿出气,他只能躲在墙角偷偷哭。

孟庆余发现后,并没有责骂学生,就当没发生一样,默默地带着小凡东去了玩具店,给他买了一个望远镜作为受委屈的补偿,孟凡东看着这个玩具,不禁悲从中来,眼泪一对一双地落了下来。

这也是在孟凡东的记忆中,父亲送给他的唯一的玩具。转眼间,父亲已经离开家人很多年。如今,他已为人父,回想起过去的点滴,现在更多了一分对父亲的理解。

孟凡东说:"现在,他的学生们对我和母亲都像对待家人一样,我想,这或许就是父爱的传承吧。"

比赛场上,虽说队员发挥得特别出色,满载而归,被胜利的花环簇拥着,但是,孟庆余在想,还有哪些动作不够理想,自己是主教练,若有某些失误,责任由教练承担。

每个人都是自己的明亮的鲜红的太阳。在他看来,胜利固然是伟大的,但当某些失败不可回避时,失败就成了一种终生憾事。

经费不够用还等米下锅呢,孟庆余就花自己的工资,时间长了亏空就多了。有时孟庆余的衣兜里足足有 3 万多元的条子,本来并不宽裕的家庭还得垫付一些款项,总不能眼睁睁地因为没有资金而停止训练、停止比赛吧。

他坚信,困难会过去的。

他的大脑就想一件事,一天天满脑子想的都是训练、比赛。

七台河短道速滑在全国崭露头角时,吉林省体委主任亲自找孟庆余谈话请他执教,孟庆余拒绝了;大庆市又以年薪 50 万、给房给车的待遇相邀,孟庆余又婉拒了。

10 多年来,孟庆余面对南北方一些省市的盛情邀请不为所动。亲戚朋友说他傻:"同样培养人才,到哪儿还不都是一样为祖国培养人才!"可孟庆余情系这方沃土,想到自己全力培养煤城孩子走上冰坛的渴望,感觉不能离开七台河啊,不能离开这片热土啊!

在遥远的天边有一颗星,那是冰锋滑出的冠军星…… 每次听到《晨星》这首歌,七台河少儿短道速滑业余体校教练员赵小兵的脑海里总会有一个身影浮现:那是一个坚韧、伟岸的身影,目光里流露着坚毅。

训练中,他犹如军人一般严格。生活中,他却像父亲一样慈爱。那个身影,是属于孟庆余的。赵小兵说,这不只是一首歌。这是一群人、一个群体披星戴月挥汗流泪拼搏奋斗的故事,这是一个城市的精神和灵魂。

"孟教练教会我的不只是滑冰,更多的是那种对事业执着追求的态度。"提起孟庆余,赵小兵现在还会止不住流泪。

"34 年执教生涯中,孟老师从未耽误过一次训练,没请过一次假。"1987年的夏天,孟庆余在体能训练时不慎摔伤了手臂。为了不耽误赵小兵和张杰的训练,他每天都拖着刚结痂的手臂带她们出去长跑。

"那是一个雨天,奔跑在雨中的我突然发现孟教练的胳膊变成了红色。原来是大雨浇开了伤口,鲜红的血混着雨水从孟教练的手臂淌下。"赵小兵说:"我们心疼啊!劝孟教练赶快停下来避雨,可他说什么也不听。"赵小兵还记得,那一天,不知是雨水还是泪水模糊了她的眼睛。

身体里的血脉在扩张,她只觉得身体里有使不完的劲儿。"我们无所畏惧地向前奔跑,将血和泪远远地留在了身后。"

"一转眼,30 年过去了。我也实现了自己的理想,当上了一名教练员。"现在的赵小兵,依然践行着孟庆余的训练方式和教学理念,精心培养着她手中这些小小的"种子"。

"每次去祭奠孟老师,我都会多待上一会儿,和他聊聊家乡的变化,说说那些令人喜悦和欣慰的事儿。孩子们现在有了室内的冰场,有了专业的浇冰车,有了更好的冰刀,有了庆余公园,现在的七台河还举办全国比赛、国际比赛……"

赵小兵对于七台河未来短道速滑事业的发展满怀信心:"我们会接过孟老师手中的接力棒,继续他的愿景和未完成的事业。"

孟庆余以自己无私无畏、无欲无求的矿工精神回报着七台河父老乡亲的厚望,他虽得不到很好的人生享受,可矿工精神仍在七台河短道速滑队中代代传承。

短道速滑队队员们的家长说,孟庆余教练善于观摩学习,自己有一套创新办法,在学苗选拔、体能训练、心理素质培养和刀具处理等方面不断追求竞技体育的最高境界,那些短道速滑金牌的取得,是矿工精神在支撑,是教练员、运动员用血汗和泪水浇铸而成的。

孟庆余对此特别欣慰。

在岁月的洗礼中,他磨炼了意志;在历史的风雨中,他锤炼了理想;在现实的开拓中,他充满了朝气和活力。

诚实、勤奋、谦虚、向上,这是孟庆余的人生座右铭。

诚实是为人之本,勤奋是工作的动力,谦虚是生存的土壤,向上是一种进取精神。

五

一切事物都在时间和空间中存在着。

孟庆余在工作日志中写道:"人生最重要的事情,必须有一个伟大的目标,以及达到这个目标的决心。"

一个人的履历是他留给历史的足迹,历史总会依据他的足迹做出公正的评价。正是凭着人格的力量、敬业的精神和超越的能力,他为了祖国的体育事业一步一个脚印地走着,步伐坚实而有力。

这是一架由钢管和铁桶焊在一起而成的简易浇冰车,看起来很是破旧,锈迹斑斑。

这件物品的贡献太大了,是一件发明创造。

它原始、笨重,甚至并不好用,可是当年就得用它工作,每天都离不开它。在七台河市短道速滑教练员马庆忠的眼里,这是一件无比珍贵的"文物"。

当年孟庆余教练就是拉着它一步一步艰难地行走在冰场上,在零下30摄氏度的低温下浇冰场。尽管穿着很厚的衣服还是被风打透,脸冻得通红,手也冻坏了,还是一身汗的劳作着。只要停下来,身上出的汗见凉就会更感觉寒冷。

他浇出了那片粗糙的冰场,一个满载着无数奖牌的冠军摇篮。

在那个物资匮乏的年代,这也许是孟教练能找到的最好的浇冰设备。马庆忠轻抚着面前的浇冰车,好像在与一名久别重逢的老友交流。或许常人无法想象,七台河这座金牌光辉照耀下的城市背后,曾背负着怎样的艰难与辛酸。

"这辆浇冰车是孟教练在1993年做的,装满水有近两吨重。每天凌晨2点多,他都早早地爬起来打扫冰场,再拉着这辆车,风雪无阻,浇完近500米的冰面。"

马庆忠回忆说:"一场冰浇完要近两个小时,孟教练的棉衣里都是汗,而棉衣外却被溅出的水花打得湿透,冻得像冰雕。"就是在这片用最原始的方式浇出的冰场上,却诞生了一个又一个的奇迹。

马庆忠从9岁开始接触速滑运动,特别有天赋的他梦想着为祖国争光,实现自己的美好梦想。19 岁的时候他成为一名优秀的运动员,可惜 23 岁因伤无法继续比赛,他特别苦闷,特别难过。

一个战士怎么会轻易离开战场呢,苦苦地想也是不得其果。

在孟庆余的影响下,自己只好依依惜别这个自己追求的事业,转职为一名教练。

他那段时期,总是感觉天是灰蒙蒙的,心是苦涩涩的。

用他的话说,孟庆余对他而言早已不是简单的师徒关系,而更像是他的父亲。他清楚地记得,19 岁那年,孟庆余花了 220 元钱为他买了一件皮大衣——当年那几乎是孟庆余一个月的工资,教练的家根本不富裕,自己为此感动了好一阵子,那件衣服自己总是舍不得穿,重要的场合才穿上这件衣服,显得很帅气也有精神。

孟教练把学生都当成了自己的孩子。

他性格坚毅,追求卓越却从未自满。他善于学习,因材施教,每个孩子的特点、爱好啥的全掌握,谁的生日、谁有些任性、谁爱唱歌、谁最调皮,他全清楚。

马庆忠说,如今虽然孟庆余已经离开了 13 个年头,但他总结下来的训练方式和方法依然没有落后,仍然在发挥着巨大的作用。

如今,马庆忠接过了孟庆余手中的"接力棒",感到自己身上的担子特别沉重,想想孟教练的种种往事,自己必须昂起头挺起胸朝前走。

王濛、王伟、孟晓雪等冬奥冠军和世界冠军在这里破茧而出,骄傲地站在了世界的面前。

在市短道速滑特色校总教练董延海的记忆里,有着这样一盏灯。

一盏人生的灯,每时每刻都在燃烧,永远也没有熄灭,犹如奥运火炬,在一棒一棒地传承。

其实,那是一盏挂在简陋木杆子上面的普通的碘钨灯。这盏灯,寒冬的夜里,它卖力地散发出温暖的光,照亮了孩子们心中的美梦。

灯光下,一道坚毅的目光紧盯着每一个孩子的脚。"注意动作! 再加把劲!"洪钟般的声音划破了幽寂的黑夜。

回想过去,董延海依然记得那幅温暖的画面。只是灯光下那个伟岸的身影,如今已静静地离开了 13 年……

"1974 年,我成为孟教练的学生,那时候训练条件非常艰苦,为了多一些训练时间,我们只能在夜晚滑冰。"董延海回忆说:"因为场地里没有路灯,'摸黑'训练就成为一种无奈的选择。"

董延海清楚地记得,那是一个普通的训练日,在和同学们走到冰场的时候,却惊讶地发现场地中有了光亮,光亮忽明忽暗,是自己的眼睛有了错觉吗?

跑到近处,才看见孟庆余微笑着站在灯下,向同学们招着手。

场地中央,一根六米多高的简易木杆深扎在冰中,上面挂着一盏特别亮的灯。那一晚,孩子们非常兴奋,大家拿出了远超平时的干劲儿,像过年一样兴奋,一圈又一圈地飞舞在冰上,仿佛置身于明亮的国际赛场。

每次滑冰会感觉吃力,这次显得很轻松自在,孩子们像开车奔驰在高速公路上。

深夜里,孟庆余在灯下指导训练的一幕,常常出现,常常再现,也成为董延海记忆中挥之不去的美好画面。

直到现在,董延海也没弄明白孟庆余是怎么以一己之力竖起的这盏灯。但他知道,在这盏灯下诞生了一个又一个的奇迹。

1984 年,董延海成为一名教练。执教生涯中,他将杨扬送上了冠军的领奖台,为祖国赢得了第一枚冬奥金牌。

2014 年,董延海从海外回来建立了七台河市短道速滑特色校,既担任领导又是教练。现有队员 316 名,已将 60 多名优秀小队员输送到上一级训练队伍,这些孩子有福了,有了更广阔的拓展人生事业的空间,更重要的是,他们知道了体育技能和竞技的本领,学习做人,领会感恩,倡导公平,建立美德,传承精神。

他说:"我的工作就是为国家培养优秀的种子,然后输送到重点班,让他们发芽、成长。""现在的训练环境要比我们那代人好太多,孩子们有着平整明亮的冰场,专业的冰刀器材,但不变的是孟教练传承下来的品质和理念。"

董延海说:"我始终在思考,如何更好地将这项运动发扬光大,传承下去。我不能保证每名孩子都能成为冠军,但我保证,会将七台河的冠军精神教给每一个孩子,让他们懂得拼搏,学会坚强。"

时光荏苒,记忆中的那盏灯早已消失在时间的长河里。但董延海说,这盏灯没有熄灭,它仍亮在每个七台河短道速滑人的心中,指引着前路,照亮航程。

这盏灯，如航标灯。这盏灯，如一粒种子。

当运动员杨扬在助跑中跃起，像一只擦过苍穹的鹰，离弦的箭一般，如鱼儿在深水中游曳，上摆的两臂如翅翼张开，左右摆动，身体尽力向前向左倾斜，有力的两腿在飞快地移动，自如穿梭冲向终点。

观看的人们目不转睛地注视着运动员的细小动作……

1984 年建队，仅仅 13 年间，这支体工队由弱到强，从小到大，冲出了家门、省门、国门，跨越重洋，产生许多轰动效应。

这是一组闪着金光的数字，是用金子编织出来的数字，他们共获得金牌 300 多枚，其中国际比赛 13 枚、亚洲比赛 5 枚、全国比赛 70 枚、省级比赛 46 枚，还有 10 余次世界纪录的刷新……从此，这种现象被称为"七台河现象"，弘扬了以杨扬为代表的拼搏争先的时代精神。这个队曾 8 次打破全国纪录，7 次打破世界纪录，两次荣获全国短道速滑赛女子团体冠军。

培养出了张杰、杨扬、王濛、王伟、孙琳琳 5 名国际级运动员健将、4 名国家级健将，每年都向省体校、省体工队输送一大批滑冰人才。

纵观孟庆余的人生，就是不断学习、不断进取、不断挑战自我、不断战胜自我的过程。他的人格、品质、情怀纯洁、崇高，足以让人们肃然起敬。

说到底，孟庆余的人格精神与人格魅力就是敬业、奉献。几十年来，在煤城这块土地上，矢志不渝，无怨无悔，呕心沥血，勤奋敬业，钟爱短道速滑事业，不负人民的重托。

"奖章对于一个真正的运动员来说，是通往高峰路上的一块块里程碑。而对教练员来说，是向党组织交上的一份份工作报告。"孟庆余平和而舒缓地说。他，不愧为通向冠军领奖台上的阶梯，他是真正的金牌教练，不愧为世界冬奥冠军的铺路石。

生命如春花一样璀璨，如夏草一样葳郁，如秋景一样金黄，如冬雪一样洁白。在他一生的心路历程中，总是用自强不息的烈火照亮别人的生命征程。

他清澈得如一泓池水，他恬静得如无边原野。在岁月的河流里，翱翔飞歌。他自强赢得了尊严，他拼搏得到了赞许，他忘我工作创建了一番属于自己的教练事业。

当年，有人建议老孟在体工队推行市场化运作创收营利。他说："不能拿孩子当商品，市场化运作会坑了孩子啊！"有的地市向他开出了年薪 50

万、别墅和高级轿车的优越条件。孟庆余根本不为所动,他说:"离开这些矿工的后代,再优厚的条件我也培养不出世界冠军。"

2006年8月,七台河短道速滑第一代教练,年过半百的孟庆余带学生赴哈尔滨冰上基地训练的路上,遭遇车祸殉职。

在清理遗物和体工队账目时发现,他把每一分钱都用在了孩子们身上,不足的时候,他经常用个人的工资、奖金贴补。他一生就是一身运动服,皮鞋是几元钱从旧货摊上买的,他的袜子是带补丁的,他留下的是一本厚厚的训练笔记和一枚"全国五一劳动奖章",以及一块省"十佳公仆"奖牌。

还有戴在他手上的一块普通手表,表盘被撞坏,指针停留在事故发生的时间。

他走了,七台河不会忘记,黑龙江不会忘记,中国不会忘记,是他让中国体育出现了"七台河冠军现象",也是他的弟子们成就了中国短道速滑辉煌时刻,从此,世界短道速滑赛场不断见证着中国速度,更见证着一种伟大精神。

风正扬帆自远航

人是要有梦想的，有梦想就有斗志。企业发展也要有梦想，有美好的愿景，然后一步步去实现。

他，就是这样一个人，事业面前，他敢于负责、求真务实；苦乐面前，他以苦为乐、无私奉献；金钱面前，他两袖清风、清正廉洁；荣誉面前，他不骄不躁、奋力前行。这个人就是徐文生，他和他领导的煤矿不断实现着自己的人生追求，为打造平安矿区献出了一片赤诚和光热。

领导嘱托永牢记

2019年5月3日，春回大地，绿意渐浓。新任职的七矿公司党委书记、董事长张长山深入新立矿井下检查安全生产工作。

这令全矿很受鼓舞，要求干部要再接再厉，发扬传统，勤思考、敢担责、重执行，认真研究工作，制定激励机制，抓好生产正规循环，积极谋划长远发展，凝聚人心、形成合力，推动企业健康稳定发展。

张长山检查了新立矿40201掘进工作面现场管理、瓦斯治理、安全生产标准化建设工作，对新立矿40201掘进工作面瓦斯治理效果好、安全生产标准化建设水平高给予充分肯定，称赞新立矿40201掘进队职工精神面貌好。

张长山说："'五一'国际劳动节期间，你们放弃了休息，为了七煤改革扭亏转型发展，仍然奋战在千尺井下，工作最辛苦、最累，正是有了你们的辛勤付出，才有了企业的今天，希望你们要坚定信心，立足岗位干好本职工作，多挣安全钱；增强安全生产标准化意识，加强现场管理，严格兑规作业，提高安全生产标准化水平，夯实安全基础。"

走向新时代
ZOUXIANGXINSHIDAI

张长山强调,当前公司面临严峻的形势,新立矿要站在讲大局的高度,抓实安全生产、经营管理等工作,稳定职工队伍,促进煤炭生产,为公司改革脱困振兴发展做出贡献。

张长山对新立矿各级干部勤思考、敢担责、重执行给予肯定,逐一落实急需解决的问题,积极谋划长远发展,推动企业健康稳定发展;严格落实公司三个停产煤矿人员划归等政策,做好调入新立矿停产煤矿采掘一线职工对接工作,严把职工体检关,加强生产组织,狠抓兑规作业,凝聚人心、形成合力,为企业发展再做新贡献。各级专业干部要跟班写实,深入研究生产组织工作,制定激励机制,抓好生产正规循环,准确掌握生产循环次数,调动职工的生产积极性,全面提高工时利用率和设备开机率,提高煤炭产量和掘进进尺,为公司改革脱困振兴发展提供保证。

4月27日,公司总经理刘金奇,七台河矿业公司副总经理刘辉,七台河矿业公司副总工程师张文胜、徐振龙、颜斌,七台河矿业公司代副总工程师王琳、李晓雨率队分三组深入新立矿检查验收一季度矿井安全生产标准化工作。

刘金奇、刘辉、颜斌率领第一检查验收组深入煤矿检查验收矿井安全生产标准化工作。刘金奇检查了综采工作面的现场管理、安全措施落实、安全生产标准化建设工作。

刘金奇指出,煤矿井下自然条件复杂,地质构造变化大,各种灾害随着采深的增加不断凸显,安全管理难度增大,这就要求各级干部要树立安全第一的理念,正确处理好安全与生产、安全与效益的关系,提高研究解决问题的本领,把未知变已知,控制灾害和不安全因素,为职工创造安全可靠的作业环境。

加强施工现场安全细节管理,遇到构造或顶板发生变化时,及时采取针对性安全技术措施,加大顶板支护密度,提高顶板支护强度;按照要求严格落实护帮措施,防止片帮伤人,确保安全生产;要高度重视综采回收工作,尤其要注意顶板管理,落实落靠各项安全措施,保证安全回收。

技术干部制定安全技术措施时不仅要有针对性,而且要全面;抓现场管理不仅要严,而且要细,尤其是掘进施工既要快速、保证质量,又要为采煤创造良好的条件,促进高产高效。

张文胜、王琳还深入新立矿检查验收一季度矿井安全生产标准化工作。

张文胜、王琳检查了新立矿41011掘进工作面的现场管理、安全生产标准化建设、瓦斯治理等工作，要求新立矿按照规范设计、按照设计施工、按照标准验收，加强安全生产标准化建设，推动安全生产标准化工作提档升级；牢固树立"安全第一，预防为主"的思想，严格落实"一探三防"、灾害治理等安全措施，狠抓现场管理，按照"谁检查、谁签字、谁负责、谁落实"的原则，开展好隐患排查和自检自查，确保安全生产。

加强安全生产标准化建设，打牢安全基础，坚决做到不安全不生产；加强生产准备，超前谋划好生产接续工作，提高单产单进水平，为公司实现高质量发展做贡献。

公司领导们的希望和嘱托，大大激励了新立矿全体人员干好工作的热情，牢记重托，不忘使命。

扎根煤海写春秋

30多年来，徐文生扎根矿山，砥砺奋斗，献身煤海，舍小家顾大家，出满勤干满点，时刻以一名共产党员的标准奉献着自己的青春年华。

30多年来，他从一线工人做起，勤于学习，苦练内功，安于清贫，练就了一身过硬的本领，成为百里矿区有名的劳模技术型人才典范。

30多年来，他把矿工当成亲兄弟，为他们做实事、办好事、解难事。年年被评为先进工作者、优秀共产党员、安全标兵，为矿井的安全生产立下了汗马功劳，为矿区建设殚精竭虑，在百米井下谱写了一曲动人的奋斗之歌。

20世纪80年代，徐文生满怀着人生的憧憬和对理想的美好追求，从农村来到了七台河，被分配到煤矿当了一名井下工人。面对着走向社会的第一起点，开启未来的第一篇章，年轻的徐文生暗下决心，一定要干出个样子。

虚心向老工人请教，和他们交朋友，经过几年的不懈努力，自己的业务水平和工作能力明显提高。对井下工作面脏、累、苦、险的真正含义有了深刻理解，萌发了在井下干好掘进工作的念头。不到一线去、不到工人中间去、不到最艰苦的地方去，就不能算是一名真正的采矿人。主意已定，便向组织提出了申请，矿领导得知后说："你知道井下掘进有多苦、多累、多险吗？"徐文生坚定地回答："请领导放心，我准备好了，就让我到一线去吧。"就这样，从掘进工人干起，从苦脏累活做起，品尝了煤矿工人的所有酸甜苦辣。

生命至上，安全第一。在和工人一起摸爬滚打的日日夜夜里，总有一种无形的力量鞭策着、鼓励着自己，那就是矿工兄弟以苦为乐的无私奉献精神。凭着对矿山的挚爱和踏踏实实的敬业精神，年年被评为公司劳模，市里、省里劳模也有他的身影，他还荣幸地出席了全国劳模表彰大会。

徐文生多次被委以重任，2017 年，被提拔为胜利煤矿主持工作的副矿长，2018 年 11 月 27 日新立矿发生瓦斯事故，面对这个矿安全基础薄弱的现状，公司将他从胜利矿调到新立煤矿工作。

当上矿长以后，位置高了，权力大了，但他对矿山的无限热爱和对矿工兄弟的深厚感情却始终不变。他常想，企业是船、职工是水，只有让职工感到满意和拥护，企业这只大船才会劈波斩浪，才会胜利到达成功的彼岸。

在调任新立煤矿以后，连续一个多月没有回家，妻子和孩子都不理解，他们抱怨说："到了新单位，你就不要这个家了吗？"他只好耐着性子解释说："咱们家才几口人，可矿上有几千多人都在看着我呢。"自己一心扑在工作上，坚持和工人同上同下，除特殊情况以外，每天都坚持入井，每月入井都在 27 次以上，就这样，一干就是一年多。

他深知，职工的生命安全是第一位的，没有安全就没有一切，要想做到这一点，就必须加大井下安全投入。

多年的工作实践使徐文生认识到，工程质量是安全的基础。到新立煤矿以后，从制度建设入手，严格执行小班安全质量评估制度和工程质量定级验收机制，通过经济杠杆的调节作用，进一步调动了广大干部职工的积极性和主动性，全员安全质量意识明显提高，矿井质量标准化水平进一步提升。

身先士卒，情暖职工，企业的目标是创造效益，矿长最大的理想就是希望职工生活得更加幸福，工作得更加快乐。为增加职工收入，他从提效入手，全面加强物资、煤质、工资、财务等管理，堵塞漏洞，职工收入水平进一步提高。

在涉及个人利益问题时，首先想到的是符合不符合原则，能不能给企业带来负面影响。对违反原则的事，他坚决不办。在煤矿工作多年，他时常默默地告诫自己：在职一阵子，做人一辈子，当官就要干实事、办好事。

凡是涉及企业重大决策、选拔任用干部等重大问题，他始终坚持民主集中制的原则，从不搞一言堂。去年至今，他们把能干事、公论好、品德佳的同志提拔到了各级领导岗位，同时，在选优评模上打破常规，重点奖励普通工人,正因为如此,矿长才得到群众的信赖和支持,全矿才能形成团结和谐、风清气正、人心思干、人心思进的良好风气。

有人说,徐文生像上满发条的机器,不知疲倦一直向前。也有人问他工作为啥这么较真?每当面对这样的问题时,他总是这样回答:煤矿工人不容易,三块石头夹块肉,一锹一锹的攉煤,汗珠子掉地上摔八瓣,咱们当领导的要不把事情做好,就对不住他们,就是丧良心。

职工的幸福,就是自己最大的满足。奋战煤海几十载,付出了辛勤和努力,也收获了喜悦和光荣。

宝剑锋从磨砺出,梅花香自苦寒来。用智慧和汗水在平凡的岗位上留下了闪光的足迹,那厚厚一摞鲜红的荣誉证书,记载了他忠诚企业的高尚品质、勇于攻坚的坚韧作风、自强不息的奋斗精神。

"公司两会对当前企业面临的形势和任务进行了科学研判,2019 年将是企业近些年来经济运行最为艰难的一年。从新立矿看,在采深增加、生产条件变差、自然灾害加重的情况下,完成全年煤炭生产任务和利润指标难度之大可想而知,我们必须振作精神、团结一致,为保开支、保吃饭而战,为突围解困、赢得转机、维护好全体干部职工的利益而战。"徐文生矿长说。

公司两会已经确定了"三年两步走,两年增产扭亏保运营、三年提质脱困奔小康"的战略部署,新立矿认真贯彻落实新发展理念,切实解决制约企业发展的突出矛盾和问题,实质性破解煤炭资源危机和人力资源危机,在最困难的时期办成最难办的事;要认清面临的形势和挑战,看到新立矿完成全年工作目标拥有的雄厚物质基础和技术、管理、煤质、队伍等方面优势、潜力及前景,只要全矿上下团结一心、积极进取、奋力攻坚,就一定能够高质量兑现 2019 年各项工作目标。

2019 年,新立矿以解放思想为先导,以安全高效矿井建设为目标,以保证安全为前提,以开源节流为手段,以企业增效为根本,以严抓执行为保证,坚决兑现全年各项工作目标,合智合力开创企业改革脱困振兴发展新局面。工作措施是突出安全生产这一重点,推动煤炭生产能力再提升、经营管理水平再提升、各级干部作风再提升、服务群众工作再提升。

全面推进灾害治理系统化,坚持"四并重"原则,着力构建以瓦斯、煤尘、防火、防冲、防突为重点,以科技为支撑,以系统为保障的防灾治灾体系;建立常态化系统分析研判制度,落实隐患排查整改责任,完善风险管控和隐患排查治理双重预防机制,强化重大安全风险管控;建立健全安全管理制度执行体系,进一步明确各层级安全生产责任;推进教育培训体系化,常态化开展"一反两检"专项行动,认真开展安全警示教育,持续开展向习惯性违章行为宣战专项整治行动。

全面推广入井安全确认和实施小班超前预警制度、"模拟驾考"和"安全模拟法庭",加大"七新"学习推广力度,构建"五位一体""三违"防治体系,提升干部职工遵章指挥、兑规作业的能力,着力根治"三违"顽疾;加快接续调整,紧抓重点工程进度,加快推进技改工程建设,大打接续准备会战;持续推进"四化"建设,充分发挥机械化装备效能,大力发展薄煤层综采、截煤机、耙装机等先进工艺装备。

推广"110"工法和切顶卸压自动成巷技术,进一步提高极薄煤层机械化开采程度,力争0.6米以上煤层全部实现机械化开采,科学释放安全产能;对照刘金奇先进管理经验,查找管理缺陷,努力开源节流,提效增收;以开展解放思想、推动高质量发展大讨论与"学习刘金奇,实干做表率"活动为契机,以先进模范为榜样,学习践行"忠诚、实干、创新、有为、干净"的刘金奇精神,狠抓干部作风建设。

新的历史重担已经落到肩上,新立人要更加紧密地团结起来,以敢于担当的勇气、改革创新的锐气、滚石上山的豪气为开创企业安全高效、高质量发展新局面而努力奋斗。

煤海脊梁创一流

徐文生矿长本身是从煤矿一线工人成长起来的,他特别注重向别人学习优点,学习做人本领和工作的勤恳。

2007年,徐文生在新建矿当开拓区区长,24年一直从事开拓区工作的他,当过工人任过班长,又当了10年的采煤队队长。用自己超凡的才能和智慧带领矿工兄弟研究解决开拓掘进遇到的很多难题,用土办法搞新工艺,有一套套管用绝活,塑造出许多精品工程,领导们对他这个人有很高的评价,矿工们对他交口称赞,整个七煤系统都来参观学习。曾经连续8年被评为七煤公司劳动模范,2005年是公司特等劳模,2006年获得全省"五一劳动奖章",2007年中华全国总工会授予全国"五一劳动奖章",一步一个脚印,一步一个台阶,一步一个辉煌。

从农村打拼出来的人,很满足和珍惜这份工作,对这份工作感到骄傲。他的汗水没有白流,他的努力得到认可。更让人不可思议的是,这年7月在北京举行的表彰大会,他因为工作忙硬是没去,把领导气得够呛,他却带领大家去啃30多米跳面的断层这个硬骨头。他说:"作为生产一线的干部,平时没机会出去走走,这次是个好机会,可井下的活儿不比别的,我放心不下啊。"上级安排劳模去五大连池、秦皇岛疗养,单位给报销各种费用,对别人来说想去都没机会,可他就是不去。

2008年3月,七煤公司为井段长办班培训期间,徐文生每天6点准时到班前,然后参加矿调度会,安排部署完一天的工作后,再准时到培训中心,下午4点再重返井区开收班会,一散会自己就直奔井下,对一天的工作进行检查验收,做到心中有数。每天至少下一趟井,走遍辖区的每一个角落,每逢采场遇破碎带、瓦斯带,自己总是不分昼夜地盯在现场,解决各种难题。

徐文生在成绩面前从来没有飘飘然,他粲然一笑,说:"荣誉让我在矿区内展现了光辉的一面,众多的荣誉,让我感到了更大的压力,也让我肩上那副责任的担子更重了。同样的工作,别人可以干好就行,而有了荣誉光环后,必须比别人更好、更出色,不然,就不能让人服气。"

他在百里矿区特别有名有作为。低学历没有阻挡他"登高望远"的视线,在煤矿实践中他爱岗敬业、爱钻研、勤学习。

有了利益、地位甚至是权力,不争,不抢,不要,用纯真的心态面对。就是一心一意干好工作。他始终保持一颗赤子之心,展现在人们面前的便是平和美满的天地。

现在,上级号召学习英雄,新立矿便采取多种形式深入学习践行"刘金奇精神",教育引导干部职工立足岗位做贡献。

多层次、多角度学习践行"刘金奇精神",充分利用微信公众号、博客、广播、条幅、班前课等大张旗鼓地宣传刘金奇的先进事迹,营造浓厚的学习氛围。矿长、党委书记分别组织全矿科级以上干部、基层党支部书记和政工部门负责人集中学习讨论"刘金奇精神"内涵,深刻学习领会"刘金奇精神",做到入脑入心入行动;开展"学习刘金奇,实干做表率"主题征文活动,全矿副科级以上干部联系工作实际,从精神状态、宗旨意识、工作作风、忠诚履职、差距不足等方面谈体会、说打算,撰写心得体会;组织基层单位干部职工利用班前课观看《矿石》微视频，教育引导全体干部职工学习践行"忠诚、实干、创新、有为、干净"的刘金奇精神，为企业改革脱困振兴发展做贡献。

全矿开展学习刘金奇先进事迹活动，弘扬"刘金奇精神"，激发干部职工崇尚先进、学习先进、赶超先进的工作热情。把学习刘金奇的先进事迹作为当前思想教育的重要内容，认真领会"忠诚、实干、创新、有为、干净"的刘金奇精神内涵。利用中心组学习会、党支部"三会一课"和班前课组织干部职工学习刘金奇的先进事迹。

把学习刘金奇的先进事迹与解放思想推动高质量发展大讨论工作有机融合，召开专题动员会，把学习的过程作为改造思想、转变作风、提升能力、促进工作的过程，促使广大党员干部以榜样为镜鉴和标尺，立足岗位精研业务，不断破解难题，持续创业创优，为建设新时代现代化新龙煤做贡献。

徐文生感慨地说："与刘金奇同志相比，自身还存在着许多不足，在今后的工作中要以刘金奇为榜样，加强政治理论学习，加强党性修养，提高思想境界，自觉维护公平正义，坚决抵制各种不正之风，保持清正廉洁的言行，树立领导干部的良好形象。管住手中的权力，坚守'淡泊名利、知足常乐'的为官之德，从一点一滴做起，从严要求自己，始终做到耐得住寂寞、守得住清贫、经得住诱惑。管住生活的小节，常修为政之德，常思贪欲之害，常怀律己之心，常弃非分之想。管住周边的人群，纯洁社交圈、净化生活圈、规矩工作圈、管住活动圈。严以修身、严以用权、严以律己，做一名合格的党员。"

"通过学习'刘金奇精神'，我一直在思考如何学习刘金奇？'刘金奇精神'最为突出的是什么？通过研读刘金奇事迹，答案渐渐凸显，那就是干净干事、守住初心，只有干净才能忘我工作，才能在事业的奋进中走得轻快走得远。刘金奇正是三十年如一日守住本心，心有敬畏、手有戒尺，守法纪、守规矩、守本分，不踩底线不碰红线。"徐文生动情地说。

学习刘金奇就是要以身作则、立行立改，勇于担当、主动作为，当好队伍"领头羊"，做好企业"掌舵人"，推动企业改革脱困振兴发展；针对新兴矿当前发展形势和工作重点，坚定不移打赢安全发展、煤炭生产、经营管理、科技治灾、民生保障的硬仗。

用行动来说话，用成绩来表现。

全力以赴抓好安全生产工作。执行公司领导干部夜查制度、领导干部安全包保和入井带班要求，采取走访慰问、宣传发动、严肃战地纪律等方式，及时摸清职工的思想动态,切实做好职工的思想工作,解决职工的后顾之忧;从严落实安全责任,制定奖罚政策,强化安全包保,严格请销假制度,除特殊情况外一律不准请假,旷职一天罚款100元,确保安全生产。

发展不只是财富的积累,也是文化的积淀;发展不只是物质的富足,也是文明的进步。

在安全生产、经营管理、党建等各项工作中,举全矿之力,集全矿之智,不断提高采掘机械化水平,巩固安全质量基础,全面提升队伍素质,党的领导作用和文化引领功能显著,单产水平、经济效益和安全高效矿井建设均创出了好水平,提升了企业综合实力、形象魅力和竞争能力,为企业科学发展注入了生机活力、奠定了坚实基础。

新立矿强化职工安全思想教育,筑牢安全思想防线,为安全生产提供思想保证。

认真编写安全思想教育宣讲提纲并下发到各单位,矿领导利用星期三班前课为职工上安全大课,基层单位利用班前课开展案例分析、现身说法等,加大职工安全思想教育力度,引导干部职工牢固树立安全第一的思想,坚决杜绝麻痹大意思想;加大零点班安全教育力度,全矿基层单位值班干部必须上零点班班前课,加强职工安全思想教育,筑牢安全思想防线。

重点队组是培养业务骨干、产生优秀干部的摇篮。新立矿44001采煤队班长伊恩福、44003采煤队队长姜旭春、采煤队班长王亮等一批先进班长,他们扎根基层、默默无闻、辛勤奉献、攻坚克难、敢闯敢拼、战功赫赫。

强化责任落实,全力抓好安全工作,全面夯实安全基础,确保安全形势稳定。提高政治站位,全矿上下统一思想、提高认识,不断增强政治自觉和责任担当意识,深刻吸取各类煤矿事故教训,狠抓安全生产责任落实,从矿副总以上领导到采区领导班子、段队长层层传导压力,牢固树立安全第一的思想,严格现场安全管理,不分岗位、不分职责、不分工种抓安全,人人都做安全员,紧盯安全生产关键部位和薄弱环节,把各项防范措施落到实处;开展防灾治灾、瓦斯管理、冲击地压、机电运输、安全生产大排查活动,全面彻底排查各类风险和隐患问题,做到检查无盲区、无盲点、全覆盖,堵塞各类安全漏洞;矿机关值班科长跟夜班入井,并在矿早晚会上通报整改落实情况,形成全员抓安全的良好氛围;严肃工作纪律和战地纪律,严格落实责任追究制度,对违反战地纪律的进行严肃追责,从严、从重、从速处理,确保安全生产。

强化标准化管理

徐文生多年的工作经验告诉他,要抓住质量关键点。

"质量标准化建设就是煤矿安全生产的命根子。"这是矿长经常对大家讲的一句话。看似简单的一句话,其间却饱含了煤矿安全管理的深刻内涵。有着光荣历史的新立矿,在党政班子的带领下,干当前、想长远、谋发展,跳出了"眼睛只盯在出煤进道上"的传统管理模式,把眼光放在了以"质量标准化建设"为核心的基础管理上。

到新立矿后抓的最重要的一件事,就是全力推进全矿井上下质量标准化全面提档升级。多年的煤矿打拼经验,让徐文生深刻地认识到:"煤矿安全的命根子在标准化,生产上水平的命根子更在标准化,要实现煤矿的本质安全、长足发展,就必须进一步强化全矿的质量标准化建设!"大家形成一种共识,没有质量标准化建设,煤矿发展就难以为继。

提出这个打法的时候,对于质量标准化建设基础较好的新立矿,有些干部在头脑中不免画起了问号。"咱们的质量标准化建设已经很不错了,为什么还搞这一套啊?"半年后,看到矿里井下翻天覆地的变化,原来那些思想上画问号的干部,不得不被矿长的英明决策所折服,全矿的质量标准化建设和提档升级与以前相比,确确实实地又上了一个新台阶:管线排布更加规范标准、电缆吊挂平直,美如五线谱,统一制作的电缆钩整齐如一,即使是每一处电缆"过桥",采区的技术人员也要进行精美的设计,上巷材料、物品码放标准规范,水沟、轨道、枕木等每一处细节,无一不彰显出新立人在标准化方面所做的努力。一个个让人耳目一新的亮点,一个个不争的事实,对矿长徐文生"追求卓越、精益求精"的管理思想做出了一个最好的诠释。

从此,人们对矿长刮目相看,认为这是一位特别有为的好矿长。

揪住瓦斯瓶颈点。新立矿属于高瓦斯矿井,随着采面的延伸,瓦斯制约生产的困难越来越大,要实现生产上水平,实现安全发展,瓦斯抽放就是一切工作的前提,就是一切工作的重中之重!矿党政班子找准了制约煤矿安全发展的关键点,抓住了瓦斯治理这个切入点,全力治理瓦斯,打中了瓦斯这条毒蛇的致命点,提前"解放"每一个工作面。

新班子组成后,他们就把抽放工作紧紧抓在手上,列入了矿里每日的议事日程。每天早调度会上抽放科都要通报上一日抽放计划与完成情况,并以日报表的形式向矿长汇报,时时掌握着全矿每一个钻场施工进度情况。为确保全矿一号工程的扎实推进,矿里对抽放工作完全开绿灯,从材料、备件、人力、物力以及抽放钻工的工资待遇上都给予极大的倾斜。为把抽放工作抓实落靠,矿里还对抽放科的工作量化、细化到了每天、每个班、每个人,把抽放工作列入了和出煤进道一样的量化考核。

矿长徐文生深深地认识到,煤矿的中心工作就是安全、就是生产,全矿一切工作的中心必须转移到安全生产这个主旋律上来。一方面矿党委年初就在全矿井上下全面推广了一线工作法,特别是加强了矿井两级领导的入井带班工作的管理,矿长、党委书记每月入井都达到了 27 次以上,矿副总以上领导入井达到了 26 次以上,主管生产的副矿长、主管掘进的副矿长每月入井达到了 30 次以上。在采区层面,井区长入井次数每月达到了 29 次以上。入井还要解决实际问题,这个矿坚持矿井两级领导入井写实制,把每天入井时间、路线、解决的问题都记录在册,矿纪委、组织部定期不定期对干部入井情况检查、抽查,进一步强化了这个矿的现场管理能力,加大了现场管理力度。

在抓好现场管理的同时,全矿机关干部、生产辅助、服务部门全部投入到保安全促生产的主旋律中来。以服务生产井区为目标,更多的是对生产井区的业务指导。物资供应部门转变服务方式,深入井区进行材料摸底,及时掌握井区生产急需备件、配件以及大型设备,极大地满足了生产所需。矿党政领导多次在全矿干部大会上讲:"矿工就是我们的衣食父母,我们每个人都要为一线矿工以及生产服务。"每当采场搬家跳面工作量大时,这个矿的机关总支部发动全矿机关干部、生产辅助单位的人员参加回收会战,为采区在困难条件下迅速恢复生产创造了有利条件。

找准文化切入点。新立矿企业文化工作可以说是完成了华丽转身。

半个多世纪以来,新立人不断地探索着、努力着、奉献着,辉煌的发展历程也积淀了厚重的企业文化,正是这种渗透到每一名矿工骨子里的独特的文化,激励着一代又一代新立人不断战胜前进中的一个又一个的困难,取得一个又一个的胜利。新立矿企业文化建设可以用"六个最"加以归纳概括,那就是"文化底蕴最深厚、在公司起步最早、企业文化体系最先形成、企歌最

走向新时代
ZOUXIANGXINSHIDAI

先唱响、理念渗透最深、矿工认知度最高"。

企业文化的创建始终坚持"以人为本"的创建主线,并把"一切从做好人的工作开始"作为企业的核心理念,把"造福员工"作为企业的宗旨。在这一核心理念的引领下,结合全矿安全生产的实际,不断开发独具新立特色的分支文化,对企业文化的创建工作认识高、起点高,亲自挂帅,深入挖掘、梳理、提炼、升华各种理念,凝聚全矿干部职工的智慧,在原有企业文化体系的基础上,又形成了以"大安全理念"为引领,以管理模式为核心、以"安全自主管理"为抓手的特色安全文化体系,为全矿"本质安全型"矿井建设提供了强力文化支撑。

踏石留印,跪采乌金;抓铁有痕,昂首做人。新立人豪情满怀走向未来,为打造幸福指数最高企业再做新贡献、再立新功。

徐矿长干出了成绩,创造了辉煌。

最近,徐文生调到新兴矿工作,从主政胜利矿到新立矿再到新兴矿,深感责任重大,我们坚信,他一定会信心百倍、不忘初心、牢记使命、永远奋斗。

很多年以前站在颁奖台上可谓百感交集。因为只有他自己最清楚,这沉甸甸的奖牌和荣誉,包含着多少辛勤的付出,这不仅仅是一份荣誉,还是对他多年来为中国煤炭事业发展做出卓越贡献的一种肯定!……是啊!闪光的不仅仅是金牌,还有矿长跟煤矿全体员工们辛勤付出的汗水,丝毫不可怠慢,如何看待政绩,如何摆正自己,如何对待员工,自己很清楚。

点亮理想信念的明灯,信仰的天空才会更辽阔,心灵的追求才会更高远,人生的画卷才会更绚烂。不忘在党旗下庄严的承诺,牢牢固守着煤矿干部的精神高地,虔诚而执着,至信而深厚。不改初心,不变本色,永远走下去。

擎起那片美丽天空

凭着自己执着的追求和不懈的努力,赵忠华在工作岗位上创造出了辉煌的业绩。煤城七台河这片沃土上,他洒下了辛勤的汗水,留下了坚实的脚印,在百姓的心目中,他的形象也越来越高大起来,被百姓称为"人民的好公仆,大家的好朋友,人生的带路人"。

他是一个平凡的人,又是一个非凡的人。对于他个人来说,他通过计划生育工作,把生命的孕育、诞生看作一种无比激动人心的过程,受到人们敬仰。

赵忠华以对党和事业的执着追求,在平凡的岗位上,干出了非同凡响的业绩,这话不过分。

历史像一条波澜壮阔的大河,从远古奔流到现在,又奔流向未来。

锐意改革:开创工作新局面

赵忠华1993年初接任站长时,服务站欠外债3.7万余元,职工3个月没开工资,药品库存不足4 000元,器械设备残缺不全,面对这重重困难,一种强烈的责任心和使命感使得他毫无惧色。

信心百倍努力拼搏,"明知山有虎,偏向虎山行",凭借他多年的工作经验和一身精湛的本领,以一个改革者的胆识和魄力,积极探索新形势下计生服务工作的新路子。他经过认真思考,首先确定了"两个文明一起抓,两个效益一起要"的工作方针,坚定了正确的政治方向,确定工作思路。

树立了"服务第一""信誉第一""质量第一""工作第一"的思想。引入了竞争机制。制定了承包方案,实行了科室承包,人人身上有指标,项项工作有标准。实行了"四定",即定人员、定岗位、定工作任务、定经济指标。奖优罚劣,强化了科学管理,职工的思想面貌为之大振。

他把现代化的管理模式与站内工作融为一体。重点抓了三项工作:一抓优质服务,建立健全各项规章制度;二抓科学管理,提高医护人员的技术水平和责任心;三抓新技术推广,拓宽服务领域,增收节支。

上任伊始,受命于困境之时,账面没有钱,药局没有药,工作难以开展,他就和爱人商量从自己家里做买卖的本钱中拿出了7 000元钱,购置了部分急需的药品和器械,解决燃眉之急。

为搞好优质服务,接受群众监督,设立了群众监督岗,医护人员挂牌上岗,约法三章。坚持早会制度,学习政治,整顿思想,交流技术,大胆开展批评与自我批评,纠行风、树正气。身为一站之长的赵忠华率先垂范,要求群众做到的,自己首先做到,要求别人不做的自己坚决不做,拓宽了服务领域,建立了良好的医疗秩序,提高了整体素质和服务水平。

1993年11月,通过市电视台他亲自做了计划生育新技术专题讲座,建立了生殖保健专科门诊,同时在临床上开展了皮下埋植、药物流产、不孕症治疗、输卵管通水、CO_2激光等新技术,面向社会,拓宽了服务领域,实现了良好的社会效益和经济效益。

赵忠华一身正气!敢于领导,善于领导,做群众的贴心人。在他身上体现出很强的凝聚力,站里人手少、任务重,他就连续值夜班,白天不休息连轴转,有时几天不回家,每年存班都在30天以上,不计报酬,白尽义务,以苦为乐,无私奉献,充分体现了他忠于职守的敬业精神。

他总是兢兢业业、勤勤恳恳,甘当人民公仆,他既是站长又是医生也是一名技术全面的修理工,从医疗设备到水暖电器,从门窗厕所到桌椅板凳能修的他都修,会干的他都干,勤俭节约,以站为家,受到了人们的赞扬,为单位节约了大量资金,也为计划生育工作做出了贡献。

1997年3月被省计生委授予"全省计划生育工作者标兵"。群雁高飞头雁领,赵忠华没有满足现状,和医护人员团结一致,奋力拼搏,取得了优异的成绩,1996年3月被国家计生委授予"全国计划生育科技先进集体"的光荣称号,这一成绩的取得与赵忠华站长的努力工作是分不开的。

在荣誉面前他从不夸耀自己,市电视台、日报社几次要为他做专题报道,都被他婉言谢绝了。用他的话说:"咱们干点事业是应该的,共产党员就应该乐于奉献,这是我自身存在的价值,也是为社会做点工作,不值得过于表现自己。"

就是凭着那种坚忍不拔的意志,他实现着自己的进击目标,使自己的一生都在奋斗中度过,这样,才能无愧于党的培养。

面对上级领导和亲友的评价,自己感到有些坐立不安。他说:"我只有尽自己百倍的努力去学习、去工作,才能不辜负领导、系统干部职工和亲人、朋友们的厚爱与重托。"

海到无边天作岸,山登绝顶我为峰。

探寻赵忠华成就一番事业的源头活水,可以用两个字来概括——人格。

人格是他的写照,他的人格精神与人格魅力,在亲人、朋友、同事、同学中形成了一个品牌。

这品牌像伸手可触的和煦春风,款款地沁入人们的心田;像举目可及的满园春色,悠然地落入人们的情怀。这种人格的感召力、创造力和品德的感染力、凝聚力,无疑是他终生取之不尽、用之不竭的无形资产。

我们愿赵忠华的事业像夏花一样绚烂,愿他的生活像秋叶一样静美。

计生生涯:锻造一颗质朴奋进的心

赵忠华1974年8月毕业于黑龙江省卫校医疗专业。毕业后的第一个任务就是参加计划生育手术大会战。带着刚刚走上工作岗位的满腔热忱和远大理想,他毅然背起了手术包,开始了计生工作这一甜蜜而又招人烦的事业。

计划生育当时还不被一部分群众理解和接受,在乡下做手术的过程中玻璃被砸碎,手术中电线被割断,恐吓、谩骂时有发生,更有甚者把路边的大树锯倒,挡住去路……披星戴月坐马车,走村串户吃派饭,这都是他亲身经历过的,无论在怎样困难的条件下,他都坚持耐心细致地做好受术者的思想工作,不折不扣地完成手术任务。

赵忠华的人生履历很简单。1972年加入中国共产党,1990年9月由宾县妇幼保健院妇产科主任岗位上,调到七台河市计划生育技术服务站,1993年年初任副站长,主持服务站全面工作。这期间出色的工作使他于1996年8月出任站长,自己感到担子沉重了。

1990 年来到七台河，他在乡下过了 5 个元旦。每逢寒冬腊月也是手术会战的集中时间，数九寒天，走村串户，但他总是以苦为乐，任劳任怨。

赵忠华具有 20 多年的临床经验，从妇产科到计划生育，做各种手术 3 万多例无事故，他总是告诫同志们：万例手术也要当成第一例去做。对新上岗的同志耐心地传、帮、带，从理论到实践，他都能说个条条是道。有时在乡下手把手地指导基层医生具体工作，言传身教，带出了一批新秀。下乡做手术，他从打包到消毒，术后回访随叫随到。

1994 年 1 月，正是"三九天"，他下乡到茄子河区的岚峰乡团山村，听说沐山村一位女扎术后患者住进了乡医院，需要会诊，这时已经是半夜 1 点，他毫不犹豫披上棉被，坐上敞篷三轮车，往返 15 公里到乡医院会诊，结果是急性胃肠炎，他这才放心了，连夜返回团山村，第二天照常工作。这样的事真是太多太多了。

1995 年去红卫乡营山村，进村很晚，住宿困难。同志们穿着大衣棉鞋还冻得直打哆嗦，根本无法入睡，他们硬是谈笑风生，盼得黎明。他带队下乡没有克服不了的困难，常常做群众的贴心人，有些乡镇领导做不通的工作，他都主动去做。

人们称赞他们不光是手术队，又是宣传队、医疗队、工作队。他不但手术过硬，还能给基层领导当好参谋，他连续 6 年去岚峰乡，人们都熟知这位赵大夫，求他看病的人很多，有求必应，分文不取。1994 年 12 月，在岚峰乡云山村他亲自打包消毒，为腹股沟脓肿的病人做了手术。病人几夜呻吟不眠，他手到病除，家属送来 200 元钱，被他婉言谢绝。

在岚峰乡向桦村有位剖宫产手术后 14 年的患者多方求医，久治未果，他当即确诊为"子宫内膜异位症"，并约回单位，亲自为她做了手术，通过病理检查病症得到证实。患者病愈出院时送给他 100 元钱表示谢意，也被他谢绝了。

他救了多少人的生命，自己也没有统计过，只是默默地去做，从来没有索取过。多年的工作实践练就了一身过硬的本领，他每天能做输卵管结扎手术 60 多例，还可以独自一人完成输卵管结扎手术。

但行好事，莫问前程；你若盛开，蝴蝶自来；你若坚强，命运自会给你打赏，更会给你点赞。

这实在是令同行们佩服的绝技。20 多年来，他共做各种计划生育手术 3

万多例,无任何事故出现。1994 年获得了国家计生委、卫生部授予"万例手术无事故先进个人"的荣誉证书,并受到通报表彰。

在人们看来,他是一位能人。责任和使命,是他不竭的创业和奉献的源泉。

他把他的青春与汗水都献给了祖国的计生事业;人生如火炬,他把他的赤心与精诚都奉献给了党和人民。

他的生命是一团火,他的生活是一首诗,他的事业是一支歌。

劳作着是幸福的,勤奋着是快乐的,奉献着是充实的,赵忠华感到自己就是幸福的人、快乐的人。

每个人只有找到属于自己生命的纹路,找到自己生命的坐标,才能找到自己的位置,发挥自身的价值。其实,每个人都有属于自己的那份生命的轨迹,一个人无论是行走在阳光地带,抑或是跋涉于泥泞沼泽之中,都应该深信,脚下总有一方属于自己的土地,前面总会绽放七彩霞光。

真诚做人:成为他终生的苦苦追求

假如我们的责任感运用在一个确定的方向、一个目标上,我们一定能够成功。

对技术精益求精,对工作满腔热忱,做白求恩式的医生是赵忠华为之奋斗的目标,"救死扶伤,实行革命的人道主义"是他为人民服务的宗旨,勤奋学习,刻苦钻研,在医学的领域中不断探索是他的追求。

他积极研究推广使用新技术,1987 年省卫生厅组织专家考核,他在全省率先获得了"胎儿监护仪""新生儿监护仪""子宫镜"三个新技术的上机证书。

多年的工作实践,使他摸索出许多有价值的技术。

1987 年,撰写了《178 例高危孕妇胎心率电子监护综合评分法初探》一文获得省级优秀论文奖,并在《中国妇幼保健杂志》新技术新知识的栏目上发表。

1990 年 8 月,他为一名单侧输卵管(另侧已切除)宫外妊破裂的患者破例做了输卵管吻合修补术,获得成功。患者从千里之外寄来糖果,发来感谢信,他把糖果发给同志们,分享这一成功的喜悦。这个病例报告在《妇科与产科》杂志上发表。1991年他被破格晋升为主治医师。

新兴区红旗乡节育手术后遗症患者李玉莲,术后9年,先后在鸡西、牡丹江、佳木斯、哈尔滨、沈阳白求恩医大等多家医院做过11次手术均不能治愈,成为一个老大难问题而沉积多年。

1994年他凭借多年临床经验,做出了正确诊断,并亲自送去哈医大一院外科。手术前一天,他连夜乘大客车去哈尔滨,不顾一夜疲劳,第二天一大早匆匆赶到医院,亲自上台和姜洪池教授一起参加手术,术后病人真的痊愈了,这几乎成为煤城的一大新闻。他凭着高超的医术为计划生育解决了"老大难"问题,受到了专家和领导的好评。

1997年,是收获的一年。赵忠华凭着对事业的孜孜追求,荣誉的光环向他涌来,在这一年里,他光荣地被评为七台河市优秀共产党员,他撰写的论文《胎儿率电子监护综合评分法诊断胎儿宫内窘迫的临床意义》在全国生殖保健学术研讨会上发表,并被收入论文集中。

多一分耕耘,就多一分收获。更令人振奋的是:1998年他被评为由人事部、国家计生委授予的全国计划生育优秀工作者,国家计生委向七台河市政府发来贺电,这无疑是对赵忠华今后工作的最大鼓励,也是一个最高的奖赏,这使赵忠华终生难忘。

可以毫不客气地说,应该得到的各种荣誉,他已经得到了,他没有把荣誉看得太重,他坦诚地表示:成绩只能说明自己做了一些应该做的工作,与自己的奋斗目标还有很大差距,他要将自己的一生毫无保留地献给钟爱的计划生育工作。

你对社会贡献越大,社会越不会忘记你。

对于赵忠华来说,自己必须一如既往地工作,靠那种实干劲儿。

古往今来,芸芸众生中的大多数都是普通人。日复一日,年复一年,平平静静地生活,平平静静地工作。在市场经济这个大潮中,轰轰烈烈、大起大落只是少数人偶尔的经历。

在一般人的一生中,都是在普通与平凡中度过的,那种能够抱定自己的生活信念,做好工作中的每一件小事,从中得到人生乐趣的人,其实就是今天改革的成功者,至少他能够为人类做着贡献,这种贡献表面上看虽小不算什么,但如果将那些贡献加到一起,就会不难发现,这真的很了不起,着实令人惊讶。

他深信，没有比人更高的山峰，没有比脚更长的路径，人生注定要面对无数次挑战，没有耕耘，哪会有收获；不洒下汗水，哪会有绽放的花蕾，不经历风雨，怎么能见彩虹。

石本无华，相击乃成火花。水本无花，相击乃成涟漪。艰难困苦，玉汝于成。只要携着信念上路，就会一路欢歌、一路花香、一路风景。

祝赵忠华一生平安，福气多多。人们有理由相信，在未来的岁月里，他会创造出属于自己的一片新天地，收获灿烂的辉煌。

当然，失败和成功只是一念之差，结果却截然不同。对于赵忠华来说，从小养成了文雅、谦虚、朴实、稳重、勤奋的性格，在机关工作的实践中，闪光的脚印一个连着一个，人生的路也越来越宽广。在大家看来，他把所有的爱，乃至于生命，都溶进了对事业的追求之中。

忠诚点亮事业的火把

辉煌,在这里弹奏

七台河——这个因煤而兴的年轻城市,这颗璀璨闪亮的黑宝石,近年来,悄然崛起了魔幻般变化着色彩的楼群,它们的风采吸引着无数行人的眼睛。

七彩城,这个占地 5 万平方米的城堡式楼群,积木式和对称式的外观造型体现出现代建筑与欧式建筑形式浑然一体,有如走进了一个童话般神奇世界;写字楼,以其巍峨的气势矗立于二转盘一侧,独具雄风,展现出煤城现代生活的节奏;同仁小区,现已形成一定的规模,高楼林立,鳞次栉比,规范化小区已粗具特色;市政府幼儿园、医药大楼、地税大厦……或是古典建筑,或是欧式建筑,或是与现代建筑融为一体的伊斯兰式建筑,这些建筑都出自七台河城市建设综合开发公司之手,是他们,用智慧与汗水装点着煤城的繁华,装点着富饶,为经济建设插上了腾飞的翅膀。

进入 20 世纪 80 年代后期,地处完达山西麓和三江平原接合部的七台河市,一下子拉起了大大小小 100 多家建筑施工企业,其势如雨后春笋,蓬勃火爆,这其中根基最深、影响力最大的就是城市建设综合开发公司,它诞生于1986 年。

人们为之惊喜与企盼,为之骄傲与自豪。

公司创建 10 年,他们书写了一串串闪光的数字:

公司注册资金 1 100 万元,年产值平均达 2 000 万元,成为市里的利税大户。

公司在建设开发过程中,产品合格率达到 100% ,优良品率达 60% 以上,

231

其中全优工程达十多项,省级全优工程 5 项。

这个七台河市唯一的"国家资质二级开发企业",用勤劳的汗水、聪明的才智,在市场经济的洪流中,换来了一个个沉甸甸的奖牌,仅 1994 年就取得了市级文明单位标兵、黑龙江省房地产开发优秀企业、黑龙江省建设系统先进集体等荣誉。

因为出色的工作,公司被市政府给予通令嘉奖。

前不久,他们又捧回了七台河市窗口行业优质服务活动竞赛金匾。面对着接踵而来的荣誉,孙景伟总经理只是淡淡一笑。他认为荣誉属于过去,而今天的担子会更重,压力会更大,从而所释放的能量也就更强大、更灼人。

带头人的风采

一艘好的轮船,需要的不是避风港,而是一个能左右航船、冲破惊涛骇浪的好舵手,这样,无论遇上险滩、巨浪还是暗礁,都会顺利通行,孙景伟就是这样一个出色的好舵手。

还有什么比这个更重要呢? 有人说,一个企业的进步与发展,乃至于创新,都取决于企业带头人的观念和知识的不断更新。

当笔者来到孙总经理的办公室准备为他写点东西时,他只是微微一笑,淡淡地说:"干一些工作是应该的,分内的事,是集体的力量才使企业发展壮大,我个人没有什么。"

平实的话语,领导者的质朴、谦逊,使你无法不睁大眼睛去面对、去审视这位才 40 岁的中年汉子,刚毅的目光中透出随和正直,在他那充满朝气的脸颊上,总是呈现出沉思与老练,让人一看就知道是一位精明、多智而又帅气的带头人。

1955 年 5 月,孙景伟出生在沈阳市的一个工人家庭,在那里他上了小学、中学,1979 年举家搬迁来到七台河,自参加工作后就与建筑行业结下了不解之缘,后来在市建设委员会做过基建科员、科长。先后被市政府两次记大功、一次一等功。忘我的工作、出色的成绩,得到了组织的信任,1990 年被调任市城市建设综合开发公司任主要领导。

令人佩服的是孙景伟自从上学开始,一直到中学、大学,始终是班里的班长,在大学殿堂里他努力学习企业管理,成为一名优秀学员,与自己工作实践有机结合,不断地寻求、探索、构思着一幅幅人生的美好蓝图。

自从来到公司后,他便主抓生产经营工作,1993 年 10 月原总经理刘志久病重,由孙景伟主持公司全面工作。泰山压顶不弯腰的他,毅然接过令箭,面临重重困难,必须敢闯敢干,自己已经豁出去了。

七彩城二期工程这只拦路虎就摆在孙景伟面前,这是一个令全市人民瞩目的宏伟工程,资金严重短缺。就连启动资金都没有,尚需 900 万元才能完成任务,怎么办? 孙景伟着实急了:任务必须完成! 而且还要高标准完成!

想方设法调动一切积极因素。

集资。公司以"爱我公司,奉献爱心"为主题,号召大家集资,领导班子成员每人带头集 2 万元,职工们动员起来了,求亲靠友,想方设法,不到一周就集资 43.6 万元,解决了没有启动资金的燃眉之急。

磨账。针对三角债的严重困扰,通过磨账的方式,巧妙地解开债务链,盘活资金,采用多种办法,用外单位产品换回公司需要的物资。市医药局欠工程款 60 多万元,矿务局欠医药局几百万元,通过从这两家做手续磨账,再把矿务局的原煤卖给市金属公司,这样从中换回建筑材料,解决了大部分资金,保证了工程建设的需要。

共渡难关。职工们勒紧腰带,把几个月工资用在工程上,这真是山不转水转,水不转人转……

就这样,时间在前进着,工程在进行着,一刻也没停。

打破"大锅饭",加快新旧体制的转换,在改革中找出路,建立适应市场经济的各种运行机制,已成为当务之急。

实行"双聘制",即对干部实行"聘任制",进行目标管理,对工人进行"聘用制",奖罚分明,实行目标化管理,进行对号入座,工资、奖金拉开档次,真正形成了一套完整体系,出现了能者上、平者让、庸者下的局面。这盘棋走活了,为七彩城二期工程添了油加了劲。

不可否认的是,受市场经济的影响,建筑行业面临着低谷的境地,做到保证利润不下滑,工作目标必须实现,这个严重的课题摆在了领导面前。出路何在? 回答是清晰的,孙景伟想的也是清楚的,做起来还是那般迅速。开辟第二战场,发展多元经济,增加企业后劲。1994 年先后成立了多种经营公司、物业管理公司、七彩城管理公司、隆发经贸有限公司,责任状上明确了责权利,做到奖勤罚懒。

大凡一个成功者,一个不同于芸芸众生的人物,其性格中无不含有自信的因素。

榜样的力量是无穷的

宫玉和这个省级建设系统先进个人,就是以孙景伟为首的领导班子一手栽培起来的。"树立小宫,就是树立我们的正气,树立我们的行风,树立我们的威信。"公司以1994年1号文件的形式,号召全体职工向宫玉和同志学习,进一步增强主人公责任感。从此,职工的事业心、责任感大大增强了。

1994年10月,宫玉和昏倒在工地上,不省人事,被送到医院,大家知道:宫玉和是累病的。孙经理得知后,立即来到医院,看着病床上躺着的宫玉和,处于昏迷状态的他闭着双眼,嘴唇干裂,身上还沾有水泥和灰土。人累垮了,不然他是不会倒下的。当着这些职工的面,孙景伟这个堂堂的男子汉竟止不住地流下了眼泪。职工们清楚:公司无论遇到什么困难,孙经理从来都是非常冷静、沉着面对,今天他竟然像孩子般地哭着,在场的干部、工人也都纷纷掉下泪来,弄得医护人员不知所措。

沧海横流,烟波浩渺。

时间追溯到1993年春,沿海开放城市威海。一辆小车沿着街心公路疾驶,又跨上大道,穿过中心广场,驶出了繁华的商业区,拐进了一片宁静的开阔地,孙景伟看了看表才早晨7点整,他们便来到了工地。简易的工棚里,整天潮湿,没有阳光,还有一种极难闻的气味,孙景伟就是在这种条件下,与同事们风餐露宿、同甘共苦,开发威海房地产,用300万元资金,当年开发三栋住宅楼计8 000平方米,盈利100万元,工程还获得威海市建委确定的优质工程。

这里凝聚着孙景伟多少心血!他以苦为乐。在开发的整整一年里,孙景伟仅仅回来两次,而且每次回来都是筹资、向领导汇报工作,家里扔下妻子、孩子。

的确,一个人只要有热血就会炼出人生的彩霞,党组织的眼光没有错,孙景伟确实是一块好钢。

别看他文质彬彬,心中却充满了对建设事业的热爱和深情。他不显山不露水,却胸有成竹地干着工作,他诚恳地说:"我不想别的,总想干点实际工作,想做点事情,努力去做了,才问心无愧!"

是啊,他对待工作、荣誉确有迥然不同的想法。1994年省建设系统评他为先进个人,他硬是把这个名额给了基层一线职工。他的事迹被市委知道后,让他上报材料,他总是一拖再拖,或者干脆让别人。

职工心里都清楚,公司不管先到后到,每人都分一套70平方米以上的住宅,功能齐全,设施配套。40多名职工人人有份,说起来轻松,这要付出多少代价才能换回来。每逢年节之际,节日用品人手一份,遇到有困难的职工,领导必须到现场解决……

职工的凝聚力在这里得到升华,可谓内具活力,外具声誉。有一年春季,建设部、省建委开发办组织去美国、法国考察,学习外国企业管理经验,这样的机会确实难得,思来想去,孙景伟还是没有参加,而是组织公司有关人员在国内搞得好的企业进行考察、学习。当初,有的职工不太理解,后来终于明白了经理的良苦用心。

1994年,在茫茫宇宙中只是一瞬间,而对孙景伟来说,是值得纪念的一年,又是难以忘怀的一年。企业受到市政府通令嘉奖,并号召全市向他们学习,本人被晋升一级工资。全市优质服务金匾又挂在他们的荣誉室里,荣誉一件件涌向他们的怀抱。

在成绩和荣誉面前,他没有陶醉,没有沉湎于眼前的一切,而是更清醒地看到了党和人民对他的期望,担子挑在肩上才感到特别有分量。无论在什么样的情况下都要保持清醒的头脑。

孙景伟这个煤城的赤子,他的旺盛年华是一首交响乐,充满着浓浓的七色旋律,也充满着不畏艰辛、勇于开拓的信念,从中折射出丰富绚丽的人生历程。

他正对准新的目标,向前航行,眼前是广阔的天空、辽阔的海洋,"天高任鸟飞,海阔凭鱼跃"。

七彩商城在召唤

七彩城,已经成为七台河市的标志与象征,这个集购物、娱乐、观光于一体的市场载体,是在七台河市委、市政府提出的打造一个北方温州的背景下出生的巨子。占地5万平方米,全部工程由七台河市城市建设综合开发公司承建,工程分三期完成,一期开工于 1991 年年末,建筑面积19 200平方米,投资2 000万元,1992 年竣工交付使用。

当时的总经理刘志久亲自挂帅,组成了七彩城建设指挥部,由副总经理孙景伟带领工程技术人员组成现场指挥部,与施工企业协同作战,克服重重困难,经过 217 个日日夜夜,终于建成了一组巨大的 14 座色彩缤纷、造型各异、相互独立的中西结合的建筑群。一期工程得到了七台河市委、市政府的赞许,同时他们的拼搏精神也在不断地发扬光大。

1993 年,是不平凡的一年,七彩城二期工程开工,当时面临的情况是资金短缺,在建筑材料大幅度涨价、压缩基建规模、紧缩银根的条件下进行的。整个二期工程由城堡式、伊斯兰式和后现代式三个单体组成,这些雕梁画栋的宫殿一般的建筑,形成古朴典雅的建筑风格,给人以明快、愉悦的感觉,使人置身于园林一般的意境,体现出强烈的神韵感和色彩感。然而工程任务是艰巨的,总经理刘志久带领职工终于完成了二期工程的主体,但老经理却积劳成疾,他病倒了。

1994 年这不寻常的一年,留给孙景伟的底色是:总经理刘志久卧病在床,二期工程达到主体冷封闭,完成工作量 800 万元,严酷的现实是必须完工交付使用,尚需资金 900 万元,工期短、任务重自不必说,单就资金这个严重的缺口着实叫人打怵,无可回避,缺钱!只有一个字:干!开弓没有回头箭,想尽一切办法也要叫全市人民的期望不能落空,要为市委、市政府交上一份满意的答卷。

实际上,外欠公司1 300万元难以收回,燃煤之急是解决启动资金。这时,职工们在围绕干与不干上出现了分歧,有人认为去年投入 800 万元,再投900 万即使完工怎么销售,出现滞销岂不压垮了企业。这种想法不无道理,人们都清楚,七彩城一期建设被列入市政府 1992 年"十二件实事"之首,1994 年却没被列入,市里是考虑到此项工程难度大。

经过讨论,最后统一意见:无条件完成此项工程!孙景伟与新上任的副总经理吴俊阳、总工程师王贵波受命于危难之时,决心背水一战,志在必得。

矿务局焦化厂买楼资金有限,用磨账方式,弄来了钢材、汽车、水泥等建筑材料,把钢材用在建筑上,汽车给施工队,施工队卖掉给工人开支,在当时拿不出现金的情况下,工程就这样艰难地进行着,以七彩城为主,其他工程齐头并进。

时间在前进着,施工在进行中。

夏季,七彩城工地远远就能看见这样的口号:从安全中求质量,从质量中求速度,从速度中求效益。

孙景伟与他的班子成员整天泡在工地上,领导进行分工包干,每人主抓一幢楼的建设任务,目标责任到人,严格质量管理,定期进行抽查。有时帮助施工队排计划,参与管理,他们十分重视质量和信誉,"靠质量求生存,靠信誉要效益"是他们的座右铭。严格施工规范,遵守施工工艺和操作规程,制定了若干个制度,对成品、半成品严格质量要求,把住了建设通病的整治关,对于不合格的部分绝不姑息迁就。

多少个日日夜夜,就是在工地上度过的。在混凝土浇筑的那段日子里,他们吃过的苦无法言表,当时的感受用文字是难以形容的。一种强大的责任感,一种神圣的使命感,一种有如磁场的巨大引力将孙景伟定格在工地上。偌大一个技术繁杂的工程,身为前线指挥怎么能离得开,万一工程有什么差错,怎么对得起煤城的父老乡亲? 怎么对得起领导的嘱托?

七台河市委、市政府十分关注这项工程,原市委书记罗树清、市长王贵忠曾多次现场办公,解决、协调一些实际问题。原市长王贵忠一再强调:要竭尽全力,克服困难,力争年底完工。原主管城市建设工作的副市长王宝秀在听取公司领导汇报后指出:要开动脑筋,想尽办法,自己的梦自己圆。

历尽艰辛的人们,终于圆了这个梦,在工程质量验收中,令人惊奇的是:工程质量不仅全部全格,而且达到全优标准,这在煤城七台河市来说,还是个先例。

公司的职工沸腾了,煤城人民沸腾了,社会将铭记,历史将铭记,煤城建设史上将记下这浓墨重彩的一笔。

1994 年的金秋十月,硕果累累,是个充满收获与诱惑的季节。在二期工程剪彩仪式上,市五大班子领导均来参加了,当孙景伟介绍整个七彩城建设过程时,爆发了一阵阵掌声,这是凯旋的英雄们在述说着自己的战斗历史。

10 月 10 日,也就是二期工程竣工剪彩的第三天,从哈市治病刚回来的总经理刘志久同志在家人搀扶下,来到了七彩城,满含深情地看了一遍又一遍,泪眼无声,久久不愿离去。可谁知道这竟是诀别,3 天后,他就永远地离去了,谁能说这不是倾注生命的热爱? 不是对事业的追求? 如今,七彩城这个市场载体,已有2 000多名从业人员在这里从事经商活动,品种达12 000多个，日成交额达 41 万元，每天接待客流量达 27 万人次，它的辐射面正在向周边市县延伸。

在承建七彩城的同时，这个公司还先后建设了市医药大楼、建设银行住宅楼、商品楼、写字楼、综合楼及松林小区等工程，为煤城人民居住条件的改善做出了突出的贡献。这都是在市政府不投分文、资金短缺、市场疲软的前提下完成的，这些工程的合格率均达到 100%，优良品率达到 60% 以上。

这又是一个奇迹！这是建设者们用汗水和血水、精神和灵魂谱写的建设者之歌。听吧，它的旋律是那样激昂、有力。

强将手下无弱兵

领导的身体力行，全身心地投入工作之中，职工心里的那杆秤是最敏感的。

孙景伟，在用人方面是很有特色的，他善于将身边贤士的能量滴水不漏地"积蓄"起来，发挥他们最大的"潜能"。

吴俊阳年轻有为，沉着、干练，有修养，有学识，更是开拓务实的人。他高高的个子，一张轮廓分明的面孔，显得有些清瘦，但却流露出极善思索的表情。他曾在建筑行业当过工人、施工工长、队长、材料科科长。多年的施工、管理工作，积累了丰富的经验，考虑工作很细，一步一个脚印，懂技术、熟业务，是个业务尖子。1994 年 3 月被任命为副总经理。他主抓生产，如鱼得水。对生产抓得很紧，精打细算，正如领导和职工们说的：他去组织生产，我们一百个放心。

总工程师王贵波，是建设战线上的一名老兵，专门负责工程技术质量这个关键问题，每项工程，他都要组织相关人员有条不紊地进行设计审查、工程管理、严格把关。

1991 年退休的高级工程师武鹏英，曾多次婉言谢绝了多家单位的高薪聘请，在公司当顾问，默默无闻地为企业奉献着余热。为公司的发展壮大，他从来不讲条件、不讲报酬，称得上是位德高望重的老知识分子，这种可贵的精神，在市场经济环境中仍然放射出奇异的光彩。

1994 年 4 月，宫玉和被推到了公司所属物业公司经理的位置上，这个只有 26 岁的青年人靠着实实在在的工作成绩赢得了全公司人的称赞。建筑与跟踪服务相脱节的矛盾突出,群众忧虑地说:"没有高楼想住楼,住上楼房愁上愁,下水坏了无人管,暖气坏了无人修,垃圾遍地灰尘厚,谁来解除居民愁?"这当然就落在了宫玉和身上,而且是 10 万平方米的楼群。住惯了平房的房主,把新楼当成了大杂院,破烂东西乱抛乱放。小宫成立了卫生清洁队,进行试点,开抓清洁工作,效果还真不错,他又在楼外建起了石桌、石凳、花坛,进行环境美化,成了人们休息乘凉的小花园。楼房维修养护是个头痛的事,也是群众最关心的事,小宫进行超前管理,以预防为主。有一年农历腊月二十九,人们都在欢欢喜喜过新年的时候,有两户居民下水堵塞,他带领职工连夜整修,直到次日凌晨才修好,群众反映说:"有了小宫这伙人,我们住这里舒心,出门放心。"冬天里,38 号楼地沟冒水,小宫带人趁半夜停水一连查了四个晚上才找到原因,奋战了五夜,修好了故障。为了方便市民,建停车棚,义务修路,成立了蔬菜副食品商店、建幼儿园;针对治安状况,建立警民联防队,对重点地区进行重点看护……

他成了市级优秀共产党员,省建设系统先进工作者,省级劳动模范,被树为公司职工学习的榜样,这匹"千里马"就是孙景伟这个"伯乐"发现的。这股强劲的东风,使公司全体职工"公而忘私,甘于奉献,助人为乐,以苦为荣,雷厉风行"的敬业精神发扬光大。

工程科原副科长董克武,因为突出的工作成绩被提拔为副总工程师;公司职工集资入股兴办的建材商店经理李传友、工程科科长赵辉、建设科科长王楠、材料科科长林明辉、经销科科长刘春林、财务科科长姚中秀、办公室主任马喜东、多种经营公司经理张贵林、七彩城管理公司经理李庆喜等同志,都以自己出色的工作为公司做出了突出的贡献。

七台河市城市建设综合开发公司这几年的飞速发展,从无到有,从小到大,从弱到强,主要的一条原因就是发挥了人的作用。今天,企业的上上下下,团结一心,奋发图强。员工们带着对建设事业的眷恋,带着为煤城增加新血液的渴望,像一条涓涓的河流一样,滚动着奔向大海,迎接 21 世纪的新曙光。

合力弹奏的乐章

在七台河市,人们赞誉城市建设综合开发公司:有志气的队伍,有干劲的班子,有能力的经理。

这届领导班子可谓年富力强,都达到了大学文化程度,中级职称,班子之间团结协作,工作扎实深入,工作能力强。用总经理孙景伟的话说:一是思想上互相理解,处处以诚相待,与人为善,做事将心比心,工作中交心谈心,有话谈到当面,实行批评和自我批评,不搞小动作,出现分歧,求大同存小异,尽最大力量把事情办好;二是在政治上互相尊重,坚持原则,正副手摆正位置,充分发扬民主,坚持民主集中制原则;三是工作上相互支持,形成合力,正手与副手不拆台,搞好协调工作;四是生活上互相体贴,一人有事大家帮,既有感情上的"私交",又有工作上的"公交",大家都亲如兄弟一样;在廉政勤政建设上,都以身作则,在群众中起带头作用。这样,便形成了心齐、气顺、劲足、祥和的局面,出色的工作受到七台河市委、市政府的好评,获市政府 1994 年市级先进党支部称号。

中国有句老话:众人拾柴火焰高。依靠集体的力量才能使企业成长壮大为一个团结奉献的整体、一个拼搏进取的整体,大力弘扬"开拓进取,务实高效"的企业精神,企业才能生存和发展。正如孙景伟所说:"开发公司的单个职工并非最优秀、最出色,但这些同志组成的整体,则敢说是出色的、优秀的、特别能战斗的。带领这样的整体,自己感到自豪、欣慰。"

请看他们的几组镜头:

对工程采取招标形式,选择质量好的建筑企业,涉及经济活动,如玻璃般透明,集体决定,成了惯例,无一例外,让全体职工都认可,在合同定好后,明确时间、质量标准、工程造价,建立奖罚机制。

公司开发的楼房全部售出,没有积压,取得了信誉,主要是售后服务工作好,在小区建设中,建立安全保卫体系,物业管理公司负责全面工作,建立商业网点、蔬菜点等,甚至连居民自行车棚也修得极有特色。

三号自建小区,由于下水堵塞,冬季跑水冻成冰山,春季冰化淹农田,致使农民无法种地,连年到市委、市政府上访。1994 年年初公司投资 11 万元,修复下水管线 3 000 余延米,修复 200 多座检查井,保证了下水功能的正常使用。

农民写了感谢信给市里,原市委书记罗树清在感谢信上批示:"树立典型,以正行业风气",转给市委机关报,记者采访后发表,引起强烈反响,对开发公司给予高度评价。

扶贫,也成了他们的一项重要工作。《七台河日报》的群众来信这样写道：

俺们是红卫乡永山村村民，几年来艰辛的劳动也没有改变永山村面貌，然而，去年通过七台河市建设综合开发公司的帮扶，一年大变样。

他们进驻后看到俺们村里的实际情况，从市里运来一台推土机，进行改河治水，保住了500亩河岸良田，又建校舍和村办公室，送来了学生课桌椅，还个人捐款1 200元解决学生上学难的问题。

永山村满足了。高兴的是，有城市建设综合开发公司的大力支持，提供信息。去年冬春，有五户村民首批买了小四轮，一家买回"东方红"拖拉机，村民自发到桦南林业局承包开垦土地近2 000亩，猪存栏平均每人一头半，各项养殖业正在兴起……

开发公司不惜资金，加强职工"两个素质"的提高，对职工队伍进行培训。一到冬季，这里成了学校，从文化到技术，从生产到管理，从质量到销售，从产品到市场，从企业到社会，开展得有声有色，井井有条。

不知不觉，责任、信念、价值深深地播进每个职工的心田。

不知不觉，职工在市场经济大潮中，学会了"游泳"，适应了环境。

不知不觉，具有建筑企业特色的职工力量在逐步形成……

就这样，七台河市城市建设综合开发公司在短短的五年里，迈出了五大步，成为全省建设系统先进单位，实现了班子确定的工作目标。

光荣与梦想

1994年4月，这一年的春天来得特别早，没有成荫的季节，但建设者们都感到了浓浓的春意。

全省建设工作会议在哈尔滨召开，这是一次空前的盛会。

就是在这次会议上，孙景伟捧回了省级房地产开发优秀企业的奖杯。

与他同去的时任七台河市政府副市长王宝秀也神采奕奕，满面春风，不时地流露出一种自豪与得意。她清楚，是自己手下这员大将使煤城建设锦上添花，是他，带领着这支建设队伍在苦苦地追求和探索。

一片掌声过后，进行颁发奖状和证书，时任副省长杨志海紧紧握住孙景伟的双手，台上的省建委主任周淑萍同志也在点头向孙景伟表示祝贺。

这不是收获的季节，是播种的季节。

从省城回来后,孙景伟与班子成员又在酝酿新的思路。

走多元化经营这条路,经过派人去深圳考察、论证,大上一些短平快、船小好调头的项目。两个经济实体终于开业,探索一段时间后,出现了少投入大产出的效益。

周日,职工都休息了,唯有领导班子成员在三楼会议室研究工作。今天的中心议题是:如何按时完成三号小区这个示范标准化小区建设。这项工作,被市政府列为1995年的九件大事之一,怎能不牵动领导者的心。

投资100万元,对三号小区进行规范化建设:道路、路灯、绿化、休闲设施等,建成花园一样的住宅区。

这是全市的一项门面工作,他们要咬定最高目标,使之成为独具匠心的艺术珍品,这容易吗? 孙景伟带领弟兄们认准要干的事,就要全神贯注,这样产生的力量才是无穷的。

初春轻柔的晨风裹挟着孙景伟充满活力的脸,柳丝慢慢地摇,空气中弥漫着淡淡的清香,滋润着他的心田。

他在想:面对目前商品竞争和企业角逐日益激烈的市场经济大潮,作为一个有头脑的企业家,要保持良好的竞争状态,有一种强烈的竞争意识,特别是现代人必须及时地吸收新信息、增强新知识、把握新行情,把握建筑的追求趋势及建筑特有的美学特征⋯⋯

未来,历史将会告诉你

不懂得历史的人,既不可能把握今天,更不可能创造辉煌的明天。

10年间,公司已有固定资产500万元;公司实现利税达500万元,为社会创造了大量财富,建设房屋25万平方米,开发土地面积20万平方米。短短五年,公司先后获得各种荣誉达17项。

七台河市城市建设综合开发公司的发展,就是一部城市发展的历史,就是一部完美的教科书。它记载着改革时代的风风雨雨,岁月的沧桑,时光的流逝。孙景伟与他的同事们肩负的责任,光荣而又神圣,他们所谱写的人生旋律,将汇入煤城建设"北方温州"的宏伟乐章,共同托起明天的大厦。

未来,将会告诉人们,明天会更美好。

21世纪的辉煌在向他们招手。

浓墨重彩创辉煌

七台河市公共汽车公司始建于 1972 年，是全市唯一的国有公交主导企业，担负着全市城市公共交通任务。企业现有员工 660 余人，下设 6 个车队、15 个部门。在籍车辆 424 台，运营线路 22 条，线路长度 300 公里，年运营里程 1 700 万公里，年客运量 8 900 余万人次。

这些年来，七台河市委、市政府高度重视公交事业的发展，市交通运输局对企业发展壮大也倾注了大量的心血，企业自身始终秉承"公共交通、服务民众"的宗旨，围绕"公益性、普惠性、经营性"的公交属性，以打造平安、畅通、环保、文明、满意的"五型公交"为总目标，坚持依法治企、科学管企、创新兴企、科技强企，通过不断培育"以人为本、以企为家"和"爱企、助企、兴企"的企业文化，牢固树立"平安是回家最近的路"的安全理念和"亲情式"服务理念，深入实施"双增双节""三优三化"管理机制，企业管理不断向规范化、人性化、科学化迈进，市民出行满意度整体大幅提升。

面对历史积累的矛盾问题，面对经济下行给公交事业带来的困扰，面对全市加快转型发展对公交事业提出的更高要求，王晓东带领一班人，勠力同心，攻坚克难，秉承"公共交通、服务民众"的企业宗旨，以"五型公交"为总目标，致力于改善民众出行条件，市民对公交满意度不断攀升，主要经营指标频创历史新纪录，全市公共交通各项工作都实现了新突破。

强化安全稳定　创优发展环境

最近几年，是公交事业发展史上极不平凡的几年。在市场经济条件下，成功应对各种困难矛盾，规范创新，脱困振兴，取得改革发展巨大成就。

七台河市委、市政府高度重视公共交通建设，制定出台了七台河市《优先发展城市公共交通若干意见》《公共交通管理办法》《城市公交运营体制改革方案》三个纲领性文件，先后投资8 000余万元，建设了调度中心、北岸新城、金沙新区总面积达3.3万平方米的三处公交场站，基础设施保通能力大幅提升；更新换代新能源公交车辆141台，智能充电站4座，开启了七台河市绿色公交发展新时代；在持公交IC卡、建行龙卡出行的基础上，全面推行"互联网＋公共交通"腾讯微信扫码乘车服务，出行方式更加多元便捷。

安全运营形势良好。牢固树立"平安是回家最近的路"的安全理念，坚持平安是最大的安全，安全是最大的效益。结束了无车厢内承运人保险的历史；加大安全奖比重，增强了驾驶员对安全的重视度和敬畏感；配齐公交场站和车辆监控设施，实行全天候、无盲区监控；重新修订下发《安全管理守则》，严格安全管理；采取聘请专家讲解、巡回宣讲、安全知识竞赛、公交应急逃生实战演练等多样化安全教育，达到安全生产教于心、践于行、成于效的目的。5年来共配合公安部门调取录像500余次，提供破案线索100余条，为破获案件提供有力证据，挽回乘客损失几十万元。

信访积案彻底根除。妥善处置了历时8年的昆仑公司合同纠纷案件、历时10年的1路黄车闹访案件、历时11年的汽车公司住宅楼办理房照信访案件，以及陈晶承包官司纠纷案件、客运六队住宅楼物业托管案件、北山公交住宅楼供热供水缠访案件等。

盘活资产，妥善解决历史债务，这是一个老大难的问题。

2004年，面对公司历史债务问题，在主管局的正确领导下，汽车公司实行自我加压，制定目标，盘活资产，妥善解决历史债务，效果显著。汽车公司以开发总部大楼作为条件与有能力的自然人达成协议，借款500万元，用于解决自1996年以来拖欠的职工工资和集资款问题。汽车公司与黑龙江省一家经贸有限公司的合同纠纷问题，历时3年时间的诉讼，经省高级人民法院终审裁定，该家公司支付汽车公司线路有偿使用费330万元。经过5年的努力，汽车公司用293万元的资金解决了欠客车厂家、银行1 228万元的债务，为企业节省了935万元的资金。

强化经营改革　激发内生动力

体制机制改革成效显著。将占1/3比重的承包线路167台车全部收回，完成了公交运营体制改革,实现了公车公营。采取"1＋"的加法绩效计酬机制,实行基本工资＋奖励的模式,科学设置安全奖、服务奖、营运奖、线路奖、目标奖等奖项来激发干劲,充分体现"多劳多得、优劳优得"。创造性开展线路运营"三化"机制,为十余个学校和企事业单位开展定向式公交服务,把党的温暖普惠千万家。科学有效处置七台河市个体微型车经营期满退出客运市场后公交平稳接续工作,百姓出行未受影响。

公交线网布局科学合理。公交1路调整为北岸新城环线,彻底解决了新兴区百姓棚改搬迁后出行需求;开通公交调度中心至茄子河区公交6路环线和北岸新城至公交调度中心公交25路两条新能源公交线路;加开向阳村定向公交线路,解决沿线居民出行难题;开通公交调度中心至火车站定向直达公交,结束了桃山区至火车站没有直达公交的历史;加开2条桃山矿、新建矿至金沙新区如意家园小区的棚改便民直通车专线,解决棚改居民的搬迁和往返需求。

多措并举,不断强化内部管理。

精减员工,引进设备,公交运营实现现代化。为降低企业经济负担,减少企业开支,汽车公司精减人员,对公营线路车辆实行无人售票,取代了一车4个乘务员的传统经营模式。为了加强正点率考核,增强对抢压点现象的有效监督,公司购置电子路签考核设备,对所有自营线进行站点考核,实现了路签考核自动化。成立监控中心、收银中心、IC卡中心、设备维修中心和稽查大队五部门辅助开展工作。

调整员工工资,提高员工福利待遇。为维护企业员工稳定,减少员工流失,按《劳动法》的有关规定,从2007年1月起,凡与公司签订劳动合同的员工,办理了医疗保险、社会保险、工伤保险、大病保险等。先后两次对机关、后勤工作人员的工资进行调整。同时为进一步降低企业交通事故率,汽车公司制定出台《汽车公司安全生产奖惩办法》,用安全奖金降低事故率,提高员工福利待遇,调动员工的工作积极性。为进一步降低服务投诉率,提高员工优质服务水平,公司制定出台《汽车公司优质服务奖惩暂行办法》,对达到服务标准的驾驶员每月奖励100元,实行服务质量与驾驶员奖金挂钩的服务管理机制,提升了全公司的整体形象。

取消乘车证,实行全员购票乘车。取消持工作证乘车制度,员工乘车实行购票制。同时为了保证有岗员工的工作需要,汽车公司从2008年4月起按职工出勤天数及各队车辆台数核定职工通勤补助费,有效地维护了在岗员工利益,堵塞了企业管理漏洞。

实行机关车辆改革,降低企业生产成本。科级以上干部配备日常工作用车,科级以上干部可自行购车,公司根据职位高低给予适当用油补贴。同时,公司将2台运送票款微型车承包给个人经营。通过车辆改革,公司每月可节约用车成本数万元。

成立统计核算机构,促进企业加快发展。成立统计核算机构,建立科学、合理、规范的生产运营数据分析系统,用于指导生产经营,重点加强了统计核算等经营工作管理干部的力量配备,为今后经营管理工作中,准确指导运营生产、及时调整经营策略、降低生产运营成本、提高票款收入、提高对企业科学管理水平、促进公交企业健康顺利发展创造了条件。

引进高学历人才,培养企业后备力量。在积极招募高学历人才来企业就业的基础上,培养企业接续力量。采取两条腿走路的办法,一方面从驾驶员中挑选业务素质过硬、有思想、有能力的优秀员工充实到技术管理岗位;另一方面,对外招聘高学历人才,加强企业现代化、规范化管理,提高工作效率。近年来,公司从外部招聘近20名大中专毕业生。

加大场站设施建设力度,提供便利行车环境。新建了欣源小区和怡安小区停车场工程。为了便于生产和对外办公,汽车公司新购置了客运八队、监控中心、收银中心、IC卡中心、设备维修中心、稽查大队和接待中心等多处办公场所,为公交可持续发展提供保障。

强化节能降耗　夯实运营保障

车辆运营节能环保。持续加快公交车更新换代步伐,购置新能源车辆141台,占车辆总台数的33%;投资730万元,配套建设国内最先进的智能充电站4座;秋冬交替季节实行两种油号柴油混合使用,节约成本10余万元;引入中石化燃油,形成中石油与中石化竞争格局,年省支出50余万元;参照行政单位公车改革方案提前完成公司公车改革;实施冬夏两季油标、气标、电标测定,科学精化能耗管理。

基础设施健全齐备。累计建成新型公交站亭100余处;租用改造后的二〇四中转站,解决4路车停放难题;收购客运四队外产权车库2个,购置2户商服建立林苑之星公交站。2014 年 9 月,公交调度中心、北岸新城和金沙新区停车场正式建设,克服开工晚、工期紧、任务重等困难,积极协调几十个单位和部门,一年完成了三年工作量,创造了工程建设上的"公交速度"。2015 年 11 月,总投资 7 000 余万元,总面积 2.2 万平方米的三处新场站全部投入使用,彻底解决了近 200 台公交车马路停放和冬季无库存放的老大难问题。

转变机制,提高企业经济效益。

面对企业机构臃肿、富余人员较多、亏损严重等问题,汽车公司利用国家振兴东北老工业基地优惠政策,对企业职工身份进行置换,企业职工全员并轨,削减人员,减轻企业经济负担,确保企业轻装、健康发展。至此,汽车公司前后几届班子多年对机关后勤人事制度改革的想法终于得以完成。为夯实经济基础,切实保证企业稳定,公司采取主辅分离,即主业转变线路经营模式,从承包模式转型为公车公营的无人售票模式;辅业(修配厂、燃油供应)从吃大锅饭转变为承包经营,外加综合改革配套措施提高经济效益。

2009 年,在企业资金极度紧张、无后续资金购置车辆、无法继续发展的紧急情况下,经市政府、市交通局同意,汽车公司部分线路股份制经营工作正式展开。召开职代会,通过对部分线路进行股份制经营的提案。"十一五"期间,汽车公司成功对 4 条线路实行股份制运营,运营效果良好。部分线路实行股份制经营是企业经营 30 多年来的首次变革,通过半年的实际运营,取得了良好的社会效益和经济效益,为今后股份制线路工作的进一步开展奠定了基础,提升了全公司的整体形象。

强化行业文明　提振公交形象

创新开展"三优创建",提升服务品质。树立"亲情式"服务理念,将乘客视亲人,将服务当习惯,将效益体现在服务中。制作公交口袋手册系列之《党建知识篇》《安全生产篇》和《管理服务篇》,以"掌上书、随手看,常规范、强习惯"的方式,全力打造"人人是窗口,人人是环境"的优良公交环境。

大幅提升驾驶员服务奖,用更高的奖惩实现"他律"向"自律"转变。建立站亭和车辆专职保洁队伍,车辆卫生做到"一趟一清扫,一日一清洁",站亭卫生做到"一周一保洁,一月一检查"。联合市广播电视台在全省首创车载"精品广播"和"精品电视",连同车载 LED 屏将公益宣传贯穿公交运营始终,打造公交特色车厢文化。

创新开展"三争三做",践行核心价值。培养和挖掘公交先进典型,创建"三争三做"活动平台,让广大公交职工尽展风采。春节发起驾驶员向乘客拜年活动;高考期间开展"爱心送考"活动,组成"党员爱心送考车",为考生和家长提供免费矿泉水和免费乘车服务;高芙东、曲蕾、孙光涛3名同志舍生忘死、见义勇为扑救起火气罐车,获得了"黑龙江省见义勇为英雄""真情七台河新闻人物"等荣誉称号;王军在全国公交驾驶员技能比武竞赛中,获得省赛个人冠军,被授予省"五一劳动奖章",推荐为市人大代表。七台河市"麦田守望者"志愿团队主办者赵庆柱是汽车公司的一名公交驾驶员,30年来,个人共帮助19名贫困学生完成学业,在他的感召下公司有20余名职工参与资助贫困学生。公司坚持每年寒暑假向困难学生捐赠总价值近万元的公交IC卡,解决贫困学生假期补习出行问题。另外,还涌现出了全市优秀共产党员张凯、孙光涛,省、市劳模葛富言、高芙东等一大批公交先优人物。

强化民生改善　提升幸福指数

城市公共交通是与人民生产、生活息息相关的重要基础设施,优先发展城市公共交通是提高交通资源利用率、缓解交通拥堵的重要手段;是降低能源消耗、方便居民出行的重要途径;是体现政府执政为民、关注民生的重要方面。

注重民生改善。坚持"公共交通、服务民众"的企业宗旨,落实惠民政策、办好民生实事。公交10路2元区段票价改为1元惠民票价,使金沙新区居民普享公交发展成果;公交IC卡免除24元工本费实现免费办卡;在全省率先拓展乘车付费方式,与建行联合推出建行卡乘公交刷卡服务,被省内其他地市积极效仿;将腾讯微信扫码乘车服务落地七台河市,成为我省首个完成公交车移动支付的公交企业。

服务社会,营造公交全新整体形象。

2012年,整修现在公交车辆服务设施,保持车厢内外整洁。在市中心区改造新式候车亭39座,购置节能环保公交车150台,规范了公交运营秩序,受到市民的普遍赞扬。

为群众办实事,解决七台河市困难群体乘车难问题。从2007年,汽车公司对全市老年人、残疾人、因公伤残军警开办了免费、半费乘车证业务,受到社会各界的普遍好评。持续提升全市特殊群体免费乘车服务数量,免费金额增至1 800万元左右,免费人次增至2 000万左右;扩大全市优惠乘车政策范围,已有1万余名勃利县和域外老年人也享受到了七台河市优惠政策的红利;将七台河市老年人全免优惠乘车政策由70周岁拓宽至65周岁,并在全国率先为所有残疾人和"两参"复转军人办理免费乘车服务。

注重职工生活。实施职工生日送蛋糕、带薪休假、免费体检、办理团体意外伤害保险、发放取暖补贴等福利,让职工深感"家"的温暖。职工工资大幅增长,目前,驾驶员人均月收入5 000余元,后勤人员人均月收入3 000余元;职工取暖费从无到有,现在职人员已达到1 900元;职工食堂从无到有,现在每名职工只需1元钱就可享受到可口的午餐;为全体职工制作工装,保证职工四季"不愁穿"。补交养老保险历史欠费1 270万元,结束了长达13年欠缴社保的历史;彻底解决了25年来影响和制约企业健康发展,本息税金高达1 361.4万元的历史欠税问题,真正让企业卸下包袱,轻装前行。

每年组织当年退休职工召开欢送座谈会,对退休职工几十年来为企业做出的贡献表示答谢,并送上一份纪念品。在职工待遇日渐提升、困难职工日渐减少的基础上,公司党委又把因病致贫的重病职工列为走访对象,实现精准慰问,不仅送去慰问品及慰问金,也送去了党的温暖。

对外宣传工作开辟新平台。开辟网站,在公司内部各部门设立通讯员,企业发展动态在网站上得到及时体现。为了弥补服务工作不足,及时了解乘客乘车所需,将乘客意见及时反馈,公司在公交网站上增设"请您留言"和"满意度调查"栏目,乘客可将自己的意见发表在网站上,公司各部门可及时看到群众对公交服务的反馈意见,及时完善各项工作。

公司新一届领导班子把握工作主动权,开拓进取、埋头苦干、发奋图强、合力攻坚,正在以坚定的信心、百倍的斗志、扎实的工作,全面开创全市加快经济崛起、建设幸福之城的新局面。

强化党建引领　提升公交品牌

以思想建设为载体,牢记公交使命。以多种形式学习宣传贯彻党的十九大和习近平总书记系列重要讲话;以"两学一做"为依托,规范"三会一课"，强化主题党日、在职党员岗位进社区、党员示范岗、党员责任区建设，推进党内组织生活规范化；定期开展党建拉练大检查活动，对照先进，查找不足，进一步提升基层党建工作水平；党支部配齐配强了支部书记、及时增补和调整支委成员、按期召开党员大会进行换届选举；全体党员录入"七台河智慧党建系统"，利用网络技术，使党员学习和活动常态化；严把党员发展准入关，发展党员23名、积极分子58名，为党组织不断注入新鲜血液。

以活动创建为载体，激发职工热情。组织开展党员拓展训练、"弘扬七台河精神、讲好公交人故事"巡回宣讲等特色活动，营造公交和谐发展氛围；建立职工之家，购置乒乓球桌、台球桌、健身器械等休闲娱乐设施，缓解工作疲劳、激发工作动力；建立职工书屋，设立职工读书借阅机，每位职工用手机扫码即可享受海量阅读，丰富职工业余文化生活。

以职代会为载体，解决职工诉求。定期召开职代会，充分听取职工代表对公司发展提出的意见和建议，把职工提案作为反映职工意见的主渠道，解决了职工心中最迫切的诸多历史遗留问题；通过党务企务公开栏、公交网站等渠道面向职工公开企业发展动态，保证职工群众知情权、参与权有效落实。

多年来，由于企业党建工作业绩突出，省总工会、省交通运输厅及市委、市政府等各级主要领导多次深入公交调研指导，并进行全市党建经验交流3次、全局党建交流3次。另外，作为全市厂务公开民主管理工作现场经验交流典型示范单位，接受了全市140多个单位的现场观摩，并进行经验介绍；在全市"百优"党支部创建工作现场观摩活动中，汽车公司党委接受了全市各界180余名党务工作者观摩。

企业先后被省道路运输管理局评为全省城市公交行业十佳诚信企业；连续两年被市纠风办评为"关注民生、服务发展"群众最满意单位，被市绩效考核办评为民生服务窗口单位绩效考核优胜单位；在全市"创、树、做"活动中荣获示范单位荣誉称号；被市总工会授予全市厂务公开民主管理工作"十佳单位"；被省总工会授予省"五一劳动奖状"殊荣；被市委授予"先进基层党组织"；公司收银中心被中华全国总工会授予"工人先锋号"等荣誉称号。

未来的七台河公交，将树立以人民为中心的发展思想，以满足人民群众日益增长的出行需求为目标，坚持党政齐头并进，共促企业发展，为广大市民出行提供更加安全经济、优质便捷的"五型公交"服务。

张生河接任公司总经理后,不等不靠,开始针对公司实际,进行大刀阔斧的改革,一步一个脚印带领大家渡过难关,一路披荆斩棘,使企业走出低谷,见到了久违的曙光。因为出色的工作业绩,张生河被市委、市政府委以重任,到市林业和草原局工作。

企业形象树立起来了,企业发展壮大起来了。这么大一摊子事业没有个好带头人是不行的,有个好带头人,是广大员工的福分。

王晓东,这个精明强干、正派有为的人被组织安排到公共汽车公司,成为这里的新领导。

对于王晓东来说,他十分感谢领导们对自己的关怀和信任,工作的担子虽说很重,前任领导打下了好基础,自己丝毫不能怠慢,头脑必须清醒,必须再登台阶,锦上添花创造新业绩。

王晓东是个雷厉风行、处事果断、坦荡认真的好带头人,自己谦虚、稳重、好学、干练,在全市交通系统是很有声望的人,口碑也相当好。

坚持改革、勇于创新、严格管理、严于律己、率先垂范,带出了一支作风优良、技术过硬、脚踏实地、吃苦耐劳的公交队伍,为城市公交事业做出卓越贡献。他不愧为企业发展的领跑者、创新文化理念的播种者、职工信得过的带头人、公交形象的代言人,在他的身上充分体现了一名共产党员的高尚品质。

煤城人民坚信,有这样的中流砥柱,有这样好的人民公仆,七台河公交事业会勇攀高峰,永远向前,一路欢歌,一路辉煌。

向更加辉煌未来进军的号角已经吹响,踏上新起点,树立新追求,敢为人先,不甘落后,永争一流,公共汽车公司正以百倍的信心和万般的努力再谱公交事业新篇章。

向着更高目标进发

在美丽富饶的东北黑龙江这片丰腴的黑土地上,七台河市实验高中在短短几年中,就创造了很多新业绩。成功地创办了省级示范性高中,7 所"211"学府授予自主招生资格,"龙教国际班"落户运行,大幅度提升了教育教学质量,普通本科以上入段率达 60% 以上,清华、北大敞开校园大门,市区文、理科双状元,这一连串的教育奇迹令人刮目相看。

孙柏林这个教育战线上的著名领头雁,也因其人格的魅力、高尚的情操、宽阔的胸襟、浩然的正气、超凡的领导能力和创新的文化理念,赢得了煤城人民的尊崇与爱戴。

面对高考　而今迈步从头越

七台河市实验高中始建于 1980 年,属于当时七台河矿务局企业办学,先后经历了矿务局高中、七煤高中和七台河实验高中三个发展阶段。2005 年由企业办学划归政府办学,经多方努力,实验高中于 2010 年成功晋升为省级示范高中。

建校以来,实验高中教学质量和办学水平深受社会和家长的好评。实验高中共有 17 名学生升入清华、北大,本科以上入段率在市区始终处于优势地位,为高等院校输送了大批优秀学生。2010 年,孙丽凤同学以 682 分的好成绩考入北大。2012 年,李明哲同学以 676 分考入清华大学,王永男同学以 617 分的优异成绩考入南京大学,分别夺得七台河市理科、文科状元,实现了考入清华、北大有突破的目标,实现了市区文、理科双状元的目标。

七台河市实验高中是一所美丽而精致的省级示范高中,建校将近 40 年,学校以"面向每一个学生，发展每一个学生"为办学理念，以全面育人，坚持"文理并重、自主招生为辅，突出音体美特长"为办学方向，以培养和输送国际化人才为宗旨的"龙教国际班"为办学特色，全面提高教育教学质量、科研能力和办学服务水平。

实验高中人始终发扬敢打敢拼、敢打硬仗的精神，也正是靠这种精神，使这所学校，从小到大，从弱到强，从一个胜利走向另一个胜利，从一个辉煌走向另一个辉煌。在学校发展的历史中，先后获得省煤炭系统重点高中、省安全和谐校园、省依法治校示范校、省十佳和谐校园、省两全先进学校、省级文明标兵学校、省级庭园绿化先进单位、省级卫生先进学校、省级三育人先进集体、省级示范高中、省级文明单位、省级普通高中课改先进集体等多项荣誉称号，2011 年实验高中被教育部基础教育司、中国教育学会授予"全国和谐校园先进学校"的光荣称号。

面对取得的骄人业绩，陈明科校长沉稳坦诚地说，这和市委、市政府领导对教育的关心关爱、市教育局高屋建瓴式的"双导"、实验高中校委会的集体筹划、学校各职能部门的和谐工作、全体任课教师的依"律"备考等是分不开的。成绩说明过去，是我们前进的动力，面对煤城父老，我们实验高中必须努力，一丝一毫也不能懈怠，要对局里有个合格答卷，向广大群众有个满意交代。

市委、市政府对教育的关爱，激活了实验高中人的内在潜能。当时的市委书记张宪军，市委副书记、纪委书记齐秀娟，副市长郑君桥在教育局局长刘子文的陪同下，亲自到学校检查指导工作，对学校工作给予高度评价并寄予厚望，让实验高中人终生难忘。市领导不仅带来了关怀，传达了市民的期盼，更激发了实验高中人献身教育的热情，激励了实验高中人的斗志，激活了实验高中人的内在潜能。

教育局高屋建瓴式的"双导"，指明了 2019 年高考备考的方向。教育局组织召开 2018 年高考质量分析会暨 2019 年高考备考会，在充分肯定 2018 年高中教育取得成绩的同时，还针对 2019 年高考提出科学备考的指导意见。常规工作中，除了正常的检查之外，教育局领导经常深入实验高中晚自习，对高三备考和其他学年的工作情况进行调研，对 2019 年高考备考工作进行了强有力的督导。教育局的指导和督导，让实验高中人始终走在科学备考的正确道路上。

实验高中校委会的集体筹划，奠定了 2018 年高考新辉煌的基石。为了确保实验高中创造 2019 年高考成绩的新辉煌，向全市人民交上一份满意的答卷，实验高中领导班子以陈明科校长为首集思广益，科学定位，制定了"勠力同心、携手并肩、超越自我，力创实验高中历史新高"的工作目标，提出了"认清目标、落实责任、挖掘自我、团结多赢"的工作要求，运用集体智慧，让每个人的工作充实又稳重，让每一天的工作坚实且高效，在关注师生幸福指数的基础上，营造积极向上的和谐局面。

全校各职能部门的和谐工作，确保了备考决策的有力执行。常规工作中实施"精心备课、勤奋听课、规范上课、认真批阅、有效辅导"二十字方针，在"实"上下功夫；抓早抓细，在"细"处求不败。全体教师宏观把握高三复习节奏，制订阶段复习计划。凝全校之智、集师生之力、尊教育之律的备考战略和四阶段备考战术的分层落实，创造了高考成绩的新辉煌。

2019 年高考取得优异了成绩，特优生实现教育格局调整后 600 分双突破，理科最高分 616 分，文科最高分 601 分；重本梯队再上新台阶，理科重本入段人数 114 人，较 2018 年新增 27 人，文理合计重本入段人数 164 人，入段率 18.12%，较 2018 年提高了 2.62 个百分点；特色办学多元化成效凸显，各类特长生普本以上入段人数 59 人，较 2018 年新增 15 人。

当年，高考实现几年来市区高中考生清华北大零的历史性突破；填补七台河市高中高校自主招生资格的空白。

苦心执着　山登绝顶我为峰

在七台河教育转型的变革时期，秉承创办省级名校目标，提升师生文化品位，造就一支师德高尚、业务精湛、结构合理、充满活力的教师队伍，努力创建实验高中文化标识，大力促进学校文化软实力，让社会认可"实验高中"文化符号的象征意义，形成实验高中做人品位高雅、做事追求卓越的社会形象。这是校长的心声。

育英湖畔的美丽校园，就是七台河市二中，这是陈明科曾经播洒汗水的地方，这里留下了他奋斗的脚印。

2009 年 7 月的一天，太阳缓慢地爬上了山头，鸟儿在绿枝上飞来飞去，不时亮起歌喉。陈明科一如往常匆匆来到单位，做了一些必要准备后，有了许多新的关于教育发展的设想。

他要让二中腾飞，让这个普通高中建立辉煌业绩。

高考成绩必须上去，这是他追求的目标。

创建质量二高。质量是学校的生命，没有质量一切都无从谈起，市二高把提高高考成绩和学生的全面发展作为学校始终不渝的追求。学校把所有任课教师进行了全面性重新调整，使之优劣互补，均衡发展，有效解决了教点班自胜、教普班糊弄、没有竞争得过且过的低迷状态，形成了"比、学、赶、帮、超"的良好风气。

而在课堂教学赛课上，学校在开学初便分三步进行了课堂教学赛课活动。首先各教研组全员参与，选出组内优质课；第二步全校性赛课，采取打分的形式，评出一等奖20人、二等奖25人；第三步，面向全市的百花奖大赛，由获得一等奖的20人做表演课，这极大地调动了广大教师钻研课堂教学的积极性，起到了意想不到的良好效果。

创建和谐二高。和谐校园建设是当前时代的主题，是学业成败的前提，是全面协调可持续发展的关键，更是七台河市二高追求的最高境界。学校注重教师的交流和培训，针对年轻教师多的现象，开展不同形式的交流联欢活动。学校搞活动，注重考察教师们的年龄特点和接受心理，增强针对性、时效性。

创建特色二高。学生的文化基础及学校的历史发展决定了必须办特色高中，这是一条特色之路。特色的含义：管理的封闭和半军事化，学生高考的80%依靠特长生升学，这始终是七台河市二高的办学宗旨。为了丰富特色这一内涵，学校从具体细节抓起。为了给学生找一条出路，学校鼓励学生学习特长，这充分发挥了老师的聪明才智，并调动了他们的工作积极性。同时引进东北师大、哈师大艺体教师4人。

创建健康二高。健康的身心是事业成功的先决条件，更是学校工作的力量源泉。学校帮教师树立了健康第一的理念，使每位教师关注健康，选择自己爱好的项目坚持运动。为了将这一工作深入开展下去，工会、共青团定期组织教工进行体育比赛，并给予奖励，定期组织教师参加体检。学校还严格规定，学生的体育课、体活课、特长课任何人不许占用。

创建美丽二高。一所学校的外在形象对于吸引学生、提升品位有着不可替代的作用，同时也是学校发展的动力所在。学校投资5万元布置了班

255

级、走廊、标语、校牌等，使环境更加美丽优雅。另外，在绿化、操场、内涵建设方面，学校在原有的基础上继续投资，创造了优美的育人环境。

用这些有效的办法，二中三类苗结出一类果，学校走上了大发展的道路，昭示着这所学校以新的姿态迎接新挑战。背负着巨大的工作压力，肩负着煤城百姓的重托，带着万千莘莘学子的期盼，陈明科走上了这个充满挑战的工作岗位。

有劳动就有收获，有汗水就有所得。

一份份捷报就像雪花一样片片飞来，考生马彰玲以560分考入文科重本，周爽以560分考入理科重本，考生高肖嵩、李文娜收到了鲁迅美术艺术学院的录取通知书，其他考生还在考录中。"之所以取得这么好的成绩，是学校始终坚持质量为本、特色立校的指导思想，是特色之花开出的特色之果。"采访时，校长陈明科的话为这次采访破了题。在坚持特色办学中，学校更是以"五个创建"为学校的发展指引了航向。

老校长徐学华退休后，陈明科接过这个岗位，肩上的担子很重，如何带领实验高中几百名教育工作者、几千名学生开创学校教育工作的新局面，如何在基础设施逐渐完备的情况下使教育事业获得更大的发展，自己必须迎难而上，必须全力以赴。

压力就是动力，向困难低头永远不属于他的性格。

在教学管理上，秉承"理性引领、文化启迪"的理念，努力建设学习型校园，形成在探索中创新、在反思中完善、在和谐中发展的学习工作氛围。积极探索教育教学规律，不断反思完善，创新教育教学模式，使常规性教学、反思性教学、探索性教学有机融合，采取超常规有效措施，有效地促进了师生健康发展。

实验高中的一位资深领导说："跟他在一起工作，累并快乐着！"是的，当你跟着一位好校长越过一个高度之后，立马又竖起一个新的标杆，他会带领你一起跨越更新更高的目标。教师评价他说：徐校长思维缜密，理性聪慧，处事果敢，雷厉风行，创新意识特强，干工作一丝不苟。肯吃苦，爱钻研，凡事三思而后行，是一位有胆有识、有作为、有影响力，开拓创新的好校长。

2019年春，巍峨的完达山积雪融化，桃山脚下苍松翠柏吐出新绿，漫山遍野的达子香花灿然开放，山风乍起，远望那远山、那树、那花好似绿海里欢跳的火苗，十分耀眼。正如山花要回报泥土，野林要回报山岭一样，忠勤得以美好的报偿。

　　曾经的完达山腹地,曾经的煤海骄子,因为一位歌者的高尚人格而美丽;曾经的圣园净土学府,因为一位好校长的感人事迹而传奇。从陈明科那坚定的目光中,可以看到实验高中更加美好的明天。

内引外联　正是长风会有时

　　如今的实验人在办学理念上,就是要全力拓宽办学思路,让实验学子不再单走高考独木桥,为实验学子的一生幸福打下坚实基础。

　　继国内清华、北大、哈工大等7所知名学府向实验学子伸来自主招生的"橄榄枝"后,实验高中又收到了世界名校递上的"洋橄榄枝"。学校的办学实力让煤城人民刮目相看,填补了七台河市没有自主招生资格的空白。

　　七台河市实验高中获得了教育部认可的美国、英国、加拿大、新加坡、澳大利亚、新西兰、荷兰、德国、意大利、西班牙、俄罗斯、韩国等国家世界知名大学的出国留学申请资格,这些大学都是世界大学排行榜排名居前,并拥有悠久的历史文化背景和优越的教育教学资源的公立大学。省内教育界称之为"龙教国际班"。"龙教国际班"是省教育厅批准,由十所省级示范高中组成的"龙教国际班"联合体,选送的国外大学都是教育部承认的、正规的公立学校。该班旨在为有海外升学意愿和能力的学生提供一条宽口径、高层次、低风险的海外升学通道。

　　"龙教国际班"落户实验高中是为进一步开展名校战略工程,满足七台河市对国际化人才的需求,促进普通高中教育事业的健康发展,满足七台河市高中教育的多样化办学发展需要而打造的。它不仅填补了七台河市高中教育国际化的空白,而且是七台河市实验高级中学推进国际化人才培养的重大探索与突破。根据自身的经济条件,学子们可以选择进入教育部认可的美国、英国、加拿大、新加坡、澳大利亚、新西兰等主要英语国家的本科院校;也可以选择免学费或低学费的俄罗斯、德国、意大利、西班牙、韩国等工薪阶层能承受的小语种国家就读。

　　早在"龙教国际班"落户实验高中之前,为了让实验高中优秀学子有更多升入名校的机会,徐学华带领的实验人在教学中就已经先行一步,率先完成了自主招生推荐工作。为了给学生提供更好更大的发展空间,实验高中班子成员以大胆创新的精神,对上争取,克服重重困难,校领导先后去了清华、北大等7所一流名校,争取自主招生资格。

据了解,实验高中已向清华大学、北京大学等全国7所高校推荐了42名优秀学子。因为七台河市实验高中学生的突出表现,清华、北大等7所高校均把实验高中列入学校推荐计划之中。其中,清华大学推荐名额2人,北京大学推荐名额1人,哈尔滨工业大学"英才计划"推荐名额1人,"卓越计划"推荐名额16人,哈尔滨工程大学推荐名额10人,大连理工大学推荐名额4人,大连海事大学推荐名额8人。优秀学子的推荐成功,"龙教国际班"的及时落户,不仅使学校在办学思路上有了新的突破,也为毕业学生搭建了更好的升学平台。

韩国首尔白岩高中的客人来到煤城,建立了中韩友好校际交流关系。实验高中成立了国际班,通过开展一系列活动,开阔了学生的视野,拓宽了学生的学习途径。此次与白岩高中建立友好校际交流关系,是市实验高中与国外学校联谊的一次有益尝试,通过双方的交流与合作,进一步丰富两校的办学内涵,提升两校的办学水平和理念,体味多元文化,拓展国际化办学视野,进一步在师资培养、课程创新、德育探索等方面为两校发展注入新活力。双方开展学生互访、教师互派、学分互评及课程互设等活动,把市实验高中国际班打造成符合国际需要的班级,为学生提供更广阔的发展平台。

实验高级中学始终坚持"面向每一个学生,发展每一个学生"的办学理念,始终着眼于把对学生的未来发展作为自己的培养目标,与时俱进,大胆探索,勇于创新,让实验高中学子的高考不再是独木桥,而是通向国际的直通车。实验高中学子不仅要"面向祖国",更要"面向世界"。

面向未来　明珠璀璨耀煤城

以"面向每一个学生,发展每一个学生"的办学理念为引领,以创办特色学校谋生存,以提高教育教学质量求发展,不断深化课堂教学改革,不断创新德育工作,不断加强学校管理,努力走出了一条属于七台河实验高中人的办学之路。

校长孙柏林很动情地说:"我们学校有今天这样的成绩,有一个良好的工作基础,得益于上级领导对实验高中的真诚关爱、全体教职员工共同努力的结果,多任校长兢兢业业,真诚工作,把自己的青春和汗水都倾洒给了实验高中,把自己的赤心与精诚都奉献给了这所学校,对这里的一草一木都有着十分特殊的感情,我们将传承下去。"

每每谈起学校的建设与发展,实验高中人总是不无自豪地说:"我们学校日新月异的发展得益于特色学校文化建设,学校良好的校风、和谐的集体、优美的环境得益于特色学校文化建设。"特别是精神文化,它已成为激励实验高中师生不断奋斗的品牌。实验高中不断创新、超越自我,形成了"严谨求实、和谐进取"的校风。先进的、高品位的精神文化,为学校的生存和发展、为和谐校园建设提供了不竭的动力和精神支持。

课堂教学改革创出了新亮点。全校教师继续深入学习、研究新课改,用新课改理念武装头脑,并在日常的教育教学实践中认真践行。学校十分注重对教师尤其是对青年教师的培训,通过请进来、走出去的方法,努力为教师创造条件,搭建学习交流的平台。

充分发挥集体备课的作用和实效性,以老带新达到了资源共享,提高了课堂的教学效果。学校经常性地组织教育教学论坛,新老教师取长补短,使教师的教学教研综合能力得到了明显的提高。

德育工作创造了新亮点。在德育工作上学校继续实施"抓末尾"工程,狠抓严抓出勤、卫生、纪律、衣着等日常行为养成教育,把突破口重点放在跑操上,经过几年的努力,学生跑操大见成效。

办学理念、办学思路有了新拓展。学校积极努力创造条件,为学生提供更好、更高的发展空间。徐学华带领班子成员以大胆创新的精神,对上争取,克服重重困难,先后去了清华大学及东北三省等七所高校,收获很大,争取到了学校推荐的自主招生资格,并成为哈工程大学的生源基地校。这不仅使学校的办学思路上有了新的突破,为毕业学生搭建了更好更高的平台,也填补了实验高中建校以来没有学校推荐的高校自主招生资格的空白。

校园文化建设又创新成果。以徐学华为核心的校党委围绕提高教育教学质量,培养优秀高中生这一中心,不断完善各项管理制度,丰富校园文化生活,创建了温馨和谐、团结、奋进的校园文化。坚持群众路线,把学校的发展大计交给群众讨论,建言献策,广泛听取大家的意见和建议,让教职工真正感到他们才是学校的主人,他们才是学校能否前进的真正动力。

在晋升示范高中、教职工业务考核方案、规范办学行为等问题上都采取了上述的措施。处处把教职工的利益、冷暖放在心上。想方设法为教师谋福利,努力提高教师的生活质量,改善教师的工作环境,提高教师的幸福指数,努力构建和谐的人文校园。

熟悉孙柏林的人都知道,他当领导是一个领头雁,当参谋是一个好帮手,处事果断,工作雷厉风行。人们愿意同他相处,因为他平易近人,关心人、体贴人,在他的身边工作总能感受到人文情怀,在他身上既有坦诚待人的矜持,又有知识校长的智慧。他带着一颗赤诚的心,为七台河的教育事业做出了卓越的贡献,却默默无闻、任劳任怨。一位资深的中层干部这样评价他的人格精神与人格魅力:"当校长够料,做人够格,做朋友够交!"这"三够"已在熟知陈明科的同事、朋友中传为佳话。

"面向每一个学生,发展每一个学生,为每一个学生的一生幸福奠基",这是实验高中的办学理念。而"科研强校"则是实验高中人的立身之基,那就是注重对教师队伍的培养,尤其对青年教师加大培养力度,这使得教师的教育教学管理水平得到了显著的提高。在黑龙江省首届(文科)优秀教研团队展示活动中,学校派出了以青年教师为主的政治、地理和历史三个学科的代表队,共计 15 人,取得了骄人的成绩。其中,政治组代表队以超出黑龙江省名校哈尔滨三中 3 分的最高成绩获得 27 个参赛团队的特等奖,地理组获得特等奖,历史组获得一等奖。学校还派出教师参加各级各类比赛 67 人次,其中,24 人获得国家级论文奖,32 人获得省级论文奖,8 人获得国家级教学设计奖,11 人获得国家级课件制作及说课奖。2011 年学校有 78 名教师先后获得国家级、省级各类奖项。

面临不断发展变化的教育形势,实验高中既有压力和挑战,也有更大的发展空间和机遇。实验高中人牢固树立服务意识、竞争意识和创新意识,科学发展,和谐发展,努力把学校办成清华、北大有位置,在七台河群众中有极高美誉度的优质高中。

在第 34 个教师节来临之际,七台河市实验高级中学举行首届师德标兵评选活动,评选出十大师德标兵。孙萍、蒲保利、孙淑兰、王海燕、姜海霞、李世友、姜艳彬、叶立生、翁丽、刘志慧,他们是实验高中教书育人的楷模,是师德师风建设的杰出代表。

实验高中以习近平新时代中国特色社会主义思想为指导,全面贯彻落实中共中央、国务院《关于全面深化新时代教师队伍建设改革的意见》,以争做新时代"有理想信念、有道德情操、有扎实学识、有仁爱之心"的四有好教师为目标，坚持"立德树人，全面发展"的工作理念，崇尚师德，铸就师魂，重视教师队伍建设，不断加强和改进师德师风建设，全面提高教师队伍素质，增强教书育人的责任感和使命感，培养了一支德艺双馨的优秀教师队伍。

他们立足三尺讲台，不忘初心，牢记使命，敬业修德，默默耕耘，用自己的执着与坚守、辛勤与汗水谱写着一曲曲无私奉献的赞歌！正是有这样一支师德高尚、爱岗敬业的教师队伍，实验高中的教育教学质量稳步提高，高考升学率连年攀升，学生德智体诸方面全面发展，为高校输送两万多名优秀毕业生，为煤城儿女的成长贡献了力量，社会满意度不断增强，得到了家长和社会的广泛认可与好评。

新时代，实验高中这所省级示范高中，正以昂扬的斗志和高度负责的精神，努力完成学校《五年规划》的各项目标，办好人民满意学校，为七台河市基础教育的发展做出更大贡献！

2019年新学期开始，孙柏林校长主持实验高中全面工作，人们有理由相信，他一定能够在教育领域干出辉煌的业绩来回报七台河父老乡亲。

实验高中将在市委、市政府和教育局的正确领导下，以高考大捷、自主招生资格和"龙教国际班"为契机，不辱使命，放飞理想，在阳光下灿烂微笑，在风雨中奋力翱翔。

立足现在，信心倍增；展望将来，任重道远。

为七台河实验高中教育事业可持续发展，为幸福之城建设贡献力量。为了神圣的教育事业，孙柏林率实验高中这个优秀团队，以不断进取、追求卓越的信心和勇气、汗水和精诚，在实现办人民满意高中的道路上劳作着、勤奋着、奉献着。

向着更高目标进发

261

草原深处的赞歌

具有伟大的梦想,满怀坚决的信心,施以努力的奋斗,才有惊人的成就。

——题记

引子:草原情深

2001 年初夏,一次偶然的公出机会,我们来到了内蒙古呼伦贝尔大草原深处的一个知名企业,海拉尔铁路分局满洲里换装所,进行参观学习。一个边陲国有铁路单位,各项业绩深深地打动了大家。于是我们知道了这个换装所有两位开拓进取的领导刘思臣和王刚,也知道了一些关于他们带领职工创业奋斗、拼搏进取、创造辉煌的闪光故事。

在几天的时间里,我们参观了这个所的 50 年工作展,对这个单位的性质有了一个初步的了解,随后考察了下属企业的养殖场——鸵鸟生产基地和养鸽基地,领略了俄罗斯名犬养殖基地,又来到了换装所生产车间进行考察学习,还登上了全国最大龙门吊俯瞰整个作业场地,到处是有条不紊繁忙的工作景象……

几天来,我们欣赏到了呼伦贝尔大草原的美景,游览了美丽的呼伦湖,在蒙古包里喝到了浓浓的奶茶,在中俄边境线上留下了靓影。日新月异的感觉,使我们的眼界大开,留下了终生难忘的美好印象。

说实话,更加美好的印象还是那个换装所,这个换装所发挥了地缘优势和换装所行业优势,一个企业将"工、农、牧、商"多业并举,国内、国外市场共同开发。可以说,拓宽了多元经济服务领域,使集体经济、多种经济、对外经贸都得到了长足发展,这不能不说是个奇迹。那么这个奇迹是怎么诞生的?

又是怎样发展壮大的？在这里,将告诉读者独特的迷人风采和瑰丽宝藏……

创业篇：播种希望

时间以它一贯的速度流过,同时在大地上不止息地埋藏下希望的种子。在这片古老的大地上,以一种音乐的节奏发生着变化,他们的生命、他们的故事都蕴含其中。

1903年中东铁路建成通车,满洲里口岸就有了铁路换装业务,迄今已有百年历史。中东铁路作为沙俄掠夺中国资源、侵略中国领土的工具,新中国成立前半个世纪的装卸史是一部民族运输工业受压迫的苦难史。

那个年代是换装工人的血泪史,当时的铁路换装所机构是被称为"脚行"的一个组织,由车站管辖带有行会性质,装卸工人被称为"红帽子",他们的工作是装卸货物和短途运输结合,多数"红帽子"都有俄罗斯式的四轮马车,用以取送或集结货物,由于铁路进出口运量较小,"脚行"里少则几人,多则几十人,全部为人力作业,解放后仍在换装所工作的刘安东、王治军、马绍占等曾经是"脚行"的最后一批工人。东北解放后,滨洲铁路为中苏共管,满洲里铁路换装工作由满洲里口岸管理局搬运公司管理,下设装卸供应社,属地方管理机构。

海拉尔铁路分局满洲里换装所始建于1951年4月30日,主要担负着国际联运货物的换装和国内货物的装卸工作。经过50年的沧桑巨变,由建所伊始的肩扛人抬的人工作业发展至今,已形成粗具规模的机械化程度较高的换装基地。现有干部职工643人,拥有大型换装机械设备(吊车)23台,小型设备45台,最大起重能力320吨,居全国陆路口岸之首。这里是全国最大的陆路口岸,年平均换装量为400万吨左右。全所共分东吊、人力、工厂、多经、集经五个生产车间和部门。其中东吊车间主要承担国际联运和进口木材、机械设备、集装箱等货物的换装生产。

几年来,换装所在完成换装生产任务的同时,以所长刘思臣、书记王刚为首的党政班子着眼自身,立足长远,紧紧盯住口岸这个大市场,确定了立足货场、走向市场,兴办实体,发展外向型经济,驱动两个轮子形成链式发展的工作思路,在发展多元经济上投入力量,靠实业开发推动三经事业的发展。

针对铁道部门新的装载加固质量方案的出台,主动向上级领导请示汇报,争取捆车器的生产权,经过努力,上级部门同意换装所为分局管内加固器生产的标准厂家,仅此一项一年可创利30余万元。

针对单位加固料制作需购买大量铁钉的实际,投资4万元购置了全套的制钉设备,利用闲置的厂房办制钉厂,投入生产后,一年就减少支出16万元。抓住"天保工程"给口岸市场带来的勃勃生机,乘势而上,在原有的基础上,增设电锯2台进行木材深加工,产品销往河南、辽宁、黑龙江等地,深受客户的欢迎。

充分利用地域优势,兴办养殖业,当年实现"四养""一打",即养牛、养羊、养猪、羊狗,打羊草,先后投资80多万元建立了养羊、养牛等畜牧基地和封闭式的养猪、养狗基地。目前羊存栏4 100多只,牛存栏70多头,猪存栏180多头,俄罗斯各类纯种狗50多只。还建立了养鸽、养鸵鸟等基地。打草在自给需求的基础上,对外销售,以牧养牧,靠牧业和养殖业一年可创利30多万元。针对呼盟旅游业不断发展的实际,在国门建立了蒙古包旅游点,以独特的服务方式和接待风格,吸引了大批的游客,一年创利10多万元。

1999年11月,经多次调查了解、反复论证,与满洲里市福海装饰材料有限公司联合经营,投资入股283万元,占公司股份额的66.7%。2000年又更新了设备,上马亚克力生产线、水晶胶生产线,并租赁了三四千平方米的新厂房,为今后的发展,探索了一条新的致富门路。

在装卸市场竞争日趋激烈的情况下,依靠自身的优势主动出击,以流动装卸机械为主,组建营销队伍,配有三台装载机和一台50吨汽车吊,逐步打开铁道线外围市场,不断拓宽经营范围,使换装所的经济效益呈现出连年递增的好势头。

在抓好经济效益的同时,党政班子本着两个文明一起抓,两个成果一起要的工作方针,不断加大精神文明建设的力度,坚持开展职工群众喜闻乐见的文体活动,每年春秋两季,组织职工开展篮球、排球赛,多次组织篮、排球队参加市区和铁路系统的职工比赛,取得了较好的成绩。1999年职工田径运动会,取得了团体总分第二名的好成绩。

紧紧抓好香港、澳门回归的盛况,举办了演讲、摄影、书法和卡拉OK赛,陶冶职工的情操。1998年他们抓住安全生产十周年这一契机,举办了第一届文化节,振奋了职工的精神,向社会展示了新一代换装工人的精神风貌。另外,还坚持在拥军工作上不停步,多年来,换装所同驻军某团结成了共建对子,每逢八一建军节和春节,换装所党政工团各级组织,带领文艺小分队沿八百里边防线进行巡回慰问演出,受到了全体指战员的好评。在支持部队建设上,无私奉献,1999年驻军团部场院整修工作中,派机械为部队无偿工作半个月,为驻军解决了实际困难,在军分区验收评比中取得了第一名的好成绩,增进了军民鱼水之情。

几年来,满洲里换装所坚持解放思想不停步,坚持兴所富工的目标不动摇,扎实工作,奋力拼搏,各项工作都取得显著的成绩。

安全生产创佳绩。实现了安全生产4 653天,实现了第12个安全年。

生产营销成绩显著。2000年工作量完成676万吨,装卸收入6 019万元,全员劳动生产率771吨/人,机械化比重98%,机械完好率99.6%。

路风建设有进步。实现了无路风事件3 237天。

多元经济大发展。2000年多经共实现销售总收入2 774万元,完成计划的120%,实现利润65万元,完成计划的100%;外经实现销售总收入900万元,实现利润37万元,完成计划的105%;集经实现销售总收入200万元,完成计划的160%,实现利润3.8万元,完成计划100%。

生产经营效益稳步增长。职工收入年平均突破1.5万元。

党建工作上水平。1999年度被分局党委评为先进党委、内蒙古自治区优秀思想政治工作先进单位。2000年被评为哈尔滨铁路局先进党委。

精神文明建设有飞跃。1999年荣获局级文明单位标兵、盟级文明单位称号、满洲里市军民共建先进单位、黑龙江省军警民共建共育标兵。

设备管理出成果。荣获铁路系统、内蒙古自治区、黑龙江省设备管理先进单位的荣誉称号。

当生活在这里的人们历数着生活的变化时,不会忘记刘思臣和王刚所付出的劳作和努力,他们领导的企业是这里的骄傲。

关怀篇:情注边陲

经过50年的发展,满洲里换装所已经成为全国铁路最大的换装企业。正是由于这里的换装能力、工作效率和优质服务,满洲里铁路口岸才赢得了全国最大口岸的荣誉和地位。

由于它所处欧亚路桥的重要位置及在国家政治和经济上的重要地位，因此备受各方关注。毛泽东、周恩来、江泽民、朱镕基等几代党和国家领导人都曾经来到满洲里口岸，有的还亲临换装现场视察指导。国家各部门，各省、市领导，铁路系统领导更是多次到换装现场考察指导。

在那个峥嵘岁月里，这里留下了老一辈无产阶级革命家们的教诲，也有第二代和第三代领导人留下的足迹，它真切地印在人们的心里，岁月的履痕依稀：

1952 年 2 月 24 日，毛泽东主席、周恩来总理出访苏联，回国途经满洲里站；

1990 年 9 月 23 日，江泽民主席视察满洲里口岸，并欣然题写了："努力建设繁荣的边疆口岸"；

1989 年 9 月 25 日，国务院总理李鹏来满洲里视察，并亲临换装所考察；

1993 年 8 月 25 日，国务院总理朱镕基视察满洲里换装所，与职工亲切交谈。

1992 年 8 月 12 日，中央政治局常委李瑞环到海拉尔分局视察，在列车上听取哈尔滨铁路局领导汇报；

时任国家副主席胡锦涛在自治区主席刘明祖、满洲里市委书记荣天厚、市长杨汉忠的陪同下视察满洲里口岸；

1993 年 7 月 14 日，国务院副总理邹家华在口岸视察；

全国政协副主席司马义·艾买提视察口岸化肥换装；

最高人民检察院检察长韩杼滨在铁路局党委书记李卓奇的陪同下视察满洲里换装所……

口岸换装工作也受到国内外经贸界的重视，俄罗斯、美国、韩国、日本及东欧各国的大企业，知名经贸公司的领导人频频造访，了解口岸的换装能力、服务水平、外部环境。他们把口岸的运输水平、换装能力看作是中国对外开放的生命线。

各级领导的重视，经贸各界的关注，把口岸换装工作推到各界关注的位置，这给换装所提出了更高的工作目标和服务标准，所长刘思臣、党委书记王刚已经充分认识口岸换装工作重要性，力争努力做好工作，为实现国家十五计划做出新的贡献。

奋斗篇：勇立潮头

在走过了整整半个世纪的光辉历程后，作为中国铁路第一个换装企业，满洲里换装所为新中国在经济建设中取得的伟大成就添砖加瓦，做出了巨大贡献。

新中国成立初期，战争的硝烟尚未散尽，国家建设百废待兴。当时国家156个重点建设项目所需的全部设备、物资，抗美援朝、援越等军事物资均由苏联入境，在此换装转运全国各地。设备陈旧落后、技术力量薄弱的制约，没有难倒满洲里换装人，他们群策群力、集思广益，成功地换装了国家大型建设项目引进的超限货物、抢运军事设施等危险货物，使中国铁路换装货物的能力与当时的超级大国苏联处在同一水平线上。

50年累计换装进出口货物1.068亿吨。确立了中国铁路换装事业在世界铁路同行业中的领先位置，为中国铁路争得了荣誉，做出了贡献。

还是让我们了解一下当时的几次"大战"场面，的确发人深思，使人从中受益。

镜头1：军用物资换装大战。1950年10月25日，我国正式宣布抗美援朝，换装所承担从苏联进口援朝军用物资换装任务，05库是军用专线，主要换装枪支、弹药等，东吊桥吊主要换装坦克。为配合军运，提高换装效率，把当时全国仅有的两台80吨蒸汽吊车从上海调来支持军运大战。1965年开始，承担了从苏联进口援越军用物资换装任务，东吊在换装代号"045"作业中，通过换装转运到越南的石油、粮食、工业机械、军用物资等各类物资达60万吨，这对越南人民抗美救国战争的胜利是有力的支援。

镜头2：夺油大战。1960年，进口原油大量积压，为解决压油问题，各科室抽调部分干部和动员休班职工7 500人次，开展义务劳动，展开夺油大战，历时两个月，换油9 500辆，缓解了原油积压问题。为解决换装难问题，全所职工总动员，用人海战术挖土方修高低坡换油自流线，仅用四个月时间就完成一条能容纳12个车位的换油线，投产后一次自流换装时间仅17分钟，一昼夜可卸油150车，提高效率12倍。由于当时任务重、作业条件恶劣、劳动保护用品跟不上，职工作业后没有条件更新衣服，就在沙地里打滚，用来去掉衣服上的油污。换油职工不仅能吃苦，而且勇于实践、不断探索，用自己的聪明才智发明了工具,清理油罐车底原油,既保证车底清理干净,又大大提高工作效率。

镜头3:大接大卸会战。1992年,满洲里市被国务院批准为沿边开放城市,换装生产突飞猛进,当年就完成换装业务量108.2万吨。进入20世纪80年代后,进口轿车数量大增,苏联用特种货车双层装载,每节车装8台,中国需用3辆60吨平车接运,车皮浪费严重。1984年10月,经反复研究试验,推出了"双排装载法",2辆车为一组,装载9台轿车。进入1999年后,进口货物逐月增多,货物积压,站存货物最高时达到900辆。为保证铁路口岸畅通,铁道部、铁路局、分局领导多次来换装所现场办公,解决问题。从5月19日起,满洲里每昼夜接8列400辆,其中换装所接300辆,在此次大装大卸会战中,一昼夜换装最好成绩403车,创历史最高纪录。

50年来,经历了"夺油大战""夺木大战""军需物资换装大战""大接大卸会战"等铁路换装史上人数最多、作业量最大、环境最艰苦、场面最壮观的抢装卸场面,集中体现了换装人"吃大苦、耐大劳、不怕困难、勇于拼搏"的奋斗精神和"忠于祖国、忠于人民"的崇高信念。虽然这段历史已逐渐远离我们,但每当翻开这些历史篇章时,就会令人热血沸腾,心潮澎湃,感悟至深。

在50年的生产经营实践中,形成了换装所经营理念。即讲究效益,注重质量,用户至上;团结协作,顾全大局,严格管理;抓住机遇,开拓创新,唯先是夺;敬业爱岗,勤俭执业,牢记宗旨。这种理念的完善和落实,促进了企业管理逐步向高层发展。

换装人在大战中挺直了脊梁,靠的不是力气,而是做人的尊严,他们深知:人有时可以把头低下,那也许是一时的委屈,但是脊梁却不能弯,无论肩上的担子有多重,都要挺直脊梁朝前走。

管理篇:追求卓越

科技是第一生产力,管理作为一门科学 + 艺术同样也是生产力。企业管理是一个永恒的主题,对企业的生存发展起着至关重要的作用。

抓基础建设,确保了安全工作取得了突破性进展。始终把安全工作摆在重于一切、高于一切、严于一切的位置,全力开展攻关达标活动,把安全管理,确保安全生产作为增强市场竞争能力的一个重要因素。

进行强化安全意识教育。促进安全生产,制定全年安全工作计划,其核心是强基达标,规范管理,充分发挥各级管理者的作用,强化了对全所干部职工的安全意识教育,落实安全逐级负责制,把安全工作的好与坏,作为考核干部、各车间班子的主要内容。职工教育坚持常抓不懈,教育职工在操作岗位上要有居安思危的安全意识,使每个职工都能够在生产中正确处理安全与效益的关系。

在安全培训上加大力度,对全所34名吊车司机,42名叉车司机进行培训,提高了安全技术业务素质,并开展技术表演赛活动,通过比赛,提高了职工在作业中的应变能力,检验各项规章在实际作业中的落实情况,掌握了换装作业时间,培养出一支安全信得过,技术过得硬,应变能力强的队伍,在分局装卸系统技术比赛中获得了团体总分第一、三个单项第一、一项第二的好成绩。

在探索新机制上下功夫。继续开展6项机制规范化建设工作,对6个安全机制保证措施进行了进一步的细化,对《换装所安全劳动管理细则》和《换装所安全管理机制》进行了严格执行和认真落实,并在运行中进一步针对实际进行检查验收,发现了一些问题,经过整改进一步实现了规范统一,使其步入了标准化、规范化轨道。

认真开展安全大检查,抓好现实安全。开展安全大检查活动,主要领导亲自抓,共查出安全隐患23件,现场整改13件,限期整改7件,报分局解决3件。投资28.728万元,解决了威胁安全的实际问题,在进行安全大检查的同时,重点抓了装载加固质量,坚决杜绝偏载事件的发生,做到装一辆重车保一路平安,实现了第12个安全年,并能够根据不同季节,制定防范措施,如春融、暑期及冬运安全措施。

抓经营管理,确保了各项指标全面兑现。随着口岸进口货物的不断增多,根据口岸工作的要求,开展口岸会战,及时结合实际情况,从人力、物力、财力方面都保障了需要,创造口岸日换400辆以上的好成绩。

进入2000年口岸运量不断增加,并且品类不断变化,从口岸实际出发,实事求是地向铁路局、分局及车站提出建设性建议,最大限度地保证口岸换装,发挥换装工作的作用及能力,从定量上较上半年提高123万吨,再创了历史新纪录,为实现口岸新的经济增长点,做出了突出贡献。

以资产委托经营、盈亏目标否决为中心,加强换装组织工作,及时针对

269

口岸不同时期、不同特点,坚持优质、高效的换装组织工作,精心组织、精心指挥,千方百计地快装快卸,不断提高一次作业能力、作业效率,进一步提高夜卸比重,在任务增大,要求较多的情况下,充分利用现有的设备能力,在有效的时间完成最大的作业量。口岸第一批原油进口,给换装工作增加了新的课题。先后几次根据原油换装实际,及时调整了劳力,经过一年的努力工作,最大限度实现原油换装 54 吨的最佳成绩,保证了铁路局开发新的运输效益的需要,同时也为铁路局的信誉提高了知名度。

抓设备质量,确保了口岸换装能力的提高。为了提高设备管理水平和设备的利用率,在新技术和更新改造上下功夫,吊车安装使用了电磁块式力短渐加制动器,保证了安全。为叉车配置了 2 台新型的武汉物料搬运机械有限公司生产的 ZDCMJ 型标准两桶夹具,同时又购置了 2 台夹抱器叉车,大大提高了生产效率,减少了货损。为提高检修水平,压缩检修时间,购买了美国 EV – 100 电控总成的检测设备,使维修工判断故障更加准确,维修更加方便。为提高南煤场吊车的起升高度,将吊车走行线提高 0.6 米,投资 10 万元进行了 320 吨吊车电源线改造。全年在设备维修和改造上共投入资金 57 万元,维修的修旧利废产值近 10 万元,检查设备率 100%,设备完好率 99%,红旗设备率 45%,设备利用率 70%,故障停机 0.2%。

刘思臣和王刚带领的党委一班人铁肩担重任,丹心为公,把党员干部的责任和使命,定格在全心全意为企业服务的等高线上。

精英篇:群星闪烁

通用电气公司前总裁杰克·韦尔奇制胜的三大法宝之一就是相信人的力量,认为人的思想是绝对无限的。要吸引、培养人才、发掘人才的潜能,使这些人的能力充分发挥出来。几十年来满洲里换装所涌现出众多优秀人物,可谓英雄辈出、群星灿烂、熠熠生辉。他们中有为换装事业牺牲的先辈,有功绩卓著的英模,有革新创造的能手,有带头苦干的领导者,还有默默无闻、平凡而伟大的换装工人们。是他们书写了历史,让他们的人格永在,精神永在,就像呼伦贝尔大草原那样雄浑壮美。

这里有几十年如一日埋头苦干的模范:

沈福:油脂换装工长,1956 年出席全国铁路先进生产者代表大会,荣获全国先进生产者光荣称号,1985年获全国铁路文明装卸标兵,1987年获哈尔滨铁路局先进生产者。

关金玉:现任换装所副所长,1990年全国铁路火车头奖章获得者,1977年、1978年、1979年、1981年、1982年、1984年、1989年、1990年8次获铁路局先进生产工作者、先进工作者标兵称号。

张振亚:东吊车间主任,1959年、1961年、1962年、1965年、1966年、1980年、1985年获铁路局先进生产者称号,1984年获铁路局特殊贡献奖,铁路局优秀职工,记二等功一次。

刘青山:工具管理工,1965年度铁路五好职工,1970年11月参加铁路局三代会获奖状,1972年、1974年参加铁路局"工业学大庆"经验交流会获劳动模范称号。

罗佰刚:换装所原所长,现任分局装卸管理处处长,1986年荣获铁路局先进工作者光荣称号。

刘思臣:现任换装所所长,2000年获铁路局先进工作者光荣称号。

……

这里还有发明创造革新能手:

梁衍品:原换装所副所长,1984年发明了换装玻璃专用叉,减少玻璃破损,提高换装效率。1985年革新创造了钢绳线切断器,提高了切绳作业效率。1986年,设计发明了换装液压装置,提高了换装效益,节约了大量铁绳,获冶金部四等奖。1992年革新改造了七道电源的滑靴,节约了原材料,减少了维修次数。1996年发明了施封锁开启器,减少了俄车的车门破损和开启车门的作业时间。1997年设计发明换装聚氯乙烯大包专用叉,防止因包装破损而造成损失,作业质量和效率显著提高。

王同月小组:1960年,人力革新小组(王同月、金钟辉、刘金成、袁成钟、刘青山、刘吉万)发明了虎头车,结束了全体力劳动的历史,大大提高了劳动效率。为保证职工的人身安全发明了脱轨器。

刘吉万:工厂原主任,1973年革新创造,将叉车齿轮改为胶轮。先后改造了减速器油封,将12马力柴油机改成运搬汽车,将当时的汽吊月牙板滑块由铆钉改革为螺丝紧固,将月牙板肖子改为镶套,延长了使用寿命。

佘亚军:工厂电工,1989年革新改造了6台叉车的电控装置,使即将报废的叉车得到重新启用,节约资金10余万元,1990年该电控设计方案获分局装卸系统成果一等奖,获铁路局成果一等奖。

张喜生:换装所原所长,1985年组织设计磁石吊盘,用于换装废钢铁,提高换装的机械化程度和工作效率。

刘青山:1969年以来,先后改进了23种288件换装工具和设备,改制双轮轴承小叉车20台,虎头车8台,安装半自动加冰翻斗车4台,安装卷扬机小滚子31个,革新制成换装油桶单梁小车3台等。

贾瑞:发明汽车横装法,经他研究使一辆车从装3台吉普车增加到6台,节省了车皮和换装时间,节约铁线30%,同时他还创造性地改革了多种换装方法,为提高换装效率,减少物耗起到了很大作用。

这里更有开拓进取的精英,各项工作的佼佼者:

第一位换装处处长——谭满志;

第一位总支书记——吴凤祥;

任职时间最长的所领导——刘思臣;

获局劳模次数最多的所领导——关金玉;

第一位本科大学生、高级工程师——王金山;

第一位大力士——刘云亭(能扛起700斤的重物);

第一位创单吊日班换原木5辆车纪录者——王洪海;

第一位创叉车班作业量12辆车纪录者——马青武;

第一位创单人日班卸50吨大米纪录——闫福臣;

第一位女叉车司机——张云霞;

第一位女吊车司机——张秀英;

第一位满洲里市人大代表——刘大权;

第一位参加全国铁路先进生产者代表大会的人——沈福(1956年);

第一位铁路局级先进工作者——贾瑞(1953年);

第一位受冶金部授奖的人——梁衍品;

第一个党小组——人力车间党小组(1952年成立)。

这里还有献身换装事业的前辈——李凤珠、宋喜山、栾成奎、王传瑞、兰先富……

换装所因为有了这些无私奉献、扎实工作的精英,才创造出今天的辉煌业绩,才使换装所的集体精神发扬光大。他们是历史的创造者,又是见证者,让历史永远地记住他们吧。

形象篇：收获辉煌

可以毫不夸张地说，在满洲里换装所这个大集体里，领导班子的凝聚力和战斗力很强，各项工作都能够形成合力，有力地促进了各项事业的健康发展。

企业领导班子，是企业改革与发展的领头雁，他们认识到搞好企业领导班子建设，是提高企业改革与发展的关键，只有建设一个团结向上、作风顽强、善于决策、坚强有力的领导集体，企业才能焕发生机和活力。为此，他们一直坚持抓班子建设、不断提高班子的领导水平和整体素质，这样才能带好一支过硬的队伍。

从加强班子的思想建设入手，坚持理论学习，用理论指导实践。随着企业改革和市场经济的发展以及装卸企业所面对的严峻形势，要求领导者都必须转变观念、理清思路、选准课题，组织实施。党委中心组学习成员，坚持每周半日学习制度，使班子成员先学一步，多学一点，在政治素质和理论水平上下功夫，发挥理论的先导作用，建立自主的营销机制，为发展多元经济和寻求新的经济增长点，奠定了思想基础。

加强班子的制度建设，贯彻落实民主集中制和《三重一大集体讨论制度》，坚持议大事、管大局，发挥集体智慧和力量，重大决策事项都能集体研究、集体决策。

注重抓好民主生活会的质量，提高班子整体素质的不断提高，结合具体实际，以测评表的形式在全所范围内广泛征求群众意见和建议，听取职工群众的反映和呼声，解决实际问题。进一步加强党风廉政建设。抓好党员领导干部的廉洁自律，对职工群众关心的热点问题，及时督促有关部门按责任分工，抓好工作落实，如在分房、晋级、奖金分配、提干等问题上，始终坚持"公生明、廉生威"这一主题，常抓不懈。在2000年住宅楼的分配过程中，做到坚持原则、秉公办事、不徇私情，受到了职工群众的好评，真正把党政班子建设成作风正、合力强，职工群众信得过、有凝聚力和战斗力的好班子。

领导干部还经常深入生产一线、关键部门、重点岗位、调查研究、制定措施，真正做到工作到现场、检查到现场、发现问题到现场、解决问题到现场。在对干部作风的考核上，他们针对定量和达标，进行考核和评定，激励和调动各级干部的积极性、主动性和创造性,促进了干部作风的转变,保证了干部作用的发挥。

突出检查指导工作力度,本着"先进抓典型、中间抓创建、后进抓指导、薄弱抓提高"的原则,制定了支部工作考核办法,坚持每月对支部工作进行一次检查指导,季度评比、年终总评,检查指导中,坚持重看问题轻看成绩,按考核标准认真核分,严肃认真,一丝不苟,有效地促进了支部工作改进。

突出支部开展活动的有效性,如"创党员先锋岗、建红旗责任区"及"一带一"双争活动等,都紧密结合基层车间实际,围绕保证口岸换装安全生产而展开,每个活动都实实在在体现了党支部在换装生产任务完成过程中的战斗堡垒作用。

甘于奉献,大力支持教育事业,按照"帮困致富"工程的具体要求,在帮助困难子女就学上加大力度,新学期开始,对6名特困学生进行了二次走访,在职的6个支部负责帮带的6名特困学生,每人200多元的助学金及必要的学习用品及时到位。把支持和关心教育事业作为一件大事常抓不懈,同满洲里地区中小学、幼儿园等育人单位结成对子,出钱、出力、出设备帮助解决实际困难,铁一小大门改建,帮助平整操场,安排资金设备解决困难,受到全体师生的好评。

尾声:风正扬帆

作为国民经济的先行官——铁路,面对新世纪的发展要求,刘思臣所长有自己独到的见解和主张,谈及今后的工作思路他滔滔不绝。到2005年,满洲里铁路口岸进出口运量将达到1 000万吨。为适应发展的需要,铁路系统拟投资3.7亿元,以提高口岸综合能力为目标,以提高运输组织能力和货物换装能力为重点,对满洲里铁路进行整体的大力度改造。

对换装设备改造预计投资3 200万元,更新吊车14台,其中50吨门吊1台,36吨桥吊3台,20吨门吊2台,10吨桥吊8台。更新5吨叉车45台,其中夹抱叉子6台,使换装能力达到1 000万吨以上。强化口岸换装工作的管理,按"五统一"的原则,铁路口岸的换装工作将纳入满洲里换装所统一管理,按铁路多经企业的机制,与运输业分离,集最大口岸的换装权利与义务于一身,责任重大。

为肩负起历史重任,刘所长还提出"十五"期间要以换装设备的现代化和换装作业组织科学化为目标,以赶超规模国内换装先进企业为动力,具体奋斗目标:一是年换装能力达到1 000万吨,日换装500车;二是保证换装质量,达到国内装载先进水平;三是满足货主的多种需求,适应市场经济对换装工作的要求;四是树立良好的企业形象,坚持换装所独特的经营理念,光大换装精神;五是职工人均年收入3万元以上,在衣、食、住、行等方面走在全铁路局前列。

新世纪的中国铁路任重而道远,新千年的满洲里铁路口岸风光无限。满洲里换装所的全体员工,希望你们发扬半个世纪以来的光荣传统,抓住机遇,努力拼搏,再创满洲里换装所新辉煌!

大地在太阳灿烂的光斑中平静地醒来,所有大草原神圣的感觉都被边城的平静神奇地化解了。在平静中酝酿一种力量、一种原动力,没有喧哗,没有躁动,他们在默默地做着自己想要做的事。这里可以说是一幅画、一幅塞北大草原绝美的图画,那是一种换装精神的风格画,但比画更美丽隽永,更富有生机和活力。

祝愿换装所所长刘思臣、党委书记王刚和他们所领导的换装所全体员工,在中国的北方,在呼伦贝尔广袤的沃野上,在美丽的口岸名城满洲里,用浓墨重彩创造辉煌,成为令世人瞩目的东方亮丽窗口。

使命的神圣

言语不多但平易近人，年过半百但精力过人，行为正直但能力超人，尤其对事业孜孜不倦的追求，他和他领导的医院给人留下深刻的印象，使人久久不能忘记。

——题记

走向新时代 ZOUXIANGXINSHIDAI

春天的气息

这是一次极为特殊的采访，时间是 1995 年岁尾，这一天，怒吼的狂风嘶扯着雪花抽打在行人的脸上，叫人睁不开眼。

七台河市医院住院处接待室里，一股春天般的气息充满整个空间。王志国院长端坐在办公桌旁，正在细心地咨询出院患者及家属。

"你在住院时找人没有，是否顺利？"

"没找，很顺利。"

"各方面怎样？如服务态度、医德方面。"

"都很不错。"

"能具体点说吗？"

"一个梳 5 号头那个护士挺好，对病人照顾细心周到，我们全家人都很感激她。"．

老院长略有所思，领着患者家属去找"5 号头"进行对号入座。

摆在每位出院患者面前的是一张征求患者意见票，内容达八大项，别小看这张东西，这里边凡是与住院有关的事宜都列出来，由医院领导轮流接待每一位住院患者，形成了一个制度。

据介绍,这一办法是从 1993 年 10 月份开始实行的。因为受不良社会风气的影响,医院也不是一块净土。所以,一些改革措施便随之应运而生,由院长王志国组成 8 人小组,对全院各科进行目标考核,专门纠正医德医风问题,深入病室第一线,发现吃请、红包等吃拿卡要现象一律严肃处理,决不姑息,科室医务人员一人出现问题,全科人员工资下浮,这叫作互相制约机制。一年当中,门诊部接待患者 8 万多人,住院 4 000 多人,就在这个极其敏感的领域内,多年来一直得到社会的认可。人们都认为因为有王志国这样的好院长,才使得这个大型现代化医院创造出一个个耀眼的成绩。

"一个医院想要搞好,靠的就是惯性运行,按照指令性方式超常规发展。"当了十几年院长的王志国深有感触地说着。

可以坦诚地说,这个惯性的形成所付出的代价是相当昂贵的。

当初王志国院长的强化管理是令很多人吃不消的,甚至一部分人有逆反心理。可最终职工理解了领导的良苦用心。一次,有个患者不太够入院标准,某科医生因此拒收病人入院,这件事反映到领导那里后,王志国给了医生一个严重警告处分。

"患者就是上帝,患者需要就是医生的标准。"这话听起来有些苛刻,但这里的内涵还是不难看出的。

1995 年 11 月 13 日,全省纠正行业不正之风检查团来到这家医院,在所有检查的 7 家单位当中,对这里的工作给予充分肯定,还决定把其经验加以推广,为七台河这座新兴煤城争了光。事实上,任何荣誉的取得都不是一朝一夕的,需要奉献者付出艰辛的劳动才能换来。几多耕耘,才能有几多收获。

市医院在王志国的默默开拓下,结出了累累硕果,连续三年被市卫生局评为目标管理先进单位;1994 年被七台河市委、市政府授予文明单位标兵、全市窗口单位文明优质服务银牌单位;省卫生厅授予创百树千竞赛优胜单位;1995 年被世界卫生组织、联合国妇女儿童基金会、卫生部评为爱婴医院,光荣地晋升为二级甲等医院。新的开端又从这里起步,一个更高的起点等待大家去描绘。

王志国本人也获得了很多荣誉,1986 年获市级劳动模范,全市第五、六届人大代表,连续两届市政协委员;1994 年被评为全国卫生系统先进工作者,晋升主任医师,1995 年被评为市级拔尖人才。同时,王志国用自己多年积累的经验,经过刻苦自学,完成了300万字的《石油化工事故的急救与处理》(与人合作)。

荣誉属于创造者,属于孜孜以求的探索者。王志国是一个善于读书和学习的智者的强者。对于王志国来说,生活里没有书籍,就好像世上没有阳光;智慧里没有书籍,就好像鸟儿没有翅膀。

前进的基石

商业系统放开了。

接着工业企业被推向了市场。

医院这个特殊群体放下去能行吗?人们希望有个说法,办法真有:就是一个字:管。国家对医院没个章法没个约束可是不行,今天假药明天物价上涨,这都是人命关天的敏感问题。不是调控而是加强管理,说是在夹缝中求生存一点儿不过分。经济上脱离母体实行了断奶,全靠自己挣钱生存,守法经营,还要把握主渠道作用。

全市政系统的医疗中心,服务对象也很特殊,市委、市政府的职能局工作人员,都在这家医院就医,这些人社会地位高,医疗保健要求也高,带来的课题也极为严肃。再说建院时期是从三家医院抽调过来的职工,人员复杂,王志国只能集中医院领导们的智慧,工作中想方设法解决问题。当初他毫不手软地对全院进行了治理整顿,不管是谁,凡是涉及问题的,一律采用同一标准,严格对待。没有规矩,不成方圆,一段时间后,收到了良好效果,从此,医院走上了正轨。各种规章制度建立起来,借鉴外地经验从实际出发,形成了自己一整套管理机制,就这样通盘棋走活了,"争上游,创三好"活动开展得有声有色。

跨越式推进,超常规发展,这是他们提出来的口号。

正当王志国大刀阔斧地开展工作时,一场意外的事情发生了。这天,王志国刚下班,看到一个鬼鬼祟祟的小伙子直奔他走来,他没有介意,走到近前这个人趁与王志国搭讪说话的瞬间,一种辛辣的液体喷到脸上,眼前一黑,他觉得整个脸上火烧火燎的痛,急忙用手一抹,脸皮脱落下来,他立即意识到这是用硫酸暗算自己。后来他的眼睛就什么也看不见了。

经过医院及时抢救,他的左眼还是失明了,脸部大面积烧伤。挫折最初使他有些困惑,躺在病床上翻看《生活报》,一条消息深深地吸引着他:哥伦比亚司法部部长冈萨雷斯打击贩毒集团,曾被多次暗杀都没有得逞,冈萨雷斯根本就没有屈服,继续义不容辞地从事禁毒工作,一刻也没有停止。

王志国心想:"我是共产党员,遇到点打击更应该正确地对待。"他在扪心自问,反思着自己,左眼失明了,工作热情还有,脸面上有疤痕,但对党对人民的忠诚一点也不能减弱,他要为医疗事业奋斗一生! 让他的一生都在追求中度过吧,那么在这一生里必定会有许多美好的时刻,令人艳羡的靓丽花环。

应知天地宽,何处无风云? 贫贱忧戚,玉汝于成。

绝美的风景,多在奇险的山川;高尚的情操,常在壮烈雄美之中。

进取的路标

知道市医院历史的人都清楚,王志国这个人生性耿直,不善言辞,性格内向,做事认真。1984 年,这里被人们称作卫生所,46 名职工,医疗设备只有血压计、体温计和听诊器,还有 500 平方米的平房,固定资产不足 20 万元,并欠外债 20 多万元,资不抵债地过着平庸的日子。

经过十几年的奋斗,目前,总资产已达 2 300 多万元,其中国家投入 970 万元,余下资金全靠王志国带领职工省吃俭用,勒紧腰带,艰苦创业,励精图治滚雪球一样一点点地发展壮大起来的,现在建筑面积达 2 万平方米,楼房 5 栋,引进日本东芝 TCT－600HQ 全身 CT 机,东芝 10B500MAX 机,第三代体外震波碎石机,开设床位 500 张,一举成为大型现代化医院。

王志国院长在执着地探索过程中,重点解决了医疗服务质量,提高了医疗技术水平。

医务人员的"三基三严"训练一刻也没有放松,大力提高他们的理论水平,互相交流临床经验。一个以老带新,以新学老的热潮在医务人员中广泛掀起,形成一种强劲势态。

全院推行质量管理,通过考察,健全三级查房制度,诊治水平提高到科主任、主治医师的水平上,这个看来简单,实际付出的心血只有那些一线的医务人员最有体会。为了学习提高,他们失去了多少与家人团聚的机会;为了学习提高,他们又失去了多少日日夜夜。别人都进入甜蜜的梦乡时,他们还在那里刻苦攻读。

王志国又抓住医院晋升"二甲"这个契机,积极开展"二甲"项目达标活动,收获许多有价值的成果,有的还填补了省、市的医疗空白。人工全髋骨关节植换术、脑垂体瘤切除术等方面的成功,也为今后工作的进一步开展开辟了一条良好的途径;形成了肺叶切除术、胃代食道术、贲门癌切除术、拇指再造术、人工晶体置换术、尿激酶治疗脑梗死等 20 余项新技术,诊疗水平在不断提高。

住院处寂静的过道里,走过来一个小孩,高举着输液瓶,一旁是面容憔悴、躬着腰走路吃力的病人,要不是扶住过道的墙上,病人一定会摔倒的。这时,走过来一位身穿白大褂的中年妇女,她小心翼翼地扶着患者,然后一步步向卫生间里挪去,又是帮着脱衣,又是帮着系裤带,之后在一旁守候着,直到处理完才算了事。

中年妇女的行动使患者感动,人们以为是医生或护士,实际上,她是一位普普通通的清扫工,自己的工作就是把楼道的卫生负责好,而她总是干一些超出自己工作范围的事,钱不多挣一分。

她是一个好人,总是默默无闻地去做每一件好事。这种朴实和善良曾经打动很多患者,有的人甚至不知道她的名字。

当问及这个清洁工为何这样做时,她没有直接回答这个问题,只是淡淡地说:"医院里的同志们都这样做,形成习惯了。"

简短的话语,让人看到了一个普通的人,却有一颗伟大的心,从中也可以看出市医院的精神风貌。

这是一组简单的数据,却能说明一些问题。

1991 年,全院业务收入 505 万元;

1992 年,全院业务收入 620 万元;

1993 年,全院业务收入 968 万元;

1994 年,全院业务收入 1 026 万元;

1995 年,全院业务收入突破 1 092 万元大关。

这就是果实,开花时是那般艳丽,叶绿时也是那样青翠,可以想象,果实该是多么的甜美。

有人曾说:神圣的工作在每个人的日常事务里,理想的前途在于一点一滴做起。

苦难的历程

王志国这位农民的儿子,全身流淌着正直、善良的血液。

出生在勃利县城的王志国,土改那年,因为家里没有土地,移民来到一个偏僻小山村,在这里开始了小学的读书生涯。

农家小院是那般宁静,他伫立于小院当中,对着山边的那轮清亮明月,悄悄地聆听山的低语,遥望灰蒙蒙的远山。他想了很多,白天老师的话语时时在耳边回荡,一定要做一个有出息的人,决不能让老师、乡亲、家长失望。漫漫寒夜,淡淡星辰,王志国苦苦地在学习的海洋中游弋。

读完小学四年出现了困难,山乡没有五年,怎么办,他只好到遥远的勃利县城去读书,书读得多了,眼界也宽了,思路也明了,他自己感知到:山外面很大。

农村缺医少药、有病犯难的事时有发生,王志国的母亲体弱多病,为了生活,母亲要拖着病体艰辛地劳作、抚养儿女们。这如一根无形的钢针,时时刺痛着小志国的心灵,对,将来当医生,救治母亲的病,为母亲解除病痛,为乡亲们治病,成了他追求的目标。

家庭生活实在困难,全家姊妹八个哪有能力拿钱读书,三年的高中生活即将毕业,生活困苦加之老母多病,他只好暂时辍学。这时候正是高考复习冲刺之时,这将意味着什么,他心里十分清楚,不能光为了学习而不孝啊,母亲的肺心病随时都会发作。

高考他参加了,其实是抱着侥幸心理,1961 年正是三年自然灾害时期,许多高校都压缩生源,他报考的哈医大也是如此,这一年在全国就少招 200多人。在这种情况下,王志国竟被哈医大医疗系录取。随之而来的难题是路费和学习费用,家里连一套行李都买不起,亲戚邻居帮着做了一套行李。母亲这时病得死去活来,王志国含泪离开这块土地,走出山谷,走出农村,奔向太阳升起的地方。

在大学里,他几乎连书都买不起,全靠在课堂上记笔记,然后去图书馆借书阅读,就这样,他的学习全靠那 16 元助学金坚持了下来。在当时的绥化县实习,从医院到农村,救治患者得心应手。

苦难能使人早熟,何况懂事的王志国。

1966 年毕业,他便被下放到茄子河公社去劳动锻炼。农村这个广阔的天地里真是大有作为,他吃尽了苦,思想也成熟了许多,被公社革委会相中,干起了抓革命促生产的行政工作,出色的工作使他在这时光荣地入了党。

领导一看王志国是个走仕途的料,公社领导准备提他当团委书记,这时市公安局领导让他当法医,学校还需要他当教员,他想了想,自己的本行是医学,还是去当医生吧,就这样在本地的东风医院当了一名普通医生。他工作起来如鱼得水,有了更广阔的用武之地。

十一届三中全会后,王志国已经在人民医院任内科主任,1984 年春季他当上了副院长,9 月提为正院长,主持院里的全面工作,这一干就是十多年。

王志国认准了一个道理:人的一生中最能吸引人的力量,最能激发经久不懈热情的是什么呢? 那就是为之奋斗的医疗事业。

他想在这片自己热爱的天地里闯荡一番事业。

效率的感应

1995 年 8 月 12 日,省卫生厅爱婴评估团来到市医院。

在创建爱婴医院开展母乳喂养工作实践中,他积累了大量的经验,受到了广大产妇及家属的欢迎。

起初,成立领导小组,组织医务人员学习文件、资料,观看电视教学片;做好宣传工作,强化了力度,大力宣传了促使母乳喂养成功的措施,选派医务人员参加省卫生厅举办的培训班;设立母婴同室病房,创造良好环境;医护人员亲自指导配合录像示范使产妇掌握必要喂养知识,还将保健手册下发给孕产妇……

七台河全市八家参加评选,认为这里最好的,省评估团满意而归。

8 月 15 日至 19 日,省卫生厅组织的“二级甲等医院”评审团一行 21 人分期分项对这里进行了严格的评审。

评审团听完汇报后,分 7 个小组进行认真翔实的考核,看材料、走访,对医院各项工作进行全面细致考核。医疗卫生方面的考核,容不得半点虚假,这是由这项工作性质所决定的。评审团认为这里的管理水平、技术水准很高,对整个医院的工作十分满意。大家的赞誉自然而然地对准了这家医院的王志国院长。

而王院长把功劳归结到全体医务人员的身上，说是他们支持与努力的结果。而事实上，为了这一天的到来，王志国绞尽了脑汁，筹划晋级达标的一切工作。人累瘦了，吃不下饭，睡觉不香，整个心思全用在这上了。开了多少次讨论研究会议，又先后开展了多少次活动，树立职工形象，发扬救死扶伤的精神。

8月15日，省建委组织的庭院绿化评审检查团也来到了这里，他们怎么会不来呢？这里是全省最著名的庭院绿化先进单位。绿地环合、树影婆娑、亭台轩榭、花草丛生。据介绍，仅地面建设就4 000多平方米，投资20多万元。

一个专门介绍七台河市庭院绿化的录像片就在此诞生。

8月20日，全国卫生城市大检查对医院的防疫、卫生、灭鼠等进行专项检查，这是个多年的必检单位，也为市委、市政府争得了荣誉。

来这里检查的人，都认为这里不仅环境优美，建筑布局合理，而且在管理上也独树一帜、表里如一。

前边的路很长，还很远。

王院长深知，每个人都必须承载自己的责任，终其一生地探索和劳作。

引路的典型

市医院发展壮大到今天这种规模、这种程度，与王志国院长的用人之道有关，他能够调动人的积极性，发挥人的主观能动性，出现了一些典型引路的效应。

在市医院里，提起妇产科主任、副主任医师于宪棠来，评价的结果是具有精湛的医术，高尚的医德。

一个冬夜，妇产科来了一位患者，必须马上手术。医院决定去车接他，车却出了故障，家离医院十多里地，他一咬牙顶着风一路小跑来到医院，没等喘口气便进了手术室。多年的医务工作过度劳累，使于宪棠患了肺癌，院领导让他休息去省城医院住院，他说："现在正忙着晋升二甲医院，有许多工作要做。"硬是留了下来，实在坚持不住了，才去了医院。多年来，他在工作岗位上，救死扶伤、勇于奉献的事例太多太多。大家亲切地称呼他为"赵雪芳式的好医生"，全市人民学习的典范。

许传仁这位年轻的医生,1995 年被评为全市十大杰出青年。他从哈医大毕业后,迅速成长为医院骨干,他虚心向老医生学习,刻苦钻研业务,他清楚,外科收治的病人急诊比例大,病情又十分复杂,风险也大,没有精湛的医术是绝对不行的。

有一次,科内收治了一名交通事故中受伤的患者,胸腹部及四肢严重复合伤,诊断为创伤性休克,左膈疝、右股骨干粉碎性骨折,左尺桡骨双骨折,右中指骨折。对这样的病例,许传仁当即决定,必须及时为病人做手术,抢救生命要紧。手术后病人血压一直不稳定,在特级护理阶段,许传仁两天两夜没合眼,守在患者身旁,仔细观察病情,直到患者脱离危险,他才离开病室。许传仁用自己掌握的本领,大胆进行试验,大搞医疗攻关。他先后主持开展乳癌根治术、外伤脾修补术、膀胱肿瘤手术等技术攻关,在消化道大出血、严重胸腹联合伤的抢救治疗上积累了丰富经验,他的知名度也越来越高。

省级最佳医务人员孙育贤、刘翠萍……

这些中流砥柱用自己的优良品质、崇高精神和宝贵经验,谱写出一曲曲壮丽多姿的篇章。

生命的长短用时间来计算,然而,生命的价值要用贡献来计算。这倒使人们联想到一只微小的蚕,它在不断地结茧中逐渐走向死亡。巨大的建筑,总是由一木一石一砖一瓦积叠起来,在这里,白衣天使们的所作所为不就是微小的蚕吗?不就是一木一石吗?

在即将结束采访时,无意中看到这样一些数字,表面看来有些枯燥,却能闪现出多姿多彩的光芒。

1995 年,全院出、入院诊断符合率达 99.58%,高于标准 9.58 个百分点,治愈好转率达 97.65%。婴儿死亡率和孕产妇死亡率实现了零,计划免疫接种单苗接种率达 98%,"四苗"覆盖率为 95%,危重患者抢救成功率 95.31%,住院处抢救成功率 92.86%,病案甲级率 98%,完成业务收入 1 092 万元,超出年计划的 14.92%,人均收入 35 678 元,实现了无重大医疗差错、事故发生,这些,一般医院是做不到的。

王志国和他所领导的市医院正在走向新世纪,在新世纪这扇门的后面,就是一个多姿多彩的世界,太阳在大路上冉冉升起。

进击者

七台河是完达山怀抱中的一颗黑色珍宝,这里是被称作太阳石的故乡。

相传,那时只有几户人家,烧火用木材,吃水得从很远的倭肯河用车运,几个年轻人决定就地挖井方便乡亲。当挖到几米深时,发现竟是黑褐色酥石块,从井下上来的人们用干柴取暖,石块烧的比柴火还旺,一位外地逃荒的人一看,惊呼:这不是煤吗?

20 世纪初,这里便有了小规模的开采,1958 年冬天,在这片寂寥的莽莽林海中,共和国的一个大型煤矿开始诞生,群山才沸腾起来,从此,七台河的名字因这里的黑宝石而闻名。目前,已探明储量达数十亿吨,被列为国家保护开采区之一,这是大自然赋予的景观。

当改革的春风掠过东北大地,吹到百里煤城,产生的变化翻天覆地,七台河这个共和国的骄子闪烁出晶莹而又耀眼的光芒。令人瞩目的该数邮电通信这一领域,那是一个巍然屹立于三江平原黑土地与完达山麓之间的雄伟企业,它与刘相云的名字紧紧结合在一起。

在七台河市,刘相云的名字的确很响亮,他的业绩是这样记载的:自1986 年以来,邮电业务总量和邮电业务收入以年平均39.93%和35.3%的速度增长,到1995 年年末,全局实现邮电业务总量及业务收入3 500万元和3 300万元,固定资产投资近6 000万元。

在通信设施上,率先建成全省第一个所辖区县电话通信网、全省第一个市县移动通信网,在全国高寒地区敷设了第一条架空光缆,又在全省第一个用光纤通信走有线电视信号。在吸收和消化国内外先进技术的同时,他参与提出的市话实现全部音频发号、长话发号改制、112 台障碍系统自动测试等建议均被采纳,外国专家直喊:"OK! OK!"

作为企业的带头人和经营决策者,他人生轨迹的明显标志便是:一个典型的、勇敢的,又有个性的进击者。

一、挑战与起步

1985 年 5 月 23 日,是一个晴朗的日子,刘相云由勃利县邮电局调往七台河市邮电局任局长,当时的窘况实在叫人心寒:名曰地市级邮电局,其实,充其量不过是个中等县级水平。当时流传着这样的顺口溜:县级水平,市局框架,设备落后,条件极差,电话千门,全是摇把,人工接续,影响通话,皮线裸露,横七竖八,话音纷杂,危害极大。

有人还嘲讽地说:"七台河一大怪,打电话没有走的快。"

这时,在邮电局内部也流传着这样一句话:"要想富先修路,要想变建邮电。"

固定资产仅有 143 万元,急需更换新设备;办公场地不足 2 000 平方米,满足不了需要;有近 100 户职工无住房,亟待解决;市中心区邮电大楼几易工程队,迟迟不能竣工。

小小电信营业厅挤满了人流,等待打电话的人在排着长蛇队,营业员操着沙哑的嗓子解释;一封封群众来信,摆到了局长办公桌上;还有的通过各种关系,写条子弄门子找路子解决安装电话,用户那种焦虑、等待、企盼、失望、怨恨的心情如鞭子一般抽打在刘相云身上,国内外一些客商纷纷撤销投资,这使他更有些吃不消了。摆在他面前的,就这么一个根基,就这么一个条件。

在与职工见面的大会上,刘相云落地有声地说:"说实话,我不愿意到这里来,愿意在家乡勃利县干。但现在我来了,这里就是我事业的所在,不说豪言壮语,一句话肯定让大家知道:不虚此行,改变现实的落后,是我毕生的抱负!"

发自职工内心的掌声响了起来。

刘相云以现代的眼光审视着邮电发展大势,焦灼地感到,邮电事业必须推到改革发展的滩头上,不然就愧对邮电后来人。

就这样一个缩短七台河市同其他城市距离的宏伟目标,萌生在 1986 年 3 月的早春时节。他大胆地引进美国的"二手"设备,这可是个力排众议的主张。省邮电局的意思是投资较大,设备还是"二手"货,在高寒地区能否适应,还是慎重点为好。

市局里有些专业技术人员也说,引进"二手"设备本身就是落后,粘到手上就不好办。

领导班子成员也众说纷纭。

刘相云有他自己的想法。

他认为,作为一个新兴煤炭城市,通信传输手段在起点上要与国内沿海发达地区站在同一起跑线上,就全省地市级城市而言,上就一步到位,从摇把子直接进入纵横制,四步并做一步走,为以后上程控电话打下基础,走程序按部就班地干,永远赶不上先进水平。

刘相云从上海出发,远涉重洋,使"二手货"顺利返回煤城这块热土。

实践是最好的试金石,引进设备这种主张是正确的,这套引进的 NC23 纵横制设备,它以集装箱当机房,在零下 40 摄氏度的严寒中照常工作,价值 5 万美元,而且成本低,操作起来省人省工,每千门电话仅用 1 人维护。

当年,全省各地市看到引进设备运行很正常,又很先进,纷纷效仿,被省局推广,全省又引进了 8 套设备,刘相云又派出本局技术人员帮助安装调试,全力进行支援。

"这个人有胆量,而且有开拓进取精神,有头脑。"这是人们一致的评价和共识。

纵横制电话开通后,好像禾苗久旱遇到了雨,阴雨连天放了晴,企业旧貌开始换新颜。

二、岁月的歌唱

落日凄清,四野漆黑。一个瘦小的身影在泥泞的山间路上匆匆前行,光着小脚,手中拎着一双旧鞋,他常常舍不得穿这双普通的胶鞋。放学后他急忙向姐姐家走去,胆大的他就连狼也不怕。

也许属羊的人命苦,两岁的刘相云还不懂事,就失去了父爱,苦难的童年只有从母亲那里得到慰藉,他懂得了正直和善良这个为人之本的道理。

母亲很有文化,家中的打击没有使年轻的母亲灰心,有时给儿子念段文章。就这样,爱读书的种子已深深地植入刘相云幼小的心灵里。

在小学读书期间，他就浏览过《三国演义》《水浒传》《西游记》等古典名著，有些片段还能倒背如流。到了中学以后，他的成绩在全班更是名列前茅。苦难使人早熟，好好读书，做个有文化的人、有出息的人，他明白自己的前途和出路在哪里，他有了对理想和信念的追求。

记得那年小相云刚上初中，还不到14岁，每天早早起来给姐姐家捡一趟煤核，用来缓解姐姐家经济的拮据。姐姐供他读书，他怎么能不刻苦学习呢？姐姐每天给他2角钱叫他买吃的，他只花1角2分钱买两个馒头，连几分钱的汤都舍不得吃，一天节省8分钱，攒下钱来买一些他特别喜欢的书。

到了周日，他便早早地来到书店，坐在一个角落里。端着一本书聚精会神地啃起来，到了下午他也不觉得饿，当店员闭店催他时，他才爱不释手地将书放下，恋恋不舍地离开。

在与贫穷饥饿的搏斗中，小相云长大了，蓦然回首当年，他特别感激生活的磨炼和馈赠。他说："若没有那段苦日子，也许就没有今天的成绩。"

17岁那年，刘相云考入了黑龙江省邮电学校，学习电信专业，对于知识他如饥似渴地研读。这时，他还补上了高中的数理化课程，相对来说，他比常人费了很多精力。他继续涉猎一些名著，如《红楼梦》《安娜·卡列尼娜》以及高尔基和鲁迅的作品。在实践的天地里，他也得到了不少乐趣，搞点小研究、小发明之类。

毕业后，刘相云回到家乡勃利县邮电局，一跨进企业大门他就坚信，生活是学出来的，本领是做出来的。

"文革"时，他被调到黑龙江省邮电管理局一个科研单位，在一个大山沟子里，直到1970年才调回勃利县邮电局。在这里，他很受人们欢迎。搞技术过硬，书读得又多，比别人都聪明，领导看中他是一块好钢，让他给领导当参谋。他有了施展才华的机会，办技术学习班，搞得井然有序，调动了大家的积极性。当时的局长、现任省邮电局纪委组长的张书栋极为欣赏刘相云的组织能力和业务水平，他看到小小年纪的刘相云不管抓什么工作一抓就活、一抓就变、一抓就胜，还有独到之处，因此给了他相应的领导工作，抓政工、人事、内保等。那些年当政工干事兼管人事，别人争都争不上，刘相云却淡淡一笑，坦然地说："我还是搞技术吧。"

他默默地工作着，1980年全省邮电系统技术职称统考，脱离技术岗位5年的刘相云在全省考了个第一名。这年遇上提干机会，就因说了一句平常的话,机遇便搁浅在他的身上。

当时,勃利县委宣传部、组织部、县纪委了解刘相云,三家争着重用,要马上调过来,提到科级,刘相云点了点头,之后便深有感触地说:"为了一个科级干部而舍弃我酷爱的专业,我不干!"好好的仕途之路不走,却偏要走这条窄窄的羊肠小路,人们有些不理解他了。

转瞬间,1981 年 9 月,一个即将成熟丰收的季节。上边电话通知:原局长去邮电部干校学习,由刘相云主持全面工作,这似乎是在开着玩笑,有些戏剧性,不提拔便罢,一提拔居然隔着两位副局长而一步到位。

刘相云没有被这突如其来的荣升冲昏头脑,他深知担子的重量。

三、煤城在呼唤

1994 年 8 月,《黑龙江日报》以显要位置刊登了七台河市大名鼎鼎的农民蔬菜大王隋殿清在全市农民中第一个安装了程控直拨电话。隋殿清家远离市区,想发展自己的事业,便与市邮电局沟通,刘相云当即表示支持,并给予最大的优惠。朴实憨厚的隋殿清表示:"一定要带领全村人种好蔬菜,报答政府和邮电部门对我的关怀和厚爱。"

时间追溯到 1992 年 11 月 18 日,这是个令七台河人民难忘的日子,七台河市开通了万门数字程控电话。

随着市场经济的发展,七台河市邮电事业也腾飞起来,黑龙江省邮电局提倡创造条件上程控电话,这正符合刘相云的心思。

这一年,法国贷款拨给邮电部,然后逐级下拨,省局拨到七台河市局 204 万美元,分 30 年还清。有些部门不敢用这笔资金,在刘相云看来,这次机遇稍纵即逝,这正是为七台河经济建设服务的体现,宁可背负债的包袱,也不背落后的包袱。他牢牢地抓住了这次机遇,从而形成了企业的一个历史性突破!

在引进程控数字电话交换机过程中,还有这样一段小插曲。按照黑龙江省邮电局规定数为 8 000 门,刘相云又进行了大胆的改进。一次次市场调研、一次次反复论证,他觉得这个容量满足不了广大用户的需求。

从超前的角度出发,他与市邮电局的工程技术人员商定,立足长远,在七台河这个全国高寒区敷设第一条架空式光缆,用国产的 PCM 设备替代进口设备。在法方进口设备总价不变的前提下，又进行了一些技术改造，使交换机容量由8 000门增设到1万门，此一项就为国家节约资金近400万元，达到的技术效果也令人称奇。

煤城邮电事业在飞速发展，1995年又投资1 800万元，分别从西班牙的西萨公司和法国的阿尔卡特公司引进1万门和5 000门数字程控电话交换机，当年夏季便开通了1 600门程控电话，用户安装电话紧张的局面得到缓解。

刘相云就是认准了要想发展当地经济，邮电必须先行的理儿，新设备又在引进之中。

1993年11月，刘相云再次抓住契机，从美国摩托罗拉公司引进移动电话，使"大哥大"这个最先进的通信工具在七台河安家落户。外国人有的，煤城七台河也应该有。

1994年5月18日，在刘相云的决策下，开通了本地区的无线寻呼——BP机通信网，使煤城人民真正潇洒起来，市场经济就是信息经济的反映。

1995年6月，刘相云又一马当先地对信息台进行几次改革后，推出968信息中心。它信息量宽、知识包罗万象，煤城人民在学习、工作、生活中一旦遇到什么问题，只要向信息中心拨个电话就可以了。

在开通4 000门纵横制电话的1987年，确定电话号码数位，刘相云提出使用6位数，当时哈尔滨、齐齐哈尔、牡丹江、佳木斯的电话号码也才有5位数，有些人提出疑问，甚至认为刘相云是在出风头。到外地开会就有人说："你们是个多大的城市，整个6位电话号？"但他是个能科学决策并有驾驭市场能力的多面手，能够在任何时候，通过系统地分析和决断，使这项事业充满活力。他不管别人说长论短，毅然地确定使用6位数电话号码。

那个时候的理由只有一条：尽管七台河和一些大城市比，邮电事业确实落后一步，但跟着人家后面走不总是落后吗？要发展就要有超前意识。

四、这里风景自不同

一段时期以来，在七台河这块沃土上，凝聚人们思想、鼓舞人们精神的是"建设北方温州，实现'9388'工程"，这是市委向全市人民发出的号召。即从1993年起步，实施8项全方位系统工程，力争经过8年的共同努力，到20

世纪末将七台河市建设成市场经济发达,人民生活富裕的北方温州。老百姓说:"9388,就是让我们发。"

于是,一些相关的优惠政策渐渐出台。一个向温州人学习的序幕拉开了。

这时的刘相云,又一次地陷入了深深的沉思之中,邮电部门的第三产业已具雏形,存在今后怎么发展的问题,走主业和副业并举这条路是必然的,壮大集体经济是个大文章。

第三产业的发展,首先要解决带头人的问题,怎么选人,刘相云在临去西班牙前还进一步交代有关领导,先考察提出初步意见。

七台河市鸿运经济贸易总公司挂牌后,几百人的摊子,一年收入几千万元,没有个好主心骨肯定不行,再说需要上项目扩大再生产等一系列问题就由他们自己去考察,给他们一定的权力,让他们自己下海去游泳,自己感知海水的咸淡。

这是个令人注目的位子,有人说全市邮电部门有两大摊子工作,一摊主业,另一摊就是副业。作为副业部门,不但要解决全市机关邮电职工一些待遇问题,还要跳出固有模式,另辟蹊径使其健康稳步超常规发展。

年富力强大有作为的李刚被提到总经理的位置上,他的口碑在邮电系统中一直很好,且有开拓精神,是典型的事业型干部。

投资 16 万元建成卫生巾厂,产品辐射周边市县,效益可观,实乃旗开得胜。

针对邮电系统特点,消化系统活儿源,印刷厂开业。

养殖业副业场建在远离市区的偏僻山区,工作条件很差,自然条件却得天独厚,使养猪、养鱼走向集约化经营。

成立设计中心、装潢公司、生活服务公司、通信设备维修中心……

立足于当地资源以煤炭为主,向多元化经济发展,跳出经营樊篱。

市委确定了 20 世纪末"两转变""一腾飞"的目标以后,刘相云立刻反应,一些新的计划正一件件出台。

五彩缤纷的邮电事业的花丛中,到处都有刘相云的芳醇。

1994 年,全局有 84 户职工搬进新居,人们在喜庆之余,都在感激刘相云,其主要原因还不在于得到了住宅楼,而是让职工们觉得领导办事的公正,对知识分子、大中专毕业生进行优惠,按贡献大小、文化程度等进行综合评定。

1995年夏季,黑龙江省第一家光纤传输局宣告成立,首次经营有线电视业务。只要邮电光纤传输到偏远地区,就能看有线电视,为全省邮电系统蹚出一条新路子,形成规模,这为企业经营开拓了一片新天地。

他领导的邮电局还拿出10万元成立教育基金会,为市四中单独成立奖学金,又为市希望高中无偿安装电话,全市教师、农民安装电话优惠照顾等。

当人们问及这些时,刘相云爽快地答道:"许多年后,当自己老得没有力气面对这身绿色时,不求后人目光里斟满真诚敬意,但起码无愧于自己的年轮。"

五、良才的获得

给他们创造一个大舞台,让他们有表演的机会,可以在上面尽情地蹦跳,若不成功自己就下去吧。能者上,无功便是过,只要是千里马,无论条件如何都可以一展驰骋的雄姿,这是刘相云的一贯做法。

墨子云:"国有贤良之士众,则国家之治厚;国有贤良之士寡,则国家之治薄。"对刘相云来说,这其中的道理,他体会得最为深刻。

他能从姜太公渭水钓鱼遇文王的故事,讲到秦王派12岁的甘罗出使赵国凯旋;从徐悲鸿怎样忍痛卖掉珍品资助在日本留学的大画家傅抱石完成学业,讲到莫泊桑在福楼拜七年悉心教导下,终于写出举世闻名的《羊脂球》。

他所讲的人才佳话涉及古今中外、天文、地理、文学、艺术、政治、军事、占卜等无所不包,知识渊博。特别是讲起当年诸葛亮的用人之道来,更是娓娓道来。他说诸葛亮的察人之法和用人之道有7条——问之以是非而观其志;穷之以辞辩而观其变;咨之以计谋而观其识;告之以难而观其勇;醉之以酒而观其性;临之以利而观其廉;期之以事而观其信。

人不等同于人才,人向人才转化需要一个过程,他深信十步之内必有芳草。卡耐基的《人性的弱点》写得就很精彩,用人要用其优点,唐太宗也说过"用人器",刘相云理解这器就是看其是否盛水,只要发挥一技之长能盛水者,行也。

这并非是纸上谈兵,他说:"事业不是一个人干的,没有人才就不能发达。当领导的没有发现和培养人才,那就是失职! 谁不希望有收获呢? 谁不盼望事业发达兴旺呢? 没有一双善于识人辨才的慧眼是不行的。"

纯朴厚道的叶亚伦,今年才 43 岁,没有进过大学的门,多年的刻苦自学令他已经远远超过了大学水平。刘相云看准他是个人才便破格提拔他为勃利县邮电局副局长。之后,又调到七台河市邮电局任副总工程师兼电信科长,使他有了用武之地。

1993 年安装数字程控电话交换机时,带领全局工程技术人员日夜奋战,剪彩日期临近时,却发生了问题:市局与县局间的传输系统还没调通。一时间,把法国专家急得团团转,急忙向法国阿尔卡特公司求援,在这个倒计时的关键时刻,叶亚伦经过钻研,进行周密测查,提出弊病所在。问题是由于法方软件程序设计失误使然,并提出修改设计数据。法方专家看了看这个平时沉默不语的中方人员,似乎有些不屑一顾,但又说不出具体办法来。抱着试试看的想法,按照叶亚伦提出的方法进行调试,结果是手到病除,迎刃而解。老外高兴地说:"你的技术真是高。"并赞叹地伸出了大拇指。

刘彦辰今年 32 岁,考大学落榜,被省邮电技术学校录取,毕业后分配到勃利县邮电局工作,他工作沉着肯负责任,具有稳健的工作态度,表现出非凡的工作能力,真是一把好手! 23 岁时的他,被刘相云举荐到工会主席的位置上,有些人敲着边鼓,说年轻不够成熟等。刘相云说:"年轻应该是一种优势,并不是缺点,更不是不提拔的理由。提干重要的一条是看他是否有能力。"结果,刘彦辰的工作成绩突出,后被提拔为新兴区邮电局局长、市邮政科科长、市邮电局副局长。

身为北京外国语学院研究生的刘小明,是个受过高等教育的人,他文质彬彬,英语掌握熟练。市邮电局引进外国先进技术设备,经常与老外打交道,没有这方面专业特长的人不行。于是刘相云将他调入邮电局,他不显山不露水,却成竹在胸地出色完成工作任务,是个难得的好干部,不久便被提为办公室主任。

曾被评为七台河市 1995 年度十大杰出青年的谷惠东,1991 年毕业于长春邮电学院,负责技术工作,好学上进的他,总爱琢磨一些"牛角尖"之类的东西。出于对邮电事业的钟情,经过几年的潜心研究,完成 112 台障碍系统自动测试。刚上移动电话时全省却打不通,他大胆改进移动电话传呼系统,解决了这个问题,然后向全省推广。他又对长途设备 S1240 推机计费系统进行改进,仅一年就节省资金上百万元。对于这样的人才,刘相云更是爱不释手地委以重任,谷惠东被提拔为交换科副科长并主持工作。

刘相云求才若渴,慧眼识才,非凡的伯乐气质,为众人所称道。

六、领航人的情怀

1993年10月的金秋时节,在北京摩托罗拉公司中国用户技术研讨会上,公司副总裁约翰逊端坐在显眼的位置上,这是一个深谋远虑、深谙经营之道的人。他急于想见一个中国人,这个人就是刘相云。

极有风度、魁伟高大的约翰逊远远地看见了刘相云,两人对视一下表示友好,这个聪慧的外国人也极佩服刘相云。那是因为,有一年,黑龙江省邮电考察团由刘相云任团长跨过重洋来到美国。在摩托罗拉考察期间,刘相云针对该公司的问题现状提出一些尖锐问题,使得一向温文尔雅、能力很强的麦根小姐回答不上来。这位忠于本职工作的麦根小姐把情况反馈给副总裁约翰逊,约翰逊吩咐留下这个特殊的代表团。在盛情的晚宴上,约翰逊亲自作陪,也就是在那次交谈中,麦根小姐非常慎重而又客气地对刘相云说:"老板欢迎你这样的人到这里工作。"对此,刘相云婉言谢绝了。

而本次研讨会议住在北京的长城饭店,约翰逊还一再强调:"欢迎你再到美国去。作为美国人民的朋友,您将受到友好接待。"说完,麦根小姐礼貌地来到刘相云跟前,又一次地提到了欢迎他去美国工作的邀请。

宴会上,刘相云告诉他们:谢谢你们的友好,给多少钱自己都没有考虑过这个问题,自己的根是在中国的这片土地上。

从北京回来后,刘相云又投入到紧张的工作之中,他的为人像三江平原的泥土一样敦厚,他的纯朴也像倭肯河的泥土一样光亮。他对人热情、待人诚恳、性格爽快、刚正不阿,职工们说:"这样的领导干部,真是一个好人,境界高,胸怀坦荡。"

在七台河市,刘相云是个充满魅力的人物。

在黑龙江省,刘相云是个不畏艰难、勇往直前的人。

七台河的改革开放,七台河的发展历程,有许多振奋人心的故事,七台河市邮电局的发展如一颗璀璨的星在完达山西麓熠熠生辉。

桃李芬芳耀煤城

历史,是开启未来的钥匙;回望,是为了更好地前行。在宁静与自由之中,七台河市田家炳高级中学积极追求朴素的教育真谛,努力为学生创设最适宜的教育环境。建校 30 多年来,先辈们以筚路蓝缕、迎难而上的豪气,谱写了田中的历史篇章;30 多年来,莘莘学子在这里探求真理、放飞理想,共同谱写了母校的光辉历史。凝眸田家炳高级中学崛起的足迹,一种精神、一种文化贯穿始终、历久弥新、大放光芒。

——题记

我们在这里起步,我们在这里成长。流下辛勤的汗水,收获成长的硕果。七台河市田家炳高级中学在新一届校领导班子白继贞校长的带领下,紧紧围绕师德师风建设,"先有父母心,再做教书人",不断纯洁教师队伍,为学生终身发展奠基,办人民满意教育,教师队伍建设成效显著,实现了全面超越。

管理篇:创新模式,激发活力

七台河市田家炳高级中学始建于 1986 年,是市直属重点高中,省级规范化学校,省级文明单位。建校初,校名为七台河市第五中学,1999 年 9 月更名为七台河市高级中学,2005 年,香港田家炳基金会资助 250 万元港币,用于学校发展,建设科技馆。依据田家炳基金会捐赠协议,学校更名为"七台河市田家炳高级中学"。

2009 年,田家炳基金会田荣先生来到七台河,亲手为七台河市田家炳高级中学揭牌。2013年学校增设初中部,办学规模进一步扩大。目前共有在校学生2 867人、教学班52个,其中高中生2 407人、初中生160人。经过近30年的发展,七台河市田家炳高级中学已发展成为教学设施先进、教师队伍精良、办学特色鲜明、办学理念科学、教育教学质量不断创造新高的七台河市省级示范性高中,赢得了社会越来越多的赞誉。

鲜明的办学特色。经过近30年的发展,学校形成了"文化兴校,多元发展"的办学特色。学校在实施素质教育过程中,勇于创新,走出一条特色发展之路。积极探索教育规律,遵循教育本质,坚持以人为本,以"学生快乐学习,幸福成长"为宗旨,注重培养学生高尚的道德,渗透传统文化教育,引导帮助学生树立远大理想,培养学生服务社会意识;培养学生终生学习能力,关注学生身心健康;培养学生的合作精神和责任意识,为学生的终身发展奠基。

在注重学生全面发展的同时,学校把特色教育的重点放在艺体教学上,成就突出。多年来,为上级院校输送了大批艺体特长人才,先后有500多名艺体考生被高校录取,有多人考入中央美院、鲁迅美术学院、清华大学美术学院、清华大学中央工艺学院、北京体育学院、沈阳音乐学院等著名艺体院校,另有3名考生直接被保送到沈阳体院篮球专业。艺体工作得到了长足的发展,已成为七台河市艺体教育的排头兵,被中央教育科学研究所评为"艺术教育示范基地"。2002年学校被评为全国艺体教育工作先进学校。

丰厚的历史积淀。田家炳高级中学积累了培养优秀学生的丰富经验,学校先后为社会培养了万余名优秀毕业生,为高等院校输送了大批优秀学子。在1990年高考中,该校的刘凤喜同学夺得黑龙江省文科状元桂冠,被北大录取;1998年,赵吉壮、赵吉奎兄弟两人双双考入北京大学;2006年,双胞胎兄弟赵刚、赵强同时考入清华大学,一时被传为佳话。先后考入清华大学的还有于龙江、薛文静、刘欣欣、王炳懿、夏阳等同学,另有薛静、袁伟、汝丽霞、谢春燕、孙曼等考入北京大学,如今,他们都已成为社会栋梁,在重要的岗位上承担着重要的工作。

优质的教学科研。学校教学工作坚持以学生发展为本,遵循教育规律,构建和谐的师生关系,建立高效有序的管理机制和科学有效的教学评价体系。引领广大师生树立精心、精细、精品的"三精"意识,使备课、上课、辅导、作业更加高效。实施即时化、精细化、规范化、科学化的"四化"管理,使教学整体过程更加科学严谨。教学成绩领先,高考成绩突出。2004—2013年连续十年高考本科入段率均居全市第一,实现高考本科入段率"十连冠",真正发挥了省级示范高中的示范辐射作用,为七台河市的高中教育发展做出了突出贡献。

教学改革初见成效。学校选择一批经验丰富的教师,从教育教学改革的紧迫性、可操作性、科学性、创新性和校本教育教学管理的制度化、规范化、人本化、发展性等方面,审视新课程条件下教育教学的实情,认识课堂必须以学习为中心,以学生自主发展和主动学习为着眼点,着力提升学生的学习能力、实践能力、创新能力,积极探讨与新课程理念相适应的改革措施和新型教学模式。

在高中部尝试进行了"三段、五步"自主课堂教学模式。"三段"即自学阶段、展示阶段、提升阶段;"五步"即自主学习(书本中学习)—激情讨论(合作中共赢)—有序展示(展示中学习)—相互质疑(质疑中提升)—总结提升(画龙点睛)。

学校以推进素质教育为核心,坚持科研兴教、科研兴师、名师强校的校本教研运行机制,教科研成绩斐然。多项课题立项,其中十一五期间"英语四位一体教学法及素质教育"、中央教科所"心理健康教育"等重点课题已顺利结题;省级"十二五"重点规划课题"导学案的编制与实施"等多个课题也即将结题;学校被上级部门确认为"学生心理卫生与心理保健"实验校和国家级心理科研基地;荣获黑龙江省教育教学"十五"规划重点课题先进单位;每年公开发表的教育教学论文200余篇。

重视教师队伍建设,确立教师发展战略,重点培养青年教师。学校每年分批派送教师到国内外学习培训,开阔视野,增长见识,改变观念。组织教师先后到河北衡水、山东昌乐二中、杜郎口中学、伊春友好三中、山西泽州一中、沈阳立人学校、绥芬河市一中等课改名校学习培训,从而提升自身素质,适应教改需要。

吸纳先进的教育理念和教学方式,借鉴课堂教学模式,更好地充实和完善本校的教学。学校每年坚持开展各种竞赛、微课研究、教育管理论坛等活动。为提高青年教师业务能力,开展学科知识竞赛已经进行了12届,教学赛讲活动现已举办27届。有数十名教师在省、市各类教学竞赛中获奖,部分青年教师已经成长为骨干教师,承担学校高三的教学工作和班主任工作,深受学生欢迎。

育人篇：以技授人，以德育人

"胸怀大志，自强不息，克勤克俭，富而不奢，温文尔雅，谦虚内敛，与人为善，大爱无疆"，铿锵有力的誓言回响在市田家炳高级中学的上空，传承田家炳精神，是学校德育工作灵魂所在，田中教师就是先进文化的传承者、建设者、践行者。

在花季般的高中时光里，田中为学生健康成长打下别样的基础和底色。为践行田家炳精神，田中认真上好开学教育第一课，连续多年，在开学初召开全校师生和家长的入学教育动员大会。

2017年9月1日，田家炳高级中学邀请感恩教育创始人彭成老师，为初、高中部全体师生和家长做了以"不要让爱你的人失望"为主题的大型感恩、励志教育演讲报告。演讲过程中，彭成老师以真实感人的演讲、饱含真情的现场互动，感染了现场每一位学生、家长和教师。

学校坚持把"育人"作为最重要的事情来抓，坚持"以德促智，德智共生"的育人理念。把培养学生健全的人格，良好的道德品质，积极的人生观、价值观作为育人的根本。不断提高德育工作的针对性和实效性。树立管理就是质量、责任就是形象的管理思想。根据青少年的成长规律和性格特点，建立了科学严格、符合人性的学年、班级管理制度，提出了"以班风促学风，以学风促校风"的工作思路，对学生的行为进行有效的约束和规范。制定了《班主任评价细则》《优秀班级评比细则》《优秀学生评选细则》等。完善了全员育人系统，努力做到全员育人、全程育人、全面育人的育人模式。

扎实有效地开展爱党、爱国、爱校教育和文明养成教育。3 000多名学生创造着多彩的校园生活，热情奔放的"五四"校园艺术节、放飞心声的歌咏节、龙腾虎跃的阳光体育活动、活力四射的"12·9"纪念活动、才俊辈出的文学社、精彩纷呈的兴趣小组、结合重大纪念日开展的主题班会、丰富有趣的心理健康教育讲座等，让学校志向高远、品德高尚、气质高雅、能力高强的莘莘学子沐浴着春风雨露、生气蓬勃地成长。

学校每年都评出校园之星、学习之星、十佳班长、三好学生等。学生良好的品德延伸到校外，经常有感恩老师、感谢学校的锦旗送到学校，强化了学生对高尚的世界观、人生观、价值观的认同感。

针对学校学生生源素质参差不齐的实际情况,田中通过组织召开相关主题班团会、网上参观田家炳事迹展览、举办田家炳精神事迹座谈会等多种形式、多种途径让学生了解田家炳先生,使他们看到田家炳先生在人生道路上为实现自己人生远大理想努力拼搏、艰苦创业的精神,引导学生找到并摆正自己的人生位置,点燃他们的希望之火,进而树立起自己的远大理想,从而为帮助学生进行正确的职业生涯规划和终身发展奠定坚实的信念之基。

在人文特色的校园文化建设中,田中充分运用校园文化育人的理念,开展形式多样、丰富多彩的以田家炳精神为主题的校园文化建设。在学校"思德楼""树人楼""行知楼"分别镌刻"宁可实而不华,切忌华而不实""责人之心责己,恕己之心恕人"等田先生的至理名言。

田先生为青年学生提出了"在家做个好孩子,在校做个好学生,在社会做个好公民"的"三好标准",并将学校优良的办学传统、办学特色、学生培养目标、学校发展方向等融入学校文化建设中,构建丰富的校园隐性课程,营造出浓厚的传统道德氛围,使学生在日常学习生活中无不感受到这种德育氛围的熏陶,充分发挥其育人功能。让学生能随时随地感受到"田家炳精神"就在自己的身边,逐渐树立正确的世界观、人生观、价值观。

著名的教育家陶行知先生曾说过"学高为师,德高为范"。作为教师,不仅要具有广博的知识,更要有高尚的道德。田家炳高级中学的教师队伍中,永远不乏争当先进的勇者,永远不乏立德树人的英模。楚翠娟、金红伟、郭兰、李清霞、李红丽、刘琳霖、黄金莲,为了心爱的教育事业,甘于牺牲、乐于奉献,对教育事业倾注了无尽的汗水与心血。他们是学生爱戴、家长喜欢、社会感动的田中最美教师,他们用自己的实际行动诠释着当代教师的师德与师魂。

七台河市田家炳高级中学在校长白继贞的精心指导下,紧紧围绕师德师风建设,"先有父母心,再做教书人",不断纯洁教师队伍,为学生终身发展奠基。"重师德,铸师魂;以师德,促教学",在这样一大批师德高尚、业务精湛的教师带领下,实现了全面超越。

改革篇:多元发展,至善尚美

近年来,田家炳高级中学愈加焕发青春和活力,无论是高考升学率、国际办学,还是科技教育、体育竞赛等,均取得了令人瞩目的成就,特色办学也是成绩斐然。

正因为有这样一个远见卓识的领导集体,有这样一支拼搏奉献的教师队伍,全体田中人更满怀信心地踏上跨越争先的新征程,实现新梦想、书写新答卷、再创新辉煌!教育改革的核心环节是课程改革,课程改革的核心环节是课堂教学改革,课程改革的终极目的是提高学生的学习力。

田家炳高级中学正式启动了课堂教学改革,提出了"三案七环节"、质疑释疑的生动课堂教学模式。通过几年的实践,学生主体地位逐步建立,学生主动学习能力逐步增强。2016年10月,启动第二轮课改,在"三案七环节"的课改模式基础上,进一步深化改革,提出"课堂教学四种课型"。

结合课堂教学的层次性,根据学生课堂学习的不同阶段,将课堂教学过程细化为四种课型——阅读与学习课、交流与展示课、拓展与延伸课、训练与讲评课,依据学科特点、教材内容可适当进行单元的统整。将导学案和训练案合二为一,变成"导练案",减少导学案的内容,突出开放性的问题设置。坚持作业考试化的做法,科学调整测试时间和次数,强化测试案的质量,加强批改的统计,实现学生问题不过堂、训练批改不过天、测试讲评不过周。

引入了"四种课型",强化培养了学生学习方法,课堂教学改革取得了新进展,科学有效的尚美生态课堂逐步形成。课堂改革,制度也要有变化,田中实施精致化的教学管理。建立完善了教师考核、教学考评等十余项管理制度;重视教情反馈,大型考试后均召开质量分析会,及时查找不足,加以改进;加强常规检查,加强教师备课、上课情况专项检查和月底教学常规检查,对教学活动进行了全程管理,做到发现问题及时整改;实施分层教学管理,高一年级学生加强了导学案使用、学习方法的培养。高二年级学生文理分科注重了学科内与学科间综合能力培养、学业水平测试准备工作。高三年级则将全部工作重心放在高考备考上,加强高考命题研究,不断调整和改进教学重点与方法。

课改如火如荼进行的同时,教科研工作也取得很多新成果。"金秋教学赛讲"、教学改革系列研讨活动、"课改进行时"系列展示课活动,为广大教师提供了课改研讨平台,展示全新的课改理念。

几年来,一大批"十二五"课题顺利结题,"十三五"课题申报工作顺利开展。目前,全校承担国家级课题1个、省级课题1个、市级课题1个,田家炳高级中学多次被评为全市课改先进学校,60 余位教师被评为校级、局级课改先进个人。

科学的教育管理。一流的教师队伍要靠一流的领导班子去带领,一流的教学理念要靠一流的教师队伍去实践。科学的管理和优秀的团队会升华成为一种新的人文环境,凝聚每一分力量,形成加快发展的强大合力。

围绕"把田家炳高级中学建设成为现代化、有内涵、高质量、有特色的具有多元办学元素的优质学校"的办学目标,秉承"文化兴校、多元发展、至善尚美"的办学特色,以"校园精神尚美、教师成长尚美、学生发展尚美、课程设定尚美、课堂教学尚美、校园建设尚美"为载体,大力倡导"学生生命质量"和"教师生命质量",成为田中最为核心的理念与价值。

加强教师队伍建设。每学期组织全校中层干部开展学习活动,强化"四种意识",提高中层干部队伍政治素养;推进青年教师培养,以师徒结对、青年教师基本功系列比赛等形式,加大了对青年教师培养力度;加强了骨干教师队伍建设,2016 年有 22 名优秀教师被评为"局级骨干教师",29 名优秀教师被评为"校级骨干教师"。

2017 年,将每周五上午确定为集体备课时间,集体备课扎实开展,提升了教学针对性;定期组织教师外出学习,提高教师素质。

几年来,先后组织教师远赴山东、上海、苏州、常州等地学习新课改先进经验,组织教师到哈尔滨学习高考命题趋势,还参加了佳木斯一中、鹤岗一中等近十所省内兄弟学校组织的教学研讨交流活动。田家炳高级中学正因为有一个远见卓识的领导集体,有一支拼搏奉献的教师队伍,加之严格、精细的科学管理模式,才取得今天的成就。

党建篇:坚守理想,承载希望

学校重视党建工作,不断增强党组织的凝聚力、战斗力。充分发挥党员模范带头作用,党员示范岗逐步建立,用实际行动展示共产党人的时代风采,在全校教师中树立了模范形象。暖心工程彰显人文情怀,将"大手牵小手"关爱帮扶活动常态化,为困难学生和教师及时解决生活中的困难。

把党建融入课堂。田家炳高级中学共有 80 名党员,设有高一党支部、高二党支部、高三党支部、行政党支部、初中部党支部共 5 个党支部。学校本着

"传承、融合、弘扬、创新"的发展新理念,始终坚持以党建工作为统领,以超越教育为载体,大力加强党组织建设,加强党员和教师队伍建设,加强师德师风、党风廉政建设。通过围绕夯实党建基础,筑牢组织堡垒,以党建带动群团、以党建推进德育、以党建引领教学为中心,将"四融四化"作为有力抓手,统一思想、凝心聚力,不断开创党建工作新局面。

一段时期以来,田家炳高级中学各支部不断深入学习贯彻习近平总书记对东北振兴重要指示和对我省两次重要讲话精神,并与学习贯彻习近平新时代中国特色社会主义思想和党的十九大精神结合起来,与学习宣传习近平总书记在全国教育大会上的重要讲话精神结合进来,解放思想、强化担当,深学细研掌握实质,引导广大教职员工转变观念,积极投身教育改革发展实践,以新气象、新担当、新作为推动教育事业全面发展,为办好人民满意教育、加快七台河市转型发展做出积极贡献。

在新时代、新形势下,如何引导学生爱党爱国、培育理想、认知世界、了解家乡,如何做到全面落实立德树人根本任务,是田家炳高级中学新一届领导班子和各支部创新开展党建工作的出发点。他们积极推进"党建融课堂"研究,鼓励党员教师以先进的党建思想和教育理念带动非党员教师,帮助学生树立正确的世界观、人生观和价值观,引导他们感党恩、明国情,感受家乡转型发展的新活力、新动态、新格局。

"党建融课堂"根据当前时政热点选择相关主题,然后通过校本教材的编制,党员与教师间的帮扶结对,以及红色基因、传统基因、励志基因、教化基因、课程基因、体验基因的融入,在教师的指导和引领下,让党的思想、党的建设渗透到课堂中,通过"少讲多练领着学"的教学理念,完成师生的自我超越,最终实现思想有深度、政治有高度、教学有特色的"党建融课堂"教学目标。

2018年11月,在全市教学展示活动期间,田家炳高级中学的"党建融课堂"之东北振兴示范课,受到前来参观交流的各校领导及教学骨干的一致称赞。本节党建融课堂展示课由历史老师季新元、地理老师李微、政治老师王丹丹共同完成。

他们通过带领学生观看教学片《筚路蓝缕,春华秋实》,回顾了东北近现代政治、经济发展史及工业发展脉络,分析了东北地区的资源和地缘优势,总结了东北经济断崖式下滑的历史现实原因,以及重新走向全面振兴飞速发展的时代背景。

师生们重点回顾了习近平总书记对东北的关心和牵挂。为了实现东北的全面振兴,十九大期间,习近平总书记多次深入东北代表团,就东北的发展问题和与会代表亲切交谈,在"十三五"规划中多次重点提出要实现的目标及各地的结构调整情况。要求老工业基地继续深化改革,实施创新驱动发展战略。努力实现质量更高、效益更好、结构更优的发展。要坚持"两个毫不动摇",为民营企业发展营造良好的法治环境和营商环境,鼓励、支持、引导非公有制经济继续发展壮大。

解放思想、锐意进取,实现公有制为主体、多种所有制经济共同发展,东北地区才能完成促进区域协调发展、打造新经济支撑带的重大任务。在东北振兴滚石上山、爬坡过坎的关键节点,习近平总书记到东北三省考察,主持召开深入推进东北振兴座谈会并发表重要讲话,彰显了党中央扎实推进既定部署、集中精力办好大事的深谋远虑和战略定力,为我们推进新时代东北全面振兴注入了坚定信心和强大动力。

展示课的所有环节和内容都是由黄晓霖、秦萌等同学及他们的小组在老师指导下完成的。他们通过搜集研究东北的历史以及得天独厚的地理优势和丰富资源,阐述东北振兴的举措和成果。

紧紧围绕"全面振兴"这一主题,通过传承"没有条件、创造条件也要上"的铁人精神,"跪着采煤、站着做人"的矿工精神,"特别能吃苦、特别能战斗"的实干精神,"顽强拼搏、务实争先"的体育人精神,七台河市的转型发展、全面振兴大有希望。他们在课程中大量融入了七台河市民生工程、民营企业、赛事经济、生态旅游、优势能源等内容,诠释了七台河市大众创业、万众创新的新发展理念,为七台河市转型发展、全面振兴凝聚了强大的精神力量!

历经 30 多年的发展变化,七台河市田家炳高级中学更加成熟、自信,学校新一届领导班子团结奋进、开拓进取,将用先进的教育思想铸兴校之魂,用严谨的治学精神固强校之本,用务实的教育科研养精锐之师,用科学的管理系统育怡人之风,用改革创新的举措扬发展之帆。坚持夯实基础、凸显能力、面向全体、因材施教的教育思想,构建利于学生快乐学习的课堂教学模式,锻造自信向上的科学品质,营造民主平等的教学氛围,为学生的可持续发展奠定坚实的文化科学知识基础。

坚持不懈地探寻中学德育工作规律和中学生成长规律,以铸魂立根教育为主线,不断强化德行、智慧、礼仪和能力,让一个个满怀理想的莘莘学子,带着憧憬走进田家炳高级中学的校园,让一个个学业有成的青年,带着灿烂的笑容从这里走向高等院校,迈着坚实的脚步走向多彩的社会。

成绩篇:低进高出,共谱华章

2015 年,田家炳高级中学本着多元发展、文化兴校的办学理念,为学生搭建一个新平台,提供一个新出路,与北美国际教育签约,开启了与加拿大兰里教育局的合作办学之路。在不额外收取费用的情况下,开始招收国际班学生。

顶着社会不认可、家长不了解的压力,2015 年 9 月,第一届国际班正式成立,并举行了隆重的开班仪式。田中国际班任课教师都是精选最优秀的教师,由学科带头人、骨干教师、备课组长等组成。国际班单独开设国际特色课程,增设"家庭教育学""学习规划""学生领导力"三套素质拓展课程,这三门课程是以加拿大 BC 省教育厅课程大纲为基础,根据中国素质教育体制,以及中国学生的学习特性编撰完成。定期聘请外教,让学生接受最纯正的英语教学,提高英语交流表达能力。定期开展丰富多彩的系列活动,提高学生能力。

2016 年 3 月,田家炳高级中学举办"中加文化交流与课程建设现场会"。2016 年 5 月,外教 Gilly 老师与国际班学生围绕"学生的责任"进行了英语沙龙活动,使学生在交流中既提高了英语能力,又受到了一次责任教育。

2015 年高考在生源质量大幅下降,学生学习习惯总体不良的情况下,总体实现了新突破。本科全口径入段率65.12%(注:理工重本入段率19.31%,理工普本以上入段率63.62%,文史重本入段率14.90%,文史普本以上入段率54.33%,理、文普本以上入段率60.86%)。2013 年,高一新生入校时基础弱、底子薄,经过田中三年的培养,2016 年高考时,全口径入段率44.91%,学生在本校实现了蜕变成长,考入了理想的大学。

2016 年 10 月,田家炳高级中学举行了"中加课程建设推进会"系列活动。2016 年 11 月,进行了加拿大冬令营活动宣传,加深了学生们对国际文化的了解。"孕育寒霜百味苦,报以琼花一树香。"经过两年多的努力与建设,田中国际班德智体美劳各个方面都取得了长足的进步,成绩更是始终位于学年第一名。

第二届国际班招生报名人数超过300人,从37人报名到超过300人报名,正是田中国际化办学工作成果的最好体现。同时,国际班的成立也为全市高中生搭建了更为便捷的出国学习的桥梁,已有2人去加拿大参加冬令营活动,1人已经在加拿大继续完成高中学业,2人有意向去加拿大继续学习,国际交流越来越显示出新优势,田中国际班将继续努力,不断创新,使合作办学工作更上一层楼。

2017年高考再次取得新成绩,高三理工类重本11人,普本以上124人;文史类重本3人,普本以上42人;艺术类普本以上118人;体育类普本以上19人,所有本科入段人数达到303人,本科入段率45%。艺体特长生高考成绩喜人,普本率达到88.7%。何文龙同学考入了中央美术学院。邓紫菀同学被中国音乐学院录取,开创了七台河市本土被中国音乐学院录取的先河。

2018届提升了指导新高三学生备考的科学性、针对性,抢前抓早,提前谋划。在2018年高考中本科入段428人,比2017年增加125人,实现了高考成绩的跨越式提升。

2019年参加考试人数707人,其中理工类340人,文史类175人,艺术体育类192人。上线人数:重本21人,普本368人,中理本142人,文本60人,艺术体育166人,入段率52.05%。与2018年高考相比,高分段成绩有大幅度提高:理工类重本15人比2018年多7人,基本实现倍数增长,2019年高考理工类最高分591分、第二名582分分别比2018年最高分533分提高58分和49分,提高显著。文史类2019年最高分561分比2018年最高分545分提高16分。艺体成绩显著,体育特长生李博同学术科100分满分。自主招生有重大突破,周宇航同学通过自主招生(可上北体)被湖南师大抢录。

面对学校转型,面对新的挑战,只争朝夕的"田中人"又一次站在了新的起跑线上。他们将承载煤城人民教育希望,与时代同行,共同铸造七台河市田家炳高级中学的新辉煌!

碧空如洗,日月同辉。30多年岁月如歌,唱不尽历史的沧海桑田;30多载耕耘不辍,回首看已是桃李满园。

相信在市委、市政府、市教育局的亲切关怀下,在校领导班子的正确领导下,全市人民会见证一所全新的七台河市田家炳高级中学。

成功之路

　　人们赞美那些新道路的开辟者,歌颂那些万丈高楼的奠基者。这是因为,世界上每一条新道路,每一幢高楼,无不渗透着开拓者的艰辛劳作。

　　人活着,究竟图什么? 七台河市第二建筑工程公司总经理齐德成,用执着追求做了一个最完美的诠释,那就是在全心全意为人民服务的事业中实现自己的人生价值。

　　无疑,齐德成经理已经走出了一条人生的成功之路。

基石背后

　　神州大地正处于改革开放的阶段,煤城七台河也在这个惠风的熏陶下展翅高飞。

　　1981 年,整个黑龙江省冶金矿建筑一工程公司被省政府一纸令下派到了七台河市,浩浩荡荡的 700 多名职工在七台河市组建了第二建筑工程公司。被任命为施工一队队长的齐德成当年就接了市啤酒厂的建筑工程,这项工程属于工业建筑,结构复杂,施工难度大,就在谁也不愿干的前提下,齐德成率领 100 人的施工队伍开始啃这块"骨头"了。

　　这是当时七台河最大的工业建筑物,如何交上一份合格的答卷,对于齐德成来说非同一般,这项工程只有干出了名堂,在七台河市才算能站得住脚,若干不好将意味着什么大家心里都有数。说是背水一战一点儿也不过分,这副担子的确不轻啊。

　　迎酷暑,顶严寒,多少个日日夜夜,他率领工人们披星戴月,奋力鏖战,终于使一个面目全新、造型美观的6 000平方米建筑屹立在倭肯河畔,也威严地屹立在七台河人民心中。当时的啤酒厂领导竖起了大拇指,"真是精神能干的队伍,要是换成其他队伍干,恐怕很难完成这项任务。"

当时主管城市建筑工作的副市王再坤看到一个只有 27 岁的年轻人带领工人干出这样的工程来,很敬佩这位敢干、敢闯、敢拼的队长。

20 世纪 80 年代中期,由于受大环境的影响,这个新兴的煤炭城市一下子拉起了大大小小 100 多家建筑施工企业,各路大军纷纷加入了抢占建筑市场的竞争。然而,基建压缩、建筑材料涨价,还有斗智斗勇的激烈竞争,本来刚从母体中分离出来的二建公司就有个先天性供血不足的顽症,加之人员素质低、力量小、资金少等因素,二建公司一时陷入了严重的困境之中。经济效益成负数、工程质量低劣,人心也出现了涣散的局面,一提由二建公司施工,建设单位直摇头,信誉没有了,就是说出花来人家也不接受你了。

为了挽救这个残局,市政府果断决定重新调整领导班子、起用能人。就是这样一个企业,就是这样一种状态,明明白白,清清楚楚,谁都怕粘在手上,齐德成任第一副经理,主抓生产经营和工程技术,开始了挑大梁的生涯。

那是一个雨后的清晨,他来擎住了这株已经奄拉脑袋的幼树。

在经理李文来的支持下,一股强大的希望火焰在桃山脚下熊熊燃烧起来,企业又以全新的面貌重新站立于这片土地之上。

市委的三幢住宅楼在齐德成手下仅三个月就交付使用了。

1990 年,桃南医院和写字楼工程被评为省建委的金牌工程,就这样,齐德成率领他的队伍告别了七台河市建筑市场没有金牌的历史。

循着齐德成生活奋斗的轨迹,我们看到了一个共产党员的理想与追求,看到他火一般的工作热情和对建设行业的热爱。

涌动潮头

一缕春风,吹皱了一池春水。

改革的春风,给七台河市二建公司注入了勃勃生机,增添了无限活力,这个建筑企业的大船在市场经济的海洋中正义无反顾地奋力向前。

这都是因为有了齐德成这样慧眼开拓的缘故。

进入 90 年代,由于企业都在转轨,企业面临着优胜劣汰、适者生存的时机,需要领导者有一个科学的分析与抉择。在领导班子会上他冷静地提出:

"任何企业的经营都会有起有落,有兴旺也有萧条,有高峰也会有低谷,作为一个成熟的企业领导,要顺应时代的发展,看准的,要上第三产业。"

这是在不影响主业的前提下提出来的。

这时,有些好人心吹上了一阵阵冷风,建筑市场要干的工程很多,何必费脑筋去搞那个三产,弄不好还白搭工。

齐德成心里明白从长计议还是必须上三产业,于是泥子厂、涂料厂、钢窗厂等红红火火地搞了起来。

房地产开业发业务也搞了起来,投资开发了3.5万平方米的商品住宅楼,经济效益达300多万元。

这使一向爱思考问题的齐经理尝到了一些甜头,更主要的是,他懂得了在市场经济条件下,面对咸咸的海水他没有被淹着,几丈高的巨浪,他既学会了游泳,还学到了一身好水性的本领。

齐德成更加清楚:激荡的浪涛,是大时代的呐喊,自己要勇敢地向前闯。

七台河市娱乐城几年前远近闻名,曾经有过最为繁华的鼎盛时期。这个市场经济的胎儿使齐经理陷入了深深思索之中,如今娱乐城的冷清也昭示着这么大的一个煤城没有了上规模的娱乐场所。能否再造一个娱乐场所,讲究一些高雅文明,档次也要高一些,符合煤城人民的消费心理,为城市添美,为企业创造效益?

1996年年初,齐经理率人马到哈尔滨、成都、海口等地考察,经过领导集体多次论证,决定在市中心区建一座集游泳、保龄球、台球、旱冰、歌舞厅为一体的综合性娱乐场所,其主旨是高雅独特,文明健身,正符合市场经济发展的需要。

说干就干,这一想法得到了市委、市政府领导的全力支持。

位置就选在黄金地段的市山湖宾馆对面,与宾馆正好配套服务。1996年5月23日,一个晴朗的日子,休闲娱乐中心破土动工了。最令人头痛的是缺少资金,企业要在不影响全年建筑行业的投入的同时还要投资1 300万元谈何容易,怎么办?没有条件创造条件也要上,必须当年完工,当年受益,他们要向全市人民说明:二建人具有建筑行业的那种伟大的艰苦奋斗的光荣传统。

经过200多天的日夜奋战,一座总面积4 900平方米的巍峨建筑物拔地而起,市委书记、市长在剪彩时对齐德成的这种创业精神、改革气魄都给予高度评价。

休闲娱乐中心的投入运营,填补了七台河市没有大型娱乐场所的空白,为煤城经济的繁荣,丰富市民的业余文化生活,起到了巨大作用。更重要的,在企业进入市场经济的转变过程中,二建公司的做法起到了抛砖引玉的作用,广大职工高兴地说:"有齐经理在,我们就不愁没活干,没饭吃。"

这时,人们回过头来去品味齐经理的市场观念,才觉得令人折服。怎么能不服呢? 不少企业在受到市场经济的"阵痛"之余才发现,第二建筑工程公司如同一台注上润滑剂的机器,开始了新的运转。齐经理不会忘记这样一句话:社会主义社会不是一种一成不变的东西,而应当和任何其他社会制度一样,把它看成是经常变化和改革的社会。

他对这句话理解得很深刻。

万物生机在,绿黄循环忙,时代在变革,一种伟大的观念在刻不容缓地告诉人们:谁创造的价值越多,应该拥有的财富越多。

执着追求

生活与事业中有很多人都有想法,但是就是不敢去做。生活与事业,特别是要干一番大事业是需要勇气的,勇气比才气更重要。

是的,一个成功的人生首先要敢去想,再就是把自己的想法付诸行动,并最终得以证实。只有幻想没有行动,不可能成功;一个连幻想都没有的人,又何谈成功呢?

一个人在哪里都能找到自己的天地,只要他付出代价。

一天午后,齐经理的小车司机送我们回单位,一提到齐经理的话题他就有些愤愤然,心里不是"滋味"。

"我们经理已经抠到家了,像花他自己家的钱一样,一个子儿也不乱花,该花的不该花的有时一律不花。"公司又不是没有钱,车该修了可齐经理总是一拖再拖,气得司机只好将就着用。据说,经理没有高档车,自己坐的车是顶账来的。这几年光经理坐的车就节省资金 10 万元,司机每月定期 60 元修车费加到工资里,修车任务"自然"落到了司机肩上。

平心而论,这是对经理有"意见",凡是二建中层以上的领导干部,都知道齐经理有许多艰苦创业的"抠门"业绩。

他从来不讲排场，每天都在机关食堂吃饭，那种大吃大喝大跳大玩，就是不与他沾边。别人认为他这个人"特"，高消费的地方从来不去，非常朴素，平易近人。

这是职工们的共识。

"从老齐身上要一分钱，比从他身上抽血还困难。"这是一位中层干部说的话，堂堂的二建公司办公用的稿纸两面写字，三年没买办公用品，真有些令人难以相信。

职工们清楚：经理把给自己买轿车的十几万元钱为职工家属住宅区修了一条水泥路，他还亲自设计修了一个井房，给100多户职工住宅接上自来水。

职工们也清楚：经理与市政府签订了6年的承包合同，奖金可以上不封顶，中层以上干部都可以得很多奖金。可齐经理认为工人们更辛苦，差距不能太大，这样就几乎与工人一样的工资了，市政府奖励他本人的6 000元奖金，他也分给了大家。

职工们更清楚：在考核干部的政绩时，看是否按月给工人开支，不保证开支，中层干部工作用车和手机全部停下，弄不清楚的坚决拿下。

职工们不会忘记，在修建七桃公路时，作为家中独子的齐德成，竟忙得一连几个月没抽出时间去看望年迈的父母，其实父母就近在咫尺。母亲为了能看一眼儿子，竟然在经理家等到深夜11点才看到疲惫不堪的儿子走进家门。远在双鸭山的直近亲戚被车撞成植物人正缺少主心骨，面对这种情况，齐经理只是将牙一咬还是没有去，把心思又都投入到公路的建设上来，他是离不开这条路啊！

职工们怎么能够忘记，齐经理从1983年开始，从来没有请过假，公司成了自己的家。

齐经理就是这样，凭着自己的一种赤诚，一种责任，甘愿奉献着。

"我是当家的，只要一有错，就是几百，几万，甚至几十万，错不起呀！今天昌盛明天说不定会怎么样呢，再说，工人们用多少汗水才能挣回来，不认真对待是不可以的。居安思危嘛。"齐经理常与职工谈起这方面的话题。

凭着一点一滴的积累，1992年二建公司自己投资建了5 000平方米的办公楼，没用政府补助一分钱，人们通过这件事知晓了他节省每一个铜板的良苦用心。

还有谁不理解为党和人民为广大群众办实事的经理呢？大家为有这样的经理感到骄傲和自豪，同时，他们也认为，是自己一世的福分，遇到了这么一位好经理。

是的，走改革之路，是为了大地的丰收。

时代热流

一个成功的企业家，不仅要有政治家的眼光，经济家的头脑，哲学家的思维，还要有军事家的战略战术，市场就是战场。

1997 年，是二建公司创造辉煌收获最大的一年。

1997 年，是以齐经理为首的二建人开创先河的一年。

1997 年，是令市委、市政府领导高兴的一年，市民欢呼雀跃的一年，这是因为二建修了一条富民之路。这是建筑工人迈着筑路人滚烫的脚步，迎接时代的激流，竖起了一座关于路的丰碑。

在这一年里，不甘寂寞的齐德成把眼光投向公益事业"七桃路"的修建与开发上。

市长大加赞赏这件事："市二建公司开创了企业投资干公益事业的先河，由于二建公司参与修路，使'人民城市人民建，公益事业大家办'有了新的内涵。二建公司的决策，不仅体现了企业家的胆识，更体现了企业家的英明与风范。"

这也是七台河市委、市政府的一项开明的重大举措，市政府明确指出，只要有利于七台河、有利于企业、有利于百姓，道路谁修都可以。二建公司的做法，为市委、市政府确定的"道路建设年"奠定了良好的基础，为全市高等级道路建设吹响了号角。

七桃路10公里，在原来柏油路面基础上改造成水泥路面，投资2 200万元，对该项工程实行自己开发、自己投资、自己施工、自己管理的办法，1997年5月20日正式开工。

在施工的那段令人难以忘怀的日子里，齐德成一刻也没有离开工地。他每天早晨4点到工地，晚上10点以后才回家，常常是12点以后才能回家，一切与工人们一样，就差没有住在工地上了，一日三餐都是在工地上吃饭。渴了，与工人们一起你一口我一口地喝着凉水；饿了，实在顶不住了，索性吃一盒方便面,继续指挥施工。

工地上所有材料都由经理管理着,价格压到全市最低水平,诸如水泥、砂石、钢筋等材料,他都要亲自到现场,对水混等混合比进行试验,经常检查。石子、水泥,一般是搅和一下完事,在这里石子必须冲洗干净,达到质量要求才可以使用。

刚打混凝土时,路面出现了断缝问题,这是个严重的质量问题,齐经理与队长、技术员、工长等在一起研究,断缝是什么原因。晚上,齐经理难以入眠,在柏油路上直接打水泥路面在七台河属于先例,特别是在北方高寒地区更应该注意这个问题。他披上衣服认真查找资料,冥思苦想。他想到了是否与切开时间有关,第二天,经过反复实践找到了症结所在,这个难题就这样被解决了。

由于1997年夏季多雨,为了按时交工,齐经理亲自设计了雨棚,雨天可以在雨棚里施工,不影响施工进度。翻浆的路段,齐经理更是严格要求施工人员,做到不达到质量要求坚决返工。

九井附近有80米路段不合格,齐经理一声令下返工,工人们又将其扒掉重新施工,损失3万多元。在这里,为了百年大计的质量,他也不怕"浪费"。

5月,天还特别的寒冷,晚上7点多,混凝土刚打完,天就下起了雨。雨淋在人们的身上冷得大家直咬牙。齐经理带头,与工人们一齐苫塑料布。这时,下班的工人们看见了齐经理带领大家热火朝天地劳动,也都纷纷自觉地加入了队伍,直到干完收工。

在工地里,根本认不出这位处级干部来,附近商店的经理看到此景曾不解地说:"齐经理哪里还是个大经理,连个大盲流子都不如。"

一位包工头曾当着工人的面说:"你们经理真是的,一般情况下宏观指导就行了,工地上什么活他总是先干,进行示范后再让工人干,有些信不着人咋的。"他是在抱怨经理干得太多,逗得工人们哈哈直笑。

晚上10点以后,工地还在沸腾,机器轰鸣声一点也没有停下来的意思,工人们奋战正酣,意犹未尽,要保优质工程,抢时间争速度,必须在预定时间交工,不然怎么向煤城父老交代!在这段时间里,工人干部都养成了一种习惯,只有在机械声音的陪伴下才能睡着,不然怎么也睡不着。那年夏季最热天可达40℃,即使这样,大家也没有避暑,还是继续施工。

可以说这条路让经理耗费了大量心血,人变得消瘦了,整整掉了10斤分量,脸被晒成古铜色。

在这条路的建设中,运石子 2 万立方米,沙子 1.3 万立方米,水泥 1.2 万吨,细算起来,每天大小车辆足有 50 多台次,每天搅拌水泥 300 立方米,用水泥 100 吨。

在施工前,齐经理就到鸡西等周边市县考察,借鉴外市县修路的经验,经过多方研究论证,尽量降低成本。齐经理亲自写可行性报告,进行细致概算。现在看来,总造价整整降低了三分之一,节省了资金 1 000 多万元。在质量验收过程中,已经完全达到优质工程的标准,按照要求,误差平整度不得超过 3 毫米,整个路面用尺一尺一尺地卡,量了上万次当发现有 3 处路段不合格时,最后用磨石机磨平才算为止。

齐经理紧紧抓住改革就是进步,改革就是创新,改革就是生产力,改革就是最大的经济效益,围绕这一主旋律创造了一个又一个令人鼓舞而又振奋的奇迹。可以说,齐经理在冒了一个"政治风险",今天看来是成功了。以成功的姿态来看待这件事,企业两年投资 3 500 万元,靠一般的工作思路抓法是根本完不成任务的,靠的是迈大步采取超常规举措,才能有今天的效益。

接着,齐德成抓住市场机遇大力开发住宅楼,建住宅小区,凭着多年的信誉和工程质量赢得了市场,创造了经济效益和社会效益,解决了居民住房难的问题。

正是以其对党和人民事业的执着追求精神,勇于改革,敢冒风险,在一张白纸上绘出了一幅幅壮美的图画。正是有了这么美好的画卷,才使年轻的煤城增添了许多令人为之震惊的风景线,休闲娱乐中心、七桃公路就是最好的佐证。因为有齐德成这样一位企业的带头人,在十几年的时间里,公司的效益每年都以 20% 以上的速度递增。1993 年,创产值 4 000 万元,利税实现 167 万元;1996 年,拥有固定资产 1 138 万元,企业资产总值 4 276 万元;1997 年总产值和利税同比翻一番。

多年来,他所领导的企业先后取得了许多荣誉。1988 年获全市目标管理先进单位,1991 年、1992 年连续两年获市政府"利税大户"和"百万富翁"称号,1992 年获两项省级金牌工程,1993 年获省级安全生产先进单位,1994 年获全省建设系统先进单位,1996 年获全省重合同守信用企业。

齐德成本人也被授予很多荣誉:1981 年至 1983 年连续三年被评为市劳模,1984 年市第五届党代会代表,1991 年、1992 年被市政府授予三等功和一

等功各一次,1994 年被市政府授予二等功一次,1993 年获市特等劳模,1994
年获建筑系统劳模。

这些辉煌的成就引人瞩目,不平凡的业绩令人称赞。然而,在荣誉与鲜
花面前,齐德成倒是有些不太自然,他说:"我所做的工作是微不足道的,没
有各级党政组织和领导的支持,没有工人、干部的大力合作,就不会有公司
的今天。"

齐德成经理和他的职工们,在没有路的地方,建造了自己生存的黄金
屋,有了永续利用的宝贵财富,树起了一座丰碑。

是的,人生之路曲折漫长,事业之峰呼唤勇于开拓者去拼搏、去进击。
齐德成以一个共产党员为党的事业不懈追求、默默奉献的高尚精神,在改革
的道路上进行了一次次艰难的跋涉,困苦的求索,在企业的振兴奋战中,开
拓出了一条光明的道路。他赢得了许多鲜花和微笑,赢得了职工们的信任
和爱戴,也赢得了煤城人民的敬仰和钦佩。

明珠今朝更璀璨

近日,到七煤公司煤气厂参观学习,看到煤气厂发生了翻天覆地的变化。无论是正在煤气厂工作的,还是到过煤气厂的同志无不发出这样的感叹:现在的煤气厂真是一天一个样,天天都在变。

在厂长赵昕、书记翟晓东和班子成员带领下,让解放思想成为推动企业高质量发展的前行动力,创造出辉煌的业绩。

抢抓发展机遇

2019 年 4 月 11 日,作为全市最早的国有焦化企业,煤气厂解放思想、转变观念的任务尤其艰巨、尤为紧迫。作为"五自"经营单位,煤气厂面临如何实现高质量发展。

"按照集团公司党委和公司党委开展解放思想推动高质量发展大讨论要求,煤气厂组织职工认真学习习近平总书记在深入推进东北振兴座谈会上的重要讲话和考察黑龙江时的重要指示精神,对习近平总书记的重要讲话和重要指示有了更加深刻的体会与理解,同时也进一步坚定了应对市场挑战、实现改革脱困振兴发展的信心和决心。"赵昕厂长说,"推动企业改革脱困振兴发展是当前和今后一个时期的工作主题,所有工作都要围绕这个主题来展开。"

解放思想也必须付诸实践,找准着力点、解决实际问题,从更高层面、更宽视野来审视和谋划各项工作,拉高发展的标杆,以思想大解放、观念大更新推动改革再深入、实践再创新、工作再抓实。

赵昕厂长说,长期以来,一些领导干部在思想层面普遍存在着计划经济

315

思维较重、市场化意识不强、"等靠要"思想严重等问题,有的习惯于惯性思维、资源依赖,有的思想僵化、视野不宽。为什么会出现"头脑跟不上时代、思想跟不上实践?"一个重要的原因就是安于现状、不思进取,在"舒适区"中重复自己,在既有利益格局中打转,思想难以打开新天地。面对内外部环境变化、对标高质量发展要求,煤气厂振兴发展还面临一些突出问题,存在着产品结构单一、产业链条短、化工产品少、入炉精煤成本高、技术人员短缺、环保投入少、企业依赖市场较重、适应市场能力较弱等问题,现在还没有有效破解。为此,煤气厂将从三方面解放思想,深入推动企业高质量发展。

围绕转变发展思路解放思想。煤气厂干部职工当前的思想观念与市场经济不相适应,距离上级要求还有很大距离,要在更新观念上集中发力,树立改革意识、长远眼光和效益观念,让思想跟上上级的决策部署、企业改革脱困振兴发展的步伐,以新发展理念为引领,聚焦推进高质量发展,聚焦重振企业发展雄风,科学谋划发展思路,克服传统路径依赖,突破传统发展模式,打好改革振兴发展组合拳。

围绕深化企情认识解放思想。煤气厂干部职工要通过开展大讨论,进一步认清企业面临的风险和挑战,高度重视环保工作,抓住有利机遇和条件,学会运用市场机制、法治思维干事业、解难题、找出路,在更大范围内解放思想、深化改革,激发创新创造活力。

围绕落实重点工作解放思想。煤气厂在全面加强经营管理、深化改革上要敢闯、敢试、敢改,打开高质量发展思维,找到创新发展路径,进一步增强企业发展活力。具体做法是在优化经营管理上下功夫,进一步抓好"五自"经营,进行体制创新、机制创新、管理创新,深化"三项制度"改革,推进内部市场化管理,提高企业经济运行质量;在深化企业改革上下功夫,逐条逐项细化分解改革任务,并结合实际确定好自选动作,建立改革任务台账清单,明确改革路线图和时间表,奋力把公司各项决策部署转化为企业改革脱困振兴发展的生动实践;在引进外部支持上下功夫,积极主动地与先进的煤化工企业开展交流合作,取得人才、资金、项目等方面的支持,补齐短板,为企业进一步赢得发展空间和利润空间。

赵昕表示,在推动黑龙江全面振兴全方位振兴新的历史时期,每个人都应该做解放思想的践行者,而不是旁观者和评说者。煤气厂干部职工要拿出敢闯、敢试、敢改的勇气和锐气,超越常规、超越前人、超越自我,在新起点上实现新突破,奋力走出高质量发展新路子。

在此期间,煤气厂认真开展解放思想推动高质量发展大讨论,把思想和行动统一到推进高质量发展上来,奋力走出改革脱困、转型发展的新路子。

煤气厂成立解放思想推动高质量发展大讨论领导小组,制定解放思想推动高质量发展大讨论实施方案,召开动员会议,推进大讨论扎实开展,把解放思想落实到行动上,与提高经济效益紧密结合,真正把大讨论成果体现在增加经营收入、加快发展速度、提升发展质量、激发干部职工干事创业活力的生动实践上。他们以思想大解放推动高质量发展为根本目的,通过大讨论激发内生动力,释放发展活力,挖掘巨大潜力,进一步创新发展理念,抢抓发展机遇,转变发展方式,突破发展瓶颈,开辟出一条企业全面振兴发展的新路。

加快发展步伐

七煤公司煤气厂始建于 1978 年,年焦炭生产能力只有 2 万吨。1986 年直属七台河矿务局,1987 年完成了焦炉改造,焦炭生产能力从 2 万吨提高到22.9 万吨。当时的焦化厂虽然有过短暂的辉煌,但是由于生产规模过小、技术设备落后、产品质量差等先天缺陷无法参与市场竞争,更无法经受市场考验。特别是 20 世纪 90 年代煤炭市场低谷时期,煤气厂曾沦为全局最困难企业之一,焦炭严重滞销,年产量下滑到几千吨,拖欠工资达半年多,险些被私企低价收购。

2003 年,以时任厂长安沛伦、党委书记李凤祥为代表的新一届领导班子认识到,焦化行业作为许多私营企业抢滩登陆的热门项目在煤城有巨大的发展空间。煤气厂要想生存和发展必须要发扬老焦化厂的艰苦创业精神,抓住市场回暖的有利时机,一心一意谋发展,凝心聚力促发展,百折不挠求发展。只有发展才能解决企业面临的一切难题,只有发展才是企业的唯一出路,也只有发展才能给职工带来富裕和幸福。

2005 年,煤气厂自筹资金3 582万元,开发延伸煤气工程。建成了 5 万立方米干式煤气储柜一座、铺设煤气管线5 030米、改造完善了 3 万立方米储柜及煤气净化系统。完成了 5 万立方米储柜的收尾工程和储柜置换工作,建设了煤气调度指挥 SCADA 系统。对煤气厂皮带廊、洗煤厂皮带廊、转载点等煤尘超标地段增设防尘系统,建成了煤气厂污水处理车间。

2007年,是煤气厂开拓进取、奋发有为的一年。在厂长安沛伦、党委书记李峰的带领下,加大安全投入,对鼓冷系统和3万立方米储柜管道系统进行改造。在产业结构调整上,引进新的技术,成功研制出了一级焦和铸造焦。在供气管理上,首次取得了对外开发的合法资格,新建煤气调压站5座,兴达煤气安装公司顺利挂牌。

2008年,煤气厂实施了第二次"两建"工程,对2号焦炉进行大修,3月5日破拆,4月13日砌筑,7月6日投产。2号焦炉复建工程历时122天,创造了焦炉建设史上的奇迹。三条皮带改造工程提前4天完成,企业实现了跨越式发展。

2009年,建设了桃溪5万立方米储柜,铺设煤气输送主管线18公里,增设高压站12座。建设成煤气远程监控系统及调度指挥中心,完成了72.8万吨焦炉改扩建项目开工建设。这一年,企业实现了又好又快发展,标准化水平全面提高,企业连登四个新台阶。

2010年,完成欣源小区、马场煤气管线安装工程。6月22日72.8万吨焦炉改扩建项目一期工程砌筑开工,8月31日焦炉一期工程主体工程完工。12月15日焦炉技改项目配套的福利设施职工食堂、职工浴池、综合办公楼如期交付使用。

2011年,煤气厂焦炉一期工程点火烘炉,龙盛达2×15万吨煤焦油深加工项目开始施工,煤气厂72.8万吨1号焦炉出焦,煤气厂72.8万吨焦炉二期工程破土动工,30万吨老焦炉拆除。

2012年,是煤气厂发展史上最为重要的一年。经过近三年的艰苦努力和不懈奋斗,被列入全市重点工程的煤气厂72.8万吨焦炉改扩建工程进入收尾阶段。1号、2号焦炉试产成功,各系统运转正常。龙盛达煤焦油深加工项目得到了公司、龙煤集团和省政府的高度重视,被列入全省重点工程,一期工程完成试运转成功。这两件历史性的大事,标志着煤气厂提出的建设新型煤化工产业园区的梦想正在如期实现,一个代表着全省煤化工产业发展水平的新型现代化企业正展示在世人的面前。

回顾煤气厂几十年发展历程,企业实力剧增。资产总额由2002年的2.17亿元增加到2012年的7.85亿元;社会服务能力水平大幅度提高,煤气用户由3 000户提高到9万户;煤气收费量由70万元上升到1 500万元;焦炭产量由 19 万吨增加到 2012 年的 35 万吨;职工年均收入从 8 041 元,提高到 29 420 元。

人们不禁要问:煤气厂为什么能在这么短的时间内取得巨大的发展?

今朝星光耀眼

煤气厂能够在 10 年之内实现大发展、快发展与历任上级领导的高度重视和亲切关怀是分不开的。

从 2002 年开始,焦炭在经历十几年的长期低迷后迎来了难得的市场机遇,当时大型国营、私营焦化企业纷纷上马,百万吨焦炉项目陆续投产,这给年产仅 20 几万吨的煤气厂带来很大的竞争压力。特别是当时煤气厂技术设备严重落后老化,不能适应生产需要和满足市场需求。公司历任党政领导,对煤气厂的多项技术改造项目给予了高度重视和极大支持,他们多次带领有关部门到厂深入调研、决策项目、检查项目落实情况,解决实际问题,使各项技术改造项目得以顺利实施。

2004 年,时任七煤集团公司董事长、总经理侯仁,副总经理、总会计师张国祥在听取煤气厂建议后,决定实施 3 号焦炉建设和洗煤厂重介改造"两建"工程,7 月份投产,当年收回投资,焦炭产能提高到 30 万吨/年。6 月份又对洗煤车间进行重介改造,精煤回收率达到 45%。

2008 年,果断决策对 2 号焦炉复建和三条皮带廊改造,煤气厂实施第二次两建工程。

2008 年 8 月,时任七煤公司总经理孙成坤等领导在了解到煤气厂 2.8 米炭化室焦炉被列入国家淘汰落后产能名录,必须在 2009 年拆除时,果断决策焦炉改扩建工程立项。项目在年底前获得省工信委批复,2009 年 8 月 14 日一期工程开工建设。该项目被七台河市列为全市重点工程。建设期间,得到黑龙江省国资委、龙煤集团、七台河市几个班子领导的高度重视和大力支持。省长助理、省国资委主任赵杰,七台河市委书记杜吉明,龙煤集团董事长张升、总经理孙永奎等领导亲临工地视察工程进展情况。2011 年 7 月 24 日,七煤公司总经理齐宏伟决定煤气厂焦炉改扩建工程二期工程开工建设。该工程于 2012 年 10 月 18 日成功出焦。

2011 年 4 月初,七煤公司总经理孙成坤决定煤焦油深加工项目立项。4

月 6 日至 13 日,煤气厂在小五家子采空区进行地勘掌握了实际情况。该项目得到省委、省政府、龙煤集团、七台河分子公司领导的高度重视,被列为全省重点工程项目。龙煤集团决定由龙煤集团和七煤集团投资兴建该项目,成立黑龙江龙盛达煤焦油深加工有限责任公司,并于 6 月 27 日举行开工奠基仪式。副省长徐广国,省长助理、省国资委主任赵杰,省工信委主任庞光明,时任七台河市委书记张宪军,市长郭新双,龙煤集团领导张升、孙永奎、刘慧利、姜明、白小平等领导,所属分子公司领导出席奠基仪式。建设期间,七台河分子公司党委书记杨京全、七煤公司总经理齐宏伟等分子公司领导多次视察工程进展情况,现场解决各类问题,使工程项目进展迅速。

涌动创业激情

七煤公司煤气厂的前身是新兴矿五七办焦化厂。当年的建设者凭着"艰苦奋斗创大业、自力更生建厂园"的创业精神,用"三把铁锹"在一片荒原上建起了年产仅两万吨的"红旗三号焦炉",开始了艰难的起步。正是当年老焦化厂人这种不怕困难、自强不息、白手起家的创业精神,影响和感染着历届领导班子和全厂职工,成为全厂历久弥新的宝贵精神财富。

坚守是一种性格,是一种信念,更是一份责任。在企业处于严重困难时期,人们对于当年的煤气公司是否能够生存下去持有很大的怀疑态度,甚至有人提出要将这个生产规模小、技术装备差、社会负担重、获利能力低的小焦化厂转制为民营企业,并有几家民营企业提出低价购买。当时的厂领导班子不服气、不服输。他们顶住了重重压力,克服了重重阻力,保住了国有产权,赢得了发展先机。

不断超越前人,超越自我,才能获得持续发展。老焦化厂在经济转型时期曾经有过辉煌,创出过奇迹,但是煤气厂人从来不躺在过去的功劳簿上回味已逝去的辉煌,满足当前的现状。他们不断学习前人精神,直到今天,当年提出"艰苦奋斗创大业、自力更生建厂园"的创业精神还回响在厂区。他们决不墨守成规,不断地对落后的生产工艺、技术设备、管理方式进行更新换代、推陈出新,今天的煤气厂再也看不出旧时的模样。煤气厂的发展不是无序发展,不是盲目的设摊子、上项目,而是在资源节约和环境友好两大前提下,调整产业结构、延长产业链条、增加企业效益。

目光有多远,企业才能走多远。煤气厂领导班子认识到单一发展焦炭产业,势必使企业的发展道路越走越窄,在市场形势不好的情况下只能陷于严重亏损。厂长安沛伦在一次座谈会上曾给大家算过这样一笔账:一吨煤炼成焦炭,最多可增值1.5倍。而如果深加工一吨从焦炭中提炼的焦化产品,可增值6至7倍。如果能再深加工成精细化工产品,还可以增值数十倍。

以煤气厂当时的加工能力只能生产焦炭、焦油、煤气等几种产品,造成了大量的资源浪费,不但污染环境还影响企业效益。如果把煤气厂的化工产品从原有的4种发展到工业萘、洗油、燃料油、改质沥青等多个品种,煤气厂的产值利润就会出现数倍翻番,环境污染也将下降到更加理想化水平。正是基于这样的思想准备和超前运作,使黑龙江龙盛达煤焦油项目能够在煤气厂落地生根。

奠定发展基础

安全创效、经营创效、管理创效和服务创效是煤气厂发展的四块重要经济基石,也是煤气厂多年苦练的基本功。

没有安全就不会有发展,只有安全,才是企业最大的经济效益。煤气厂党政领导认为:对煤气厂的发展构成威胁的不是市场、不是生产经营,只有安全问题。煤气厂作为安全生产重点单位和一级防火防爆单位,同时负责全市数万家庭的用气安全,重中之重就是保证安全生产,保证市民安全。

不断适应市场变化,培养快速市场反应能力是煤气厂经营创效的重要手段,也是煤气厂持续发展的可靠基石之一。焦炭市场价格每年都会出现不同程度的波动,多年来,煤气厂在原煤采购、焦炭销售方面采取价格低时增加仓储,价格高时增加外运,以此来规避市场风险,争取利益最大化。

焦炭市场的骤然降温使许多企业措手不及,焦炭产品积压严重。煤气厂由生产二级焦改为生产灰分低于13%、反应后强度大于53%的准一级焦炭。当西林钢铁公司的生产线投产之际,煤气厂把"口粮"及时送到西钢,得到了西林钢铁公司高度赞扬,使煤气厂生产的焦炭售价以高于市场百元的价格顺利销售,令许多同行望尘莫及。

加强内部管理,实行严细考核,努力消化各类增支因素是煤气厂实现大发展的成功基石之一,也是实现管理创效的重要手段。近年来在原料煤价格升高、材料费及电价上涨等刚性支出不断增加的情况下,煤气厂不断加大成本控制力度,细化生产过程管理,使可控成本进一步下降。

严格执行预算管理,减少非生产性费用支出。煤气厂每年都制定严格的考核细则,对可控费用指标(办公费、招待费、材料费、电费、水费、煤气等)都按照历史最低指标下达,坚定不移地实行成本否决,对连续3个月完不成成本指标的,除按规定扣发工资外,对基层单位主要负责人调整职务或出示黄牌警告,连续6个月完不成成本指标的单位,对基层单位主要负责人就地免职。实行质量、计量、财务、物资采购集中统管,降低费用支出。坚持多部门参与、货比多家的原则进行市场比价采购,同样产品比质量,同样质量比价格,同样价格比运距。

服务就是市场,服务就是效益。扎扎实实开展星级服务活动,增强了全员服务意识,优化了服务设施,取得了良好的市场信誉,供气市场进一步扩大,燃气收费额度进一步上升。在开展星级服务活动中,煤气厂对所有燃气用户做出了公开承诺,同时根据承诺要求,对稽查员、收费员落实"一岗三责"责任制。既要足额收费,又要检查燃气安全,同时还要对用户进行燃气安全知识宣传。

扬起发展风帆

企业要在行业中争先锋、党组织要在党内争先锋、党员要在岗位上争先锋,这就是煤气厂党委提出的"焦化先锋"党建工作载体。争先创优固然要靠实力,但更要靠信念、靠精神。当年煤气人"三把铁锹"建厂园,自力更生建设了七台河的第一座焦炉,凭的是一种精神。

今天的煤气人正在原有基础上进行大规模的改建扩建,生产建设同时进行,工作量成倍翻番,管理难度成倍加大,但他们继续保持着这股子"元气",以科学发展、持续发展的信念、决心和"放眼腾飞路、投身兴业潮"的豪情壮志,向着煤化工产业园区的目标奋进!

围绕中心,企业要在行业中争先锋。按照这一要求,煤气厂党委在全厂开展了推进企业又好又快发展大讨论,共征集各类论文50多篇。经厂领导班子认真研究后,提出"十二五"期间煤气厂在"煤—焦—化—气—电"这样一条产业链上,建立五大产业板块或产业群,形成"五位一体"的发展新格局。

大力发展焦炭板块,焦炉改扩建工程完成后,进行配套技改,焦炭产量由 30 万吨提高到 72.8 万吨。发展精煤板块,再新建一座 120 万吨煤炭入洗能力的重介洗煤厂,投产后煤气厂原煤入洗能力将提高到 210 万吨。发展城市供气板块,每年新增煤气用户 5 000 户,"十三五"末期煤气用户达到 10 万户。大力发展化工板块,建设 30 万吨的煤焦油深加工项目,这个项目一期工程已经试车成功,2013 年年底前,将全部竣工投产。发展煤气发电板块,煤气厂还计划建设联合循环发电项目,将自产过剩煤气以及周边焦化企业煤气进行综合利用。精煤、焦炭、供气、化工、发电五大产业板块形成后,煤气厂将成为产业链条比较完整、产业结构相对合理、资源得到高效利用、企业实力显著增强的一流煤化工基地,实现煤气厂的强势崛起。

煤气厂研究企业发展,首先考虑到的就是职工利益。职工浴池、职工食堂作为生活福利设施本来可以放在次要位置上考虑,但是煤气厂领导却把这两个工程当作大事来抓,早在 2010 年就提前投入使用。有人问煤气厂的领导对食堂和浴池为什么如此关注?煤气厂的领导说:"我们的职工几十年来使用的就是建厂之初的小食堂、小浴池,吃饭洗澡都要排队,职工洗不好澡、吃不好饭。如果我们研究扩建发展,忘了这件事情,就会伤了职工的心。"

如今,煤气厂职工洗上了舒服的热水澡,厂里每人每餐还补助 5 元钱,用 1 元钱就吃上了 6 元钱的标准班中餐,还有 8 台大客车接送职工上下班。职工再也没有满身的灰尘和油污,没有上下班旅途的奔波劳顿,没有吃不好饭的后顾之忧。

十年铸就辉煌路,跨越发展势如虹。经过沐风栉雨,煤气厂犹如一只经过痛苦挣扎、终于破茧高飞的蝴蝶,带着梦想向着更高、更远、更绚烂的天空飞去,去追寻那更加美好的明天。

追求卓越创业绩

要记住,每天都是一个阶梯,是新的一步,向着既定的目标前进。

——马雅可夫斯基

上篇:放歌煤海

五井是七矿公司新兴矿的龙头大井,也是七煤公司少有的机械化高产井区,这几年来,样样工作都走在前列。

2004 年 5 月,春暖花开,绿树成荫。徐海龙刚刚担任五井井长时就面临着 41052、41053 两个主力场子搬家的局面,巷修量非常大。在这种严峻的形势下,徐海龙硬是带领五井千余名员工实现了原煤生产18.358 8万吨,超产20 488吨;掘进延米达到1 701 米,超掘 146 米,3 个月共实现成本节余13.410 8万元。7月份,五井在面临主力场子搬家的攻坚阶段,保证了工人的开支。

原煤生产创水平

5 月份,五井两个主力场子搬家,巷修量非常大。两个工作面 4 台皮带溜子,几百吨的钢材需要往井下运,形势严峻。

如何解决这些难题? 井口上下齐动员,大家加班加点地干,义务献工献时,千余号人没有一人掉队,5 月份原煤生产达到了66 398吨。7 月 8、9、10日三天,井口对 41051 采煤工作面以及上巷进行集中回撤。井口班子两次例会,各基层段队的领导积极组织安排,共有 190 多人参加了会战。最终按照井口预定的时间完成了工作量。在整体回撤过程中,井口领导分段把关盯在现场,保证了工程的回撤质量。

近一个月以来,41053采煤面跳到63片63层,8月18日才开始正式采煤。在铺设大型场子面的施工中,井长徐海龙每天必到工作面走一遍,检查整体溜子的铺设情况。在场子面安装溜子时,机电井长韩尊社更是盯在井下,一干就是一天一夜。在310机组安装的半个月里,徐井长天天盯在现场,保证了溜子一次性开启测试成功,为日后五井正常生产打下了坚实基础。王长生是41052采煤队队长,他率领全队人员艰苦奋战,月月超产,7月、8月产原煤均超过3万吨,创历史最好水平。王长生曾自豪地说:"咱们五井有这么实干、能力强、有魄力的井长,我们的干劲更足。"

徐海龙的确是一位优秀的井长,2004年5月从八井调到五井任井长,多年的井下工作经历使他学会了统筹方法,工作抓得紧,安排得细致周到,各项工作齐头并进。干工作雷厉风行的他具有丰富的一线领导能力、组织能力、综合能力,刚调到五井时,他几乎连续三个月没有回家,吃住在井口,带领工人们加班加点出煤,目标就是创高产。

由于领导身先士卒,工人们干劲倍增。今年前八个月计划生产原煤36.58万吨,实际生产原煤4 254万吨,同比超产254%;计划掘进3 605米,实际完成4 407米,同比增加5%;计划成本5 746万元,实际成本完成5 422万元,结余324万元,吨煤成本计划137元,实际完成1 293元。

经营管理创水平

五井把总的成本指标层层分解到段队,然后对段队进行监控,节余了给予奖励,超支了给予处罚。针对批给段队的材料是否用在生产上的问题,实行了材料跟踪管理,并请成本员进行把关,亲自签票子审批。

五井井长徐海龙说:"今天这个段队要用铁线,那个段队要用机轴,必须先找成本员签票子,签好的票子拿到我这里进行审批,如果确实需要就批给他,等他领完料回去之后,井口要专门派人跟踪检查,看看他这个材料究竟用没用在生产上。同时,对损坏的材料成立了修旧利废小组下去查,看看还有没有可以修复再用的可能。这3个月,我们光捡废铁收回的废钢管就有100多根,收回的铁道近50吨,收回的管材100余根。"

通过实行新的材料管理办法,实现了材料不超支、月月有节余,提高了全井的生产效益。这3个月,在两个主力场子搬家跳面、过石崖材料花费20余万元的情况下,五井5、6、7月份共实现成本节余13.410 8万元。

环境建设创水平

新兴矿五井文明卫生好,水沟达到标准化水平,各种管线吊挂整齐。10501、10503掘进工作面,41051采煤工作面质量标准化建设站在了公司排头。"从地面的环境建设这一块上,井口办公大院里修整了库房。在对五井办公大院进行彻底整修之前的场景是,'外面下大雨,屋里下小雨'。现在,这一切都一去不复返了!"徐井长不无感慨地说。所有的这一切都是机关干部职工们义务献工献时做到的,他们还修建了五井新的职工更衣室,同时粉刷了办公室,使地面达到了文明卫生标准化,改善了工人作业环境。目前,五井各场子面已经全部投产,新的工作局面已经打开,等待他们的是在那千尺井下激情燃烧的峥嵘岁月。

中篇:永创佳绩

新兴矿五井的质量标准化建设是集团公司的标杆、榜样。1月份集团公司的现场会召开后,前来参观学习的人不断,而在鲜花、荣誉、赞扬声簇拥中的新兴矿并没有停止前进的脚步,又打响了新一轮的质量标准化升级会战,五井率先起到了榜样的作用。

实打实地干

思想实、作风实是新兴矿五井多年培育形成的矿风。徐海龙到任后又将其发扬光大。2月7日,几十名矿、井区、段队、班组长们走了41052、41051采掘工作面,整齐干净的工作场所,柱子横成排、竖成行,光爆眼痕齐、造型好,电缆风水管路吊挂一条线,工人们精神饱满,穿着整齐,语言文明有礼貌。这一切都是那么朴实无华、实实在在,没有扎实的功底,没有刻苦的追求,没有不懈的努力,是不会让所有参观的"自家人"佩服、振奋的。

"在质量标准化建设中,我们好比是一名学生。"矿长冯立彦时常劝诫自己。"集团公司在新兴矿召开现场会,只表明我们取得了初步的成绩,这只能是小学才毕业,登上全国标准才算上了大学。"提起全国质量标准化现场会,冯矿长信心十足,豪情满怀。"既然上级领导给了这么一个上大学的时机,我们就一定把握机会,乘势而上,使质量标准化建设再登一个新台阶。"

实干才能出真成绩。新兴矿五井在达标会战中,累计出勤4 000多人次,献工1 700多小时,清扫巷道8 000多米,维修巷道2 000多米,刷油漆1 500余米,架线1 300米……

面对面地抓

在新兴矿五井听到这样一件事：五井一个掘进队队长，各项工作成绩都不错，可就是质量标准化建设上不来，矿里决定撤换了这位队长，不到一个月，这个队标准化马上迎头赶上，在全矿评比中名列前茅。

井长徐海龙常说，抓质量标准化建设就是不能手软。要让干部员工清楚，有了标准化才能确保安全，保安全才能创高产，高产才有效益，有效益才能保稳定。所以浇树要浇根、抓安全生产就要抓好质量标准化建设。高标准、严要求，才能出精品。

由于地质条件差，标准化建设难度大，他们扬长避短，电缆，风水管路吊挂一条线，以局部推全面。41052采煤队电缆、风水管线、水沟、巷道文明生产、石头码放都达到了矿一流水平，他们自我加压，提高标准，场子面每打一根柱子都用线量，用尺卡，横平竖直。10501掘进队不论是全岩还是半煤岩，施工质量始终如一不变，光爆眼痕率高，造型好，临时轨道露出地面，锚杆打得坚固美观。10503掘进队在施工全岩大断面，是个啃硬骨头的段队，巷道距离长，他们不只光爆好，而且文明生产突出，3 000米的巷道牌板、标语醒目，工具点工具摆放整齐，风筒直，地面干净无污水。

硬碰硬地管

"安全为天，质量标准化就是擎天的柱。"井长徐海龙明确要求，抓安全、上标准就要硬碰硬，谁抓谁管都不过分。

在矿五井的组织宣传下，以质量标准化保安全已深入人心，质量标准化建设是高于一切、重于一切、压倒一切的重中之重。年初，五井以"一通三防"为重点，确定了"先抽后采、监测监控、以风定产"的十二字方针，严格落实矿、井、段三级干部"一通三防"责任制，重点看住三件事：通风系统不乱、局扇不停、瓦检员不脱岗。

为激励班组长、瓦检员抓安全的积极性，加大现场管理力度，严格标准，对敢于负责、做出重大贡献的给予奖励，并提拔到领导岗位。现在，井区级领导深入一线指挥生产，夜间值班抓安全已蔚然成风。"安康杯"竞赛活动，"明星矿"创建活动，"评最佳、抓最差"活动轰轰烈烈地开展了起来，全井迅速掀起"质量达标出精品、安全创水平"的高潮，多出精品，争创一流。

对此，徐海龙井长充满信心。在五井当了十多年的一位段长被撤职了，这件事在五井的职工中引起了不小的反响，机电维修工潘海龙感慨地说：

"在我们五井，谁不干标准活儿也不行，别说是段长被撤职，就连副井长也跟着挨罚了。"

五井有1 000多名职工，为实现安全生产最佳年，这个井口开展了质量标准化升级竞赛活动。270 米皮带尾煤仓是41051、41052、41053 采煤工作面的储煤仓，因岩石破碎造成冒顶影响了41051、41052、41053 采煤工作的正常生产。

一位段长负责抢修，由于顶板冒落较高、维修难度大，他带领职工干了两天两宿才把顶板冒落维护住，但是，进长徐海龙在验收时发现支护标准没达到井口制定的质量标准要求，后经五井班子研究决定，对这位段长进行撤职处理。井长徐海龙说："抓质量标准化来不得半点含糊，差一点都会酿成重大事故，无论是谁都得干标准活。"

"抠门"井长

"人常说吃不穷，穿不穷，算计不到就受穷。居家过日子是这样，对于一个年产65 万吨原煤的井口来说，哪件事算计不周到全井1 000多名职工利益就会受到损失。"新兴煤矿五井井长徐海龙说。

徐海龙抓管理是出了名的"抠"。一次他去41053 采煤工作面时，发现上巷轨道工拆铁轨时，旧道钉和旧螺丝都扔在巷道里，徐海龙捡回一帽子旧道钉。在生产调度会上，徐井长说："现在材料费这么紧张，材料费超了就扣工资，这些旧道钉和螺丝经过加工后都能再利用，扔了就是浪费。"

五井大小段队 17 个，每天都有万元的材料流动。徐海龙在材料的管理中制定了严格制度，各段领材料时，段长开票，井长审批，凭票到保管员那里领材料。段长领料后，井口技术员跟踪验收。一次一采煤段往井下运送水泥时，到工作面验收少了两袋，徐井长让段长追查并对段长罚款。徐井长说："全井1 000多名职工，井口的材料都想往家拿，全井职工靠啥开支吃饭？"徐海龙"抠"，是因为心里装着大家，他深知勤俭才是持家之道。

下篇：煤海先锋

七煤集团公司新兴矿五井井区前的车棚里又添新"丁"，一辆崭新的摩托车"入住"在近百辆摩托车和众多自行车中，显得格外神气。在井区干了26 年后勤服务工作的陈书信感慨万千，矿工买摩托、购手机已不是什么新鲜事儿了,矿工找媳妇都早已不是老大难问题,五井发展了,机械化、现代化的生产生活环境让工人尝到了甜头。

生产机械化。新兴矿五井把安全作为日常工作的头等大事来抓,作为矿里的主力井区,五井为了改善矿井的安全生产系统,创造更好的安全生产环境,积极对机械化设备进行改造。

五井41053采煤队自使用铲挡板后,让工人着实尝到了甜头,原来一个小班干一刀煤,现在能干一刀半;同一层煤月产原来1万吨左右,现在月产接近1.6万吨。与此同时,不但减少了工人在危险地带的作业时间,而且省力又安全。目前,41503采煤队正在组织安装上铲挡板,一名工人高兴地说:"真希望早日安装,那样就再也不像以前那样用锹撮煤了。"

五井三个采煤队使用的机组已从过去的80型、100型、150型发展到现在的两台310型机组和一台200型机组。机组更新换代后,采煤队由过去的割一刀层到现在的割两刀层,工人撮煤不再跟着机组跑,并促进了安全生产。

生活现代化。去年春天,41503采煤队老工人李培真花了20 000多元在新兴矿家属科买了一户平房,结束了多年租房的历史。不到两个月,老李又花了近2 000元买了一部手机,"我也赶赶时髦,现代一把。"每个月工资能开2 000多元的老李工作时越来越有劲儿。

过去,五井环境脏、乱、差,近两年来,井区投入大量资金改善生产生活环境,修建了美观实用的停车房,里面停放着近百辆摩托车。

两个月前,41502采煤队工人陈占奎花5 000多元买了一辆摩托车,骑上摩托车的陈占奎显得十分神气,他乐呵呵地说:"如今当矿工也挺牛,咱这摩托车是名牌,速度快,想去哪里都方便。"现代化的生活节奏让矿工们感到荣耀和乐观。

培训正规化。"我们五井共有9个瓦斯重点面,管好瓦斯是安全生产的重要保证。"据五井党总支书记刘辉介绍,目前井区在每天的班前培训中,重点结合"总经理令"逐条落实,责任到人,让工人真正做到入脑入心,人人皆知。

五井为了不断培育一支素质高、业务精的员工队伍,打造学习型井区,每个月都让职工到矿职工学校培训,井区还把矿职工学校的专职教师请到班前对职工进行培训教育。井区技术室组织技术员每天班前为矿工出一道题,并为每名工人准备了笔记本,要求职工认真记录,熟练掌握。他们还经常更换文明用语及安全知识条幅、牌板,以此来引导职工文明生产,遵章守纪。

在五井干了22年的老调度范久富感慨地说:"职工对一般的题早已熟记在心,正规化的培训让员工的安全意识越来越高,违章作业、破坏设施的现象越来越少。"

这里发生着什么?"矿长嘴起泡了,都好几天了。"8月31日,新兴矿一位井长这样感慨地说。是的,进入2006年,新兴矿就被困难包围了。

相当于这个矿"半拉家"的五井,2005年原煤产量创下67万吨的历史最高纪录,然而今年,这个井的产量却没有一路领先。为什么?它的主力采煤队41503开采的是原本放弃了十多年的68号层,生产条件十分艰苦,用工人的话说是:"硬着头皮采。"而这个井的其他队也遇到了上山多、错层多、跳面频繁、生产准备工作量大等困难。地质条件不如人意,瓦斯也来"捣蛋",全矿12个瓦斯重点面,五井就占了9个,瓦斯对生产的制约是严重的。

五井所"遭遇"的,其他井也都不可避免地"经历"着,新兴矿面临"生存压力"。

在与大自然的比拼中,新兴人虽然感到势单力薄,但是并没有灰心和泄气,反而越挫越勇,不但没有出现黄掌子、黄段队现象,而且干劲不减,接续、进道与安全并重,经过1至8月份的努力,也迎来了形势的日渐好转。困难再大,精神不倒。

那他们的精神支柱是什么?是责任意识和不屈不挠的拼搏精神。新兴人说:没有任何借口,必须完成公司下达的183万吨生产计划,而且到年底还要力争实现185万吨的奋斗目标。

矿长冯立彦、党委书记刘发旺急得天天下井,最多时要爬两个采煤面、三个掘进面。矿领导在用行动告诉大伙:"看我们怎么干,你们就怎么干。"为了尽快扭转生产被动局面,他们坚持一替一宿值班,最多的一个月,下井达40次。

进入8月份,五井遇到了前所未有的困难,井长徐海龙半个月盯在工作面,直到困难平稳度过去了,才放心地回了趟家。采煤队41503工作面出了一个大石牙,工作面上天天得打石牙、设风钻才能保证机组正常工作,主抓生产和机电的副井长在井下一蹲就是几个班。

井区书记组织机关人员给他们送饭,尽管都是从一线出来的。徐海龙还是被同事们务实的工作作风感动了:"还有一线班段长,他们是实实在在在井下干满8小时才上来,全身上下除了牙没有一处是白的,这是真的,如果没有干部带头,我想不会有这么大的干劲和精神头。"

有一次,41503工作面机组发生故障,工人们连续两天两夜在井下抢修设备,最终以最短的影响时间使机组恢复了正常。眼下,徐海龙说重点工作是:一根据形势需要,抓好煤质管理,提高煤炭质量。二抓好安全,严肃带班制,确保班班有领导指挥生产。三在生产上,对接续重点面给政策,扶持一批高产高效队,加快高产高效区队建设。另外在安全文化建设和稳定一线队伍等方面也都制定了明确清晰的规划和目标。

实干兴邦。

新兴五井没有豪言壮语,只有实实在在的努力,他们相信,只要精神不垮,只要真抓实干,全矿抱成一个团儿,年初制定的奋斗目标一定会实现!

徐海龙是五井的井长,他每天都是早早来到单位,第一个下井,最后一个升井,天天盯在采煤工作面。他被队里的工人们称为采煤工作面上的"打更"人。

"工作面就是我的工作地点,每天第一个下井是我多年来养成的习惯,工作面生产情况,每个循环下来条件都不同,为了做到心中有数,我每天都要在工作面上走几个来回。"他说。

有一次,采煤场子生产条件发生恶劣变化,徐海龙孩子都上学去了,妻子感冒发烧高达39.4℃,他心里焦急万分,可是单位又脱不开身。无奈他轻手轻脚地拿了几片去痛片,放在妻子枕头旁,带着几分愧疚道:"井下生产条件发生了变化,这个时候我不能陪你去看病,你先吃点儿药,我把炉子给你烧热乎乎的,多盖些被子发汗。先顶一阵子,等我忙过后再陪你去看病。"他说完就走出了家门,奔矿上走去。

"这个时候咱不能休息,矿工都是咱的'黑'哥们,安全是所有工作的基础,如果基础不牢,那就会出问题,不仅个人遭罪,企业也跟着受损失,幸福的家庭生活就会受到影响。为了弟兄们都平平安安,我们不仅在大班前上讲,就是到了工作面,临干活的时候也要开个小班会,把整个工作面的情况告诉大家,告诉他们该怎么干,该注意什么。"

2005年6月,41503采煤队工作面顶底板水非常大,徐海龙和工人们一起趴在水窝里一干就是 100 多个日日夜夜。关节炎病犯了，他咬着牙挺着，多年的胃病困扰着他，痛的时候他就躬起身用拳头挤压，暂时缓解痛感，而后又趴在水窝里和工人们一起干了起来。就这样，在艰苦的日子里，五井的产量没有降，质量也没有降。

"质量是安全的保证，下井在每班生产结束后，我都要对浮煤、溜子、顶子、上下出口、煤壁进行严格验收，一切合格后，整个小班生产算是画上了圆满的句号。"

年复一年，日复一日，转瞬间，徐海龙在煤矿工作 20 多年了，他把青春献给了他热爱的矿山。

太阳下山了，月亮爬到了半空。徐海龙就是这样任劳任怨地呵护着井下的安全生产，他不愧为采煤工作面上的"打更"人，处处体现着领导者的风采，被矿工誉为"咱们的带头人"。

徐海龙在煤矿干了 20 多年，煤矿成了他的"情人"，用他的话说，工友在一起一说一闹，有烦事也忘了。

作为带头人，徐海龙每天下井都是先让工人在上巷等着，自己第一个爬工作面查看情况，然后根据工作面情况安排工作。无特殊情况大班 11 点开机器，开机前，抱顶帽、延溜子，为生产做准备，当准备工作安然无恙后，大家可以坐在一块唠会儿嗑。

徐海龙说他所带的这个井，已经连续多年杜绝轻伤以上事故。各队窍门就是回收时他总是要求必须敲帮问顶，看看有没有鸡窝石、抽条石，顶板有没有脱落，并不怕费事及时打临时支柱，如果归结为一句话那就是按规程来，才能降低危险系数。

繁重的井下劳动练就了徐海龙一副好身板，他离不开矿井，把自己的一生交给了矿区，为了五井他奉献了青春和汗水。

由于出色的工作，辉煌的业绩，徐海龙被提拔为七矿公司主管后勤的"总理"。前几天，徐海龙被委以重任，提拔到新立矿任矿长，他会一心向党守初心，一心干事担使命，为煤矿谋发展，为矿工谋福祉。他说自己就是加倍努力工作，干了几十年煤矿工作，回报领导们的信任和鼓励，干出业绩是必须的。

青春的旋律

当年26岁的祝天磊就任市邮电局移动分局技术主管,水平之高人们似乎有些难以相信,但这是事实,人们开始对他刮目相看。

可以毫不夸张地说,在移动分局的技术王国里,祝天磊可以称得上是如鱼得水。由于他刻苦钻研,勇于奉献,参加工作四年来连续四年被评为市局劳动模范、劳模标兵。

一

他领导的各项通信建设工程被省邮电管理局评为优质工程,他负责维护的移动设备接通率达到99.5%,达到全省设备接通率的最高标准。1996年由他主持开发的利用移动交换机解决七台河—北兴寻呼信号传输技术,开创了全省移动技术的先例,并上报为省局新成果项目。仅此项就为局里节约资金20万元。

祝天磊提出北兴农场到市局解决寻呼信号传输技术,利用模拟交换机解决这一难题。当时,北兴农场用户买BP机的很多,有时能收到信号有时收不到信号,收到率在15%~20%之间,有时乱码、混码,看不清信息内容,用户反响特别大。

传输问题属于寻呼模拟信号,但从市邮电局寻呼交换机房到北兴没有模拟电路,全部是光缆,模拟信号无法加到光缆上去。

这是一个难点,可以在市局这端加一套PCM设备,然后在北兴农场机站加一套相应设备,投资费用需20万元,投资大,而且目前只能用于寻呼信号,利用率低,市邮电局不想投入这部分设备,以免造成浪费,但还得解决眼前这个问题。

祝天磊思考：交换机本身有一种信号连接这个功能，可以利用这个软件功能和北兴农场现有移动模拟基站的 PCM 设备，在市局将寻呼信号加到北兴基站的光缆上，到末端 PCM 设备再提取出来。

他提出的想法后进行试验，竟然成功了，而且准确率高，达到指数要求。从外表看来，人们都说他是一个很普通的人，然而就是这样的普通人，却在自己的岗位上做出了不平凡的事迹，解决了这一不小的难题，开了一条先河。

二

1993 年 7 月，毕业于省电子工业学校的祝天磊被分配到七台河市邮电局，此时移动通信建设工程正在紧张施工。在工作中，他深深地感到自己在学校中所学知识的贫乏。

为了使业务水平得到迅速提高，他开始利用业余时间进行学习，不断地充实自己。上班时，他虚心地向技术人员请教，有些工作总是主动地抢着干。下班以后，别人都去吃饭了，可他还要在机房里琢磨一阵子。有时为了弄清某一个数据，他常常查阅大量的资料，在书中一泡就是大半天，忘记了饥渴，忘记了困倦。

在基站天馈线安装时，考虑到安全因素，新分来的人员均不参加高空作业，但是为了能更全面地掌握移动基站天线安装技术，他和老技术员一样，登到 60 多米高的铁塔上进行安装。起初几天，每次从铁塔上下来，他都感到阵阵地眩晕，好半天才恢复过来。

祝天磊心里清楚，自己刚参加邮电工作，自己还是一名学生，必须向老同志、有一技之长的人学习，虚心向他们请教；必须沉下心来，兢兢业业地干好自己的那摊工作，脚踏实地地一步一个脚印地钻研技术难题，让领导放心，让同事信任。

1993 年 11 月，市邮电局移动通信正式开通，由于他在技术方面的刻苦钻研，局里分配他到移动天线班从事设备维护工作。当时的地面设备正处在试运行阶段，运行状态极不稳定，经常出现故障。

北方的冬天，天黑得特别早，雪越下越大，风也刮得更猛了。一到局里，他立即着手查找障碍,查阅资料,分析设备运行原理,判断障碍发生原因,一遍一遍地测试,反复地更换电路板。此刻,在他的心中只有一个念头,尽快排除障碍,饥饿在繁忙中被忘却,不觉间已至深夜。

经过反复的测试调换,障碍终于排除了,他才深深地松了口气。这时已是深夜两点,他只好在机房里凑合了一宿,第二天早上又继续投入到工作中。像这样经常的加班加点在他看来已是很平常的事,有时甚至要在机房连续工作几天几夜。长时间地与设备打交道,祝天磊在工作中进一步地掌握了设备运行规律,获得了第一手资料,提高了技术水平。他的工作成绩得到了局里上下的一致肯定,1994年7月祝天磊接任了移动班长职务,这既是对他的信赖,又是对他的鞭策,他感到担子重了,责任大了。

1994年7月底,他出国去了爱尔兰,这是他平生第一次出国,当时的感受特别多。全省为了提高移动电话整体水平,在全省范围内选拔技术骨干,到爱尔兰进行培训。也就是在那次培训班上,他第一次看到了大海,而且是异国他乡的大海,应该说大海的胸怀确实宽广博大,自己的一切已经被大海所征服。他心里只有一个念头,一定把过硬的技术带回祖国,来报效自己所钟爱的事业。

1994年10月,为了实现全省移动通信网的自动漫游,祝天磊带领他的同事们,克服了技术上的种种困难与经验的不足,自行完成了交换机的硬件安装与软件调测工作,在省局规定的期限内胜利地完成了全省联网工程。全省联网刚刚结束,12月底,市局基站的通话质量严重下降,祝天磊带领技术人员经多方面分析查找,排除了其他可能因素,最后怀疑为天线进水。

为了证实这种怀疑,寒冬腊月,他冒着刺骨的寒风爬到60多米高的铁塔上检查天线,问题终于找到了,原来秋天天线进水,入冬后结了冰,导致反射功率增大,影响了通信质量。事实证明了他的判断是正确的,祝天磊和他的同事们为此激动不已。

为了尽快恢复通信的最佳状态,祝天磊又一次与同事顶着刺骨的寒风爬上塔顶更换天线。高高的铁塔在肆虐的寒风中,像一只等待宰杀的羔羊,不住地颤抖,人在上面待上一会儿都会眼晕,何况还要在上面干活。零下20多摄氏度的天气,冻得手都握不住钳子,只好伸到怀里暖和一下再接着干。就这样,祝天磊在铁塔上连续工作了五个多小时。等到下塔时,手脚几乎都冻僵了。由于在低温环境中停留时间过长,他身上携带的手机、BP机都被冻得失灵了。

祝天磊负责维护的中山寻呼系统，网络可靠性低、故障率高。为解决这一问题，局里决定引进新加坡设备。祝天磊带领技术人员又担负起无线寻呼系统的安装工程，并出色地配合厂家技术人员完成了调测工作，使127自动寻呼系统按时投入运行。

114查号台由于设备老化经常出问题，其实应该更换设备了，如果并入牡丹江114网投资又属浪费。针对这一设备，祝天磊想了许多办法，对终端座席进行硬件改造、软件升级，现在已经极少出现故障，没投入大量资金就解决了这个难题。

126人工台原是老大难，音质差，应答时间长，经常打不通，用户意见很大。祝天磊经过反复的测试论证，提出改进措施——更换排队器，以配合全省统一更换的126人工寻呼系统。这一建议得到局领导的大力支持，采用了深圳宇龙公司的排队器，为16台服务质量的提高提供了设备和技术上的硬性保证。

三

随着全市手机用户的不断增加，信道拥塞日益严重，同时覆盖问题越来越突出，系统扩容迫在眉睫。1995年年初，市局制订了工程计划，对桃南基站进行扩容40个信道，新建新兴基站一个。

当时全国移动通信发展势头强劲，各地均在大规模地进行扩容，杭州交换机厂工程师一时短缺，为了加快工程进度，缓解信道繁忙状况，祝天磊主动请缨，要求由我方自行完成交换机的调测工作。在调测期间，他发现摩托罗拉公司电传过来的数据与实际调测工作存在很大差异。在与对方电话交涉时，没想到对方反而怀疑我方测试有误。

他查阅了大量资料，对数据反复地进行修改、试验，在机房里奋战了19天，独立完成了交换机数据的修改和调测工作。当祝天磊再次将修改后的数据传给摩托罗拉公司时，在事实面前，对方不得不承认自己的数据有误，同时被七台河市人民执着的敬业精神深深打动。

1995年端午节这天，大雨如注，市邮电局六楼移动基站、省微波机房、寻呼设备出现故障。祝天磊从五楼移动机房监控终端发现报警，由于当时漏水严重，如果不及时发现整个机站将瘫痪，全市的手机、寻呼都不能正常使用。别人都回去过节了,可是他又投入了紧张的维修工作之中。

移动分局局长曾说:"小祝这人实在,干工作有种拼劲、能干,工作有样子。"别说在市邮电局,就是省邮电局那里,他也是小有名气。

面对信息高速发展的时代狂潮,移动通信的发展前景看好。1996年,市邮电局移动通信二期扩容10个信道,同时新建勃利西山基站一个。而在这个时候,摩托罗拉公司的主要力量已转移到更新型的移动通信技术——CDMA和大交换机方面,对于像七台河市这样规模的小型交换机已不再投入更多的人力和物力,所以寄来的数据又存在很多问题。

此时已是移动分局技术主管的祝天磊,凭着维护经验积累和工程方面的锻炼,克服了种种困难,再一次独立完成了移动交换机的硬件安装和软件调试工作。

四

移动通信的发展是迅猛的,短短的两年,已实现了从模拟化过渡到数字化。1996年5月,祝天磊带领技术人员进行了数字移动通信设备的安装工程,并配合厂家技术人员完成了调测工作,使市邮电局顺利开通了桃南和新兴两个数字通信基站。

为了解决信号覆盖和容量问题,1997年8月份市邮电局对模拟和数字两套移动通信系统同时进行扩容,并相继在茄子河、马场、北兴新建三个模拟基站,在茄子河、马场、北兴、邮电新村、富铁新建五个数字基站。此次扩容的基站大部分都在郊区或边远乡镇,施工环境恶劣。

尤其是北兴基站的施工更为艰苦,作为工程技术上的业务主力,祝天磊吃住在工程现场,与同事们克服了生活上的各种困难,突破了技术上的种种难关,连续奋战了16天,终于建成了北兴模拟和数字两套基站。

1996年10月24日,就在祝天磊没日没夜地忙碌于工程施工时,他的妻子即将临产住进了医院,而此他却在茄子河的60多米高的铁塔上对河北塔厂的工程质量进行验收。他每一个螺丝、每一根角铁都要检查到,在塔上一待就是一天。

等到他急匆匆地赶到医院时,儿子已经出生了,面对虚弱的妻子,他无言以对,一种深深的歉疚之情涌上心头……

应该承认,祝天磊的手机、BP 机使用率是最高的,一天至少得用 30～40 次。他妻子曾经跟他开玩笑地问:"你有两件宝贝是什么?"一向认真勤于思考的小祝一项也没有答对,小祝是想,自己总把时间投入工作之中,那么妻子让回答的两件宝贝就一定是妻子、儿子之类的了。

没想到引起妻子淡淡一笑,最后他才知道这两件宝贝是工作用的手机和 BP 机。祝天磊冷静地思谋着:妻子说得很对,是自己对不过妻子、儿子,为了工作,有时是需要在事业和家庭上取舍的,目前就光奉献吧,别索取了。

在这段时间里,他是经常为了工作而忘记了自己心爱的妻子。一天夜里,114 设备出现故障,当时邮电这个服务窗口正推出邮电服务承诺制,设备出现故障,无法查到用户号码,岂不影响邮电信誉? 祝天磊心里慌张地翻过大门跳到邮电局院里,赶紧处理障碍。40 分钟后设备恢复正常,他手被划破了,衣服被剐坏,这时才知道。

1997 年 2 月 6 日是大年三十,由于用户量猛增,系统超负荷运转,造成线路拥塞,早上八点半出现障碍。祝天磊顾不上与家人团聚,一大早就赶到局里,与机务员一起研究解决办法。

更换备板,查看数据,从寻呼系统到发射机,一步一步地分析,一遍一遍地测试,顾不上吃午饭,更顾不上吃晚饭,直到晚上七点障碍排除,他才松了口气。此时已是华灯初放,万家灯火,充满喜气的人们大都团聚在家中,欣赏着精彩的电视节目,共享着天伦之乐,而他却匆匆地走在回家的路途上。

对于祝天磊来说,上班是没有干与不干之分,没有白天和黑夜之分,什么时候有事什么时候就得到场。平时赶上有工程时,更是没有日夜之分了,什么时候完工才算轻松地喘上一口气。遇到设备障碍就得立即赶到现场,用技术手段解除阻碍工作运行的羁绊。

青春是绚丽而美好的,许多人身在其中,却不识其味,在争名逐利或庸庸碌碌中消磨着如金似玉的大好年华。而祝天磊则用坚定的理想和信念浇铸着生命中最夺目的辉煌。

21 世纪不应属于某一个民族,它属于每个民族、每个人,更属于像祝天磊这样的人,凭着自己特有的青春旋律,去奏响时代的最强音。一个作家曾说:"人不一定能使自己伟大,但一定可以使自己崇高。"对于祝天磊,在平凡的岗位和生活中,已经走上了力所能及的人格高度,这是一种崇高。

闪亮的红烛

用真诚的爱去宽容、理解、尊重、信任、关怀每一个学生,这是他终生的追求。

——题记

春种秋收,桃李满园,这是园丁播种后的快乐。播种是我们的天职,尽管收获还很遥远,但希望的种子已扎根在播种的汗水里。

其实,播种已经是一种收获,播种希望,收获的是幸福和快乐,这快乐在岁月与朝阳升起的时刻,在春草萌发与硕果飘香的季节。

只有对生命的热爱,才能钟情于播种。用汗水,用心血,用青春,用激情去播种,生命在落英缤纷的田野里散发着芳香,在桃李园中缀满硕果。播种孩子们的希望就是最高的颂歌,不信你听,那千年的种子仍在地下欢歌。

那是 1998 年 10 月的深秋时节,天气有些凉意,可我们的心很暖。山城牡丹江市林口县林口镇以一种温暖的色调接纳了我们。到了这个县城后便急匆匆来到五中,这是一所完全初级中学,1987 年建校,绿树掩映下的教学楼是 1988 年建成的,据说是当时全县唯一一所教学楼。

交谈过程中,笔者感到这里果然不错。我们颇为感慨地认为:全省的初级中学乃至高级中学,都能够达到林口县五中的程度就很了不起,可以用这里的一切作为一个尺度去衡量其他学校的长短。可以毫不夸张地说,这所学校无论从哪些方面真的令你看不出一点点毛病来,很多方面都有创新之处,简直可以和省城的几所重点中学相媲美了。

一句话:不虚此行,大开眼界,受益匪浅。小小山城林口县还有这番美好的人文风景。那么不虚此行的背后是怎样的场景呢?

一

林口县五中是一所年轻的学校,学校就坐落在城南一隅公路一侧。

1996 年 4 月初春,山城树叶还不是吐绿时节,李彦由县重点中学四中调到五中,多年在教学一线的摸爬滚打,练就了他一身好本领。县里出于多方考虑,才决定将他调到这里来的,身为校长的他不得不离开自己辛勤耕耘多年的课堂,颇有农民离不开生养自己的那片沃野土地一样,心里也有点酸溜溜的。

李彦整天和学生在一起摸爬滚打习惯了,一辈子都不想离开他们,每教完一个毕业班送走一批学生,都要有几天睡不好觉,每每有出息的学生拜访又使自己平添了快乐。他就这么默默地工作着,哪想到,领导让他挑五中那个大梁。

李彦校长感到自己所肩负的担子有重量,上几任领导工作干得都很出色,起点也很高,学校还是正在发展中的学校,不能满足于现状。学校的领导应是专家型的,达到专家型管理;老师应是学者型的,创特色学校;学校应是全面加特色学校,学生应是合格加特色学生。

基调定好后,他便带领全体师生朝着这个方向努力起来。

抓教学质量,要突出素质教育;

抓各项教育教学管理,还要有张有弛;

抓科研教学,还要注重特色教育。

李彦作风严谨工作踏实,群众心中有数。李彦这人是个实干家,他能够一步一个脚印地干着工作。行! 干事业就得他这样的人。

李彦用他的智慧和豪情播种着孩子们的希望。

《礼记》中写道:"师也者,教之以事而喻诸德也!"英国哲学家洛克也说过"一个人的各种品行之中,德行是第一位的。"李彦深知培养学生德育的重要性。

二

播种的豪情在年轻校长和教育工作者身上张扬,透着旭日的翅膀,踏着

走向 新时代
ZOUXIANGXINSHIDAI

晶莹的露珠,满怀绿叶的希冀,去打开幼小蓓蕾的芬芳。

说一千道一万学校必须出成绩,在老百姓心里,你学校搞出花来也不中用,必须把那个硬性指标升学率搞上去。小县城的人们更是知晓升学率上不去有什么借口也无用,考学位次上不去,老百姓就会骂娘,那个舆论谁也受不了。说穿了,用不上一年半载,学校的校长就得挪挪位置。

李彦深深懂得教育好比种地,从春种到夏锄,直到秋收,不是一朝一夕的事,学生成绩的收获更是如此,那就得从学生基础抓起。他开始向科学管理要质量,让全部学生学有所得,大部分学生学有所长,一部分学生学有所精。

对于老师来说,把质量都提到每一节课的程度上,仅仅局限于教好还不行,也有责任到位方面,一样的条件下,人家把学生成绩提高上去了,你怎么就上不去? 都是 30 多岁的教员一比就不好办了,况且学校对每名老师都不薄,校长等校领导们又关心他们体贴他们帮助解决后顾之忧。

土地是广阔的,表演有舞台。制定科研项目,出一节教研课,交一篇科研论文,搞各种竞赛、各科优秀评比等,让老师们甩开膀子干。

老师们也真没有白辛苦,学生们也真争气,学校连续三年获得全县中考第一名。

1997 年考入重点高中 89 人,占全县录取数的 1/3,报考中专的考生 82 人,被录取 80 人,还有 6 人考入中师。

全县城乡 25 所中学,年年五中都考第一是否容易? 我们不妨设想一下。

也只有李彦校长和他带领的教职工们,才最知道个中的滋味。

卓越,是一种心态;卓越,是一种境界;卓越,是一种素质;卓越,是一种精神;卓越是以智慧和胆识行走于天下,用拼搏的汗水焕发生命伟岸的风采,折射生命之光的璀璨。

三

一天,李彦正坐在办公室里办公,崔雷同学的母亲找到了他,诉说了自己的苦衷。其实,李校长早就了解有关情况,这也正合自己的心意。

崔雷是五中的一名普通毕业生,1997 年考入牡丹江师范学校,失去了父亲,母亲又没有工作,生活相当困难。母亲靠在小县城里打工挣钱来维持家里的生活,还要供他们哥俩上学,干一个月下来去掉房租费吃的用的必备品外所剩无几。在亲属那里借的也花光了,已经实在无能力供他们上学了。

李彦的心有些难受,心想:崔雷是五中毕业生,考入上级学校为五中争了光,他求学有难我们有义务帮助他完成学业。于是,在李彦的倡导下,学校由团委发出倡议:少吃一根冰棍,少坐一次出租车,把节省出的钱捐出来。

开始这件事在学校轰动很大,后来又在社会上产生很大影响,县城里反响很大,一股帮贫助困奋发学习的热潮震动了小小山城,电视台跟踪报道,县委副书记杜乃新进行了电视讲话。

献上了一份爱心,温暖了学校大家庭里的每一位成员。也就是从这一次起,李彦校长庄重承诺:有困难的学生考上学校,五中继续资助他们完成学业。

这是一件小事,在校园里类似这样的事还有很多很多,之所用这个例子就是要说明:与读书学习有关的事,李彦校长全力支持。

这几年,师生都还记得,身边涌现出了一些英雄:全省学赖宁式好少年——周晶鹏,全县学雷锋标兵——孙冬文老师。

校园里充满了阳光,充满了欢乐,在这块土地上,具有浓郁的气息中凝聚着一种向心力,那就是为教育事业甘于奉献。

走向 新时代
ZOUXIANGXINSHIDAI

四

一位哲人曾说过,对于一个有理想和志向的人,坎坷和磨难是对他的激励,是命运赐给他的人生财富。

李彦质朴、正直、精明、聪慧,师生还说,他乐于奉献、清正廉洁。

这与他的成长经历有关。1957年他出生在林口县五林乡马北村,祖祖辈辈在这块土地上生存。

1974年高中毕业后他回到村里当上了民办教师,这在小山沟里是一件了不起的事情,总爱钻研学问的他没有白白虚度时光,在不重视科学文化的那个时代里,他这样做也得到许多人支持与同情。

全国拨乱反正的那一年里,他考入了牡丹江师范,毕业后回到林口保村中学教高三物理,当时被留到县城三中的他说啥也要回到乡下去,那里有他的学生,他不能离开。他朴素地想,父母养这么大,还是回家乡好,教家乡的孩子,也算是一种回报。

家离他教学的地方有 50 多公里路,他就这样坚持着上班教学。1980 年他调到五林中学,辛勤的工作,使他步入了领导岗位,任中学教导主任兼团委书记。

第一个教师节来临的时候,他光荣地成了中国共产党党员。

在乡下教书出了名的人县城里也争着要。他清楚地记得,当时县里缺物理教员,他教学的成绩总在全县名列前茅,成了物色人物的重点,县教育局几次调他,五林就是不放。

五林镇的书记、镇长不同意这样的人走,这一走五林的教育不就瘸腿了吗? 直到副县长专程去协商以借调的名义才将李彦调到这个全县的重点高中四中。

早 5 点他就得出发,坐 2 个多小时火车到县城,从车站到四中还要走半个小时,晚近 9 点才能到家,他整整跑了一年通勤。苦、累他都能克服。人家县长专门调你来工作,不干好对得起谁? 一定把课讲好,把知识传授给学生,让学生考入大学,这就是他的追求。

1990 年他当上了高三学年主任,除了自己带头把课讲好,学年的一切事都要管,人事安排,学籍管理,教师考核评优,班级管理,值日值周,甚至师生的一些琐事也都离不开这个主任,简直就是一个小小的社会。努力工作,使他受到师生的好评,社会的认可。1994 年被评为高级职称,是牡丹江市最年轻的一位。

在多年的教育教学生涯中,他得到了掌声、鲜花和荣誉,年年是市、县优秀教师,优秀班主任,教育系统优秀党员。

1996 年,他被选派到林口县五中担当重任。

相同的机遇,一样的环境,有人如鱼得水,发展迅速,成为一方的带头人、领头雁;有人则怨天尤人、一事无成,抱怨环境埋没了自己。纷繁复杂的社会中,不善于改造环境,不去抓住属于自己的机遇,怎么会现实人生的价值和跨越呢? 只有脚踏实地奋力追求的人,才会实现自己奋斗的目标。

五

有好的领导班子,就会产生好的队伍,工作中就会形成合力,无坚不摧,硕果累累。

不得不承认，林口县五中的领导班子是团结的，是有战斗力的，这在牡丹江市是很有名气的，在林口县更是众人皆知。

那次全牡丹江市在绥芬河召开的青浦经验交流会，李彦专题介绍了经验，引来了阵阵掌声，人们也都熟识了李校长和他领导的林口县五中。

那次全市骨干校长培训班上，李彦还就如何推进素质教育做专题报告，他代表整个农村中学进行重点发言。大家知道，他的论文《认真实施素质教育，全面提高教育质量》获省级教育科研成果奖，很多论文都在省、市级刊物上发表。领导的带头整个带动了一大批教职工积极参与。

杨淑兰可以说是个女强人，现任党支部副书记。她工作起来风风火火，总是走在最前列，做事勤奋，手笔相应，写得一手好材料，单位里的材料一般都出自她的手，省、市也常登她写的通讯、学术方面的稿子。单位的事业要干，家里的活儿还不能扔，也许要强的人都是这个样子。

听说，她曾主动将自己评中教高级教师的名额让给了同事。笔者曾问她这件事，她显得特别平和：自己是校领导，人家是老教师，让给别人自己以后再定也不迟。杨书记回家后将情况与丈夫、女儿说明时，全家人也支持这样做。她是市级优秀共产党员、省教育科研骨干，共发表科研作品20多篇。想想看，这样的人怎么会没有高风亮节？繁忙的工作之余，她还担任家长学校校刊《彩桥》的主编，现在已办40多期。一个县级中学办出了这样校刊也着实难以让人相信。

可以说，五中是人才聚集的地方，全校教师平均年龄34岁，师资队伍学历合格率100%，4名教师获得市级教学新秀，2名教师获省级优秀教师，16名教师获得市级教学能手、教学新秀称号。

何菊凤这位教导主任曾荣获省说课大赛地理一等奖；

王丽芳获省级历史说课二等奖；

李淑清获全省数学示范课一等奖；

吴亚丹获全市中学教师化学素质大赛第一名。

李云霞获国家级推广张思忠教学法先进个人，录像片在全国展览；

都兴芳、郭增杰获国家级奥林匹克数学竞赛教练员称号；

白秀丽、慰晓霞两次获得全国少年儿童双龙杯集体一等奖，一等园丁奖。

1998 年牡丹江市中太杯首届中小学生计算机知识与技能竞赛中，五中在 70 多个代表队中一举夺魁，省级重点中学也落在后面；

全校体育工作连续 8 年获全县中小学体育运动会团体总分第一名；

在牡丹江体育传统项目学校比赛中，五中学生摔跤队代表县参加比赛获团体总分第一名……

不难看出，工作中他们都在争排头。林口县五中就是因为有李彦校长和这些辛苦的园丁，才会结出这样累累硕果。

六

1997 年的金秋十月，迎来了林口县五中 10 周年的校庆日。十年树木，百年树人，转眼的 10 年中五中为重点高中输送了 562 名高才生，为中等专业学校输送 433 名学生。

李彦在校庆仪式上发表了热情洋溢的讲话，这是个值得庆幸的日子，是一个告别昨天辉煌，再铸新的荣耀的日子。县政府副县长李德恩讲了话，对五中的成绩予以充分肯定，希望百尺竿头，更进一步！教委主任王根富异常兴奋，在他看来，全县假如再有一所这样的学校就会为教育增光添彩。

那天夜里，望着窗外，天空繁星点点，月光明澈。李彦没有了睡意，自己感到压力特别大，工作一点退路也没有，县长、教委主任的嘱托仍然萦绕在耳边，校园几千双眼睛都在盯着自己。大一点说，全县 40 多万人民都在企盼自己的儿女能有出息，人家将孩子交给你应该怎么给送出去，使其成才，这容易吗？不容易就得一直朝前走。

事实已经说明李彦干的工作都是上档次的，得到了社会各界的极大认可。

在 1998 年 5 月全县教育督导评估中，获得全县第一名，这是从 1997 年实行评估以来，连续两次的第一名。

实际上，李彦领导的学校已经将整个工作干到了峰顶：1997 年 5 月荣获全省"双全"先进学校，这是教育系统的省级最高荣誉；省级文明单位，这在全县教育系统仅此一家；1997 年 9 月获省级示范化初中，同年获省教育科研先进单位，省体育、卫生工作先进学校、省教育信息情报工作先进集体；获省级改善办学条件先进集体，1993 年—1998 年连续 6 年获市政府授予的教育先进单位;1995 年被评为省级模范职工之家;1996 年获省级先进家长学校;1998 年获牡丹江市先进党支部。

该得到的荣誉已经得到了,多家新闻单位也进行了宣传报道,1997 年林口县电视台还录制了专题片,连续播放多次,得到社会和人民群众的赞颂。

对于李彦来说,前面的路还很长,还要继续往前走,他就认准了工作站排头,不容易得到的他也要得到,他也能够得到。这并不奇怪,这也是必然,道理很简单,耕耘多少,收获多少,教育更是这样。

卜立辉是五中语文教师,写了校歌《无悔的年华》,曲子是由学校音乐老师赫崇峰谱的,歌词写得很好,特将其作为本文的结尾:

蚕吐春丝,

烛放光芒,

根扎城南沃野,情系家乡嘱托。

年轻的校园教风严谨,

言传身教,

启迪疏导啊!

青春的园丁,

用爱心掬起智慧的甘露,

浇灌含苞的花蕾。

凭忠诚开一方净土,

让无悔的年华,

谱写新世纪壮美的篇章……

不知怎的,我仿佛一次次地听到林口县五中全体师生一遍又一遍地唱着这首校歌。

祝愿李彦校长在今后的工作中,再登新台阶,虽说有些艰难,但这肯定是一种必然的结果。

风雨征程铸华章

"奋然为之,亦未必难。"罗毅矿长说,在"转型发展,二次创业"的进程中,要蓄积"奋然为之"的意志和决心,探索发展项目,实行项目法人机制,勇做转型创业的强者,在坎坷道路上留下奋斗足迹。

2019 年,东风矿进入了全新的"时间单元",千头万绪,需要提纲挈领;千军万马,需定主攻方向。

高举转型发展旗帜　加快二次创业进程

"2018 年是东风矿关闭退出后的转型发展元年、深化改革的承前启后年、解放思想的除旧布新年、领导班子的能力检验年、职工队伍的拼搏熔炼年、工作作风的匡正转变年、企业形象的重塑提升年。"东风矿党委书记、矿长罗毅说。

这一年,东风矿按照公司确定的"转型发展"战略部署,解放思想、转变观念、全员发动,确立了"转型发展,二次创业"的发展思路,明确了"立足于稳定、着眼于转型"的工作任务,发扬煤矿的优良传统和作风,紧锣密鼓、有条不紊地推进招商招租、资产评估、厂房维修、环境治理等工作,并将党建、思想政治工作、意识形态工作、群众工作贯穿全过程,呈现出在册职工减少、经营指标减亏、债务总额减持、人心稳、队伍稳、秩序稳"三减三稳"的良好态势。

面对 2019 年,罗毅说,东风矿党委、东风矿坚持以习近平新时代中国特色社会主义思想为指导,全面贯彻落实公司党委、公司决策部署,以解放思想为先导,加快转型发展,保障改善民生,奋力推动企业高质量发展。工作总体思路是突出一条主线、明确一个主题、树立一个导向、着眼"三大任务"、打造"三支队伍"。突出一条主线:把学习贯彻习近平新时代中国特色社会主义思想作为贯穿全年的首要政治任务。明确一个主题:转型发展,二次创业。树立一个导向:树立一切工作到支部的鲜明导向。着眼"三大任务":守护国有资产、维护信访稳定、全力招商招租。打造"三支队伍":打造"忠诚、干净、担当"的干部队伍,打造"听党话、跟党走、报党恩"的党员队伍,打造"思学、思进、思干"的职工队伍。大力实施围绕大局讲政治、围绕党建讲学习、围绕稳定讲责任、围绕转型讲担当、围绕执行讲作风、围绕改革讲创新"六围六讲"工程,全面建设"自强、担当、文明、幸福"新东风,以优异的成绩向中华人民共和国成立 70 周年献礼。

"知是行之始,行是知之成。"罗毅说,坚持用习近平新时代中国特色社会主义思想统一思想、指导工作,坚持用党章党规武装头脑、规范行为,以"四个合格"为参照,经常自省修身,打扫思想灰尘;让"两学一做"成为坚实的政治文化支撑,让"知行合一"闪烁出耀眼的光芒。

"足过之道,节用裕民,而善藏其余。"罗毅说,勤俭节约既是中华民族的传统美德,也是东风人始终牢记的箴言。坚持"花钱必问效,无效必问责",通过企业过紧日子,为职工赢得更多的好日子,让有限的资金发挥四两拨千斤的作用。

"民之所望,政之所向。"罗毅说,坚持深入实际了解职工心声、倾听职工意见、掌握职工脉搏,以"民"的心态交民,以"民"的身份想民,以礼待民,以诚为民,以信取民,做到职工思想有惑及时疏导、工作有需积极支持、家中有难竭力援助。尊重职工的主人翁地位,在决策、管理、分配等各方面更多地体现职工意愿,维护职工权益;把带着感情和责任抓信访作为做好群众工作的基本要求,畅通职工诉求渠道,解决疑难信访案件,确保矿区政治稳定;以"不破楼兰终不还"的劲头强攻精准脱贫攻坚战,珍重和呵护每一颗困窘的心灵,让尊严、幸福与美好在温暖的时代栖息生长;用"真心诚意"的保障改善民生,释放"民生温度",让职工的幸福感、获得感"真真切切"。

"登高瞭望,方知远山长;矢志不渝,更须再出发。"罗毅说:"东风人是新时代的同路人,我们一定坚定信心、满怀豪情,万众一心、携手并肩,在习近平新时代中国特色社会主义思想的指引下,撸起袖子加油干、扑下身子抓落实,书写出春花烂漫、化茧成蝶的东风篇章!"

风雨同舟共坚守　奋勇前行创未来

　　"习近平总书记'七上东北',体现了党中央对东北、对龙江的牵挂、支持和亲切关怀。此次东北之行更是明确了东北的战略地位,明晰了新时代东北振兴的重大战略。"近日,东风矿党委书记、矿长罗毅接受记者采访时畅谈了对解放思想推动高质量发展的深刻认识。

　　"'解放思想,锐意进取;瞄准方向,保持定力;深化改革,破解矛盾;扬长避短,发挥优势。'这三十二字寄语为国企改革特别是为东风矿转型发展吃下了'定心丸'、点亮了'航行灯',更加坚定了我们挺起腰杆、放开手脚、甩开膀子'转型发展,二次创业'的决心和信心。"罗毅说,思想是"总开关""总闸门",没有思想上的破冰,就难言行动上的突围。省、集团公司和公司解放思想推动高质量发展大讨论帷幕的拉开,是深入学习贯彻习近平总书记在深入推进东北振兴座谈会上的重要讲话和考察黑龙江的重要指示精神的重大举措,通过学习习近平总书记的重要讲话和重要指示,提高了干部职工对解放思想推动高质量发展的认识。

　　"东风矿作为七煤'发祥地',是七煤去产能关闭退出矿井的'先行军',是七煤改革'瘦身'、转型发展的'开路者'。"罗毅说,对当前这一代东风人来说,能不能打赢"转型发展,二次创业"这场攻坚战,关系老一代东风人的光荣梦想,关系外界对东风矿的形象评价,关系东风矿的前途命运。

　　东风矿将立足于稳定,着眼于转型,在拓宽新领域、挖掘新产业、掌握新技术、学习新知识、适应新环境、明确新身份、转变新思维、担当新责任、努力新作为、创出新业绩上下功夫,树立"一个导向"、着眼"三大任务"、打造"三支队伍",即树立一切工作到支部的鲜明导向,着眼看守国有资产、维护信访稳定、全力招商招租,打造"忠诚、干净、担当"的干部队伍、打造"听党话、跟党走、报党恩"的党员队伍、打造"思学、思进、思干"的职工队伍。东风矿把党建、意识形态、思想政治、信访稳定、精神文明及群众工作贯穿全过程,为走出发展新路子、闯出新天地提供思想保障。

　　"转型发展必须从传统思维中彻底解放出来,必须具备强烈的创新意识、创新自信,敢闯敢试、敢为人先。不能重走老路,更不能南辕北辙。"罗毅说,转型发展决不能把国有资产转少了,决不能把国企的优良传统和作风转弱了,决不能把"不畏艰难,自强不息"的七煤企业精神转没了,更不能把职工的生活水平转低了,而是要以燕子垒窝的恒劲、蚂蚁啃骨的韧劲、老牛爬坡的拼劲,坚持不懈、攻坚克难、善作善成。

"面对转型发展过程中遇到的问题和挑战,必须做到不以事小而不为、不以事杂而乱为、不以事急而盲为、不以事难而怕为。"罗毅说,转型发展没有现成饭吃,也没有可口饭吃;既要有功成不必在我的境界,又要有功成必定有我的担当,以"一条心"合众力、以"一股劲"闯难关、以"一手牌"解难题、以"一身正"聚人心,通过提高转型发展的"含金量",标注深化改革的价值底色。

方向既定,三军用命。等不是办法,干才有希望。罗毅表示,东风矿干部职工将沿着习近平总书记指明的方向,通过扎实开展解放思想推动高质量发展大讨论,不忘初心、转型创业,始终保持求生存的斗志和求发展的激情,努力探索一条关闭矿井转型发展、高质量发展的成功之路,为公司改革脱困、转型发展和建设新时代现代化新龙煤再立新功。

奋力破冰前行　坚持转型发展

2019 年 4 月 13 日,七矿公司党委书记、董事长张长山率队深入东风矿调研转型发展工作时要求:进一步解放思想、更新观念,树立立体思维和底线思维,诚信招商、资源共享,科学论证项目,建立快速办理机制,引进符合国家产业政策的项目,努力走出一条转型发展的新路子。七台河矿业公司代总会计师刘维成,公司党委委员、组织部部长范广义,公司党委委员、宣传部部长张玉贤,七台河矿业公司副总政工师于喜才参加调研。

张长山认真听取了东风矿关于人员、财务、转型思路、项目进展、转型发展过程中遇到的困难及下一步转型发展规划等工作汇报。张长山边听边记,并不时地插话询问相关数据,对东风矿领导班子团结有为和职工队伍精神饱满、工作态度积极主动、干劲十足等给予好评,针对有关事宜要求公司机关相关部门认真研究解决。

东风矿既是七煤的重要组成部分,又是七煤转型改制的先驱者。在国家层面上,小康路上一个不能少;在集团公司层面上,龙煤发展七煤不能落后;在公司层面上,每个单位都不能掉队。特别是东风矿在探索转型发展上

350

做了大量前期准备工作,这种坚持精神要给予充分肯定。东风矿不是自己在战斗,而是代表公司转型发展、往前闯,要给予高度定位。

东风矿矿井关闭退出了,但公司不会忘记东风矿曾经做过的贡献。东风矿要解放思想、振奋精神,做深化改革、转型发展的"先锋部队"。

公司成立专门领导班子研究股权治理结构,明确思路,分类研究,协调好各相关利益主体的关系;严格按程序办事,诚信招商,资源共享,让职工富起来,把公司亏损降下来。

公司机关部室要转作风、转观念、转职能,强化服务意识,提高服务本领;招商引资要树立立体思维和底线思维;充分利用七台河市的良好发展环境,借力招商引资上项目;要按程序处置资产;科学论证项目,新上的项目质量要高;严格落实"三重一大"集体决策制度,严格按照职代会审议、专家论证、风险评估、安全评估、环境评估、合法性审查、会议审议通过等程序操作,程序不能倒置;引进项目要符合国家产业政策;完善相关制度和流程,建立快速办理机制,让可行性项目驶上"快车道"。

东风矿充分发扬煤矿产业工人吃苦耐劳的精神,学习新知识,掌握新本领,破冰前行,成功转型。

刘维成、范广义、张玉贤、于喜才就如何转型定向、搞好顶层设计、科学论证项目、拓宽融资渠道、放大企业优势、规避投资风险、争取政府相关政策等提出建议。

公司人力资源部、财务部、总务部、计划建设部、信访办、工会、党政办公室、政研室、社保局、法律与资本运营部、审计部、物资供应部、设备租赁站等部门和单位负责人参加调研,并就如何支持东风矿转型发展做出表态、提出建议和意见。

学习模范先进事迹　滚石上山合力攻坚

2019 年 1 月 16 日,七矿公司领导班子及十个煤矿矿长深入双鸭山矿业公司东荣二矿参观学习,学习刘金奇先进事迹,与集团公司劳模典型、双鸭山矿业公司原副总经理、东荣二矿矿长刘金奇面对面学经验、找差距、补短板、谈感想、增信心、提干劲、促转变、谋发展。

学习刘金奇身上"忠诚、实干、创新、有为、干净"的精神,对照刘金奇找差距、明不足、补短板、增才干,多为困难想办法,多为安全拿举措,多为提效出实招;进一步务实工作作风,认真谋划符合矿井实际的工作措施;要锐意进取、破旧立新、真抓实干,在企业安全生产、精细管理、深化改革等工作上见成效,推进公司改革脱困振兴发展。

刘金奇是集团公司树立的一面旗帜。2018年10月黑龙江省委巡视组领导提出全集团都要学习刘金奇。2018年12月20日集团公司又召开视频专题报告会,要求全集团深入学习践行"刘金奇精神"。

要像刘金奇那样去干,走一处胜一处,放在哪里都发光,内心纯洁、工作务实、勇于担当、讲究科学、关爱职工、敢于碰硬、自身干净。

矿长罗毅深情地说,刘金奇身上既有普通矿工的质朴、坚韧和奉献,也有党员干部的忠诚、干净和担当,具备了新时代煤矿好干部的特有品质。通过学习,特别是对照"忠诚、实干、创新、有为、干净"的刘金奇精神,深感自身距离好干部、好矿长还存在着一定差距。

要争做刘金奇式的好干部,以良好的工作状态、扎实的工作作风、科学的管理方式,团结带领全矿干部职工务实工作,勇于创新、开拓进取,为公司改革脱困振兴发展再立新功、再做新贡献。

听了刘金奇的经验介绍,感觉刘金奇既是好矿长、好领导,也是好干部。我最深的感受就是他实实在在做人、实实在在做事,工作踏踏实实,没有花架子,不弄虚作假。刘金奇在每个矿都是受命于危难、情系矿工、心系企业发展,带领领导班子成员解困振兴谋发展,成效斐然。

学习刘金奇,就要学习践行刘金奇的务实作风、强化担当、积极作为。贯彻落实公司党委、公司要求,服从组织安排,以解放思想为先导,进行转型发展、二次创业,全面建设"自强、担当、文明、幸福"新东风;维护企业利益,确保国有资产不流失、企业机密不外泄。着力解决难点问题,拿出实招攻克难关,在攻坚破难中展现和提升能力水平。着力解决经营管理存在的问题,达到减少浪费、降低消耗、降低成本、增加效益、提高职工收入的目的。心系职工,树立正确的权力观,真正做到不让一个职工掉队、全员共同奔小康。忠于职工群众。诚心诚意解决职工群众的合理诉求,坚决杜绝群体访、进省访和进京访;"国家网"困难职工家庭实现6户脱贫;职工提案落实率达到100%。树立"过紧日子"思想,全面预算考核各项成本费用,坚决完成公司下达的经营指标,保证职工月月开满工资。

思想引领行动　凝聚创业力量

面对矿井关闭退出、家园百废待兴、企业何去何从、职工迟疑观望的实际,东风矿在矿长罗毅带领下,紧紧围绕公司党委创建"六个年"工作思路,明确"立足于稳定、着眼于转型"的工作任务,将党建、思想政治工作、意识形态工作、群众工作贯穿全过程,始终注重思想引领行动,持续开展"转变怎么想? 转型怎么办? 转产怎么干?""增强信心,二次创业""拼搏奋斗、转型发展"三项教育活动,统一思想,消除困惑,坚定转型信心,凝聚创业力量,保证全矿上下思想统一、号令一致、工作有序,为东风矿"转型发展,二次创业"提供了重要的思想保证、组织支持和精神动力。

学是常态,凝神聚力。多年以来,始终注重政治理论学习,推进"两学一做"学习教育、作风整顿常态化制度化,为每名党员干部统一准备了"两学一做"笔记本,每星期二、星期五组织集中学习,精心安排学习内容,重点学习习近平系列重要讲话、党的十九大精神、习近平总书记在深入推进东北振兴座谈会上的重要讲话和在黑龙江省考察时的重要指示精神、《党章》、上级文件精神及公司领导重要讲话等;观看《不忘初心继续前进》《为自己工作》《方法决定执行力》专题片和安全生产、廉政教育警示片等;矿领导讲党课,为党员干部做党的十九大精神专题辅导,各党支部组织党员学习党的十九大报告;利用微信公众号、党员干部群及时宣传国情、企情和矿情,利用电子显示屏滚动播放"十九大"精神、习近平治国理政系列讲话、传统文化及企情、矿情宣传图片,在"学"和"做"上深化拓展,做到学思践悟、学做结合、知行合一。

注重精神文明建设,积极参加公司纪念矿区开发建设60周年系列活动及公司举办的职工拔河赛、篮球赛各项文体活动,重点选树职工典型,裴连成、许召来入围矿区开发建设六十周年"感动七煤"人物提名奖,李海龙在公司团委举办的青年拓展活动中荣获第一名,矿人力资源部、财务部在公司系统评比中屡获佳绩。

党建领航,风清气正。注重基层党建工作,成立矿机关、水暖科、总务信访科和武保科四个党支部,配齐专职党支部书记,建立党员活动室,完成了108名转岗分流党员组织关系接转及党费补缴工作。

规范基层党支部"三会一课"制度、会议流程和记录,新发展党员5人,全体党员佩戴党徽、亮出身份,增强了党员的责任感和使命感。始终注重纪律作风建设,进一步强化作风、严肃会风,整顿工作纪律,在岗人员严格执行公司相关规定,考勤、考核每月进行公示。

专题研究涉及"三重一大"事项,依规决策,按章执行;对违反纪律人员运用监督执纪第一种形态进行约谈,营造了风清气正的转型发展环境。

改善民生,保障有力。注重保障改善民生,制定下发《东风煤矿困难职工解困脱困三年规划》,在全国总工会帮扶系统中建档立卡的18名困难职工已有6户实现脱困;开展"金秋助学"活动,共捐款2 260元;开展"一元爱心"活动,捐款1 321元。一级伤残、高位截瘫职工嵇相林的妻子患有罕见皮肤炎疾病,矿党委组织职工爱心捐款2 345元;转岗分流职工董志超的母亲患癌症,通过"水滴筹"捐款5 000余元。矿党委购买四台热水器,解决了职工洗浴问题。

就这样,用一次次行动、一桩桩小事使职工感受到组织的关怀和企业发展的希望,营造了平安祥和的转型发展环境,激发了干部职工转型创业的热情。

全矿党员干部表示,不忘初心,牢记使命,勇担新时代赋予的新使命,爱岗敬业、履职尽责、敢于担当,把爱国爱家爱人民的高尚情怀融入实际工作中,为推动东风矿转型发展、二次创业做贡献。

汗水浸润成功花

教师的影响是永恒的，无法估计这种影响会有多么深远。

——题记

人生的轨迹用行动去着笔，人生的绚烂用拼搏去点染，人生的辉煌用开拓去张扬。他对教育事业的忠诚和执着，在学生心灵上播下知识，播下智慧，播下理想，让孩子们在时代的沃土中不断成长。

"我的事业在教育，我要为振兴宝清县一中的教育事业贡献全部力量，以至于一切。"这是主人公王金祥的话。

走过七月盛夏的炽热，走过飘飘洒洒的太阳雨，也就走进了芳菲绚烂、桃李枝头缀满硕果的丰收季节。园丁们脸上写满喜乐，心里流淌着甜美。骄傲的一中人再度沉浸在耕耘后收获的喜悦之中。

我怎么也不会忘记那次难忘的三江腹地双鸭山市宝清之行。也就是在那次宝清之行中结识了宝清县教育系统的能人王金祥，更是让人敬佩的好校长。

王金祥端坐在校长办公室里，看上去是个典型的东北汉子，聪颖的双眼，宽阔的胸膛，微胖的体态，显得沉稳干练，具有学者的风度，一向性格内向的他谈起教育这个行业滔滔不绝。

一

王金祥凭着自己的工作政绩一步一个脚印地从乡下的农村调到县城，1986 年在县一中副校长岗位上，主抓了三年的教学工作之后，1989 年 5 月，也就是万物吐绿、花开遍地的时节他被推举到宝清县一中校长的位置上。当初县委组织部去考核他的时候，县教委还有些领导不太同意。

这可是关系到县城以至于农村上学孩子的大事，怎么能不慎重呢？县委常委会进行了一次认真的讨论之后通过了王金祥任一中校长的决定。

这个校长不是一个什么好位子，说白了到这里来的王金祥就是来吃苦的。国家企业的领导，在那个计划经济的条件下，日子比较好过。学校不同于企业，没钱没地位，但必须教学质量过得去，不然，包括上至县委书记下至普通百姓是不会答应你的。

王金祥没有让县里领导操心，也没有让当地的老百姓失望，学生们自己也会觉出：是自己有福分遇上这么一位豁达、和善、开明的校长。

对于王金祥来说，自从来到一中后，自己就没有轻松过，一校之长，方方面面的工作都要去考虑，婆婆妈妈的大事小情也少不了自己，没退路那就大步朝前闯吧。他把自己的人生坐标确定在教育事业上，自己认定的目标在追求中一步步实现。

人才是科学技术的载体，振兴教育事业靠的是人才，市场的激烈竞争实质也是人才的竞争，谁拥有人才，用好人才，就拥有那美好的明天。用能人，还必须用一大批能人，他开始运作副校长这个职位。

宁运生进入他的视野，此人为人正直，哈师大毕业生，业务能力极强。他辅导的高考成绩，年年在全县闻名，他所任教的数学课，如同魔术师变幻的魔术一般，高考数学卷满分是 120 分，他教的学生平均分 101 分，已经超过地市级重点中学的成绩。

王金祥心里明白：提拔业务校长必须是个业务尖子，不然教师们怎么会服气，指导整个教学工作那就更谈不上了。如果自己教学水平不行怎么去辅导别人，必须用名教，用高手。他的这些想法也是自身实践的反映：自己在教学过程中，年年都超过全省的平均分，自己所教的班级学生是二类苗子，经过三年的努力结出一类果实，有的时候超过省平均分 129 分之多。这样，内行指导教学才会有力，才会出成绩。

果然不出王校长所料，宁运生主抓教学工作以后，如鱼得水，教学工作搞得井然有序还有声有色，王校长不用为操心教学而全力去抓学校的全面工作。

王永利工作经验丰富，对法律有些研究，曾经在法院工作过，号称县法院第一审判官,社交能力又强,这个人为人耿直有些火暴,有些人一直认为这是一个毛病,属于只能利用不能重用的那一类人物。王金祥就不是这种想法,用人就得用龙,用有本事的人,有棱有角是好事,至于有个性更是无所谓,要充分发挥其优点和特长。他冲破一些阻力将王永利提到一中书记的位置上来。

王永利接任书记工作后,扑在事业上那颗心总是闪亮闪亮。干工作在一起要的是心盛气顺情合,领导班子成员这么互相信任,又有一个好班长王金祥,就是累断了骨头也要把属于自己的那一份工作干出个模样来。学校原有 25 垧土地,让周边农民给吃掉了 3 垧多,长此下去土地就会被全部吃掉,于是王永利开始办土地执照,打官司,又将 3 垧地索回。

教职员工一看,领导们都这么干工作,便拧成一股绳去工作了。

王金祥展示了心灵的新绿,他开启了对人性的回归,他点燃了蓬勃向上的理想。播种生命的希望,去收获一片丰硕的果实。

二

王金祥干工作有自己的工作路数,多年的教育实践中,自己总结出:一个学校能够立于不败之地,与本校教师素质精良、业务过硬、品质高尚等有直接关系,西方企业都大谈敬业精神,那么学校也就更是如此了。

他提出了严谨治学、精心育人的行动,其实,这是在进行着师资队伍建设。一向独辟蹊径的王金祥还总结出了许多这方面的典型经验,市、县教委又给予了充分肯定,在全市、宝清县极力推广。

教师的为人师表,这从几千年前的圣人孔子那里早就已经提倡过并身体力行。在当今的市场经济条件下,泥沙俱下,人们的思想也出现了许多混乱,人生观、价值观、道德观都出现了动摇,功利、实惠、金钱占了上风,人生自我价值的实现也切合"实际"。他要求教师为人师表,热爱自己的神圣事业,召开师德经验交流会,进行评比。

在这个学校里,每年要评一次师德标兵,这是学校对教师的最高奖赏,只有那些业务能力强、品德高尚、忘我工作、受人敬佩的老师才能获此殊荣。同时,采用严格达标的手段,只有在师德先进个人的基础上才能得到这种荣誉。学校的教师将它看成是一种至高无上的荣誉。

校级标兵有高中部教导主任王世会,初三年组长王启花,他们都是获得市级、省级以上许多荣誉者,还是市级教学上的能手。教委对师德标兵大加赞赏,1998年全县评出10人,县一中就占2人。

教学质量优秀奖的建立,采用不评的办法,对号入座,是谁按条件章法去衡量便见分晓。校方制定出考核方案细则,还有量化考核方案、教学质量奖励方案。

评优秀班级是每学期必有的。有人曾风趣地说,班主任是世界上最小的官儿。就是这个小小的班主任可小视不得,全班学生的思想状况、学习情况、家庭情况等都要了如指掌。优秀班主任该做的事情很多,平时考核,干得出色的给流动红旗,说出一、二、三、四等来,最后根据这些来确定优秀班主任。在学生的眼里,优秀班主任可是个让人尊敬的头衔。

对于教辅工作突出的人员设立优秀教辅人员奖,这样,各方面的奖也都齐全,积极性也调动了起来。王金祥对此总结出32个字的句子来:信之以坚、职之以诚、学之以谦、行之以礼、师之以爱、教之以严、做之以细、求之以深。

王金祥有这样一种想法:不当教书匠,要当教育家。这句话看来平实,但如果细细品味,道理颇深,作为教育人的教师,必须有教育家的胸怀和渊博知识。

教育工作达标初中100%,高中达33%,近两年来,学校又拿出7万元专款用于达标建设上。提高教师业务,大力开展一系列教研活动,促进学校教育的大力开展。贯穿学校的一大主题就是抓优质课,全体教师都在每节课中争创优质课,这是在宝清县最先搞起来的,大面积提高教学质量。第一届全县评十佳教育能手,全县10人中一中竟有5人。在第二届评选中一中有4人,第三届评选中一中有3人。

王金祥又将说课教学为中心的做法细化,把这些活动分出层次来,具有很强的针对性,又切合学校的实际,让人一看就是内行人搞的活动,外行人是干不出这种事来的。他对8年教龄以下的青年老师搞汇报课、重点训练课,对青年教师是个锻炼过程,全校评出17名先进教师。对中年教师搞竞赛课,这些教师教龄较长,教学水平较高,经验丰富,全校的骨干分子都在这里,有16名教师获奖。高层次的就是对十佳教师的表演课,把表现本人最高水平的课讲给大家,让教师进行学习。这样,说课的能力便水落石出,一些人才脱颖而出,有 2 人获省级说课一等奖,1 人获省级政治课优秀奖。

在师资队伍方面,王金祥抓学校常规管理有方,确定了其指导思想:教有特色,学有所长,提高素质,面向未来。他还要求做到:全面贯彻教育方针,严格管理,严格训练,脚踏实地工作。

跨世纪园丁工程,叫人听来感觉新鲜,别说这种做法,就是想法也是令人赞美。王金祥的想法基于这个原因:建立教学模式体系,要想提高教学质量,就要同其他行业搞的系统工程一样,利用 3 年时间,到 2001 年对教师课堂教学结构进行规范化训练,一般的学校,是根本做不到这一点的。

也许人们难以相信,在 1994 年的全国中小学生书法大赛中,一中有 200 多名学生参加,结果在全国荣获集体第二名,仅书法一项获国家级奖的就有 100 多人,世界级获奖的 30 多人。美术获国家单项奖的 20 人,学生被誉为"书法家"的有 20 多人。可以想象一下,这所学校若是没有这方面的老师怎么会出这么多人才,老师获国家级或者世界级的奖励也是理所当然的了。园丁奖和世界书画大师名人家里也就有了翟义老师的名字,他退休了,还是回校继续他的执教培养人才。如果说宝清县人杰地灵是不过分的。

一中是全县唯一——所完全中学,1987 年高考升学 26 人,1991 年考入大专院校 66 人,1992 年考入 70 名,升学率超过了重点中学,硬是二类苗与一类苗结的同一样的果实。1997 年初中升入重点中学全县第一,1998 年又是名列前茅,这里必须提出的是,在将一中最优秀的教师调走 6 人的前提下还保持如此水平容易吗?

1995 年全县教育系统督导检查在全县总分列第一名。在迎接省双全学校检查时,对这里的教学质量大加赞赏,只是有一条,由于历史原因,办学条件差了一些,在全校 30 个教学班中,还有一些班级在校外借教室。令全校师生欣慰的是,县委、县政府已经决定建教学楼了。

师者,业精于勤,勤于钻研、业务过硬是一种责任;师者,身正令行,严于律己、品行过硬是一种责任;师者,温良恭俭、温厚慈善、仁爱之心是一种责任……

三

春风大雅,秋叶留丹。云水气度,松柏精神。是高扬生命的雄风,更是弘扬人的美好本质，是升华人的价值。对于王金祥，与生俱来就是卓越的，生命，从诞生之日起开始就拥有卓越品质。人类本身就是大自然进化中优胜劣汰的产物，人类的诞生，就是大自然别具一格卓越的选择。物竞天择，适者生存，强者奋进，卓越者伟岸辉煌。

王金祥可以说是个教育世家，他的骨子里流淌的是振兴祖国教育事业的血液，令他振奋之余，就有一种思考：干好属于自己的那份本职工作，无愧党和人民。

上初中的第二年，"文革"影响下的王金祥只好辍学回家，尚小的年纪只好在村里种地、铲地、收割、打场。

农村的天地是广阔的，知识分子出身的王金祥养成了农民的那种纯朴善良诚实的性格。他深深懂得，知识迟早会有用的，要想生存，必须学点本领。16岁的他受父母的熏陶，开始学习知识，当上了记工员，大小属于村里的一个文化人。

没有书看，就想方设法借，借来的书有的便重抄一遍，不然还书后又没有看的了，有时为了争取时间就得一宿一宿地抄，困和累也全然忘到了脑后。自己学习知识常常会遇到问题，不理解的或者不会的怎么也想不通，有时问父亲，父亲文科还行，理科深些就不会了。他只好去请教其他老师，迫于当时的压力，老师偷着教他如同偷鸡摸狗一般。还好，王金祥这样学到的知识记忆得非常扎实，以至于终生难忘。

1970年的春天，生产队里正值改选班子，王金祥由于肯干还有文化，当上了队里的打头的。听说师范校招生，公社给了3个指标，全公社200多人报名参考，王金祥考上了第一名。

按理说，他该上学深造，公社的头头将他留下，因为中学里正缺这样一名尖子教员，并答应师范校毕业多少工资公社照样付，公社如果有一个转正名额就给他。公社领导当时出于这种考虑，王金祥走后怕回不来，这里本来教师师资水平不高，正好为乡里能做一些事。无奈，王金祥只好走上讲台。

当年他就教高中一年数学，当把关教师，教学质量上去了，他也就出了名。他当上了数学组组长，年年是县优秀教师。1971年他转了正，成为国家吃皇粮的教师了。1973年有一次考试机会，县教育科不同意王金祥这样的骨干报名考试，原因很简单，怕他飞出去不回来，先前已经有了实例，上师范的学生一个也没有分回来，何况他这个自学的高才生。

1977 年恢复高考,带工资上大学,王金祥想这回可以参加考试了,先是发了准考证,后来竟给收了回去,还是不让他考。王金祥去县里要准考证时一再保证:我热爱这块黑土地,出去上学毕业后还能分回来,让我试试。怎么说就是不行,他们知道高中数理化全教过的王金祥,肯定会考上。考试的那一天,他去了考场,结果准考证的存根也给取消了,没允许他考,还安排他当副主考。后来得知,是校长不让他走做的手脚。既然不能上学,那就在这块土地上好好教学吧,教就教好,教出个样子来。

在函授专科学习期间,他既是学员又做兼职教员,毕业后又报考哈师大数学本科函授学习。

1977 年他由于教学成绩突出,县里开大会让他介绍自学成才经验,第二年又成为市里的劳模,成为自学成才的典型。

他注定为宝清的教育事业操劳奋斗。1979 年,佳木斯市的几所学校调他,佳造纸厂、煤机厂、纺织厂都想将他调走,承诺给优厚的住房待遇,家属安排工作等。他向往大都市的生活,人往高处走,鸟往亮处飞,纯属人之常情,到了县里的这一关怎么也过不去,没办法,别怨天尤人,还去干好那份本职工作——教书育人吧。

1982 年从万金山乡中学调到县一中,这一干就是到现在,没有离开这块土地。1983 年 3 月被提到教导副主任的位置上,第二年任学校教导主任,边教课边主抓教学工作。1985 年高考考上 49 名大学生,中考有 78 名考上重点高中,在全县震动很大,这是一中有史以来最好的成绩。1986 年被提任副校长,之后又当上校长。

对于王金祥来说,在宝清这块土地上干一辈子教育事业并没后悔,最后悔的是没上正规大学,没有进到大学的校园里。如果王金祥当初考上了大学,那就很难说从事什么工作了。但是,无论做什么工作,王金祥一定会干好,一定能干出成绩来。如今他欣慰的是,女儿王英娥于 1998 年考入哈工大英语系,实现了父辈的愿望。他曾在一次谈话中说:"考大学是我们两代人的梦想,今天终于实现了。"

汗水浸润成功花

四

著名的教育家陶行知先生曾说过"学高为师,德高为范"。作为校长,不

361

仅要具有广博的知识,更要有高尚的道德。在教育队伍中,永远不乏争当先进的勇者,永远不乏立德树人的英模。王金祥为了心爱的教育事业,甘于牺牲、乐于奉献,对教育事业倾注了无尽的汗水与心血,用自己的实际行动诠释着当代教育工作者的师德与师魂。

宝清县一中是具有光荣传统的学校,1951 年建校,35 周年的 4 月 5 日校庆,县政协送来"桃李满天下"的匾,40 周年校庆的时候,又送来了"诲人不倦"的匾。

那是 1991 年的 4 月 5 日,当时的县委书记、县长以及各界人士参加了 40 周年校庆活动,书记、县长不是以领导身份,而是以学生身份出现的。王金祥校长介绍了学校的有关情况,领导们又题了词。校友有的捐 1 万元,有的捐 1 000 元,有的捐 20 元,为母校的繁荣发展,献出一份情,校友共捐款 14 万元,后来专款建了水房、图书馆、档案室、校医室、食堂、小卖店。

活动隆重而热烈,一台大型节目都是出自校友的手,又进行了校史展览,特别是校长的报告引来一阵阵掌声。通过这次活动,学校的有志、勤学、守纪、团结的校风进一步得到弘扬。校友们不会忘记王金祥校长的所作所为:

——参与教育教学全过程。教师有病,王金祥身为校长却给代了半年多的课,同时还要坚持听课,搞大型教学活动。

——教职员工有个大事小情,王金祥总是跑在前,帮助解决实际问题,解除老师后顾之忧。王桂新在农村的父亲去世,生活又困难,王金祥帮助他把一切后事都料理妥当,怎不令人感动。

——自己的事从不关心,外祖母病重,舅舅打两次电报,要他去。他忍着泪水还是没有去,直到外祖母病故后他也没到场,对此亲人有些不理解。

——学生隋淑梅身患癌症在生命垂危时刻,王金祥主动捐款,全校共捐款 4 000 多元,使学生的生命得到延续。

——学校有了良好的声望后,一些亲属或关系送来学生,不管是谁一律平等对待,从不搞特殊化。为此,他也得罪了一些人,玻璃被砸也不影响他正常工作。

——亲自撰写论文,先后写了 20 多篇论文。其中《对自学辅助式教学法中新课引入的探讨》一文荣获国家级奖励,在省、市发表有关论文多篇。

实际上,宝清大地根本不会忘记他,1991 年县委组织部为他专题摄制了

《百花园中一园丁》专题片在电视台中播出。他是全国优秀教师,是县里最年轻的一位校长,事迹多次被各种媒体进行宣传报道,曾被收录在《中国教育名校长录》中。

学校也取得了很多荣誉:1992年晋升为县级文明单位,1995年晋升为市级文明单位,市级文明学校;黑龙江省德育工作先进单位,体育工作先进单位,冰雪活动先进单位,卫生先进集体,社会实践活动先进集体。这些成绩,都在昭示着王金祥追求人生真谛的足迹,也是对他人生追求的最好说明。

王金祥面对成绩、鲜花和掌声变得很平静,似乎又很沉重。不是来自工作的压力,是为了上级给了他和学校那么多荣誉而感到不安。他感谢一中全体教职员工对他工作一如既往的支持;感激上级领导对他的信任与关怀;感谢与他朝夕相处过的同事和朋友,然而教育改革的序幕已经拉开,有许多更细、更难的工作还在后头。真是应了人们所说:王金祥,你就大胆地往前闯吧,有这块深情的黑土地,任重而道远,那个永恒的风景在向你走来。

不忘初心　逐梦前行

英国伟大的科学家牛顿曾说过："无论做什么事情，只要肯努力奋斗，是没有不成功的。"正所谓，世界上没有比脚更长的路，也没有比人更高的山峰。拼，困难就会向你让步，成功就会朝你微笑。

——题记

北国早春，春寒料峭，万物萌发，生机盎然。

经济压力加大的七矿人，正步伐沉稳、精神振奋、稳中求进，阔步于新时代发展的道路上。

当年，作为承担七煤90%液压支柱改制、30%大中型矿山设备维修、大量自制产品供应的机电设备维修总厂，正全力以赴落实"两降一减"战略，安全高效地推进着建设安装、修旧利废、新品研发。

在生产基地的车间里，一排排威武挺立的综采支架、一列列傲然挺拔的液压支柱、一方方码放整齐的铸造零件，仿佛一群即将奔赴疆场将士，英姿飒爽、整装待发……

"市场变化，沉着应对。上级领导提出过紧日子，增收节支、修旧利废，作为七煤的修旧利废大基地，我们有责任、有信心、有能力发挥修旧利废大基地效能，为企业战胜新困难、科学发展、建设幸福七煤贡献力量。力争小单位做出大贡献。"站在3万平方米的生产基地大院，时任机电设备维修总厂厂长徐彬神情坚定地说。

那个时期，机电设备维修总厂作为一个成立不到3年的企业，他们究竟靠什么把自己打造成七煤修旧利废大基地的呢？在这个厂自力更生、奋发图强、修造并举、创新发展的历程中我们慢慢寻找着答案。

无疑,这个总厂走出了一条属于自己的成功辉煌之路。

生产篇:把"总厂"建设成修旧利废的"总医院"

在七台河市区的东方,一座占地3万平方米的大型厂区建设完成。因企业改制,矿井建设公司下属安装工区同企业剥离与机修厂合并成立了机电设备维修总厂。下设安装、锅炉两大工区,大修理、铸造、铆焊、支柱、机加大五大车间。追溯历史,这支队伍既有自力更生、修旧利废的传统,又有驰名全煤的安装铁军美誉。

总厂成立伊始,新任领导班子在徐彬的带领下,面对新形势新时代,发展意识特别强烈。他们客观分析了企业形势,决定把"大修理、大制造;大发展、快发展"定为企业的发展思路,立志用速度和行动把企业建设成七煤修旧利废的大基地,把"总厂"建成修旧利废的"总医院"。

思路决定出路。

打造七煤修旧利废大基地的思想就像一粒种子在这个春天播种在了这块土地上,等待着发芽、生长、开花、结果。随后徐彬在全厂职工大会上提出了生产的具体要求:技术过硬、质量过硬、数量过硬。

就是这三个蕴含着希望、裹挟着智慧的"过硬"成为日后机电设备维修总厂攻坚克难、闯关夺隘、屡战屡胜的最闪光夺目的魔法石。

机电设备维修总厂轰轰烈烈的大生产便由此拉开。然而,创业路上并非风正帆悬,而是处处荆棘丛生。

支柱车间开始了行动。支柱车间有20多年的支柱改制经验,对支柱改制有着深厚的底蕴。但是尽管如此,当时最高的改制记录只有1000棵左右。这个改制水平与大修理基地建设要求的目标相去甚远。

机电设备维修总厂总工程师孙晓斌在全厂调度会上领到第一个月的工作目标:改制3000棵支柱。

怎么可能?孙晓斌暗想,但是厂里交给的任务肯定是要完成的。

那个夜晚孙晓斌辗转反侧,彻夜难眠。经过一夜的思考,孙晓斌理清了工作思路。

第二天,他首先开展了动员工作。

同志们:我们来到新的厂房,工作环境得到了极大的改善,工作环境好了,我们的工作要有所突破,我们要用行动证明我们的实力,这个月我们生产3000棵,来个开门红!怎么样?令孙晓斌没想到的是,当他饱含深情地讲完话的那一刻,大家异口同声地叫"好"声瞬间响起,振聋发聩、响彻云霄,宛若一股排山倒海、势不可挡的滚滚洪流,瞬间把宽阔的车间淹没。

接下来,孙晓斌带领着干劲十足的工人们开始修复老化设备,把生产用的零件全部备齐,部署具体的工作方案……在开始生产的是第一个月里,孙晓斌和车间的干部一起参加生产。那个月,工人干部的工作热情空前高涨,常常工人下班了干部们还留在车间修理车床,研究第二天的工作方案。年近50老张做完鼻息肉手术仅两天就回到工作岗位……

成功总会眷顾那些拥有智慧又勇于付出的人,第一个月支柱车间圆满完成了任务。有了良好的开端,他们对今后的工作充满信心,第二个月他们拿下了3500棵,随后一路飙升,到今年2月成功突破了月改制5200棵……

如果说支柱车间的发展像在山路上攀爬,那么大修理车间的成功可谓沙漠里寻路。

大修理车间是新成立的车间,人员全部从安装工区、锅炉工区调拨过来,虽然人人拿起焊把都能干活,但是真正懂修理技术的没有几个人。

"大修理,必须有大突破,修理范围要做全局最大,修理技术要做全局最强,我们要成为七煤矿山设备维修的'总医院'。"徐彬厂长对大修理车间的定位和要求在车间主任李森田的耳畔回响……

透过办公室的塑钢窗,李森田的目光投向3000平方米的修理车间,当目光与一排错落排列的大型综采支架碰触,李森田的心咯噔咯噔地跳起来。这个"东西"不但工人不会修,连我这个科班出身的主任都望而生畏,怎么办呢?

历来成功者找方法,失败者找理由。李森田恰是前者。经过两天冷静的思考,李森田首先成立了技术攻关小组,自己任组长。然后对小组成员进行了细致分工,眼前庞大的综采支架被分成了若干部分,每个部分由专人负责。第一次任务就是负责拆卸、测量,并绘制出所有零配件的图纸,然后通过图纸的拼接研究出工作原理。

在技术攻关期间,参战队员个个夜以继日、废寝忘食。白天在现场测量记录,晚上上网查资料搜寻相关技术参数,与所有可能沟通的老师、同行交流。

为了尽快掌握相关技术参数,李森田带领技术小组奔赴鸡西维修企业观摩学习。刚开始,鸡西的维修师傅规定只允许看,不允许摸。这种情况让李森田非常着急,为了节约学习时间,使学习取得实效,下班后,李森田亲自到老师傅家登门拜访。在维修间歇,小组成员们主动帮助老师傅们洗工作服,打扫车间。回到驻地后,他们又聚在一起总结研究问题到深夜。他们真诚的态度,求知若渴的精神感动了维修师傅们。后来,老师傅们手把手地教授、讲解,使技术小组学到了宝贵的维修经验。

回想起那段日子,作为技术攻关小组成员的车间副主任崔淑波感慨良深。那个时候恰巧她的爱人到外地工作,4 岁的孩子成了她最头疼问题,为了不让孩子影响工作,她只能把孩子放到朋友家里。那一幕让她一生都无法忘记:孩子用陌生的目光看着她,一言不发。她从朋友的怀里接过孩子。孩子又挣脱回去。回家的路上,这个事业上刚强的女人,再也止不住自己的泪水……

刚从学校毕业的技术员高崇当时负责研究控制阀组的维修技术,控制阀组接头很多,要找对每个接头需要反复试验 5、6 次以上,太浪费时间了。如何才能找到有效的修理方法? 高崇像"转魔方"一样,连轴转了 3 天,终于找到了规律。

功夫不负有心人,经过 30 天艰苦卓绝的努力,大型综采液压支架全套维修技术成功攻克。

行百里者半九十。掌握了维修技术,对整个维修过程来说也仅仅走了一半,还有关键的另一半就是配件,如果没有配件整个维修过程就会功亏一篑。然而综采支架的配件在市场上不但难找,而且价格昂贵。有时候从厂家发回一个零件要 20 多天。配件成了新的难题,怎么办? 此时任何困难已经无法阻挡他们前行的脚步,因为胜利的曙光已经在前方冉冉升起。

"买回好的零件,破解零件参数,用维修基地的制造加工优势制作配件。"

就是沿着这个思路,他们先后加工出 20 多种易损零部件,节约了大量资金和时间,为成功攻克综采支架维修技术画上了完美的句号。

技术永无止境,如今他们在炉火纯青的维修技术上仍然在寻找着更快捷、更有效、更实用维修方式。就是靠着这种善于学习、永不服输、勇于追求的精神,在以后的时间里,他们相继攻克了悬移支架、刮板溜槽、引风机等 50

多种矿山设备的先进维修技术,修理用配件自制率达 80% 以上,"大修理"成了他们实实在在的写照。

从无到有、由弱到强。从成立以来,大修理车间每年修复 SGZ730/320、SGZ730/220、SGZ630/110 等各种刮板输送机和转载机 10 余台;ZY3600/11/28 型综采液压支架 30—60 架;维修 p-60B、p-30B 装岩机 20 多台;HPC6、HP8U、转 V 等型号混凝土喷射机 10 多台;L-C 等系列除渣机、各种引风机 10 台以上;DA、MD85 等型水泵 20 余台套;ZY3600/11/28 立柱 70 多棵以及各种小型设备……

粗略估计,大修理车间每年可为企业节约购置设备资金 6000 余万元。

正是这些脚踏实地、勇于挑战、永不服输的"修理人",在追求事业的征途上,用勤劳、心血和汗水凝结成无数智慧的闪光,把"大修理、大制造"的舞台装点得绚烂多姿、美轮美奂。

任何成功的路上都布满了荆棘和险滩,扭亏振兴之路也是如此。只有坚定信心,拿出不松懈、不犹豫、不侥幸、不气馁的拼劲,把安全放在压倒一切、决定一切的突出位置抓实抓好,才能兴伟业,重现辉煌。

管理篇:把"废品"变成"宝贝",把"基地"变成"摇篮"

拼搏,险滩就会却步,障碍就会屈服。只要众志成城,以斗志不减、干劲不减、精神不滑坡的韧劲,以更加坚定的信念、更加务实的作风、更加有力的举措迎难而上、真抓实干,企业安全发展、科学发展、高质量发展的新局面一定能够绘就!

铸造车间的钢炉里,一炉正在融化的钢水像一轮红日把周围工人脸庞映照出片片红霞。

靠这口炉,机电设备维修总厂把本厂产生 100 多吨边角废料和七煤的 200 多吨废钢材变成了各种铸造零件,为企业节约资金近千万元。"变废为宝、循环利用"这一十分科学、又恰到好处的产业布局源自机电设备维修总厂领导班子的英明决定和长远发展的战略眼光。

建厂之初,机电设备维修总厂的领导班子就谋长远、强管理。提出了管理要科学化、标准化、制度化、亲情化的基本要求。修复废旧支柱 5 万多棵,服务于生产一线,为各矿的安全生产提供了有力支撑。然而,承担维修改制任务的该厂支柱车间,仅有40余人,他们是如何实现生产高效的呢。

依靠科学化管理。"工欲善其事,必先利其器",工人们加班加点,将失去走刀功能的车床重新修复。对有些动力部分无法修复的设备,经过研究,改用人工手摇替代。通过对所有闲置、老化的设备进行修复、改装,使老设备重新焕发出新生机,设备利用率达到了100%,仅此一项,支柱改制效率就提高了30%。

依靠制度化管理。千斤重担千人挑,人人头上有指标。支柱车间将生产指标进行分解细化,确定单人单产指标。将任务落实到人头,制定考核细则,定期对职工进行达标考核,评比。人人任务明确,责任清晰,劳动效率得到了最大化的发挥。同时细化了工资制度,让工资和任务挂钩,多劳多得,不劳不得,激发了工人的工作热情,劳动生产率得到了拓展和延伸。

依靠亲情化管理。支柱车间生产过程中,机电设备维修总厂领导高度重视,率先垂范,心贴职工,多次深入车间为工人生产生活解决实际问题,厂领导把食堂、浴池和通勤车的运行时间同加班时间紧密结合,使工人们深受感动。基层领导同样身先士卒,和工人一起参加生产。支柱车间书记周满刚在生产过程中,紧盯现场,不离车间。领导有作为,职工有斗志。生产过程中,没有一人叫苦,没有一人掉队,为安全高效完成全年任务提供了有力保障。

在"维修大基地建设"过程中,机电设备维修总厂遇到了各种各样的困难,人才问题曾是一个让企业领导班子十分忧虑的问题。从业人员中有一半以上是40岁以上的老职工,这些工人以前从事的都是相对粗放的焊接、铆焊工作,文化程度较低,对新型矿用设备维修一头雾水。怎么办?经过一番认真细致的讨论,企业领导班子制定了一系列兼顾当前与长远的人才培养制度,决定把生产基地打造成培养人才的摇篮。

机电设备维修总厂的领导班子把职工技术培训作为重点工作来抓。厂领导亲自挂帅,各车间工区积极配合,根据职工的岗位特点,选定教材。利用定期集中培训,外出参观学习,职工自学等灵活多样的方式对安全知识和业务技能进行学习。为了保证学习取得实效,厂领导严格要求,亲自参与指导培训工作,对全厂的各个岗位,工种进行深入、细致地了解,制定出30多个工种的测评试题。试题由浅入深,从基础知识开始,以理论联系实际的方式逐步向前推进,以确保在职工达到学以致用的目的。为了方便职工学习,他们还提炼出各个岗位的学习要点，并把学习要点进行整理，制作成随身携带的小册子，下发给一线职工，要求职工随身携带，随时学习。同时采取领导随时抽查和定期考试的方式，对职工的学习进行监督。通过考试，建立起了职工技能考核档案，并把考核成绩和工资挂钩，奖惩有度，赏罚分明。

于是，在机电设备维修总厂组织的职工考试现场，出现了一位两鬓染霜的59岁考生范永杰。马上要退休的年龄，为何还要和年轻人一起参加考试？原来，老范干了一辈子的技术活，靠实践摸索出丰富的经验。论实践老范从来没服过谁，但是有一次和别人探讨一个技术问题，老范心里非常明白，可是跟人家说了半天也没说清楚。老范感到很丢人。后来老范总结，都是因为自己的理论水平不过关导致的。所以厂里组织学习，老范积极参加。老范说："都要退休了，厂里给咱这样的学习机会，不但给买了书，还给上课，这样的机会咱能不抓住吗？学完了参加考试也让领导给咱打分。"

和老范一个车间的小刘是去年从技工学校分配的学生，每天和老范工作在一起，对老范的技术非常敬佩。小刘说："范师傅非常好学，考试前利用休息时间刻苦学习，有的问题，我们看几遍就理解了，但是老范需要看好多遍，经常利用吃饭的时间背题。我们看着心疼，劝他找领导说说，这个岁数不用参加考试，领导肯定会同意。但是他坚决不去。范师傅给我们讲：'不管干什么，都要干到老，学到老。'考前老范利用休息时间背了100多道复习题。"范师傅的学习精神，让年轻的工人们非常感动，这些年轻的工人都觉得老师傅都这么卖力地学，自己更应该加倍努力，否则心里会感到很羞愧。

从机电设备维修总厂取得的一个个成绩中，人们感受到了领导班子以人为本，科学发展的管理理念。看出这个领导集体思想解放、视野开阔、善于发展、勇于创新、干事创业的务实作风，他们为七煤修旧利废大基地建设注入了无限的生机与活力。

真抓实干务实作风，上下同心合力拼搏，终于喜结硕果。

创新篇：把企业文化变成肥沃的创新土壤

凝心聚力，用真功夫，靠实打实地干。凝心聚力，要拿出滚石上山的劲头，不达目的绝不罢休。

当年支柱车间再次刷新历史纪录，突破月改制支柱5200棵！是什么法宝让他们创造了高产？在支柱车间，维修工谢永辉讲了一个故事，他说："我结婚的第二天，听说车间要搞高产会战，我在家就待不住了。我知道我的工作在会战的生产线上是不能缺少的环节，会战期间的工资和补助比平时多，再说，我也喜欢会战的气氛。于是，和妻子商量，我便主动要求回来参加了会战。"

新任车间主任史远峰告诉笔者：从去年开始，我们先后搞了 4 次生产会战。会战期间，企业在车间营造出浓厚的舆论氛围。制定出以安全、比数量、比质量为核心的寓生产于娱乐的竞赛模式，现场评比、现场奖励，使紧张的生产过程变得轻松有趣。细化奖励制度，工作与效率挂钩，与荣誉挂钩，让劳动者有尊严、得实惠。这些会战举措，让队伍的凝聚力、战斗力大大提升，改制支柱高限纪录不断被刷新。

机电设备维修总厂经过两个月的技术攻关，成功掌握了消失模生产技术。使用这项技术，在矿区铸造行业来说尚属首例。长期以来，由于消失模制作工艺复杂，很多核心技术难以掌握，曾有很多企业尝试技术攻关，但都以失败告终。所以，这项技术一直被敬而远之。机电设备维修总厂把提高产品质量作为提升企业的核心竞争力的有效手段，在生产工艺上进行大胆的尝试和改革。5 月份，该厂把消失模技术列入技术攻关项目，并迅速成立了攻关小组，由厂领导亲自挂帅，开展技术攻关工作。两个多月的时间里，技术小组通过外出学习，上网交流，反复试验，成功掌握了消失模的制作技术，并且研制出 170 多种自制的生产工具。

在机电设备维修总厂打造修旧利废大基地的过程中，各种创新呈现在每一个工作的角落。机电设备维修总厂的管理创新达到 50 多项，技术创新 350 多项。这些饱含着职工汗水与智慧的创新成果，成为企业在市场竞争中不可超越的力量，承载着企业在追求的梦想，道路上，越走越快，越走越好。

他们创新的土壤在哪里？

创新是企业灵魂，是企业发展的不竭动力。企业要大发展、快发展，需要我们有工艺创新，技术创新，管理创新……每一次创新，都会给我们的工作带来巨大的改变和飞跃。我们要加大对创新者的奖励力度，努力打造勇于创新的企业文化，让创新者得实惠、有地位、受尊重。

人心齐泰山移。天下之事为之则易，不为之则难。厂长徐彬表示，今后几个月重点是改进井下配套生产设备工作，围绕制造、维修、安装"三大板块"规模化生产、专业化建设中心工作，寻求新的效益增长点，加大生产组织力度，服务矿区煤炭生产，提高企业经济效益。

机电总厂机加车间、铸造车间、单体车间、铆焊车间里弧光闪耀、机器轰鸣，一派紧张的劳动场面，改进后的407型刮板运输机提高了刮板强度，延长了使用寿命，降低了维修成本。改进后的407型刮板运输机、80200型采煤机摇臂、移溜器、单体支柱和矿车改进情况效果明显。改进产品成功的关键在于深入细致研究，结合一线生产实际，认真研究解决采煤运输机械难点，努力提高产品质量，确保改进的设备实用管用。

徐彬深有感触地说，机电总厂围绕制造、维修、安装"三大板块"规模化生产、专业化建设中心工作，加大生产组织力度，抓住市场有利时机，提高产品附加值，减少公司采购设备量和品种；在保质保量完成各矿厂所需设备、配件制造的基础上，确保安全高效生产，为煤矿早出煤、多出煤做贡献；在完成煤岩分离机成功试验的基础上，重点研究薄煤层、极薄煤层的综采装备及配套设备，研发出附加值高、应用广泛的煤炭生产所需设备，提高服务矿区生产的能力，努力寻求新的效益增长点，提高企业经济效益，为公司改革脱困振兴发展和建设新时代现代化新龙煤做出更大的贡献。

尾声：明天更美好

徐彬厂长认为，提高政治站位，坚定信心，树立大局观念和导航思维，增强算大账意识，敢于担当、主动作为，加强成本管控，善于发现问题、解决问题，认真查找各环节管理存在的问题，要在执行过程中及时纠正偏差，努力提高企业经济效益，推动企业实现高质量发展。为企业扭亏增盈做贡献。

转变工作作风作为对企业忠诚、对党忠诚的标尺，要务实求真，不摆花架子，不做表面文章，换思想，算细账，抓管理，用实干践行刘金奇精神，跟着金奇学，跟着金奇干，跟上金奇步伐，以看得见、摸得着的实效向公司和职工交上一份满意答卷。

历史像一条波澜壮阔的大河，从远古奔流到现在，又奔流向未来。新的发展时期，"七煤修旧利废大基地"建设将承载着更大的希望与理想，机电厂员工们披荆斩棘、勇于担当、壮志满怀，必将从胜利走向新的胜利，对此，人们深信不疑。

梦想在驰骋

运动员只要穿上印有国旗的球衣,就代表着国家,就是替国家出战,就要全力以赴为祖国为国家争光。这是我们的义务和使命,我们的目标就是升国旗,奏国歌!

——郎平

一座人口不足百万的年轻城市,如今已经"滑"出了 10 位冬奥和世界冠军,3 位特奥会冠军,6 枚冬奥会金牌,7 枚特奥会金牌,169 枚世界级金牌,15 次破世界纪录,468 枚国家级金牌。七台河,是名副其实的"中国冬奥冠军之乡",培养冬奥世界冠军的摇篮,被称为手握秒表的城市。

王濛、张杰和范可新就是典型代表,是七台河人民的财富,让我们走进她们的冠军之路,了解她们实现美好的中国梦想光辉路程。

时间如白驹过隙,她们驰骋在时间和速度交织变幻的冰场上,用速度耐力和勇争第一诠释了在梦想中恣意翱翔的优美身姿,依稀可见冬奥会金牌熠熠生辉的金光。

上篇:濛时代的冠军之路

有好消息传来,冬奥会冠军王濛成为"奥运直通计划"速度滑冰国家集训队主教练,这位冬奥传奇人物,如今重返赛场,开启全新的教练生涯。

这是一条美好的人生之路,更是走向成功的光彩之路。

成功的花,人们只惊羡她现实的明艳,然而当初的芽儿,浸透了奋斗的泪泉,洒遍了牺牲的血汗。

一、追逐梦想

七台河,是王濛冬奥冠军梦开始的地方,在东北完达山西麓,一个年轻的美丽的城市。

王濛出生于煤城七台河,她的父亲就是一名普通煤矿工人。她和张杰、杨扬、孙琳琳、范可新、王伟、李红爽、徐爱丽一样,是七台河的骄傲、黑龙江的骄傲,更是中国人的骄傲。

人们不会忘记,王濛闪亮耀眼的成绩单是这样记载的:

冬奥会:4 枚金牌 1 枚银牌 1 枚铜牌。

世界短道女子金牌榜、奖牌榜首位;中国冬奥会运动员金牌榜、奖牌榜首位。

世锦赛:18 枚金牌 9 枚银牌 3 枚铜牌。

世界短道金牌榜、奖牌榜首位;中国冬季运动员金牌榜、奖牌榜首位。

世界杯:82 枚金牌 32 枚银牌 14 枚铜牌。

世界短道金牌榜、奖牌榜首位;中国冬季运动员金牌榜、奖牌榜首位。

关于王濛,更是让人难以忘记这个卓越的运动员,创下了十项传奇纪录。

纪录一:史上夺得冬奥会短道金牌最多的运动员。王濛温哥华冬奥会独揽三金,再加上都灵冬奥会 500 米金牌,以 4 枚金牌追平了全利卿的纪录。历史上赢得冬奥会短道速滑金牌最多的运动员是韩国短道运动员全利卿,她获得 4 枚,其中 2 枚 1000 米金牌、2 枚接力金牌。值得一提的是,在个人项目里,王濛在一届冬奥会拿到三金,这是全利卿所不及的。

纪录二:中国冬奥会金牌数第一人。王濛在 2006 年都灵冬奥会拿下 500 米金牌,2010 年温哥华冬奥会斩获 500 米、1000 米、3000 米接力金牌,4 块金牌成为中国冬奥历史摘金最多的选手,超越大杨扬运动员时期取得的 2 枚金牌。

纪录三:中国冬奥会奖牌数第一人。王濛拥有 4 块冬奥金牌,还曾在 2006 年都灵冬奥会赢得 1000 米银牌、1500 米铜牌,从而以 6 块奖牌超越大杨扬、小杨阳、李佳军(5 块),成为中国夺得冬奥会奖牌最多的选手。

纪录四:中国冬奥会卫冕第一人。2006 年冬奥会女子 500 米短道速滑,王濛力挫前世界纪录保持者保加利亚名将拉达诺娃折桂,而 2010 年冬奥会更是一骑绝尘,蝉联成功,成为中国冬奥会卫冕第一人。

纪录五:作为队长斩获冬奥会首枚团体金牌。2010 年温哥华冬奥会女子 3000 米接力,王濛作为队长率领队友为中国赢得冬奥会首枚团体金牌,打破韩国对该项目 16 年的统治,粉碎韩国队五连冠美梦,堪比 1984 年夏奥会的中国女排。

纪录六:一届冬奥会独揽三金辉煌。2010 年温哥华冬奥会王濛斩获女子 500 米、1000 米,3000 米接力金牌。超越大杨扬曾经在 2002 年冬奥会获得双冠,成为中国冬奥历史第一位三冠王。在世界女子短道速滑历史上,只有韩国的陈善有在都灵冬奥会实现过独揽三金。算上夏奥会,王濛也是中国唯一在单届奥运会上独得三金的女选手。

纪录七:一届冬奥会三破 500 米纪录。温哥华冬奥会上,王濛在女子 500 米比赛预赛、1/4 决赛和半决赛连续三次刷新冬奥会纪录,这也是空前壮举,如果不是决赛王濛像百米飞人博尔特那样减速提前庆祝,她多半还会打破纪录。

纪录八:七次打破 500 米世界纪录。2007/2008 年世界杯都灵站 43 秒 326,这一记录打破了保加利亚名将拉达诺娃于 2001 年所创 43 秒 671 的世界纪录,开始了她对这个项目的统治。

2007/2008 年世界杯魁北克站 43 秒 286;

2007/2008 年世界杯盐湖城站 43 秒 216;

2008/2009 年世界杯盐湖城站 43 秒 125;

2008/2009 年世界杯北京站 43 秒 030;

2008/2009 年世界杯北京站 42 秒 609;

这一记录成为短道速滑世界史上,第一位闯进 43 秒大关的女选手。

2012/2013 年世界杯德累斯顿站 42 秒 597;

这是她第七次破 500 米世界纪录,也是时隔 4 年再度打破自己保持的世界纪录。

纪录九:集齐短道女子所有项目奖牌。王濛是冬奥会短道速滑历史上唯一赢得过女子所有四个项目 500 米、1000 米、1500 米和 3000 米接力奖牌的运动员。除了温哥华冬奥会 500 米金牌的蝉联,1000 米的摘金,3000 米接力的突破,她还在 2006 年都灵冬奥会赢得 1500 米季军。

纪录十:中国现役运动员获世界冠军第一人。据国际滑联官网数据统计显示,截至目前王濛共获得金牌104枚(冬奥会4枚、世锦赛18枚、世界杯82枚),超越大杨扬的88枚金牌纪录(奥运会2枚、世锦赛18枚、世界杯68枚)。远超夏奥会跳水女皇郭晶晶的31个世界冠军,成为中国现役运动员第一人。

这些辉煌成绩的取得,实在是不易。这是用辛勤的汗水和勤劳的智慧换来的,是天道酬勤的结果,是劳动创造美好未来的结晶。

这就是努力和奋斗的结果,漫漫人生路,带奋斗一起飞翔,因为它是一生的呵护;芸芸众生中,带奋斗一起飞翔,因为它比金钱更贵重;悠悠求学路,带奋斗一起飞翔,因为它比荣誉实在。在王濛成长的历程中,她很庆幸自己选择了奋斗。不论经历多少风风雨雨,都会坚持奋斗下去。扬起奋斗的风帆,吹响奋斗的号角,奏响奋斗的乐章,向前吧! 去改写自己的命运,去创造自己的奇迹吧! 因为,人生需要不停地奋斗,王濛的成功就是努力奋斗的结晶。

有了生命厚度的王濛,更加认识到生命就应该是有价值有意义的,就应该是充实美丽的。生命是天地六合之中的灵光,人生命的轨迹就像印在石头上的纹路,千种百样,变化多端,或直或弯,或长或短。能找到属于自己生命的纹路,找到自己生命的坐标,才能找到自己的奋发位置,发挥自身价值。其实,每个人都有属于自己的那条生命轨迹,一个人无论是行走在阳光地带,抑或是跋涉于沼泽泥泞之中,都应该深信,脚下总有一方属于自己的土地,头上总有一片属于自己的天空,前面总会绽放七彩阳光。王濛深信,没有比人更高的山峰,没有比脚更长的路径,人生注定要面对无数次挑战,没有耕耘,哪会有收获;不洒下汗水,哪会绽放花蕾;不经历风雨,怎么能见彩虹。石本无华,相击乃成火花,水本无花,相击乃成涟漪。艰难困苦,玉汝于成。只要携着信念上路,坚持自己的梦想,就会一路坎坷,一路欢歌,一路花香,一路风景,一路收获。

二、濛旋风从这里刮起

志向是天才的幼苗,经过酷爱劳动的双手培养,在肥田沃土里将成长为粗壮强劲的大树。不酷爱劳动,不进行自我教育,不经常锻炼,不强化训练,志向这棵幼苗也会连根枯死。

她被教练们称为"天才型运动员"、被对手们称为"濛旋风"、被粉丝们称为"濛主",她用自己的努力和实力创造了中国在世界短道速滑项目上的多项纪录,她就是由七台河市培养输送的短道速滑冬奥冠军王濛。

2014年1月16日,在上海备战索契冬奥会的王濛,在一节训练课上,因意外与队友发生碰撞后造成右脚踝两根腓骨骨折,而无缘索契冬奥会,从此淡出短道赛场。

王濛,没有人否认她是一名天才型运动员。当年发现这位"未来之星"的人,正是王濛的启蒙教练马庆忠。

1993年春天,马庆忠来到当时的七台河矿务局第九小学选队员,当时8岁的王濛让马庆忠感到眼前一亮。这个假小子般的女孩太出众了,她在爆发力、头脑反应、速度、身体形态和素质等方面的表现都非常出色,全面而突出,是一颗好苗子。这一次,速滑队在第九小学只招了王濛这一名女队员。

时隔八年的2000年,在齐齐哈尔举办的黑龙江省运动会短道速滑比赛上,王濛包揽了她所在组别七个项目的金牌。

优异的比赛成绩使王濛15岁进入国家短道队,20岁成为短道速滑冬奥冠军。20多年的短道之路一直伴随着熠熠星光,陪伴她的是鲜花和掌声,在中国乃至世界短道运动史上开创了一个具有传奇色彩的濛时代。

即便王濛在最低谷时期,她在黑龙江省短道队的教练伊敏也从未失去信心:实际上,国内没有人能超越王濛,在她身上,什么奇迹都可能发生,这是所有熟悉和了解她的人形成的一致共识。

2006年2月15日22时,意大利都灵帕拉维拉滑冰馆,第20届冬季奥运会的女子短道速滑500米决赛上,王濛俯身在红色起跑线上,随着发令枪砰的一声响,她勇往直前,一马当先,率先冲过终点线,为都灵冬季奥运会的中国军团赢得了第一金!

王濛登上冠军领奖台,面带微笑,手挥鲜花,深情向观众致意。五星红旗在运动场上冉冉升起,雄壮的《义勇军进行曲》旋律响彻大厅。王濛代表着伟大的中国,在同来自美国、加拿大、韩国、保加利亚、德国等等一些体育强国的世界顶尖级选手进行激烈的较量和决绝的争锋后,终于站在光荣的领奖台上。

2010年温哥华冬奥会,王濛拼得500米、1000米、3000米接力三块金牌,成为本届比赛最大赢家。在人们的记忆里,媒体节目中王濛霸气性格外露:有我参加的比赛,她们只需争第二就好了。从此以后,她被冰迷们称为"濛主""短道女皇"。

这是王濛百分之九十九的汗水换来的金牌。

为金牌而战,为荣誉而战,为祖国而战。

天才是百分之一的灵感加百分之九十九的汗水。

王濛虽具备优秀的运动天赋,但之所以能多年叱咤赛场、斩将夺金,更在于她平时付出了百分之九十九、甚至百分之几百的滴滴汗水。

刚参加少儿短道队时,队里一共 13 名队员,年龄都比王濛大好几岁。虽然是队里的"小不点儿",但在训练上王濛总是向大队员看齐,常常偷偷给自己加量。

有一次,教练去开会,小王濛看到大队员做负重力量练习,于是想模仿着试一试。她没有告诉别人,自己一个人去搬杠铃片。刚刚撬动上面的一片杠铃片,但二三十斤的重量不是她所能承受的,一根手指就被夹在两片杠铃片中间。被送到医院后,医生发现受伤手指的指甲和手指仅有一点点相连,已经无法保留,只好把整个手指甲剪下,十指连心,疼得她几天都睡不好觉。

14 岁那年,王濛因为补习文化课而一度中断训练,再加上特殊的生理期,体重在短时间内由不到 55 公斤上涨到 70 公斤。孟庆余教练采取了激将法:你的体重再这样涨下去,干脆回家别练了。平日争强好胜的王濛自尊心受到极大打击,在孟教练的指导和母亲的陪伴下,开始了疯狂的减肥计划。当时是七八月份的炎热夏季,每天当其他队员训练结束后休息时,王濛穿上厚厚的秋衣秋裤围着运动场一圈一圈地跑,每次汗水都浸透了衣裤。

汗水和泪水常常相伴,受苦受累自己总是感觉特别值得。人的一生,没有一味地苦,没有永远的痛;没有迈不过的坎,没有闯不过的关。

进入省队、国家队后,王濛也一直是队里训练最刻苦的队员。她不仅在日常训练上超过其他队员,对器材的研究也超过了别人。她琢磨冰刀的弯度和弧度细微的变化都会在滑行中起到至关重要的作用,研究把这两个指标和冰面的软硬度及个人滑行习惯完美地结合起来,将会对速度的提高发挥出微妙而关键的作用,但这往往又不是一般队员能做得到的。王濛在这方面是队里的技术权威,很多队友都会在大赛前找王濛帮助调整冰刀,甚至研究各种战术。

2018 年 5 月 25 日,国家体育总局办公厅发布《关于"奥运直通计划"速度滑冰国家集训队集训的通知》,王濛出任"奥运直通计划"速度滑冰国家集训队主教练,人们为之欢欣鼓舞。2019 年 5 月 23 日,王濛任速度滑冰和短道速滑国家队教练组组长。

这是撒满"星光"的短道之路,也是王濛的全新生活的开端。

志向要远些,目标要近些,与其躺在原地做梦,不如逐步靠近梦想。用最少的悔恨面对过去;用最少的浪费面对现在,用最多的梦面对未来。

三、以感恩之心回报社会

经过一次次的赛场拼杀,一回又一回登上世界最高领奖台,在成绩面前,王濛没有忘记队友、教练,没有忘记自己肩上的重任和培养过自己的家乡七台河。

王濛从小就养成良好的品德,很有团队精神,这主要源自父母和教练的言传身教。在少儿训练队时期,王濛的家境状况是相对比较好的,王濛爸爸经常会送水果到队里,但每次都不是送给王濛一个人,而一送就是好几箱,整个训练队每人都有份。队员们都记在心里,落实在行动上,训练中增添无穷动力,只有努力拼搏强化训练,日后才能报效祖国。

小王濛也非常懂事,当教练把大小不一的苹果放在那让队员自己拿时,王濛每次都挑一个最小的去吃。当时队员的伙食费收的比较少,每到月初月末都会有菜饭不太足的时候。有时,等队员们盛完饭菜以后,留给教练的只剩一点菜汤。小王濛看在眼里记在心里,以后每次开饭,她常会先打一份饭菜给教练送去。

一点一滴见精神,一个微不足道的小事才能体现一个人的综合素质,甚至会影响一个人的一生,良好的品质使人荣光一生。

王濛在队里虽然年龄最小,但主意正,胆子也很大,干啥都有主见,特别有组织能力,很多年龄比她大的队员都对她言听计从。到了国家队以后,这种能力更是得到充分发挥。又因为她的成绩特别好,很自然地成了短道速滑队的队长。她平时对队友和老乡都格外照顾,不论谁遇到什么困难,她都会主动伸出援手倾力相帮。

对于家乡短道速滑队的小师弟小师妹们，王濛也总是挂在心上，每次回家乡都要到训练馆、到场地上为小队员们讲解技术，传授训练心得体会。

国家为办好 2022 年北京冬奥会投入了大量的人力财力，各个冬季项目也都招兵买马，争取在冬奥会上取得优异成绩。一段时间以来，王濛也参加了很多宣传冬奥会的活动，但她总是希望自己能为冬奥会做出更多贡献。这次成为速度滑冰国家集训队主教练，不但完成了她内心的夙愿，同时也成为家乡人的骄傲。

在家乡人看来，她特别热爱煤城七台河这个家乡，十分愿意参加为家乡做贡献的各种活动。义务参加植树活动，禁毒工作形象大使，为家乡体育事业奔走呼号，招商引资发展地方经济，大力做好公益事业……

高尚的情操，正直的人品就像一部浓墨重彩的大书，每章每节每页每行都精彩纷呈；就像一座巍巍高山，令人仰视。王濛活得正直坦然，她的胸襟就像广袤的蓝天，就像深邃的海洋。王濛喜欢泰戈尔的一句诗："天空不留下我的痕迹，但我已飞过"。

王濛人性中有一种淡泊厚道的美。她记住了父母给她留下的教诲：地不厚，承载不了山川河岳，人心不厚，成就不了一番大业。自己欣赏做人厚道，不斤斤计较，人给我自尊，我还他高尚；人给我快乐，我还他幸福；人给我宽容，我还他真诚；人给我安慰，我还他热心；人给我希望，我还他成功。这是高尚的品格，至真至纯的品行。

我们祝愿她再一次创造奇迹，在速度滑冰运动史上书写新的辉煌篇章。

中篇：银色跑道任飞翔

她是前短道速滑世界冠军，是中国第一个打破短道速滑世界纪录的冠军队成员，也是让 30 余名残障孩子圆梦"特奥"的"教练妈妈"。

她培养的 3 个孩子成功入选国家集训队，并在 2017 年第十一届奥地利格拉茨世界冬季特奥会上获得 4 金 2 银的优异成绩。她，就是全国残疾人运动优秀教练员、绿色中国行公益大使、中国·七台河特奥速滑队公益教练员张杰。

她拥有玉壶冰心，她用青春和热血谱写短道速滑事业崭新篇章，她用实际行动践行普通共产党员的使命与担当。

一、再续短道速滑不解之缘

当今世界纷繁复杂,只有一条路不能选择,那就是放弃的路;只有一条路不能拒绝,那就是成长的路。

作为中国短道速滑"大姐大",张杰凭借着过人的运动天赋和顽强拼搏的意志品质获得国家级以上奖牌200多枚。

张杰1972年2月出生在一个普通工人家庭,凭借着过人的运动天赋和顽强拼搏的意志品质,她8岁选入七台河市少年体校速滑队,师从功勋教练孟庆余,13岁获得全国少年速滑比赛单项、全能5枚金牌。

1989年5月,她从七台河市直接入选国家短道速滑队,先后获得第15届、16届世界大学生女子3000米接力冠军。

没有天生的信心,只有不断培养的信心。人生总要有所目标,知道自己为什么而努力,为什么而拼搏,其实结果不重要,重要的是过程。没有侥幸的成功,只有加倍的努力、每一发奋努力的背后,才有相应的赏赐。奋斗不是心绪来潮,奋斗不是一时努力,奋斗的背后有很多东西,有坚韧,有忍耐,有信心,有顽强,有拼搏,还有尝试,最后到达成功的彼岸。

1993年,获得短道速滑世界锦标赛3000米接力冠军,成为七台河市第一个在全省、全国、亚洲、世界首枚金牌的获得者。同时,她也是中国第一个打破短道速滑世界纪录的冠军队成员。

1995年,伤病让她选择了退役,离开挚爱的银色跑道。退役后的张杰,热心公益事业。进修和深造残障人员运动康复和营养保健理论知识,并考取证书。这也为她日后回归银色跑道奠定了基础。

退役后的张杰和丈夫旅居日本,学习残障人员运动康复和营养保健理论知识,并考取了"智障者介护资格证""高龄者介护资格证""调理士资格证"。

虽身在海外,但张杰夫妇却心系家乡。在那些日子里,只要听说有中国队到日本比赛,不管多远、多忙,张杰夫妇都会赶过去为自己曾经的师妹、师弟们加油助威,和他们分享夺冠的喜悦,更忘不了要向队员们了解一下家乡短道速滑的现状和成果。

每当听到他们说都好时,他们像自己得冠军时一样击掌相庆;当听到家乡的后备人才减少时，又让夫妻俩对家乡速滑事业的发展多了一份牵挂和忧虑。随着时间的流逝，张杰夫妇思乡的情感越发强烈。

家乡的小巷道、久违的训练场、恩师的呼喊声，时常出现在这对海外游子的梦境中，特别是本队赛场夺冠的场景，总会让他们热血沸腾。

2014年，当了解到家乡短道速滑基础选材训练告急，当了解到家乡短道速滑馆投入使用，只有3名教练、17名运动员的现状后，张杰夫妇毅然决然放弃了海外优越舒适的生活，回到了阔别已久的家乡七台河，开始短道速滑基础选材教练工作。

只要有中国队比赛，总少不了他们的身影，他们时刻关注七台河市短道速滑事业发展，对短道速滑事业的前景和未来充满期望。

共产党员要有抱负，有职责，有担当。正是这份最初的信仰，时刻激励着共产党员张杰。

二、让折翼天使自由飞翔

时间是伟大的书写者，能够记录走过的足迹，如实写下历史的壮丽的华章。

在工作走访中，张杰夫妇走进市特教学校，140多名残障孩子无邪的目光和康复状况，勾起了张杰的母性柔情和热血担当。恩师孟庆余的话语萦绕耳畔：作为一名共产党员，无论是运动员还是教练员，要为祖国争光、为党的事业奋斗终生。

于是，张杰立志要在平凡中诠释誓言、彰显初心。"残障孩子们也有梦想，我要带着这些孩子，迈着大步、勇往直前。"她的想法得到时任市特教学校校长白兆祥的热烈回应，"那可太好了，只要能让这些残障孩子平等地和健全人同去享受运动的快乐，让我们做什么都行啊！你等着，我这就让孩子们过来！"那一刻，张杰倍感欣慰，因为她终于找到了回报家乡的最好方式。

那些隐藏在岁月中的艰苦训练故事，似乎更值得人们无穷回味和赞美。

2014年10月21日，对于张杰和她的26个"孩子"来说是个特别的日子，在多方支持下，七台河特奥短道速滑队正式成立。

26名队员中，唐氏综合征4人，自闭症1人，多动症、精神障碍、行为障碍、智力低下16人，听觉障碍5人。最初训练的日子是漫长艰辛、不能预知的。

最初训练的日子是漫长艰辛和不能预知的,孩子们完全听不懂指令,1800平方米的冰场上,她们或趴着、或躺着、或跪着、或呆立,哭泣声、叫嚷声此起彼伏。此刻,站在冰场上,张杰觉着自己肩头陡然沉重起来。她明白,对于特奥教练来说,最为关键的不是技术和运动量,而是事无巨细的陪伴和爱心。

为此,每次训练前,张杰都要精心打扮一番,时而扮演小白兔、时而扮演小猴子,只为拉近与孩子们的距离。训练中孩子们听不懂专业术语,她就把"慢跑三圈"改成"跑,慢",把过弯道变成:"孩子们该拐弯了"等简单易懂的语言;智障的孩子运动神经和平衡能力差,冰刀立不起来,她就把孩子一个一个抱到冰场。每场训练课下来,她都累得直不起腰,但是,她从未放弃过。

渐渐地,张杰摸索出一套独有的教程。孩子听不懂术语,她就手绘训练图,一遍遍做示范,陪着一起跑。为提高孩子的自信心,她费尽周折协调各方,创造了很多新训练形式,与正常孩子"融合训练"。夏天冰场休冰,就"以轮带滑"练习……

一个月,又一个月,只会脚尖走路的"萌萌哒"开始自如地滑行,只会单脚滑的"韩宝贝"终于落下另外一只冰刀……点点滴滴的变化令张杰喜出望外。"我把孩子们带进滑冰运动的世界,但这只是孩子们认识世界的一扇门,通过这扇门他们看到了自己的潜能。希望有一天他们能融入社会,实现自我价值,这是我最大的愿望。"张杰说。

伟人之所以伟大,是因为他与别人共处逆境时,别人失去了信心,他却下决心实现自己的目标,经过不懈的努力到达光辉的顶点。

大爱无疆"银色跑道"创造奇迹。那段时间,张杰忙得不可开交。今天到"大唐"家家访,令她没想到的是,"大唐"家居然困难到只有一桌、一炉、一炕和一屋的垃圾。今后要更加关爱这孩子,帮助这孩子好好训练康复,争取将来能够融入社会!

今天训练课上,训练了半年的"萌萌哒"在冰场上居然弯下腰了,妈妈和教练都乐出了眼泪,看来功夫真的不负有心人,继续加油!

今天乐疯了乐疯了!李泽居然在全市中小学生运动会上拿了500米和1000米两个第一名,全场都在给特教学校和残障孩子鼓掌点赞!

一篇篇日记,记录着张杰对这些特殊孩子们深深的爱。也就是靠着这份坚持和爱,七台河特奥队用两年半的时间走完了国内其他省市特奥队5年甚至10年才能走完的路。

艰辛付出终于换回令人振奋的喜人收获。

2016年10月,经过层层测试和严格筛选,"萌萌哒""小豆包""大唐"3名特奥队员成功入选国家特奥集训队,参加2017年第十一届冬季特奥会,并获得了4金2银的优异成绩。

坚持经常把简单的事情做好就是不简单,坚持把平凡的事情做好就是不平凡。成功,就是在平凡中做出不平凡的坚持。

人生是需要奋斗的,只有你奋斗了,失败后才会问心无愧;人生是单行路,只有奋斗了,才会有光明的前途;人生中有许多的竞争对手,正因有这么多的竞争对手,所以我们更需要奋斗!

那一刻,张杰幸福无比。那一刻,张杰神采飞扬。

孩子们从完全听不懂指令到可以在冰面上保持平衡,从自由驰骋在银色跑道上到在奥地利维也纳第11届世界冬季奥运会短道速滑比赛中摘得4金2银,这与她的坚持和博爱是密不可分的。

2019年1月1日,七台河职业学院短道速滑训练中心正式成立,张杰再次勇挑重担,担任主教练,继续为七台河短道速滑中层队伍和培养短道速滑后备人才贡献力量。

不忘初心"速滑冠军"圆梦家乡,真情陪伴"折翼天使"冰上飞扬。

不忘初心才能方得始终,张杰用平淡和坚韧奋斗在追梦的路上,为速滑事业贡献着力量。

张杰虽然收获了鲜花和掌声,但这让她更加清醒地认识到,她的"圆梦之路"才刚刚起步。"过去,是'敢为人先,勇争一流'的冠军精神让我选择坚守;未来,我将继续用爱和陪伴,让更多折翼天使在阳光下重新飞翔。"

下篇:荆棘中智擎未来

她8岁开始滑冰,17岁加入国家短道速滑队,是队里年龄最小的队员。她先后五次夺得短道速滑世锦赛女子500米冠军。2014年索契冬奥会,她在女子500米半决赛中出师不利的情况下,顶住各种压力,迅速调整状态,勇夺1000米银牌,她就是七台河市培养输送的优秀短道速滑运动员范可新。

人们为她喝彩。一路披荆斩棘，一路凯歌行进，把一个又一个胜利写在这片古老的土地上。

一、冰上显峥嵘

她是煤城优秀的女儿，典型的拼劲十足。从她身上，我们看到了新时代青年人奋斗不息的闪光足迹。

范可新奔赴韩国平昌的冬奥赛场，经过四年磨砺的范可新更加成熟，更加自信，她誓言要战胜自己，登上冬奥最高领奖台。

寒门出"贵女"，可新上小学的时候，家中因经营养殖业破产，全家四口人带着五百元钱流落到七台河，租住在棚户房，生活十分困难。大年三十，他们为能吃上一顿饱饭而发愁。当人们都在欢庆新春佳节进行美好祝愿的时候，她们全家却在为生存而苦苦去追求。

人们难以想象，可新的爸妈都身有残疾，从来不向困难低头，也从来不向政府和社会伸手，用自己的双手去创造财富，去改变命运。他们做过服装、烧过酒、卖过豆腐，日子一度过得红红火火。天有不测风云，生意破产之后，他们凭着自己的勤劳和坚忍，又开起一家修鞋小店，一切都从头再来，在七台河扎下了根。

条件虽然艰苦，爸妈还是把活泼好动的可新送进业余舞蹈学习班。可新练得认真，也很开心，经常受到老师表扬。

有一次，可新看见妈妈为了给她买舞蹈服装四处求借，心里难受极了。懂事的她撒谎说自己不喜欢跳舞了，从此再也没去舞蹈班，就是担心自己给家里增加负担。为此，老师还上门找过两次，连说"可惜！"

一个偶然机会，可新和妈妈遇到市少儿短道速滑队在训练，上前一打听，才知道练习滑冰竟然不用交学费。经过教练的热情介绍和鼓励，可新加入了短道队，从此开始了她的冰上体育生涯。

小可新很快就痴迷上滑冰。为了训练，她一狠心剪掉心爱的长发。教练安排大家滑行一百圈，可新一定会给自己再加上一百圈。由于大负荷的训练，再加上冰鞋不合脚，可新的脚很快就磨破了皮，出了血见了肉。疼痛不时地折磨着这个孩子，她咬紧牙关坚持着，坚信苦难会过去的，曙光就在眼前。莫找借口失败，只找理由成功。

过几天伤口结了痂,但训练中猛一用力时,未完全愈合的伤口又裂开了。新伤接着旧伤,旧痂上面又结了新痂,可新仍然咬牙坚持着每天的训练。

每天早晨醒来,敲醒自己的不是钟声,而是美好的梦想。

只要还有明天,我们就应该学着坚持奋斗,学着不懈努力,学着尝试新的事物,而不是旁观他人的成功,祝福他人的努力。与其临渊羡鱼,不如退而结网。

自己必须有不屈不挠的顽强拼搏精神。

可新心里清楚,当你停留的时候别忘了,别人还在不停地奔跑前行,自己必须时刻坚持信念不动摇,没有掌声也决不放弃。

可新凭借出色的表现被选到黑龙江省队,进入省短道速滑队后,各方面条件都有了很大改观。但长期的营养不良加上青春期生理反应,使可新患上严重的运动性贫血症,她依然顽强地坚持训练,直到有一次,她晕倒在宿舍的楼梯上。

为此,可新休息调整了半年才重返自己朝思暮想的冰场,冰场就是自己奋斗和实现梦想的美好舞台。

2011年3月,范可新第一次参加短道速滑世锦赛,就取得了500米第一的好成绩,这时她才17岁。

当年那个因为不用交学费而滑冰的小女孩,已成长为世界短道赛场上一颗闪亮的新星。比赛的目标就是希望在赛场升国旗,奏国歌,这一刻是最骄傲最自豪的时刻。

无关比赛输赢,只要拼尽全力,为国争光,就是爱国的表现,就是一个好样的运动员,优秀的运动员。

范可新坚信,再长的路,一步步也能走完,再短的路,不迈开双脚也无法到达终点。

生命如春花一样璀璨,如夏草一样翁郁,如秋景一样金黄,如冬雪一样傲雪凌霜。范可新在自己的人生心路历程中,点燃起自强不息的烈火照亮了生命的征程。

她清澈得如一泓池水,她恬静得如无边原野。在奋斗岁月的河流里,傲荡飞歌。她用自强赢得了尊严,她用拼搏得到了赞许,她用进取成就了一番事业。

二、超越，永远向前

在我们现实生活中，都会经历不少困难和挫折，一个人的一生中，绝对不会是一帆风顺，人生的路就如小河一样弯弯曲曲。当逆境来临的时候，应该怎么办呢？是逃避，或投降，还是视而不见，这时候我们需要的就是勇敢地去奋斗，执着地去追求。

范可新最大的心愿，是登上世界最高领奖台上，听着国歌优美的旋律奏响，让五星红旗飘扬在赛场上，时刻梦想着回报父母、回报家乡、为祖国争光。

"女排精神不是赢得冠军，而是知道有时不会赢，也会竭尽全力，是一路虽走得摇摇晃晃，但站起来抖抖身上尘土，依然眼中坚定。"她最能理解女排教练郎平这句有分量的话。

拼搏的人生，没有终点。现实是此岸，理想是彼岸，中间隔着湍急的河流，行动则是架在河上的桥梁。

多年的付出取得成绩之后，可新没有忘记含辛茹苦多年的父母、精心栽培自己的各级教练、在困难时期资助过自己的好心人……

可新在自己第一次参加世界比赛得到的奖金中，拿出两万多元买了10副冰刀，捐赠给家乡家境困难的速滑小队员，鼓励他们刻苦训练。每次回到家乡，她都会来到短道速滑训练馆，和冰上的小队员沟通交流，分享自己的奋斗经历和训练心得。

近些年，可新爸妈的身体不好，可新拿出钱来让他们看病，联系医院安排他们手术，每天训练完就打电话关心他们身体的恢复情况。

"今天，非常有幸能与其他55位同志一道被评为七台河市第八批专业技术拔尖人才，这是全市各行各业、各条战线广大专业技术人才的共同荣耀，是对我们辛勤工作、努力付出的最大肯定。荣誉的背后也凝聚着市委、市政府的重托和全市人民的关注，这也是我们继续前进的不竭动力。"

这是范可新在全市拔尖人才会议上的讲话发言。

几年来，七台河市委、市政府也积极帮助可新家解决实际困难，解除后顾之忧，这让可心能够更加安心地训练。2022年的春节可新将在北京度过，将在那里经历一场惊心动魄的冰上厮杀。这将是范可新离家在外连续度过

梦想在驰骋

387

的第八个春节,冬奥冠军的理想也魂牵梦绕了八个春秋。我们相信,范可新一定会以自己的实力和自信,让她的理想在北京变成现实。

在范可新看来,自己要珍惜荣誉,戒骄戒躁,以崭新的风貌再创佳绩。

短道速滑已成为七台河最响亮的城市名片。从20世纪至今,七台河共走出10位短道速滑世界冠军,斩获世界级金牌、打破世界纪录,这是几代速滑人艰辛努力的成果,饱含着多少汗水和泪水,倾注了多少心血和精力,一次次的跌倒和爬起,多少次日日夜夜的艰苦训练"编织"出了世界冠军的摇篮。

耀眼成绩的背后,折射出市委、市政府强大的人才培养愿望,加上日见成熟的机制和天然的优势,为七台河市体育事业飞速发展提供了肥沃的土壤。

如今,以"体教结合"为代表的人才培养模式,让七台河为世人展示出堪称冬运人才培养的范本。处在改革的攻坚阶段和发展的关键时期,要发扬"立志成才、坚韧不拔、勇攀高峰、敢争第一"的冠军精神,以更加坚定的政治信仰,更加执着的事业追求,更加饱满的工作热情,积极投身经济建设和社会发展主战场,立足本职岗位,努力拼搏、无私付出。

范可新作为一名体育工作者,是不负人民重托的典范,带头践行冠军精神,努力发挥自身的学术专长,为国家争光。

不积跬步无以至千里。

2019年10月8日,短道速滑国家队直通国际比赛选拔赛进入总决赛阶段的较量,武大靖获得男子500米第一名,韩天宇摘得男子1500米冠军,范可新和韩雨桐分获女子500米和1500米冠军。四项总决赛后,韩天宇、范可新暂列男女全能积分排名第一。

范可新凭借后程发力的精彩超越,在女子500米总决赛中夺魁,"全力以赴"是范可新对自己这场比赛的评价,"我站在赛场上就要全力以赴去拼,无论是我强项还是弱项,只要站在赛场上,就要有拼搏意识。"

对于这次国家队选拔赛,范可新认为自己是难得的锻炼机会。"国内的比赛多一些,对运动员来说是一种好事,也可以积累经验,发挥在国际赛场上。"

500米和1500米两项总决赛结束后,范可新、韩雨桐、曲春雨暂列女子积分前三名。在以后的比赛中,范可新显得更加谦虚谨慎、脚踏实地,时时处处严格要求自己,珍惜荣誉、戒骄戒躁,坚持一步一个脚印,以崭新的风貌再创佳绩、再立新功,会以优异的成绩回报家乡人民。

雄关漫道真如铁,而今迈步从头越。让奋斗之花遍地盛开;让奋斗的清泉在泉眼中喷涌而出;让奋斗的雄鹰在蓝天下翱翔;让奋斗的果实丰硕地结满大树上吧! 奋斗就是路,世上本没有路,走的人多了,也便成了路,人生需要奋斗,去开辟属于你的那条全新速滑之路吧!

在她的脚下,没有终点只有起点。努力拼搏去完成党和人民所赋予的神圣使命,不断学习、不断探索、不断追求、不断创新、勇于实践,去攀登属于自己的一个个高峰。

踏着足迹奔跑（后记）

在中国改革开放 40 多年的历史道路上，报告文学以独特的声音呼唤改革开放向前发展。用文学的审美视角，记录时代变迁，肩负社会责任，弘扬时代精神，是时代忠诚的记录者和见证者，这就是报告文的魅力和力量所在。

改革时代，呼唤文学"轻骑兵"报告文学持续发展，这部报告文学集《走向新时代》是这个时代的产物，也是文学适应时代需要的忠实表现。

一

上中学的时候，学习《谁是最可爱的人》，是接触报告文学的典范，在松骨峰战斗"牺牲"的"活烈士"井玉琢，就生活在我工作的城市，隐功埋名默默奉献几十年，他的儿子井照山是我多年的矿长朋友。

在校园里还学习了《包身工》《为了六十一个阶级兄弟》《县委书记的榜样——焦裕禄》《一封终于发出的信》等。现在看来，这些报告文学真是文学大家园中的精品。

1979 年，我出生和工作过的宾县，出现一个爆炸性新闻，是因为报告文学《人妖之间》这篇作品。主人公是家乡燃料公司经理，这个全国当时最大的贪污犯轰动了整个龙江大地乃至全国，当时感觉这篇文章文学的力量很神奇。

1992 年，到煤城七台河市工作，也没放弃对文学的喜欢与追求。在文学创作的这条路上，当年发表的第一篇作品就是小说，并对小说情有独钟。那时的梦想和远大抱负就是发表短篇甚至中篇小说成为作家。工作中我经常在《七台河日报》发一些新闻消息、人物通讯。

1993年黑龙江省编辑《龙江企业魂》一书,我写的报告文学《路在脚下延伸》被收录,书中主人公都是各个行业的劳模先进人物。第一次写报告文学,积累的文学功底派上用场,觉得不用想象不用夸张,情节也不曲折,就是用文学的语言把个人事迹用纪实角度表现出来。其实,这是一种错觉,总体讲报告文学远远没那么简单。

著名作家何建明指出:"报告文学是用文学手法写的新闻报告。那些能真正震撼你的心灵世界、能真正燃烧你的情感火焰、能真正愉悦你的阅读观感的报告文学,才是真正的报告文学。"同时还指出:"优秀的报告文学作品,必定具备报告性、新闻性和文学性这三个关键点。报告性是指作品所具有的信息量、独家性和同一题材内容上的占有性等绝对优势与容量;新闻性侧重在作品的价值观上和思想意义上的新闻性,即时代性、现实性和当下性;文学性是包含了作品的文学语言、文学结构和文学写作手法等等文学要素。"

现在看来,报告文学要真正具有力量,根本还在于文采。用文学的视角反映时代的生活,把真人真事写得生动感人,对作家来说必须有艺术功力。

二

1994年,遇到报告文学引路人,他是中国作家协会会员、著名报告文学作家张喜。有一天他给我打电话说,省作家协会在编辑《拥抱21世纪》丛书,咱们都可以给他提供作品,于是答应下来进行采访、构思、写作。

写了建筑行业的报告文学《无字的丰碑》《忠诚点亮事业的火把》,然后是企业改革、金融部门的《进击者》《银星,在这里闪烁》《为了这片热土》《草原深处的赞歌》《追求人生的风采》《使命的神圣》……那时候写作已经渐入佳境,开始喜欢报告文学写作,有时候白天构思好作品,晚上写到天亮是常事,屋子寒冷也无所谓,灵感来了就是写。

自己在新时期文学大潮中,学习中实践,实践中探索,用自己的声音表现这个时代各个领域的基层人物,书写这些改革者、企业家、矿长、矿工、农民、职员、教练等人和事,原汁原味地叙述,再现时代风采,折射出时代精神。

1997年给《企业文化》当"记者",主编是王玉才老师。他原是宾县文化馆创作员,很有才华。1985年参加宾县文学创作班,王老师亲自辅导我们这些文学青年。有工作任务就有动力,逐渐觉得报告文学很有魅力,为了一个细节或情节,对主人求证多次,甚至多次采访收集资料。赶到双休日不辞辛劳行程几千公里,终日奔波,日夜兼程,自得其乐。可惜王玉才老师英年早逝,过早地离开了自己钟爱的事业、家人、朋友。我得知这个消息后,想起了和老师相处的情景不仅潸然泪下。

走上文学道路,要感谢恩师赵成禄老师。在英杰中学读书的时候,赵老师已经发表很多作品。老师书很多,经常送书给我,并细心帮助修改作文,有进步就加以鼓励,缺点问题毫不留情。参加工作后一直与老师保持联系,他指导我写作以至于做人道理。可以说自己现在有所成功的话,是老师的功劳,自己有幸得到老师的爱护、帮助和鼓励。当年,我还是一个懵懂的农村基层文学爱好者,苦苦地追寻,傻傻地期盼发表作品,幸运遇到了杨枫、王庆斌、暴吉民、李季秋……正是这些宾县文化馆有才华的老师,才使自己在文学这条路上不孤单不懈怠,从他们身上学到了文学创作的方法门道,从而找到了文学自信。

在《企业文化》期间发现,写作流于形式,罗列一些素材,缺少章法,表扬稿的成分消失了,固定的模式还是出现不少。先前写得平铺直叙,没有立体感,人物也不鲜活,缺少文采。这才开始关注人物性格刻画、个性语言、细节描写、结构安排、合理想象、精彩议论。我明白了:小说作家靠积累生活,从生活中得到启示,获得主题进行创作。报告文学则是通过采访获得生活材料或素材,六分跑,三分想,一分写。报告文学的生命在于奔跑,人物是生活中的实体,写作好像玉石匠人,用真实的材料雕琢出光辉照人的精美艺术品。

写小说是吃等食的,写报告文学是吃走食的。这才体会出报告文学的魅力,正如李春雷老师所说的:"关注生活本身,更主要的是要站在人类的高度,冷静地审视生活的背后,侧重于描摹和捕捉生活、生存、生命的坎坷或打斗过程折射在人类心灵深处的那一片深深浅浅的投影,那一处处隐隐显显的伤痕,那一双双明明暗暗的泪眼……"

三

习近平总书记指出:文学艺术创造、哲学社会科学研究首先要搞清楚为

走向新时代
ZOUXIANGXINSHIDAI

谁创作、为谁立言的问题,这是一个根本问题。人民是创作的源头活水,只有扎根人民,创作才能获得取之不尽、用之不竭的源泉。

写报告文学,总会面对新的领域对象,每一次写作都是自己人生知识的重新开发,不断丰富自己,就会变得越来越强大,越来越丰盈。

追求永无止境,这是人生的信条,在自己生活的土地上,收获成功,对于一个努力的耕耘者,命运之神总是向他们微笑。文学创作也是这样,大思路想大问题,小手笔描绘大蓝图。

岁月浩渺如大海,唯有书香恒久远。只有多读书多看多想多实践才会有进步有作为。守望着写作生命的青山绿水,自己坚信,这一生会跟报告文学结伴而行。

煤城七台河是个了不起的年轻美丽可爱的城市。

在我生活的这个城市里,她的文化底蕴特别丰富:有抗日烽火的传播者周保中、赵尚志,抗战英雄杨太和、郝贵林;有隐功埋名、无私奉献的抗美援朝老战士井玉琢,在松骨峰战场上"牺牲"的他永远是最可爱的人;有20世纪富于理想、勇于献身的优秀大学生张华,在全国开展人生价值观讨论;有在对越反击战中的卫国英雄李厚亮,为杀顽敌、勇救战友光荣捐躯;有在井下连续工作17年,一天能用麻袋背24吨煤支援国家能源建设的英雄马英湖,参加全国劳模会受到刘少奇、周恩来亲切接见;有脚踏实地、爱岗敬业的世界级短道速滑教练孟庆余,以身殉职在工作岗位上;有冬奥冠军和世界短道速滑冠军杨扬、王濛、范可新、张杰、孙琳琳、王伟、刘秋红、李红爽……

这是城市基因,跪着挖煤站着做人的煤矿工人品德深深影响着他们。于是写成《世界冠军的铺路石》《短道速滑之父》《冬奥冠军的摇篮》《擎旗人》《矿山脊梁》《幸福城市的守护者》《向着更高的目标进发》。因为有了这些典型的人物诱惑,才使我拿起笔记录这些人这些事,还有他们的喜怒哀乐。

一位70多岁退休老校长,白手起家创办高中,为孩子们能读书顺利考上大学,便将学校连同资产献给国家,不留半分,于是写了《希望之光》;年富力强的刘丰富在双腿高位截肢的情况下,从爬着印背心、修锁、照相做起,练就生存本领,当上了风起云涌的大老板,写成《生命的歌者》……

热爱这个时代,书写劳动者,关注基层生产一线,让作品中体现劳动者的酸甜苦辣,表现他们对美好生活的向往追求,展现鲜活的普通故事,这是我的追求。

"对于任何人来说，社会生活都是一部需要认真面对和阅读的大书。希望以自己的作品影响他人的作家，更是需要用心去认真阅读。深入理解社会生活这部大书，真正读懂、读透，才能创作有生活底蕴、又有艺术高度的优秀作品。"细细地品味李炳银老师的话，觉得像一杯考究的浓茶，余香无穷，韵味至极。

意大利伟大的雕塑家米开朗琪罗说："在每一块石头或大理石里面都蕴藏着一尊美丽的雕像。一个人仅仅需要把那多余的部分剔除，就能够展现出内在的艺术品。"只要我们细心去感悟，就能发现并取得收获。

"文学不是写给自己看的，我们有些作家创作的作品，似乎是自己看的。我们要深入生活，和社会、和人心接轨，要和社会、要和生活、要和人心有共通感，表现火热的生活。"这是李炳银老师说的话，自己深感这些话语的分量。

文章合为时而著，歌诗合为事而作。好的文艺作品就应该像蓝天上的阳光、春季里的清风一样，能够启迪思想、温润心灵、陶冶人生，弘扬社会主义核心价值观。

李炳银老师曾说："希望是支撑人们前行的最大力量，给读者以美好文明的理想信仰引导，是文学的最高目标和使命所在。"

四

2018 年 12 月 7 日，有幸参加全国报告文学创作会暨改革开放 40 周年·中国作家看习水创作采风活动。习水是革命老区，1935 年中央红军长征"四渡赤水"的主战场和发轫地，是一块有信仰的红色土地，充满英雄事迹的红土地。在这里，作家们受到感染和教育。

这次会议上，结识了中国作家协会副主席、中华全国文学基金会理事长、中国报告文学学会会长、著名作家何建明，中国报告文学学会常务副会长、著名评论家李炳银，还有黄传会、杨黎光、王宏甲、赵瑜、徐剑五位中国报告文学学会副会长、作家，大开眼界，受益匪浅。

创作采风活动授旗仪式后，到青杠坡祭奠革命先烈，知道一个完整的关于红军战斗的光荣而惨烈的历史。以青杠坡战斗为核心的土城战役，是毛泽东在遵义会议后亲自指挥的第一仗，党的两代领导核心毛泽东、邓小平，共和国的三任国家主席毛泽东、刘少奇、杨尚昆，一任国务院总理周恩来，七大元帅朱德、刘伯承、彭德怀、聂荣臻、林彪、罗荣桓、叶剑英及数百名将军参加作战。红军伤亡了3 000多人后，迈出了由被动转为主动的第一步，开始西渡赤水河。

坐观光车到四渡赤水纪念馆签名，参观纪念馆，来到土城这个著名的古色古香千年古镇，航运博物馆、赤水河旅游公路、十八帮文化体验馆、下街口、宋窖博物馆、圣地客栈各有特点。晚上在四渡赤水纪念馆广场观看《长征组歌》，这是当地讲解员和环卫人员自己排练节目，导演、指挥也由工作人员组成，多次获得国家级大奖。

这里到处是红色基因，当年红军的印记处处都是，让人为之震撼和鼓舞。其中宋窖酒业董事长、宋窖博物馆管理委员会主任谭智勇情系美酒河艰难创业的故事，让大家赞佩。谭智勇是典型的红色基因继承者和传承者，他还是作家、仁怀市首任市长，辞职下海经营企业，书写新时代风土人情，真情还原四渡赤水历史。他的所作所为足以说明，一个人只要敢干事、能干事、干得成事，最终都有美好的前程。

观看专题片后，何建明主席的主旨发言打动了在场的200多位报告文学作家，从文学趋势、关注点到创作方向，当今时代对报告文学的要求，再谈到报告文学的任务以及关注点，娓娓道来。

李炳银老师即兴演讲是感受历史与现实的一种精神碰撞，报告文学都是积极向上的，给人以力量的，写作天地更广阔。报告文学的发展与国家发展改革息息相通，关心国家发展、进步、历程，与国家共命运，是走在大路上思考大地上写作。

下午，分三组进行创作交流会，李炳银、徐剑、张陵、傅宁军在娄山关厅；黄传会、赵瑜、李建军在习水厅；王宏甲、杨黎光、丁晓平在茅台厅。我在娄山关厅继续领略李炳银老师的风采。会后，我们几个朋友特意去了桐梓到娄山关参观学习，因为雪大景区关闭，步行几个小时，终于爬到山顶娄山关口，想象红军指战员英勇鏖战的壮烈情景。这是红军长征以来取得的首次大捷，毛泽东在娄山关上感慨万端："西风烈，长空雁叫霜晨月。霜晨月，马蹄声碎，喇叭声咽。雄关漫道真如铁，而今迈步从头越。从头越，苍山如海，残阳如血。"

这次贵州之行收获特别大，参观了四渡赤水、遵义会议旧址、娄山关、桐梓张学良将军囚禁地小西湖，看到了当年红军精神和爱国抗战的痕迹，接受红色传统教育，为自己的创作注入更多动力和灵感。

我想，一个人的脊梁，支撑着一个人的身躯，一个人的信心，支撑着一个人的精神世界，如果一个人失去了信念，就像一个人没有支撑身躯的脊梁一样。我们的报告文学作者，就是要挺起脊梁，撸起袖子加油干，甩开膀子"拼命"写。

五

这个时代是一个需要报告文学的时代，也是报告文学大有作为、大有可为的时代。我对报告文学的美好未来充满期待，与时代同步，为人民写作，实现自己的美好梦想。

从 1986 年发表小说《乡里人的心思》获得黑龙江省专业报优秀奖，1992 年发表第一篇报告文学《路在脚下延伸》开始，接连不断发表了许多作品。1998 年加入黑龙江省作家协会。2007 年《报告文学》第 10 期的报告文学《擎旗人》获得全国"华西杯"建设社会主义新农村优秀作品。2010 年《中国作家》第 4 期刊登作品《外来的媳妇当村官》受到读者好评。2013 年《中国报告文学》第 6 期、第 9 期分别刊登作品《幸福城市的守护者》《向着更高的目标进发》。2018 年加入中国报告文学学会。

从开始尝试写报告文学到现在已有 27 年，写作很清苦，确实像习近平总书记说的那样，要有"望尽天涯路"的追求，耐得住"昨夜西风凋碧树"的清冷和"独上高楼"的寂寞，最后达到"蓦然回首，那人却在，灯火阑珊处"的领悟。

在贵州习水结识了李炳银老师，想请老人家给《走向新时代》写个序言。当时他没答应只说要看看作品质量，我有些忐忑不安，而时隔不长时间，李老师就写出了序言《为伟大的新时代倾情吟唱》。

序言中多有褒扬之词，学生不敢当，明白这是勉励的话，我十分清楚。李老师是有影响的大家，平时工作繁重，很少给别人写序，这真是对学生的厚爱和关怀。在今后报告文学创作中，努力写出有影响作品，就是对老师的真诚谢意和回报。

最近，习近平总书记在《一个国家、一个民族不能没有灵魂》文章中，对文化文艺工作者、哲学社会科学工作者提出了四点要求：坚持与时代同步伐、坚持以人民为中心、坚持以精品奉献人民、坚持用明德引领风尚。

习总书记的要求，是我们新时代作家创作的方向和座右铭，作为报告文学作家，就是要牢记习近平总书记的要求，并运用到自己的创作实践之中。在今后写作实践中，不辜负老师、同事、朋友、老乡、亲人们对我的厚爱和希望，脚踏实地，增强信心，写出不愧时代的作品，以历史的责任和担当创作出更多优秀的作品，在伟大变革时期，为历史抒写、为人民抒情、为梦想抒怀，以此凝聚中华民族伟大复兴的力量。

齐　志

2019 年 6 月 30 日于七台河

踏着足迹奔跑（后记）